Gilbert Morris

Wakefield Chronik

Band 5

Stürme der Liebe

GILBERT MORRIS

STÜRME DER LIEBE

Aus dem amerikanischen Englisch
von Laura Zimmermann

SCM
Hänssler

SCM

Stiftung Christliche Medien

SCM Hänssler ist ein Imprint der SCM Verlagsgruppe, die zur Stiftung Christliche Medien gehört, einer gemeinnützigen Stiftung, die sich für die Förderung und Verbreitung christlicher Bücher, Zeitschriften, Filme und Musik einsetzt.

MIX
Papier aus verantwortungsvollen Quellen
FSC® C014496

Dieser Titel erschien zuvor unter der ISBN 978-3-7751-2922-0.

1. Auflage 2020 (2. Gesamtauflage)

SCM Hänssler in der SCM Verlagsgruppe GmbH
Max-Eyth-Straße 41 · 71088 Holzgerlingen
Internet: www.scm-haenssler.de · E-Mail: info@scm-haenssler.de

Originally published in English under the title: The Ramparts of Heaven

Published by Tyndale House Publishers, Inc.

Übersetzung: Laura Zimmermann
Umschlaggestaltung: Jan Henkel, www.janhenkel.com
Wappen: Adler: © Potapov Alexander/Shutterstock.com,
Schild: ©pashabo/Shutterstock.com,
Titelbild: Farmhaus: © Drunaa / Trevillion Images,
Mann vorne: © Lee Avison / Trevillion Images
Satz: Satz & Medien Wieser, Aachen
Druck und Bindung: GGP Media GmbH, Pößneck
Gedruckt in Deutschland
ISBN 978-3-7751-6024-7
Bestell-Nr. 396.024

INHALT

Die Wakefield-Dynastie

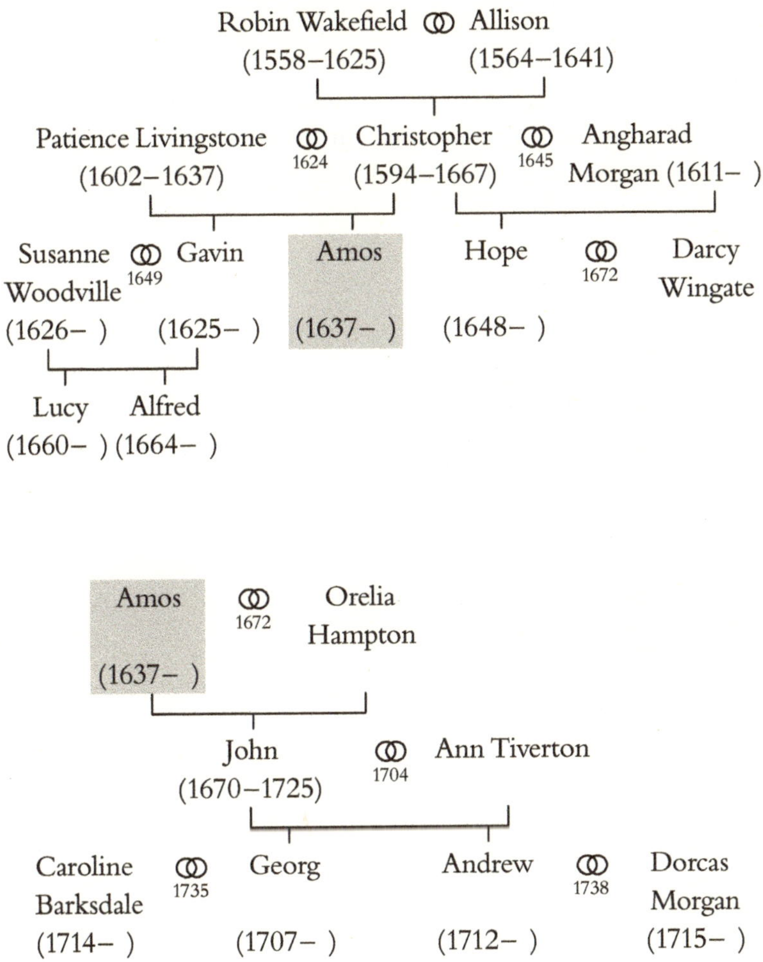

I

Der Klub der Heiligen 1731–1734

1

EINE VERWECHSLUNG

Im Jahre des Herrn 1731 sah sich England in jeder Hinsicht enormen Problemen gegenüber – kulturell, international und moralisch. Aber an diesem schönen Frühlingsnachmittag, an dem sie an ihrem Frisiertisch saß, machte sich Caroline Barksdale mehr Gedanken über das Kleid, das sie für einen Ball angezogen hatte, als über internationale Intrigen.

Miss Barksdale – eine kleine, aber gut gebaute junge Frau, siebzehn Jahre alt – beugte sich vor, betrachtete eingehend ihr rötlichblondes Haar und übte ein Lächeln. Sie blinzelte mit ihren großen braunen Augen, die von dichten Wimpern überschattet wurden, und ihr Ausdruck hatte etwas Keckes an sich, das dem jungen Gentleman gefiel, der sie eben erst entdeckt hatte.

Caroline drehte sich zur Seite, warf einen Blick über die Schulter und sah dann von Neuem in den Spiegel. Ihr französischer Morgenmantel war so teuer gewesen, dass sie nach Luft geschnappt hatte, als ihre Mutter den Preis erwähnte. Ein weich fließender, kirschfarbener Kaftan mit lose geschnittenen, ellbogenlangen Ärmeln war es, den sie hochgerafft und festgesteckt hatte, sodass ein bestickter Unterrock darunter zum Vorschein kam. Ein kleines Leinenhäubchen über ihrer gepuderten Perücke vervollständigte ihre Bekleidung.

»Es ist tatsächlich ziemlich kühn –«, flüsterte sie mit einem Blick auf das tief ausgeschnittene Mieder. Im selben Augenblick schreckte sie ein Geräusch hinter ihr auf und ihre Mutter rauschte herein. »Aber du bist ja noch gar nicht angezogen, Caroline! Dein Vater wartet bereits mit dem Wagen.«

»Oh, Mutter, ich bin mir nicht sicher, ob ich dieses Kleid anziehen soll!« Caroline zupfte am Ausschnitt, aber das Kleid veränderte seinen Sitz am Körper nicht. Es hatte gar nicht so besonders tief ausgeschnitten ausgesehen, als sie es gekauft hatte, aber jetzt, wo sie bereit war, der Öffentlichkeit darin gegenüberzutreten, ließ es ungebührlich viel weiße Haut sehen. »Das Kleid ist doch nicht zu tief ausgeschnitten, was meinst du, Mutter?«

»Tief ausgeschnitten? Unsinn!« Lettie Barksdale, eine klein gewachsene, plumpe Frau mit rosigen Wangen und kleinen blauen Augen, klopfte Caroline auf die Finger, damit sie das Kleid losließ. Mehrere von Letties dicken Fingern waren mit Ringen mit großen Steinen geschmückt, darunter ein riesiger Rubin. Es waren Hände, die harte Arbeit verrieten, denn weder Salben noch Maniküre konnten diesen Teil von Lettie Barksdales Vergangenheit verbergen. Nun schnaubte sie und sagte ungeduldig: »Der Händler hat uns versichert, es sei der letzte Schrei aus Paris, also hör auf, Theater zu machen!«

Caroline lächelte leicht und zog die Winkel ihres vollen Mundes hoch. »In Ordnung, aber wollte ich dieses Kleid draußen in der Sonne tragen, so würde ich mir einen Sonnenbrand an höchst peinlicher Stelle zuziehen!« Sie wandte sich um, hob ihren Umhang auf und warf ihn um die Schultern. »Ich bin fertig, Mutter.«

»Wie gefällt dir mein Kleid?«, fragte ihre Mutter.

Caroline betrachtete das Kleid ihrer Mutter, ein pflaumenfarbenes Prachtstück mit so viel Bändern und Spitzen daran, dass Lettie bei jeder Bewegung einem reich blühenden Blumengarten ähnelte. Es war ein kostspieliges Kleid, aber es passte nicht im Geringsten zu der blühenden Gesichtsfarbe ihrer Mutter oder zu ihrer Figur. Caroline hätte beinahe gesagt: »Du siehst aus wie ein Fässchen in einem teuren Kleid.« Aber dazu war sie viel zu taktvoll. Stattdessen lächelte sie und antwortete: »Es ist ein wunderschönes Kleid, Mutter. Ich bin überzeugt, alle werden es bewundern.«

»Das bitte ich mir aus! Es hat schließlich genug gekostet.« Sie verließen das Zimmer und Lettie führte ihre Tochter die Treppe hinunter. Als sie das Ende der Treppe erreicht hatten, verkündete sie ziemlich laut: »Wir sind fertig zur Abfahrt, Lofton, ich hole nur noch schnell meinen Mantel.«

»Du hast Zeit genug gehabt, dich für eine königliche Krönung herauszuputzen.« Der Sprecher, Lofton Barksdale, war ein hochgewachsener Mann von fünfundvierzig Jahren mit braunem Haar, das über der Stirn bereits schütter wurde. Er hatte schlaue, eng zusammenstehende Augen und einen sinnlichen Mund, der sich nun zu einem Lächeln verzog. »Ich fühle mich wie ein Narr in diesem Aufzug«, klagte er. »Wie ein affiger Franzose sehe ich aus.« Er war nach der neuesten Mode gekleidet. Dazu gehörten weiße Kniehosen und Strümpfe, ein zweireihiger Mantel und eine gefältelte Weste. Da er ein großer Mann war, sah er aus, als hätte man ihn in seine Kleider hineingestopft, aber er wagte es nicht, seinem Schneider zu widersprechen.

»Wir werden bankrottgehen, Lettie, wenn wir uns noch für einen weiteren dieser verflixten Bälle anziehen müssen!«

»Oh, sei nicht albern, Lofton!« Lettie fasste besitzergreifend nach seinem Arm und zog ihn zur Tür. »Wir müssen mit den Londonern Schritt halten. Wir wohnen nicht mehr in einem kleinen Dorf. Du bist ein bedeutender Mann. Komm schon, Caroline. Beeil dich.«

Ein massiger Diener öffnete die Tür und verbeugte sich, als das Trio ins Freie trat. Die wartende Kutsche kostete mehr, als Lofton Barksdale in den fünf Jahren seines Geschäftslebens verdient hatte, und mehr als einige der kleinen Häuser in dem Dorf, in dem Lofton Barksdale jahrelang gelebt hatte. Dennoch hatte Lettie darauf bestanden, dass sie mit Stil auftreten mussten. »Ich kann nicht in einem Eselskarren in London herumfahren!«, hatte sie gesagt. Als der Kutscher den Damen beim Einsteigen half, schnappte Barksdale: »Trödel nicht herum, Jenkins. Wir wollen nicht zu spät kommen.«

»Ja, Sir!« Der Kutscher schloss die Tür und kletterte flink wie ein Affe auf den Kutschbock. Dann griff er nach seiner Peitsche, ließ sie großartig knallen und rief den Pferden zu: »Hüa, vorwärts!« Die beiden Apfelschimmel machten einen Satz nach vorne und die Kutsche rollte unter raschem Hufgeklapper die Straße entlang.

Lettie spähte zum Fenster hinaus. Ihre neugierigen Augen sogen den Anblick Londons auf. Nachdem sie aus einer Kleinstadt in Sussex hierhergezogen war, war sie fasziniert von der riesigen Größe dieser Stadt mit ihren sechshunderttausend Einwohnern. Die Kutsche schlängelte sich auf engen, gewundenen Gassen durch ein Labyrinth von Häusern und Läden und an Hintergassen vorbei, die dunkel und ziemlich gefährlich aussahen. Hier in London, hatten die Barksdales herausgefunden, wohnten Reichtum und Armut zuweilen Seite an Seite. Ein vornehmer Lord mochte in derselben Nachbarschaft wohnen wie ein Metzger oder Kerzenzieher. Als sie an den zahlreichen Schänken vorbeifuhren, blickte Barksdale düster zum Fenster hinaus und bemerkte: »Ich hörte gestern einen Burschen sagen, dass letztes Jahr in England fünf Millionen Gallonen Gin konsumiert wurden.« Er schüttelte missvergnügt den Kopf. »Sie sind Narren, dass sie dieses Giftzeug trinken!«

»Das sind sie gewiss, aber was kann man von den niedrigen Klassen schon erwarten?«, sagte Lettie und schniefte herablassend. Sie hatte passenderweise vergessen, dass sie in ihrer Kindheit und Jugend selbst zu den »niedrigen Klassen« gehört hatte. Selbst nach ihrer Heirat mit Lofton Barksdale, einem vielversprechenden jungen Handelsmann, hatte sie nur die unteren Schichten der Mittelklasse erreicht gehabt. Aber als Loftons Geschäfte blühten, hatte sie angefangen, ihn um ein Haus in London zu quälen. Vor einem Monat hatte ihr ständiges Genörgel schließlich den Widerstand ihres Gatten gebrochen und sie waren nach London gezogen.

Nun streckte Lettie die Hand aus und streichelte über Carolines Gesicht. »Du solltest ein wenig mehr Reispuder verwenden, Caroline. Du hast einen guten Teint, aber es kann nicht schaden, der Natur ein wenig nachzuhelfen.«

»Richtig!«, grunzte Barksdale. Er nickte und machte einen unbeholfenen Versuch, witzig zu sein. »Wenn du einen Ehemann finden willst, musst du so gut wie möglich aussehen.«

»Bei dir klingt das, als wolltest du ein Haus verkaufen!«, sagte Caroline lächelnd. Sie war eine schlagfertige junge Frau, so fügte sie hinzu: »Mit dem Heiraten ist es also genauso, als wenn man ein Haus verkauft, nicht wahr, Papa? Du übertünchst es ein bisschen und flickst es zusammen, damit die zukünftigen Käufer davon begeistert sind?«

»Das ist absolut nicht der Fall!«, schnappte Lettie, die wenig Humor hatte. Dann schüttelte sie den Kopf und fügte eine weitere Ermahnung hinzu: »Natürlich musst du heiraten. Was sollte eine Frau sonst schon tun?«

»Stimmt genau. Und sieh zu, dass du eine gute Partie machst«, ergänzte Barksdale.

»Und wie viel müsste der junge Mann wert sein?«, fragte Caroline, ohne eine Miene zu verziehen. »Du hast noch nichts darüber gesagt, welche Einkommensklasse du dir vorstellst.«

Keines ihrer Eltern fand das auch nur im Geringsten witzig. Lettie kräuselte die Lippen, rechnete rasch im Kopf und sagte dann: »Zumindest zehntausend Pfund im Jahr und keinen Pfennig weniger.«

»Ich werde daran denken«, antwortete Caroline und wandte sich dem Fenster zu, wobei sie ihr Lächeln hinter der hohlen Hand verbarg. In einer Zeitepoche, in der die meisten Frauen nichts weiter lernten als Sticken und Miniaturen malen, war Caroline ziemlich gebildet – viel mehr als die meisten jungen Frauen ihrer Klasse. Ihr Vater hatte dafür gesorgt, dass sie von ihren Hauslehrern in Literatur und sogar in den Naturwissenschaften unterrichtet wurde.

Als Lofton Barksdale seine Tochter so anstarrte, wünschte er plötzlich, sie wäre als Junge zur Welt gekommen. Dafür war es jetzt natürlich zu spät. Da er keinen Sohn hatte, würde niemand seinen Namen weiterführen. Aber wenn er seinen Plan geschickt ausführte, würde die Familie dennoch nicht aussterben. Er hatte weder seiner Frau noch Caroline etwas davon gesagt, aber Lofton war nur aus einem einzigen Grund nach London gezogen: Er wollte Caroline an einem Ort haben, wo passende Ehemänner leichter zu finden waren als in einem winzigen Dörfchen.

Er lehnte sich in seinem Sitz zurück und dachte zufrieden an die Zukunft, die vor ihm und seiner Familie lag. Er war als armer Mann aufgewachsen, hatte es aber durch eigene Anstrengung geschafft, über das Niveau eines Arbeiters aufzusteigen. Nun hatte er das Gefühl, dass Gott seine Mühen mit Wohlstand belohnte – und hoffentlich mit einem reichen Schwiegersohn!

* * *

Lord und Lady Fairfax fanden es passend, zu ihren Bällen auch einige Emporkömmlinge einzuladen. Obwohl sie selbst nicht zum Hochadel gehörten, genossen sie in ihren Kreisen hohes Ansehen. Lord Fairfax hatte in der Armee gedient, ohne sich besonders auszuzeichnen, aber als der Sohn eines verblichenen Lord Fairfax hatte er den Titel erhalten. Keiner der Fairfaxes hatte sich in irgendeiner Weise besonders hervorgetan, es sei denn beim Tanzen. Alle Fairfaxes waren gute Tänzer. Das Haus, das Fairfax in London hatte erbauen lassen, besaß einen riesigen Ballsaal, der mehr Platz brauchte als der Rest des Hauses. Als der Nachmittag zur Neige ging und der Abend hereinbrach, glänzten die Kristallleuchter an der Decke und warfen ihre bleichen Strahlen über die Tänzer, die zur Musik eines lebhaften Sechs-Mann-Orchesters über den polierten Boden glitten.

Das war einer der Ansprüche, die Lord Fairfax stellte – die Musik musste vom Allerbesten sein, was für gewöhnlich bedeutete, dass Italiener engagiert wurden, die kein Wort Englisch sprachen. Dennoch beugte sich ein erfreuter Lord Fairfax zu seiner habichtnasigen Frau – sie trug ein orchideenfarbiges Kleid, das absolut nicht zu ihrem fahlen Teint passte, und bemerkte: »Der neue Geiger macht sich gut, das muss ich schon sagen.«

Nachdem sie Hunderte Bälle besucht hatte, jene eingeschlossen, die ihr Ehemann und sie selbst gaben, war Lady Fairfax am Rande der Erschöpfung. Nun warf sie einen trägen Blick zu den Musikanten hinüber, die auf einer Empore am anderen Ende des Raumes saßen. Sie lauschte einen Augenblick und murmelte dann beinahe widerwillig: »Ja, sie machen sich gut.« Dann, nach einer Pause, sah sie sich um und sagte: »Heute Abend ist niemand da.«

Das war eine interessante Bemerkung, denn der Saal war gedrängt voll. Die Farben der Frauenkleider bildeten ein Kaleidoskop von blitzendem Rot, Grün und Blau, sodass die Männer – von der Mode dazu verurteilt, dunklere Farben zu tragen – fast völlig im Hintergrund blieben. Lady Fairfax meinte mit dieser Bemerkung, es seien keine gekrönten Fürsten da, keine ausländischen Minister vom französischen Hof, keine Kriegshelden, kein General oder Admiral. Nein, es waren nur die üblichen Vergnügungssüchtigen, die im Wasser des Londoner Gesellschaftslebens schwammen wie Fische in einem Aquarium.

»Wer kommt da herein?«, verlangte Lord Fairfax plötzlich zu wissen. »Ach ja, es ist dieser neue Bursche. Wie hieß er doch?«

»Barksdale, glaube ich.« Lady Fairfax nickte. Sie hatte ein Gesicht wie ein Habicht, mit einer Hakennase. »Sie sehen gewöhnlich aus, findest du nicht, Henry?«

»Das Mädchen ist sehr hübsch.«

»Das sieht dir ähnlich, dass du ausgerechnet sie bemerkt hast! Was ist er – ein Metzger oder etwas dergleichen?«

»Oh nein. Er arbeitet mit Wertpapieren, Aktien – sehr gescheit. Deshalb habe ich ihn eingeladen. Wir können seine Hilfe brauchen, falls wir uns entschließen sollten, Geld zu investieren.«

»Ich nehme an, solche Leute muss es auch geben«, bemerkte Lady Fairfax.

Caroline Barksdale war von dem Ballsaal beeindruckt. Sie und ihre Mutter wurden von Lofton Barksdale allein gelassen, der sofort von einem Geschäftsfreund angesprochen und in das Billardzimmer verschleppt wurde.

»Ich fürchte, für heute Abend haben wir ihn zum letzten Mal gesehen«, bemerkte Lettie scharf. »Komm mit. Wir können uns dort drüben hinsetzen.« Sie zog Caroline zu einer Reihe von Stühlen, die an der Wand entlang aufgereiht standen, und die beiden setzten sich. »Ich wünschte, wir bekämen bald jemanden zu sehen, den ich kenne«, sagte Lettie trostlos. »Es ist so schwierig, sich in Beziehungen oder Gespräche zu mischen, die vor unserer Ankunft begonnen haben.«

Ihr Wunsch wurde bald erfüllt; eine hochgewachsene, knochige

Frau mit einem stark geschminkten Gesicht erschien und sagte: »Mrs Barksdale, wie erfreulich, Euch hier zu sehen.«

»Ach, das ist ja Mrs Smith. Wie nett, Euch zu sehen, Dora. Ich glaube, sie kennen meine Tochter noch nicht, Caroline.« Lettie stellte Caroline vor und fügte hinzu: »Sehr hübsch ist es hier.«

»Oh ja, das kann man sagen.« Mrs Smith beäugte Caroline und lächelte. »Ich nehme an, Ihr unterhaltet euch gut in London, Miss Barksdale. Habt Ihr schon viele Leute kennengelernt?«

»Nein, nicht allzu viele.«

»Nun, da ist jemand ganz in der Nähe«, sagte Mrs Smith und deutete mit einer beiläufigen Kopfbewegung. »Hinter den Tänzern da – drüben am Büfett.«

»Wer ist das?«, verlangte Lettie augenblicklich zu wissen.

»Sir George Wakefield, ein *sehr* interessanter junger Mann.« Mrs Smith wandte sich Lettie Barksdale zu und lächelte, wobei sie eine erstaunliche Ähnlichkeit mit einem Krokodil bekam. »Ein guter Fang für eine unternehmungslustige junge Dame.«

Caroline versuchte, zwischen den Tänzern hindurchzuspähen; es gelang ihr jedoch nur, einen flüchtigen Blick auf den Mann zu werfen, auf den Mrs Smith sie hingewiesen hatte. Er schien von durchschnittlicher Erscheinung und Größe zu sein, aber sein Gesicht war interessant. »Er wirkt intelligent«, bemerkte sie und bemühte sich, jedes Gefühl aus ihrer Stimme herauszuhalten.

»Kein Mann, der dreißigtausend Pfund im Jahr wert ist, hat es nötig, intelligent auszusehen«, sagte Mrs Smith. Sie glaubte an ihre eigenen Worte. Weil sie sich auf der untersten Sprosse der sozialen Leiter befand, verbrachte Mrs Smith ihre Tage damit, von einem Teekränzchen oder Ball zum nächsten zu gehen, wo sie tat, was sie konnte, um sich Ansehen zu verschaffen.

Während Mrs Smith Lettie Barksdale auf einige weitere gefeierte Persönlichkeiten hinwies, fühlte Caroline sich zunehmend unbehaglich. Sie wurde nur zweimal angesprochen und dies von älteren Männern, die herbeikamen, um ihre Mutter zu begrüßen, und im Vorbeigehen ein paar Worte mit ihr wechselten. Das war eine neue und schmerzliche Erfahrung; daheim in ihrem Dorf war sie die Königin jedes Balles gewesen.

»Darf ich mich wohl vorstellen?«

Der Klang einer Männerstimme schreckte Caroline auf, die den Blick nach rechts in den langen Saal gewandt hatte. Sie drehte sich rasch um und blinzelte überrascht. Sir George Wakefield, der Mann, auf den Mrs Smith sie aufmerksam gemacht hatte, stand vor ihr und blickte lächelnd auf sie nieder.

»Nun, das kann ich gestatten«, antwortete Caroline rasch. Ihre Mutter war mit Mrs Smith davongeschlendert, also nutzte Caroline die Gelegenheit, Wakefield eingehend zu betrachten und ihn rasch abzuschätzen. Er war hager und athletisch. Sein schlichter grauer Mantel, die schwarzen Kniehosen, weißen Strümpfe und schwarzen Schuhe mit den Silberschnallen waren schön gearbeitet und passten ihm gut. Er hatte dunkelblondes Haar und blaue Augen. Obwohl man ihn nicht gerade hübsch nennen konnte, hatte er kräftige, männliche Züge – eine breite Stirn, kleine Ohren, eine kurze englische Nase, einen festen Mund mit einer vollen Unterlippe und ein stark ausgeprägtes Kinn. Als er lächelte, bemerkte sie, dass er ungewöhnlich schöne Zähne hatte.

»Mein Name ist Wakefield«, sagte er mit lässigem Charme. »Ich glaube, wir sind einander noch nicht begegnet, so möchte ich diese Gelegenheit nutzen, mich vorzustellen.«

»Mein Name ist Caroline Barksdale. Mein Vater und meine Mutter sind irgendwo hier im Saal«, sagte sie.

»Ihr seid neu in London?«, fragte er. Seine Augen leuchteten vor Interesse.

»Oh ja. Wir sind erst seit einem Monat hier.«

Wakefield lächelte und fragte: »Würden Ihr mir die Ehre dieses Tanzes erweisen, Miss Barksdale?«

»Aber gewiss, Sir.«

Caroline erhob sich mit einer lebhaften Bewegung und während der nächsten fünfzehn Minuten genossen die beiden einen der langsameren Tänze des Abends. Caroline war eine gute Tänzerin, und irgendwie machte es ihr Spaß, dass sie besser tanzte als ihr Partner. Er war jedenfalls ganz anders, als sie sich einen Lord vorgestellt hatte, denn er hatte etwas Schlichtes an sich, etwas fast Demütiges, das sie nicht erwartet hatte. Sie wollte ihn schon fragen, wie man sich als Lord fühlte, aber klugerweise beherrschte sie ihre Regung. Es dauerte nicht lange, bis sie herausfand, dass er ein guter Gesprächspartner war.

Am Ende des Tanzes sagte Wakefield: »Ich hoffe, ich bin nicht allzu kühn – aber kann ich Ihnen eine Erfrischung holen und dann vielleicht den nächsten Tanz haben?«

Caroline war gerne damit einverstanden. Während Wakefield unterwegs war, kam ihre Mutter herbei, setzte sich neben sie und fragte ziemlich scharf: »Wer war das?«

»Sir George Wakefield«, sagte Caroline lächelnd. Dann fügte sie hinzu: »Er ist dreißigtausend Pfund im Jahr wert – hat Mrs Smith nicht etwas dergleichen gesagt? Meinst du, er käme als Verehrer für mich infrage?«

»Sei keine Närrin, Caroline! Was hat er gesagt? Erzähl mir *alles* …!«

Aber bevor Caroline die Neugierde ihrer Mutter befriedigen konnte, war Wakefield schon zurück und brachte zwei Gläser Punsch. Als Caroline ihre Mutter vorstellte, verbeugte er sich und lächelte. »Ich freue mich, Euch kennenzulernen, Mrs Barksdale, und ich freue mich auch darauf, Euren Gatten kennenzulernen.«

Caroline merkte, dass ihre Mutter beinahe barst vor Neugierde, daher trank sie rasch ihren Punsch aus und sagte: »Ich glaube, die Musik fängt schon wieder an.«

»Ja. Entschuldigt uns, Mrs Barksdale.«

Caroline war erfreut über ihren »Fang«, wenn man es so nennen konnte. So sehr, dass sie gar nichts dagegen hatte, als Lettie später – nachdem Wakefield sich mit einer Verbeugung verabschiedet hatte – von Neuem verlangte: »Erzähl mir alles über ihn. Ist er einfach gekommen und hat sich vorgestellt?«

Caroline erzählte ihr in allen Einzelheiten von ihrer Begegnung, und während sie noch sprach, kam ihr Vater herein. Seine Frau informierte ihn augenblicklich über Carolines neue Bekanntschaft und er sagte mit einiger Überraschung: »Sir George Wakefield? Gute Familie, haufenweise Geld, habe ich gehört.« Er wirkte ausgesprochen zufrieden.

In eben diesem Augenblick kamen zwei Männer auf sie zu.

»Das ist Sir Lionel Fairfax, unser Gastgeber«, sagte Barksdale mit gedämpfter Stimme. »Den Mann neben ihm kenne ich nicht.« Als Fairfax sie erreichte, blieb er stehen und sagte: »Ich möchte Euch Sir George Wakefield vorstellen.«

Caroline starrte schockiert den Mann an, der neben Fairfax stand. Er war mehr als sechs Fuß groß und ein wenig übergewichtig, mit braunem Haar, braunen Augen und einem eckigen Gesicht. Sobald man sich gegenseitig vorgestellt hatte, sagte er: »Darf ich um diesen Tanz bitten, Miss Barksdale?«

»Gewiss, Sir.«

Caroline glitt auf die Tanzfläche hinaus und stellte fest, dass ihr gegenwärtiger Partner ein weitaus besserer Tänzer war als der vorherige. Er unterhielt sich in fröhlichem Ton und einer rauen, aber herzlichen Art; er fragte sie, wie ihr London gefiele und andere oberflächliche Dinge.

Schließlich sagte Caroline: »Ich habe zweimal mit einem Herrn getanzt, dessen Name Wakefield war. Jemand hatte George Wakefield erwähnt, und ich nahm an, er sei es.«

»Oh, das war mein Bruder, Andrew«, sagte George Wakefield und lachte laut. »Es wird ihn amüsieren, dass Ihr ihn für mich gehalten habt. Das ist noch nie passiert.«

»Er ist Euer jüngerer Bruder, nehme ich an?«

»Ja. Ein feiner Bursche. Hat er Euch erzählt, dass er nach Oxford geht?« – »Nein, er hat nichts dergleichen erwähnt.«

»Oh ja. Er wird Pfarrer, müsst Ihr wissen.«

Obwohl die Bemerkung Caroline schockierte, musste sie feststellen, dass sie gleichzeitig amüsiert war. »Davon wusste ich auch nichts. Er hat es nicht erwähnt.«

Wiederum lachte George Wakefield. »Der junge Schurke! Ich muss ihm ernsthaft ins Gewissen reden. Neunzehnjährige Pfarrer dürfen nicht herumlaufen und sich als Tanzmeister ausgeben. Seht Ihr! Das ist er. Kommt mit.«

Caroline sah, dass der Mann, der ihr erster Tanzpartner gewesen war, dastand und sie beobachtete. Als George Wakefield vor ihm stehen blieb, sagte er: »Nochmals hallo, Miss Barksdale.«

Sir George Wakefield streckte die Hand aus und knuffte seinen Bruder in die Rippen. »Andrew, ich bin überrascht, dass du unter falscher Flagge segelst.«

»Wie bitte, George?«

»Nein, versuch es erst gar nicht«, sagte George und zwinkerte Caroline herzhaft zu. »Miss Barksdale erzählte mir, wie du ihr den Hof gemacht und kein Wort gesagt hast, dass du ein zukünftiger Pfarrer bist.«

Andrew Wakefield schien sich unbehaglich zu fühlen. »Ich wollte Euch nicht täuschen, Miss Barksdale. Wir hatten einfach keine Gelegenheit, über das Thema zu reden.«

Caroline sah, dass der Mann ernsthaft in peinlicher Verlegenheit war, und beeilte sich, ihn zu beruhigen. »Lasst Ihren Bruder nicht aus einer Mücke einen Elefanten machen. Im Übrigen habe ich unseren Tanz sehr genossen. Ich hätte mir nie träumen lassen«, sagte sie mit einem schelmischen Lächeln, »dass Geistliche so gute Tänzer sind.«

»Ich bin eigentlich noch kein Geistlicher«, bemerkte Andrew. Er zuckte die Schultern und lächelte George an. »Es kann nur einen älteren Sohn in der Familie geben. Jüngere Söhne müssen entweder bei der Armee oder bei der Kirche Unterschlupf suchen.«

»Es freut mich, dass du die Kirche gewählt hast«, sagte George, während Caroline danebenstand und den Männern zuhörte. »Jedenfalls ist das ein würdigeres Leben, als sich von einer Kanonenkugel den Kopf abreißen zu lassen!«

Später am Abend tanzte Caroline ein letztes Mal mit Andrew Wakefield. Er betrachtete sie eindringlich. »Es tut mir leid, dass ich

Euch aufs Eis geführt habe, Miss Barksdale«, sagte er zutraulich. »Ich fühle mich gar nicht als Geistlicher. Es dauert so lang ... Jahre, bis etwas dabei herauskommt. Darf ich mich bei Euch melden, ehe ich nach Oxford aufbreche?«

Seine Frage überrumpelte Caroline, aber sie antwortete augenblicklich: »Natürlich. Meine Familie wird sich über Euren Besuch freuen.«

* * *

»Du wirst nie erraten, was der junge Reverend hier auf dem Ball getan hat«, sagte George und schenkte seiner Familie ein Lächeln. Es war am Tag nach dem Ball, er und Andrew frühstückten mit ihrer Mutter, Lady Ann Wakefield. Auch Hope Wingate, eine entfernte Verwandte, war anwesend. Als die Tochter von Christopher und Angharad Wakefield und die Witwe von Darcy Wingate war diese winzige, weißhaarige Frau nun auf die Wakefields angewiesen.

»Was hat er denn getan, George?«, verlangte Lady Ann Wakefield zu wissen. Sie war eine klein gewachsene, plumpe Frau mit kastanienbraunem Haar und einem kraftvollen Gesicht.

»Er machte einer der schönsten jungen Frauen dort den Hof – und er sagte ihr kein Wort davon, dass er Geistlicher ist. Abscheulich!«

Andrew errötete und schüttelte den Kopf. »Es war nicht so schlimm, wie George es hinstellt. Sie ist eine sehr nette junge Frau.«

»Wer war sie?«, fragte Lady Wakefield und lauschte, als Andrew ihr alles Wissenswerte über die Familie Barksdale erzählte. Dann zuckte sie die Schultern und bemerkte: »Das hört sich nach einer sehr netten jungen Dame an. Hör auf, ihn zu necken, George.«

George lachte herzlich. »Er sollte seine Romanzen lieber hinter sich bringen, bevor er nach Oxford geht. Ich glaube, dort haben sie den ganzen Tag nichts anderes zu tun als die Nase in Bücher zu stecken. Aber ich muss zugeben, du hast Geschmack, Andrew. Miss Barksdale ist ein hübsches kleines Ding.«

Später, als Hope Wingate allein mit Andrew am Tisch saß, sagte sie: »Erzähl mir von dieser jungen Frau.« Obwohl Hope bei schlechter Gesundheit war und nur Spuren der großen Schönheit ihrer Jugend aufwies, war sie immer noch flammend stolz auf ihr walisisches Blut – und sie mochte Andrew genauso gern, wie er sie mochte. Sie saß schweigend da und lauschte, während er ihr die Begegnung beschrieb, dann fragte sie: »Hast du sie wirklich gemocht, Andrew?«

»Oh ja, sehr.« Andrew blickte ihr gerade in die Augen, sein Gesicht war ernst. »Ich möchte sie wiedersehen, bevor ich nach Oxford gehe. Sie sagte, ich dürfte sie besuchen, und das werde ich tun.«

»Das wird deine erste Liebesaffäre.« Hope lächelte und genoss das Gefühl seiner Hand auf der ihren. »Du warst nie ein großer Schürzenjäger.«

Andrew Wakefield blickte gedankenvoll vor sich hin. Als ein ernster junger Mann hatte er sich damit abgefunden, ein jüngerer Sohn zu sein. Er war ein guter Schüler, hochintelligent und gar nicht unzufrieden mit der Aussicht, in den kirchlichen Dienst zu treten, denn er war schon lange religiös engagiert. Hope Wingate, deren Hand er hielt, war eine tiefgläubige Christin, die ihm immer wieder weitergeholfen hatte.

»Nein, ich habe nie viel für Liebesaffären übriggehabt«, sagte Andrew. »Aber ich muss zugeben, ich war noch nie so angetan von einer jungen Frau, und ich werde mich freuen, sie wiederzusehen.«

Hope drückte seine starke Hand, dann legte sie ihre zweite Hand auf die seine und sagte leise: »Ich hoffe, es ist ihr bewusst, was für ein wackerer junger Mann da zu Besuch kommt.«

Andrew lächelte beinahe frech, seine weißen Zähne glänzten. »Ich wünschte, ich wäre nur halb der Mann, für den du mich hältst, Tante Hope.«

Er beugte sich vor, küsste ihre Wange und verließ den Raum. Hope Wingate saß noch lange da, dachte an die Vergangenheit und an diesen jungen Mann, der ihr so lieb geworden war. »Ich habe viele Jahre für dich gebetet, Andrew«, flüsterte sie. »Nun werde ich dafür beten, dass Gott dir die richtige Frau zur Gefährtin gibt.«

2

ANDREW LERNT EINEN HEILIGEN KENNEN

»Euer Zuhause ist wunderschön, Mr Wakefield. Ich habe nie ein schöneres Gut gesehen.«

Caroline Barksdale war von Andrew auf einer Besichtigungstour durch das ganze Haus und das Grundstück begleitet worden. Die Julisonne stand als bleiche Scheibe hoch am Himmel, Hitze stieg von der Erde auf, während Caroline das üppige, sorgsam gepflegte Gut betrachtete. Als sie inmitten des großen Rosengartens standen, beugte sie sich nieder, um den Duft einer scharlachfarbenen Rose in sich aufzunehmen, dann lächelte sie Andrew an. »Ihr müsst traurig sein, diesen Ort zu verlassen und nach Oxford zu gehen.«

»Nun, eigentlich glaube ich nicht, dass ich traurig bin«, antwortete Andrew kurz. »Ich freue mich schon seit einer ganzen Weile auf meinen Aufenthalt an der Universität.« Er blickte sie an, nahm den Anblick ihres rosa und weiß gestreiften Seidenkleides in sich auf, das mit Taftschleifen geschmückt war und dessen Saum kaum den Boden berührte. Um die Schultern trug Caroline einen mit Spitzen gesäumten Gazeschal und auf ihrem sorgfältig frisierten Haar saß ein weißer Strohhut über einem leinenen Häubchen. Als ihr rötlich blondes Haar die Sonnenstrahlen auffing, bewunderte Andrew ihre Schönheit, sagte jedoch nichts.

Die beiden waren schon einige Male zusammen gewesen, seit sie einander zum ersten Mal begegnet waren, und nun war die ganze Familie Barksdale auf Besuch nach Wakefield gekommen.

»Es muss wunderbar gewesen sein, Euer ganzes Leben hier zu verbringen«, bemerkte Caroline nachdenklich, während sie langsam den mit Ziegeln gepflasterten Pfad entlanggingen, der die Rosenbeete voneinander trennte. »Ich kann es mir gar nicht vorstellen, in einem so großen Haus zu wohnen.« Sie warf Andrew einen Seitenblick zu und stellte fest, dass er adrett, wenn auch nicht teuer gekleidet war: braune Kniehosen, weiße Strümpfe, eine kurze rehbraune Weste und ein weißes Hemd mit einer dunkelblauen Halsbinde. Selbst seine weichen Lederschuhe mit den flachen Absätzen und Messingschnallen waren uncharakteristisch einfach und vernünftig für einen Mann in seiner gesellschaftlichen Stellung.

»Wisst Ihr«, sagte Andrew, während er leicht nach ihrem Arm griff und sie zu sich umdrehte, »wie oft wir schon beisammen waren?«

»Nicht sehr oft.«

»Viermal«, erklärte Andrew. »Ein Abendessen bei Euch daheim. Ein Ausritt im Park. Tee beim Bischof. Und einmal beim Pferderennen.«

»Ihr führt ja sehr genau Buch über Euer gesellschaftliches Leben, Mr Wakefield.«

»Oh, nennt mich doch nicht so. Wir kennen uns jetzt gut genug, um uns mit dem Vornamen anzureden. Kommt – ich zeige Euch den Rest des Gutes.«

Er führte sie über die gewundenen Gartenpfade, bis sie an einen Graben kamen. »So etwas nennt man ein *ha-ha.*«

»Ein *ha-ha?* Warum nennt man es so?«, fragte Caroline und zog die Augenbrauen hoch. Sie blickte neugierig den Graben an. »Wozu dient er?«

»Es ist eine Art versenkter Zaun«, antwortete Andrew, »um die Kühe zurückzuhalten. Auf die Weise ersparen wir uns einen hässlichen Zaun. Es hat nur einen Nachteil. Man sieht das verflixte Ding nicht, bevor man nicht direkt davorsteht.« Seine blauen Augen füllten sich mit Humor. »Ich habe mir einmal den Arm gebrochen, als ich in das verflixte Ding hineingefallen bin.«

»Oh du liebe Güte«, neckte ihn Caroline, »ich wusste gar nicht, dass Geistliche so fluchen! Verflixtes Ding, sieh einer an!« Sie lachte über den Ausdruck auf Andrews Gesicht, dann sagte sie rasch: »Es tut mir leid. Ich wollte Euch nur necken.«

»Daran bin ich gewöhnt. Die meisten Leute finden es spaßig, dass ich in den Dienst der Kirche trete.«

»Nun, ich finde das nicht«, beharrte Caroline. Sie hatte an seine früheren Bemerkungen gedacht und kehrte zu dem Thema zurück. »Ihr müsst Tagebuch geführt haben, wie oft wir uns getroffen haben. Eines Tages werdet Ihr es als Biografie bezeichnen und es *Mein verpfuschtes Leben als Geistlicher* nennen.« Humor leuchtete in ihrem Gesicht auf, als sie ihn neckte. Eines der Dinge, die sie an Andrew beunruhigten, war das Gefühl, er sei allzu ernst. Es hatte eine Weile gedauert, bis sie sich überwinden konnte, ihn zu necken.

Andrew zuckte die Achseln. »Ich hoffe, mein Leben wird nicht verpfuscht sein. Ich habe die Absicht, Gott zu dienen, so gut ich kann.« Er forschte ernsthaft in ihrem Gesicht. »Caroline – werdet Ihr mir schreiben, während ich in Oxford bin?«

»Gewiss – wenn Ihr mir als Erster schreibt. Ich bin sicher, meine Eltern werden nichts dagegen haben.« Ihre Lippen kräuselten sich zu einem Lächeln. »Ihr könnt mir geistlichen Rat erteilen. Sagt mir all die Dinge, denen junge Damen aus dem Weg gehen sollten.« Sie ergriff seinen Arm. »Kommt mit. Es muss beinahe Zeit zum Essen sein. Ich bin halb verhungert.«

Sie kehrten zurück zu dem großen Herrenhaus, das ein Stück hinter den kleineren Seitengebäuden zurückstand, und traten durch eine massive Eichentür ein. Carlton, der Butler, empfing sie. »Ich wollte Euch eben holen, Sir. Das Abendessen steht bereit.«

Andrew spürte Carolines leichte Berührung auf seinem Arm, als sie den langen Korridor entlanggingen und dann zum Speisezimmer abbogen.

»Es ist an der Zeit, dass ihr kommt!«, rief George Wakefield aus. Er trug rehbraune Kniehosen, eine doppelreihige Weste und eine schmale Schleife am Hals. Er zog einen Stuhl zurück und befahl: »Setzt Euch hierhin, Miss Barksdale. Ich habe vor, Euch all die abscheulichen Geschichten aus Andrews wüster Jugend zu erzählen.«

»Ich bin überzeugt, die Liste wäre sehr kurz«, sagte Caroline mit gesenktem Blick. Sie ließ sich an einer Seite des großen Eichentisches nieder, zwischen ihren Eltern. Andrew setzte sich an der gegenüberliegenden Seite neben seine Mutter, Lady Ann Wakefield.

George nahm den Platz am oberen Ende des Tisches ein und nickte dem Diener zu. »In Ordnung. Bringt das Essen herein, Justin.«

Weder Caroline noch ihre Eltern waren an die raffinierten Genüsse gewöhnt, die nun folgten. Mrs Barksdale schien sich im Geist Notizen zu machen, offenkundig hatte sie die Absicht, die Adeligen nachzuahmen, wenn die Reihe an sie kam, die Gastgeberin zu spielen. Die Mahlzeit bestand aus dünnen Lammfilets, die mit Essig und gehackten Zwiebeln serviert wurden, Wildpastete, die stark mit Butter gewürzt und gefüllt war, und gegrilltem Hecht. Laibe von frischem Weizenbrot, das eben aus dem Ofen kam, füllten zwei silberne Platten. Andere silberne Schüsseln und Platten enthielten gekochte Bohnen, Karotten und Rüben, die alle in Butter gedünstet waren. Die Diener füllten die Gläser mit Ale nach, das blass und stark war. Nach dem Hauptgang wurde ein Kuchen hereingebracht. Lady Wakefield erklärte, er sei nach ihrem eigenen Rezept gebacken, zu dem Rosinen im schweren, süß gewürzten Teig gehörten. Auch heiße Schokolade wurde für jene serviert, die das sahnige Getränk mochten, aber die meisten bevorzugten Tee.

In der Konversation ging es dann um die Familie. Barksdale nickte: »Ich finde auch, der zweite Sohn sollte in den kirchlichen Dienst treten«, erklärte er. »Das verleiht der Familie Würde.«

»Nun, es kostet auch genug«, sagte George und zuckte schwerfällig die Schultern. »Ich hoffe, ich kann mir den Rest meines Lebens kostenlose Predigten anhören, nachdem ich die Kosten deiner Ausbildung getragen habe, Andrew.«

Andrew war an den verschrobenen Humor seines Bruders gewöhnt. »Ich werde mein Bestes tun. Ich finde Predigten sehr vernünftig, George.«

»Ihr müsst stolz darauf sein, einen Sohn nach Oxford zu schicken«, sagte Caroline zu Lady Wakefield.

»Ja, wahrscheinlich. George war auch eine Weile dort.«

»Ja, das war ich«, erwiderte George und nickte. »Vergeudete Zeit.« Eine Spur Verachtung umdüsterte seine Worte. »Der Ort hat überhaupt nichts Romantisches an sich. Kein Fünkchen! Ich hörte, dass einige der Bischöfe Angst haben, das Schwärmertum könnte sein hässliches Haupt dort erheben. Keine Gefahr. Sie schwärmen für rein gar nichts, nicht einmal für Sport. Hab nie im Leben einen so langweiligen Ort gesehen!«

Die Barksdales waren leicht schockiert über seine verächtlichen Worte und Caroline warf Andrew einen überraschten Blick zu. »Das ist kein sehr ermutigender Bericht für Euch, Mr Wakefield.«

»Ich gehe nicht nach Oxford, um ein Schwärmer zu werden«, sagte Andrew ruhig. »Ich halte nichts von diesen Dingen.«

Das überraschte Caroline nicht. Sie wusste, dass man all die sogenannten religiösen Exzesse in England mit dem Begriff »Schwärmerei« bezeichnete. Bei den Unterschichten, vor allem in Wales, war es vorgekommen, dass die Leute in der Kirche oder beim Gottesdienst aufschrien, zu Boden sanken oder sich auf andere Weise höchst unpassend benahmen, wie die Geistlichen fanden. Sie wusste, dass man über einen Mann in gewisser Hinsicht nichts Schlimmeres sagen konnte, als dass er ein Schwärmer sei.

»Das will ich hoffen, dass du dich von solchen Dingen fernhältst«, sagte Lady Ann Wakefield und schniefte. »Es genügt, dass wir zur Kirche gehen, die Sakramente nehmen und die Kirche unterstützen, wie es sich gehört.«

Andrew rutschte unbehaglich auf seinem Stuhl hin und her. Die Religion seiner Mutter, das wusste er, war wenig mehr als eine Formalität. Seine Großmutter, die vor drei Jahren gestorben war, war eine warmherzige Christin gewesen, die viel Zeit und Mühe darauf verwandt hatte, dem Rest der Familie das Christentum nahezubringen. George und Lady Ann jedoch hatten kein Interesse an solchen

Dingen. George hatte einmal von seiner Großmutter gesagt: »Sie wäre selbst eine Schwärmerin gewesen, wenn sie nur die geringste Chance gehabt hätte.«

Als die Mahlzeit beendet war, gingen die Männer in ein Nebenzimmer, um zu rauchen. George und Mr Barksdale gönnten sich ein Schlückchen von etwas Stärkerem als Ale. Die Frauen blieben im Speisezimmer zurück, nippten an ihrem Tee und machten leichte, höfliche Konversation. Caroline studierte Lady Ann aufmerksam, denn sie war überzeugt, dass man nur die Eltern zu beobachten brauchte, um zu wissen, in welche Richtung ein Kind sich entwickeln würde. Da Andrews Vater schon vor einigen Jahren gestorben war, entschloss sich Caroline, seine Mutter zu studieren.

Lady Ann Wakefield war in ihrer Jugend eine attraktive Frau gewesen, daran bestand kein Zweifel; aber Übergewicht hatte ihre Figur plump gemacht und ihr Gesicht derb. Sie konnte ihren Hochmut nicht verbergen, er spiegelte sich in ihrem reich verzierten Kleid und dem Diamantring, der auffällig an ihrem Finger glitzerte.

Caroline war von Lady Ann nicht beeindruckt und machte eine Bemerkung, als die Barksdales in ihrer Kutsche nach London zurückkehrten. »Ich glaube, mit Lady Ann ist schwer auszukommen.«

»Warum sagst du so etwas, Caroline?«, schalt Mrs Barksdale. »Sie hat etwas Befehlendes an sich, aber das ist nur recht und billig bei einer Dame ihres Standes.«

»Sie will ihren Kopf durchsetzen, so viel ist jedenfalls sicher«, antwortete Caroline.

»Und warum sollte sie nicht?«, beharrte ihr Vater. »Sie hat Geld, eine hohe gesellschaftliche Stellung und einen Titel. Solche Leute setzen immer ihren Kopf durch.«

Caroline warf ihrem Vater einen scharfen Seitenblick zu, sagte aber nichts.

Ihre Mutter sagte steif: »Ich bin schockiert, Caroline, dass du Sir George so wenig Aufmerksamkeit geschenkt hast. Ich glaube, er war verletzt.«

»Meinst du?« Caroline zuckte die Schultern. »Ich habe nichts davon bemerkt.«

»Er hat dreißigtausend Pfund im Jahr«, warf ihr Vater ein. »Ich finde, es ist nur vernünftig, einem Mann Aufmerksamkeit zu schenken, der so viel Geld hat.«

»Ich finde Andrew viel interessanter«, bemerkte Caroline gleichgültig. »Sir George kann über nichts anderes reden als Pferde.«

»Ein Mann mit dreißigtausend Pfund im Jahr«, verkündete ihr Vater großartig, »kann es sich leisten, uninteressant zu sein.«

Caroline hatte das Gefühl, dass an dieser Logik etwas nicht in Ordnung war, aber sie kannte ihre Eltern gut genug, um keinen Streit anzufangen. Sie war natürlich vom Gut der Wakefields beeindruckt gewesen, doch die Familie hatte sie ein wenig enttäuscht. Irgendwie hatte sie sich eine anregendere Konversation von den Adeligen erwartet, aber sie hatte weder von Sir George noch von Lady Ann irgendetwas besonders Eindrucksvolles gehört. *Andrew ist ein interessanter junger Mann, aber er hat so lange unter der Fuchtel seines Bruders gestanden, dass ich bezweifle, ob er sich jemals befreien kann*, sinnierte sie. *Wahrscheinlich wird er ein guter Pfarrer werden.* Sie blickte zum Fenster der Kutsche hinaus, die die staubige Straße nach London entlangjagte, und lächelte in sich hinein. *Andrew wird lernen müssen, ein wenig romantischer zu sein. Darauf werde ich auf jeden Fall bestehen.*

* * *

Andrew Wakefield kam in der ersten Juniwoche des Jahres 1731 in Oxford, das fünfzig Meilen von London entfernt liegt, an und fand es längst nicht so schlimm, wie sein Bruder George behauptet hatte. Nachdem ihn der Vorsteher des Lincoln College herzlich begrüßt hatte, stellte Andrew mit Vergnügen fest, dass sein Quartier sehr hübsch war. Sobald er sich an den Alltag gewöhnt hatte, fand er das Leben an der Universität mehr oder weniger nach seinem Geschmack. Er aß im Speisesaal um fünf Uhr zusammen mit den anderen Studenten und musste um neun Uhr zurück in seinem College sein, wenn er nicht eine Geldstrafe zahlen wollte. Er war bereits auf das Ordnungspersonal gestoßen, die sogenannten »Bulldoggen«, die auf der Suche nach unbotmäßigen Studenten die Straßen durchstreiften und das Recht hatten, jedes Haus mit nur zehn Minuten Vorwarnung zu durchsuchen. Wer die Regeln brach, musste mit Karzer rechnen oder wurde vom College verwiesen.

Die Klassenunterschiede waren in Oxford deutlich zu merken. Die Adeligen waren an ihrer Kleidung deutlich zu erkennen, und ihre Hüte waren mit besonderen Quasten geschmückt. Sie saßen auch an abgesonderten Tischen. Andrew war nicht sonderlich erfreut darüber, zu dieser Gruppe zu gehören, denn er stellte rasch fest, dass sie nicht gerade die Fleißigsten in Oxford waren.

Nachdem zwei Wochen vergangen waren, fühlte er sich ziemlich einsam. Er hatte nur wenige Freunde gefunden; die meisten Männer, die Theologie studierten, waren entweder langweilig oder überhaupt nicht an religiösen Fragen interessiert. Viele von ihnen waren gezwungen worden, Geistliche zu werden, und sie machten kein Hehl daraus, wie unzufrieden sie mit diesem Leben waren.

Andrew Wakefield war nach Oxford gekommen, um zu lernen, wie er Gott am besten dienen konnte. Das liederliche Leben einiger Theologiestudenten widerte ihn an. Er hatte jedoch von zwei Männern gehört, Mr John Wesley und seinem Bruder Charles, über die widerstreitende Gerüchte im Umlauf waren. Andrew lauschte aufmerksam und stellte fest, dass die zügellosen Studenten beide Männer aufs Heftigste ablehnten. Als er einen seiner Bekannten befragte, einen Studenten namens Paul Simmons, warf ihm der Jüngere einen säuerlichen Blick zu. »Oh, Ihr redet vom Klub der Heiligen.«

»Dem Klub der Heiligen? Was ist das?«

»Nun, das ist dieser Haufen Heiliger, der von John Wesley angeführt wird. Haltet Euch bloß fern von denen! Sie sind nichts anderes als irre Schwärmer.«

Simmons Empfehlung verfehlte ihre Wirkung auf Andrew. *Wenn Simmons sie nicht leiden kann*, sinnierte Andrew, *dann müssen sie etwas Besonderes sein.*

Also gab sich Andrew große Mühe, mit dem jüngeren Bruder, Charles Wesley, Bekanntschaft zu schließen. Charles, ein gut aussehender junger Mann von durchschnittlicher Größe, war charmant, witzig und gesellig. Er fand Andrew augenblicklich sympathisch. »Wir haben eine kleine Gruppe, die sich einmal in der Woche trifft. Vielleicht habt Ihr schon davon gehört. Manche nennen es den Klub der Heiligen, obwohl wir selbst uns nicht so nennen. Manche nennen uns ›Kerzenschlucker‹, manche ›Kirchenwanzen‹, und einige nennen uns ›Methodisten‹. Aber wir selbst nennen uns einfach ›unsere Gesellschaft‹.«

»Ich würde mich euch sehr gerne anschließen«, sagte Andrew eifrig.

»Großartig!« Wesley lächelte. »Wir treffen uns heute Abend im Zimmer meines Bruders John. Ich hole Euch ab und stelle Euch dem Rest der Gruppe vor.«

Andrew freute sich auf die Zusammenkunft. Am Abend kam Charles Wesley in sein Zimmer. »Kommt mit. Ich habe meinem Bruder gesagt, dass Ihr kommt, und er kann es nicht erwarten, Euch kennenzulernen.«

Er führte Andrew in John Wesleys Quartier und stellte sie einander vor. »Bruder John, das ist Andrew Wakefield. Ich schlage vor, ihn in unsere Gruppe aufzunehmen.«

John Wesley, ein klein gewachsener Mann, der höchstens fünf Fuß und drei Zoll maß, sich aber sehr aufrecht hielt, hatte aufmerksame dunkelbraune Augen und langes kastanienbraunes Haar, das seine Schultern streifte. Sein Mund hatte volle Lippen, seine Nase war lang und dünn. »Wir freuen uns, Eure Bekanntschaft zu machen«, sagte John und lächelte leise. »Erlaubt Ihr, dass ich Euch den Rest unserer Gesellschaft vorstelle.« Die beiden anderen Anwesenden, Robert Kirkland und William Morgan, begrüßten Andrew herzlich.

Morgan war ein gut aussehender Mann mit einem unverkennbaren Waliser Akzent. Andrew bemerkte ihm gegenüber: »Einige meiner Vorfahren kamen aus Wales. Sie hießen auch Morgan.«

William Morgan wirkte überrascht. »Tatsächlich? Nun, dann sind wir vielleicht entfernte Cousins. Ich weiß nicht viel über unseren Familienstammbaum, aber mein Vater kennt ihn in allen Einzelheiten. Ich werde ihn fragen, ob er von irgendwelchen Wakefields weiß, die uns über den Weg gelaufen sind. Aber kommt, wir fangen schon an.«

Das Treffen war schlicht. John Wesley war offenkundig der Anführer. Mehrere Lieder wurden gesungen und Andrew sang mit seiner kräftigen Stimme mit. Nachdem der Gesang endete, sagte John zu Andrew: »Mein Bruder Charles schreibt Lieder. Da Ihr so gut singt, frage ich mich, ob Ihr vielleicht Musiker seid?«

»Ein sehr bescheidener Musiker«, antwortete Andrew. »Ich glaube, ich werde genug damit zu tun haben, dass ich Predigten schreiben lerne, von Hymnen ganz zu schweigen.«

Charles Wesley schien sich zu Andrew hingezogen zu fühlen; er lächelte warmherzig über den zerknirschten Tonfall des jungen Mannes. »Wir werden öfter zusammen sein. Wenn ich Euch dabei helfen kann, Eure Predigten zu schreiben, zögert nicht, Euch an mich zu wenden.«

Die Zusammenkunft bestand fast ausschließlich aus Liedern, Gebeten und Fürbitten. Später, als Andrew und Charles zu ihren Zimmern zurückkehrten, erkundigte sich Charles: »Was haltet Ihr von unserer Gesellschaft?« Er zog eine Augenbraue hoch. »Ich fürchte, wir haben einen ziemlich schlechten Ruf.«

»Ich fand das Treffen sehr angenehm«, sagte Andrew mit fester Stimme. »Ich hoffe, ich werde wieder eingeladen.«

»Aber gewiss! Betrachtet Euch als einen der Unseren, Andrew. Wir wollen nichts weiter, als einander helfen, unseren Weg zu Gott zu finden und dem Herrn Jesus zu dienen, so gut wir können.«

Voll Freude beschloss Andrew, sich als Mitglied in diesem Klub einen guten Ruf zu erwerben. Nachdem er mehrere Zusammenkünfte besucht hatte, sprach ihn ein Adeliger namens Peter Jamison an. Mit gerunzelter Stirn bemerkte er: »Passt auf Euch auf, Wakefield!«

»Warum?«, fragte Andrew überrascht.

»Der Klub der Heiligen«, gab Jamison zurück. »Lasst Euch nicht allzu eng mit diesen Burschen ein.«

Andrew war irritiert. Er wusste, dass der junge Jamison ein Tunichtgut war und antwortete ihm ziemlich scharf: »Ich finde, dass es gottgefällige Männer sind. Sie haben mir in meinem geistlichen Leben sehr viel weitergeholfen.«

Jamison warf ihm einen angewiderten Blick zu. »Denkt an meine Worte. Ihr werdet in Schwierigkeiten geraten. Sie sind Schwärmer, einer wie der andere! Den Kopf voll wilder, verrückter Ideen!« Er wurde zornig. »Ich habe versucht, Euch ein Freund zu sein; Ihr solltet beherzigen, was ich Euch sage, Wakefield!« Er wandte sich ab und eilte steif aufgerichtet davon.

Andrew ging langsam davon. *Wie könnte jemand, der so gottgefällig ist wie diese Männer, gefährlich sein?*, fragte er und nickte dann sich selbst entschlossen zu. *Wir müssen uns unseren Weg in den Himmel verdienen – und ich kann mir dazu keine bessere Gesellschaft wünschen als John Wesley und den Klub der Heiligen!*

3

ENTFERNTE VERWANDTE

Andrew verließ Oxford voll hoher Erwartungen. Er hatte den Wechsel der Jahreszeiten beobachtet und nun war der Dezember gekommen. Am fünften Tag des Monats verließ er bei leichtem Schneefall seine Wohnung, kletterte in eine Kutsche, in der bereits einige andere Studenten saßen, die auch nach London wollten, und sagte seinem College fürs Erste Lebewohl.

Während die Kutsche dahinrollte, fielen Schneeflocken auf den Rücken der Pferde und verliehen ihnen eine seltsame, glitzernde Erscheinung. Auf den braunen, toten Blättern neben der Straße sammelten sich kleine Häufchen Weiß. Der Wind pfiff und wirbelte den Schnee zu winzigen Windhosen auf. Bald war die offene Kutsche mit zierlichen Flocken bedeckt, manche so groß wie eine Shillingmünze. Andrew kuschelte sich tief in seinen Mantel, zog sich den Hut bis zu den Ohren herab und schlug von Zeit zu Zeit die in Fäustlingen steckenden Hände zusammen, um wieder Gefühl zu bekommen.

Der Kutscher zwinkerte ihm fröhlich zu und zog eine Flasche aus der Tasche. »Wie wär's mit 'nem Schlückchen, Sir? Das wärmt die Knochen!«

»Nein, danke«, sagte Andrew kurz angebunden.

Der Kutscher grinste. »Ihr seid wohl einer aus dem Klub der Heiligen, eh? Zu vornehm, um ein Schlückchen zu trinken? Na, meine Sache ist das nicht!« Als er aus der Flasche trank, bewegte sich sein knotiger Adamsapfel rasch auf und ab. Sein Nacken war mager, und es war beinahe, als beobachtete man eine Schlange, die eine Reihe kleiner Tiere verschluckte. Er setzte die Flasche ab, grunzte: »Ahhh« und versteckte den Schnaps wieder in seiner Tasche.

Andrew betrachtete ihn angewidert. Er war von seinen Kommilitonen – und selbst von einigen der Professoren – mit seiner Mitgliedschaft im Klub der Heiligen lächerlich gemacht worden. Er hatte eine Abneigung gegen diesen Namen gefasst und bezeichnete die Gruppe wie die anderen Mitglieder auch mit »unsere Gesellschaft«. Er hatte eine gute Zeit verbracht, dachte er, während er sich zurücklehnte, um die kalte Fahrt zu ertragen.

Andrew und einige andere Mitglieder der kleinen Gemeinschaft waren von William Morgan in einen Dienst im Gefängnis eingeführt worden. Die beiden Wesleys und Andrew waren in das Gefängnis Bocardo gegangen, ein altes Schloss am Stadtrand. Sie hatten Hymnen gesungen und John Wesley hatte gepredigt. Danach waren die drei unter den elenden Gefangenen herumgegangen, vor allem Schuldnern, und hatten Worte der Bibel mit ihnen geteilt. Es war dasselbe Gefängnis, in dem Cranmer, Latimer und Ridley gefangen gehalten waren, ehe sie auf dem Scheiterhaufen verbrannt wurden.

Andrew hatte die Idee gehabt, einen kleinen Fond anzulegen, um Arzneien und Bücher zu kaufen und gelegentlich einem Schuldner zur Entlassung zu verhelfen. Der Bischof, der von ihren Aktivitäten gehört hatte, sandte die Botschaft, dass er große Freude an ihrem Unternehmen hatte.

Die Räder der Kutsche machten nun ein zischendes Geräusch und der Schnee trieb schräg durch die Luft, während sie dahinrollten. Tiefe Müdigkeit überkam Andrew. John Wesley war Andrews Ansicht nach ein wunderbarer Mann, aber er stellte auch hohe Anforderungen. Wesley drängte allen seinen Jüngern Zucht und Ordnung auf; er bestand darauf, dass jede Stunde des Tages ihre eigene Beschäftigung hatte, sei es zum Studium, zur Andacht, zur körperlichen Übung oder zur Wohltätigkeit. Er drängte die Gruppe beständig, »der schrecklichen Gegenwart Gottes zu gedenken«. Wesley hatte ein kleines Büchlein mit dem Titel *Eine Sammlung von Gebetsformen* zusammengestellt und veröffentlicht. Wesley liebte es, jede Stunde mit einem Gebet zu beginnen, und ermutigte die anderen in der Gruppe dazu, seinem Beispiel zu folgen.

Die anstrengenden Studien, diese Methode und die strenge Disziplin des Klubs der Heiligen hatten Andrew erschöpft. Er war deshalb jedoch nicht unmutig; er dachte, er finde seinen Weg. Als er sich nun London näherte, empfand er ein Gefühl der Befriedigung, dass er Gottes Geboten treu geblieben war. Wesley hatte viel Wert darauf gelegt – dass sie Gott gefallen *mussten* – und dass sie zu diesem Zweck methodisch arbeiten mussten.

* * *

Caroline zog die Augenbrauen hoch, als sie über den Tisch hinweg Andrew anblickte. »Ihr habt Gewicht verloren. Ich wusste nicht, dass das Theologiestudium eine so hungrige Angelegenheit ist.«

Andrew lehnte sich in dem Sessel zurück, der das Empfangszimmer im Haus der Barksdales zierte, und lächelte Caroline an. Ihr Kleid war schlicht, lichtblau mit einem dunkelblauen Saum und weißer Spitze an Ärmeln und Kragen. Ihr Haar war auf eine neue Weise frisiert, bemerkte er. Mit einiger Anstrengung riss er sich von ihrem Anblick los und schluckte das Kompliment, das er ihr machen wollte, hinunter. Er nippte an seinem Tee und murmelte: »Es ist harte Arbeit, Gott zu dienen. Ich wusste nicht, wie schwer es tatsächlich ist.«

Caroline war überrascht gewesen, als Andrew einfach vor der Tür stand. Aber sie hatte ihn willkommen geheißen und ihm erklärt, dass ihre Eltern bei Freunden zu Besuch waren. Die Dienerschaft war jedoch im Haus, sodass es nicht den Anstand verletzte, wenn sie Andrew zum Tee einlud. Nun glättete sie ihren Seidenrock, während sie über Andrews Worte nachdachte. »Und ist es schwierig, in Oxford zu studieren?«

»Nichts, was wir für Gott tun können, ist zu schwer«, antwortete Andrew. Er hörte sich ein wenig pompös und salbungsvoll an, selbst in seinen eigenen Ohren, und er fügte rasch hinzu: »Ich habe Freude daran gehabt. Aber ich hatte soweit genug davon, dass ich mich auf einen Urlaub gefreut habe. Nun – erzählt mir, was Ihr gemacht habt.«

Caroline sprach von Freunden, Anstandsbesuchen, Bekanntschaften, und Andrew lauschte still. Ein paar Minuten später betrat Mrs Barksdale den Raum. »Das ist ja Mr Wakefield!«, rief sie aus, als Andrew sich erhob, um sich über ihre Hand zu beugen. »Ich dachte, Ihr wärt in Oxford!«

»Weihnachtsferien, Mrs Barksdale«, sagte Andrew gewandt. »Ich bin unterwegs nach Hause, aber ich wollte kurz vorbeikommen, um Euch Guten Tag zu sagen.«

Lettie Barksdales Augen wurden schmal, aber sie zwang sich zu einem Lächeln. »Ich bin so froh, dass Ihr kommen konntet, Mr Wakefield. Ich hoffte, Eure Mutter und Euren Bruder wiederzusehen, aber unglücklicherweise hatten wir nicht das Vergnügen.«

Andrew nutzte die Gelegenheit. »Ich bin überzeugt, sie erwarten Euren Besuch in den Weihnachtsferien, Madam. Ich werde Mutter sagen, sie soll sich auf Euren Besuch einrichten.«

Das erfreute Mrs Barksdale und sie ließ sich im Salon nieder. Andrew wurde klar, dass sein Privatbesuch bei Caroline vorbei war. Er ertrug fünfzehn Minuten lang Mrs Barksdales zweckgerichtete Fragen – hauptsächlich nach dem kirchlichen Dienst, den finanziellen Erwartungen eines Geistlichen und ob es reichlich große Kirchen mit üppigen Pfründen gab. Dann erhob er sich. »Ich muss jetzt wirklich gehen. Meine Mutter wird mich erwarten.«

»Ich warte darauf, von Eurer Familie zu hören«, erinnerte Mrs Barksdale ihn lautstark.

»Ich bringe Euch zur Tür«, bot Caroline an. Die beiden gingen zur Vordertür und Caroline trat einen Schritt hinaus, um Lebewohl zu sagen.

»Wir hatten nicht viel Zeit zum Reden«, murmelte Andrew.

»Nein, aber wir werden bald mehr Zeit haben, da Ihr ja eine Weile zu Hause sein werdet. Ich werde dafür sorgen, dass meine Eltern Euch zum Abendessen einladen.«

Andrew ergriff ihre Hand. Mit uncharakteristischer Galanterie beugte er sich darüber und küsste sie. Sie errötete und neckte ihn:

»Andrew! Das hat man Euch doch nicht auf der theologischen Fakultät beigebracht, oder?«

Andrew lachte. »Nein, einige Dinge habe ich aus eigenem Antrieb gelernt. Ihr hört von mir, Caroline.«

Als sie ins Haus zurückging, wartete Carolines Mutter auf sie. »Ich hoffe, wir werden nach Wakefield eingeladen. Ich habe so viel Gutes über Sir George gehört. Da hast du einen Mann, der dir von Nutzen sein könnte, Tochter.«

»Mutter, er ist zum Sterben langweilig«, bemerkte Caroline.

Die Bemerkung beleidigte Lettie Barksdale, also stürzte sie sich augenblicklich in einen Vortrag über die Notwendigkeit, eine gute Partie zu machen. Caroline konnte ihre Mutter weder abhalten noch ablenken, so verließ sie zuletzt ganz einfach das Zimmer. Als sie in ihr Schlafzimmer ging, ließ sie sich auf das Bett fallen und dachte mürrisch: »Ich sehe nicht ein, warum nicht George der Geistliche und Andrew der Herr des Hauses sein kann!«

* * *

Bischof Alfred Crawley freute sich, den jungen Wakefield zu sehen. Er kannte die Familie ziemlich gut und hatte schon öfter mit Andrew über seine Pläne gesprochen. Nun zog er ihn mit sich in sein Arbeitszimmer, einen großen Raum, der rundum vom Boden bis zur Decke mit Bücherregalen verkleidet war. Der Hartholzboden war mit einem persischen Teppich belegt; dieser Teppich war so luxuriös, so offenkundig extravagant, dass er selbst für einen Bischof fehl am Platze schien.

Crawley, ein großer Mann mit grauem Haar und buschigen Brauen über dunkelgrauen Augen, war der konservativste Bischof in ganz England, wie manche Leute behaupteten. Aber er empfand aufrichtige Zuneigung zu jungen Geistlichen und hatte das Gefühl, es sei seine Pflicht, darauf zu achten, dass sie auf dem rechten Weg blieben. Er drängte Andrew, nahe ans Feuer zu kommen, und befragte ihn nach seinen Studien. Während Andrew sprach, lauschte Bischof Crawley mit lebhaftem Interesse, seine Augenbrauen wanderten in rhythmischer Bewegung auf und ab. Als Andrew mit seiner Geschichte zu Ende gekommen war, nickte der Bischof billigend. »Es sieht so aus, als hätten Sie sich wie ein rechter Student ans Werk gemacht.«

»Ich habe versucht, mein Bestes zu tun, Herr Bischof.«

Crawley lehnte sich in seinem Sessel zurück und legte die Spitzen seiner langen dünnen Finger zusammen. Er studierte sie nachdenklich, fast, als wären sie ein Bibelvers. Unter seinen struppigen Brauen waren seine Augen scharf und bohrend. »Ich habe Berichte gehört, wonach Ihr euch in Oxford mit gewissen Leuten eingelassen habt, Mr Wakefield.«

Andrew sank der Mut, obwohl er damit gerechnet hatte, dass dies zur Sprache kommen würde. »Ich habe mich bemüht, nur mit gottgefälligen Männern zu verkehren, Mylord.«

»Ach ja. Gottgefällige Männer. Ich habe kein Recht zu behaupten, ein Mann wäre nicht gottgefällig – dennoch, ich muss Euch warnen, es gibt immer Leute, die mit der Kirche unzufrieden sind.«

»Ich verstehe nicht …«

»Was ich meine, Andrew, ist: Es gibt immer Leute, die das Gefühl haben, die Kirche sei irgendwie nicht gut genug. Dass sie heiliger sein müsse.«

Der Bischof verschränkte die Finger, drehte die Handflächen nach außen und mit einer scharfen, raschen Bewegung ließ er die Knöchel knacken. Grunzend vor Befriedigung erhob er sich und trat an die Wärme des Kaminfeuers heran. Bischof Crawley hatte eine Vorliebe für Hitze. Nun hielt er, wie ein Anbeter vor einem Schrein, die Hände noch näher an die Flammen. Seine Augen waren halb geschlossen vor Behagen. »Ich rede von Mr John Wesley und seiner Gruppe – die man, wie ich glaube, den Klub der Heiligen nennt. Das ist Euch sicher bekannt.«

Es hatte wenig Sinn, das abzustreiten; offenbar hatte der Bischof etwas läuten gehört. Andrew antwortete milde: »Ja, Mylord. Wir haben uns von Zeit zu Zeit getroffen, um zu beten, Hymnen zu singen und einander zu ermutigen. Wie ich in meinem Brief an Euch erwähnte, haben wir auch die Gefängnisse besucht. Und Mr Wesley hat eine Schule für die Kinder der Armen eingerichtet.«

Bischof Crawley verschränkte die Hände hinter dem Rücken, zog die Schultern hoch und beugte sich ein wenig vor. In dieser Haltung ähnelte er einem großen Vogel. Das unsichere Licht des Feuers hob seine scharfen Züge hervor. »Das ist alles recht schön und gut. Aber diese Männer sind Schwärmer, Andrew. Haltet Euch von solchen Menschen fern! Ich will es ganz offen sagen: Ihr habt eine glänzende Zukunft in der Kirche von England vor euch. Ihr seid begabt. Ihr seid intelligent. Ihr seid gut erzogen. Ich habe die besten Hoffnungen, Euch an einer feinen Kirche unterzubringen, sobald Ihr euer Studium beendet habt. Aber das wird unmöglich sein, wenn Ihr den Weg der Wesleys geht.«

Andrew blickte in die Augen des Bischofs. Der Mann hatte etwas von einem Raubtier an sich, dachte er, denn trotz all seiner Freundlichkeit, seiner Großzügigkeit und Güte hatte Bischof Alfred Crawley – wie viele andere in der etablierten Kirche – nicht halb so viel Angst vor den Heiden in Afrika oder den kriegerischen Muslimhorden, wie er vor Schwärmern in den eigenen Reihen hatte. Andrew begriff, dass der Bischof auf eine Zusicherung seinerseits wartete, aber er konnte ihm keine geben. »Ich werde mich vorsehen, Mylord, aber ich muss Euch sagen, dass ich in den Männern, von denen Ihr sprecht, nichts als Hingabe und Frömmigkeit gefunden habe.«

Der Bischof betrachtete den jungen Mann aufmerksam und seine Lippen pressten sich zu einer dünnen Linie zusammen. »Nun gut, Andrew. Ich werde Eure Karriere im Auge behalten. Erzählt mir jetzt von Euren Plänen.«

* * *

Andrew war daheim von seiner Mutter willkommen geheißen worden, die ihn gern hatte und offenkundig erfreut war, ihn zu sehen.

George war zweimal mit ihm auf die Jagd gegangen und sie hatten den Nachbarn in verschiedenen geschäftlichen Angelegenheiten Besuche abgestattet. Aber es war Tante Hope, die Andrew am meisten ermutigte. Eine Woche lang hatte er nur wenig Gelegenheit, mit ihr zu sprechen. Im Lauf dieser Woche sah er Caroline nur ein einziges Mal, aber Anstalten wurden getroffen, die Familie Barksdale zum Abendessen einzuladen, und die Barksdales revanchierten sich mit einer Einladung der Wakefields zum Essen.

Am Donnerstagnachmittag nach seiner Rückkehr hielt Andrew sich zu Hause in seinem Zimmer auf und erinnerte sich, dass er kaum mit seiner Tante gesprochen hatte. Er legte sein Buch zur Seite, eilte den Flur entlang und klopfte an eine der Eichentüren. Als er die Stimme seiner Tante hörte, öffnete er und trat ein. »Hast du geschlafen, Tante Hope?«

Hope, die in einem Sessel am Fenster saß, war in eine schwere Wolldecke gewickelt und hatte die Haube bis zu den Ohren heruntergezogen. Sie lächelte Andrew an. »Nein, ich hoffte eben, du würdest vorbeikommen. Komm herein und schüre das Feuer, Andrew. Dann setz dich und erzähl mir, was du alles getan hast.«

»Das ist sehr einfach«, antwortete Andrew trocken, während er die Glut schürte und ein weiteres Scheit aufs Feuer legte. Die Flammen schossen von Neuem hoch und warfen einen fröhlichen Glanz in den Raum, während Andrew seiner Tante von seinen Erfahrungen in Oxford erzählte. Es war ein kleines Zimmer, aber das einzige Fenster war groß genug, um einen schönen Blick auf das Gut freizugeben. Die Wände waren mit verblassten, aber kunstvoll gewirkten Wandteppichen bedeckt, die – wie man ihm erzählt hatte – einst Hopes Vorfahren in Wales gehört hatten. Während er sprach, saß er zuerst mit dem Rücken zum Feuer, aber schließlich setzte er sich seiner Tante gegenüber. »Wie du siehst«, schloss er achselzuckend, »besteht Oxford nur aus Arbeit. Wenn ich nicht studiere, bin ich mit den anderen jungen Geistlichen zusammen, und wir gehen ins Gefängnis oder helfen den Armen. Kein sehr aufregendes Leben.«

Hope Wingate lächelte ihn an. Obwohl ihr Haar zum größten Teil von der Haube verdeckt wurde, schlüpften silberweiße Strähnen darunter hervor. »Du tust ein gutes Werk, Andrew. Erzähl mir von den jungen Männern, mit denen du dich angefreundet hast.«

Sie saß still da, während Andrew mit Begeisterung von den Mitgliedern seiner Gruppe sprach und vor allem von John und Charles Wesley. Als Andrew ihr von William Morgan und seinem walisischen Hintergrund erzählte, zeigte sie lebhaftes Interesse.

»William erzählte mir, ein Mitglied seiner Familie kenne den Familienstammbaum der Morgans«, sagte Andrew zu ihr. »Er sagte, er würde versuchen herauszufinden, ob wir verwandt sind.«

»Das würde mich nicht überraschen.« Hopes Augen wurden nachdenklich.

»Erzähl mir noch einmal, wie das walisische Blut in unsere Familie gelangt ist.«

»Du weißt nicht, was du da verlangst, mein Junge«, sagte Hope und zwinkerte ihm aus klaren grauen Augen zu. »Sir Robert Wakefield hatte einen Sohn von einer Waliserin. Ihr Name war Margred Morgan. Der Junge wurde Sir Myles Morgan. Unser Zweig der Familie stammt von ihm ab. Aus der Linie Margred Morgans kommt aber auch eine Frau namens Angharad. Sie heiratete Sir Christopher Wakefield – sie war seine zweite Frau – und meine Mutter. Aber das Blut von Margred Morgan fließt immer noch in deinen Adern, Andrew. Komm, ich will dir den Stammbaum zeigen. Hol mir das Pergament, dort drüben in der Lade, mein Junge.«

Andrew erhob sich, um den Stammbaum zu holen, dann zog er seinen Stuhl nahe neben den der gebrechlichen Frau. Sie fuhr mit dem Finger darüber hin und nannte die Männer der Wakefields bei Namen: Robert – Myles – dann sein Sohn William, der in Smithfield auf dem Scheiterhaufen verbrannt worden war; seinen Sohn Robin, der gegen die spanische Armada kämpfte; dann Christopher, der mit der Gruppe auf der *Mayflower* nach Amerika fuhr, aber nicht lange dort blieb; dann Christophers Söhne, Gavin und Amos. »Amos war, wie du weißt, dein Großvater. Er heiratete eine junge Adelige, Orelia Hamptom. Traurigerweise starb sie bei der Geburt ihres Sohnes, John, der dein Vater war ... und nun du, Andrew ... aber das walisische Blut ist immer noch da«, schloss sie mit gedämpfter Stimme.

Andrew interessierte sich für seine Familie und Tante Hope wusste mehr darüber als jeder andere. Sie sprachen über eine Stunde miteinander; die meiste Zeit lauschte Andrew ihrer leisen Stimme, die ihm von seinem Erbe erzählte. Schließlich sagte er: »Ich ermüde dich.«

»Nicht im Geringsten! Über die Familie zu sprechen ist mir das Liebste. Und es gibt da eine Sache, über die ich mit dir sprechen muss. Es ist gut, dass wir über den walisischen Einfluss auf die Wakefields gesprochen haben.«

»Warum das?«

»Sieh dir das hier an.« Hope zog das zweite Pergament hervor, auf dem ein weiterer Stammbaum aufgezeichnet war. »Siehst du? Hier hast du Margred Morgan, die Mutter von Myles. Siehst du, dass sie einen Bruder namens John hatte? Die Linie verläuft so ...« Sie fuhr mit dem Finger über das Blatt und sprach die seltsamen Waliser Namen mit einem leisen Lispeln aus. »Da ist Gwilym, sein Sohn Kelwin und dessen Sohn Rhys; hier, Rhys hatte einen Sohn namens Evan. Ich kannte ihn gut. Er war ein wackerer junger Mann. Er heiratete ein Mädchen namens Jenny, die eine Zeit lang Schauspielerin war. Jenny und Evan hatten einen Sohn«, fuhr sie in schulmeisterlichem Ton fort. »Er hieß Samuel. Und Samuel hatte zwei Kinder, einen Sohn namens Gareth und ein Mädchen namens Dorcas. Von diesen beiden muss ich dir erzählen.«

Andrew senkte den Blick und wiederholte nachdenklich die Namen. »Gareth und Dorcas. Was ist mit ihnen, Tante Hope?«

»Ich bin über die Jahre hinweg mit ihnen in Verbindung geblieben. Sie machten schwere Zeiten durch. Evan kehrte nach Wales zurück und versuchte, seine Kinder dort großzuziehen. Er war Bergmann – ebenso wie sein Sohn, Samuel – und das ist ein hartes, grausames Leben. Die Minen waren immer schon lebensgefährlich.«

Das Licht sickerte durch das dicke Glas und badete das Gesicht der alten Frau. Ihre Haut war wie altes Elfenbein, und obwohl ihr Gesicht voller Falten war, war dort auch Stärke zu finden und ein Frieden und eine Freude, die Andrew immer bewundert hatte. Hope hatte einen seltsamen Ausdruck in den Augen, als träumte sie. Sie murmelte vor sich hin: »Ich wollte etwas für diese beiden tun – Gareth und Dorcas. Die Minen sind gefährlich, aber wenn sie geschlossen werden – wie es jetzt immer wieder geschieht –, ist der Hunger zu fürchten.«

Andrew kannte sich nicht recht aus. »Was willst du tun? Ihnen Geld schicken? Ich bin überzeugt, George wäre damit einverstanden.«

»Nein, das habe ich versucht, aber das ist nicht die Antwort. Sie müssen Wales verlassen und hierherkommen, nach England.«

Andrew lehnte sich zurück und starrte seine Tante an. Sie hatte niemals so leidenschaftlich über irgendetwas gesprochen, und als das Feuer nun in der Stille prasselte und knackte, fragte er sich, was wohl hinter ihrer gelassenen Miene vor sich ging. »Was willst du nun genau tun?«

»Ich finde es wunderbar, dass du den Armen geholfen hast und denen, die im Gefängnis sind, aber ich möchte sehen, dass du diesen beiden hilfst, deinen Anverwandten. Sie sind jung und dort, wo sie sind, haben sie keine Zukunft.«

»Aber was kann ich tun?«, fragte Andrew verdutzt. »Ist es nicht Georges Sache, sich um die Familie zu kümmern?«

Hope zögerte. »Ich glaube, George ist nicht so geneigt, Menschen zu helfen, wie du es bist, Andrew. Komm her; komm nahe zu mir.« Sie wartete, bis er dicht herangekommen war, dann nahm sie seine Hände und starrte tief in seine offenen blauen Augen. »Ich werde nicht mehr lange auf dieser Welt sein und in letzter Zeit musste ich so oft an meine Mutter, Angharad, denken. Sie war eine so gütige und sanfte Frau und dabei so voll Kraft und Mut … dies sind ihre Verwandten. Dies sind meine Verwandten – und deine, Andrew.« Sie ließ ein paar Augenblicke der Stille verstreichen und beobachtete Andrew eindringlich. »Hilf ihnen, mein Junge. Gott wird es dir lohnen.«

Andrew Wakefield war kein impulsiver Mensch. Aber er liebte diese alte Frau, er stand Hope in vieler Hinsicht näher als seiner eigenen Mutter. Die Sehnsucht, ihr eine Freude zu machen, erfüllte plötzlich sein Herz. »Das will ich tun«, sagte er mit fester Stimme. »Ich weiß noch nicht, wie ich es tun werde, aber ich werde mein Bestes für sie tun.«

Tränen füllten Hope Wingates Augen und sie drückte seine Hände. Bevor er ihr Einhalt gebieten konnte, beugte sie sich darüber und küsste sie.

»Oh, das musst du nicht –«

»Du suchst Gott von ganzem Herzen«, unterbrach sie ihn mit sanfter Stimme und blickte zu ihm auf. »Ich bete, dass du ihn finden mögest. Und das mag zumindest teilweise Gottes Plan für dich sein – und für die Familie Wakefield.«

4

DU WIRST NIE EINEN MANN FINDEN!

Der November 1733 war einer der kältesten, an die Dorcas Morgan sich erinnern konnte. Selbst die alten Leute sagten, Wales hätte nie zuvor einen solchen Winter erlebt. Dorcas schauderte, als sie die Tür des kleinen steinernen Häuschens öffnete und rasch eintrat, wobei sie die Tür hinter sich schloss, um den Winterwind auszusperren. Sie streckte sich und rieb sich die gefühllosen Hände, um sie wieder warm zu bekommen. Dabei sah sie sich mit düsteren Blicken im Zimmer um.

Nur zwei kleine Fenster zu beiden Seiten der Tür erhellten den Raum. Er war klein und freudlos, das ärmste Haus im ganzen Dorf. Dorcas Morgan hatte ihn jeden Tag ihres Lebens gesehen, denn sie war in der Schlafkammer rechter Hand geboren worden. Mit achtzehn war sie noch nie weiter als eine Tagereise von dem Häuschen entfernt gewesen. Sie schmückte es, so gut sie konnte, mit kleinen farbigen Bildern an den Wänden und Deckchen aus farbenfrohen Flicken. Im Sommer leuchteten immer wilde Blumen in jedem Behälter, der ihr in die Hände geriet. Jetzt jedoch war es Winter, also gab es keine Blumen und Dorcas sehnte sich nach dem Frühling, der so weit entfernt schien.

Sie durchquerte den Raum und schlüpfte aus ihrem schäbigen Wintermantel, ließ jedoch ihr altmodisches graues Wollkleid an. Sie trat an den Kamin, bündelte Holz, baute rasch und geschickt ein kleines Feuer auf und wärmte sich dankbar die Hände. Das Holz war knapp, und so war es beinahe, als wollte man bares Geld verbrennen; Dorcas trauerte um jedes Stück Holz, das in Rauch aufging.

Dann richtete sie sich auf, ging quer durch den Raum zu dem einzigen Schrank und begann mit den Vorbereitungen für ein mageres Frühstück. Es gab kaum etwas anderes als Haferflocken und diese gingen bedenklich zur Neige. Ein einziges Stück Speck war noch da, und die Schnitte, die sie abschnitt, war so dünn, dass sie beinahe hindurchsehen konnte.

Zehn Minuten später saß sie an dem rohen hölzernen Tisch, den ihr Vater gezimmert hatte, kaute das Essen langsam und versuchte, der kargen Portion jedes Krümelchen Energie abzugewinnen. Der Wind pfiff durch die Ritzen unter der Tür und um die Fenster, aber sie ignorierte das trostlose Geräusch. Dorcas Morgan war knapp mittelgroß, und als sie zum Herd ging, um den Kessel für eine Tasse schwachen Tee aufzusetzen, erhellte der Feuerschein den Umriss ihrer schlanken Gestalt selbst unter dem rauen und klobigen Gewand, das sie trug. Ihr Gesicht war lang, und sie hatte große dunkle Augen und Haare, in denen sich Braun und Tiefschwarz mischten. Ihre Züge waren kräftig und der Ausdruck in ihren Augen und vollen Lippen war entschlossen und furchtlos. Sie tat ihre Arbeit mit der linken Hand, während sie die Rechte in den Falten ihres Rockes versteckte. Die Finger ihrer Rechten waren nach innen gekrümmt, unheilbar steif bis auf den Daumen. Obwohl sie gelernt hatte, ihre verkrüppelte Hand ziemlich geschickt zu gebrauchen, versteckte sie sie unbewusst selbst in der Einsamkeit ihres Zimmers unter ihrem bauschigen Rock, wo sie neugierigen Augen verborgen blieb. In ihren Augen war sie ein Brandmal der Unvollständigkeit, des Makels, des Versagens, das sie niemals völlig aus ihren Gedanken verbannen konnte.

»Nun, zum Kuckuck!«, rief sie aus, während sie zu dem Tisch zurückkehrte und sich eine zweite Tasse schwachen Tee einschenkte. »So wird die Arbeit niemals fertig!« Dorcas redete oft mit sich selbst, denn sie war einsam und meistens allein. Das Dorf war klein, und sie kannte alle Leute ihr ganzes Leben lang, aber sie war nie enge Beziehungen eingegangen. Während sie jetzt die niedrigen Haushaltsarbeiten erledigte – Dorcas hielt ihr Häuschen makellos rein –, fragte sie sich, ob Gareth irgendwo eine Arbeit im Tagelohn gefunden hatte. Die Bergwerke wurden geöffnet und wieder geschlossen. Gerüchte gingen im Dorf um, dass sie demnächst endgültig geschlossen werden sollten. Der Gedanke beunruhigte sie, denn die Zeiten waren schrecklich hart. Gareths Arbeit in den Kohleminen war ihr einziger Lebensunterhalt, und während der Wochen und Monate, in denen die Schächte geschlossen waren, suchte das Gespenst des Hungertodes das Dorf heim. Niemand verhungerte wirklich, denn sie waren alle Nachbarn, und Nachbarn sorgten füreinander in solchen Krisenzeiten. Aber die Gesichter wurden hager, die Kinder schrien nach Milch, und alles außer den Grundnahrungsmitteln – Brot und Fleisch – war wie ein ferner, halb vergessener Traum. Die Drohung einer Hungersnot hing über dem ganzen Land Wales.

Ein Pochen wurde hörbar und Dorcas schreckte auf. Als sie die Tür öffnete, lächelte sie ein Mann in den Mittfünfzigern an und verbeugte sich flüchtig. »Guten Morgen, Dorcas! Ich habe Euch ein paar Kartoffeln gebracht. Dachte, sie würden Euch und Gareth schmecken.«

»Oh, da danke ich Euch, Mr Ellis«, antwortete Dorcas und nahm eher widerstrebend das klumpige Tuchbündel, das der kleine Mann ihr entgegenhielt. Als sie sah, dass er damit rechnete, hereingebeten zu werden, trat sie resigniert einen Schritt beiseite. »Wollt Ihr nicht hereinkommen?«

»Aber gerne.« Wie die meisten Bergleute war Rhys Ellis gut gebaut und sportlich und er trat mit einem raschen, zielsicheren Schritt ein. »Ein elendes Wetter, was?«

»Ja, das kann man sagen.«

»Ihr werdet mehr Holz brauchen. Es kommt noch mehr schlechtes Wetter«, bemerkte er nachdrücklich. »Schickt Gareth später zu mir, er soll mir etwas Holz spalten.«

»Das ist nett von Euch, Mr Ellis.« Dorcas zögerte, dann bot sie ihm an: »Eine Tasse Tee für Euch?«

»Nett von Euch«, sagte Ellis. Er nickte, zog seinen schweren Wintermantel aus, setzte sich an den Tisch und studierte die Hütte, während Dorcas Tee aufbrühte und plauderte. Er arbeitete nicht mehr als

Bergmann, sondern besaß einen ziemlich großen Bauernhof zwei Meilen nördlich des Dorfes. Sein Gesicht war schmal, mit starken Falten zwischen Nase und Mund, und seine Augen standen zu nah beieinander. Sein Lächeln wirkte ein wenig verkrampft, denn für gewöhnlich war Rhys Ellis kein fröhlicher Mann. Ellis hatte zwei Frauen ins Grab gebracht und hatte erwachsene Kinder, von denen zwei – die seiner zweiten Frau – noch bei ihm zu Hause wohnten. Seine Augen wanderten über Dorcas' Figur, als sie sich zum Herdfeuer beugte, um den Kessel zu holen, aber als sie zum Tisch kam, blickte er rasch beiseite. »Sieht so aus, als würde Gareth Arbeit haben. Ein Weilchen jedenfalls.«

Dorcas seufzte. »Es geht die Rede, dass die Bergwerke wieder geschlossen werden sollen.«

»Davon redet man immer – und meistens zu Recht, schätze ich.«

»Es sind harte Zeiten, Mr Ellis.«

»Ihr solltet mich Rhys nennen«, sagte Ellis und rang sich mit offenkundiger Mühe ein Lächeln ab. »Wenn Ihr mich Mr Ellis nennt, komme ich mir vor wie ein Pfarrer. Aber ich bin kein Mönch – ich nicht!« Das stimmte; im Gegensatz zu den meisten anderen Walisern war Ellis nie in der Kirche zu sehen. Er hatte den Ruf, ein Geizkragen zu sein. Seine Kinder gingen in Lumpen, obwohl er verhältnismäßig wohlhabend war.

Abrupt runzelte er die Stirn und fragte Dorcas: »Und was werdet Ihr beide tun, wenn das Bergwerk geschlossen wird?«

»Ich – ich weiß nicht.« Dorcas brachte es einfach nicht über die Lippen, ihn »Rhys« zu nennen. Ihr war bewusst, dass der Mann sich nach einer dritten Ehefrau umsah; sie wusste auch, dass ihn bereits jede Frau im heiratsfähigen Alter in der ganzen Gegend abgewiesen hatte. Selbst Mary Withers, die Ende vierzig war, Sommersprossen hatte und schielte, hatte Rhys Ellis einen Korb gegeben.

Und jetzt bin ich dran, dachte Dorcas mit einem Stich Ärger. *Er hat es bei allen gesunden Frauen probiert und jetzt fängt er mit den Krüppeln an!* Natürlich sprach sie nichts dergleichen laut aus – schließlich hatte er ihr die Kartoffeln gebracht –, also setzte sie sich zu ihm und entschloss sich, höflich dem Gespräch zu lauschen, das wenig mehr als ein Selbstgespräch war. Er prahlte vor allem mit seinem Bauernhof, wie gut alles liefe, und welchen reichen Ertrag ihm das kommende Jahr bringen würde.

Ellis beäugte sie listig, während er redete, entlockte ihr aber nicht mehr als einsilbige Antworten. Schließlich kam er zu einem Ende. »Ich muss nach Hause gehen, denn wir wollen ein Schwein schlachten. Vielleicht bringe ich Euch einen schönen Schinken.«

Dorcas wusste augenblicklich, dass sie das nicht annehmen konnte; es war ein zu großes Geschenk, es würde sie ihm verpflichten und ihn ermutigen. »Nein, nein, danke, wir können unmöglich einen ganzen Schinken bezahlen«, sagte sie rasch. »Aber habt trotzdem vielen Dank.«

»Wer redet denn von Geld, Dorcas?«, fragte er hinterhältig. »Ich rede von einem Geschenk.«

»Das ist sehr freundlich von Euch«, sagte Dorcas vorsichtig, »aber es wäre nicht passend.«

Ellis erhob sich, und als Dorcas ebenfalls aufstand, wollte er sie plötzlich in seine Arme ziehen. Er hatte viele Jahre lang in den Gruben gearbeitet und sein Griff war kräftig. Sie hob den Blick und protestierte: »Nein, bitte, Mr Ellis –«

»Schluss mit dem ›Mr Ellis‹! Hört zu, Mädchen. Ich bin ein einfacher Mann. Ihr wisst, ich habe meine Frau verloren, und dabei habe ich zwei Kinder zu Hause! Ich brauche jemand, der mir hilft. Und bei solch kaltem Wetter braucht ein Mann eine warme, liebevolle Frau, die sein Blut in Schwung bringt!« Nachdem er bereits so weit gegangen war, umschlang er sie fest mit den Armen und küsste sie. Sein Atem roch faulig, und die weißen Stoppeln des Schnurrbarts, den er nie ordentlich rasierte, kratzten ihr Gesicht. Dorcas kämpfte hilflos in seiner Umklammerung, denn er war weitaus stärker als sie. Er ließ sie erst gehen, als er selbst es wollte.

Sie trat zurück, blass im Gesicht, und rieb sich mit der Hand über den Mund. »Das hättet Ihr nicht tun dürfen, Mr Ellis!«, sagte sie zornig.

»Ach was, Ihr seid eine Frau, oder nicht? Und hier ist ein Mann, der Euch bittet, seine Frau zu werden!«

»Ich danke Euch, aber ich würde nicht im Traum daran denken!«, schleuderte Dorcas ihm entgegen.

Ellis' Augen wurden schmal. »Ihr sind nicht gerade von einer Horde von Verehrern umlagert, Dorcas!« Er wartete auf eine Antwort, aber Dorcas starrte ihn nur trotzig an, also fuhr er mit gedämpfter Stimme fort, in die sich Gift und Galle mischten: »Ihr werdet wohl kaum ein Angebot bekommen, Dorcas Morgan. Es gibt Leute im Dorf, die behaupten, mit Euch stimme nicht alles – was das Frausein angeht.«

Dorcas errötete, aber ihre Stimme klang gleichmäßig. »Sollen sie doch sagen, was sie wollen. Klatschmäulern kann niemand den Mund verbieten.«

Er schnitt eine Grimasse, die ein Lächeln sein sollte. »Wir könnten ihnen aber leicht den Mund stopfen. Wenn Ihr mich heiratet, werden wir ihnen bald zeigen, ob Ihr eine rechte Frau seid. Ich bin nicht so alt und ich hätte nichts gegen ein oder zwei weitere Kinder im Haus.«

Dorcas unterdrückte mit aller Kraft einen Schauder des Widerwillens und rang vergeblich nach Worten.

Ellis wurde ungeduldig. »Eine Frau braucht einen Mann, Dorcas! Ich bin vielleicht nicht mehr der Jüngste, aber ich habe ein hübsches kleines Haus, einen guten Bauernhof – kein Pfennig Schulden! Ihr werdet nicht verhungern.« Er wartete einen Augenblick, dann fügte er hinzu: »Und das könnte Eure letzte Chance sein, Dorcas Morgan. Denkt darüber nach. Ich komme morgen wieder und frage Euch nach Eurer Antwort.«

Dorcas spürte, wie es ihr die Kehle zusammenzog. Sie nickte schwach und sagte: »Danke für die Kartoffeln – aber Ihr habt meine Antwort bereits bekommen.«

»Das werdet Ihr euch noch überlegen«, sagte er selbstgefällig, während er in den Mantel schlüpfte und sich die Mütze fest auf den Kopf setzte. Er sah sie von oben bis unten an und überlegte, ob er sie noch einmal küssen sollte. Dorcas stand steif aufgerichtet da, den Kopf hoch erhoben, die Augen unverwandt auf ihn gerichtet. Schließlich drehte er sich ohne ein weiteres Wort um und verließ das Häuschen.

Dorcas stand reglos da. Sie starrte die Tür an, die mit einem Knall hinter ihm ins Schloss fiel. Sie hatte diese Szene vorhergesehen und darüber nachgedacht, wie sie sie vermeiden könnte, aber es hatte keinen Ausweg gegeben. Und es war schlimmer gewesen, als sie erwartet hatte.

Es stimmte nur zu gut, dass sie keine Verehrer hatte. Ihre rechte Hand war verletzt worden, als sie drei Jahre alt gewesen war, und war nie mehr richtig verheilt, sodass sie abseits der anderen Mädchen stand, die »heil« waren. Ihre eigene Mutter hatte bis zu ihrem Tod ihr Bestes getan, Dorcas davon zu überzeugen, dass sie genau wie andere Mädchen war. Aber Dorcas hatte ihr Leben lang Scham und peinliche Verlegenheit empfunden, als hätte sie ein Verbrechen begangen. Ein paar Jungen waren ihr nachgelaufen, als sie ein halbwüchsiges Mädchen gewesen war, aber sie hatte nicht gewusst, wie sie mit ihnen umgehen sollte. Deshalb hatte sie eine Wand zwischen ihnen und sich selbst errichtet, die jeden jungen Mann abgeschreckt hatte. *Dorcas mag keine Jungen*, wisperte das Gerücht. Sie hatte gelernt, allein zu sein und allein zu leben.

Nun dachte sie an Rhys Ellis' harte Worte: *Du wirst nicht gerade von Verehrern umlagert, Dorcas!* Sie setzte sich langsam nieder und starrte mit blicklosen Augen auf die roh behauene Platte des Tisches. Sie blickte in die Zukunft und sah nichts als Armut und ein Leben bar der einfachsten Freuden, die andere Frauen hatten.

* * *

Dorcas blickte auf, als sie den Tisch fürs Abendessen deckte. »Gareth! Was ist los? Wieso ist dein Gesicht so zerschrammt?«

Gareth Morgan war mit sechzehn Jahren volle sechs Fuß groß und wog 90 Kilo. Er war kräftig gebaut, was ebenso auf seine erbliche

Beschaffenheit wie auf drei Jahre Arbeit im Kohlebergwerk zurückzuführen war. Sein Haar war so schwarz wie die Kohle, die er aus dem kalten Gestein schlug, und kräftig gelockt. Die Augen in seinem keilförmigen, attraktiven Gesicht waren so tief dunkelblau, dass sie beinahe schwarz wirkten. Das einzig Außergewöhnliche an Gareths Gesicht waren seine dichten, glänzenden Wimpern, um die ihn Frauen und Mädchen beneideten. Das versetzte ihn in peinliche Verlegenheit und ärgerte ihn oft, sodass er oft wegen einer Bemerkung, die ein anderer junger Bursche gemacht hatte, eine Schlägerei anfing.

»Gareth! In was bist du bloß hineingeraten?«, drängte sie.

Er ließ sich schwerfällig auf einen Stuhl fallen und blickte sie aus düsteren Augen an. Es war offenkundig, dass er getrunken hatte. »Sie schließen die Minen!«

»Oh nein!«

»Oh ja«, äffte er sie nach. Er starrte mit leeren Augen die Teller an, die eine winzige Portion Speck und ein paar von Ellis' Kartoffeln enthielten, und grunzte: »Sobald wir das hier gegessen haben, werden wir verhungern!«

Dorcas legte die Linke auf seine breite Schulter und flüsterte: »Wir schaffen es schon.«

»Verflixt noch mal, wir verhungern!« Der Ton seiner Stimme war kalt und grausam, was ungewöhnlich für Gareth war. Abgesehen von seinem hitzigen Temperament war er normalerweise fröhlich und großzügig und allseits beliebt. Aber das harte Leben lastete auf ihm. Andere im Dorf hatten mit der Zeit gelernt, damit zu leben, aber Gareth konnte es einfach nicht annehmen. Als die Jahre vergingen und er vom Knaben zum Mann heranwuchs, hatte er gesehen, dass sein Leben ihm – oder irgendeinem anderen Bergmann in Wales – kaum eine Chance gab. Die Besitzer der Bergwerke lebten in England und kümmerten sich nicht um die Männer, die in den finsteren Eingeweiden der Erde nach Kohle suchten. Was ging sie die Staublungenkrankheit an, die gesunde, starke Männer umbrachte, bevor sie noch dreißig waren? Was kümmerten sie die schlagenden Wetter in den Stollen, die die Männer in der Tiefe wie Käfer zerquetschten?

Was kümmerten sie die hungrigen und hoffnungslosen Witwen und Waisen dieser Männer, die auf der Suche nach dem schwarzen Gestein gestorben waren? Es gab politische Organisationen, die darum kämpften, die Bergwerksbesitzer zu zwingen, dass sie die Lebensumstände der Knappen verbesserten. Aber Gareth war schon längst zu der Entscheidung gekommen, dass diese Organisationen wertlos waren, und verfluchte sie mit gedämpfter Stimme. Die Waliser arbeiteten weiterhin in den Stollen – und starben.

Er blickte zu Dorcas auf und sah, dass ihr Gesicht weiß vor Anspannung war. Er stand auf und tätschelte unbeholfen ihre Schulter. »Ach, das Gejammer hilft auch nichts, was? Ich wasche mich noch schnell und dann essen wir zu Abend.«

Er wusch sich Gesicht und Hände, so gut er konnte, und benutzte dazu das wenige Wasser, das über dem kleinen Feuer erhitzt werden konnte. Er starrte seine Hände an, die niemals richtig sauber wurden, er sah den Kohlenstaub, der dick in den Linien und Narben und Schwielen klebte. Plötzlich erschien es ihm, als wären seine Hände der Spiegel seines Lebens: Die Seele vernarbte und trug Schwielen davon und die Seele eines Menschen wurde niemals richtig rein. Er ließ den Gedanken an sich vorbeiziehen und der Geschmack der Bitterkeit, stark und widerlich und wild, mischte sich in das ewige Knirschen des Kohlenstaubs in seinem Mund. Dann, als er Dorcas ängstlich auf ihn warten sah, drehte er sich um und schob seinen fruchtlosen Zorn von sich. »Komm, wir setzen uns hin und essen. Und was ist das hier? Wo hast du die Kartoffeln her?«

»Iss nur, Gareth«, sagte Dorcas müde. »Nein, zuerst ein Dankgebet.«

Gareth beugte widerstrebend den Kopf und murmelte etwas, das sich entfernt nach einem Dankgebet anhörte. Er schlitzte eine der Kartoffeln, die Dorcas in ihren rötlichen Schalen gekocht hatte, mit seinem Messer auf. Ein köstlicher Duft zog in seine Nase. Er kleckste ein Stück Butter und Salz und Pfeffer darauf, bevor er hungrig zu essen begann. »Es gibt nichts Besseres als Kartoffeln«, sagte er und grinste sie an. »Komm schon! Wo hast du den Leckerbissen her?«

Dorcas wusste, dass er sie ausfragen würde, also antwortete sie beiläufig: »Mr Ellis schaute vorbei. Er hat uns vier davon dagelassen.«

»Ellis, ach so?« Gareth hörte auf zu kauen und starrte seine Schwester stirnrunzelnd an. »Und ich nehme an, er hat dich gefragt, ob du ihn heiraten willst?«

Dorcas blickte auf; ihre Augen waren dunkel vor Elend. »Ja, das hat er getan.«

»Und? Nimmst du ihn?«

»Nein! Wie kannst du so etwas auch nur denken, Gareth?«

Gareth zuckte mit den Schultern. »Er ist älter als du, aber es wäre nichts Ungewöhnliches. Minnie Satterfield war erst siebzehn, als sie Tom Gifford heiratete, und er war mindestens sechzig.«

»Ich bin nicht Minnie Satterfield und ich heirate ihn nicht!«

Gareth lächelte über das plötzliche Aufblitzen in Dorcas dunklen Augen. »Gut! Es wäre, als wolltest du ein – ein Stachelschwein heiraten!«

»Du hast doch noch nie ein Stachelschwein gesehen, oder? Nur Bilder von ihnen«, neckte ihn Dorcas.

»Ich weiß«, sagte er gleichmütig, »aber das war das Schlimmste, was ich mir vorstellen konnte.« Gareth hatte eine lebhafte Fantasie und seine Augen blickten weit in die Ferne. »Ich frage mich, wie das wohl ist, ein Stachelschwein zu sein?«

Dorcas sah ihn verblüfft an. »Dir fallen ja seltsame Sachen ein, Gareth!«

»Hmm? Nein, ich meine – ich meine – wie küssen sie einander? Wie lieben sie? Mir scheint, sie müssten in einem fort ›Au‹ schreien.«

Dorcas konnte ein Lachen nicht unterdrücken. »Oh, du bist ein Narr! Hier, iss dein Abendessen, bevor es kalt wird!«

Nach dem Abendessen machte Dorcas den Abwasch und las dann Gareth aus einem Geschichtsbuch vor, das das Lieblingsbuch ihres Vaters gewesen war. Die beiden waren nach seinem Tod als Waisen zurückgeblieben, denn sie hatten keine anderen Verwandten. Deshalb hatten sie einander immer sehr nahegestanden. Als Gareth Dorcas' Stimme lauschte, ohne auf die Worte zu achten, dachte er bitter: *Ich sehe schon, wie es mit uns weitergehen wird … ich werde ein Trinker und du wirst eine alte Jungfer!*

* * *

Am Tag, nachdem Rhys Ellis Dorcas seine Kartoffeln und seinen Heiratsantrag überbracht hatte, stand er wieder vor der Tür des Häuschens der Morgans. Diesmal war Gareth daheim. Dorcas hatte ihn gebeten, sie nicht allein zu lassen, wenn Ellis wieder vorsprechen sollte. Gareths Anwesenheit irritierte Ellis, aber der junge Mann grinste ihn nur an und schnitzte weiter an einem Stückchen Holz. Schließlich schnaubte Ellis, fuhr aus dem Stuhl hoch und verkündete zornig: »Ich komme wieder, Dorcas!«

Dorcas antwortete: »Oh nein, macht Euch nicht die Mühe, Mr Ellis. Ich habe Euch meine Antwort schon gegeben.«

Er starrte sie wütend an, sein Gesicht war rot vor Zorn. »Ihr bekommt keine anderen Angebote! Nicht ein Krüppel wie Ihr!«

Gareth Morgan bewegte sich rascher, als man glauben konnte. Eben hatte der junge Mann noch auf seinem Sessel gesessen, der auf zwei Beinen an der Wand lehnte, und mit einem unverschämten Lächeln auf dem Gesicht ziellos an einem Stöckchen herumgeschnitzt. Im nächsten Augenblick stand er drohend über Ellis und hatte eine starke Hand an seiner Kehle. »Du sprichst respektvoll mit meiner Schwester, Ellis, oder ich drehe dir deinen dürren Hals um!«

Ellis quiekte wie ein Schwein, aber Gareth ignorierte es. Er schleifte Ellis durchs Zimmer, öffnete die Tür und stieß ihn hinaus, wobei er ihm einen kräftigen Tritt in den Hintern versetzte. Dann nahm er Ellis' Hut und Mantel vom Haken und warf sie ihm nach. »Lass dich hier nie wieder blicken!«, schrie er und schlug die Tür zu.

Dorcas hatte die Hand auf die Kehle gepresst und ihre Augen waren groß. »Das hättest du nicht tun sollen, Gareth!«, flüsterte sie.

»Nein, ich hätte ihm das Nasenbein brechen sollen! Dann würde er die Nase vielleicht nicht mehr so hoch tragen!«

»Er wird uns Ärger machen ...«

Gareth trat an sie heran, legte die Hände auf ihre Schultern und blickte auf sie herab. »Jetzt stehen wir da, keine Arbeit, kein Essen, keine Zukunftsaussichten – und da machst du dir Sorgen wegen dieses klapprigen alten Gockelhahns?« Er drehte sich abrupt um und fing wieder mit seiner Schnitzerei an.

Den ganzen Tag lang schwiegen Bruder und Schwester – Gareth schnitzte in übellaunigem Schweigen vor sich hin und Dorcas kümmerte sich um ihre Hausarbeit.

Am Nachmittag klopfte es von Neuem an der Tür. Gareth zog die Stirn kraus. »Das wird schon wieder Ellis sein. Diesmal schlage ich ihm die Nase ein!«

Ohne sich um Dorcas' Proteste zu kümmern, ging Gareth zur Tür und riss sie auf, wobei er bereits die Entfernung zwischen seinen Fäusten und Ellis' Nase abschätzte.

Aber es war ein Fremder, der auf der Schwelle stand. Ein Mann, kleiner als Gareth und ein wenig älter, blickte zu ihm auf.

»Ja, Sir?«

»Ich suche Gareth und Dorcas Morgan.« Der Akzent des Fremden war unverkennbar englisch und sein Ton zweifellos kultiviert.

»Ich bin Gareth Morgan. Kommt aus der Kälte herein.« Gareth trat zurück und deutete auf Dorcas. »Das ist meine Schwester, Dorcas.« Er beäugte den Kleineren neugierig. »Und was können wir für Euch tun, Sir?«

Gareth fühlte sich verpflichtet, ihn mit »Sir« anzureden, denn der Mann war offensichtlich von Adel. Seine Kleider waren gut geschnitten, sein Mantel neu und aus dicker, üppiger Wolle gefertigt, und seine Stiefel waren von Meisterhand gemacht. Der Mann nahm den Hut ab und ließ dunkelblondes Haar sehen, und seine blauen Augen waren klar und offen, als er Gareth und Dorcas betrachtete.

»Mein Name ist Andrew Wakefield.« Er beobachtete Gareth und Dorcas sorgfältig. »Sie haben den Namen vielleicht schon gehört ...«

»Aber gewiss, Sir«, sagte Dorcas eifrig. »Wir bekommen Briefe von einer entfernten Verwandten, die bei einer Familie namens Wakefield lebt.«

»Das ist meine Tante, Hope Wingate«, sagte Andrew und nickte.

Ein unbeholfenes Schweigen erfüllte den Raum. Schließlich regte sich Dorcas und sagte: »Setzt Euch doch, Mr Wakefield.«

»Ja, gerne«, sagte Andrew dankbar und schlüpfte aus seinem Mantel. Dorcas nahm ihn entgegen. Als sie ihn an den hölzernen Haken hängte, sah Andrew, dass ihre rechte Hand verkrüppelt war. Er wandte den Blick ab, aber Dorcas hatte seinen Seitenblick gesehen. Andrew fuhr gewandt fort: »Es tut mir leid, dass ich meinen Besuch nicht vorher angekündigt habe, aber ich wusste erst nicht, dass ich selbst kommen würde.«

Sobald Andrew aus der Kutsche ausgestiegen war, hatte er die Trübseligkeit und Armut des Dorfes gesehen. Wie die meisten anderen walisischen Dörfer machte es einen trostlosen Eindruck: Kleine Katen drängten sich eng aneinander, ohne Farbe und Wärme, vor allem jetzt im Winter, wo die Bergwerke meistens geschlossen waren. Er hatte sich im Pfarramt erkundigt, wo der Geistliche, Griffin, Gareth und Dorcas in den höchsten Tönen gelobt hatte. Griffin hatte eine ganze Stunde mit Andrew verbracht, nachdem er von seiner Absicht erfahren hatte.

»Eine traurige, traurige Sache«, hatte Griffin zu Andrew gesagt. »Sie haben beide Eltern innerhalb eines Jahres verloren und haben keine anderen Verwandten auf der Welt. Gareth arbeitet im Bergwerk – wenn es Arbeit gibt –, Dorcas macht die Hausarbeit. Gareth ist erst sechzehn, aber er arbeitet wie ein erwachsener Mann. Nur bekommt er nicht denselben Lohn wie ein erwachsener Mann.«

»Das ist aber unfair«, kommentierte Andrew.

»Unfair! Wann war ein Bergwerksbesitzer schon jemals fair?«, gab Griffin zornig zurück, dann fasste er sich und warf Andrew einen Blick zu. »Tut mir leid, Sir. Darüber wollte ich jetzt nicht sprechen. Nun, was Gareth und Dorcas angeht – sie sind nicht so gottesfürchtig wie ihre Eltern, muss ich sagen. Dorcas kommt zur Kirche, aber Gareth – niemals! Ich habe versucht, mit ihm zu reden, und er hört mir zu – aber mit Religion will er nichts zu tun haben.«

»Ist er ein ehrlicher junger Mann?«

»Oh ja, das kann man schon sagen!«

Andrew hörte zu, wie der Geistliche ihm Gareths Leben und Arbeit schilderte, und fragte dann nach Dorcas.

»Ja – nun – das ist ein wenig seltsam«, sagte Griffin mit einiger Mühe. »Sie ist keine hässliche Frau – keine Schönheit, aber keineswegs unansehnlich. Andere Mädchen, die weitaus weniger attraktiv sind als Dorcas, haben geheiratet. Sie ist jetzt achtzehn und soviel ich weiß, hat sie sich nie für einen Mann interessiert. Ich finde aber, das ist ihre eigene Schuld.«

»Wie das?«

Griffin machte eine beiläufige Handbewegung. »Sie hat eine schlechte Hand; ihre rechte Hand wurde zerschmettert, als sie noch ein Kind war. Sie ist niemals richtig verheilt. Ihre rechte Hand ist es. Sie fühlt sich – anders als andere, unwürdig, würde ich sagen. Ich mache mir Sorgen um sie.« Er betrachtete Andrew vorsichtig. »Seid Ihr ein Verwandter, Sir?«

»Ja, einige meiner Vorfahren waren Waliser.« Andrew erklärte den Zusammenhang und schloss mit den Worten: »Ich bin gekommen, um sie zu besuchen. Sagt Ihr mir, Reverend, wo ich ihr Haus finden kann?«

Griffin wies Andrew den Weg und beendete ihr Gespräch mit der Bemerkung: »Was immer Ihr für die beiden tun könnt, Mr Wakefield, wäre ein Geschenk des Himmels. Sie haben hier nicht viel, worauf sie hoffen könnten.«

Als Andrew nun Gareth und Dorcas in ihrem kleinen Häuschen betrachtete, kam ihm der Gedanke, dass der Reverend Griffin recht gehabt hatte. Er zog einen Brief aus der Tasche und sagte: »Ich habe hier einen Brief für euch beide, von Tante Hope.«

»Oh, wundervoll!«, rief Dorcas aus. »Sie ist so freundlich und schickt uns immer ein wenig Geld –« Plötzlich unterbrach sie sich abrupt, als hätte sie etwas Schändliches gesagt. Zögernd ergriff sie den Briefumschlag, dann reichte sie ihn an Gareth weiter.

»Nein, lies du ihn«, sagte er kopfschüttelnd.

Dorcas überflog rasch den Brief, dann blickte sie Andrew nachdenklich an. »Sie hat eine sehr hohe Meinung von Euch, Reverend Wakefield.«

»Sie ist meine liebste Verwandte«, sagte Andrew lächelnd. »Ich habe immer viel für sie übriggehabt. Sie würde Euch gut gefallen, Miss Morgan.«

»Ich würde sie gerne kennenlernen, aber das ist wohl nicht sehr wahrscheinlich.«

Andrew zögerte; er forschte in Dorcas' Gesicht, dann in Gareths, und schließlich traf er seine Entscheidung. Für gewöhnlich war Andrew nicht der Mann, der hastige Entschlüsse fasste, aber er fand, er war so gewissenhaft vorgegangen, wie man nur wünschen konnte. Er hatte alles Menschenmögliche getan, um sich über den Charakter der beiden Morgans zu informieren. Er hatte sie persönlich abgeschätzt, war von ihnen beeindruckt, und als er die Armut in dem kleinen Häuschen sah, hatte er das Gefühl, dass ihm keine andere Wahl blieb.

»Ich bin nicht nur zu Besuch gekommen, Miss Morgan, Mr Morgan«, sagte er langsam. Sein Blick hing an Dorcas Morgans Gesicht. Sie war jünger als er, schätzte er, aber nur ein oder vielleicht zwei Jahre. Ihr Gesicht war ziemlich unansehnlich, und bei ihrer groben Kleidung war es schwer, ihre Figur zu erkennen. Aber er dachte, dass Tante Hope etwas für das Mädchen tun könnte. Schließlich waren ihre Züge regelmäßig und ihr dunkelbraunes Haar sah vielversprechend aus. Dann studierte er Gareth Morgan und sah, dass er stark war, mit dem Körper eines Mannes und Händen, die von harter Arbeit sprachen.

»Warum seid Ihr dann gekommen?«, fragte Gareth neugierig. »Wir bekommen nicht oft Besuch, müsst Ihr wissen.«

»Nein, das wohl nicht«, sagte Andrew trocken. »Ich bin hier, müsst Ihr wissen, auf das Verlangen meiner Tante Hope hin. Sie macht sich Sorgen um euch. Sie sagt, hier herrschten schlimme Zeiten.«

»Ja, Sir. Das könnt Ihr mit eigenen Augen sehen«, sagte Gareth und machte eine Handbewegung, die die ganze Hütte umschloss.

»Die Bergwerke sind geschlossen?«

»Ja, sie sind geschlossen«, antwortete Gareth mit großem Nachdruck, »und wenn sie nicht geschlossen sind, dann zahlen sie nicht genug, um Leib und Seele zusammenzuhalten.«

»Ich nehme an, es wird auch kaum besser werden.«

»Nein, Sir«, sagte Dorcas leise. »Es war immer so, und ich fürchte, es wird auch immer so sein. Viele haben das Dorf verlassen, aber in den großen Städten ist es um nichts besser. Dort gibt es auch keine Arbeit.«

Andrew holte tief Luft. »Ich hoffe, Ihr haltet mich nicht für unverschämt, aber eigentlich bin ich hierhergekommen, um Euch ein Angebot zu machen.« Er konnte sehen, dass seine Worte sie tief beeindruckten, so fuhr er mit gedämpfter Stimme fort: »Kein sehr großartiges Angebot, fürchte ich, aber vielleicht wärt Ihr interessiert.«

»Was ist das für ein Angebot, Sir?«, verlangte Gareth zu wissen.

»Ich denke, es würde Euch in England besser gehen«, antwortete Andrew.

Dorcas starrte ihn an, als hätte er etwas schlechthin Unmögliches gesagt. »In – England? Ihr meint – Ihr wollt – dass wir nach England kommen?«

»Das liegt natürlich bei Euch und Eurem Bruder, Miss Morgan«, sagte Andrew gewandt. »Aber Ihr solltet wissen, dass es meiner Tante gesundheitlich nicht gut geht und dass sie jemanden braucht, der sich im Alter um sie kümmert. Das wäre doch sicherlich nicht unmöglich für Euch, Miss Morgan?«

»Aber natürlich!«, antwortete Gareth eifrig an Dorcas' Stelle. »Sie hat sich um jedes kranke Ding im Dorf gekümmert! Aber was ist mit mir?«

»Der Pfarrer sagte mir, Ihr seid ein guter Schüler gewesen – obwohl er sagt, Ihr ginget niemals zur Kirche.«

Gareth errötete. Ihm fiel keine Antwort ein, denn Andrew sagte die Wahrheit. Es klang prahlerisch zu sagen, er sei ein guter Schüler gewesen – er konnte auch nicht ableugnen, dass er seit dem Tod seiner Eltern nicht mehr in der Kirche gewesen war. Andrew lächelte über seine Verwirrung. »Der Kirchgang ist keine Voraussetzung für das, was ich im Sinn habe, Mr Morgan, aber es ist etwas, was sich ein junger Mann gut überlegen sollte.« Das Lächeln verschwand und er wurde ernst. »Wisst Ihr, was ein *Serviteur* ist?«

»Nein, Sir, das weiß ich nicht.«

»Ein *Serviteur* in Oxford«, erklärte Andrew, »ist eine ziemlich seltsame Einführung. Das ist ein junger Mann, der nach Oxford kommt, um dort zu arbeiten – was gerade anfällt. Feuer machen, die Studenten bedienen, Stiefel putzen und so weiter.«

»Ein Diener?« Gareths Stimme klang scharf.

»Ich fürchte, ja, aber eigentlich sind sie Studenten am College. Ihr arbeitet als Diener, bekommt aber gleichzeitig eine Ausbildung.«

»Oh, das wäre wundervoll!«, rief Dorcas aus. Ihre großen blauen Augen leuchteten auf, und Andrew schien es, dass sie in diesem Augenblick beinahe hübsch war. Sie trat neben Gareth und ergriff seine Hand. »Oh Gareth! Du warst so gut in der Schule! Wenn du eine Chance hättest, eine gute Ausbildung zu bekommen …«

Gareth runzelte die Stirn und hatte offenbar Mühe, diese plötzliche Änderung in seinem Leben zu verkraften. »Ich war nie zuvor ein Diener, Sir.«

»Doch, das bist du«, hielt ihm Dorcas entgegen. »Du bist ein Diener der Männer, die die Minen besitzen! Ich sehe keinen Unterschied, ob du jemandes Stiefel putzt oder Kohle aus der Erde gräbst – für jemand anderen!«

Gareth grinste plötzlich. »Ich glaube, da hast du recht, Schwester.« Er wandte sich wieder Andrew zu. »Bitte erzählt mir mehr darüber, Sir.«

Andrew unterhielt sich lange mit den Geschwistern, die beinahe außer Atem und erregt waren, als Andrew ihnen seine Pläne für sie darlegte. Die Mittel und Wege, wie er Gareth und Dorcas helfen konnte, waren ihm wie durch Erleuchtung eingefallen. Hope brauchte zweifellos jemand, der für sie sorgte, und Dorcas schien gut geeignet dafür. Was Gareth anging, so würde ein Leben als *Serviteur* in Oxford ihm eine gute Chance bieten, die Kohlebergwerke hinter sich zu lassen, wenn er auch nur ein Quäntchen Hirn hatte. Schließlich sagte Andrew: »Der Pfarrer hat mir für heute Nacht ein Zimmer im Pfarrhaus angeboten. Besprecht euch in Ruhe miteinander. Ich muss morgen wieder aufbrechen, wenn ihr euch also nicht gleich entscheiden könnt, so müsst ihr mir schreiben.«

»Danke, Sir«, sagte Dorcas dankbar. Sie trat an ihn heran, als er sich erhob, und streckte ihm die linke Hand entgegen, die er mit schlecht verhohlener Überraschung ergriff. Auch Gareth war überrascht, denn das war ungewöhnlich für Dorcas. »Vielen Dank auch, Sir«, sagte sie noch einmal mit gedämpfter Stimme.

Andrew kehrte zurück in Reverend Griffins Haus und die beiden Männer saßen noch eine Weile im Gespräch beisammen. Als er erklärte, was er getan hatte, schlug Reverend Griffin begeistert mit der Hand auf den Tisch. »Genau das Richtige für den Jungen!«, erklärte er. »Er ist ein richtiger Gelehrter! Ein bisschen hitzig, wenn Ihr mich versteht, aber bei einem jungen Mann ist das nicht so schlimm. Mit ein wenig Hilfe wird er sich großartig machen.«

Am nächsten Morgen, nachdem er mit dem Geistlichen gefrühstückt hatte, ging Andrew zurück zum Häuschen der Morgans. Beide hatte dunkle Ringe unter den Augen und wirkten übernächtigt. *Ich wette, sie haben kein Auge zugetan*, dachte Andrew. Dorcas machte Tee, und die drei setzten sich an den groben Tisch und genossen die heiße, dampfende Brühe, obwohl der Tee, wie Andrew dachte, ziemlich schwach war.

Gareth unterbrach schließlich abrupt das dahinplätschernde Gespräch. »Sir, wir waren die ganze Nacht wach und haben geredet.«

»Ich nehme an, so etwas ist nicht einfach zu entscheiden«, sagte Andrew.

»Wir würden gerne mit Euch gehen«, sagte Dorcas leise.

»Seid ihr sicher? Das hier ist euer Heim, das weiß ich, und es ist niemals leicht, einen Ort zu verlassen, an dem man sein ganzes Leben verbracht hat.«

Gareth schüttelte den Kopf. »Es kann nicht härter sein, als hierzubleiben, Sir.«

Andrew nickte. »Um eines muss ich Euch bitten, Mr Morgan. Wie schon erwähnt, wird von Euch verlangt, die anderen Studenten zu bedienen, und wahrscheinlich macht man Euch das Leben schwer – vor allem im ersten Jahr. Einige der älteren Burschen – nun, sagen wir einfach, sie sind nicht die Gentlemen, die sie sein sollten. Einige von ihnen können scharfzüngig und grob sein, unfreundlich. Es tut mir leid, dass ich das sagen muss, aber so ist es.«

Gareth blickte ihm geradewegs in die Augen. »Ihr wollt wissen, ob ich mich beherrschen kann.«

»Das ist es. Es wird notwendig sein.«

»Ich bin nicht gerade ein gleichmütiger Mensch«, sagte Gareth langsam. »Aber ich möchte lernen, ich möchte eine gute Ausbildung. Ich glaube, ich wäre mit jeder ehrbaren Arbeit zufrieden, um studieren zu können.«

Andrew freute sich. »Das ist eine wackere Antwort. Ich nehme Euch beim Wort.«

»Gewiss, Sir.«

Die drei unterhielten sich noch eine Weile, dann erhob sich Andrew, um sich zu verabschieden. »Meine Kutsche fährt in einer Stunde ab, und ich muss zurück ins Pfarrhaus, um meine Sachen zu holen.« Dorcas brachte seinen Mantel und Hut und er blickte mit gütigem Ausdruck auf sie nieder. »Ich denke, wir werden meine Tante sehr glücklich machen.«

»Sie war so gut zu uns, und ich freue mich so sehr darauf, sie kennenzulernen.«

»Ich weiß nicht, wie lange es dauern wird, Miss Morgan. Solange Tante Hope am Leben ist, nehme ich an. So lange Ihr bei uns bleiben wollt. Aber vielleicht heiratet Ihr ja«, fügte er beiläufig hinzu.

Dorcas blickte zu ihm auf, dann nach einem kurzen Schweigen sagte sie mit gleichmütiger Stimme: »Nein, Sir. Ich werde niemals heiraten. Ich werde arbeiten.«

Ihre Offenheit verblüffte Andrew. Er hatte selten jemand gesehen, der so offen seine Meinung sagte, nicht einmal unter Männern. Während er ins Pfarrhaus zurückkehrte, dachte er: *Die beiden sind ja ein seltsames Paar ... ich frage mich, wie sie in England zurechtkommen werden.*

5

EINE OFFENE TÜR

Dorcas blinzelte nervös, als sie durch die hölzerne Tür trat, und einen Augenblick lang wünschte sie, sie wäre in Wales geblieben. Es war eine einschneidende Erfahrung gewesen, ihre Heimat zu verlassen, für sie und auch für Gareth, denn sie hatten nicht nur ihr Häuschen zurückgelassen, sondern auch ihr Heimatland, die Menschen, die sie von Geburt an gekannt hatten, und ihre eigene Lebensweise. Für Dorcas war England so fremd, als hätte sie den Ozean überquert und wäre in Afrika gelandet.

Sie waren zuerst nach Oxford gefahren, wo Andrew alle Vorbereitungen getroffen hatte, damit Gareth sein neues Leben anfangen konnte. Dorcas hatte sich an Gareth geklammert, als sie sich voneinander verabschiedet hatten. Er hatte ihr zugeflüstert: »Mach dir keine Sorgen, Schwester. Alles wird gut.«

Sie hatte verzweifelt gewünscht, sie beide könnten einen Weg finden, um zusammenbleiben zu können. Aber sie wusste, das war unmöglich, also hatte sie ergeben ihre Reise mit Andrew Wakefield fortgesetzt.

Andrew war empfindsam genug, um die Ängste zu spüren, die die junge Frau litt. Während der tagelangen Fahrt von Wales hatte er versucht, sowohl Dorcas wie auch Gareth für ihren neuen Lebensweg Mut zu machen. Für gewöhnlich war Andrew sehr geschickt in dergleichen Dingen. Aber er hatte niemals eine solche Situation erlebt, wo zwei junge Menschen unversehens in ein völlig neues Leben versetzt wurden. Jeden Tag sah er zu, wie sich Dorcas immer mehr in sich zurückzog und immer angespannter wurde. Schließlich hatte er ebenfalls einen Stich verspürt, als das Mädchen sich in Oxford so verzweifelt an seinen Bruder klammerte.

Vielleicht habe ich einen Fehler gemacht, dachte er unruhig. *Es ist ein gefährliches Unterfangen, sich in anderer Leute Leben einzumischen …* Dann hatte er sich mit dem Gedanken getröstet, dass Dorcas eine große Hilfe für seine Tante Hope sein würde.

»Willkommen zu Hause, Mr Andrew«, sagte Baxter warmherzig. Das ehrliche Gesicht des Haushofmeisters hatte sich zu einem Lächeln verzogen. Er kannte Andrew seit dessen Kindheit und schüttelte ihm herzlich die Hand.

»Es tut gut, wieder zu Hause zu sein«, sagte Andrew. »Dies hier ist Miss Dorcas Morgan, eine junge Frau, die Ihr hier noch oft sehen werdet. Sie kommt als Gesellschafterin meiner Tante. Dorcas, das ist James Baxter, unser Haushofmeister. James, ich nehme Dorcas mit und stelle sie meinem Bruder vor. Ist er daheim?«

»Nein, Sir«, antwortete Baxter. »Er wird morgen zurückerwartet. Aber Ihre Mutter ist natürlich zu Hause.«

»Gut, wir werden bei ihr vorsprechen«, sagte Andrew müde.

»Sehr gut, Sir«, sagte Baxter und nickte.

Das freundliche Lächeln des Haushofmeisters hatte Dorcas ermutigt, aber ihr Herz begann heftig zu klopfen, als sie Andrew Wakefield durch den langen Flur folgte. Die Wände waren mit Gemälden geschmückt, wie sie noch keine gesehen hatte. Sie fragte sich, ob sie alle Vorfahren der Wakefields waren, und beschloss, demnächst Genaueres über diese streng blickenden Männer und schönen Frauen herauszufinden. Andrew wandte sich nach rechts und führte sie einen kürzeren Flur entlang. Vor einer Tür hielt er inne und klopfte leise an. Als eine Stimme antwortete, öffnete er die Tür.

»Mutter, ich möchte dich mit Dorcas Morgan bekannt machen. Dorcas, dies ist meine Mutter, Lady Ann Wakefield.«

Dorcas hatte keine Ahnung, wie sie sich in Gegenwart adeliger Personen verhalten sollte. Sie hatte keinerlei Etikette gelernt und schon gar keine Erfahrung. Vor Nervosität brachte sie nur ein ruckartiges Kopfnicken zustande.

»Kommt näher«, befahl Lady Ann mit ziemlich lauter Stimme. Als das Mädchen drei Schritte machte und stehen blieb, betrachtete Lady

Ann sie von Kopf bis Fuß, dann nickte sie. »Ich hoffe, Ihr hattet eine gute Reise. Ist Euer Bruder bei Euch?«

»Nein, wir haben ihn in Oxford zurückgelassen«, erklärte Andrew.

»Oh ja, das hatte ich vergessen. Ich freue mich, dass Ihr gekommen seid, Dorcas. Mrs Wingate wird Eure Herrin sein. Ihr werdet ihr eine große Hilfe sein, da bin ich mir sicher.«

»Ja, Ma'am. Ich werde mein Bestes tun.«

»Bring sie zu Hope, Andrew«, sagte Lady Ann majestätisch. »Dann komm zu mir zurück. Es gibt einige Angelegenheiten, die ich mit dir besprechen möchte.«

»Natürlich, Mutter.«

Andrew drehte sich um und hielt Dorcas die Tür auf. Sie hastete aus dem Zimmer. Sie atmete schwer, ihre Gedanken waren verwirrt. Wie sollte sie jemals lernen, mit so grandiosen Persönlichkeiten wie Lady Wakefield zusammenzuleben?

»Meine Mutter ist ziemlich formell«, sagte Andrew in freundlichem Ton. »Aber sie wird Euch mit der Zeit lieb gewinnen. Und jetzt wollen wir gehen und meine Tante besuchen.«

Als sie weitere Flure entlanggingen und immer wieder abbogen, starrte Dorcas mit großen Augen die prachtvollen Wandteppiche an, die die Wände schmückten, die goldenen Vasen, die kunstvoll geschnitzte Kommoden und Sockel aus Walnuss und Kirschholz zierten. Der Gedanke kam ihr, dass einer der schweren silbernen Kerzenleuchter – von denen es sehr viele gab – ausgereicht hätte, um sie und Gareth in Wales wochenlang zu erhalten. Aber ihr blieb wenig Zeit für solche Gedanken, denn Andrew war vor einer anderen Tür stehen geblieben und pochte leise. Als eine schwache Stimme antwortete, öffnete er die Tür und trat beiseite, um Dorcas als Erste hineingehen zu lassen.

Am Fenster saß eine Frau. Sie kauerte sich gegen die Kälte zusammen, ihr Schoß war von einem bunten wollenen Plaid bedeckt. Dorcas sah, dass sie zarte, fein gemeißelte, aristokratische Züge hatte und ein freundliches Gesicht, obwohl es mager war und ausgezehrt wirkte. Sie sah müde aus, doch ihre grauen Augen waren wach und aufmerksam.

»Da ist sie, Tante Hope«, stellte Andrew sie leichthin vor. »Das ist deine Verwandte, die den weiten Weg von Wales hierhergekommen ist, Dorcas Morgan.«

»Bitte, kommt näher, meine Liebe«, sagte die winzige Frau mit sanfter Stimme.

Die Worte »meine Liebe« genügten, um Dorcas zu ermutigen. Die Freundlichkeit und Wärme im Gesicht der Frau und das offenkundige Vergnügen, mit dem sie Dorcas begrüßte, verjagten die Ängste, die das junge Mädchen gequält hatten, seit es die Tore von Wakefield durchschritten hatte. Dorcas trat vor, und als die Frau ihre Hand ausstreckte, umklammerte Dorcas sie innig. Obwohl die Hand klein war und die Knochen zerbrechlich wie Glas wirkten, war der Griff der Frau weitaus kräftiger, als Dorcas sich vorgestellt hatte.

»Ich freue mich so, dass Ihr hier seid, Dorcas«, sagte Hope lächelnd.

Dorcas schluckte krampfhaft. »Mrs Wingate, ich muss Euch noch einmal persönlich danken für die Hilfe, die Ihr mir und meinem Bruder habt zukommen lassen. Ihr wisst nicht, wie viel Hoffnung Ihr in unser Leben gebracht habt.« Dorcas dachte wiederum daran, wie oft die kleinen Geldgeschenke gerade dann eingetroffen waren, wenn es keinen Ausweg mehr zu geben schien. Sie beantwortete Hopes Lächeln mit einem scheuen Lächeln ihrerseits. »Wir können Euch niemals genug für Eure Güte danken.«

Hope nahm den Dank mit einer Handbewegung entgegen. »Das war kein Problem, Liebste. Kommt und setzt Euch neben mich. Ich möchte alles über Euch erfahren, und ich weiß, Ihr wollt alles über meine Mutter wissen, Angharad Morgan.«

Andrew sagte höflich: »Ich lasse euch beide jetzt allein, während ich mit Mutter spreche.« Er verbeugte sich vor den beiden Frauen, aber sein Blick hing an Dorcas. »Ich lasse Euch in guten Händen zurück, Dorcas. Später werde ich Euch den anderen Dienern und der Haushälterin vorstellen, Mrs Beard. Sie wird sich um ein Zimmer für Euch kümmern. Tante Hope, ich freue mich, dich so gesund zu sehen.«

»Komm zurück, sobald du kannst«, rief Hope ihm nach, als er den Raum verließ. »Ich will alles ganz genau hören.« Nachdem er die Tür hinter sich geschlossen hatte, wandte sie sich an Dorcas. »Nun erzählt mir alles über Euch …«

* * *

Dorcas löste die Schnur ihres Mantels und hängte ihn auf den Haken bei der Vordertür, dann eilte sie den Flur entlang in die Küche. Ihre Augen glänzten hell und ihre Wangen waren rosig von der Kälte. Ein erfreutes Lächeln spielte um ihre Lippen, als sie die Küche betrat, in der die Haushälterin Naomi Beard eben mit Bertha, Lady Anns Zofe, sprach. Mrs Beard begrüßte Dorcas mit einem Lächeln und sagte: »Euer Gesicht ist ganz rot, Dorcas! Seid Ihr nicht halb erfroren?«

»Oh nein, Ma'am«, sagte Dorcas lächelnd. »Seht nur, was ich gefunden habe.« Sie hielt den Korb mit der linken Hand vor sich hin. Sie zog das Leinentuch mit dem Daumen ihrer verkrüppelten Hand zurück und ließ die gefleckten Eier sehen, die in dem Tuch eng beieinanderlagen. Aufgeregt fuhr sie fort: »Ich habe acht Stück gefunden! Cecile legt wieder. Zwei davon sind ihre.«

»Cecile, sieh einer an«, sagte Mrs Beard und schniefte. »Ihr behandelt diese Hühnchen, als wären sie Kinder.« Sie war eine große, grobknochige Frau mit eisengrauem Haar, dünnen Lippen und einem auffällig vorspringenden Kinn und Unterkiefer. Obwohl sie eine strenge Gebieterin über die Dienerschaft, Männer wie Frauen, war, war sie nicht unfreundlich. Mrs Beard hatte die junge Dorcas Morgan sogar richtig lieb gewonnen. »Und jetzt macht Ihr wohl Lady Wingate eine Eurer berühmten Eierspeisen?«

»Ja. Aber dazu braucht es nur zwei Eier – vielleicht könnte ich auch für Lady Ann kochen?«

»Hmm« war alles, was Mrs Beard von sich zu geben geruhte, und dann entließ sie Bertha mit majestätischer Geste. Als die junge Zofe gegangen war, wandte sie sich wieder an Dorcas, und ihre Augen funkelten. »Und hebt eines davon für mich und eines für Euch auf, Dorcas. Wir haben uns etwas Gutes verdient, was meint Ihr? Schließlich haben wir die Hennen aufgestöbert und ihre geheimen Nester gefunden!«

»Oh, es macht so viel Spaß!« Dorcas stieß einen glücklichen Seufzer aus. »Ich wollte immer Hühner haben, aber wir konnten uns keine leisten. In Wales haben wir sie immer aufgegessen, bevor sie Eier legen konnten.«

»Ja, wenn man hungrig ist, ist ein Huhn auf dem Tisch besser als Eier im Hühnerhaus, die man erst nach zwei Wochen erwarten kann«, stimmte Mrs Beard ihr philosophisch zu. »Und ich denke, diese Hennen wären verspeist worden, wenn Ihr sie nicht gefunden und beschützt hättet.« Die Hühner waren wild auf dem Gut herumgelaufen; es war Dorcas' Idee – und ihr Vergnügen – gewesen, sie einzufangen, in einen Pferch zu bringen, sie zu füttern und die Eier einzusammeln. Sie fand es seltsam, dass bislang noch niemand darauf gekommen war, das zu tun, da es fast unmöglich war, die Eier zu finden. Die Hennen legten sie an versteckten Orten, die sie jedes Mal wechselten, wenn sie entdeckt wurden. Dorcas hatte mit Freuden um Erlaubnis gebeten, die Hennen zu fangen und einzupferchen. Mit der Hilfe von Silas, dem Kutscher, und Jeremias, dem Gärtner, hatte sie einen Zaun und einen kleinen Schuppen gebaut, in dem die Hennen bei kaltem Wetter Zuflucht suchen konnten. Während der paar Wochen, die Dorcas nun in Wakefield war, hatte sich die kleine Schar vergrößert und mehrere Kücken wuchsen rasch heran. Sie liebte jedes Kücken und gab ihnen allen Namen.

»Ich mache schnell eine Eierspeise für Miss Hope und Lady Ann«, sagte sie fröhlich. »Und es sieht ganz so aus, als sollten zwei Eier übrig bleiben.«

»Und nicht vergessen: Ihr sollt Mrs Wingate heute Nachmittag zum Tee hinunterbringen«, erinnerte sie Mrs Beard.

»Hmm … ich habe nichts anzuziehen«, murmelte Dorcas vor sich hin.

»Das blaue Kleid genügt«, entschied Mrs Beard. »Die Herrschaften legen keinen Wert darauf, dass ihre Diener herausgeputzt sind. Sie wollen uns natürlich nicht in Lumpen sehen, aber bescheiden und damenhaft.«

Dorcas sah die Wahrheit in diesen Worten und antwortete demütig: »Ja, Ma'am.«

Rasch bereitete Dorcas ihre kostbaren Eier zu, und kurz darauf verließ sie die Küche mit einem Tablett, auf dem zwei silberne Servierplatten mit schweren silbernen Deckeln standen. Erst ging sie in Lady Anns Zimmer, wo sie die Herrin von Wakefield antraf, wie sie in einem dicken, ledergebundenen Buch las. »Ich habe einige Eier gefunden, Ma'am«, sagte sie schüchtern. »Ich dachte, dieses Rezept könnte Euch schmecken.«

Lady Ann blickte von ihrem Buch auf. »Nun gut, stellt es hier ab.« Dorcas stellte eine der Servierplatten ab, nahm den Deckel ab und trat einen Schritt zurück. Lady Ann kostete ein winziges Bisschen und nickte. »Was ist darin?«

»Oh, nur Eier und Käse, ein paar Gewürze, ein wenig Schinken«, antwortete Dorcas beiläufig. »Es freut mich, dass es Euch schmeckt, Lady Ann. Ich habe eine zweite Portion für Miss Hope gemacht.«

»Es schmeckt sehr gut. Bringt Hope jetzt ihre Portion, Dorcas.«

Dorcas ging zu der Zimmerflucht, in der Hope Wingate wohnte. Sie hatte eine kleine Kanne Tee mitgebracht und stellte das schwere Tablett auf ein Teetischchen in Hopes Zimmer. »Ich habe Euch etwas gebracht, das Euch sehr gut schmecken wird, Miss Hope.«

Hope blickte auf und lächelte. »Was ist es denn diesmal?«

Dorcas hatte sich als ausgezeichnete Köchin entpuppt und war eine Expertin darin, köstliche Speisen zuzubereiten, um den vogelähnlichen Appetit der alten Frau anzuregen. Hope hinkte zum Teetischchen und blickte auf die silberne Platte nieder.

»Es ist etwas Gutes, Miss Hope«, antwortete Dorcas. »Setzt Euch, ich schenke Euch den Tee ein.«

Als Hope die Eierspeise kostete, wurden ihre Augen groß und rund vor Erstaunen. »Das ist sehr gut! Wo habt Ihr nur die Eier her? Ich dachte, die Hühner hätten zu legen aufgehört oder wären verschwunden.«

»Oh, ich habe sie jetzt alle im Hühnerhof eingesperrt. Erinnert Ihr euch nicht mehr? Ich habe Euch von unserem Abenteuer erzählt – ich und Silas und Jeremias gingen auf Hühnerjagd und machten den Pferch und den Schuppen. Trinkt jetzt Euren Tee, solange er heiß ist.«

Hope knabberte an den Eiern und trank in winzigen Schlückchen ihren Tee. Sie beobachtete Dorcas, die in der Wohnung herumging, Kissen und Bettdecke glattstrich und mit den Fingern über Bettgestell und Tische fuhr, um zu prüfen, ob sie staubig waren. *Was für ein Trost ist sie mir doch*, dachte Hope. Dann fragte sie: »Habt Ihr eines der Eier für euch behalten?«

Dorcas lächelte. »Ja, und auch eines für Mrs Beard. Ich hoffe, wir können genug Hühner aufziehen, dass alle immer genug Eier haben.«

Sie setzte sich neben Hope nieder. Ihre Augen glänzten und ihr Gesichtsausdruck war entspannt. Dorcas hatte sich seit ihrer Ankunft sehr verändert. *Sie war wie ein verschrecktes kleines Vögelchen*, dachte Hope. *Riesengroße Augen und den Schnabel fest zusammengepresst. Kein Wort war aus ihr herauszubringen … aber ein wenig Freundlichkeit kann Wunder wirken.*

»Ich denke, Euch hierzuhaben, ist das Netteste, was mir seit Langem passiert ist, Dorcas«, sagte Hope mit gedämpfter Stimme.

Dorcas errötete. Sie war nicht an Komplimente gewöhnt, obwohl sie festgestellt hatte, dass Hope Wingate mehr Komplimente aussprach als jeder andere Mensch, den sie je gekannt hatte. »Es tut so gut, hier zu sein, Miss Hope! Ich habe noch nie so viel zu essen gehabt.«

»Fett wie ein Ferkelchen werdet Ihr werden, wenn Ihr so weitermacht«, neckte Hope sie. »Aber vielleicht denkt Ihr, den jungen Männern gefallen üppige Rundungen?« Sie sah sofort, dass ihre gedankenlose Bemerkung Dorcas beunruhigt hatte. »Hmm, was ist denn das? Was ist los, Dorcas?«

»Oh, nichts, Miss Hope.« Dorcas stand auf, machte sich am Teetischchen zu schaffen und wechselt abrupt das Thema. »Mrs Beard sagte, ich sollte Euch um zwei Uhr zum Tee hinunterführen.«

»Oh ja«, sagte Hope nachdenklich. »Ich glaube, ich fühle mich wohl genug, um Tee trinken zu gehen.«

»Wer wird da sein?«, fragte Dorcas.

»Vor allem die Barksdales, eine reiche Familie aus London.«

»Ihr müsst unbedingt dieses entzückende weinfarbene Kleid anziehen, Miss Hope«, sagte Dorcas mit fester Stimme.

Hope lachte. »Es ist ziemlich gleichgültig, was ich anziehe. Sie sehen ohnehin alle nur Caroline Barksdale an.«

»Caroline Barksdale?«

»Ja, sie ist die Tochter. Eine attraktive junge Frau – eine, nach der sich die Männer die Augen ausschauen.« Hope lächelte leicht. »Andrew wird kaum Augen für jemand anderen haben.«

»Oh«, murmelte Dorcas. »Dann wird er sie also heiraten?«

»Ich fürchte, er wird es versuchen«, antwortete Hope steif, »obwohl ich hoffe, dass ich mich irre.«

Dorcas war beunruhigt. Sie hatte sich eine Tasse Tee eingeschenkt und kostete vorsichtig daran, während sie über Hopes Worte nachdachte. Leise fragte sie: »Mögt Ihr Miss Barksdale nicht, Miss Hope?«

»Oh, sie ist wahrscheinlich ein recht nettes Mädchen. Aber sie passt nicht zu Andrew.« Plötzlich fühlte Hope sich ein wenig treulos, dass sie ihr Urteil laut ausgesprochen hatte, und sie fuhr rasch fort: »Bitte erzählt nicht weiter, was ich Euch gesagt habe, Dorcas.«

»Oh nein, Ma'am, das würde ich niemals tun.« Aber Dorcas war überaus neugierig und sie dachte scharf über Andrew Wakefield nach. Sie konnte sich die Frage nicht verkneifen: »Dann hat er sie also ins Herz geschlossen, meint Ihr?«

»Nun, er weist all die üblichen Kennzeichen auf, die junge Männer an sich haben, wenn sie sich für junge Frauen interessieren«, antwortete Hope ein wenig förmlich. Dorcas schien es, dass ihre Herrin nicht weiter über das Thema sprechen wollte, also verfolgte sie es nicht weiter.

»Wir werden Euch so hübsch anziehen, dass kein Mensch mehr diese junge Frau anschaut«, sagte Dorcas mit einem Lächeln.

Als sie Hopes Wohnung um zwei Uhr verließen, freute sich Dorcas daran, wie gut Hope aussah. Sie bewegte sich langsam, umklammerte Dorcas' Arm mit einer Hand und stützte sich mit der anderen schwer auf ihren Stock. Aber sie sah sehr hübsch aus in dem weinfarbenen Samtkleid. Dorcas hatte ihr leuchtendes silberweißes Haar frisiert und Hope trug eine Halskette mit viereckigen roten Steinen.

»Diese Halskette hat mir mein Vater geschenkt«, erzählte Hope Dorcas.

Dorcas hatte den Stammbaum der Wakefields auswendig gelernt. »Sir Christopher?«

»Ja, ganz genau. Ich wünschte, Ihr hättet ihn kennenlernen können, Dorcas! Was für ein gut aussehender Mann er war! Und so freundlich!«

Die beiden betraten den großen Salon, in dem sich mehr als ein Dutzend Menschen versammelt hatten. Andrew stand am entfernten Ende des Raumes und sprach mit einer jungen Frau, in der Dorcas augenblicklich Caroline Barksdale erkannte. Er drehte sich um, als sie eintraten, und eilte an Hopes Seite. »Tante! Sieh einer an!« Seine Augen leuchteten vor Bewunderung und freudiger Überraschung. »Ich habe dich nicht mehr so hübsch gesehen seit – seit –«

»Schon gut, Andrew«, lächelte Hope. Sie warf Caroline, die Andrew gefolgt war, einen scharfen Blick zu und bemerkte: »Ihr seht wunderschön aus, Miss Barksdale.«

»Ihr aber auch, Mrs Wingate«, erwiderte Caroline gewandt. »Woher habt Ihr die wunderschöne Halskette?«

Dorcas lauschte, als die beiden Frauen Höflichkeiten austauschten, und plötzlich wurde ihr bewusst, dass Caroline Barksdales lebhafte braune Augen auf ihr ruhten. Sie hielt dem Blick der Frau einen Augenblick lang stand, dann senkte sie den Kopf.

»Das ist eine Verwandte meiner Tante Hope, Dorcas Morgan, aus Wales. Sie ist als Gesellschafterin meiner Tante zu uns gekommen«, erklärte Andrew.

Caroline Barksdale sagte höflich: »Ihr seid Mrs Wingate sicher eine große Stütze.« Ihre Augen glitten über Dorcas Morgans rechte Hand, dann blickte sie auf und sah, dass das Mädchen peinlich berührt war.

Später, als Caroline mit Andrew sprach, erzählte er ihr von seiner Reise nach Wales und von Dorcas und Gareth Morgan.

»Oh, ist der junge Mann ein Diener hier?«, erkundigte sich Caroline.

»Nein, er ist in Oxford.«

»Sie ist ein ziemlich armseliges kleines Ding, nicht wahr?«, bemerkte Caroline. »Was hat sie zum Krüppel gemacht?«

Andrew antwortete kurz angebunden.

»Ein Unfall, den sie als kleines Kind hatte. Es beeinträchtigt aber ihre Arbeit nicht.«

»Oh ja, manche Krüppel kommen erstaunlich gut zurecht, nicht wahr?«, bemerkte Caroline leichthin. »Ich bin überzeugt, sie ist dankbar. In Wales sind die Zeiten schlecht, nicht wahr?«

»Sehr schlecht«, sagte Andrew, die Lippen fest zusammengepresst. Er warf einen Blick auf Dorcas, die neben dem Stuhl seiner Tante stand. »Sie ist Tante Hope eine große Hilfe. Ich bin ihr dankbar.«

»Aber sicher.«

Dorcas hielt sich eng an ihre Herrin und machte sich in Gedanken Notizen zu allem, was vorging, um später darüber nachzudenken. Sie bemerkte, dass Sir George Wakefield ein Mann war, der immer die erste Geige spielen musste, während Andrew sich im Hintergrund hielt. Sie sinnierte müßig darüber nach, warum George Wakefield nicht geheiratet hatte, und beschloss, Hope später danach zu fragen.

Als Dorcas Hope an diesem Abend zu Bett brachte, fragte sie: »Warum ist Sir George nicht verheiratet?«

»Oh, er ist ein dummer junger Mann. Er hat sich für verschiedene junge Frauen interessiert, aber keine scheint ihm gepasst zu haben. Was haltet Ihr von den Barksdales?«

Dorcas hatte, um ehrlich zu sein, nicht viel übrig für die Barksdales. Das ältere Paar hatte ihr kaum einen Blick gegönnt und sie dann vollständig ignoriert, und Caroline Barksdale schien eine sehr herablassende Haltung ihr gegenüber einzunehmen. *Ich habe keinen Grund, verletzt zu sein*, schalt sie sich selbst. *Ich bin schließlich nur eine Dienerin, warum sollten sie mir ihre Aufmerksamkeit schenken* … Dennoch hatte Dorcas klar erkannt, dass den Barksdales jene schlichte Freundlichkeit fehlte, die ihre Herrin an den Tag legte.

Dorcas zog sich in ihr Zimmer zurück, das viel hübscher war als ihr Häuschen in Wales. Sie setzte sich auf ihr schmales Bett und dachte über die Wakefields nach und über das Leben, das sie jetzt führte. Plötzlich fühlte sie sich entmutigt. Es gab keinen Grund dafür; sie hatte mehr zu essen, bessere Kleider, einen besseren Wohnort.

Aber Dorcas war einsam. Sie sehnte sich danach, Gareth wiederzusehen. Sie hatte nur einmal von ihm gehört, in einem Brief, den Andrew mitgebracht hatte, als er aus Oxford nach Wakefield zurückkehrte. Es war ein trübsinniger Brief gewesen. Gareth hatte geschrieben, dass er hart arbeitete, dass er lernen musste, sich den Umständen zu fügen, und dass er hoffte, es gehe ihr gut.

Dorcas kuschelte sich in ihr Bett und zog sich die warmen Decken um die Schultern. Sie versuchte einzuschlafen, aber es gelang ihr nicht. Sie wünschte, sie könnte mit Gareth reden, und sei es nur einen Augenblick lang.

* * *

Etwa zur selben Zeit, in der seine Schwester die Barksdales beobachtete, saß Gareth in seiner Kammer und starrte einen Haufen Schuhe an. Er hob einen davon auf, musterte ihn trübselig und begann ihn mit der Schuhcreme einzureiben, die in einem Topf neben ihm stand. Er war zornig und übellaunig und als er damit fertig war, den Schuh zu putzen, hob er ihn hoch und zielte sorgfältig auf die Tür. Es hätte ihm großes Vergnügen gemacht, den Schuh zu werfen, denn irgendwie betrachtete er es als zutiefst demütigend, die Schuhe der Oberschicht putzen zu müssen. Er hielt den Schuh noch in der Hand, als ein kleiner junger Mann mit hellfarbenem Haar, das ihm in einer unordentlichen Welle bis auf die Schultern hing, eintrat. Er riss die tiefblauen Augen auf, als er Gareths drohende Geste sah.

»Warte! Wirf nicht nach mir, Gareth!«, rief er aus und kniff das rechte Auge zusammen.

Gareth warf peinlich berührt den Schuh weg und hob einen anderen auf. »Komm herein, George.« Resigniert begann er den Schuh zu putzen. »Das ist der schlimmste Job, den ich je gehabt habe«, murmelte er. »Ich würde lieber wieder Kohlen graben.«

George Whitefield war selbst ein Serviteur. Er hatte Schuhe geputzt und all die anderen niedrigen und unangenehmen Arbeiten getan, die ihm aufgetragen wurden. Aber er hatte eine Fröhlichkeit in sich, die Gareth Morgan fehlte. Nun setzte Whitefield sich hin, hob einen weiteren Schuh auf und begann Gareth bei der Arbeit zu helfen.

»Ich weiß nicht«, sagte Whitefield milde. »Ich finde Schuhe putzen gar nicht so schlimm.« Für einen so mageren Menschen hatte er eine wundervoll tönende Stimme, die den Zuhörer irgendwie erbaute. Man hatte das Gefühl, er könnte die Dachsparren erschüttern, wenn er die Stimme hob. Whitefield war schon länger in Oxford als Gareth und hatte sich bereits am Tag seiner Ankunft mit ihm angefreundet. Er hatte absolut nichts Hinterlistiges an sich. Er war einer der wenigen in Oxford, die ihre religiösen Überzeugungen hundertprozentig lebten. Selbst den Theologiestudenten fehlte es, wie Gareth bemerkte, an Überzeugung.

Wie üblich begann Whitefield über die Bibel zu reden. »Ich hatte eine wunderbare Zeit gestern im Gefängnis. Ich konnte mit vier Männern über ihre Seele sprechen. Einer von ihnen übergab sein

Leben dem Herrn.« Während die beiden Männer Schuhe putzten, redete Whitefield und Gareth hörte zu. Schließlich fragte Whitefield: »Hast du gehört, was mit dem Vater der Wesleys ist?«

»Nein, habe ich nicht. Was ist mit ihm?«

»Er war sehr krank. John und Charles haben Oxford verlassen, um ihn zu besuchen. Ich glaube nicht, dass er mit dem Leben davonkommen wird.« Whitefield betrachtete den Schuh, an dem er arbeitete, mit kritischen Blicken, verpasste ihm einen weiteren Klecks Schuhcreme und fuhr fort: »Er ist ein wunderbarer Christ, dieser Mr Wesley. Ein Vorbild für uns alle. Er wird sich freuen, Gott zu begegnen. Das wird wundervoll werden, nicht wahr? Gott zu begegnen?«

Gareth zog die Augenbrauen hoch und antwortete trocken: »Ich glaube nicht, dass es mir so besonders gefallen würde. Nicht gerade jetzt.«

»Aber würdest du es nicht gerne tun?«, fragte Whitefield ernst. »Denk nur an all die Schmerzen und Schwierigkeiten des Lebens! Denk daran, wie wundervoll es wäre, den Herrn Jesus zu sehen!«

»Sei still, George«, gab Gareth grob zurück. »Seit ich dich kenne, bist du so verflixt glücklich, und dabei putzt du Schuhe und bist ein Diener! Ich halte es nicht aus! Ich würde lieber wieder Kohlen graben!«

Whitefield entschuldigte sich. »Ich wollte dir meine Ansichten nicht aufdrängen, Gareth. Aber ich bin einfach so glücklich! Jahrelang habe ich versucht, mir Gottes Zuwendung zu verdienen. Erst kürzlich fühlte ich mich so hilflos und krank und ausgebrannt … Dann entdeckte ich das Geheimnis!«

Gareth seufzte. »Ja, ja, welches Geheimnis?«

»Das Geheimnis!«, sagte Whitefield mit gedämpfter Stimme. Sein für gewöhnlich so blasses Gesicht glänzte. Er erhob die Stimme, als er klangvoll ausrief: »Dass Jesus alles ist, was wir brauchen! Gnade, reine Gnade! Er hat bereits den Preis bezahlt – alles, was wir noch tun müssen, ist sein Geschenk anzunehmen! Ist das nicht wundervoll?«

»Wundervoll«, erwiderte Gareth hölzern. Er kannte den Ruf, in dem Whitefield stand: Er hatte gefastet, bis er beinahe nur noch ein Schatten war; er hatte sich geweigert zu schlafen und war die ganze Nacht im Gebet auf den Beinen geblieben; er hatte anderer Leute Arbeit zusätzlich zu seiner eigenen getan, wie er es jetzt für Gareth tat; und George Whitefield war kein kräftiger Mann. Die Studenten hatten sich über ihn lustig gemacht – alle mit Ausnahme der Mitglieder des Klubs der Heiligen. Aber Whitefield war beharrlich geblieben und hatte eine Erfahrung gemacht, die er nicht wirklich erklären konnte. Obwohl er einen mystischen und nicht ungefährlichen Eindruck machte, fühlte Gareth sich von dem mageren jungen Mann fasziniert.

Schließlich war Gareth mit dem letzten Schuh fertig. »Nun, ich gehe in die Kirche und nehme das Sakrament. Solange ich das tue, ist wohl alles in Ordnung.«

Whitefield stand auf und sein Blick ruhte auf Gareth. »Es braucht mehr als das, Gareth. Es braucht das Blut Jesu Christi, das wir nur durch den Glauben erlangen.« Whitefield sah, wie Gareths Gesicht einen rebellischen Ausdruck annahm, und fuhr fort: »Sei nicht zornig auf mich, Gareth. Ich höre schon auf zu predigen. Komm mit. Lass uns sehen, ob wir noch etwas zu essen finden.«

* * *

John Wesley pflegte später zu sagen, dass er selten etwas so Schönes und Triumphierendes gesehen habe wie das Hinscheiden seines Vaters. Er beschrieb es als »einen gemütlichen Weggang aus dem Leben.«

Er stand neben dem Bett seines Vaters, zusammen mit seinem Bruder Charles und anderen Familienmitgliedern. Sein Vater segnete sie alle, dann hörten sie alle ihn ganz deutlich sagen: »Denkt an den Himmel, sprecht vom Himmel, alle Zeit ist verschwendet, in der wir nicht vom Himmel sprechen.«

John Wesley sah angesichts des Todes einen Sieg seines Vaters. Jahrelang hatte John sich abgekämpft, Frieden mit Gott zu finden;

nie hatte ein Mann härter gekämpft als er. Er hatte sich jeder religiösen Pflicht mit einer Entschlusskraft und einer Hingabe gewidmet, die die meisten Menschen nie aufgebracht hätten. Als er nun seinen Vater aus dieser Welt scheiden sah, stieg eine große Unruhe in ihm auf.

Der Leichnam Samuel Wesleys wurde im Kirchhof von Epworth bestattet. Der Haushalt wurde aufgelöst und John und Charles' Mutter, Susanna, zog zu ihrer Tochter Emelia, die in Kingsborough wohnte. Die beiden Söhne machten sich daran, das letzte Werk ihres Vaters zu vollenden, ein umfangreiches Buch über Hiob.

Kurz nach diesem Ereignis, als er sich bereits darauf vorbereitete, wieder nach Oxford zu gehen, machte John Wesley die Bekanntschaft des Generals Oglethorpe, der versuchte, das Evangelium in Georgia – einer der amerikanischen Kolonien – zu verkünden. Johns Besuch fiel mit einem Treffen der Treuhänder von Savannah zusammen. Sie suchten einen qualifizierten anglikanischen Geistlichen, der die Seelsorge an den Siedlern in Savannah übernehmen und vielleicht auch als Missionar zu den Indianern gehen sollte.

Zu John Wesleys Überraschung betrachtete Oglethorpe ihn als möglichen Kandidaten. John hatte eben das Angebot abgelehnt, Pfarrer der Gemeinde Epworth zu werden, denn er wollte seine Studien in Oxford nicht aufgeben. Aber dem Savannah-Projekt, so erfuhr er, konnte er sich widmen, indem er einfach Urlaub nahm. Es war eine schwierige Entscheidung für John Wesley – den Ozean zu überqueren und alles, was ihm vertraut war, hinter sich zu lassen. Aber er entschloss sich zu gehen.

Am achtzehnten September ging er zu seiner Mutter Susanna, um ihr von seinen Plänen zu berichten. Er befürchtete, sie würde sich seinem Vorhaben widersetzen. Aber jene wackere Frau, die erst kürzlich den Gatten verloren hatte, sagte: »Und hätte ich zwanzig Söhne, ich würde mich freuen, sie so beschäftigt zu sehen, selbst wenn ich keinen von ihnen wiedersehen sollte!«

John Wesley, ein Mann, der immer versuchte, in jeder Hinsicht ehrlich zu sein, schrieb an einen Freund: »Mein hauptsächliches Ziel, dem alle anderen untergeordnet sind, ist die Hoffnung, meine eigene Seele zu retten. Ich hoffe, den wahren Sinn des Evangeliums zu erkennen, indem ich es den Heiden predige.«

Er kehrte nach Oxford zurück und traf seine Vorbereitungen zur Abreise. Wie alles andere auch, tat er diese Arbeit methodisch und effizient.

* * *

»Nun, mein Junge!«, sagte Bischof Crawley mit freudigem Lächeln. »Ich glaube, ich habe die denkbar besten Nachrichten für Euch!«

Andrew war ins Büro des Bischofs bestellt worden und hatte keine Ahnung, warum der Bischof einen so glücklichen Eindruck machte. »Ja, Mylord?«

Obwohl Bischof Alfred Crawley ein ziemlich pompöser Mann war, hatte er ein Gutteil Freundlichkeit in sich und eine besondere Vorliebe für Andrew Wakefield. Wakefield erinnerte ihn an seine eigene Jugend – ernst, dienstbereit, demütig. Der Bischof hatte eifrig daran gearbeitet, einen Posten für Andrew zu finden. Dazu gehörte stets ein gewisser Teil an politischer Manipulation in der Welt der Kirche, und niemand wurde Bischof, der nicht ein Experte für solche Politik war. Er wusste, wer Macht hatte, und er war schlau genug zu wissen, wie man solche Leute manipulierte. Er war ständig unterwegs in der Welt der Bischöfe, Direktoren und Kirchen, und nun hatte er ein schönes Stück Arbeit geleistet.

»Ich freue mich, Euch sagen zu können, dass man Euch bitten wird, an der St.-Markus-Kirche zu dienen«, sagte er zu Andrew. Das war eine ziemlich große Kirche in der Londoner Vorstadt, eine, an die man normalerweise einen viel älteren Mann berufen hätte. Der Bischof hatte einige Mühe damit gehabt, einen anderen Kandidaten aus dem Rennen zu werfen, aber nun war das Werk getan. Seine Augen funkelten, als er fortfuhr: »Beim heiligen Georg! Ich wünschte, jemand hätte mir eine solche Gelegenheit angeboten, als ich in Eurem Alter war! Normalerweise würdet Ihr die nächsten fünf, was sage ich, die nächsten zehn Jahre in einem kleinen Dorf herumwerkeln!«

»Du liebe Zeit, Herr Bischof«, stotterte Andrew, »ich – ich – weiß kaum, was ich sagen soll!«

»Ihr werdet noch genug Zeit haben, mir zu sagen, was Ihr jetzt nicht sagen könnt!«, erklärte der Bischof. Er schlug Andrew auf die Schulter und fuhr fort: »Ich freue mich so für Euch, mein Junge! Ich sehe, Ihr habt eine glänzende Zukunft vor euch. Ich werde zusehen, dass Ihr augenblicklich ordiniert werdet.«

»Ja, ja, natürlich.«

Eine Zeit lang unterhielten sich die beiden Männer und machten Pläne. Nachdem das Datum für Andrews Ordination festgesetzt war, sagte der Bischof: »Ich bin überzeugt, Ihr nehmt einen guten Rat von mir an.«

»Euren Rat, Mylord?«, fragte Andrew verwirrt.

»Ja, was diesen Wesley angeht und seinen Klub der Heiligen.«

»Oh! Ich mache mir keine Sorgen wegen Mr Wesley und seines Bruders«, sagte Andrew leichthin. »Sie haben sehr wenig Einfluss – wie Ihr wohl wisst.«

»Sie haben Einfluss genug, um Ärger zu machen«, polterte der Bischof. »Aber auf jeden Fall seid Ihr aus der Sache draußen, sobald Ihr einmal in St. Markus seid. Ich nehme an, Ihr wollt jetzt nach Hause eilen und Lady Ann und Sir George die gute Nachricht überbringen?«

»Ja, das will ich.« Andrew dankte dem Bischof überreichlich, dann eilte er auf sein Zimmer. Aber er dachte nicht an seine Mutter oder seinen Bruder. Er dachte: *Warte nur, bis Caroline das hört! Jetzt können wir es uns leisten zu heiraten!*

6

WENN DER HIMMEL EINSTÜRZT

Als Andrew Gareths Zimmer betrat, lag der junge Mann flach auf dem Rücken auf seinem schmalen Bett und starrte zur Decke empor. »Ich muss mit Euch reden«, sagte Andrew. Er blinzelte ein wenig in dem dunklen Raum, als er Gareths Gesicht betrachtete. »Was tut Ihr im Bett? Seid Ihr krank?«

»Nein.«

»Dann zündet eine Kerze an«, verlangte Andrew ungeduldig.

Zuerst dachte er, der junge Mann hätte gar nicht die Absicht, darauf zu reagieren. Aber dann setzte Gareth sich langsam auf und zündete eine der kurzen, dicken Kerzen mit einem Stück Kohle aus dem Herdfeuer an. Sie warf einen schwachen Lichtschein in den Raum. Dann stellte er die Kerze mit einem trotzigen Krach auf den rohen Tisch neben seinem Bett. »Worum geht es, Mr Wakefield?«, fragte er mürrisch.

Andrew starrte Gareth an. »Ich glaube, Ihr wisst sehr gut, worum es geht. Ihr kümmert euch nicht um Eure Pflichten und Ihr vernachlässigt Euer Studium. Ihr müsst Euch bessern.«

Gareth fuhr mit der Hand durch die dichten, dunklen Locken, die wirr über seinen Nacken herabhingen. Er brauchte einen Haarschnitt. Andrew hatte ihn mehr als einmal gebeten, sich mehr um sein Äußeres zu kümmern, aber Gareth hatte diesen Ratschlag einfach ignoriert. Seine Kleider waren zerknittert, seine Schuhe schlecht geputzt. »Ich nehme an, der Vorsteher hat sich wieder einmal beschwert«, knurrte er.

»Das ist sein gutes Recht!«, hielt ihm Andrew entgegen. »Ihr habt schließlich Eure Arbeit nicht gemacht.«

Gareth zuckte sorglos die Achseln. »Ich hab so viel gearbeitet wie einige andere auch.«

»Das ist nicht gut genug.«

»Es ist das Beste, das ich sagen kann«, schnappte Gareth. Er reckte die Schultern und genoss seine Überlegenheit, was die Körpergröße anging. Er blickte auf den kleineren Mann hinunter und forderte ihn heraus: »Seid Ihr gekommen, um mich rauszuschmeißen?«

»Macht Euch nicht lächerlich! Ich bin gekommen, um Euch zu helfen! Seht Ihr nicht, dass Ihr hier herausgeworfen werdet? Ich kann Euch nicht mehr helfen, wenn Ihr Euch nicht selbst am Riemen reißt.«

»Sollen sie mich doch rauswerfen! Mir egal!« Selbst in Gareths eigenen Ohren klang seine Stimme quengelig und kindisch und seine Schultern sanken niedergeschlagen vornüber. »Tut mir leid. Ich passe hier einfach nicht herein. Ich bin nur ein grober Bergmann, und das ist alles, was ich je sein werde.«

Zornige Worte wollten sich auf Andrews Lippen drängen, aber er brachte es fertig, sie hinunterzuschlucken, als er die Tiefe des Elends in Gareths Geist und Seele erkannte. *Ich hätte mich ihm öfter widmen sollen*, dachte er voll Bedauern, *aber dazu ist es jetzt zu spät.* Laut sagte Andrew: »Ich habe gute Nachrichten erhalten.«

»Ja? Und das wäre?«

»Ich verlasse Oxford. Ich werde ordiniert und werde Pfarrer an einer großen Kirche in London.«

Gareth war bestürzt. Er hatte Schwierigkeiten in Oxford gehabt, und trotz seiner leichtsinnigen Worte wusste er, dass Andrew Wakefield ihn mehr als einmal davor bewahrt hatte, auf die Straße gesetzt zu werden. Nun sah er noch mehr Schwierigkeiten auf sich zukommen, hier an diesem Ort, der ihm so fremd war. Dennoch hatte Gareth Morgan ein großzügiges Herz und er sagte warmherzig: »Das freut mich für Euch, Sir.«

»Danke, Gareth. Aber Ihr versteht doch, das heißt, dass ich weggehe und Ihr ohne mich zurechtkommen müsst. Ich weiß, Ihr könnt es schaffen.«

»Wann gehen Ihr fort?«

»Ich fahre jetzt gleich nach Hause, um es meiner Familie zu sagen.«

»Nehmt mich mit, Sir! Ich möchte Dorcas wiedersehen!«, sagte Gareth beinahe flehentlich.

»Gareth«, sagte Andrew überrascht, »Ihr könnt Oxford jetzt nicht verlassen! Ihr habt Eure Pflichten, Eure Studien!«

Gareth sehnte sich danach, Dorcas wiederzusehen, aber da er ein stolzer Mann war, unterdrückte er den Drang, Andrew anzubetteln. »In Ordnung!«, sagte er kurz angebunden.

»Ich werde versuchen, es einzurichten, dass Ihr Urlaub bekommt«, versicherte ihm Andrew. »Vielleicht früher, als Ihr glaubt. Ich sage jetzt Lebewohl. Benehmt Euch gut.«

Andrew hielt inne und dachte nach, ob ihm nicht etwas Ermutigenderes einfiel. Gareth hatte sich geradezu unmöglich benommen. Der junge Waliser hatte ein hitziges Temperament, einen unabhängigen Geist und eine Menge Stolz. Rebellion schien ein fester Bestandteil seiner Persönlichkeit zu sein. Er hatte niemand wirklich etwas zuleide getan. Aber einer der adeligen Studenten hatte zu Andrew gesagt: »Beim heiligen Georg, wenn Gareths Augen aufglühen, da scheint es mir, ich sähe eine wilde Bestie in ihm! Eines Tages wird er sich losreißen, denkt an meine Worte!«

Als Andrew nun darüber nachdachte, fügte er hinzu: »Versucht, Euch in Geduld zu fassen. Sobald ich meine Pfarrei übernommen habe, kann ich mehr für Euch tun. Vielleicht kann ich es sogar arrangieren, dass Ihr nicht länger Serviteur bleiben müsst.«

»Das – das ist sehr freundlich von Euch, Mr Wakefield«, sagte Gareth stumpf. Wiederum riss er sich zusammen und sagte mit festerer Stimme: »Aber Ihr habt schon mehr als genug für Dorcas und mich getan und ich danke Euch schon jetzt.«

Andrew sprach noch ein Weilchen mit Gareth, dann verließ er den Raum. Er hatte vor allem an Caroline Barksdale gedacht, aber als er in der Kutsche saß, die nach Wakefield fuhr, dachte er immer öfter an

Gareth. *Ich hoffe, Gareth findet seinen Weg … es würde Dorcas das Herz brechen, wenn er aus Oxford hinausgeworfen würde.*

Er reiste nach Hause und überbrachte die gute Nachricht seiner Mutter, die sich freute, wenn sie auch keine überschäumende Begeisterung zeigte. George war nicht zu Hause, also machte sich Andrew augenblicklich auf, um mit Dorcas zu sprechen. Er fand sie im Hof, wo sie ihre geliebten Hühner fütterte. Sie rief sie beim Namen und schalt diejenigen, die sich schlecht benahmen. Sie waren jetzt eine vielköpfige Herde, fett und zufrieden. Obwohl das Wetter unfreundlich war, trug Dorcas nur einen dünnen Schal, den sie nachlässig über der Brust geknotet hatte, und ein blaues Häubchen, um den Kopf vor den kalten Windstößen zu schützen, die ihr dunkles Haar zausten. Sie wandte sich überrascht von den Hühnern ab, die sich lärmend um ihre Füße drängten, gluckten und an ihrem Rocksaum zupften.

»Das ist jetzt aber wirklich genug!«, rief sie mit gespielter Strenge und scheuchte die Hühner mit wedelnden Bewegungen ihrer gesunden Hand fort. »Geht alle weg! Ja, du auch, Cecile, du böses Mädchen!« Sie warf den letzten Rest des Futters auf den Boden und wandte sich mit einem Lächeln Andrew zu. »Mr Wakefield! Was für eine Freude, Euch wiederzusehen!« Sie trat dicht an ihn heran. Ihr Lächeln hatte etwas Erfrischendes an sich und ihr Gesicht war beinahe hübsch. »Ist Gareth mit Euch gekommen?«

»Nein, tut mir leid, er konnte seine Pflichten und seine Studien nicht vernachlässigen.« Er sah die Hühner an und fragte müßig: »Wie viele habt Ihr jetzt?«

»Zweiundvierzig«, sagte sie stolz. »Gestern hatten wir siebzehn Eier! Vielleicht möchtet Ihr ein paar zum Abendessen? Ich bereite sie Euch gerne zu.«

»Das ist sehr freundlich von Euch, Dorcas.« Er sah, dass sie auf das, was sie erreicht hatte, stolz war. Es brauchte nicht viel, um ihr Freude zu machen, das hatte seine Tante ihm gesagt. Der Triumph mit den Hühnern hatte ihr offenkundig gutgetan. Nach allgemeiner Ansicht war sie ein großer Gewinn für die Dienerschaft in Wakefield House.

Ihre vordringliche Aufgabe bestand natürlich darin, für Hope zu sorgen, aber sie hatte weit mehr als das getan. Sie arbeitete gerne, das merkte er sofort, und sie ließ sich von ihrer Behinderung nicht aufhalten ... jedenfalls nicht bei der Arbeit.

Jetzt, wo er daran dachte, fiel ihm auf, dass sie ihre rechte Hand immer ein wenig hinter dem Rücken hielt, sie immer in den Falten des Rockes versteckte – wahrscheinlich eine Gewohnheit, die sie schon als Kind angenommen hatte. »Ich bringe Neuigkeiten«, bemerkte er, als sie zum Haus zurückgingen.

»Ja, Sir?«

»Ich verlasse Oxford. Ich werde Pfarrer an einer schönen Kirche in London.«

Sie wandte sich ihm zu und lächelte. Er bemerkte, dass ihre Zähne außergewöhnlich schön waren: weiß und gerade und kräftig. Ihre Freude war offenkundig echt, als sie ausrief: »Oh, ich freue mich so sehr für Euch, Mr Wakefield. Ihr werdet ein guter Geistlicher sein. Ich wünschte, ich könnte dort sein und Euch predigen hören!«

»Ich bin ganz unerfahren, was eine solche Stellung angeht«, sagte Andrew zerknirscht. »Ich hoffe, sie werden mir gnädig sein.«

»Das würde ich ihnen auch raten!«, gab Dorcas zurück. »Denn wenn sie es nicht sind –«

Andrew wandte sich ihr zu und lachte. »Ja? Wenn sie es nicht sind, was würdet Ihr dann tun? Kommt Ihr dann mit der Rute?«

»Oh nein, Sir, seid nicht albern. Aber ich würde etwas tun. Ich würde dem Bischof einen Brief schreiben.«

»Und dann kann er mit der Rute kommen, nicht wahr? Das könnte er wirklich tun, aber wir wollen meinen armen Pfarrkindern eine Chance geben. Wir müssen hoffen, dass sie einem jungen Geistlichen freundlich und verständnisvoll begegnen.«

Während sie gingen, sprach er aufgeregt über seine neue Stellung, dann sagte er abrupt: »Ich hoffe, ich werde bald auch andere Neuigkeiten haben, nämlich –« Er brach ab und wirkte verwirrt.

»Über Miss Barksdale«, sagte Dorcas für ihn.

Andrew starrte sie an. »Ihr denkt schnell«, gab er zu. »Natürlich hätte ich etwas dergleichen nicht einmal andeuten dürfen. Aber seit wann wisst Ihr es schon?«

»Seit ich das erste Mal sah, wie Ihr sie angeblickt habt«, erwiderte Dorcas prompt. »Habt Ihr sie schon gefragt?«

»Nein. Ich konnte sie nicht fragen, ehe ich nicht eine Stellung hatte. Studenten in Oxford dürfen nicht verheiratet sein. Aber ein Pfarrer natürlich schon.«

»Ich wünsche Euch von Herzen alles Gute, Sir«, sagte Dorcas mit gedämpfter Stimme. »Euch und Miss Barksdale. Sie ist eine sehr schöne junge Frau.«

»Danke, Dorcas. Ihr habt ein gutes Herz. Wisst Ihr, ich finde, Ihr seid meiner Tante Hope sehr ähnlich. Sie ist eine der warmherzigsten Frauen, die ich je gekannt habe, und Ihr habt dieselbe Herzenswärme und Fürsorge an Euch.«

Dorcas senkte den Kopf. »Ich wünschte, ich wäre so schön wie sie«, flüsterte sie.

Andrew fand diese Bemerkung sehr sonderbar, und sie veranlasste ihn, mitten im Schritt stehen zu bleiben. Er betrachtete sie sorgfältig, während er überlegte, was er sagen sollte. Andrew, der mit seinen eigenen Angelegenheiten beschäftigt war, hatte nicht viel an Dorcas gedacht. Nun erinnerte er sich daran, was sie gesagt hatte, als sie an jenem letzten Tag in Wales miteinander gesprochen hatten. »Dorcas … das habt Ihr doch nicht ernst gemeint, was Ihr da sagtet, oder? Dass Ihr niemals heiraten wollt?«

»Ach nein?«, schleuderte sie ihm entgegen. »Ich werde tatsächlich niemals heiraten.«

»Ich finde, so etwas solltet Ihr nicht sagen, Dorcas«, sagte er ruhig.

»Ich empfinde aber so.«

Sie machte eine ungeduldige Bewegung und beschleunigte ihren Schritt, was Andrew zu verstehen gab, dass sie das Thema wechseln wollte. Aber er war noch nicht zufriedengestellt, also fragte er: »Ist es wegen Eurer Hand?« Als Schmerz ihr Gesicht überschattete, fügte er hastig hinzu: »Ich weiß, Ihr seid empfindlich, was Eure – Eure Behinderung betrifft. Aber das hat nichts zu bedeuten. Ihr seht besser aus als die meisten Frauen mit zwei Händen. Es sollte Euch keine Probleme bereiten.«

»Ich – denke nicht daran.«

Andrew streckte die Hand aus, legte sie auf ihre Schulter und zwang sie, mitten in ihrem schnellen Schritt innezuhalten. »Dorcas – das ist das erste Mal, dass Ihr mir je eine Unwahrheit gesagt habt. Natürlich denkt Ihr daran. Welche Frau würde das nicht tun? Oder welcher Mann?«

»Bitte, Sir, ich würde lieber nicht mehr darüber sprechen«, sagte Dorcas mit fester Stimme. Ihr Gesicht war gerötet. »Ich werde niemals heiraten, deswegen hat es keinen Sinn, über meine Hand zu diskutieren. Ich bin hier glücklich mit Miss Hope und will nichts anderes tun, als mich um sie zu kümmern.«

»Aber sie wird nicht ewig leben«, sagte Andrew beharrlich. »So ungern ich auch daran denke, früher oder später wird sie sterben. Ihr müsst an einen Ehemann und ein eigenes Heim denken.« Als er sah, dass seine Worte sie betrübten, wusste er, dass er sie genug gequält hatte – fürs Erste. Aber er würde später noch einmal darüber sprechen. »Macht Euch nichts draus, Dorcas«, sagte er liebenswürdig, »an einem Zuhause soll es Euch niemals fehlen. Ihr könnt Euch um mich kümmern. Ich weiß, was für eine gute Köchin Ihr seid, und ich brauche jede Menge Fürsorge!«

Sie blickte auf, und Andrew sah zu seiner Überraschung, dass sich ihre Augen mit Tränen füllten. Dorcas war solche Freundlichkeit nicht gewohnt; in ihrem ganzen Leben hatte sie Freundlichkeit nur von ihrem Bruder erfahren und in letzter Zeit von Hope Wingate. Ihre Lippen zitterten, als sie murmelte: »Ihr seid sehr freundlich, Sir.« Sie wandte sich ab und eilte auf das Haus zu, Kopf und Schultern gegen den starken Wind gestemmt, und ließ Andrew stehen.

Dorcas floh in ihr Zimmer, warf sich auf das Bett und ließ den Tränen freien Lauf. Die ganze Zeit fragte sie sich, warum sie eigentlich so überdreht war. Sie war keine junge Frau, die leicht zu Tränenausbrüchen neigte, denn das Leben hatte sie hart gemacht. Aber

Andrew Wakefields Freundlichkeit hatte sie berührt. Schließlich wischte sie sich ungeduldig die Tränen ab. »Sie ist nicht gut genug für dich!«, murmelte sie. »Aber wer ist das schon!«

* * *

Andrew hatte gehofft, Caroline Barksdale anzutreffen, war aber enttäuscht worden. Nach einer ausführlichen Befragung des Dieners der Barksdales hörte er, dass Caroline einen ausgedehnten Besuch bei einer Freundin mache und dass auch Mr und Mrs Barksdale nicht zu Hause seien. Also hatte er nach Oxford zurückkehren müssen. Sobald er angelangt war, schrieb er Briefe an Caroline und musste dann auf ihre Antwort warten.

Andrew stellte enttäuscht fest, dass Gareth Morgan sich nicht nennenswert gebessert hatte, aber er sah ihn gelegentlich und sprach sehr wenig mit dem Jungen. Er verbrachte einige Zeit mit George Whitefield, der vermutlich der fröhlichste und angenehmste junge Mann in Oxford war. Er erzählte jedem von seinem Bekehrungserlebnis – seiner »Wiedergeburt«, wie er es nannte.

Whitefields Freude schockierte seine Kommilitonen, denn die meisten von ihnen übten die Religion nur dem äußeren Brauch nach aus, und solches Gerede von einer »Wiedergeburt« roch nach Schwärmerei.

»Ich wünschte, Ihr würdet nicht so viel von dieser Wiedergeburt reden«, ermahnte Andrew ihn streng. Er schloss sich dem jungen Whitefield an und sie schlenderten durch einen der Innenhöfe von Oxford. »Der Bischof sagt, die Männer hier, die sich von dergleichen anstecken lassen, werden entweder aus der Kirche ausgeschlossen oder sie bleiben in der Welt der Kirche auf der untersten Stufe stehen.«

»Oh, aber in einer anderen Welt mache ich Fortschritte!«, sagte Whitefield glücklich. »Jetzt, wo Ihr in einer großen Kirche seid, Mr Andrew, habt Ihr Gelegenheit, die Reichtümer des Herrn Jesus zu verkünden. Wie ich Euch beneide! Ich wünschte, ich könnte mit Mr

Wesley nach Amerika gehen. Oder mit Euch, um das Evangelium zu verkünden. Wie glücklich Ihr sein müsst!«

Andrew fühlte sich bei solchen Gesprächen stets unbehaglich. Aus irgendeinem Grund hielt er es für ein wenig unziemlich, so glücklich zu sein, wie George Whitefield es offenkundig war. Er versuchte sich einzureden, es läge einfach an Whitefields Gehabe – aber in Wirklichkeit hatte der junge Mann absolut nichts Unziemliches an sich und Andrew Wakefield wusste es. Er hatte gesehen, wie George Whitefield in den Klub der Heiligen eingetreten war, ein schüchterner junger Mann, den Charles Wesley der Gruppe vorgestellt hatte. Der junge Whitefield hatte die strenge Disziplin der Gruppe mit Begeisterung auf sich genommen – so begeistert, dass es schon beinahe beunruhigend war. Er hatte sich beinahe zu Tode gefastet, bis ihm schließlich John Wesley selbst sanfte Vorwürfe machte. Whitefield hatte ihm mit allem Respekt geantwortet: »Nichts ist zu groß, um die Reichtümer Gottes zu finden.« Nachdem John Wesley diese Ansicht selbst ermutigt hatte, konnte er ihm nicht widersprechen.

Als die beiden jungen Männer nun dahinschlenderten und Whitefield in einem fort von den Reichtümern der göttlichen Gnade sprach, der Herrlichkeit des Himmels und der Liebe Jesu, da dachte Andrew unbehaglich: *Es ist wirklich so, als lebte Whitefield in einer anderen Welt. Ich fühle nichts von dieser Freude, nichts von dieser Begeisterung, die bei ihm so natürlich wirkt.* Als Andrew darüber nachdachte, sagte er sich mit strenger Stimme: *Ich muss mich mehr anstrengen, ich muss härter für Gott arbeiten, damit ich ihm wohlgefällig bin!*

* * *

Zwei Tage später kam ein Brief. Andrew schritt eben an dem großen Turm vorbei, als George Whitefield herbeieilte. »Dieser Brief kam für Euch, Mr Wakefield. Der Vorsteher gab ihn mir, damit ich ihn Euch überbringe.«

»Danke, George.« Eifrig riss Andrew den Brief auf, denn er erkannte Caroline Barksdales fließende, kunstvolle Handschrift. Er konnte es nicht einmal erwarten, bis er in sein Zimmer kam, und als er das einzelne Blatt Papier entfaltete, war ihm bewusst, dass George Whitefield immer noch dastand und weiter mit ihm reden wollte. Aber Andrew war so erwartungsvoll, dass er Whitefield rüde ignorierte und zu lesen begann.

Der Brief war kurz und Andrew las ihn rasch durch. Sein Gesicht schien zu gefrieren. Ein seltsames Gefühl überkam ihn, als hätte sein Herz zu schlagen aufgehört. Dann wurde ihm unbestimmt bewusst, dass er das Hämmern seines Herzens hören konnte, obwohl das Geräusch sonderbar fern schien. Sein Magen schien leer und sein Kopf leicht zu sein.

Lieber Andrew,
es tut mir leid, diesen Brief zu schreiben, aber es muss sein. Ich hätte nicht zulassen dürfen, dass unsere Beziehung so eng wird, wie du offenbar annimmst. Ich möchte vollkommen ehrlich mit dir sein. Ich bewundere dich sehr und finde, du bist ein großartiger Mann.

Mir ist klar, dass du nicht von Ehe sprechen konntest, solange du in Oxford warst. Ich entnehme deinem Brief, dass du von dort weggehst und die Absicht hast, dich zu verheiraten. Andrew, ich glaube, du hast mir angedeutet, dass du Zuneigung für mich empfindest. Das ehrt mich, ich muss dir jedoch sagen, dass ich deinen Heiratsantrag niemals annehmen könnte. Es genügt, wenn ich sage, dass ich bei all meiner Zuneigung zu dir völlig ungeeignet bin, die Frau eines anglikanischen Geistlichen zu werden. Bitte verzeih mir, dass ich dir das nicht schon früher klargemacht habe. Ich hoffe, du bist nicht allzu verletzt.

Vielleicht habe ich dich missverstanden und meine Sicht der Dinge schockiert dich. Ich hoffe sehr, dass es so ist. Lass uns auf jeden Fall Freunde sein, wenn wir uns wiedersehen.

Mit herzlicher Zuneigung,
Caroline Barksdale.

»Andrew, was ist, geht es Euch gut?«

Whitefields Stimme schien aus weiter Entfernung zu kommen,

und Andrew kostete es Anstrengung, in sein bleiches Gesicht zu sehen. Seine Lippen fühlten sich unglaublich steif und tot an, und einen Augenblick hatte er keine Ahnung, was Whitefield gesagt hatte. »Was?«, murmelte er und schluckte schwer. »Ich … oh ja, es ist alles in Ordnung, George.«

George Whitefield wusste, dass es nicht stimmte, denn Andrew Wakefield war offensichtlich ein schwer geschlagener Mann. Er war bleich und sogar seine Lippen waren blutleer. Whitefield beobachtete, wie Wakefield davonging. Er bewegte sich hölzern und mechanisch. *Er hat einen schweren Schlag erlitten*, dachte Whitefield mitleidig. *Ich wünschte, ich könnte ihn trösten … aber er will sichtlich allein gelassen werden.*

Zwei Tage bewegte sich Andrew auf den Wegen Oxfords und unter den Menschen Oxfords, wie er George Whitefield an diesem Nachmittag verlassen hatte: wie ein Mann in einem Traum, fast ohne bewussten Gedanken daran, wo er war und was er tat. Er schlief kaum noch und unter seinen Augen zeigten sich dunkle Ringe. Als die Zeit herankam, wo Andrew seinen Posten verlassen sollte, schien nur George Whitefield zu bemerken, welche Seelenqualen Andrew litt. Schließlich sprach Whitefield ihn daraufhin an. »Andrew, Ihr wisst, wenn ich Euch irgendwie helfen kann, fühle ich mich geehrt. Ich weiß nicht, was Euch solche Sorgen macht, aber ich weiß, dass Gott uns aus allen unseren Nöten helfen kann.«

Andrew dankte ihm mit schwacher Stimme und kehrte in sein Quartier zurück. Am nächsten Morgen kam ein weiterer Brief an, diesmal von seinem Bruder. Da Andrew noch nie zuvor einen Brief von George erhalten hatte, konnte er sich nicht vorstellen, was der Anlass dazu war. Eine vage Panik überkam ihn, als er die große, unbeholfene, kindliche Handschrift sah. Er riss den Brief auf und erstarrte beinahe zu Stein, als er las.

Lieber Andrew,
du wirst überrascht sein, von mir zu hören, da ich kein Briefschreiber bin. Und es wird dich noch mehr überraschen, was ich dir zu sagen habe.

Ich habe eine Zeit lang gedacht, Caroline Barksdale sei in dich verliebt. Aber sie versichert mir, das sei nicht der Fall. Ich bin nicht sehr scharfsinnig in solchen Dingen. Aber da ich mich nun vergewissert habe, dass dem kein Hindernis entgegensteht, habe ich vor, ihr einen Heiratsantrag zu machen.

Ich hoffe, du bist mir deshalb nicht böse. Caroline versicherte mir, dass sie auf keinen Fall die Frau eines Geistlichen sein möchte. Ich hoffe, das schockiert dich nicht allzu sehr, Bruder. Komm heim, sobald du kannst.

Der Brief war schlicht mit »George Wakefield« unterzeichnet, ohne irgendeinen anderen Schluss.

Andrew Wakefield war zumute, als wäre die Welt untergegangen. Zwei weitere Tage lang tat er seine Pflicht und beendete seine Studien, aber innerlich war er zerbrochen. Es war beinahe an der Zeit, dass er Oxford verließ, und es gab ihm einen Stich ins Herz, als ihm klar wurde, dass er nicht in London leben konnte. Verzweifelt und hoffnungslos irrte er stundenlang in den Straßen herum und versuchte vergeblich, einen klaren Gedanken zu fassen und die kläglichen Scherben seines Lebens aufzusammeln.

Schließlich nahm ein Gedanke Form an. Er akzeptierte ihn nicht gleich, sondern suchte Gott im Gebet. Es schien, als richtete er sein Gebet an taube Ohren, aber er blieb beharrlich. Eines Nachmittags begab er sich in John Wesleys Wohnung.

Obwohl Wesley bemerkt hatte, dass Andrew in letzter Zeit unter Depressionen litt, kannte er nicht den Grund dafür. »Ich freue mich, Euch zu sehen«, sagte Wesley, als er Andrew an der Tür begrüßte. »Bitte kommt herein. Was kann ich für Euch tun?«

»Es ist etwas geschehen, Mr Wesley. Darf ich Euch davon erzählen?«

»Natürlich«, sagte John Wesley freundlich. »Setzt Euch doch.« Die beiden Männer machten es sich bequem. Wesley hörte Andrew aufmerksam zu, als seine Schwierigkeiten aus ihm heraussprudelten. Schmerz und Anspannung prägten sein Gesicht und seine Stimme.

»Das war gewiss eine herbe Enttäuschung«, sagte Wesley, so sanft er konnte. »Aber wenn Ihr Euer Herz ganz Gott übergebt, kann er gewiss alles zum Guten wenden. Betrachtet es als Züchtigung.«

»Ich kann nicht nach St. Markus gehen«, sagte Andrew beinahe wild. »Ich muss etwas anderes tun.«

»Was wollt Ihr denn sonst tun?«

»Nehmt mich mit nach Amerika!«

»Aber – aber – ich dachte nicht, dass Ihr jemals vorhättet –«

»Das hatte ich auch nicht«, gab Andrew zu, »aber nun sehe ich, dass ich mehr für Gott tun muss. Ich will mich in seinen Dienst stürzen. Ich werde nun niemals heiraten.« Bitterkeit erfüllte seine Stimme. »Nehmt mich mit, Mr Wesley!«

Das war nur der Anfang. Wesley lehnte zuerst ab. Aber nach zwei Tagen, in denen er Gottes Ratschluss suchte und lange Diskussionen mit Wakefield hatte, kamen sie zu einer Übereinkunft.

»Nun gut, Andrew. Ihr sollt mit mir nach Georgia gehen. Wir werden zusammen gehen. Es wird für uns genug Arbeit im Weinberg des Herrn geben.« Wesley war froh, dass Wakefield mit ihm reisen wollte; so konnte er wenigstens ein Fragment seines geliebten Klubs der Heiligen mitnehmen. »Wir reisen bald ab. Könnt Ihr Eure Angelegenheiten in Ordnung bringen?«, fragte er.

»Gewiss«, antwortete Andrew.

Dorcas Morgan war schockiert, als sie herausfand, dass Caroline Barksdale George Wakefield heiraten wollte. Darauf folgte eine weitere unwillkommene Nachricht, nämlich dass Andrew mit John Wesley nach Amerika gehen wollte. Dorcas war nicht sonderlich überrascht gewesen. Sie hatte mit Hope Wingate darüber gesprochen.

»Es gibt schlimmere Dinge auf Erden«, hatte Hope tröstend gesagt. »Die junge Frau war ganz ungeeignet für Andrew. Vielleicht wird Andrew auf dem Missionsfeld zu sich selbst finden.«

Dann war Andrew nach Hause gekommen, um seiner Familie Auf Wiedersehen zu sagen. Es war ihm schwergefallen, seine Gefühle vor George zu verstecken, aber er hatte es zustande gebracht und ihm zu seiner Verlobung gratuliert. Seiner Tante Hope gegenüber war er offener gewesen.

»Ich kann nicht anders, als mich verletzt zu fühlen«, sagte er. »Ich finde, George war unfair.«

Hopes Augen waren voll Schmerz, denn sie litt mit Andrew, der ihr so sehr am Herzen lag. »Ich weiß, wie dir zumute sein muss. Aber du musst stark sein. Gott ist mit uns. Du wirst es sehen!«

»Ich hoffe es«, antwortete Andrew. »Ich habe vor, mein Leben Gott völlig zu übergeben.«

Irgendetwas an seinem verkrampften, wild entschlossenen Gesicht ängstigte seine Tante beinahe und sie sagte vorsichtig: »Du weißt, Andrew, du kannst Gott das Heil nicht entreißen. Es ist ein freies Geschenk.«

»Und wir müssen treu sein«, sagte Andrew streng. »Ich habe vor, der treueste seiner Diener zu werden. Mr Wesley wird mir dabei helfen. Ich habe nie einen Mann gekannt, der sich so völlig dem Herrn hingegeben hat. Er ist ein guter Organisator und ich werde an seiner Seite sein, um von ihm zu lernen.«

Hope wollte noch mehr sagen, denn sie hoffte, mehr Sanftmut, mehr Freude bei Andrew zu finden. Aber sie sah, dass er zutiefst enttäuscht war und Gefahr lief, verbittert zu werden. So tat sie ihr Bestes, ihn zu ermutigen und zu erbauen, und versprach ihm, getreulich für ihn zu beten.

»Vielleicht bin ich nicht mehr hier, wenn du zurückkehrst«, sagte sie mit seltsamer Leichtigkeit, »aber wenn es nicht in dieser Welt ist, so sehe ich dich in der nächsten wieder. Wir sehen uns zu Jesu Füßen, Neffe.«

Von Hopes Worten berührt, küsste Andrew ihr die Wange, als er aufstand, um sich zu verabschieden. An der Tür wandte er sich noch einmal um und sagte: »Gott segne dich, liebe Tante Hope. Du warst mir ein großer Segen.«

Als Nächstes ging er zu Dorcas' Zimmer und klopfte. Als sie die Tür öffnete, sagte er schlicht: »Ich bin gekommen, um Lebewohl zu sagen.«

»Kommt herein«, sagte sie rasch.

Er tat einen Schritt ins Zimmer. »Ich habe mein Bestes für Gareth getan. Ich hoffe, er wird seinen Weg finden. Ich wünschte, ich könnte bei ihm sein, um ihm zu helfen, aber ich muss gehen.«

Sie streckte die Linke nach ihm aus und er ergriff sie. Sie drückte seine Hand fest und flüsterte: »Wie freundlich Ihr zu mir wart! Wie kann ich Euch jemals für alles danken, was Ihr für mich getan habt?«

»Das war nichts.« Plötzlich fiel es ihm schwerer, als er gedacht hatte, Abschied zu nehmen. Dann raffte er sich auf und schob jeden Gedanken an Wakefield und England beiseite. »Ich werde Euch schreiben.«

»Und ich schreibe Euch auch«, antwortete sie eifrig.

Er starrte sie ein paar lange Augenblicke eindringlich an. »Wisst Ihr, Dorcas, Ihr hattet recht, was das Heiraten angeht.«

»Das Heiraten?«, wiederholte sie verblüfft.

»Ja.« Andrew hielt immer noch ihre Hand. Er blickte sie an; es war eine Frauenhand, weich, aber mit kräftigen Muskeln. Abrupt ließ er sie los und fuhr beinahe barsch fort: »Ja, Ihr hattet recht. Das ist das Beste – einfach nur Freundschaft. Wir wollen immer beste Freunde bleiben, nicht wahr, Dorcas?«

Dorcas zögerte einen Augenblick lang. Ihre Lippen waren weich, und Verletzlichkeit lag in ihren klaren Augen, als sie ihm den Blick entgegenhob. »Ja, Sir«, wisperte sie. »Immer beste Freunde.«

Er wandte sich ab und ging.

Sie streckte die Hand aus, als wollte sie ihn berühren, ihn festhalten. Aber er war schon gegangen.

Dorcas stand an der Tür. Wie ein schweres Gewicht sank es auf sie, als sie seine Schritte verhallen hörte. Das Geräusch hatte etwas Endgültiges an sich, als verlasse er nicht nur Wakefield und England, sondern auch den Platz, den er in Dorcas Morgans Herzen hatte. Von Hope abgesehen war er der liebenswerteste Mensch, den sie je gekannt hatte.

»Leb wohl«, sagte sie, obwohl sie es zu einer leeren Türöffnung sagte. »Leb wohl, Andrew.«

* * *

Am 14. Oktober stand eine kleine Gruppe Geistlicher an Deck der *Simmons.* Während England im Dunst verschwand, standen sie an der Reling und blickten nach Westen. Andrew Wakefield fühlte bohrende Leere im Herzen und konnte sie sich nicht erklären. Der Schmerz, Caroline zu verlieren, hatte nachgelassen, aber da war immer noch der dumpfe Nachhall eines Versagens. Er bereute es jedoch nicht, dass er der wohlhabenden Kirche in London den Rücken gekehrt hatte. Nun wandte er sich um und schritt zum Bug des Schiffes. Er stand dort allein und blickte geradeaus, als vermöchte er, über Hunderte Meilen Ozean bis nach Savannah zu sehen. Er dachte an die Indianer dort, die nie das Evangelium gehört hatten, und die Siedler, die einen Geistlichen brauchten. Lange Zeit stand er allein da. Schließlich sagte er ruhig: »Gott, ich werde mein Bestes geben. Ich werde für dich arbeiten, solange ich lebe.«

Er wartete ein paar Sekunden, ob die innere Stimme, von der er andere sprechen gehört hatte, auch zu seinem Herzen sprechen würde. Er dachte an George Whitefields Freude und sehnte sich nach einer solchen Erfahrung. Aber sie war ihm niemals zuteilgeworden. Vielleicht würde er sie auch niemals erleben. Vielleicht würde er immer ein Mann sein, der unter der Last seiner religiösen Pflichten gebeugt dahintrottete, ohne die Freude, die andere zu empfinden schienen.

Der Wind fuhr ihm beißend ins Gesicht, und die Segel knallten lärmend über dem Zischen des Wassers, als die Brise sie füllte. Als das Schiff einen Satz vorwärts machte, klammerte Andrew Wakefield sich fest an die Reling, seine Knöchel waren weiß vor Anstrengung. »Ich werde Gott finden!«, sagte er. »Ich werde ihn finden, und wenn es mich das Leben kostet!«

II

Stürme im Herzen 1735 – 1737

7

STURM AUF HOHER SEE

Andrew Wakefield war noch nie auf einem Schiff gefahren, das größer als ein kleines Ruderboot war, und als die *Simmons* weit draußen auf dem Atlantik in die Wellentäler tauchte und gleich darauf im Gischt der Wellenberge ritt, umklammerte er die Reling. *Ich hoffe, ich werde nicht seekrank*, dachte er verzweifelt. *Ich möchte nicht gleich am Anfang unserer Mission ein klägliches Schauspiel bieten.*

Als er aufblickte, sah er, dass der Himmel die tote Farbe von Granit angenommen hatte. Ein Schwarm Wildgänse unterbrach seine Gleichförmigkeit. Noch während er ihnen nachsah, verschwanden sie in einer nebelhaften Wolkenbank, die an Berge schmutziger Watte erinnerte. Andrew holte tief Atem und spürte, wie die salzige Luft seine Lungen füllte. Er hatte sich noch nicht an den Tanggeruch der See gewöhnt, und als er nervös auf das Kielwasser des Schiffes blickte, wünschte er einen Augenblick lang verzweifelt, er wäre wieder in England.

Es war nicht das erste Mal, dass Andrew dieser Gedanke gekommen war, denn trotz seines Entschlusses, sich Wesley anzuschließen, quälten ihn Zweifel – vor allem in der Nacht. Selbst jetzt, als er seinen Platz an der Reling verließ und langsam über das Deck ging, fragte er sich, wie er die Prüfungen bestehen konnte, die ihn erwarteten. Etwas an der Leere und dem trostlosen Rauschen der stürmischen See, die sich meilenweit um ihn erstreckte, ohne dass ein Haus oder ein Hügel oder ein Baum zu sehen gewesen wäre, schien seinen Geist niederzudrücken und seine Einsamkeit zu verschlimmern. Verzweifelt riss er sich von seinen Gedanken los.

»Ich *muss* mehr zustande bringen als das«, murmelte er beinahe grimmig. »Ich werde Gott dienen. Das sollte genügen.«

Der Gedanke hätte ihn aufheitern sollen, aber er empfand keine Freude – nur eine felsenfeste Entschlossenheit, sein Leben der Bekehrung der Indianer der Neuen Welt zu widmen. Er hatte nicht die geringste Ahnung, wie er das verwirklichen konnte, vertraute aber darauf, dass der Geist ihn leiten würde. Jetzt jedoch tauchte eine eindringliche Erinnerung an England mit seinem sommerlichen Grün auf und an Oxford, an die Gemeinschaft des Klubs der Heiligen … Als ihn diese Vision überkam, blieb Andrew erneut an der Reling stehen, um in das grüne Wasser zu starren, das an den Flanken des Schiffes entlangschäumte.

»Freut Ihr Euch schon auf die Neue Welt?«

Erschrocken drehte Andrew sich um und sah sich John Wesley gegenüber, der einen ziemlich durchnässten Mantel und einen breitkrempigen Schlapphut trug. Wesleys durchdringende braune Augen strahlten vor freudiger Erregung und er nickte der unsichtbaren Küste zu. »Irgendwo da draußen ist sie, mein Bruder. Bald werden wir in Georgia sein und den Heiden das großartige Evangelium bringen.«

Andrew fühlte sich gezwungen, Wesleys Stimmung zu folgen, und er rang sich ein Lächeln ab. »Das ist ein herrlicher Gedanke, nicht wahr?«

»Ja, das ist es.« Wesley stand da, und sein reger Geist ging zukünftige Möglichkeiten durch, die er voll Eifer mit Andrew austauschte. Schließlich sagte er: »Der Kapitän hat mir versichert, das Wetter würde bald aufklaren, aber inzwischen werden wir unser Meeting unter Deck abhalten. Ich werde über das Thema predigen ›Christus, die Glorie des Vaters‹, kommen Sie mit, Andrew. Wir brauchen Ihre Hilfe beim Singen.«

Andrew folgte John Wesley zum unteren Deck und hoffte, die Gemeinschaft würde ihn seelisch aufrichten. Als sie die schmale Leiter hinunterstiegen, überfielen ihn die Gerüche des Schiffes, die die scharfe Seeluft nicht überdecken konnte. So viele Menschen, die auf so engem Raum zusammengepfercht waren, mussten Spuren hinterlassen, und ein fauliger Gestank schlug ihm entgegen, als er den größten Raum unter Deck, den Speiseraum, betrat. Die Tische waren an die Wand geschoben worden und jeder Zoll war gedrängt voll mit Menschen, die dort standen und auf John Wesley warteten.

»Sir, wenn Sie bereit sind, sind wir es auch.« Der Sprecher war Kapitän Abraham Patton, ein kräftiger Mann von fünfzig Jahren mit einem kurz geschnittenen weißen Schnurrbart und einer Haut wie Leder. Seine blassblauen Augen waren von Fältchen umgeben, die in den vielen Jahren entstanden waren, in denen er von der Sonne beschienene Wellen und den hellen Himmel angestarrt hatte. Als ein überzeugter Christ freute er sich an der Gemeinschaft mit den Geistlichen, die sein Schiff für diese besondere Fahrt gewählt hatten.

»Danke, Kapitän«, sagte Wesley liebenswürdig. »Vielleicht sollten wir ein wenig singen?« Er nickte Charles zu, der augenblicklich eine Hymne anstimmte. Andrew hatte Mühe, sich auf den Beinen zu halten, als das Schiff stieg und fiel. Er merkte, dass Charles Wesley und die beiden anderen Gefährten, die sich ihrer kleinen Gesellschaft angeschlossen hatten, Benjamin Ingram, ein hochgewachsener Blonder, und Charles Delamotte, der knapp über zwanzig war, sich weitaus wohler fühlten als er. Diese kleine Gruppe von fünf Personen war die Streitmacht, die England verlassen hatte. Alle waren Mitglieder des Klubs der Heiligen gewesen.

Der Gesang dauerte fünfundzwanzig oder dreißig Minuten an; dann begann John Wesley, in einen Talar gekleidet, wie es seine Gewohnheit war, mit machtvoller Stimme zu predigen. Seine klare und starke Stimme verlieh ihm, zusammen mit seinem langjährigen Studium, große Selbstsicherheit – manche nannten es Arroganz, aber das war ganz gewiss nicht der Fall. Als Wesley sprach, dachte Andrew mit einem Gefühl der Sehnsucht: *Oh, wenn ich doch Wesleys Gaben hätte!* Er lauschte, als der Sprecher so leicht vom Neuen Testament zum Alten Testament glitt. Wesley war ein beachtlicher Kenner der Bibel, ein Experte in Griechisch und Hebräisch, und er hatte ein fabelhaftes Gedächtnis. Wann immer jemand wissen wollte, wo ein bestimmter Vers stand, brauchte er nur die ersten paar Worte zu zitieren und Wesley konnte augenblicklich das ganze Kapitel hersagen.

Im Raum drängte sich eine Gruppe deutscher Passagiere, von denen Andrew einige bereits kennengelernt hatte. Sie waren Anhänger der Kirche der Böhmischen Brüder, direkte Nachfahren des vorreformatorischen Märtyrers Jan Hus. Obwohl die Gruppe beinahe wie so viele andere in Vergessenheit geraten wäre, hatte der junge Graf Zinzendorf ihr neues Leben eingehaucht. Man kannte sie weithin als eine evangelisierende Gruppe und die Passagiere des Schiffes sollten Siedler werden, die den Samen des Evangeliums in Georgia pflanzten.

Andrew gewann einen sehr guten Eindruck von den Böhmischen Brüdern. Sie waren immer fröhlich und bereit, Aufgaben zu übernehmen, für die sich die englischen Einwanderer zu gut waren – oder zu faul. Sie vergalten niemals Böses mit Bösem, und wenn die Matrosen oder Passagiere sie beschimpften oder lächerlich machten, hielten sie immer die andere Wange hin, lächelten und zitierten die Bibel.

Irgendetwas an diesem Gottesdienst und der Teilnahme der Böhmischen Brüder beunruhigte Andrew. Ihre Gesichter und Stimmen widerspiegelten eine tief sitzende Freiheit. Ihre Musik war so freudevoll, dass die Hymnen der anglikanischen Kirche im Gegensatz dazu gekünstelt klangen.

Nach der Predigt verließen die meisten der Passagiere den Speisesaal. John und Charles Wesley blieben zurück, um mit einigen zu sprechen, die sich um sie drängten, und Andrew blieb dicht an Johns Seite. Er hatte vor, so viel wie möglich über die beiden Wesleys herauszufinden, denn er vertraute ihren Visionen mehr als seinen eigenen.

John Wesley sprach mit Mrs Hawkins, einer kleinen, blendend aussehenden Frau, die Ehefrau eines Chirurgen. Sie hatte an jedem Gottesdienst teilgenommen und nun rückte sie nahe an John heran und richtete ihre scharfen braunen Augen auf ihn. Sie hatte etwas an sich, was Andrews Aufmerksamkeit erregte. Vielleicht war es das königsblaue Gewand, das weitaus kostspieliger und modischer war als die Kleider der anderen Frauen an Bord – und ihre reizvoll gerundete Figur eindeutig hervorhob. Oder vielleicht war es das dichte schwarze Haar, das herausfordernde Gesicht und vor allem die volle Unterlippe. Alles in allem genommen war Mrs Hawkins eine gut aussehende Frau. »Oh, Mr Wesley«, sagte Mrs Hawkins, während Andrew aufmerksam lauschte. »Ich hatte das Gefühl, Eure Predigt war vom Geist inspiriert!«

John Wesley richtete seine klugen Augen auf die Frau. »Das Kompliment freut mich. Ich bin froh, dass der Geist Gottes bei unseren Zusammenkünften gegenwärtig ist.«

»Ich kann es nicht mehr erwarten, nach Savannah zu kommen. Ihr müsst wissen, ich werde zu Euren ›Schäfchen‹ gehören.« Mrs Hawkins zog die Augenbrauen hoch und ein Grübchen erschien in ihrer rechten Wange. »Ich hoffe, Ihr werdet mir erlauben, dass ich Euch unseren Leuten vorstelle!«

»Aber natürlich. Das wäre mir eine Freude«, sagte Wesley. Er zögerte, dann lächelte er sie an. »Es käme mir sehr gelegen, wenn Ihr uns in dieser Hinsicht weiterhelfen könntet.«

Das Gespräch zwischen Wesley und Mrs Hawkins ging noch eine ganze Weile lang weiter. Andrew ging mit Charles davon und war überrascht, als der junge Mann sagte: »Ich wünschte, Jack würde sich von dieser Frau fernhalten.« Obwohl diejenigen, die Wesley nahestanden, ihn oft Jack nannten, war Andrew nie so vertraulich geworden.

»Warum sagt Ihr das, Charles?«

»Die Frau ist offenkundig nicht, was sie zu sein scheint.« Charles war scharfsinnig und verstand es, Menschen zu beurteilen. »Jack ist ein brillanter Gelehrter, aber wenn es darauf ankommt, Menschen zu durchschauen, ist er oft nicht besonders klug.« Er wandte sich um und sah Andrew mit hochgezogenen Augenbrauen an. »Ich hoffe, Ihr habt sie durchschaut.«

Andrew räusperte sich unsicher. »Sie ist vielleicht ein wenig zu sehr herausgeputzt – und sie scheint sehr schwatzhaft zu sein.«

»Es ist mehr als das«, sagte Charles in beinahe bitterem Ton. Seine Mundwinkel waren herabgezogen und er schüttelte mit abgehackten Bewegungen den Kopf. »Ich habe so viele von dieser Sorte gesehen.

Sie hängen sich an die Prediger; sie fühlen sich irgendwie zu ihnen hingezogen. Sie *reden* viel über Religion, aber sie sind oberflächlich. Mit dieser Frau werden wir noch Ärger bekommen.«

»Habt Ihr mit Mr Wesley darüber gesprochen?«

»Ich habe es versucht, aber Jack hört nicht immer auf mich.« Charles lächelte plötzlich und klopfte Andrew auf den Rücken. »Ihr müsst mir helfen, ihn zu überzeugen, dass diese Frau Hawkins eine Gefahr für ihn ist. Prediger müssen sich vor Frauen in Acht nehmen – aber das wisst Ihr wohl.«

Einen Augenblick lang zögerte Andrew, dann zuckte er die Achseln und sagte: »Das macht mir kein Kopfzerbrechen mehr. Ich habe mich entschlossen, niemals zu heiraten.«

»Niemals zu heiraten? Das geht aber nicht!«, rief Charles aus. Er hielt abrupt inne und wandte sich Andrew zu. »Ein Geistlicher braucht eine Frau im Pfarrhaus. Es gibt einiges, was er selbst nicht für seine Leute tun kann, zum Beispiel ein gastfreundliches Haus zu führen.« Dann fügte er hinzu: »Ein Bischof muss gastfreundlich sein, so steht es in der Bibel.«

Andrew Wakefields Gesicht spiegelte einen so ungewöhnlichen Trotz wider, dass Charles Wesley überrascht war. Er hatte Andrew als einen angenehmen, vielversprechenden Mann kennengelernt, obwohl er ein wenig unsicher und manchmal trübsinnig zu sein schien. »Wie seid Ihr zu dieser Entscheidung gekommen?«, erkundigte er sich.

»Darüber möchte ich lieber nicht sprechen«, sagte Andrew kurz angebunden. Dann, als er sah, wie Charles' Augen sich zu Schlitzen verengten, sprach er stockend weiter. »Nun, ich – ich kann es Euch genauso gut sagen. Ich habe einen Korb bekommen, von der einzigen Frau, die ich jemals lieben werde. Deshalb will ich Junggeselle bleiben.« Er straffte die Schultern und rang sich ein Lächeln ab. »Das wird uns dort, wo wir hinfahren, sicher von Nutzen sein. Ich kann meine Zeit völlig für den Dienst Gottes verwenden. Das hat Paulus doch vorgeschlagen, nicht wahr?«

Charles Wesley schüttelte den Kopf. »Ich glaube, Ihr werdet Probleme bekommen. Wir jungen Männer müssen alle gewisse Phasen durchmachen.« Mitgefühl leuchtete in seinen warmen braunen Augen und er legte die Hand leicht auf Andrews Schulter. »Die Welt wird anders aussehen, wenn wir nach Savannah kommen. Sobald wir einmal mitten in der Arbeit stecken, werdet Ihr anders empfinden. Wartet ab …«

* * *

Drei Monate waren vergangen, seit die *Simmons* England verlassen hatte. Andrew und seine Gruppe hatten sich der langweiligen und mühseligen Reise von einem Kontinent zum anderen angepasst. Alle fünf hatten mit der starren Tagesordnung zu kämpfen, die John Wesley für sie festgelegt hatte. Er stand ganz unter dem Einfluss des Buches *Heiliges Leben, heiliges Sterben* von Jeremy Taylor. Es hatte ihn in eine Richtung geführt, der er sein ganzes Leben lang treu bleiben sollte – er schrieb Tagebücher und Reisenotizen. Später sollten sie ein Schatzkästchen für alle werden, die sich mit dem Leben der Methodisten in England befassten. Schon früh im Leben hatte Wesley in einem Notizbuch einige seiner Prinzipien niedergeschrieben. Eines davon war eine stenografische Notiz über seine Versuchungen:

A. Neige zu sehr zu einem leichtfertigen Verhalten.

B. Höre zu viel müßiges Geschwätz an und lese oberflächliche Bücher und Theaterstücke.

C. Faulheit.

D. Mangelnde Erkenntnis, in wessen Gegenwart ich mich befinde.

Diese Gewohnheit, Listen zu führen, und seine Entschlossenheit, seinen Leib, sein Herz und seinen Geist in Zucht zu halten, hatten John Wesley zu einem grimmigen Zuchtmeister gemacht. Er hatte den jungen Geistlichen den Schwur abgenommen, ebenfalls Tagebücher der Selbstbetrachtung zu führen, und hielt sich weiterhin an das rigorose Oxforder System von Gebeten, Lesungen, Fasten und guten Werken.

Andrew stellte zu seiner Überraschung bald fest, dass die Böhmischen Brüder sich von dieser vorbildlichen Disziplin nicht sehr beeindruckt zeigten. Einer von ihnen, Bischof David Nitschmann, bemerkte: »Geistliche Fortschritte werden nicht durch Routine erzielt. Es wäre nützlicher, Ihr würdet die Gnadenlehre studieren, wie sie in der Bibel niedergeschrieben ist.«

Weder John Wesley noch einer der anderen schien zu verstehen, was Nitschmann damit sagen wollte, und als die Tage vergingen, stürzten sie sich in rigorose Disziplin. Erst als das Stampfen und Schlingern des Schiffes ihnen bewusst machte, dass ein Sturm losgebrochen war, wurden sie aus ihrer Routine aufgerüttelt.

Tagelang wurde der Sturm immer schlimmer und um Mitternacht schrieb John Wesley in sein Tagebuch: *»Immer noch stürmisch und ich habe Angst.«* Danach bekannte er sein lebenslanges Problem: Er hatte Angst vor dem Tod. Diesen Gedanken teilte er nicht mit seinen Freunden. Aber weil sich Furcht nur schlecht verbergen lässt und zum Vorschein kommt, wenn man es am wenigsten erwartet, sah sie ihm Andrew an einem Sonntagnachmittag an. Als Wesley an der Reling stand, schlingerte es mit einer gewaltigen Bewegung leewärts, und dann stürzte es in die Tiefe – immer tiefer – immer tiefer – bis es schien, als wollte es auf den Grund des Ozeans stürzen. Andrew warf einen Blick auf Wesleys Gesicht und sah, dass es verkrampft vor Angst war. Andrew war wie erstarrt; er konnte nicht glauben, dass jemand wie John Wesley eine solche Schwäche zeigte. Die beiden klammerten sich verzweifelt an die Reling und Wesley fand seine Selbstbeherrschung wieder. Der kurze Blick, den er auf Wesleys Schwäche geworfen hatte, blieb Andrew jedoch im Gedächtnis.

Später am Tag schlingerte das Schiff so stark, dass das Gehen unmöglich war. Wesley und die anderen gesellten sich zu den sechsundzwanzig Böhmischen Brüdern unter Deck. Andrew versetzte es beinahe einen Schock, als er sah, wie die Brüder friedlich dasaßen und eine ihrer großartigen Hymnen sangen, während das Schiff ächzte, die Balken knarrten und der Wind wie tausend Wölfe heulte.

Wesley und die anderen jungen Missionare waren alle verblüfft. Andrew forschte in den Gesichtern der Deutschen. *Sie können nicht so ruhig sein, wie sie wirken – oder so voll Freude. Das ist einfach unmöglich!*

Eben da traf eine gewaltige Welle das Schiff, zerriss das Hauptsegel, und Wasser stürzte ins Zwischendeck. Der Wind stieg zu einem schrillen Crescendo an und Entsetzen breitete sich auf dem Schiff aus. Einige der Matrosen schrien auf und die Engländer begannen entsetzlich zu kreischen. Furcht überfiel Andrew Wakefield und lähmte ihn. Er starrte John Wesley an und erkannte, dass es seinem geistlichen Führer nicht besser ging als ihm selbst.

Andrew war beinahe übel vor Angst, als er sich an die Balken des Schiffes drängte. Seine Hände zitterten und seine Beine wollten ihn kaum noch tragen. Er wusste, dass der Tod eine sehr naheliegende Möglichkeit war. Fassungslos vor ungläubigem Staunen sah er, dass die Böhmischen Brüder ihren Gesang so gelassen fortsetzten, als befänden sie sich in einer auf Felsen gegründeten Kirche!

Schließlich beruhigten sich die Winde ein wenig, und das Schiff hörte auf, so beängstigend zu schlingern. Als der Gesang endete, kam Bischof Nitschmann herbei und unterhielt sich aufs Angenehmste mit John Wesley. Wesleys Gesicht war bleich und seine Lippen schmal, als er fragte: »Hattet Ihr keine Angst?«

»Gott sei's gedankt, nein!«, sagte Nitschmann ein wenig überrascht.

Wesley blickte die Frauen und Kinder an. »Aber hatten eure Frauen und Kinder denn keine Angst?«

Nitschmann blickte die jungen englischen Missionare an und empfand einen Augenblick lang Mitleid mit ihnen. Mit fünfundsechzig Jahren war dieser unendlich liebevolle Mann immer noch kräftig und untersetzt, mit einer Glatze, aber einem dichten braunen Bart und durchdringenden blauen Augen, die manchmal dunkler zu werden schienen. Obwohl sein Englisch nicht gut war, reichte es, um zu sagen: »Nein, unsere Frauen und Kinder haben keine Angst zu sterben.«

Irgendetwas an der Bemerkung des Bischofs schien John Wesley aus seiner üblichen ruhigen Art aufzustören. Er starrte den Böhmischen Bruder mit einem seltsamen Glanz in den Augen an, dann drehte er sich abrupt auf dem Absatz um und ging davon, wobei er sich an den Seiten des Schiffes festhielt, als es von einer Seite zur anderen rollte.

Andrew wollte ihm nachgehen, aber Nitschmann wandte sich um und sagte: »Euer Anführer braucht die Gnade in seiner Seele.«

Überrascht von dieser Bemerkung sagte Andrew: »Warum sagt Ihr so etwas, Herr Bischof? Mr Wesley ist ein höchst verdienstvoller Geistlicher. Er kennt die Heilige Schrift besser als jeder andere, den ich kenne.«

»Ja, er kennt die Bibel. Aber ich denke, es ist besser, den Gott zu kennen, der die Bibel schrieb.« Er starrte Andrew an, als er diese geheimnisvolle Bemerkung machte, dann fügte er hinzu: »Ich vertraue darauf, dass Ihr und Eure Freunde den Herrn Jesus kennenlernt.«

Seine Worte versetzten Andrew in Furcht. Er hatte Jahre mit dem Studium der Bibel verbracht, und es überkam ihn wie ein Schock, jetzt zu hören, das sei nicht genug. Und was noch beunruhigender war: Auch John Wesley schien von den Worten des Böhmischen Bruders erschüttert.

Andrew verbrachte den Rest der Reise damit, dass er über diesen Sturm auf dem Meer nachdachte, und einmal, als er dastand und über die grauen Wasser der Tiefe hinwegblickte, dachte er: *Es gibt zwei Arten von Stürmen. Einer ist der physische Sturm, der zum Tode führen kann, aber der andere ist der Sturm in der Seele eines Menschen, und der ist schlimmer als alles andere!*

* * *

Am 4. Februar ging die *Simmons* im Savannah River vor Anker. An der Reling standen dicht gedrängt die Menschen, alle Passagiere waren herbeigeeilt, um das neue Land zu sehen – die Reihen von Fichten, Palmen und Zedern, die sich unter einem wolkenlosen Himmel entlang der Küste erstreckten. Andrew merkte, dass Mrs Hawkins sich energisch zwischen die beiden Wesley-Brüder gedrängt hatte und John ins Gesicht blickte, wobei sie eine Bemerkung machte. Noch während sie sprach, drehte Charles Wesley sich um und fing Andrews Blick auf. Seine Stirn war gerunzelt und er schüttelte missbilligend den Kopf. *Er macht sich Sorgen um seinen Bruder*, dachte Andrew. Die beiden hatten mehr als einmal über John Wesleys seltsames Unvermögen, die Oberflächlichkeit der Frau zu durchschauen, gesprochen, aber es sah ganz danach aus, dass er in diesem Punkt schwach war.

Die Gangway berührte den Boden, und die Passagiere schubsten einander herum in ihrer Eile, das Schiff zu verlassen. Nach Wochen ohne ein richtiges Bad und ohne Möglichkeit, die Kleider zu waschen, waren sie alle ein zerknitterter, übel riechender Haufen, aber das kümmerte niemand. Sobald sie an Land waren, führte Oglethorpe sie auf einen Hügel, wo sie Dankgebete sprachen. Danach nahm Oglethorpe das Boot nach Savannah und sagte der Gruppe aus Oxford: »Ich komme morgen zurück und dann machen wir unsere Pläne.«

Nachdem Oglethorpe sie verlassen hatte, gesellte sich Andrew zu Wesley und den anderen. Unter den Zedern, wo sie vor Sonne und Wind geschützt waren, hielten sie einen Gottesdienst ab. Als Andrew später den sandigen Strand entlangging, roch er die reiche, lehmige Erde und genoss das Gefühl, wieder festen Boden unter den Füßen zu haben. In dieser Nacht schlief die Gruppe in einer kleinen Hütte und am nächsten Morgen erhoben sie sich, um ein gutes Frühstück zuzubereiten.

Als Oglethorpe am Nachmittag zurückkam und sich zu ihnen gesellte, sagte er augenblicklich: »Ich möchte, dass Ihr, Mr Charles Wesley, mein Sekretär werdet.«

»Aber Sir, ich bin gekommen, um den Indianern das Evangelium zu predigen, nicht als Tintenkleckser!«

Oglethorpe lächelte nachsichtig. »Solche Tintenkleckserei ist notwendig. Ihr werdet Eure Chance bekommen.« Ein scharfer Ton mischte sich in seine Stimme, als er sagte: »Es gibt hier Heiden genug, Sir, das werdet Ihr bald bemerkt haben.« Dann wandte er sich an John. »Mr Wesley, die Treuhänder von Georgia haben Euch als Nachfolger Mr Quincys zum Pfarrer von Savannah bestimmt.«

»Aber Sir, auch ich bin gekommen, um den Indianern zu predigen.«

»Mr Quincy möchte in den Norden zurückkehren, nach Boston. Es gibt Indianer hier im Gebiet, also werdet Ihr Gelegenheit haben, ihnen zu predigen.«

Später an diesem Tag sagten die fünf einander Lebewohl, denn Charles Delamotte und Benjamin Ingram waren einem Gebiet nördlich von Savannah zugewiesen worden.

Am nächsten Morgen wurden Andrew und John Wesley zu ihrer Überraschung von General Oglethorpe besucht. Er brachte August Spangenberg mit, den Anführer der Böhmischen Brüder, die das Land als Erste besiedelt hatten. »Mr Spangenberg hat viel Erfahrung mit diesem Land«, sagte Oglethorpe. »Er kann Euch weiterhelfen.« Spangenberg, ein hochgewachsener, magerer Mann mit rötlich blondem Haar, hatte eine gewaltige Bassstimme, die bei einem so mageren Mann überraschte.

Nachdem Oglethorpe sich verabschiedet hatte, wandte Wesley sich dem Missionar zu. »Wir sind Euch sehr dankbar für Euren Rat, Sir. Wie man Euch gesagt hat, sind wir noch Novizen, was Erfahrungen in der Wildnis angeht.«

Spangenberg starrte die beiden Männer nachdenklich an, dann sagte er schließlich: »Darf ich Euch eine Frage stellen?«

»Natürlich.«

»Kennt Ihr euch selbst?«, fragte Spangenberg. »Gibt der Geist Gottes Eurem Geist Zeugnis, dass Ihr ein Kind Gottes sind?«

Wesley und Wakefield waren beide schockiert vom Ton dieser Frage. Schließlich waren sie Missionare, die ihr Leben Gott übergeben hatten! »Nun, ich denke, das kann ich wohl sagen!«, antwortete Wesley.

Dann fragte Spangenberg direkt: »Kennt Ihr Jesus Christus?«

Schweigen erfüllte den Raum. Andrew war schockiert, wie grundlegend einfach diese Frage war. Sollte man das nicht als selbstverständlich annehmen? Auch Wesley war betroffen und antwortete lahm: »Ich weiß, dass er der Erlöser der Welt ist.«

»Das ist wahr«, sagte der andere, »aber wisst Ihr auch, dass er Euch erlöst hat?« Wiederum erschien das Schweigen fast greifbar. Andrew konnte deutlich die fröhlichen Geräusche singender Vögel und spielender Kinder vor der kleinen Hütte vernehmen. Schließlich antwortete Wesley mit gedämpfter Stimme, die Unbehagen verriet: »Ich hoffe, er ist gestorben, um mich zu retten.«

Spangenberg fragte von Neuem ruhig: »Kennt Ihr euch selbst?«

Wesley schluckte schwer und nickte ein wenig. »Das tue ich«, antwortete er, aber später schrieb er in sein Tagebuch: *»Das waren leere Worte.«*

Spangenberg betrachtete das Paar eindringlich, wollte etwas sagen, überlegte es sich dann jedoch anders und begann verschiedene praktische Vorschläge, was das Leben in Georgia anging, zu machen. Bald darauf verließ er sie und gesellte sich zu General Oglethorpe.

Es war eine beunruhigende Befragung gewesen und sie hinterließ einen tiefen Eindruck bei Andrew. Er und Wesley sprachen kurz darüber und Andrew fragte: »Was glaubt Ihr – was meinte er mit diesen seltsamen Fragen?«

»Ich vermute, er stellt diese Fragen allen neuen Missionaren«, war Wesleys Antwort.

Danach sprachen sie nicht mehr über das Ereignis. Sie brachen bald nach Savannah auf und machten sich an die Arbeit. Sie wohnten zuerst bei den Böhmischen Brüdern, bis der Pfarrer abreiste, und zogen dann ins Pfarrhaus ein. Sie packten ihre Bücher aus und stürzten sich in die Arbeit als geistliche Hirten von Savannah und den verstreuten Siedlungen ehemaliger Schuldner und schottischer Hochländer.

Die Wochen vergingen. Andrew diente John Wesley, so gut er konnte, er half ihm bei seinen geistlichen Pflichten und der Verwaltungsarbeit der Kolonien. Er fand Zeit, die Waldpfade entlangzuschlendern und sogar kurze Kanufahrten zu unternehmen. Zweimal blieb er über Nacht im Fichtenwald, wo er in eine Indianerdecke gehüllt schlief. Er fand diesen Teil seiner Arbeit sehr erfreulich.

Was die Siedler anging, so schienen sie sich von ihrem neuen Pastor ein wenig vor den Kopf gestoßen zu fühlen. Sie lauschten seinen Predigten voll inniger Zuneigung, wirkten aber argwöhnisch.

Andrew bemerkte auch mit einigem Missfallen, dass Mrs Hawkins immer in der ersten Reihe saß und oft zu Wesley kam, um »geistlichen Rat« einzuholen, wie sie es nannte. Einmal sagte Andrew: »Vielleicht könnte ich Euch helfen, Mrs Hawkins.« Die Frau hatte ihn mit ihren dunklen Augen angeblickt, gelächelt und gesagt: »Danke, Reverend, aber ich möchte lieber mit dem Pfarrer selbst sprechen.«

Die beiden Männer stürzten sich in ihre Arbeit mit demselben Gefühl für Disziplin, das sie bereits in Oxford an den Tag gelegt hatten. Die Kolonisten bewunderten ihre Energie und die Bereitwilligkeit, mit der sie lange Stunden arbeiteten und die Kranken besuchten, aber einige von Wesleys Gewohnheiten störten sie. Sie hatten keine Freude an den formellen Gottesdiensten oder seinem Beharren darauf, Babys bei der Taufe einzutauchen, statt sie nur zu bespritzen. Es schockierte sie auch, dass er von seinen »Schäfchen« erwartete, mit ihm zusammen zu fasten.

Als Charles Wesley von seinem Posten mit Oglethorpe schrieb, dass er nicht glücklich sei, schrieb Andrew ihm einen Brief und schilderte ihre Arbeit. Ein paar Wochen später hörte er zu seinem Schrecken, dass Mrs Hawkins zu Charles gegangen war und eine ehebrecherische Affäre mit Oglethorpe gebeichtet hatte.

John Wesley nahm prompt eine Untersuchung der Sache vor und befragte Mrs Hawkins. Nach seiner Rückkehr rief er Andrew zu sich und sagte sichtlich erleichtert: »Die Gerüchte, die wir über Mrs Hawkins gehört haben, sind aus der Luft gegriffen.«

Stille breitete sich aus. Dann sagte Andrew: »Ich hielte es für besser, Sir, sich nicht in die Angelegenheiten dieser Frau zu verstricken.«

»Unsinn!«, antwortete Wesley scharf. »Sie gehört zu meiner Herde. Sie sucht nur geistlichen Rat.« Er drehte sich um und ging. Andrew starrte ihm nach.

In dieser Nacht warf und wälzte Andrew sich unruhig im Bett herum. Es schien ihm, dass er wieder an Bord der *Simmons* war. Das Schiff wurde kopfüber, kopfunter gedreht und der Wind heulte wilde Todesgesänge. Erschrocken wachte er auf und fuhr im Bett hoch. Er war erleichtert, als er begriff, dass es nur ein Traum gewesen war. Als er versuchte, wieder einzuschlafen, dachte er: *Dieser Sturm auf dem Meer war noch längst nicht so schlimm wie manche Stürme in meinem Herzen.* Wieder sehnte er sich nach England und dachte an den Kummer, der ihn so tief getroffen hatte. Als er Gott sein Herz als Missionar übergeben hatte, hatte er erwartet, es würde besser mit ihm werden, sein Herz würde Frieden finden. Aber das war nicht der Fall. Plötzlich erinnerte er sich an den inneren Frieden, den die Böhmischen Brüder während des Sturms an den Tag gelegt hatten. *Wie hatten sie dem Tod mit solcher Ruhe ins Auge blicken können?*« Wann werde ich jemals diese Heilsgewissheit in meinem eigenen Herzen finden?«, flüsterte er hörbar vor sich hin, dann wälzte er sich hin und her, ohne einschlafen zu können.

8

ICH WUSSTE NICHT, DASS GELEHRTE SO ROMANTISCH SEIN KÖNNEN!

»Oh, Miss Hope, ich habe einen Brief von Andrew!«

Hope Wingate hatte mit einer Decke über den Beinen in ihrem Polstersessel am Feuer gedöst. Sie öffnete augenblicklich die Augen und lächelte schwach, als sie die Röte freudiger Erregung auf dem Gesicht der Frau sah, die in ihr Zimmer gestürzt kam.

»Setz dich, Dorcas, und lies ihn mir vor.« Der Winter hatte Hope Wingate merklich geschwächt, aber sie klagte nicht. Als die junge Frau nun einen Hocker herbeizog und den Brief vorzulesen begann, bemerkte sie, dass das reichliche Essen Dorcas gut bekommen war. Das Mädchen war mager gewesen, als es nach Wakefield gekommen war, sein Gesicht verkniffen vor Hunger. Nun waren ihre Wangen voll und rosig und ihr schlichtes braunes Kleid betonte die eleganten Kurven ihres Körpers. Dorcas hatte die Frische der Jugend und ihr Kommen hatte der alten Frau viel Freude bereitet.

Dorcas hielt das Papier in den Feuerschein und schüttelte den Kopf. »Wie seltsam, dass das hier den ganzen Weg über den Ozean zurückgelegt hat«, staunte sie. »Denkt nur, Miss Hope – das grenzt ja an Zauberei!« Sie hielt den Briefumschlag in der Hand, rieb ihn zwischen den Fingern und genoss die Textur des Papiers. Dann begann sie auf Hopes Drängen hin zu lesen.

Liebe Freundin Dorcas,
ich hoffe, dass dieser Brief Euch bei guter Gesundheit erreicht. Ich bete darum, dass Gott Euren Aufenthalt in Wakefield segnen möge. Ich habe

erst gestern Euren und Tante Hopes Brief erhalten und sie waren mir überaus willkommen! Sie machten mir bewusst, wie weit entfernt von Haus und Herd ich hier bin, und das machte mich, um ehrlich zu sein, ein wenig traurig. Es ist eine schwierige Aufgabe, einen Menschen aus seiner Heimaterde zu ziehen und in fremden Boden zu verpflanzen. Ich erinnere mich, dass unser Gärtner dies mehrfach mit verschiedenen Pflanzen versuchte, und oft welkten diese umgepflanzten Blumen und gingen ein.

Aber fürchtet nicht, dass das auch mit mir geschehen könnte. Das Leben hier ist schwierig, aber der Ort ist sehr angenehm. Das Klima ist, glaube ich, wärmer als in England und wir haben nicht unter starker Kälte gelitten. Natürlich steht der schlimmste Teil des Winters noch bevor und vielleicht wird es bald genug eisig kalt. Aber das Essen ist gut und das Pfarrhaus besser, als Reverend Wesley und ich erwartet haben.

Der Brief fuhr noch eine Weile fort, die Arbeit in Savannah und die Besuche zu schildern, die Andrew und John Wesley in den Gefängnissen und bei den Armen gemacht hatten. Andrew war offensichtlich von John Wesleys System pedantisch genauer Berichte so beeinflusst worden, dass er sogar die Zahl der Gefangenen angab, vor denen sie an verschiedenen Tagen Zeugnis abgelegt hatten. Dann fuhr er fort:

Es scheint mir, liebe Freundin, dass die Menschen im Gefängnis eher bereit sind, das Evangelium zu hören, als jene, die in Freiheit leben. Vielleicht liegt es daran, dass sie keine andere Hoffnung und Stütze haben. Wir denken natürlich daran, dass der Herr Jesus gekommen ist, um die Gefangenen zu befreien. Ich bin überzeugt, dass die Bibel hier in einem Gleichnis spricht, aber gewiss haben wir gesehen, wie sich viele in ihrem Herzen dem Herrn Jesus zugewandt haben und Erlösung empfingen. Ich muss jedoch bekennen, dass unser Dienst außerhalb der Gefängnisse weniger erfolgreich ist, als wir dachten.

Wir wurden auf jeden Fall in unseren Bemühungen, die Heiden zu bekehren, enttäuscht. Wir legten Zeugnis vor einem Indianer ab, der englische Kleidung trug. Er war ein alter Mann, der sich selbst auf etwa hundert Jahre schätzte. Sein Name war Häuptling Tomo-Chachi und er trug eine große Decke, Perlen im Haar und eine scharlachrote Feder hinter einem Ohr.

Es schien uns, als sei er empfänglich für das Evangelium, aber als wir zu einem zweiten Besuch zurückkehrten, waren die Wigwams leer. Mr Wesley hat General Oglethorpe gebeten, in den tiefen Wald gehen zu dürfen, um den Indianern zu predigen, aber der General hat das abgelehnt. Er sagt, wir könnten von den Franzosen oder den Spaniern gefangen genommen werden und die Kolonie in einen Krieg verwickeln.

Zu meinem Leidwesen muss ich berichten, dass Mr Charles Wesley unser Missionsunternehmen aufgegeben hat. Er versuchte, die Leute zu zwingen, dass sie viermal am Tag alles liegen und stehenließen und auf einen Trommelwirbel hin in die Kirche kämen. Die Leute rebellierten ganz einfach gegen diese und andere strenge Verpflichtungen, die er ihnen auferlegt hat. Er plant jetzt seine Rückkehr nach England.

Ich muss gestehen, dass unsere Leute hier in Savannah die strenge Zucht nicht so bereitwillig annehmen, wie wir gehofft hatten. Mr Wesley und ich hofften, sie würden sich zumindest teilweise der Disziplin unterwerfen, die wir auf uns genommen haben, aber zu meinem Bedauern muss ich sagen, dass es viele Klagen gibt. Es beunruhigt mich, dass die Menschen hier nicht erkannt haben, dass der Pfad zum Himmel steil und steinig und schwierig ist und dass sie religiöse Pflichten und Übungen auf sich nehmen müssen, wenn sie wahrhaftige Christen sein wollen.

Dorcas blickte Hope an, die aufmerksam gelauscht hatte, und sagte nachdenklich: »Ich fürchte, Andrew ist nicht allzu glücklich in seiner Arbeit.«

Ein Schatten des Zweifels huschte über Hopes Gesicht. Sie saß einen Augenblick lang schweigend da, als wäre sie ins Gebet versunken, dann schüttelte sie leise den Kopf. »Andrew hat die Freude des christlichen Lebens verfehlt, Dorcas. Er war immer schon so – sogar als Junge. Er stürzte sich immer hundertprozentig in alles, was ihm begegnete. Sogar beim Spielen schien er mehr Vergnügen an der Einhaltung der Spielregeln zu haben als am Spiel selbst. Schreibt er sonst noch etwas?«

Mr John Wesley hat sich sehr um Sophy Hopkey bemüht, eine junge Frau in der Gruppe – die hübsche Nichte des obersten Amtmannes in Savannah. Er hat den Eindruck, dass sie besonders intensiver Seelsorge bedarf, und ihre Tante hat bereits darauf hingewiesen, dass sie eine gute Hausfrau sein könnte. Mr Wesley jedoch ist überzeugt, es sei besser, unverheiratet zu bleiben, was sich genau mit meinen eigenen Ansichten deckt.

Meine besten Grüße an alle, vor allem an meine liebe Tante und Euch, Dorcas. Ich schreibe Gareth einen Brief. Ich hoffe, das ist ihm in seiner Situation eine Hilfe.

Dorcas runzelte die Stirn und sagte: »Ich hoffe, ein paar Worte von Andrew werden Gareth helfen. Er ist nicht glücklich in Oxford.«

Die beiden Frauen saßen eine Weile zusammen und unterhielten sich über Andrew, der so weit weg und an einem so seltsamen Ort war. Schließlich wandte Dorcas den Blick zum Fenster, als könnte sie bis zu den Kolonien hinübersehen, und sagte mit sanfter, aber angestrengter Stimme: »Ich bete, dass Gott Andrew bewahren möge – und dass er mehr Freude am Herrn finden möge.«

Nach einem Augenblick der Stille nickte Hope. »Ja, dafür bete ich auch.« Dann sagte sie zögernd: »Dorcas, ich halte es für das Beste, wenn wir Gareth auf einen Besuch einladen. Sein letzter Brief hat mir Sorgen gemacht. Ich fürchte, er ist sehr unglücklich.«

Dorcas' Augen leuchteten auf. »Oh, könnten wir das tun? Ich würde mich so freuen, ihn zu sehen!«

»Hole Papier und Feder und schreibe den Brief. Sag ihm, ich sehne mich danach, ihn zu sehen.« Während Dorcas hin und her lief, um die Schreibmaterialien zusammenzusammeln, saß Hope ruhig da. Als Dorcas den Brief zu Ende geschrieben hatte, sagte Hope: »Nun gib ihn George, damit er ihn zur Post bringt.« Dorcas sprang auf und rannte aus dem Zimmer. Während sie Dorcas nachsah, waren Hopes Gedanken bei Andrew, dem Stolz und der Hoffnung ihres Herzens, und bei Gareth, dessen Herz noch viel Arbeit erfordern würde.

* * *

Gareth öffnete beinahe fieberhaft den Brief. Er hatte nicht nur sein Studium in Oxford satt, sondern auch die Dienste, die er den Hochgeborenen leisten musste. Der Stolz in seinem walisischen Blut weigerte sich, Schuhe zu putzen und niedrige Arbeiten für andere zu erledigen. Als einer der Adeligen ein paar Stiefel nach ihm geworfen und ihn beschimpft hatte, weil er sie nicht schnell genug geputzt hatte, hatte er ein wildes Aufflammen von Zorn verspürt. Er hatte seine ganze Willenskraft aufbieten müssen, um die Faust nicht in das bleiche Gesicht des Adeligen zu schmettern. Aber er hatte seinen Stolz hinuntergeschluckt, denn er wusste, dass es keinen anderen Weg für ihn gab.

Er riss den Briefumschlag auf, starrte ihn einen Augenblick an, dann schloss er vor Erleichterung die Augen und murmelte: »Gott sei Dank, dass ich eine Weile von diesem Ort wegkann!«

Augenblicklich begann Gareth seine Vorbereitungen zu treffen. Er musste die Erlaubnis des Dekans einholen, was ziemlich schwierig war. Aber Gareth blieb hartnäckig und zuletzt verließ er das Arbeitszimmer des Dekans mit einem Lächeln. Er ging in sein Zimmer, packte seine wenigen Habseligkeiten zusammen und bemerkte, dass ein Brief von George Whitefield für ihn angekommen war. Whitefield berichtete, dass er nach Gloucester gefahren war, um sich von Überarbeitung zu erholen, und dass Gott seine Mühen dort gesegnet hatte. Er schrieb auch, er hätte eine »Gesellschaft« gegründet – eine Gruppe Gläubiger, die sich versammelten, um einander zu ermutigen und füreinander zu beten. Zweifellos hatte Whitefield den Klub der Heiligen als Modell genommen, und er ermunterte Gareth, Gleichgesinnte zu finden.

Als Gareth nach Wakefield reiste, schien es ihm, als sei selbst die Luft außerhalb der Mauern von Oxford frischer. Dennoch empfand Gareth leise Scham, während er in der Kutsche dahinratterte, dem kleinen Dörfchen am Rande des Wakefield'schen Gutes zu. *In Wales würde ich verhungern – oder Kohlen aus der Erde kratzen. Das wenigstens brauche ich nicht zu tun.* Er versuchte, Dankbarkeit zu empfinden, aber es fiel ihm schwer.

Als die Kutsche in dem Dörfchen anhielt, stieg er aus und nahm sein einziges kleines Gepäckstück an sich – einen Lederkoffer, den Andrew ihm geschenkt hatte. Als Gareth die Straße entlangging, die aus dem Dorf hinausführte, wurde sein Gesicht gefühllos vom eisigen Wind. Der Schnee, der einige Tage zuvor gefallen war, war größtenteils wieder geschmolzen, aber die weißen Flecken streiften immer noch die Felder und hingen in den Ästen einiger großer Eichenbäume. Aber da Gareth körperliche Mühsal nie etwas ausgemacht hatte, kümmerte ihn die Kälte wenig. Jetzt, wo er weit von Oxford entfernt war und Dorcas und Hope bald sehen würde, begann er munter zu pfeifen.

Als er ankam, fand er Naomi Beard, die Haushälterin, vor, die eben der Köchin Anweisungen für das Abendessen gab. Ihre Augen wurden groß, als sie ihn sah. »Mr Morgan? Ich habe Euch nach der Beschreibung Eurer Schwester erkannt. Ich freue mich, Euch zu sehen! Ich bin Mrs Beard, die Haushälterin.«

»Wie geht es Euch, Mrs Beard?« Gareth trat in die Küche. Er genoss den Duft des gebackenen Brots und eines Bratens, der sich auf dem Spieß im offenen Herd drehte. Er zwinkerte Olive Maddox, der Köchin, zu. »Und Ihr müsst Olive sein. Ich freue mich schon auf Euer Essen. Dorcas sagte mir, niemand in Oxford könne so gut kochen wie Ihr.«

Olive, eine robuste Frau mit roten Wangen und plumpen Händen, errötete leicht bei dem Kompliment. »Wartet nur«, sagte sie. »Ich mache einen Hackbraten. Ich erinnere mich, wie Dorcas sagte, den hättet Ihr gern.«

»Ist meine Tante Hope hier – und Dorcas?«

»Natürlich. Wussten sie, dass Ihr kommt?«

»Ja, ich bin sicher, sie erwarten mich. Ich gehe gleich hinauf.« Nachdem Mrs Beard ihm den Weg erklärt hatte, nickte er und verließ die Wärme der Küche. Seine Schritte hallten auf dem Steinfußboden, als er die Halle entlangschritt und dann die Treppe hinaufrannte, wobei er zwei Stufen auf einmal nahm. Als er vor Hopes Tür anhielt, klopfte er laut. »Aufmachen!«, rief er fröhlich.

Er hörte Schritte, die Tür wurde geöffnet und Dorcas stürzte ihm entgegen. Sie schlang die Arme um ihn und stolperte rückwärts. »Warte«, schrie er auf, »friss mich nicht bei lebendigem Leib!«

»Oh Gareth, es tut so gut, dich zu sehen!« Dorcas umarmte ihn einen Augenblick lang. Tränen brannten in ihren Augen. »Komm herein«, sagte sie, zog ihn ins Zimmer und klammerte sich an seine Hand, wie sie es getan hatte, als sie noch Kinder gewesen waren.

Gareth eilte mit ihr augenblicks zu Hope, die in einem Sessel saß und ihm zulächelte. Er kniete an ihrer Seite nieder und ergriff mit der freien Hand ihre Rechte. »Tante Hope, das tut gut, dich jetzt endlich kennenzulernen«, sagte er lächelnd. Obwohl sie nicht seine wirkliche Tante war, nannte Gareth sie so, wie es in Wales Brauch ist.

Hope fühlte die Kraft, die seine Hand durchströmte, und sah die blühende Gesundheit auf seinem Gesicht. »Nun, Neffe«, sagte Hope – die sich über die Anrede gefreut hatte – rasch, »du siehst sehr gut aus. Hier – setz dich zu uns und erzähl uns alles.«

Die drei plauderten lebhaft. Gareth sah mit Freuden, wie gut Dorcas aussah. Sie trug ein blassblaues Kleid mit weißer Spitze an Halsausschnitt und Ärmeln. Aber selbst jetzt versteckte sie so oft wie möglich ihre verkrüppelte Hand. »Du siehst sehr gut aus, Dorcas«, sagte er. Er streckte die Hand nach ihr aus und fuhr über ihre Wange. »Du hast zugenommen. Iss so weiter und du wirst so dick wie Olive werden.«

Dorcas lächelte erfreut über seine Neckerei. »Warte nur«, sagte sie, »ich werde dich mästen. Weißt du, dass ich jetzt alle Hühner in einem Pferch habe? Ich kann dir Eier zum Abendessen machen, so viel du magst.«

»Wie viele hast du denn? Ich esse alle Eier, die du nur finden kannst.«

Hope lauschte, während die beiden dicht beieinandersaßen und sich unterhielten. *Sie hat ihn vermisst*, dachte Hope. *Sie war einsam hier und ich bin keine gute Gesellschafterin für eine junge Frau.* Laut sagte sie: »Wie kommst du mit deinen Studien voran, Gareth?«

Ein finsterer Ausdruck trat anstelle des Lächelns auf Gareths breite Lippen. Er runzelte die Stirn und schloss die Augen. »Nicht der Rede wert«, stöhnte er. »Ich glaube, ich habe Holz im Kopf anstelle eines Gehirns.«

»Das stimmt nicht«, protestierte Dorcas. »Du warst immer klüger als alle deine Freunde.«

»Nun, ich bin jedenfalls nicht klüger als irgendjemand in Oxford.« Gareth begann ihnen zu erzählen, wie er es hasste, ein Diener zu sein, dann zögerte er. *Das bringt nichts*, schalt er sich selbst. *Mach gute Miene zum bösen Spiel.* »Nun«, sagte er, »ich komme schon zurecht. Griechisch ist das schwierigste Fach.«

»Kannst du Griechisch sprechen?«, fragte Dorcas.

»Oh, ich kann es lesen. Ein wenig. Ich habe ein Neues Testament mitgebracht, um hier weiterzulernen.«

»Lass mich etwas davon hören«, bat Dorcas. »Ich habe nie zuvor Griechisch gehört.«

Als Hope sich Dorcas' Bitten anschloss, öffnete Gareth seine Reisetasche, zog den Abschnitt des Neuen Testaments, an dem er arbeitete, hervor, den ersten Brief des Johannes, und begann laut zu lesen. Er hatte eine klare Stimme und hatte die Betonung sorgfältig gelernt. Als er aufblickte und das Buch schloss, starrten ihn die beiden beinahe ehrfürchtig an. »Nun, das reicht fürs Erste.«

»Du machst das so gut, Gareth«, sagte Dorcas. »Ich wette, du machst es besser als alle anderen.«

»Es freut mich, dass du so denkst, aber es stimmt nicht«, gab Gareth zu. Er blickte die beiden Frauen an und rief: »Es tut gut, hier zu sein. Ich wollte euch beide sehen!«

»Wir haben uns auch danach gesehnt, dich zu sehen, Neffe«, sagte Hope mit gedämpfter Stimme. Sie fühlte sich ziemlich müde, wollte sich aber nichts anmerken lassen. »Und jetzt«, sagte sie, so fröhlich sie konnte, »wollen wir zu deiner Ehre das Abendessen in meinem Zimmer einnehmen. Nur wir drei.«

Es war ein köstliches Abendessen. Olive hatte sich selbst übertroffen und Dorcas hatte auch einiges gekocht. An diesem Abend saßen die drei um den Tisch herum, während das Feuer fröhlich im Kamin prasselte, und Gareth aß mit großem Appetit. Sie sprachen noch lange miteinander und lachten alle drei öfter und lauter, als sie seit langer Zeit gelacht hatten. Nachdem sie ihre Mahlzeit beendet hatten und Tee tranken, fragte Hope: »Hast du von Andrew gehört?«

»Ja, ich habe zwei Briefe bekommen. Beide ziemlich kurz. Ich nehme an, er ist sehr beschäftigt. Das sind alle Missionare, wenn ich recht verstanden habe.« Er sah die Besorgnis in ihren Augen und brachte ein Lächeln zustande. »Ich kann es genauso gut eingestehen: Mr Wakefield macht sich meinetwegen Sorgen. Er weiß, dass ich ungeduldig und ziemlich hitzköpfig bin.«

Hope sagte augenblicklich: »Andrew mag dich gern, Gareth, und ich auch. Wir wollen, dass du Fortschritte im Herrn machst.« Dann fragte sie: »Wie sind die Predigten in Oxford?«

»Sehr langweilig.«

»Das meinst du doch nicht im Ernst!«, rief Dorcas aus. »Wo doch alle die großen Geistlichen, Lehrer und Professoren dort sind?«

»Staubtrocken.« Gareth warf angewidert die Hände hoch. »Kein Vergleich mit unserem Pastor zu Hause, in unserer kleinen Kirche. Der hatte Feuer und Leben in sich. Diese Burschen – die tun nichts anderes, als in ihren verstaubten Studierstuben zu sitzen und verstaubte Predigten zu verfassen!«

»Das ist eine Schande«, bemerkte Hope kopfschüttelnd. »Das Wort Gottes ist aufregend.«

»Nicht, wenn sie so darüber predigen«, sagte Gareth und zuckte die Achseln. »Die meisten haben vergessen, wie es ist, einem lebendigen Gott zu dienen. Ich vermisse Mr Wakefield – und George Whitefield. Das ist ein Mann, bei dem keine Langeweile aufkommt! Denkt an meine Worte, die Welt wird noch von ihm hören.« Er sprach noch eine Weile über George Whitefields Bekehrung, und schließlich fragte ihn Dorcas nach diesem Phänomen.

»Er sagt, ein Mensch muss von Neuem geboren werden – und dass ihm dies erst kürzlich widerfahren ist. Seitdem läuft er herum und spricht von der Gnade; er sagt, wir können nicht durch Zeremonien oder gute Werke zu Gott kommen. Ich muss zugeben, er hört sich recht überzeugend an. Er sieht nicht besonders gut aus – er schielt auf einem Auge. Die Studenten machen sich wegen seines schlechten Auges über ihn lustig, aber ich habe eine hohe Meinung von ihm.«

Die beiden jungen Leute sahen, dass Hope müde war, also gaben sie ihr einen Gutenachtkuss und gingen, wobei sie die Teller mitnahmen. Als sie die Teller abgestellt hatten und allein in der Küche saßen, wandte sich Gareth seiner Schwester zu und betrachtete sie einen Augenblick lang. »Bist du glücklich hier, Dorcas?«

»Oh ja. Miss Hope ist so lieb.« Sie blickte ihren Bruder nachdenklich an, dann fragte sie vorsichtig: »Ich merke dir an, dass du nicht glücklich bist. Was ist los? Behandeln sie dich in Oxford schlecht?«

»Nicht schlechter als die anderen Serviteure«, gestand er ein. »Ich bin bloß nicht zum Schuhputzer geboren, nehme ich an – aber ich will nicht klagen. Es ist immer noch besser, als in Wales zu verhungern, was meinst du, Schwester?« Er bemühte sich, das Gespräch auf ein fröhlicheres Thema zu bringen. Er wollte diese paar Tage, die er außerhalb seines Gefängnisses verbringen durfte, genießen. »Können wir morgen ins Dorf gehen? Ich habe ein wenig Geld – vielleicht können wir ein paar Bänder oder sonst etwas für dich kaufen.«

Sie gingen tatsächlich am nächsten Tag ins Dorf, und Gareth war erstaunt, denn Dorcas kannte beinahe jeden. »Du hast so viele Bekanntschaften geschlossen, seit du hier bist«, bemerkte er.

»Oh, sie sind nett – genau wie unsere Dorfleute zu Hause«, sagte Dorcas. »Sie sind alle sehr beeindruckt, dass ich einen Bruder habe, der Gelehrter ist.« Sie führte ihn durch die kleinen Läden, und sie gaben ein paar Münzen aus, bevor sie nach Hause zurückkehrten. Als sie sich dem Haus näherten, ritt George Wakefield in den Hof, stieg schwerfällig ab und sagte augenblicklich: »Hallo, junger Mann. Ich bin George Wakefield. Ich habe Euch schon gesucht.«

»Wie geht es Euch, Mr Wakefield?«

»Sehr gut. Seid Ihr auf Urlaub?«

»Ja, Sir, ich habe einige freie Tage. Es ist sehr freundlich von Euch, dass Ihr mir erlaubt, meine Schwester zu besuchen.«

»Keine Ursache, keine Ursache!«, sagte George mit einer großen Geste, während der Stallknecht sein Pferd wegführte. »Ich habe eine Einladung für Euch.«

»Eine Einladung, Sir?«

»Ja, meine zukünftige Braut veranstaltet einen Ball hier in Wakefield.« Er lachte laut. »Ich fange schon an, ihr freie Hand zu lassen.«

»Ich würde gerne kommen, Sir, aber ich habe keine Ballkleidung.«

»Oh, ich habe noch ein paar Stücke, die ich tragen konnte, als ich noch so rank und schlank wie Ihr war. Jetzt nützen sie mir nichts mehr«, sagte er und klopfte sich grinsend auf den Bauch. »Kommt mit, wir wollen sehen, was wir finden. Mrs Beard kann sie für Euch umändern, wenn es notwendig sein sollte.« Die beiden gingen davon und Dorcas kehrte in Hopes Zimmer zurück.

»Sir George hat Gareth zum Ball eingeladen«, erzählte Dorcas Hope aufgeregt. »Und er lässt einige seiner Anzüge für ihn umändern. Ist das nicht reizend?«

»Oh ja. Du gehst natürlich ebenfalls.«

»Oh nein. Ich habe nichts anzuziehen.«

»Unsinn. Du musst mit deinem Bruder zusammenbleiben. Wir werden unsere besten Kleider anziehen und mit der zukünftigen Braut feiern.«

* * *

Sarah Lancaster war eine hochgewachsene und gut gebaute Frau mit einer sehr schmalen Taille, die ihre Figur betonte. Sie betrachtete ihr neues Kleid mit kritischen Blicken. »Ich hasse das!«, rief sie aus wie ein quengelndes Kind.

Agnes, Sarahs Zofe, die das Kleid arrangiert hatte, blickte überrascht auf. »Es ist ein wunderschönes Kleid, Miss Sarah. Sir Talbot muss ein Vermögen dafür bezahlt haben. Warum gefällt es Euch nicht?«

»Ich hasse diese *panniers* an der Seite!«, bemerkte Sarah mit Nachdruck. Sie stand im Zimmer, in der Unterwäsche, in die ihr Agnes eben hineingeholfen hatte, und starrte das Ungetüm aus Fischbein an, das an ihrer Hüfte befestigt war. Ein *pannier* hatte den Zweck, das Kleid seitlich abzuspreizen, und es trug das Gewicht vieler Lagen Stoff. Es sah aus wie ein halbes Dutzend umgedrehter Körbe.

»Mir gefielen die alten *farthingales* besser.« Sarah bezog sich auf die alten spanischen *farthingales*, die viele Jahre lang in Frankreich modern gewesen waren. Sie bestanden aus einem runden Rahmenwerk, das das Kleid von der Taille abhob.

Sarah schwang die Hüften und das Fischbeingerüst schwang mit. »Ist das nicht lächerlich? Die Schneiderin sagte mir, das Wort *pannier* komme von dem spanischen Wort für Korb – Körbe, wie Esel sie tragen! Und so fühle ich mich auch – wie ein Esel!«

»Oh nein«, protestierte Agnes. »Wenn Ihr mit diesen Röcken geht« – sie benutzte ihre Hände in der sprechenden Art der Franzosen – »dann schwingt der Rock in sanfter Bewegung mit – fließend, feminin und provokant.«

Sarah warf der Zofe einen angewiderten Blick zu. »Ich fühle mich wie eine Idiotin. Was ist denn falsch an einem Rock, der einfach auf die Schuhe fällt? Das wäre gut genug für mich.« Sarah war ein lebhaftes, manchmal allzu lebhaftes Mädchen. Ihr Vater und ihre Mutter schalten sie oft dafür, dass sie andere schockierte.

»Ich würde gerne auf den Ball gehen, ohne wie ein Esel auszusehen«, murmelte sie, aber sie wusste, dass sie sich dem Diktat der Mode beugen musste. »Na, hilf mir schon, das Kleid anzuziehen«, sagte sie ungeduldig.

»Gut«, sagte Agnes. »Ihr werdet die hübscheste Dame auf dem ganzen Ball sein.« Das dunkle Samtkleid war mit grauem Pelz besetzt. Der Unterrock aus rosafarbenem Taft hatte einen dunklen Spitzensaum, der unter dem Rock hervorragte. Sobald das Kleid richtig saß, trat Agnes einen Schritt zurück und sagte: »Ihr seht wundervoll aus, Mylady!«

Sarah, die an solche Komplimente gewöhnt war, zuckte die Achseln. »Lass uns sehen, ob wir irgendwas mit meinem Haar anfangen können. Dann mache ich mich auf den Weg zum Ball.«

Agnes war eine geschickte Friseuse, und bald war Sarahs blondes Haar frisiert, wie es ihr gefiel. »Jetzt noch Ihr Busenfläschchen«, sagte die Zofe. Rasch steckte sie den kleinen, mit Wasser gefüllten Glaszylinder in eine Tasche im Ausschnitt des Kleides. Dann eilte sie zum Tisch, kehrte mit einer frischen Blume zurück und steckte sie in das Fläschchen. »Die wird sich frisch halten, bis der Tanz vorbei ist, da bin ich mir sicher.«

Sarah lächelte und sagte: »Danke, Agnes, das hast du gut gemacht.« Sie tätschelte die *panniers*, die zu beiden Seiten ihrer Hüften einen Fußbreit vorstanden, und lachte. »Jetzt muss ich mich auf die Seite drehen, um durch die Türen zu kommen, aber das ist schon in Ordnung. Du hast diese scheußlichen Dinger ja nicht erfunden.«

Sie schritt die Treppe hinab und sah, dass ihre Eltern bereits auf sie warteten. »Du siehst wundervoll aus, Mutter«, bemerkte sie pflichtgemäß. Ihre Mutter, Lady Jane Lancaster, war auch eine große blonde Frau, aber sie hatte nichts von der Schönheit ihrer Tochter an sich. Auch Lady Jane trug ein reich geschmücktes Kleid mit *panniers* darunter.

Sir Talbot starrte Frau und Tochter an. »Ihr müsst in der Kutsche einander gegenübersitzen mit diesen Dingern, die ihr da auf den Hüften habt«, stellte er fest, dann wandte er sich um und ging ihnen voraus zur Kutsche. Als sie unterwegs waren, fragte er: »Habt ihr die junge Frau schon kennengelernt, die George heiraten will?«

»Nein, noch nicht«, sagte Lady Jane. »Sie hat einen guten Fang gemacht, würde ich sagen. Soviel ich weiß, kommt sie aus einer armen Familie.«

Sir Talbot dachte darüber nach und schüttelte den Kopf. »George hätte etwas Besseres haben können.« Er wandte sich Sarah zu: »Warum hast du dich nicht für ihn interessiert, Tochter?«

»Er ist mir zu fett«, sagte Sarah gelassen.

»Aber er hat Geld und besser ein fetter Mann mit Geld als ein magerer ohne Geld.«

Sarah lächelte ihren siebenundvierzigjährigen Vater an. »Gut und schön, aber du musst ja nicht mit dem Mann schlafen, den ich heirate – ich schon.«

Lady Jane schnappte nach Luft. »Sarah! Sprich nicht von solchen Dingen!«

»Warum nicht? Es stimmt doch, oder?«

»Es gehört sich nicht, von solchen Dingen zu sprechen, seien sie wahr oder nicht«, ermahnte sie ihre Mutter. »Ich mache mir immer Sorgen, dass dir so etwas einmal in wohlerzogener Gesellschaft herausrutscht.«

»Ich bin überzeugt, dass viel Schlimmeres gesagt wird, wenn die Männer den Tisch verlassen und in den Rauchsalon gehen, nicht wahr, Vater?«

»Das sind Männer«, erwiderte Talbot rundheraus. »Männer sind rauere Geschöpfe als Frauen. Wir erwarten, dass Frauen empfindsam sind.«

Sarah amüsierte sich. »Du wärst wohl schockiert zu hören, was junge Damen so alles sagen, wenn sie unter sich sind.«

Sir Talbot riss die Augen auf. »Ich bin überzeugt, ich wäre *nicht* schockiert.« Dann überwältigte ihn die Neugier und er betrachtete seine Tochter eindringlich. »Von welchen Dingen redest du?«

»Sag mir, was die Männer reden«, sagte Sarah lächelnd, »dann sage ich dir, was die Frauen reden.«

»Keiner von euch wird über so abscheuliche Dinge sprechen«, erklärte Lady Jane mit Nachdruck. Sie brachte das Gespräch sofort auf ein anderes Thema. Sarah blinzelte ihrem Vater zu und flüsterte: »Ich sage es dir später.«

Als sie Wakefield erreichten und den Ballsaal betraten, blickte Sarah die massiven Steinwände an, die das fächerförmige Deckengewölbe trugen. Auf jeder Seite loderten mächtige Kamine, sechs im Ganzen, und in jedem lagen Scheite, die bis zu acht Fuß lang waren. Die flackernden Flammen, die von einer Unzahl Kerzen unterstützt wurden, warfen ihr Licht in die Schatten. Überall glänzte Gold. Der Tanz hatte bereits begonnen, Männer und Frauen bewegten sich durch den Raum. Die Farben ihrer Kostüme blendeten beinahe das Auge. Rot, Grün, Gelb, alles mischte sich und blitzte auf, während die Tänzer kunstvolle Arabesken im wechselnden Feuerlicht webten. Bald begegnete ihnen Sir George Wakefield mit seiner zukünftigen Braut. »Hier ist sie«, sagte George stolz, »die zukünftige Lady Wakefield!« Er studierte ihre Gesichter und sah, dass sie von Caroline Barksdales Erscheinung beeindruckt waren. Dann führte er Sir Talbot ins Billardzimmer, wo die übrigen Herren sich trafen.

Die Ladys schlenderten herum, beobachteten die Tänzer, und Sarah gab sich Mühe, die Bekanntschaft der zukünftigen Lady Wakefield zu machen. Sie stellte fest, dass sie – ähnlich wie sie selbst – eine rasche Auffassungsgabe hatte, sodass die beiden gut miteinander auskamen. Später führte ein älterer Herr Caroline auf die Tanzfläche. Fast im selben Augenblick wurde Sarah von einem hochgewachsenen Offizier in Uniform angesprochen. »Nun, Miss Sarah«, sagte er, »ich freue mich, Euch zu sehen. Darf ich um diesen Tanz bitten?«

»Aber gewiss. Wie geht es Euch, Major Crenshaw?«

Sarah betrat mit dem Major die Tanzfläche und wurde in den Wirbel des Tanzes gezogen. Ian Crenshaw war in jeder Hinsicht ein gewaltiger Mann. Sechs Fuß drei Zoll groß, hatte er den Körper eines Ringers, mit einem starken Nacken und großen Händen. Wenngleich Sarah ihn so weit mochte, dass sie gerne mit ihm tanzte, hatte sie ihn niemals als passenden Partner betrachtet, obwohl er ihr schon seit einer Weile den Hof machte.

»Wie geht es dem Regiment, Ian? Gibt es irgendwelche Kriege auszufechten?«

»Nein, im Augenblick nicht. Ich bin lieber hier und tanze mit Euch. Euer Kleid ist wunderschön und Ihr auch.«

»Was ist schöner, das Kleid oder ich? Ihr habt das Kleid als Erstes erwähnt«, neckte sie ihn. »Bemerkt Ihr immer zuerst das Kleid, dann die Frau?«

»Nein, das kann ich nicht behaupten!« Crenshaw, ein Herzensbrecher, der große Erfolge bei den Frauen gehabt hatte, war auf seine raue Weise ein gut aussehender Mann. Nun schloss er die Arme bezwingend um ihre Taille. »Ich würde Euch sogar ganz ohne das Kleid schön finden«, sagte er.

Sarah zog die Augenbrauen hoch und sagte: »Aber Major! Was für eine schockierende Bemerkung!«

»Ich meinte natürlich: in einem weniger kostbaren Kleid«, sagte Crenshaw lächelnd. Er wusste, dass Sarah eine intelligente Frau war, der manchmal vorwitzige Bemerkungen entschlüpften.

Der Tanz ging noch eine Weile weiter und Sarah unterhielt sich blendend. Sie tanzte zweimal mit Major Crenshaw, dann setzte sie sich hin, um sich mit einer Freundin aus London zu unterhalten. Plötzlich schien ein junger Mann aus dem Nichts vor ihr aufzutauchen und fragte mit gedämpfter, heiserer Stimme: »Darf ich um diesen Tanz bitten?«

Sarah blickte auf. Sie hatte diesen hochgewachsenen, kräftig gebauten Mann nie zuvor gesehen. Er hatte kohlschwarzes, lockiges Haar und seine Augen waren so tief dunkelblau, dass sie beinahe schwarz wirkten. Er hatte ein keilförmiges Gesicht, reizvolle Züge und so dichte Wimpern, dass sie ihn einen Augenblick lang darum beneidete.

»Das lässt sich machen.« Sarah erhob sich, um mit dem jungen Mann auf die Tanzfläche zu gehen. Er war noch größer, als sie zuerst gedacht hatte, zum Mindesten sechs Fuß, und sie musste den Kopf in den Nacken legen, um zu ihm aufzublicken. »Ich glaube nicht, dass ich Euren Name kenne, Sir.«

»Gareth Morgan.«

»Ah, Mr Morgan, seid Ihr neu in diesem Land?«

»Ja, das bin ich, Miss Lancaster.«

Sie hob die Augenbrauen. »Ihr kennt meinen Namen?«

»Ja, das tue ich«, sagte Gareth und zog eine Augenbraue hoch. »Ich sah Euch und fragte Sir George.«

»Sir George Wakefield?«

»Ja. Er sagte, ich hätte einen ausgezeichneten Geschmack, was Damen angeht.« Wiederum lächelte Gareth, sein gutes Aussehen beeindruckte Sarah mehr, als sie zugeben wollte.

»Ihr seid eine bessere Tänzerin als ich«, sagte er. »Ihr habt wohl auch mehr Übung.«

»Und worin habt Ihr Übung, Mr Morgan?«

»Oh, in weniger hochfliegenden Dingen als Tanzen. Es würde Euch nur langweilen, davon zu hören. Nun, was das Tanzen angeht – das scheint mir eine sehr gefährliche Übung zu sein.«

»Gefährlich, Sir?«

Gareth verstärkte seinen Griff um Sarahs Taille. »Wenn ein Mann und eine Frau auf so intime Weise zusammenkommen – wer weiß, was dann passiert?«

»Dann solltet Ihr mich lieber nicht so festhalten, Sir!« Es wunderte sie, dass er ihr auswich, aber sie genoss den Tanz. *Er hat einen Akzent, den ich nicht richtig einordnen kann*, dachte sie. *Nicht wirklich englisch … irisch vielleicht?* Sie versuchte es mit einem Schuss ins Blaue. »Morgan – ist das ein irischer Name?«

»Walisisch, Lady Sarah.«

Sarah hatte eine Gabe dafür, Männer sofort richtig einzuordnen, aber sie fand nicht heraus, was an diesem Mann so anders war. Er war kein Soldat, davon war sie überzeugt. Sie hatte niemals einen so gut aussehenden Anwalt gesehen – außerdem war er noch ziemlich jung, nicht älter als achtzehn oder neunzehn ihrer Schätzung nach, ungefähr so alt wie sie selbst. Und er tanzte nicht gewandt genug, um viel geübt zu haben … was war er also?

Gareth wusste, dass die schöne Frau vor einem Rätsel stand, und genoss sein Tun. Er hatte sie gesehen, als sie den Ballsaal betreten hatte, und sobald er ihren Namen herausgefunden hatte, hatte er sich auf sie gestürzt. Er hatte kaum erwartet, dass sie mit ihm, einem Fremden, tanzen würde. Aber er sah sofort, dass sie eine Frau war, die Herausforderungen liebte. Während sie tanzte, machte sie immer wieder Versuche, um herauszufinden, wo sein Platz im Leben war. Er freute sich, dass seine Zeit in Oxford seine Sprache aufgebessert hatte, sodass sie überhaupt nicht weiterkam.

Dann war der Tanz zu Ende.

Er führte sie zurück zu den Stühlen an der Wand, wo ein verdrossener Major Crenshaw sie erwartete.

»Ich dachte, wir hätten diesen Tanz, Miss Sarah.«

»Oh, das tut mir leid, Major. Das habe ich vergessen. Dies ist Mr Morgan und dies ist Major Ian Crenshaw.«

Crenshaw streckte nicht die Hand aus. Er nickte knapp, und seine Stimme hatte einen scharfen Unterton, als er zu Sarah sagte: »Ich glaube, Ihr schuldet mir den nächsten Tanz.«

»Tut mir leid. Ich habe ihn schon Mr Morgan versprochen.« Sarah erfand das mit Absicht und drehte den Kopf zur Seite, wobei sie bemerkte, dass Morgan keine Miene verzog. »Vielleicht später, Major.« Crenshaw wirkte zornig, er schüttelte den Kopf, starrte Gareth böse an, dann machte er auf dem Absatz kehrt und ging fort.

»Ich fürchte, Ihr habt seine Gefühle verletzt«, bemerkte Gareth.

»Er ist groß genug, um ein paar verletzte Gefühle zu ertragen.«

»Ist er einer Eurer Verehrer?«

»In gewissem Sinne ja – aber ich würde nicht gerne einen Soldaten heiraten«, sagte Sarah, dann fragte sie gerade heraus: »Was ist Euer Beruf, Mr Morgan?«

»Ich bin in Oxford.«

»Tatsächlich! Studiert Ihr Jus?«

»Ich bin mir nicht sicher. Man könnte sagen, ich studiere, um mir die Langeweile dort zu vertreiben.«

»Ist es denn so langweilig dort?«, fragte Sarah interessiert.

»Ich finde es jedenfalls. Kommt, die Musik fängt wieder an. Das ist mein Tanz und der Verlust des Majors.«

Für Sarah war es eine seltsame Zeit. Sie hatte niemals einen so reizvollen jungen Mann wie Gareth Morgan gesehen – und einen, der einen so scharfen Witz hatte. Sie brachte es nicht zustande, mehr über seine Zukunftspläne von ihm zu erfahren, aber als der Tanz andauerte, fand sie heraus, dass er sie zum Lachen bringen konnte – eine Fähigkeit, die sie bei einem Mann bewunderte.

Als er sich schließlich verbeugte, bevor er sie verließ, begab sie sich augenblicklich zu Sir George, der sich mit seiner zukünftigen Braut unterhielt, und fragte: »Wer ist dieser Herr?«

»Der«, sagte George und blickte in die Richtung, in die sie deutete, »ist ein armer Verwandter von mir. Sein Name ist Morgan.«

»Ein armer Verwandter?«

»Er ist ein junger Bergmann aus Wales. Mein Bruder Andrew hat ihn dort herausgeholt. Die junge Frau kümmert sich um meine Tante und ich habe den jungen Morgan nach Oxford geschickt. Ich nehme an, er wird Geistlicher werden wie mein Bruder.«

»Oh, das ist sehr gütig von Euch.«

Als der Abend sich seinem Ende näherte, trat Gareth noch einmal vor Lady Sarah hin. »Ich wollte Gute Nacht sagen.« Die beiden standen in einer lauschigen Nische, ein Stückchen von dem öffentlichen Ballsaal entfernt. »Ich muss Euch sagen, Ihr habt mir einen sehr angenehmen Abend geschenkt.« Er streckte die Hand aus und sie ergriff sie überrascht. Er beugte sich vor und küsste sie, ließ sie aber nicht los. »Ihr seid eine bezaubernde junge Frau, Miss Lancaster. Ich habe niemals jemand wie Euch kennengelernt.«

Sarah war an Komplimente gewöhnt, aber die dunkelblauen Augen und die ungewöhnliche, heisere Stimme faszinierten sie. Sie war sich dessen bewusst, dass er ihre Hand fest umklammert hielt. »Danke, Mr Morgan«, antwortete sie. »Es war mir eine Freude, Euch kennenzulernen.« Sie zögerte, dann sagte sie lächelnd: »Ich wusste nicht, dass Gelehrte so romantisch sind!«

»Das denken alle Leute – aber da irren sie sich.«

Gareth hatte vorgehabt, ihre Hand loszulassen, aber in den blaugrauen Augen der jungen Frau stand ein neckischer Ausdruck – beinahe eine Herausforderung. Ohne zu überlegen, trat er einen Schritt vor und zog sie in seine Arme. Er küsste sie und plötzlich prickelte sein ganzer Körper vor Erregung. Sie widersetzte sich nicht, als er sie eng an sich zog. Ihre Lippen waren weich unter seinem festen Mund und sie duftete nach Veilchen.

Sarah Lancaster war schockiert über ihr eigenes Verhalten. Sie war schon früher geküsst worden, aber nicht so überfallartig. Einen Augenblick lang gestattete sie sich, den Kuss zu genießen, dann trat sie zurück und sagte streng: »Ihr nehmt Euch eine Menge Freiheiten, Mr Morgan.«

»Ja, das tue ich. Ich bitte um Entschuldigung, Miss Lancaster.« Aber er wirkte nicht im Geringsten zerknirscht. Im Gegenteil, seine dunklen Augen leuchteten, während seine Lippen sich zu einem leisen Lächeln verzogen. »Es war meine Schuld«, fügte er hinzu. »Ich bitte Euch um Verzeihung.« Er zögerte wieder, dann sagte er: »Ich hoffe, Euch wiederzusehen.« Dann wandte er sich ab und verließ den Raum.

Sarah sah ihm nach und fragte sich selbst: *Wie konnte ich zulassen, dass ein Mann mich so küsst?* Aber als Gareth zwischen den anderen Gästen davonging, wurde ihr klar: *Ich habe nie einen Mann gesehen, der mich so beeindruckte wie dieser junge Gelehrte aus Oxford.* Als sie sich wieder zu ihren Eltern gesellte, lauschte sie eine Weile lang ihrem Gespräch. Aber im tiefsten Herzen fragte sie sich noch immer: *Warum in aller Welt habe ich zugelassen, dass mich ein Fremder so küsst?*

9

GARETH HÖRT DAS WAHRE EVANGELIUM

»Mein lieber Junge, was in aller Welt ist dir zugestoßen?« George Whitefield war im Juni nach Bristol zurückgekehrt. Er war ordiniert worden, hatte seine erste Predigt gehalten und war ein großer Erfolg in Bristol gewesen. Aber als er nun seinem Freund Gareth Morgan gegenüberstand, stand Sorge auf seinen unscheinbaren Zügen geschrieben. Er hatte Gareth am späten Nachmittag in seinem Zimmer vorgefunden, wo er dasaß und die Wand anstarrte. Nun ging er auf ihn zu, setzte sich nieder und sagte freundlich: »Sag mir, was dir zugestoßen ist. Du hast dich in deinem Zimmer eingesperrt, als wäre es eine Gruft. Heraus mit der Sprache!«

Gareth riss sich aus seinen düsteren Gedanken, blickte George Whitefield an, dann sagte er schließlich: »Es ist etwas, was dich vermutlich nicht interessiert.«

»Ich meine, ein Freund will immer an den Problemen der anderen teilhaben. Also, was ist es?«

»Ich habe mich verliebt.« Gareth hob rasch die Hand, bevor er fortfuhr: »Lach mich nicht aus, George. Ich weiß, du kümmerst dich wenig um den Zauber junger Frauen, aber ich bin da anders.«

Es stimmte, dass George Whitefield sich für nichts anderes interessierte als für Gottes Reich. Er hatte niemals eine Liebste gehabt – ja, er hatte nicht einmal einer Frau den Hof gemacht. Und, um ehrlich zu sein, mangelte es ihm an Mitgefühl für Gareth, denn für ihn war es *alles*, Gott zu dienen. Er lebte förmlich in der Bibel und stand immer im Dienst. Dennoch hatte er ein gutes Herz und so legte er die Hand mit einer freundlichen Geste auf Gareths Schulter: »Es stimmt schon, ich bin kein Romantiker, aber ich habe schon andere liebeskranke Männer gesehen. Also kann ich doch mit dir fühlen. Wer ist sie?«

»Sarah Lancaster.« Seit dem Ball hatte Gareth an kaum etwas anderes denken können als an Sarahs liebliches Gesicht. Er brauchte kein Gemälde von ihr, es genügte, wenn er an sie dachte, und ihre bezaubernde Erscheinung stand lebensgroß vor ihm. Er hatte es fertiggebracht, sie während seines Besuches in Wakefield noch zweimal zu sehen, aber beide Begegnungen waren kurz und unbefriedigend gewesen. »Sie steht so hoch über mir, dass ich nicht einmal an sie denken kann, ohne deprimiert zu werden«, murmelte er. »Sie ist eine Tochter aus reicher Familie und kann heiraten, wer immer ihr gefällt. Warum sollten sie mich ansehen, einen armen Serviteur, einen langweiligen Bücherwurm – und nicht einmal einen guten?«

Whitefield lauschte schweigend und beobachtete die Verzweiflung in den dunklen Augen des Walisers, als dieser sich seinen Kummer vom Herzen redete. Als Gareth zum Ende gekommen war, begann er ihn zu ermutigen. »Gottes Wege sind wunderbar. Wer weiß, vielleicht hat er diese junge Frau zu deiner zukünftigen Gattin bestimmt? Es sind schon seltsamere Dinge geschehen.« Er sprach noch eine Weile weiter, dann bemerkte er tastend: »Ich habe gebetet, dass Christus allein dir genügen möge. Du weißt, was in der Bibel steht: ›Suchet zuerst das Reich Gottes und seine Gerechtigkeit, dann wird euch alles andere zufallen.‹«

Gareth grinste beinahe sarkastisch, seine weißen Zähne blitzten in seinem sonnengebräunten Gesicht. »Du meinst, wenn ich das Reich Gottes suche, würde Sarah mir zufallen?«

»Oh nein, mein lieber Junge. So würde ich es ganz und gar nicht sagen. Das hieße, Gott zu *benutzen*, um etwas zu bekommen, was du haben willst. Wir müssen Gott suchen, weil wir ihn wollen und mehr Verlangen nach ihm haben als nach irgendetwas anderem. Er ist die kostbare Perle; um diese Perle zu finden, müssen wir alles verkaufen.«

Gareth war nicht in der Stimmung, sich eine Predigt anzuhören. Um ehrlich zu sein – er schwelgte in Selbstmitleid. Er hatte sich seinen Kummer in einem langen Brief an Dorcas vom Herzen geschrieben, hatte sich gefragt, ob er ihn absenden sollte, und hatte ihn schließlich wieder zerrissen, weil er dachte: *Was nützt es schon, wenn ich sie mit meinen Problemen belaste? Sie kann mich auch nicht in einen reichen Bewerber um Sarahs Hand verwandeln.* Er kam sich auch ein wenig lächerlich vor: Man verliebte sich nicht bis über beide Ohren, wenn man eine Frau nur dreimal gesehen hatte!

Schließlich sagte er: »Lass uns von etwas anderem reden.«

Whitefield freute sich, als er sah, dass Morgan seine Gedanken von der jungen Frau abwandte. *Wahrscheinlich vergisst er sie, wenn er sich mit anderen Dingen beschäftigt.* Laut sagte er: »Komm mit, ich bin gekommen, um dich mitzunehmen.«

»Wohin?«

»Charles Wesley ist wieder da.«

»Zurück in Oxford?«

»Nicht auf Dauer – nur zu Besuch. Er hat mich zu dir geschickt, um dich zu holen. Er ist in meinem Zimmer.«

Voll Eifer folgte Gareth Whitefield zu seinem Zimmer. Als sie eintraten, saß Charles Wesley an einem Schreibtisch und schrieb. Er stand augenblicklich auf und schüttelte freudig Gareths Hand. »Morgan, es ist wundervoll, Euch zu sehen. Ich habe Euch vermisst, mein lieber Junge!«

»Ich habe Euch auch vermisst, Mr Wesley«, antwortete Gareth. »Ich möchte alles über Eure Erfahrungen als Missionar hören.«

Ein Zucken des Zorns glitt über Charles Wesleys aristokratischen Züge. »Ich würde es nicht ganz so bezeichnen«, sagte er scharf, indem er ein paar Schritte im Raum auf und ab lief. »Setzt Euch, setzt Euch und ich werde Euch Bericht erstatten.«

Whitefield und Morgan setzten sich und ein Serviteur brachte Tee. Wesley war offenkundig bekümmert, als er ihnen hastig berichtete. »Es war ein schrecklicher Misserfolg. Nichts – aber absolut *nichts* hat funktioniert. Was die Indianer angeht – die sind keine ›unverdorbenen Naturkinder‹, wie manche Leute behaupten. Sie sind Sünder wie wir alle. Und die Kirche in den Kolonien strotzt vor Skandalen und

Intrigen! Ich bin froh, dass ich nichts mehr damit zu tun habe. Ich war ein völliger Versager, um ehrlich zu sein. Ich habe mein Bestes getan, sie alle zu zwingen, sich der Bibel zu unterwerfen, aber sie sind ein hartherziges Pack.«

»Wie geht es Eurem Bruder?«, fragte Gareth.

Charles zögerte. »Ich fürchte um Bruder Jack. Er hat sein Bestes getan, die Gemeinde Disziplin zu lehren, aber er hat einige schwerwiegende Irrtümer begangen.«

»Was für Irrtümer?«, fragte Gareth rasch.

»Nun, er wurde allzu vertraut mit einer Frau, die wir an Bord kennenlernten, einer Mrs Hawkins. Andrew und ich haben sie augenblicklich durchschaut.« Charles schüttelte den Kopf. »Aber Jack wollte ihren wahren Charakter nicht erkennen. Sie wird noch Ärger machen, merkt euch meine Worte!« Er hielt inne, ein Sturm von Gram und Zorn tobte in seinem Gesicht, dann fuhr er fort. »Ich mache mir auch Sorgen, weil Jack sich für eine Achtzehnjährige mit Namen Sophy Hopkins interessiert. Ich glaube, er begeht einen Fehler.«

»Ihr meint, er hat ernste Absichten mit ihr, Charles?«, fragte Whitefield fassungslos. Das war das erste Mal, dass er von dieser Entwicklung der Dinge hörte.

»Ich fürchte ja. Jack ist kein Romantiker, aber ein Geistlicher hat die Pflicht, eine Frau zu nehmen. Nach allem, was er mir erzählt hat, will er dieser jungen Frau einen Heiratsantrag machen. Ich hoffe, er überlegt es sich noch einmal.«

Whitefield dachte sorgfältig darüber nach, dann sagte er: »Ich habe einen Brief von Mr Wesley bekommen, in dem er um Hilfe bittet.«

»Hilfe?« Charles starrte ihn an. »In welcher Form?«

»Er möchte, dass ich mit ihm zusammen als Missionar in Georgia wirke.«

»Tut das nicht, Sir! Tut das nicht!« Charles geriet in Erregung und sprach eine Zeit lang von der unmöglichen Situation in Amerika. Er schloss mit den Worten: »Es wäre Euer Ruin. Ihr habt so viel Erfolg mit Eurem Dienst hier – ich bitte Euch, bleibt dabei, Sir! *Denkt* nicht einmal daran, nach Georgia zu gehen!«

Obwohl Whitefield sich darüber ausschwieg, was er am Ende tun wollte, genossen alle drei den Besuch. Aber weder Whitefield noch seine beiden Freunde hätten die nächste Entwicklung in seinem Leben voraussehen können.

* * *

Trotz Charles Wesleys Vorbehalten traf George Whitefield eine der einflussreichsten Entscheidungen seiner Karriere. Er beschloss, Missionar in Georgia zu werden. Aber kaum hatte er diesen Entschluss gefasst, überfiel man ihn von allen Seiten mit Einladungen, eine Predigt zu halten. In seinem ausführlichen Tagebuch schrieb er: *»Ich nahm die Einladungen mit Freuden an. So viele Leute kamen zum Gottesdienst, dass wir manchmal zwei- oder dreimal Brot und Wein segnen mussten und die Kommunionhelfer ihre Mühe hatten, die Opfergaben zur Kommunionbank zu bringen. Die Versammlungen wurden immer größer. Im Allgemeinen predigte ich am Tag des Herrn viermal vor großen Versammlungen. In den letzten drei Monaten sind die Menschen nur so herbeigeströmt, um das Wort Gottes zu hören. Manchmal habe ich mehr als ein Dutzend Namen verschiedener Kirchen vorgemerkt, in denen ich predigen soll. Der Anblick der Versammlungen war schrecklich. Tausende verließen die größten Kirchen wieder, weil sie keinen Platz gefunden hatten. Sie waren überaus aufmerksam und lauschten, als stünde die Ewigkeit kurz bevor.«*

London, eine Stadt mit sechshunderttausend Einwohnern, geriet bei den Predigten des jungen Geistlichen in Bewegung. Warum strömten sie in die Kirchen? Zweifellos wurden viele von ihnen von einem tief sitzenden geistlichen Hunger getrieben. Es stimmte auch, dass sie vergeblich Hilfe bei den Kirchen gesucht hatten und die Kleriker ihrer Epoche mit bitterer Verachtung betrachteten. Bischof Ryle selbst sagte über die Geistlichkeit:

Die große Mehrheit war in weltlichem Wesen versunken und verstand weder etwas von ihrem Beruf, noch kümmerten sie sich darum. Sie jagten, sie bestellten das Land, sie fluchten, sie tranken, sie spielten. Sie schienen entschlossen, alles außer Jesus, dem Gekreuzigten, zu kennen.

Als die Londoner George Whitefield entdeckten, begannen sie zu Dutzenden die Kirchen zu füllen. Whitefield sprach mit unerschütterlicher Überzeugung und hielt seine Predigten in einer Sprache, die jedermann verstehen konnte. Er predigte nichts anderes als die grundlegenden Doktrinen der Kirche von England. Und in schroffem Gegensatz zur Mehrzahl der Geistlichen trug sein Leben den Stempel persönlicher Heiligkeit – er brannte für den Herrn. So kam es, dass Menschenmengen George Whitefield folgten. Viele folgten ihm von einer Kirche zur anderen und kämpften darum, bei jeder seiner Predigten anwesend zu sein.

Als diese Explosion, wie man sie durchaus nennen konnte, stattfand, war Gareth schockiert – und ganz Oxford mit ihm. »Wie ist das möglich?«, murmelte er, wenn er vom Ruf seines Freundes hörte. »Es ist nur der kleine George Whitefield! Nicht älter als ich. Ich glaube nicht, dass irgendetwas daran ist – es ist bloß eine Modeerscheinung!«

Andere in Oxford sagten viel Schlimmeres und das Wort *Schwärmer* wurde immer öfter gebraucht. Die Professoren in Oxford – statt auf ihren erfolgreichen Studenten stolz zu sein – murmelten finster vor sich hin und sagten: »Es ist nicht gesund – die Aufregung um die Predigten dieses Menschen. Warum kommen sie nicht zu ihren eigenen Pfarrern?«

Gareth ging unglücklich seinen Pflichten nach und dachte an Sarah Lancaster. Seine Zukunft war düster; er fragte sich, ob er sein Studium in Oxford jemals abschließen würde. »Ich bringe mein Leben damit zu, jedem Tunichtgut hier die Schuhe zu putzen«, brummte er mehr als einmal vor sich hin. In seinem Geist ging es drunter und drüber, als wehte ein Sturm. Nacht für Nacht saß er in seinem Zimmer, starrte die Wand an und verfluchte seine Lebensumstände. Einmal war er so verzweifelt, dass er fast daran gedacht hätte, nach Wales zurückzukehren – aber er wusste, dass es unsinnig war.

Die Wochen vergingen, immer öfter hörte man Berichte über George Whitefields Erfolge. Schließlich kam Gareth eine Idee. Er brachte sie dem Dekan vor: »Ich würde gerne nach London fahren, um Mr Whitefield predigen zu hören. Könnt Ihr mich ein paar Tage entbehren?«

Der Dekan, ein kleiner, rundlicher Mann mit schütterem grauem Haar, grunzte verdrießlich. »Wenn Ihr Eure Zeit vergeuden wollt, geht nur«, dann fügte er hinzu: »Seht einmal nach, was der Bursche eigentlich treibt. Zweifellos ein Schwärmer, da bin ich mir sicher. Wühlt die Emotionen der Leute auf. Er wird bald wieder uninteressant werden – aber ich hätte gerne Ihre Meinung darüber gehört, Morgan. Sie sind ein kluger junger Bursche. Erstattet mir Bericht, wenn Ihr zurückkommt«

»Ja, Sir, das mache ich.«

Am nächsten Samstag verließ Gareth Oxford. Er hatte Glück, dass ihn einer der Professoren mitnahm, der seine eigene Kutsche hatte und ebenfalls nach London fuhr. Als sie sich der Stadt näherten, fragte sich Gareth, ob er im Rahmen dieses Kurzurlaubs eine Möglichkeit finden konnte, Sarah zu sehen, denn George Wakefield hatte bemerkt, dass sich der Familiensitz der Lancasters in London befand.

Sobald sie London erreicht hatten, machte Gareth sich daran, Sarah aufzusuchen. Das Haus der Lancasters war ein dreistöckiges Haus aus roten Ziegeln in einer hübschen Nachbarschaft. Er straffte die Schultern, ging zur Tür und klopfte laut.

Ein Butler mit kühlen grauen Augen studierte ihn einen Augenblick lang, dann sagte er: »Kann ich Euch behilflich sein?«

»Ich möchte gerne Miss Sarah Lancaster sprechen.«

»Es tut mir leid, Sir, Miss Lancaster ist nicht zu Hause. Wenn Ihr Eure Visitenkarte dalassen wollt –«

Gareth hatte keine Visitenkarten, aber er tat so, als suchte er in seinen Taschen. Schließlich murmelte er: »Offenbar habe ich meine Karten verlegt. Sagt ihr nur, Gareth Morgan habe vorgesprochen.«

»Ja, Sir, das werde ich tun.« Der Butler unterdrückte ein verschmitztes Lächeln. Gareth war sich durchaus im Klaren darüber, dass er die Prüfung nicht bestanden hatte. Ärgerlich wandte er sich ab und verbrachte den Rest des Tages damit, auf der Suche nach einem billigen Zimmer durch die Straßen zu schlendern.

Am nächsten Morgen hatte er kein Geld für ein Frühstück, also verzichtete er darauf. Die Sonne strahlte hell vom Himmel, als er auf eine große, imposante Kirche zuschritt, St. Anna, wo er bald mitten in eine drängende und stoßende Menge geriet. Alle schienen in heller Aufregung. Er hörte jemand sagen: »Diesem Whitefield kommt keiner gleich. Die Hand Gottes ruht auf ihm, das sage ich euch!«

Gareth war früh aufgestanden, denn er hörte, dass die Kirchen immer zum Bersten voll waren. Als er jedoch ans Kirchentor kam, war einer der Diakone eben dabei, es zu schließen. »Tut mir leid, Sir, es ist einfach kein Platz mehr«, sagte er bekümmert.

Ohne sich auf eine Diskussion einzulassen, drängte Gareth sich kurzerhand durch den winzigen Spalt. Er war überzeugt, dass der Diakon es nicht auf eine Rauferei mit ihm ankommen lassen würde, und er sollte recht behalten. Die Kirchentür schloss sich, und rundum hörte er die gereizten Stimmen der Leute, die keinen Sitzplatz mehr gefunden hatten.

Gareth fand auch keinen Sitzplatz, aber es gab noch Stehplätze an den Wänden entlang. Das Gemurmel der Stimmen hörte sich an wie das Summen eines gewaltigen Bienenstocks und Gareth sah sich interessiert um. Er hatte niemals eine so gedrängt volle Kirche gesehen – jede Bank war bis zum letzten Platz und darüber hinaus besetzt. Die Gläubigen saßen zusammengedrängt wie die Sardinen, sogar jedes freie Plätzchen entlang der Wände war besetzt.

Obwohl er mit niemanden sprach, beschäftigte Gareth sich mit der Frage: *Warum drängen sich so viele Menschen bloß in die Kirche, um George sprechen zu hören?* Er hatte Whitefield nie predigen gehört. Er kannte ihn nur als einen sympathischen jungen Mann, der allzeit hilfsbereit war.

Sein Erstaunen wuchs, als er sah, dass die Gläubigen nicht aus den Elendsbezirken Londons kamen, viele waren gut gekleidet. Einige der Frauen trugen kostbare Juwelen und Kleider nach der letzten Mode zur Schau.

Der Gottesdienst begann und Gareth ertrug geduldig die Vorbereitungen. Er war nicht gekommen, um Gott zu dienen, sondern um seine Neugier auf das Phänomen George Whitefield zu stillen. Er erwartete etwas emotional Aufwühlendes: vielleicht weit hergeholte Interpretationen, ein rhetorisches Feuerwerk oder zu Herzen gehende Geschichten. Irgendwie hatte George Whitefield praktisch die ganze Nation in Aufruhr versetzt – auf jeden Fall ganz London. In Whitefield musste einfach mehr stecken, als er bislang an ihm entdeckt hatte.

Schließlich kam der Augenblick, als George auf die Kanzel stieg, die zehn Fuß über der Gemeinde angebracht war. Er trug wie alle anderen auch den Talar des anglikanischen Geistlichen. Sein Gesicht war bleich, aber er war völlig ruhig, als er mit gleichmäßiger Stimme aus der Bibel vorzulesen begann. Es war seine Stimme, die als Erstes Gareths Aufmerksamkeit erregte. Er hatte Whitefield bisher immer nur im konventionellen Gespräch sprechen gehört, aber was er jetzt hörte, war eine Orgel – reich und voll und mühelos füllte seine Stimme die gewaltige Höhe und die luftigen Bereiche der Kirche mit herrlichem Klang. Mit einem jähen Schreck wurde Gareth klar, dass Whitefield nicht einmal die Stimme erhoben hatte – plötzlich wusste er, dass George, wenn er nur wollte, die Stimme heben konnte, bis er die Steine selbst zum Klingen brachte!

Nachdem er aus der Bibel vorgelesen hatte, begann Whitefield zu predigen – es war jedoch keine Predigt, wie Gareth sie erwartet hatte. Es gab kein rhetorisches Feuerwerk, aber Whitefield glühte vor heiligem Eifer, bis in die letzte Faser seines Herzens war ihm bewusst, dass er der Bote Gottes an die Menschen war.

Das Thema seiner Predigt war die Selbstverleugnung. Er begann damit, dass er von der vergeblichen Mühe sprach, Zufriedenheit in den Dingen dieser Welt zu finden. Die Stimme, herrlich und voll, stieg und fiel, und die Menschen in der Kirche schwankten wie Kornähren in einem leisen Wind, als Whitefields Stimme donnerte und dann wieder zu einem Flüstern absank. In seinen Worten lagen Vitalität, Kraft und Gesundheit. Whitefield war kaum bis zur Hälfte seiner Predigt gekommen, als er von der Notwendigkeit der Wiedergeburt und der Erkenntnis Jesu Christi zu sprechen begann. Er zeigte, wie nutzlos alle äußerliche Religion ist, wenn es darum geht, das Verlangen des Herzens zu stillen.

Obwohl Gareth auch in der Vergangenheit die Kirche besucht hatte, war es nur aus Pflichtgefühl gewesen; sein Herz war unbeteiligt geblieben. Nun erlebte er zum ersten Mal in seinem Leben etwas Eigenartiges. Er empfand eine seltsame Furcht im Zusammenhang mit dem Namen Jesu – sooft Whitefield diesen Namen nannte, durchfuhr es ihn wie ein Stich. Gareth stand der Schweiß auf der Stirn. Dann begann Whitefield von der Hölle zu sprechen:

»Denkt an die Qualen der Hölle. Überlegt, ob es nicht besser ist, sich die rechte Hand abzuhauen oder ein Auge auszureißen, wenn sie uns zur Sünde verführen, als in die Hölle geworfen zu werden, wo das Feuer nicht erlischt. Denkt daran, wie viele Tausende nun in den Ketten der Finsternis liegen, dem großen Tag des Gerichts vorbehalten, weil sie sich nicht an diesen Text hielten. Meint ihr, diese Verlorenen betrachten nun Jesus Christus als einen harten Herrn, oder meint ihr nicht vielmehr, sie würden zehntausend Welten dafür geben, könnten sie ins Leben zurückkehren und Christi leichtes Joch auf sich nehmen? Und werden wir eher als sie den ewigen Flammen entgehen, wenn wir uns nicht dieser Vorschrift beugen; wie können wir das unwiderrufliche Urteil ertragen: Weichet von mir, ihr Verfluchten, in das ewige Feuer, das dem Teufel und seinen Engeln bereitet ist.«

Gareth war immer ein mutiger Mann gewesen, aber die Furcht, die er jetzt empfand, hatte keine natürliche Ursache. Es war nicht die Furcht, ein wildes Tier könnte ihn plötzlich anspringen und ihm die Kehle ausreißen. Es war etwas ganz anderes, als wenn er gegen große, starke Männer gekämpft hatte und wusste, dass er körperliche Verletzungen davontragen würde. Zum ersten Mal in seinem Leben war Gareth Morgan bewusst, dass die Hölle Wirklichkeit ist. Er stand mit einem Fuß am Rande des Abgrunds und konnte jeden Augenblick in diesen brennenden Abgrund stürzen, in dem er niemals Frieden oder Güte oder Leben finden würde!

Eben da hielt Whitefield inne und ließ den Blick über die Versammlung schweifen. Er sah die Furcht auf vielen Gesichtern. Mit liebevoller Stimme, die vor Mitgefühl bebte, sagte er: »Das ist die Hölle – aber nun denkt an die Freuden des Himmels. Denkt daran, welche unaussprechliche Glorie diese glücklichen Seelen nun umfängt.« Er hielt wieder inne und blickte zur Decke hinauf. »Hört! Mir ist, als hörte ich sie ihr ewiges Halleluja singen und einen ewigen Tag damit zubringen, sich triumphierenden Freudengesängen hinzugeben. Und sehnt ihr euch nicht danach, meine Brüder, in diesen himmlischen Chor mit einzustimmen? Brennt euch nicht das Herz im Leibe, wie es den Hirsch nach den Wasserbächen dürstet; sehnen sich eure Herzen nicht nach der gesegneten Gemeinschaft mit diesen Söhnen Gottes?« Er breitete die Arme weit aus und rief: »So sehet, eine himmlische Leiter reicht zu euch hinab, auf der ihr diesen himmlischen Hügel erklimmen könnt. Wer Jesus nachfolgen will, der verleugne sich selbst. Kommt und gesellt euch zum himmlischen Thron. Kommt zu Jesus und lasst euch bekehren.«

Sturm tobte in Gareth Morgans Herzen und Seele. Wider Willen spürte er seinen Körper zittern, und seine Knie waren so weich, dass er fürchtete, zu Boden zu stürzen. Verzweifelt schloss er die Augen, lehnte sich zurück und klammerte die Hände ineinander, um ihr Zittern anzuhalten. Aber immer noch jagte die Furcht, die in ihm aufgebrochen war, durch seine Seele, und zu seinem Schrecken begannen ihm Tränen über die Wangen zu rinnen.

Und als Whitefield dann von Jesus Christus sprach, da war es, als sei Gareth allein mit dem Prediger. Als er ihn durch tränenblinde Augen anblickte, schrie Whitefield, die Arme ausgebreitet, die Augen glühend vor Liebe, von Neuem: »Kommt zu Jesus, dass er euch das Leben schenke!«

Plötzlich wusste Gareth Morgan, dass Gott hier am Werk war.

Oh Gott, betete er. *Ich bin verloren. Ich habe keine Hoffnung.* Er begann sich selbst anzuklagen und seine Sünden zu bekennen. Als Whitefield den Namen *Jesus* aussprach, betete Gareth: »Oh Jesus, errette mich durch dein kostbares Blut!«

Die nächsten Augenblicke sollte Gareth Morgan nie mehr vergessen, denn in dem Augenblick, als er aufschrie, trat Gott in seine Seele ein. Es war ganz anders als alles, was er je erlebt hatte. Ihm wurde klar, dass er niemals Frieden gekannt hatte, sondern von seinen eigenen Begierden und irrigen Einfällen hin und her gezerrt worden war. Nun jedoch schienen sie alle davonzuströmen und er begann zu weinen. Für Gareth war es die Wiedergeburt, obwohl er nicht wusste, dass man es so bezeichnete. Aber dort im Inneren der gedrängt vollen Kirche fiel Gareth Morgan, von Freude erfüllt, auf die Knie und empfing Gott, den Herrn, ohne sich um das Gaffen der Umstehenden zu kümmern.

Er wusste nicht, wie lange er dort verharrte, aber als er Hände auf den Schultern fühlte, sah er durch seine Tränen hindurch das Gesicht von George Whitefield. Whitefield, ein gefühlvoller Mann, weinte ebenfalls. Als er Gareth aufstehen half, schlang er die Arme um ihn. »Mein lieber Bruder, du hast den Herrn Jesus gefunden! Ehre sei Gott in der Höhe!«

Gareth Morgan klammerte sich an seinen Freund. Freude durchströmte ihn. Schließlich brachte er die Worte über die Lippen: »Oh, George, das ist der Himmel, das ist der Himmel. Ich habe ihn gefunden – den Herrn Jesus Christus!«

* * *

Dorcas warf einen einzigen Blick auf Gareth, der in das Zimmer hereingestürzt kam, in dem sie und Hope saßen, und stieß einen leisen Schrei aus. Aber sie bekam keine Gelegenheit, mehr zu sagen, denn Gareth fiel vor Hope auf die Knie, ergriff ihre Hände und sagte: »Ich habe den Herrn gefunden. Ich bin gerettet durch sein Blut.«

Die beiden Frauen schrien laut auf vor Freude und begannen zu weinen. Da war etwas in Gareths Gesicht, das zuvor nicht dagewesen war. Er war immer ein gut aussehender Mann gewesen, aber nun war er völlig verwandelt durch Licht, Freude und Kraft.

»Setzt euch. Ich muss es euch erzählen«, beharrte Gareth. Mit gebrochener Stimme und leuchtenden Augen erzählte er ihnen, wie er aus Neugier auf George Whitefield nach London gekommen war, aber Gott hatte ihn auf die Knie gezwungen.

Als er zu Ende erzählt hatte, streckte Hope die Arme aus, und er sank in ihre Umarmung. Tränen rollten über ihre welken Wangen, während sie ihn umschlungen hielt und flüsterte: »Wie glücklich muss Angharad nun im Himmel sein, da ihr Verwandter zur Familie Gottes gehört.«

10

SOPHY VON SAVANNAH

Nach dem glühend heißen Sommer von Georgia war der Herbst des Jahres 1737 eine willkommene Erleichterung für Andrew Wakefield. Als er von einem Hirtenbesuch in einem kleinen Dorf östlich von Savannah heimkehrte, schritt er durch einen der Eichenwälder – etwas, was seine Aufmerksamkeit immer von Neuem fesselte. Während er zwischen den massiven Stämmen dieser Bäume hindurchschritt, blickte er auf und sah das Moos, das das reiche Laub bedeckte. Manche der Bündel waren klein wie Vogelnester, während andere wie Stroh über den Zweigen verteilt waren. Er war fasziniert von den niedrigeren Ästen, von denen manche so dick wie Bäume waren. Das enorme Gewicht der Äste, die waagerecht aus dem massiven Stamm wuchsen, zog sie nieder, sodass die Spitzen der Zweige den Boden berührten. Nachdem es in England nichts dergleichen gab, blieb Andrew stehen und legte die Hand auf einen der Bäume, die von der Schwerkraft auf die feuchte Erde gezogen wurden.

Über ihm hallte ein scharfes Stakkato durch die nachmittägliche Stille. Er blickte auf und sah einen Vogel, den er nie zuvor gesehen hatte – eine Art Specht, aber von riesiger Größe. Dieser Vogel, der mindestens fünfzehn Zoll groß war, mit einer flammend roten Brust und grauschwarzen Federn, blickte Andrew mit einem glasigen gelben Auge an, dann erhob er sich in die Luft und flog davon. Seine Schwingen schlugen sicher und machtvoll in der Luft.

Der Klang widerhallte in der Stille des Spätnachmittags. Andrew sah dem Vogel nach, bis er außer Sicht war, dann ging er mit gesenktem Blick weiter dem Dorf zu. Er war fasziniert von der überreichen Vielfalt an wilden Blumen, die in Georgia die Wiesen übersäten. Er hatte die Namen von einigen gelernt, einschließlich den einer großen

Pflanze mit herzförmigen, purpurnen Blüten. »Stinktierkohl«, murmelte er laut und lächelte über den hässlichen Namen der hübschen Pflanze. Aber der Name erklärte sich aus ihrem unangenehmen Duft. Er blieb stehen und stupste ein muschelähnliches Blatt an, das sich über den winzigen Blüten ringelte und einer großen Schnecke ähnlich sah, als es sich über den schlammigen Boden erhob. Als er weiterging, erkannte er eine andere Pflanze, eine unscheinbare purpurbraune Pflanze mit nierenförmigen Blättern. Das, wusste er, war wilder Ingwer. Er liebte den Geruch und brach ein paar Zweiglein ab, die er in seine Tasche steckte, als er weiterging. Die am weitesten verbreitete Pflanze hieß Palmetto, mit bajonettähnlichen Blättern, die fächerförmige Zweige bildeten. Die Eingeborenen woben kleine Körbchen daraus oder machten Anstecker, die sie manchmal bemalten und an ihre Kleider steckten.

Als Andrew die Außenbezirke von Savannah erreichte, war er müde. Er war mehr als zwanzig Meilen zu Fuß gegangen, eine Leistung, die in den heißen Sommermonaten unmöglich gewesen wäre. Aber jetzt lag der Oktober mit seinen beißenden Winden in der Luft.

Als er in die Felder hinausblickte, die an das Dorf angrenzten, sah er Männer an der Arbeit, die sich langsam dahinbewegten. Mager und schwarz wie Ebenholz, waren sie selbst in der frischen Brise nackt bis zur Hüfte. Er schüttelte den Kopf, denn er hatte die brutalen Auswirkungen der Sklaverei gesehen. Viele der armen Opfer wurden von der Peitsche eines Aufsehers angetrieben, sechs Tage in der Woche, vom Morgengrauen bis zur Abenddämmerung mussten sie hart arbeiten. Ihre endlose Knochenarbeit, schlechtes Essen und jämmerliche Lebensumstände machten ihnen das Leben zur Hölle und verkrüppelten sie körperlich und seelisch. Viele, so bemerkte er im Vorbeigehen, waren krumm und verkrüppelt, und ein alter Mann mit krausem weißem Haar blickte ihn aus Augen an, in denen längst das Licht erloschen war.

Dann kam er in die Stadt Savannah, die im Grunde nur wenig mehr war als eine Lichtung im Wald. Es gab nicht mehr als hundert Häuser, von denen viele primitive Blockhütten waren. Die Bevölkerung betrug nicht mehr als fünfhundert Seelen. Auf keinen Fall war es der Garten Eden, den Andrew sich ausgemalt hatte, während er noch in England war.

Holzfeuer sandten dünne, spiralförmige Rauchfahnen empor, die unter dem eisenfarbenen Himmel dahinschwebten und vom Wind zu Schlangen gedreht wurden. Andrew sehnte sich plötzlich nach England. Er schob dieses Gefühl rasch beiseite. Die Lippen fest zusammengepresst, ging er auf das Pfarrhaus zu, ein Haus, das erst kürzlich aus Holzstämmen erbaut und getüncht worden war, sodass es sich weiß von den dunkleren, verwitterten Häusern abhob. Es war ein zweistöckiges Gebäude mit einem steilen Schindeldach, das von mehreren Dachbodenfenstern unterbrochen wurde. Andrew hatte nie zuvor Schindeln gesehen, aber man hatte ihm gesagt, es sei das beste Dach, das in den Kolonien für Geld zu haben war.

Als er das Haus betrat, rief er laut: »Mr Wesley, seid Ihr da?«

»Ja, Andrew, in der Bücherei.« Andrew ging dem Klang der Stimme nach, einen kurzen Flur entlang, dann bog er ab und betrat einen Raum von bescheidener Größe, in dem John Wesley an einem Walnusstisch saß, seine Bibel und verschiedene Bücher vor sich.

Andrew ließ sich in einen Stuhl fallen und schüttelte müde den Kopf. »Ich fürchte, ich habe keine guten Nachrichten für Euch, Mr Wesley.« Er nannte seinen Gefährten immer noch »Mr Wesley«, denn der kleinere Mann hatte eine Würde an sich, die nach einer formellen Anrede verlangte.

Wesley lehnte sich in seinem Stuhl zurück und betrachtete seinen jungen Assistenten von oben bis unten. »Wo liegen die Schwierigkeiten?«

»Die Gottesdienste waren schlecht besucht. Ich weiß nicht, wieso so wenig Interesse daran besteht, die Gemeinde aufzubauen. Man sollte meinen, sie sähen die Notwendigkeit. Es ist ein gottverlassenes kleines Dorf und alles, was sie haben, ist eine Kirche. Aber ich nehme an, sie wollen lieber trinken und Karten spielen.« In Andrew Wakefields Stimme klang eine Bitterkeit mit, die beinahe schon chronisch war. Er saß hoffnungslos zusammengesunken in seinem

Sessel, einen verzweifelten Ausdruck auf dem Gesicht. Sein dunkelblondes Haar, das lang gewachsen war, verlangte nach einem Haarschnitt, und die Müdigkeit in seinen blauen Augen und die bitter zusammengepressten Lippen verrieten innere Spannung.

Wesley sagte rasch: »Ihr dürft nicht Euch selbst die Schuld geben. Dies hier sind keine Engländer, sondern Kolonisten. Wir können nicht dieselbe Disziplin verlangen wie daheim.«

»Die meisten von ihnen sind Engländer – oder die Nachkommen von Engländern.«

»Ich weiß, aber das Leben in der Wildnis hat etwas an sich, was das geistliche Leben entkräftet. Ihr dürft nicht zu hart mit Euch selbst sein.« Ein unerwartet finsterer Ausdruck flog über Wesleys Gesicht. Er trommelte ungeduldig mit den Fingern der Rechten auf den Schreibtisch. »Ich bin unglücklich mit der Kirche hier in Savannah. Es ist keine treue Gemeinde.«

Wesley sagte die Wahrheit, obwohl er sie nur widerwillig über die Lippen brachte. Andrew sah, was er schon vor Wochen bemerkt hatte – Wesley sah müde, ja, beinahe abgehärmt aus. »Seid Ihr entmutigt, Mr Wesley?«

»Ich versuche, es nicht zu sein – aber es ist schwierig«, sagte Wesley und wechselte abrupt das Thema. »Ich mache mir Sorgen wegen Mrs Hawkins.«

»Was hat sie jetzt schon wieder angerichtet?«, fragte Andrew angewidert.

»Sie bringt immer noch Gerüchte über General Oglethorpe in Umlauf – und ich fürchte, auch über uns.«

»Was soll sie schon über uns sagen?«, verlangte Andrew zu wissen.

»Ich fürchte, einiges davon stammt von ihrem Ehemann. Soweit ich es verstanden habe, hat er einen üblen religiösen Hintergrund, und er lässt die Frau tun, was sie will.«

»Das tut sie auch, das kann man sagen. Ich wünschte, der Mann würde sie härter anpacken.«

Wesley winkte mit einer Hand ab und sagte: »Wir müssen vorsichtig sein und dürfen keinen Anlass zu Gerede geben.« Er zögerte, dann sagte er: »Ich habe es mir zum Prinzip gemacht, als ich England verließ, dass ich mit keiner Frau in Amerika vertraulich verkehren will.«

Andrew starrte Wesley an. Es drängte ihn zu fragen: »Aber was ist mit Sophy?« Wesleys Interesse an Sophy Hopkey hatte ihm Sorgen bereitet. Die junge Frau kam an jedem Sonntag und Feiertag zum Abendmahl in die Kirche, und Wesley betrachtete es als seine Pflicht, mit jedem, der zur Kommunion ging, unter vier Augen zu sprechen. Er achtete immer sorgsam darauf, so hatte Andrew festgestellt, dass er und Sophy sich bei solchen Gelegenheiten im Freien befanden. Aber wenn er in Gesellschaft dieser jungen Frau war, hatte Wesley etwas an sich, was er anderen weiblichen Mitgliedern der Gemeinde gegenüber vermissen ließ.

Als hätte er Wakefields Gedanken gelesen, blickte Wesley auf und sagte in entschuldigendem Ton: »Ich habe es für nötig befunden, Sophy Hopkey zusammen mit einer anderen jungen Dame ins Pfarrhaus einzuladen, um ihnen geistlichen Rat zu erteilen.«

»Ich bin mir nicht sicher, Sir, ob das klug ist«, antwortete Wakefield. »Wie Ihr soeben sagtet, wir müssen sehr vorsichtig sein.«

»Oh ja, ich werde auch vorsichtig sein. Darauf könnt Ihr Euch verlassen. Ihr seht müde aus, Andrew. Wir werden früh zu Abend essen, dann wollen wir beten und früh zu Bett gehen.«

Aber offenbar wollte John Wesley die junge Frau nicht aus dem Sinn gehen. Später in diesem Monat verzeichnete er in seinem Tagebuch, dass er einen Spaziergang mit ihr gemacht hatte. Er notierte auch: *»Ich nahm ihre Hand, und bevor wir uns voneinander verabschiedeten, küsste ich sie. Von da an waren meine Absichten zwiespältig, obwohl ich es nicht so bald bemerkte.«*

Eine Weile brauchte Wesley sich um Sophy keine Gedanken zu machen, denn sie fuhr auf Besuch nach Frederica. Während dieser Zeit besuchte Wesley fünf Krieger des Chickasaw-Stammes und fragte sie eifrig nach ihrem Glauben.

»Glaubt ihr an Einen, der über allen Dingen steht?«, fragte er.

»Wir glauben, dass es vier liebliche Dinge über unseren Häuptern gibt: die Wolken, die Sonne, den klaren Himmel und ihn, der im klaren Himmel wohnt.«

»Meint ihr, dass es nur einer ist, der im klaren Himmel wohnt?«

»Wir glauben, dass zwei bei ihm sind, drei insgesamt.«

Nach diesem Gespräch war Wesley davon überzeugt, dass die Indianer mit ihrer seltsamen Mischung religiöser Ideen zur Bekehrung reif waren. Er schrieb einen Bericht über das Gespräch und schickte ihn mit der Post an das *Gentlemans Magazine* in London.

In Wirklichkeit war Wesleys Gesundheit drauf und dran, unter den Strapazen des Tropenklimas zusammenzubrechen – noch mehr aber unter seinem Versagen als Geistlicher. Er war ruhelos und unglücklich, obwohl er das vor den meisten Leuten zu verbergen wusste. Aber Andrew wusste es und war ziemlich überrascht, als Wesley eines Tages zu ihm sagte: »Wir machen einen Besuch in Frederica. Ich fürchte, Miss Sophy wird dort von den unwillkommenen Aufmerksamkeiten eines jungen Mannes namens Mellichamp belästigt. Alle ihre Verwandten wollen, dass sie ihn zum Mann nimmt, aber ich weiß, dass er ein Schurke ist – und Sophy will ihn nicht heiraten. Ich muss auch Mrs Hawkins wegen ihrer Klatschsucht Vorhaltungen machen.«

Am nächsten Tag begleitete Andrew – in einem Zustand nervöser Anspannung – Wesley nach Frederica. Als sie beim Haus der Hawkins' ankamen, fiel Mrs Hawkins Wesley ins Wort, sobald er sprach. Ihre scharfen braunen Augen schienen Funken zu sprühen, als sie ihn anschrie: »Ihr wollt mir Vorwürfe machen? Ihr mit Eurem liederlichen Treiben unter den jungen Frauen der Gemeinde?« Sie begann zu kreischen. Ihr Ehemann, der danebenstand, machte keinen Versuch, sie zu beruhigen.

Andrew war schockiert, als die Frau drohte, Wesley zu erschießen. Er war noch viel mehr schockiert, als sie plötzlich eine Schere aus der Tasche zog und auf ihn zustürmte. Wesley hob abwehrend die Hände, um sich zu schützen, aber bevor er noch Widerstand leisten konnte, hatte Mrs Hawkins sein Haar gepackt und dicke Büschel auf einer Seite abgeschnitten. Sie verfluchte ihn und zerrte an seinem

Talar. Das Abenteuer des »kleinen Pfarrers«, wie man ihn nannte, war bald in der ganzen Kolonie bekannt.

Als Wesley nach Savannah zurückkehrte, bot er einen ziemlich komischen Anblick mit seinem Haar, das auf der einen Seite so lang und auf der anderen so kurz war. Ein Kritiker sagte: »Nun, diese langen, schönen Locken, die er mit so unendlicher Sorgfalt in Ordnung bringt, bieten jetzt keinen hübschen Anblick!«

Wesley und Andrew sprachen niemals miteinander über den Zwischenfall. Die Kolonisten vergaßen ihn jedoch nicht und machten sich hinter John Wesleys Rücken über ihn lustig – seiner ungleichseitigen Erscheinung wegen und auch der Tatsache, dass eine Frau so über ihn hergefallen war.

Während dieser Zeit erhielt Andrew ziemlich oft Briefe von Dorcas. Sie waren immer warmherzig und ermutigend. Sie schrieb eine schöne Handschrift, schöner als er selbst, und obwohl sie keine hohe Bildung genossen hatte, lagen in ihren Worten eine Schlichtheit und Offenheit, die ihm Mut machten. In einem Brief hatte sie geschrieben:

> *Ihr dürft Euch nicht entmutigen lassen, Mr Wakefield. Eure Arbeit für Gott ist so wichtig, und ich weiß, dass die Schwierigkeiten groß sind. Es ist schwer, fern der Heimat unter Fremden zu sein, aber Sie dürfen darauf vertrauen, dass der Gott, der den Sperling nicht vom Dach fallen lässt, das herrliche Werk sieht, das Ihr für ihn tut. Ich bin sicher, Ihr nehmt Euch die Muße, stille Zeit mit Gott zu haben. Es wäre so leicht möglich – so scheint es mir jedenfalls –, dass die Last Ihrer Aufgaben als Pfarrer Euch so belastet, dass Ihr vergesst, die Süße und Güte Gottes für Euer eigenes Leben zu suchen. Ich empfehle Euch dringend, sucht ihn, sodass er seinen herrlichen Geist in Euch ausgießen kann.*

Das machte Andrew Freude – bedrückte ihn aber gleichzeitig. Es stimmte, sein eigenes geistliches Leben war beinahe tot. Er verrichtete getreulich seine religiösen Pflichten, schleppte sich durch das sumpfige Tiefland und heulende Unwetter, ertrug Moskitos und

Bremsen und anderes Ungeziefer mit stoischer Gelassenheit. Aber was seine eigene Seele anging, war nichts von dem herrlichen Geist Gottes zu spüren. Er schrieb zurück, dankte ihr für ihre Anteilnahme und bat sie, für ihn zu beten. Zuletzt schrieb er:

Betet für Mr Wesley. Ich fürchte, er steht in Gefahr, eine unpassende eheliche Verbindung mit einer der jungen Frauen hier einzugehen. Sie ist keine liederliche junge Frau, da bin ich mir sicher – aber doch keine, die eine passende Ehefrau für einen Geistlichen von Mr Wesleys Format abgäbe. Ich hätte nicht gedacht, dass es so weit kommen würde. Ich hätte Mr Wesley für den letzten Menschen gehalten, der für die Krankheit romantischer Liebe anfällig wäre. Betet, dass er zur Vernunft kommt und versteht, dass er – wenn er schon eine Frau nimmt – nicht aus romantischer Liebe heraus handeln sollte, sondern aus der Übereinkunft zweier vernünftiger Menschen heraus.

* * *

In Georgia wird es manchmal rasch dunkel. John Wesley war im späten Oktober mit dem Boot von Frederica nach Savannah unterwegs. Er hatte Sophy als einzige Passagierin mit, als er auf einer unbewohnten Insel landen musste. Sie waren allein, abgesehen von seinem freiwilligen Diener, einem Jungen namens Jemmy, und den Bootsleuten, die respektvoll Abstand hielten. Wesley war auf Oglethorpes Befehl hin nach Frederica zurückgekehrt, um zu taufen, Ehen zu schließen und eine irrende »Herde« zu züchtigen, die sich nicht an Wesleys hohen moralischen Standard hielt, wenn ihr Pfarrer nicht unter ihnen war. Er hatte Sophy unglücklich vorgefunden und gehört, dass sich ihr gewalttätiger Bewerber wegen eines kleineren Vergehens im Gefängnis befand. Ihr Onkel hatte sie ihm geradezu aufgedrängt – wenn er sie haben wollte –, da Wesley sie häufig in dem Dorf besucht hatte. Aber Wesley hatte immer nur von metaphysischen Dingen gesprochen.

Als sie nun ein Feuer auf der Insel entzündeten, las Wesley nach dem Abendessen Gebete vor. Die Mannschaft hatte aus einem Segel und vier Stöcken ein Zelt improvisiert, um sich vor dem bitterkalten Wind zu schützen und ihre Schlafplätze zu trennen: die Matrosen auf der einen Seite, Sophy, Wesley und Jemmy auf der anderen.

Bevor sie an diesem Abend zu Bett gingen, nahm Wesley Sophy beiseite, und sie setzten sich neben einem kleinen Dickicht nieder. Wesley sprach von christlicher Perfektion, von Heiligkeit. Abrupt fragte er: »Miss Sophy, seid Ihr mit Mr Mellichamp verlobt?«

»Ich habe versprochen, entweder ihn zu heiraten oder gar keinen.«

John Wesley blickte in das liebliche Gesicht des Mädchens; er sagte, als würden ihm die Worte mit Gewalt abgerungen: »Ich wäre glücklich, wenn ich den Rest meines Lebens mit Euch verbringen könnte.«

Augenblicklich brach Sophy in Tränen aus. »Ich bin so unglücklich. Ich will Tommy nicht, denn er ist ein übler Bursche, und ich kann keinen anderen nehmen.«

Die meisten Frauen – vor allem junge und schöne Frauen wie Sophy – können mit ihren Tränen selbst das Herz eines starken Mannes erweichen. Wesley stellte fest, dass er um ein Haar einen Heiratsantrag gemacht hätte. Als sie nach Savannah zurückkehrten, traf er ein Arrangement mit den Caustons, Sophys Onkel und Nichte, dass Sophy bei ihnen übernachten sollte, aber im Pfarrhaus frühstücken, damit sie an den Gottesdiensten teilnehmen und die Hymnen singen konnte. Das Arrangement blieb den ganzen Winter über bestehen. Wesley kümmerte sich nicht um das Gerede über seine Beziehung zu Sophy. Er schrieb in sein Tagebuch: *»Ich stelle fest, dass ich kein Feuer im Herzen entzünden kann, ohne mich zu verbrennen.«* Für Andrew war es ganz offensichtlich, dass John Wesley verliebt war und früher oder später die junge Dame zur Frau nehmen würde.

11

FRAUEN SIND SCHWACH!

Savannah neigte wie alle Kleinstädte zu Klatsch und Tratsch. Da die Stadt von der großen Welt abgeschnitten war, neigten die Bewohner dazu, den Blick nach innen zu richten, sodass der kleinste Fehltritt eines Kolonisten unmäßig vergrößert und in der ganzen Umgebung weitererzählt wurde.

Wenn das schon auf die gewöhnlichen Bürger zutraf, um wie viel mehr auf den Pfarrer! Dass er Sophy Hopkey »den Hof machte«, verbreitete sich wie ein Lauffeuer. Aber John Wesley, so intelligent er auch war, schien nichts von diesem Aspekt des Lebens zu wissen. Andrew Wakefield jedoch entging der Klatsch nicht, der sich immer weiter ausbreitete. Mehr als einmal versuchte er, seinen Vorgesetzten vor der Gefahr zu warnen, in die er sich begab, doch Andrew predigte tauben Ohren.

Den ganzen Winter hindurch traf sich Sophy mit dem Pastor im Pfarrhaus. Von Zeit zu Zeit hielt Wesley in seinem Tagebuch fest, dass er sich einen Kuss erlaubt hatte. Er kämpfte auch mit dem Problem der Keuschheit, konnte sich jedoch nicht zu einer festen Entscheidung durchringen.

Im Vorfrühling besuchte er wieder einmal Frederica. Die Kolonisten hatten das schwere religiöse Joch, das er auf ihre Schultern gelegt hatte, abgeschüttelt, und er kehrte mit den Worten zurück: »Ich habe an diesem unseligen Ort mit Windmühlen gekämpft. Ich verzweifelte daran, hier noch etwas zu leisten, und genoss den Gedanken, ihn niemals wiederzusehen.«

Von diesem Punkt an erinnerten seine Gefühle für Sophy an ein Pendel. Er beschloss, jeden Gedanken an die junge Frau aufzugeben, wurde aber fast augenblicklich wieder wankend in seinem Entschluss. Am 3. Februar bemerkte er in seinem Tagebuch, dass er eine Anspielung auf die Ehe gemacht hatte und er *»augenblicklich einen Heiratsantrag gemacht hätte, hätte Sophy darauf reagiert, aber sie sagte, es sei das Beste für sie beide, niemals zu heiraten«*. Nachdem er eine Weile nachgedacht hatte, bezeichnete Wesley das in seinen eigenen Worten als *»ein Entkommen im letzten Augenblick«*. Schließlich, nachdem er sich mit dem Pfarrer der Böhmischen Brüder, John Toeltschig, einem älteren Mann, beraten hatte, beschloss er, die Einsamkeit zu suchen. Er verließ Savannah und begab sich aufs Land, wo er beinahe verzweifelte, denn, wie er in bekümmertem Ton berichtete, »mein Herz war die ganze Zeit bei Sophy«.

Als er nach Savannah zurückkehrte, überwältigte ihn die Gegenwart der jungen Frau. »Ihre Worte, ihr Haar, jede ihrer Bewegungen und Gesten waren so weich und süß.« Wesley ergriff ihre Hand und war wiederum nahe daran, ihr einen Heiratsantrag zu machen, zwang sich aber mit schierer Willenskraft, davon abzusehen.

Andrew litt während dieser Krise mit dem Mann, den er so sehr bewunderte. Auch er war niedergeschlagen, denn soweit er das beurteilen konnte, war ihr Dienst eine einzige Niederlage. Je mehr er sich zu geistlicher Disziplin zwang, desto mehr schien es ihm, dass sein öffentlicher Dienst eine Schlappe nach der anderen erlitt. Er konnte einfach nicht verstehen, warum die Kolonisten sich so heftig weigerten, die strenge Disziplin des christlichen Lebens auf sich zu nehmen. Er verstand ebenso wenig, wieso sie es ihm übel nahmen, dass er darauf beharrte.

Körperlich und geistlich erschöpft saß Andrew im kleinen Arbeitszimmer des Pfarrhauses. Über eine Stunde lang hatte er versucht, einen Brief an Dorcas zu schreiben, konnte aber seine Gedanken nicht sammeln. Sie überschlugen sich in seinem Kopf und er konnte sie nur mit Mühe festhalten. Er tauchte seine Feder ins Tintenfass und wollte eben von Neuem beginnen, als die Tür aufging und John Wesley eintrat. Als Andrew sein Gesicht sah, fragte er impulsiv: »Was ist geschehen, Mr Wesley?«

»Ich kann diese Unsicherheit nicht länger ertragen«, platzte Wesley heraus. »Ich muss der Sache ein für alle Mal ein Ende machen.«

»Ihr meint die Angelegenheit mit Miss Sophy?«

»Ganz genau.« Wesley schritt fieberhaft auf und ab. Schließlich wandte er sich um und sagte: »Ich habe beschlossen, die Sache jetzt zu einem Ende zu bringen – auf der Stelle.«

»Wie wollt Ihr das tun, Sir?«

»Das Los soll entscheiden.«

Andrew fühlte sich augenblicklich beunruhigt. Diese Neigung Wesleys schien gar nicht zur spirituellen Seite des Mannes zu passen. Mit dem »Los« meinte er eine Gewohnheit der Böhmischen Brüder, die sie auf ein Ereignis in der Apostelgeschichte zurückführten. Als die Apostel die leere Stelle ersetzten, die durch den Tod des Judas entstanden war, taten sie das, indem sie auslosten. Das erschien Andrew nicht weise, aber er wusste, dass Wesley in dieser Hinsicht starrsinnig war. Er hatte schon zuvor gelost und hatte großes Vertrauen darauf.

Wesley ging zum Schreibtisch, nahm ein Blatt Papier, das er in drei Teile riss. Andrew sah ihm zu, wie er mit seiner sorgfältigen Schrift auf den ersten Zettel schrieb: *Heirate;* auf den zweiten schrieb er: *Denk dieses Jahr nicht mehr daran,* und auf den dritten: *Denk nicht mehr daran.* Wesley faltete die Zettel, mischte sie gründlich und legte sie dann auf den Tisch.

»Lass uns beten, lieber Bruder«, sagte Wesley eindringlich. Er bat Gott, ihn auf diese Weise zu der richtigen Entscheidung zu führen.

Andrew beobachtete ihn, als er einen Zettel aufhob und studierte. Als Wesley ihm das Papier reichte, sah er, dass darauf stand: *Denk nicht mehr daran.*

»Nun«, sagte Wesley erleichtert, »können wir die Sache vergessen.«

»Ich freue mich über Eure Entscheidung, Mr Wesley«, sagte Andrew. »Ich halte das für die klügste Wahl.«

»Ich freue mich, dass der Herr gesprochen hat.«

Als Wesley das Zimmer verließ, saß Andrew noch immer da und fühlte immense Erleichterung. Augenblicklich begann er seinen Brief an Dorcas zu schreiben. Er schrieb ihr von Wesleys Entscheidung, beendete aber den Brief mit einer ziemlich trübsinnigen Notiz: »Es scheint mir, als wäre das das Erste, was seit unserer Ankunft in Georgia ein gutes Ende genommen hat!«

* * *

Niemand hätte sagen können, was in John Wesleys Herzen vorging, denn er erfüllte seine Pflichten wie immer. Aber obwohl der Gebrauch des Loses sein Problem gelöst hatte, hatte es seiner Sorge kein Ende gemacht. Obwohl Andrew ihn sorgfältig beobachtete, konnte er keine Spur des Bedauerns entdecken. Als John Wesley am 8. März einen Besuch bei den Caustons, Sophys Verwandten, machte, fand er Sophy und ihre Tante im Streit vor. Der Streit wurde so heftig, dass Mrs Causton ausrief: »Ich wünschte, Ihr würdet sie mitnehmen, Mr Wesley!« Sophy weinte. Wesley, der sich hilflos fühlte, kehrte zurück und berichtete Andrew von der Szene.

»Sie ist eine unglückliche junge Frau, Andrew.«

»Davon bin ich überzeugt, aber es scheint mir, dass Ihr wenig dagegen tun könnt, vom Gebet abgesehen.«

Wesley gab keine Antwort. Er blickte zu Boden und murmelte schließlich: »Ich fühle einen Geist der Schwere, weil diese junge Frau so viel leidet.«

Am nächsten Tag war Wesley seltsam still. Er hielt sich in seinem Arbeitszimmer auf, aber Andrew merkte, dass er verstört war. Zu Mittag holte Wesley schließlich seinen Mantel und Hut und sagte: »Mich verwirrt diese Sache. Ich muss nachsehen, wie es der lieben Sophy geht.«

Andrew sagte nichts, hatte jedoch das Gefühl, dass das unklug war. *Dabei kommt nichts Gutes heraus. Ich wünschte, er hätte die Frau nie gesehen*, dachte er, nachdem Wesley das Haus verlassen hatte.

Es war ungefähr halb vier Uhr, als John Wesley das Pfarrhaus wieder betrat, einen seltsamen Ausdruck im Gesicht. Er blieb stehen und starrte Andrew an. Seine Lippen waren zu einer weißen Linie zusammengepresst und er hatte die Hände hinter dem Rücken verschränkt – ein Anzeichen innerer Spannung.

»Was ist, Sir?«, forschte Andrew.

Wesley verharrte einen Augenblick lang in Schweigen. Dann kamen seine Worte heraus, als würden sie aus einem Felsblock gemeißelt: »Miss Sophy heiratet einen Mann namens Williamson.«

Andrew war so überrascht, dass er einen Augenblick lang nicht sprechen konnte. Er sah, dass John Wesley schockiert war, wie er es vielleicht noch nie im Leben gewesen war. Erst in diesem Augenblick wurde Andrew bewusst, wie tief Wesleys Gefühle für die junge Frau waren. »Das tut mir leid, Sir.«

Wesley gab keine Antwort. Er stand einfach nur da und starrte Andrew mit einem seltsamen, leeren Gesichtsausdruck an. Andrew dachte: *Er sieht aus wie ein Soldat, der in der Schlacht verwundet wird und noch nicht gemerkt hat, wie schwer seine Verletzungen sind.*

Schließlich murmelte Wesley: »Ich muss mich an die Arbeit machen.« Er legte seinen Hut sorgsam auf den Tisch, setzte sich hin und begann zu schreiben. Andrew beobachtete ihn noch einen Moment lang, dann ließ er ihn allein. Sein einziger Gedanke war: *Nun, wenigstens ist er das Problem jetzt los. Wenn sie einen anderen heiratet, ist alles vorbei.*

Er sollte sich irren, denn die Affäre war nicht vorbei. Vier Tage später heiratete Sophy Williamson in South Carolina, ohne öffentliches Aufgebot. Es stimmte, ohne diese Ankündigung der Geistlichkeit, dass sie heiraten würden, war die Ehe ungültig – aber sie wurde niemals in Zweifel gezogen.

Die Gerüchte breiteten sich in den Kolonien aus und nach allem, was Andrew erfuhr, hatte Sophy schon mindestens zwei Wochen mit Williamson herumgetändelt, bevor sie sich so plötzlich verlobten.

Wesley war tief verletzt, aber er nahm sich zusammen, so gut er konnte. Die Böhmischen Brüder hießen ihn willkommen wie üblich, aber ihr stiller Glaube und ihre herzbewegenden Hymnen verschärften nur sein Gefühl, versagt zu haben.

Im Juni schrieb Wesley an seine Schwester Kezia, der er den Vorschlag machte, zu kommen und ihnen den Haushalt zu führen. Aber sobald er den Brief abgesandt hatte, sagte er: »Ich bezweifle, ob das ein weiser Entschluss war. Das ist kein Ort für meine Schwester.«

»Nein, Sir, das glaube ich auch nicht«, sagte Andrew. Er hätte Wesley gerne eine intimere Frage gestellt, was seine eigenen Gefühle anging, aber dann fühlte er, dass dies fehl am Platze gewesen wäre.

Einen Monat nach der Hochzeit schrieb Wesley Sophy einen Brief, der ihm mild und schonend erschien. Aber ihr erschien er abrupt und beleidigend.

An diesem Punkt machte John Wesley seinen schlimmsten Fehler, seit er nach Georgia gekommen war: Als Sophy zur Kirche kam, weigerte er sich in aller Öffentlichkeit, ihr das Sakrament zu reichen.

»Mit welcher Begründung, Sir?«, verlangte Sophys Ehemann zu wissen.

Da Wesley ihr nicht öffentlich vorwerfen konnte, eine Sünderin zu sein, sagte er: »Es ist notwendig, dass die Kommunikanten den Geistlichen vorab informieren.«

Das war bestenfalls eine fadenscheinige Begründung und Sophys Demütigung versetzte ihren Ehemann in Wut. Williamson besorgte sich einen Haftbefehl gegen Wesley und forderte tausend Pfund Schmerzensgeld wegen übler Nachrede. Wesley wurde festgenommen, dem Sheriff vorgeführt und erhielt den Befehl, bei der nächsten Sitzung des Gerichtshofes zu erscheinen. In alldem litt Andrew mit Wesley. Mehr denn je wurde ihm das Versagen ihres Dienstes bewusst, und das Gefühl der Sinnlosigkeit, das ihn seit Monaten niederdrückte, wurde immer spürbarer. Nach Wesleys Festnahme saßen er und Wesley in der Stille des Abends beisammen. Wesley machte einen ausgebrannten Eindruck und Andrew sagte, so fröhlich er konnte: »Keine Sorge, Mr Wesley. Wir werden auch diesen Sturm überstehen.«

Für gewöhnlich ließ Wesley sich leicht ermutigen, aber als er nun aufblickte, zeigte das Kerzenlicht die Sorgenfalten in seinem Gesicht. Er war gedemütigt worden, als man ihn vor den Sheriff schleppte, und er wusste, dass ihm noch Schlimmeres bevorstand. »Ich fürchte, die Lage wird nicht besser«, sagte er. »Mr Causton, der Oberrichter, ist kein Freund von uns. Er empfindet heftige Abneigung gegen mich. Ich fürchte mich vor diesem Prozess.«

»Es wird doch gewiss nicht zu einem Prozess kommen.«

»Ihr wisst nicht, wie bösartig Mr Causton ist«, antwortete Wesley müde. Er beugte sich vor und stützte den Kopf auf die Hände. Der Geistliche wirkte so verletzlich, dass Andrew – wäre es Wesleys Bruder Charles gewesen – zu ihm hingegangen wäre und ihm den Arm um die Schultern gelegt hätte. Aber bei John Wesley war ihm das unmöglich. Zwischen dem Mann und der Welt schien eine Schranke aufgerichtet zu sein. In seinem Vaterhaus war es nicht so gewesen. Die Wesleys waren eine Familie, in der alle einander nahestanden. Aber seit dem Tod seines Vaters und seit Wesley die Stellung eines ältesten Sohnes eingenommen hatte, benahm er sich würdiger und zugleich reservierter.

Die kleine Uhr tickte monoton, die Zeit verging und die beiden Männer saßen immer noch schweigend da. Verzweiflung erfüllte Andrew; kein Wort des Trostes wollte ihm einfallen. Schließlich erhoben sich die beiden Männer und gingen jeder in sein Zimmer.

Andrew lag lange wach in dieser Nacht. Sein Herz war vor Gram zerrissen, da er sah, wie Wesley litt. Eine böse Vorahnung überkam ihn, sodass er Gott anrufen wollte – aber es schien, als höre Gott sein Gebet nicht. Oder falls er zuhörte, hatte er beschlossen, keine Antwort zu geben. Die Nacht schlich auf bleiernen Füßen vorbei, die Stunden schleppten sich dahin und immer noch konnte Andrew keinen Schlaf finden. Als die Morgendämmerung den Osten erhellte, stand er auf, müde und krank im Herzen. Selbst das Anziehen erschien ihm mühselig. *Das ist es nicht, was Gott seinen Dienern versprochen hat. Wo ist die versprochene Freude?*, dachte er. Aber er fand keine Antwort, weder in der Welt noch in seinem eigenen Herzen.

12

RÜCKZUG AUS GEORGIA

Der eiserne Novemberhimmel hing wie Blei über Savannah. Der Winter war kalt und biss Andrew wie gefrorenes Metall, als er über das offene Feld ging. Er zog den Mantel enger um sich, schauderte und dachte an England – warm und grün und lieblich. Er wusste, dass der Winter in England ebenfalls kalt und nass und unbehaglich sein konnte, aber in den letzten Wochen hatte er immer öfter an seine Heimat und an Wakefield gedacht.

Über seinem Kopf kreiste stumm ein rotschwänziger Habicht. Als Andrew aufblickte, sah er, wie der große Vogel plötzlich seine Flügel anlegte, um wie ein Stein zu Boden zu stürzen. Er schlug ein Kaninchen, das erst im letzten Augenblick aufgesehen hatte und zu spät davongesprungen war, um den stählernen, nadelscharfen Krallen zu entkommen. Andrew beobachtete fasziniert den kurzen Kampf auf Leben und Tod. Dann fuhr der Schnabel des Habichts hoch, stieß viermal zu und das Kaninchen lag still. Der Habicht verharrte einen Augenblick, dann hob er seine Flügel und schien mit einer triumphierenden Geste die Luft zu schlagen. Er beugte sich nieder, öffnete den Schnabel und riss ein Stück Fleisch aus dem Genick des Kaninchens.

Andrew ging weiter. Er wollte das blutige Fest des Habichts nicht sehen. Seine Füße waren gefühllos und er dachte: *Ich muss ein zweites Paar Socken anziehen, meine Füße sind wie Eis.* Er schritt über das offene Feld und stieß auf eine kleine Siedlung, wo Eiszapfen an den Giebeln der Häuser hingen wie Dolche und im bleichen, schwachen Licht der Sonne glitzerten. Es schien, als hätte die Sonne all ihre Lebenskraft verloren – das galt auch für alles andere, was er sah. Selbst die Sonne schien erstarrt von der Kälte, die die Erde in Banden schlug. Er hatte nicht gewusst, dass es im amerikanischen Süden eine solche Kälte gab!

Die Eingeborenen sagten alle, es sei ungewöhnlich, sie hätten noch nie einen solchen Winter erlebt. Aber einer von ihnen hatte gesagt: »Ich habe gesehen, welch dicken Pelz die Raupen im letzten Herbst hatten – auch die Schale der Eicheln war dick. Ich wusste, es würde dieses Jahr eine harte, bittere Zeit werden.«

Eine alte Frau, die Brennholz sammelte, tauchte zu seiner Linken auf, und er begrüßte sie: »Guten Morgen, Mrs Finn.«

Betty Finn wandte ihm ein verkniffenes blaues Gesicht zu. »Guten Morgen, Herr Pfarrer. Es ist heute kalt.«

»Ja, kälter, als mir lieb ist. Kommt, ich trage Euch diese Last.«

Andrew nahm der Frau das Holz ab. Sie schauderte und er sah die Spuren des Holzsammelns an ihren Händen. Sie hauchte hinein, dann fragte sie, während ihre kleinen schwarzen Augen ihn anstarrten: »Wie geht es denn Mr Wesley?«

»Sehr gut, Mrs Finn.«

»Ich hab gehört, das Gesetz ist hinter ihm her.«

»So ernst ist es nicht. Er muss vor Gericht erscheinen, um sich zu verantworten.«

»Ja, hab ich gehört.« Die alte Frau schien alle Kleider zu tragen, die sie besaß. Gelblich gefärbtes Wollzeug guckte unter ihrem schweren, altmodischen Mantel hervor; ihre Füße steckten in Männerstiefeln und darunter umschlossen mehrere Schichten dunkler Wollstrümpfe ihre Knöchel und Knie. Als sie dahinhumpelte, wandte sie sich ihm zu, mit Augen wie ein munterer, geschäftiger Vogel: »Was meint Ihr, wird er ins Gefängnis kommen?«

»Oh nein, keine Rede davon!«, protestierte Andrew. »Solche Dinge dürft Ihr nicht sagen, Mrs Finn. Es ist eine Zivilklage.«

»Zivilklage, aha? Gehört sich aber nicht für einen Mann Gottes, vor Gericht zu gehen. Steht da nicht irgendetwas in der Bibel?«

»Nun, wir sollen Glaubensbrüder nicht vor Gericht bringen«, gab Andrew zu, dann sagte er rasch: »Aber Mr Wesley verklagt ja niemanden, er selber wurde verklagt.«

Als sie weitergingen, kam ein riesiger struppiger Hund aus einem der Häuser. Die Zähne fletschend, knurrte er sie fürchterlich an. Andrew bückte sich, hob einen Stein mit der freien Hand auf und warf ihn. Er hatte schon immer gut zielen können und der Stein traf den Hund an der Kehle. Das Tier machte einen Satz zur Seite und rannte jaulend davon, den Schwanz zwischen die Beine geklemmt.

»Ist ihm nur recht geschehen, dem Köter!«, sagte Mrs Finn befriedigt. »Es gibt da auch ein paar zweibeinige Köter, denen ich gerne einen Stein nachwerfen würde.«

»Nun, Schwester«, sagte Andrew und lächelte sie an, denn er wusste, dass sie eine einsame Frau mit nur wenigen Freunden war. »Wir müssen barmherzig sein.« Er plauderte so fröhlich mit ihr, wie es ihm nur gelingen wollte, bis sie ihr Häuschen erreichten, das nur aus einem einzigen Raum bestand. Er trug das Holz hinein, legte es neben ihren Kamin und sagte dann: »Wir haben einiges Kleinholz, gute rote Eiche. Ich bringe Euch eine Ladung, wenn ich den Pferdekarren bekomme.«

»Das wäre sehr nett von Euch«, antwortete die alte Frau. Sie gierte nach Gesellschaft, so bestand sie darauf, dass er sich setzte. Sie zündete ein kleines Feuer an und kochte eilig einen Tee aus Sassafraswurzeln. Während er an dem groben Tisch saß und den Tee trank, saugte sie gierig alles in sich auf, was er sagte. Als er ihr dankte und schließlich aufstand, um wieder zu gehen, sagte sie: »Armer Mr Wesley. Jetzt bekommt er keine Frau, nicht wahr?«

»Nein«, sagte Andrew sanft, »jetzt bekommt er keine Frau … Lebt wohl, Schwester – ich sehe Euch übermorgen beim Gottesdienst.«

Er setzte seinen einsamen Spaziergang fort und bemerkte dabei, dass die meisten Leute zu Hause waren, um sich vor der eisigen Kälte zu schützen.

Als er das Pfarrhaus erreichte, begab er sich ins Arbeitszimmer. Ein Feuer brannte, daher wusste er, dass Wesley sich im Haus befand. Er zog seinen Mantel aus, warf ihn auf eine Bank und streifte die Fäustlinge ab. Er streckte die Hände aus, sog die Wärme des Feuers in sich auf, legte ein weiteres Scheit auf, dann zog er einen Stuhl herbei und setzte sich, um seine Stiefel auszuziehen. Seine Füße waren nass geworden, und als er seine durchnässten wollenen Socken auszog, ließ er einen Seufzer der Erleichterung hören. Vorsichtig streckte er die Füße dem Feuer entgegen. Sobald er gründlich durchgewärmt war, ging er in sein Zimmer, wechselte die Kleidung und kehrte zurück. Als er an den kleinen Schreibtisch neben dem Fenster trat, sah er dort einen Brief ans Tintenfass gelehnt stehen. Er nahm ihn in die Hand und erkannte augenblicklich die Handschrift. »Dorcas!«, murmelte er. Es hatte Wochen gedauert, bis der Brief Georgia erreicht hatte, denn zu dieser Jahreszeit kamen die Schiffe nur langsam voran. Er begann eifrig zu lesen, aber schon nach wenigen Zeilen erstarrte er.

Mein lieber Mr Wakefield,
es stimmt mich traurig, dass ich Euch eine schlimme Nachricht übermitteln muss. Gestern Nacht ist Eure Tante Hope im Schlaf gestorben. Sie war eine Zeit lang krank und es ging ihr schlechter als gewöhnlich. Ich war in der Nacht, bevor sie starb, bei ihr. Sie war sehr schwach, aber sie redete eine Weile über Euch. Vor allem erzählte sie mir, wie stolz sie war, dass ein Mann aus ihrer Familie im Dienst Gottes steht. Sie war so stolz auf Euch, Mr Wakefield – sehr, sehr stolz!

Andrew fühlte, wie ihm die Tränen in die Augen stiegen. Für gewöhnlich war er kein Mann, der leicht weinte, aber die langen Monate in einem fremden Land, die anscheinende Vergeblichkeit seiner Arbeit und Wesleys Probleme hatten seinen Geist niedergedrückt. »Eine Frau nach Gottes Herzen«, flüsterte er und seine Gedanken kehrten zurück in seine Kindheit. Jetzt, wo Tante Hope verschieden war, fühlte er erst, welchen großen Einfluss sie in seiner Kindheit auf ihn gehabt hatte. Seine eigenen Eltern waren oft zu beschäftigt gewesen, um sich um einen kleinen Jungen zu kümmern. Es war seine Tante gewesen, die ihm vorlas und mit ihm die Spiele spielte, die Jungen gerne spielen. Damals war sie noch jünger gewesen. Er erinnerte sich daran, wie sie mit ihm auf die Felder um Wakefield gegangen war und ihn zum Angeln begleitet hatte, denn er liebte es zu angeln.

»Mehr als jeder andere, den ich kannte, hat sie Gott geliebt«, sagte er laut. Als der Klang seiner eigenen Stimme an sein Ohr drang, brannte der Gram in ihm wie eine frische Wunde. Er hob den Brief an die Augen und las weiter.

Als ich ihr letzte Nacht ihre Medizin brachte, beteten wir noch gemeinsam. Oh, was war das für ein Gebet! Es war wunderschön, Mr Wakefield! Miss Hope betete, Gott möge seine Engel mit scharfen Schwertern herabsenden, um Euch vor allem Bösen zu bewahren. Ich habe mich nie im Leben so gefühlt! Es hätte mich nicht überrascht, einen dieser Engel plötzlich über dem Bett auftauchen zu sehen, so nahe war sie Gott!

Ich habe um sie getrauert, wie Ihr es gewiss auch tut, und habe meine Tränen vergossen, aber wir haben den Trost, dass sie bei dem Gott ist, den sie so verehrte. Ich habe niemals einen Menschen gekannt, der Gott so liebte wie diese Frau. Ihr habt ein gottgefälliges Erbe, Mr Wakefield, und obwohl wir sie immer noch vermissen, werden wir eines Tages zu ihr gehen.
Ihre getreue Dienerin, Dorcas Morgan.

Wakefield dachte an Dorcas, an ihre großen, dunkelblauen Augen. Er konnte beinahe hören, wie sie die Worte laut aussprach, und eine tiefe Sehnsucht überkam ihn, sie selbst sprechen zu hören. *Sie könnte mir Trost spenden*, dachte er. *Sie ist eine Trösterin, oh ja, das ist sie!*

Aber er konnte nichts tun. Das Begräbnis war vorbei; seine Tante war zu Gott heimgekehrt. »Hätte ich sie nur noch einmal sehen können!«, flüsterte er. Aber das war Vergangenheit und er faltete den Brief sorgfältig zusammen. Lange Zeit saß er so da und starrte auf den gefrorenen Boden rund um das Pfarrhaus hinaus.

* * *

Als Oberrichter hatte Causton keine Schwierigkeiten gehabt, eine Jury zusammenzustellen, bei der er sich darauf verlassen konnte, dass sie Wesley vor Gericht stellen würden. 43 Männer, ein Fünftel der erwachsenen Männer von Savannah, saßen zwei Tage lang zu Gericht. Sie befanden Wesley in zehn Anklagepunkten für schuldig, obwohl einige der Geschworenen die meisten Vorwürfe gegen ihn zurückgewiesen hatten. Aber da Oglethorpe nicht anwesend war, hatte Causton die Amtsvollmacht, und Wesley wusste, dass der Fall hoffnungslos war.

Er wusste auch, dass die Kolonie in zwei Parteien zerfallen war; ein Teil der Leute beschimpfte Wesley, die andere Hälfte beschimpfte Causton und die Williamsons. John Wesley und Andrew Wakefield sahen bekümmert, wie spärlich die Versammlung in der Kirche geworden war. Der Streit hatte die Kirche ebenso entzweit wie die Kolonie.

Wesleys Arbeit lag in Trümmern und er wusste es. Er sagte am 22. November, als die beiden sich zum Rathaus begaben, zu Andrew: »Ich habe beschlossen, die Kolonie zu verlassen.«

Obwohl dies nicht unerwartet kam, war Andrew Wakefield dennoch schockiert. »Es tut mir leid, das zu hören, Sir – aber vielleicht ist es diesmal das Beste.«

Wesley, der ganz in seine Niedergeschlagenheit versunken war, gab keine Antwort. Als die beiden die Stadt erreichten, befestigte er eine dementsprechende Nachricht auf der Außenmauer des Rathauses.

Am nächsten Tag befestigte Williamson unmittelbar daneben eine Nachricht, in der er darauf hinwies, dass seine Forderung nach einem Schmerzensgeld von tausend Pfund noch immer offen war. Die Nachricht drohte jedem gnadenlose Verfolgung an, der es wagen sollte, Wesley bei der Flucht vor der Gerichtsverhandlung behilflich zu sein.

Als der 2. Dezember herankam, fragte Wesley Mr Christy, den Polizeirichter: »Wird das Gericht mich festhalten, wenn ich versuche, die Kolonie zu verlassen?«

»Ich muss eine Kaution von fünfzig Pfund von Euch verlangen, Sir.«

»Ich habe siebenmal um einen Gerichtstermin gebeten«, gab Wesley zurück. »Ich weigere mich, eine Kaution zu bezahlen.«

Daraufhin befahlen die Behördenvertreter allen Konstablern und Sheriffs, John Wesley am Verlassen der Kolonie zu hindern, sodass er praktisch ein Gefangener in dem Land war, in das er gekommen war, um das Evangelium von Jesus zu verkünden.

»Was sollen wir tun, Sir?«, fragte Andrew, als die beiden Männer sich zu einer kurzen Konferenz im Pfarrhaus trafen.

»Ich bin zu dem Entschluss gekommen, diesen Ort zu verlassen.«

»Was ist mit den Behörden, Mr Wesley?«

»Wir müssen ihnen eben ausweichen. Es gibt keinen anderen Weg, Andrew.« Einen Augenblick lang sah Wesley den Jüngeren an, dann sagte er: »Es tut mir leid, mein Lieber, dass ich Euch in diese schmutzige Affäre hineingezogen habe.« Der Jüngere war gerührt – nie war Wesley so nahe daran gewesen, ihm Mitgefühl zu bezeigen.

»Ich bin aus freiem Willen gekommen«, antwortete Andrew. Er wollte hinzufügen, *Sie sind nicht schuld an all dem Ärger*, aber im tiefsten Herzen war ihm wohl bewusst, dass Wesley an einem Großteil seines Ärgers selbst schuld war. Dennoch liebte er den Mann und verehrte ihn. »Wir werden es ein andermal besser machen, Sir.«

* * *

Nachdem sie gebetet hatten, schlüpften Wesley und Wakefield hinaus in die Nacht. Bei gutem Wind fuhren sie zusammen mit drei anderen – einem Konstabler, einem Geldeintreiber und einem Friseur, die ebenfalls die Kolonie verlassen wollten – nach South Carolina. Alle drei, heißt es, seien übel beleumundete Männer gewesen.

Als sie in South Carolina landeten, machten sie sich augenblicklich zu Fuß nach Port Royal auf. Leichter Schnee fiel und die Erde lag im Frost wie in eisernen Banden. Sie betraten einen Sumpf, wo sie sich einen Waldpfad entlangkämpften, der mit in die Baumstämme geschnitzten Zeichen markiert war. Schließlich kamen sie an eine Weggabelung und kämpften sich durch ein fast undurchdringliches Dickicht. Die Dornen zerkratzten ihnen die Haut und zerrissen ihnen die Kleider.

Als die Markierungen aufhörten, starrte Wesley aus leeren Augen in den Urwald. »Ich fürchte, wir haben uns verirrt.«

»Das fürchte ich auch«, flüsterte Andrew. »Was sollen wir tun?«

John Wesley mochte Fehler gemacht haben, was seinen Umgang mit Menschen anging, aber er wusste, was in diesem Fall zu tun war. »Wir müssen zu Gott beten, dass er uns führen möge«, sagte er ruhig. Er senkte den Kopf, und Wakefield lauschte, wie John Wesley zu Gott betete. Es war ein kurzes Gebet, schlicht und unprätentiös. Andrew dachte: *Ich wünschte, Mr Wesley würde den Menschen so schlicht und offen begegnen, wie er Gott begegnet.* Er schloss sich dem Gebet an, fügte sein eigenes hinzu, dann kämpften die beiden sich weiter durch den Wald voran. Sie fanden von Zeit zu Zeit Markierungen, aber die waren selten. Schließlich kamen sie an frische Karrenspuren.

»Gott sei gedankt«, sagte Andrew. »Ich weiß zwar nicht, wohin diese Straße führt, aber irgendwohin führt sie gewiss.«

Später am Abend erreichten sie, völlig erschöpft, Port Royal und fanden Zuflucht bei einem Geistlichen am Ort. Sie teilten sich ein Zimmer, und als sie niederknieten und beteten, konnte Wesley, der vollkommen erschöpft schien, nur ein paar Worte murmeln. Danach erhob er sich und blickte seinen Freund und Assistenten aus trüben Augen an. »Alles war umsonst, Andrew«, flüsterte er. »Der Teufel hat gesiegt.«

Andrew, der auch am Ende seiner Kräfte war, sagte: »Ein neuer Tag bringt neue Hoffnung, Sir. Habt keine Furcht.«

* * *

John Wesley und Andrew Wakefield gingen an Bord der *Samuel*, eines Handelsschiffes, das nach England fuhr. Das Wetter war mild für die Jahreszeit. Wesley schlief, erschöpft von seiner Mühsal in Georgia, mehr als je zuvor.

Andrew jedoch war voll Sorge. Tag für Tag schritt er an Deck auf und ab, während die *Samuel* ihren Bug in das graue Wasser tauchte, und betrachtete das Kielwasser des Schiffes. Einmal sah er etwas, das er für einen mächtigen Wal – einen Leviathan – hielt, inmitten der schäumenden Wasser. Er hatte nie ein solches Tier gesehen und war sich nicht sicher, aber es beschäftigte seine Gedanken eine Zeit lang, bevor er sich wieder seinen trostlosen Grübeleien hingab.

So verging mehr als eine Woche. Andrew spürte die Niederlage in Georgia genauso wie John Wesley. Die beiden sprachen nicht darüber, aber beide hatten von dem Erlebnis Narben davongetragen. Keiner würde je wieder der Mann sein, der er zuvor gewesen war. Sie hatten sich auf Gedeih und Verderb in ein missionarisches Abenteuer gestürzt – hatten jedoch die erwarteten Freuden der Ernte nicht geschmeckt. Stattdessen hatten sie beide die bittere Arznei der Niederlage getrunken.

Sie gerieten in einen Sturm. Obwohl er keinen Vergleich mit dem aushielt, den sie auf ihrer Reise nach Georgia erduldet hatten, schleuderte er das Schiff vierundzwanzig Stunden lang auf und nieder. Während dieser Zeit klammerte Andrew sich an die Reling und beobachtete, wie die Wellen auf die *Samuel* zurasten und sie hochhoben wie einen Holzspan. Plötzlich kam ihm ein Gedanke. Er machte keine Bemerkung darüber, weder zu Wesley noch zu einem der anderen Passagiere, sondern versenkte sich in Fasten und Gebet. Nachdem er schon einmal eine katastrophale Entscheidung getroffen hatte, wollte er keine weiteren Fehler machen.

Tag für Tag las er in seiner Bibel, betete, fastete und suchte Gott.

Am 24. Januar schließlich, als er eben an Deck stand, kam der Maat vorbei und sagte: »Wir sind nur noch 160 Meilen von England entfernt – von Land's End, Sir.«

Die Nachricht, dass sie England so nahe waren, belebte Andrew Wakefield, und der Gedanke, den er tagelang genährt hatte, schien in seinem Inneren zu glühen. Er hatte das Gefühl, Gott habe ihm eine

Antwort gegeben, und er ging sie in Gedanken noch einmal durch. Niemand war an Deck außer dem Maat, der zum Heck des Schiffes gegangen war.

Wie er da allein am Bug stand und durch die verschwommene Ferne seinem Heimatland entgegenblickte, hatte er keine Angst, belauscht zu werden, also sprach er laut. »Ich habe gesehen, was die Liebe einem Mann antun kann, vor allem einem Geistlichen. Ich habe gesehen, wie sie den stärksten Mann überkam, den ich kenne, und seinen Dienst zunichtemachte. Armer Mr Wesley. Ich bete, dass er sich davon erholen möge, aber ich glaube nicht, dass das jemals der Fall sein wird. Ich muss aus all dem eine Lehre ziehen. Vielleicht ist das das einzig Gute, das aus diesem Trümmerfeld kommt.«

Er hielt inne und sah zu, wie eine Gruppe Möwen über den Himmel segelte. Ihre weißen Brustfedern zeichneten sich als lebhafte Punkte gegen das Grau des Himmels ab. Sie folgten dem Schiff und stießen ihre unheimlichen Rufe aus.

»Ich darf nicht zulassen, dass mir jemals so etwas geschieht«, flüsterte Andrew. »Ich werde heiraten – aber es wird eine *Vernunftehe* sein. Ich lasse mich nicht auf das Herzweh romantischer Liebelei ein. Die Frau, die ich heirate, muss verstehen, dass die Heirat mit mir eine Pflicht ist – nicht mehr. Es ist ein – ein *Arrangement*, das genauso getroffen wird wie alle anderen vernünftigen Arrangements. Ein Geistlicher braucht eine Frau: Jemand, der sich um sein Haus kümmert, Gäste begrüßt und sie zu unterhalten versteht, denn ein Bischof soll gastfreundlich sein. Gott hat gesagt, wir sollen die Erde erfüllen, und es muss Kinder geben, die in der Hand Gottes aufwachsen. Aber keine Romanzen.«

Den ganzen Tag lang grübelte er über seinen Plan nach – und je länger er darüber nachdachte, desto klüger erschien er ihm. Es ging nicht nur um John Wesley und das katastrophale Ende seiner Verliebtheit; er hatte auch genügend andere erlebt, die von diesem Ding namens »romantische Liebe« beinahe zerstört worden waren. Jetzt, wo er zu einem Entschluss gekommen war, wollte er nichts damit zu tun haben. Der nächste Schritt ergab sich ganz logisch.

Er ging auf Deck auf und ab, sehr zufrieden mit seinem Plan, als er plötzlich stehen blieb. »Dorcas!«, sagte er laut.

Augenblicklich sah er ganz klar. »Natürlich!«, rief er laut aus und zog damit den Blick eines vorübergehenden Matrosen auf sich. Beschämt presste er die Lippen zusammen. Er eilte mit raschen Schritten davon, ganz auf den Plan konzentriert. *Dorcas ist die vernünftigste junge Frau, die ich kenne, und sie wird niemals heiraten. Sie hat doch so oft gesagt, dass sie niemals heiraten wird! Dorcas Morgan kennt keinen romantischen Unsinn!*

Das erschien ihm wie eine Bestätigung all dessen, was er gedacht hatte. Plötzlich fühlte er sich glücklich und zufrieden. *Ich kann Dorcas meinen Namen und ein Zuhause geben – das ist mehr, als sie jemals erwartet hat.* Bevor er weiterging, blickte Andrew zum Himmel auf und fühlte einen Augenblick lang tiefe Dankbarkeit. Er war glücklich, dass er am Ende doch seinen Weg gefunden hatte!

III

Erweckung
1738–1739

13

EIN SELTSAMER HEIRATSANTRAG

Das neue Jahr 1738 brachte John Wesley nur wenig Freude. Am Weihnachtsabend war er von Charleston abgereist. Er war ein Deserteur, er hatte Georgia ohne die Erlaubnis der Treuhänder verlassen. Er hatte seine Kaution verfallen lassen, wobei er freilich überzeugt war, dass sie ihm niemals hätte auferlegt werden dürfen.

Vor allem aber hatte er als Missionar versagt. Als er da stand und über die Reling hinweg die Küste Englands betrachtete, wurde ihm klar, dass er die Grundlagen seiner Hoffnung verloren hatte. Er hatte seinen Lebensstil sorgfältig aufgebaut und zu einem methodischen Lebensweg strukturiert. Aber nun schien es ihm, dass seine Philosophie und die Grundlagen seines Glaubens von Zweifeln und sogar Furcht überrannt wurden, wie die großen Wellen über das Schiff hereinbrachen.

Als er sich gegen die Reling lehnte, das Gesicht gefühllos vom eisigen Wind, dachte er an die Zeilen, die er tags zuvor in sein Tagebuch geschrieben hatte: *»Ich ging nach Amerika, um die Indianer zu bekehren, aber oh, wer wird mich bekehren? Wer? Was wird mich von diesem bösen Herzen des Unglaubens befreien? Ich habe eine Schönwetterreligion. Ich kann gut reden und bin gläubig, solange keine Gefahr sich zeigt. Aber sobald der Tod mir ins Auge schaut, ist mein Herz betrübt. Ich zweifle und bin immer in Verwirrung und Verstrickung befangen.«*

Später drehte der Wind und hinderte das Schiff an der Weiterfahrt, dann wechselte er wieder und trieb es durch die Straße von Dover in die Nordsee, bis schließlich ein ruhiger Wind sie sicher ins Tiefland brachte. Wesley wusste es nicht, aber der Wind, der ihn in den Hafen geführt hatte, hatte auch George Whitefield an Bord eines Schiffes namens *Whitaker* geführt. Whitefield war unterwegs nach Savannah und freute sich darauf, dort John Wesley zu treffen; er war der Meinung, er sei immer noch dort. Aber da der Wind abflaute, lag Whitefields Schiff im Hafen und wartete. Als er erfuhr, dass sein verehrter Freund und Gönner angekommen war, schickte Whitefield seinen Diener mit folgender Mitteilung an Land: »Sage Mr Wesley, ich bin bereit, ihn überall zu treffen; er möge mir nur den Ort sagen.«

Andrew packte sorgfältig seine wenigen Habseligkeiten und gesellte sich zu Wesley, als sie von Bord gingen. Sie begaben sich zum Haus eines Pfarrers der Ortskirche – ein alter Freund Wesleys mit Namen Donald Cameron. Cameron, ein hochgewachsener, breitschultriger Schotte, war zugleich erfreut und erschrocken über Wesleys unvermutete Ankunft.

»Mein lieber Mr Wesley«, rief der Schotte aus, »ich hatte ja keine Ahnung! Kommt und seid mir willkommen!«

»Wir wollen nicht lästig fallen«, sagte Wesley rasch, »aber ich würde gerne von Euch hören, Sir, was seit meiner Abreise in England vorgegangen ist.«

Cameron rief geschäftig nach seiner Haushälterin, die erst Tee und Kuchen bereitete und dann eine komplette Mahlzeit. Die beiden Reisenden, die das Essen an Bord satthatten, setzten sich zu Tisch und aßen mit herzhaftem Appetit. Das Roastbeef, frisch und saftig, war köstlich, und dasselbe galt für das frische Brot mit cremiger Butter und die Gläser süßer Milch.

Cameron erkundigte sich eifrig nach der Mission und der Arbeit in Georgia. Er war ein scharfsinniger Mann, ein guter Kenner der menschlichen Natur, und obwohl Wesley nur wenig sprach, merkte der Pastor, dass Wesley und Andrew sich als Versager fühlten.

Wesley wollte nicht viel über die Vergangenheit sprechen, denn seine Niederlage in Georgia schmerzte ihn immer noch. Er brachte das Gespräch auf London. »Man redet nur von Eurem Freund George Whitefield!«, rief Cameron aus. »Gott hat seinen Geist über diesen jungen Mann ausgegossen. Das ganze Land ist in Aufruhr!«

»Tatsächlich?«, rief Andrew aus. Er versuchte sich vorzustellen, wie der sanfte, anscheinend so unreife junge Mann das Instrument solchen Eifers hatte werden können. »Erzählt uns. Wie nimmt man ihn auf?«

»Nun, alle Welt läuft ihm nach! Aber ich nehme an, Ihr habt gehört, dass er unterwegs nach Georgia ist?«

»Georgia!« Wesley starrte den Pastor an. »Nein, davon hatte ich nichts gehört.«

»Aber Sir, der Anlass dazu seid Ihr. Das hat Mr Whitefield mir selbst erzählt.« Camerons Stimme nahm einen warmen Ton an, als er davon sprach, wie Whitefield seinen erfolgreichen Dienst in Großbritannien aufgegeben hatte, um zu den Wilden der Neuen Welt zu reisen. Wesley saß wie betäubt da. Er wechselte Blicke mit Andrew und sagte: »Ich wünschte, ich hätte mit Mr Whitefield sprechen können, bevor er abreiste.«

Seltsamerweise wurde ihm dieser Wunsch erfüllt. Whitefields Diener, Griffith Jones, war zu Wesleys Schiff gegangen. Man hatte ihn jedoch zum Pfarrhaus in Deal geschickt, und zwei Stunden, nachdem Wesley und Wakefield bei Cameron angekommen waren, erreichte auch Whitefields Diener das Haus des Pastors.

»Mr Wesley, ich habe eine Nachricht von Eurem guten Freund, Mr Whitefield.« Jones überreichte Wesley einen Brief, den Whitefield in aller Eile geschrieben hatte.

Wesley überflog den Brief, dann fragte er: »Sir, würdet Ihr meinem Gefährten und mir Zeit geben, darüber nachzudenken?«

»Natürlich, Mr Wesley. Mr Whitefield sehnt sich nach Eurem Rat.«

Nachdem Jones und der Pastor den Raum verlassen hatten, wandte Wesley sich augenblicklich an Andrew. »Das ist schrecklich«, sagte er. Seine Stimme war voll Zweifel. »Whitefield muss vor Georgia gewarnt werden.«

»Da bin ich derselben Meinung. Es wäre schrecklich, wenn er sich in den Sümpfen von Savannah begraben würde«, sagte Andrew. »Es wäre eine Schande, seine Kräfte dort zu vergeuden, wenn er dem Land hier so nützlich sein kann.«

Wesley schritt auf und ab; sein Gesicht war bleich und angespannt. Er war es gewöhnt, Entscheidungen zu treffen, aber hier schien es keine richtige Antwort zu geben. Er hatte natürlich keine Gewalt über George Whitefield, von der Macht abgesehen, die im Ratschlag eines Freundes lag. Dennoch bekümmerte es ihn, daran zu denken, dass der junge Mann, den er sehr gerne hatte, einen schwerwiegenden Fehler machen könnte – wie er selbst ihn gemacht hatte.

»Wir müssen uns auf das Los verlassen, Andrew.«

»Das Los?«

»Wenn wir die Zeit hätten, könnten wir im Gebet auf Antwort warten, aber die Zeit haben wir nicht. Kommt, ich bereite die Zettel vor.«

Andrew sah unbehaglich zu, als Wesley ein Stück Papier in Streifen zerriss. Rasch schrieb er die verschiedenen Möglichkeiten für Whitefields Zukunft darauf, faltete sie und tat sie in eine Schachtel. »Ihr müsst euch mischen, Andrew«, sagte Wesley beinahe grimmig. »Ich möchte, dass uns kein Fehler unterläuft. Ich darf mich nicht auf meine eigene Weisheit verlassen – Gott muss in dieser Sache sprechen.«

Andrew mischte die Papierstreifen, reichte die Schachtel zurück, und Wesley zog einen davon. Er öffnete ihn, starrte ihn einen Augenblick lang an, dann lächelte er: »Hier steht: ›Lass ihn nach London zurückkehren.‹ Das wars«, sagte er mit allen Anzeichen von Erleichterung. »Nun will ich ihm einen raschen Brief schreiben.«

* * *

An Bord der *Whitaker* schritt George Whitefield auf und ab. Seine Augen hingen an dem kleinen Ruderboot, das mit größter Eile über die unruhigen grauen Wellen gerudert wurde. Der Wind frischte auf, und Whitefield wusste, dass die *Whitaker* schon bald nach Georgia segeln würde.

Schließlich erreichte das Boot das Schiff und Griffith Jones kletterte an Bord. »Hier ist Mr Wesleys Antwort, Sir.«

Eifrig griff Whitefield nach dem Papier, öffnete den Umschlag und las die Botschaft. Er starrte ungläubig die Zeilen an, als Wesley erklärte, es sei seiner Meinung nach von entscheidender Bedeutung, dass Whitefield seine Reise nach Savannah abbreche und augenblicklich nach London zurückkehre.

Die Nachricht war nur kurz und Whitefield konnte sie kaum glauben. Er war über Wesleys Handlungsweise überrascht, aber er wusste, dass es ihm unmöglich war, seinem Rat zu folgen. Augenblicklich ging er in seine Kabine und schrieb dort den folgenden Brief:

Ich nahm die Nachricht von Eurer Ankunft gefasst entgegen und sandte Euch meinen Diener. Eure freundliche Antwort erreichte mich und ich danke Euch dafür. Ich glaube, es gibt viele Gründe, die gegen meine Rückkehr nach London sprechen. Zum Ersten kann es nicht sein, denn wenn ich käme, würden die Feinde des Herrn denken, dass ich zurückscheue, und so den heiligen Namen lästern, durch den ich berufen bin. Zum Zweiten kann ich nicht meine Schäfchen an Bord lassen und nach London zurückkehren, denn in der Zwischenzeit könnte das Schiff abfahren. Eure Ankunft spricht eher für meine Berufung. Es ist nicht recht, dass die Kolonie ohne Hirten bleiben soll, und obwohl sie ein starrsinniges und rebellisches Volk sind, hat Gott mir doch die Zuneigung aller geschenkt, wo immer ich war; warum sollte ich also daran verzweifeln, seine Gegenwart in einem fremden Land zu finden?

Whitefield war erregt, und als sein Schiff am nächsten Tag ablegte, war er betrübt über den Zwist zwischen ihm und John Wesley. Er misstraute dem Gebrauch des Loses. Eines wusste er freilich nicht: In Zukunft würde die Art und Weise, wie Wesley ihn behandelt hatte, ihrer beider Leben beeinflussen.

* * *

Nachdem sie – wie sie meinten – die Angelegenheit mit Whitefield in Ordnung gebracht hatten, verließen Wesley und Andrew am nächsten Tag Deal und reisten nach London. Wo die beiden Männer auch waren, sei es in der Kutsche oder bei einem Spaziergang, überall hörten sie von den mächtigen, kraftvollen Predigten George Whitefields.

Als sie in London ankamen, sagte Andrew kopfschüttelnd: »Ich kann es nicht glauben, dass George Whitefield so berühmt geworden ist!«

Wesley stand ebenso vor einem Rätsel wie sein Gefährte. »Gott gebraucht, wen er will.« Er blickte zum Fenster hinaus, als sie über die London Bridge fuhren, und sagte: »Es ist etwas Herrliches, wenn die Predigt des Evangeliums solche Früchte trägt. Mr Whitefield ist ein höchst ungewöhnlicher junger Mann.« Er wandte sich Andrew zu und forschte im Gesicht seines Assistenten. Er sah, dass Andrew Gewicht verloren hatte und sein Gesicht hagerer war, sodass es einen beinahe hungrigen Ausdruck trug. Als Wesley zurückdachte, fiel ihm ein, dass Andrew ein fröhlicher junger Mann gewesen war, als sie vor fast zwei Jahren London verlassen hatten. Nun wurde ihm bewusst, dass er Andrew schon eine ganze Weile nicht mehr lachen gehört hatte, und plötzlich sagte er: »Ihr seid sehr müde, Andrew. Es war eine harte, schwierige Prüfung für Euch.«

»Nicht härter als für Euch, Mr Wesley.«

»Was werdet Ihr jetzt anfangen?«

Andrew zögerte. Er hatte sich über seine Vorstellungen von einer Heirat mit Wesley austauschen wollen, aber er wusste, dass er sich da auf dünnes Eis begab. Er sagte rasch: »Ich habe vor, in diesem Land zu bleiben – und ich gedenke zu heiraten.«

Wesley blinzelte überrascht. Nach einem Augenblick des Schweigens sagte er: »Ich wusste nicht, dass Ihr verlobt seid, Andrew.«

»Das bin ich auch nicht, Sir, aber es ist die Pflicht eines Geistlichen zu heiraten – vor allem, wenn man Pfarrer ist. Für gewisse Pflichten in der Gemeinde ist eine Frau notwendig. Die Leute brauchen das.

Ich habe gebetet und bin zu dem Entschluss gekommen, eine Frau zu finden, die Gott auf diese Weise dienen will.« Rasch schilderte er seine Ansichten, die Ehe sollte eher ein geschäftliches Arrangement sein als ein romantisches Zwischenspiel. Als er zu Ende war, fragte er eifrig: »Was haltet Ihr davon, Mr Wesley?«

Wesley nickte leicht. Seine Affäre mit Sophy hatte ihn mehr geschmerzt, als er je einer Menschenseele mitgeteilt hätte. »Wenn ein Mann heiraten will – vor allem ein Geistlicher –, halte ich Euren Plan für den besten, und ich lobe Euch dafür.«

Eine Welle der Erleichterung überschwemmte Andrew Wakefield. Er bewunderte John Wesley, er respektierte ihn und vertraute ihm wie keinem anderen. Trotz der Fehler, die Wesley auf manchen Gebieten hatte, war er in Andrews Augen ein gebildeter und weiser Mann. Er lehnte sich in den Sitz der Kutsche zurück und dachte: *Dorcas wird ein Zuhause haben und einen Ort, den sie ihr Eigen nennen kann. Ich habe jemand, der die Bedürfnisse eines Pfarrers erfüllt. Das ist genug.*

Wesley wies den Kutscher an, zu dem Haus in Westminster zu fahren, in dem sein Bruder Charles wohnte. Als er ausstieg, schüttelte er seinem Freund warmherzig die Hand. »Gott gebe Euch Weisheit, Andrew. Lasst von Euch hören, sobald Ihr Euch eingerichtet habt.«

»Danke, Mr Wesley. Das werde ich gewiss tun.«

Als die Kutsche davonfuhr, beugte Andrew sich aus dem Fenster und rief dem Kutscher Anweisungen zu. Er blickte aus dem Fenster auf die vertraute Gegend und empfand eine gewisse Sicherheit bei dem Gedanken, wieder in seiner eigenen Welt zu sein. Die Kutsche fuhr von der Grafton Street in die Albany Street. Der Wind war kalt. Einmal blieb die Kutsche mitsamt dem anderen Verkehr stecken. Andrew blickte hinaus und sah einen Leichenzug, der sich langsam nach Norden, auf die Uston Road zu, bewegte. Der Leichenwagen wurde von vier schwarzen Pferden mit schwarzem Kopfputz gezogen. Durch das Fensterglas konnte er den Sarg sehen, der mit Blumen im Wert von vielen Pfund bedeckt war. Andrew konnte sich ihren Duft vorstellen und wie mühselig es gewesen war, sie um diese Jahreszeit zu ziehen.

Dem Leichenwagen folgten drei weitere Kutschen mit Trauergästen, alle in Schwarz gekleidet. Geld hatte keine Rolle gespielt. Wenn man nach der Nachbarschaft ging, hatten diese Blumen Geld gekostet, das man besser für Lebensmittel ausgegeben hätte, und sie würden für dieses Begräbnis mit kalten Herden und leeren Tischen bezahlen. »Der Tod«, sagte er leise, »fordert seinen Tribut, und man darf die Nachbarn nicht durch ein armseliges Schauspiel enttäuschen.« Es schien ihm seltsam, dass man Armut um jeden Preis verbergen wollte.

Nachdem die Prozession vorbeigezogen war, rollte die Kutsche weiter durch den Verkehrsstrom. Ein Brauereiwagen fuhr vorbei. Mächtige Pferde mit geflochtenen Mähnen glänzten in der Sonne. Sie trugen schimmerndes Zaumzeug, hinter ihnen folgten Einspänner und die allgegenwärtigen Droschken.

Die Kutsche überquerte die Straße, bog nach rechts in die Albany Street ab, die parallel mit dem Park verlief, und blieb vor dem Haus des Bischofs stehen. Andrew stieg aus, bezahlte den Kutscher, merkte, dass ihm nur wenig Geld blieb, und fand sich damit ab, dass das für eine Weile seine letzte Kutschenfahrt gewesen war.

Er schritt die Eingangsstufen hinauf, klopfte an die Tür und wurde augenblicklich von James, dem ältlichen Diener des Bischofs, eingelassen. »Ah, Sir, es ist lange her.«

»Ja, das ist es, James. Ich bin überrascht, dass Ihr mich nicht vergessen habt.«

James schüttelte entschieden den Kopf. »Das würde ich niemals tun, Mr Wakefield, auf gar keinen Fall.« Er nahm Andrew Hut und Mantel ab, hängte sie auf und sagte: »Der Bischof hat Zeit für Euch. Ich weiß, er wird Euch gerne sehen wollen. Er hat erst kürzlich von Euch gesprochen.«

»Tatsächlich?«, fragte Andrew angespannt. »Wie kam das, James?«

»Nun, er behält seine Favoriten im Auge, Sir – und Ihr wart immer einer seiner Favoriten.«

Wärme durchströmte Andrew. Er hatte es nicht eingestanden, nicht einmal vor sich selbst, aber düstere Gedanken an die Zukunft hatten sich über ihm zusammengeballt, seit er sich zur Rückkehr entschlossen hatte. Er hatte keine nennenswerten Verbindungen in England. Am ehesten hoffte er noch, Kurat bei irgendeinem einflussreichen Pastor zu werden. Der Gedanke hatte ihn bedrückt, denn es war ein armseliges Leben – ohne Dank, ohne Farbe und Aufregung. Davon hatte er in Georgia schon genug gehabt.

»Mylord, ein alter Freund von Euch – Mr Wakefield!«

Bischof Alfred Crawley saß, in einen weinfarbenen Hausmantel gekleidet, vor einem lodernden Kaminfeuer. Willkommen malte sich auf seinem Gesicht, als er aufblickte. »Wakefield! Mein lieber Junge – « Der Bischof stand augenblicklich auf, groß und gebeugt, das graue Haar unfrisiert. Er strich es zurück, als er Andrew freundlich die Hand schüttelte. »Ich freue mich so, Euch zu sehen, mein lieber Junge! Kommt und setzt Euch. James, wir müssen feiern. Wir werden uns ein wenig von dem Wein genehmigen, den Mr Daily uns geschickt hat.«

»Es tut mir leid, dass ich ohne Voranmeldung gekommen bin –«

»Unsinn! Unsinn!« Der Bischof geleitete Andrew zu einem Sessel, dann sagte er: »Nun wollen wir sehen, was seit dem letzten Besuch alles passiert ist. Ihr wisst sicher ganz genau, was ich tue, aber nun erzählt mir einmal alles über Eure Erfahrungen mit den Wilden.«

Andrew begann zu erzählen. Das Feuer knisterte und prasselte, und die beiden Männer genossen ein Glas des Weines, den James hereingebracht hatte. Der Bischof hob sein Glas und sagte: »Ich trinke auf Euch, Sir, und auf Eure Heimkehr.«

Andrew erwiderte den Trinkspruch, dann begann er vorsichtig von seinen Erfahrungen in Georgia zu sprechen. Ihm war klar, dass die Wahrheit bald an den Tag kommen würde, daher war er vollkommen offen mit Bischof Crawley. Er erklärte, dass Mr Wesley Schwierigkeiten mit einigen Mitgliedern der Gemeinde gehabt hatte – vor allem mit einer jungen Frau – und sie enttäuscht von ihrer Missionsreise heimgekehrt waren.

Crawley legte die Fingerspitzen zusammen und starrte über sie hinweg, während er lauschte. Als Bischof hatte er die Aufgabe, Posten zu besetzen – und Bischof Crawley war ein hochintelligenter Anführer. Er kannte jede Kirche in seinem Einflussbereich und wusste genau, welche Art Mann dort gebraucht wurde. Als er nun den jungen Andrew Wakefield ansah, studierte er sein Gesicht sorgfältig, während er in Gedanken die verschiedenen Möglichkeiten durchging. *Wie kann dieser junge Mann am effektivsten eingesetzt werden?*, fragte er sich. Als Andrew mit seiner Geschichte zu Ende gekommen war, sagte der Bischof rasch: »Ach ja – da haben wir es! Unsere Pläne gehen nicht immer in Erfüllung, auch wenn wir uns das noch so sehr wünschen. Aber Ihr dürft Euch nicht entmutigen lassen, mein Junge. Ihr seid jung und es wird eine wertvolle Erfahrung für Euch sein.«

»Das Gefühl habe ich auch, Mylord.« Grimm stieg in Andrew auf, als er sagte: »Ich habe tatsächlich viel gelernt.«

Crawley lehnte sich in seinen Sessel zurück. Das Feuer war heiß und er rückte den Sessel ein wenig ab, dann sagte er: »Ich habe großes Vertrauen zu Euch, Andrew. Es gibt keinen jungen Mann, in den ich größere Hoffnungen setze – abgesehen von Ihren Verbindungen zu den Methodisten.«

»Ihr sprecht von den Schwärmern.«

»Das tue ich.« Crawleys Gesicht wurde streng. »Ich weiß, Ihr seid ein Freund von Mr Wesley, wie Ihr Opfer beweist. Ich muss Euch leider sagen, Sir, dass ich Eure Bewunderung nicht teile. Mr Wesley ist ein Gelehrter, ein fähiger Mann – aber diese Methodistenbewegung bedeutet nur Ärger für die Kirche von England!« Der Bischof sprach noch eine Weile über den Klub der Heiligen und erwähnte dann George Whitefield.

»Soviel ich weiß, sind die Leute sehr angetan von Mr Whitefield«, fragte Andrew. »Wie steht Ihr zu ihm, Mylord?«

»Mr Whitefield erregt die Gefühle, und die Leute haben es gern, wenn ihre Gefühle erregt werden. Hört nur, man erzählt, dass bei seinen Predigten einige zusammenbrechen und sich auf dem Boden herumwälzen. Unsinn! Das ist kein Predigen, das ist Effekthascherei!«

Andrew lauschte, als der Bischof sich weiterhin heftig gegen die Bewegung aussprach, die sich um George Whitefield sammelte. Schließlich sprach der Bischof aus, was Andrew bereits kommen gesehen hatte: »Ich muss es Ihnen ganz offen sagen, Andrew: Bei allem Zutrauen zu Euren Fähigkeiten kann ich Euch nicht mit gutem Gewissen für eine unserer Pfarreien empfehlen, solange Ihr dieser Bewegung angehört.«

Plötzlich erinnerte sich Andrew daran, wie er sich einmal im Wald verirrt hatte. Er war blindlings durch den Wald gestolpert, sein Gesicht war von Dornen zerkratzt gewesen, doch schließlich war er an eine Straße gekommen, die er nicht kannte. Er war ihr kurze Zeit gefolgt, als sie sich abrupt gabelte. Als er nun vor dem Bischof saß, erinnerte er sich, wie verwirrt er damals gewesen war. Er hatte gewusst, er musste den einen oder anderen Weg wählen. Es war ein erschreckender Augenblick für ein Kind gewesen. Während er dasaß und das vogelähnliche Gesicht des Bischofs Alfred Crawley betrachtete, kehrte etwas von dieser Furcht zurück.

Wenn ich jetzt die falsche Entscheidung treffe, dachte er verzweifelt, *dann ist mein Leben ruiniert.* Er wusste, was der Bischof von ihm verlangte. Es war keine komplizierte Angelegenheit, denn eine Spaltung ging durch die Kirche von England. Es war die alte Geschichte von der etablierten Macht gegen die neue Bewegung, die sich auch hier wiederholte. Männer wie Whitefield, Wesley und Howell Harris in Wales bedeuteten eine Bedrohung für Männer wie Bischof Crawley, die es als ihre Pflicht betrachteten, von den Vätern Übernommenes weiterzugeben. Er sah die Kirche als eine von Mauern umgebene Stadt an, in der niemand die Mauern durchbrechen durfte, in der alles seinen alten Lauf gehen musste. Er hegte tiefen Respekt für Ordnung und Vergangenheit und begegnete jeder Herausforderung mit der ganzen Kraft seines Herzens.

Langsam begann Andrew zu sprechen; er wusste, was er jetzt sagte, konnte über seinen Lebensweg entscheiden. »Bischof«, sagte er ruhig, »während ich in Oxford war, war ich sehr beeindruckt von dem echten Hunger nach Gott, den ich bei Mr Wesley und seiner Gruppe sah. Ich bin überzeugt, sie sind keine bösen Menschen, sondern gute Menschen –« Andrew zögerte, dann platzte er heraus – »aber ich fürchte, sie sind irregeleitete Menschen.« Er sah augenblicklich, wie ein Lächeln auf die Lippen des Bischofs trat, und wusste, dass er das Richtige gesagt hatte. »Ich verurteile sie nicht, denn die Bibel lehrt, dass ich das nicht darf. Meine eigene Ansicht ist jedoch, dass die Kirche von England ein Bollwerk ist. Es besteht kein Zweifel, dass es noch andere Bewegungen wie diese geben wird. Ich selbst jedoch bin bereit, der Kirche die Ehre zu geben, wie sie in den Jahren unserer Geschichte gewachsen ist. Es ist diese Kirche – die Kirche von England –, der ich mit meinem Leben dienen möchte.«

Crawley klatschte sich mit beiden Händen auf die dünnen Beine. »Exzellent, mein lieber Wakefield! Ich habe gebetet, dass Ihr zu dieser Ansicht gelangen möchtet!« Entzücken tanzte in den Augen des alten Mannes, denn er hatte Andrew Wakefield außergewöhnlich gern. »Nun, dann lässt sich schon etwas machen!«

Bevor Andrew ihn verließ, fand er heraus, was dieses *etwas* war – es war mehr, als er sich erträumt hatte. Der Bischof sprach eine Zeit lang davon, dass die Erlöserkirche einen Pfarrer brauchte. »Es ist eine schöne Kirche, zwar nicht so groß wie manche andere, aber sie wird wachsen – oh ja, sie wird aufblühen unter Ihrer Hand, Andrew.« Er schilderte das Pfarrhaus und Andrew war entzückt. »Das Einzige, was ihm noch fehlt, ist eine weibliche Hand«, bemerkte der Bischof, wobei er den Kopf neigte und Andrew von der Seite betrachtete.

Andrew errötete und räusperte sich. »Ihr sprecht prophetische Worte, Herr Bischof.«

»Ach, so ist das also?« Wiederum zeigte sich der Bischof erfreut. »Ich habe noch nichts davon gehört, aber zweifellos denkt Ihr bereits an eine bestimmte junge Frau.«

»Ja, das habe ich. Eine sehr bescheidene, demütige Frau, die Euch gewiss gefallen wird.«

Auf das hin kannte die Freude des Bischofs keine Grenzen, und als

Andrew schließlich das Pfarrhaus verlassen durfte, klopfte Crawley ihm auf die Schulter. »Ich sehe Gottes Hand am Werk. Die Erlöserkirche braucht einen Pfarrer – Ihr braucht eine Kirche. Ich erwarte, dass ich gebeten werde, Euch zu trauen, sobald Ihr und Eure junge Frau sich einig geworden sind.«

Andrew verließ das Haus des Bischofs in gehobener Stimmung – als wäre zum ersten Mal seit seinem trostlosen Erlebnis in Georgia die Sonne hinter den Wolken erschienen.

Dann dachte er an den Klub der Heiligen und John Wesley. Einen Augenblick lang schien das Sonnenlicht sich zu verdunkeln. »Mr Wesley wird seinen eigenen Weg gehen müssen«, flüsterte er. »Was mich angeht, so habe ich meinen Weg gewählt ...«

* * *

Dorcas Morgan liebte die Küche in Wakefield mehr als jeden anderen Raum. Sie kannte sie so gut, wie sie keinen anderen Teil des Hauses kannte, ebenso wie die dazugehörigen Außengebäude, die als Butterkammer, Spülraum, Wäscherei, Holzschuppen, Remise und Toilette dienten. Seit Hope gestorben war, hatte Dorcas den größten Teil der Zeit hier verbracht. Sie ging Olive zur Hand, was dankbar angenommen wurde.

Als sie nun vor dem hohen Fenster stand, das das bleiche Sonnenlicht auf den gekachelten Boden fallen ließ, hatte Dorcas ihre Freude an der Umgebung. Nach dem kleinen, freudlosen Häuschen in Wales war das hier ein Königreich! Alle möglichen Dinge und Vorräte wurden hier aufbewahrt: Haken oder Nägel waren in die Balken geschlagen worden, daran hingen Bündel getrockneter Kräuter, Girlanden roter Paprikaschoten und getrocknete Äpfel, verschiedene Werkzeuge, Säcke in allen Größen und Formen, goldene Maiskolben, Wunderheilmittel für Menschen und Tiere, Schnüre und Bindfäden, Garn und frisch gesponnener brauner Zwirn. Ein Hirschgeweih war in Deckennähe angenagelt worden und diente als Ständer für verschiedene Häubchen und Hüte.

Ein großer Kamin beherrschte an einem Ende den Raum. Er diente als Herd, Beleuchtungskörper und Ofen zugleich. Der Herd war mit einer Querstange versehen, an der ein Kessel und ein Topf hingen und vielleicht noch ein zusätzlicher Wasserkessel mit einem Spund, damit immer heißes Wasser zum Kochen und Putzen zur Hand war. All das konnte höher oder tiefer gehängt werden, je nachdem, wie viel Hitze man brauchte.

Dorcas überblickte mit einem Gefühl des Neids die Küchenausstattung. In dem alten Häuschen in Wales hatte es bestenfalls zwei oder drei abgenutzte Töpfe gegeben. Aber hier war die Ausstattung überreichlich! Es gab Utensilien aus Eisen, Messing, Kupfer oder Zinn. Da gab es eine Bratpfanne, Kessel, Suppenterrinen, Spieße, Schöpfer, eine Pfanne für Eintopf und eine zum Brotrösten. Es war früh am Nachmittag, Dorcas war dabei, Wurst zu bereiten, eine Speise, die sie liebte. Sie war schon seit einiger Zeit an der Arbeit und hatte eine Paste aus magerem und fettem Schweinefleisch hergestellt, die ordentlich durchgeknetet und kräftig gewürzt wurde. Munter machte sie sich daran, die Füllung in die sauber geputzten Häute, die aus den Eingeweiden eines Schweins hergestellt waren, zu füllen. Um die Häute festzustopfen, verwendete sie einen Trichter aus Zinn. Nachdem sie sorgfältig Stücke von sechs Zoll Länge abgeteilt und mit festem Zwirn verschlossen hatte, stand sie da und blickte zufrieden die Würste an. Wenn sie sie auftischen wollte, würde sie sie in Wasser kochen, dem Salz und manchmal auch Rosinen beigefügt waren. In Wakefield hatte sie jede nur denkbare Sorte Fleisch dazu verwendet, darunter Fisch, Kaninchen, Austern und Hammelfleisch. Die Familie hatte sich begeistert gezeigt und nun war sie zufrieden mit ihrem Werk.

Als sie in der Küche herumging, um nach ihrer schmutzigen Arbeit aufzuräumen, hielt sie einen Moment inne und ging hinüber zum Fenster. Sie blickte auf den grauen Himmel hinaus und dachte daran, wie sehr sie ihre Wohltäterin Hope Wingate vermisste.

Ihr Leben war nach Hopes Tod nicht mehr dasselbe gewesen. Solange sie die Frau pflegte, hatte sie einen Lebensinhalt gehabt, aber jetzt war sie – nichts. Sie war keine Verwandte – jedenfalls nicht in den Augen der Wakefields –, und sie war keine bezahlte Dienerin, obwohl man sie sicher einstellen würde, falls sie darum bitten würde. Sie fühlte eine Leere, die sie nicht näher bestimmen konnte.

Sie dachte plötzlich an Andrew und an seinen Besuch in ihrem Cottage in Wales. Sie erinnerte sich an jeden einzelnen Augenblick. Er hatte sie aus Armut und Hunger gerettet und an diesen Ort gebracht, wo Überfluss herrschte! Es war eine Tat Gottes gewesen, da war sie sicher. Selbst jetzt konnte sie beim Anblick der braunen und leblosen Felder kaum den Kummer bezwingen, der sie in letzter Zeit erfüllt hatte. Sie hatte keine engen Freunde, niemanden, mit dem sie ihren Schmerz teilen konnte. Gareth war zurückgefahren nach Oxford, glücklich in seinem neu gefundenen Weg mit dem Herrn. Obwohl sie ihre Freude daran hatte, half ihr das nicht gegen die Einsamkeit.

Sie verbrachte den Rest des Nachmittags lesend in ihrem Zimmer. Schließlich zog sie in ihrer Verzweiflung ihren schweren Wollmantel an, ein Häubchen, das beinahe ihre Wangen bedeckte, wollene Strümpfe und Schuhe. Dann verließ sie das Haus und ging in den Wäldern spazieren. Die frische kalte Luft färbte ihre Wangen rosig. Sie schlenderte durch das Gut und blieb am Bach stehen, um zu beobachten, wie das eisige Wasser über die gerundeten Steine floss. Über ihr störten Krähen die Stille des Nachmittags mit ihren rauen Schreien, während sie Kreise zogen und herabstießen. Als sie in der Nähe landeten, stolzierten sie hoch erhobenen Hauptes daher. Ihre blassgelben Augen starrten sie an, als ärgerten sie sich, dass sie in ihr Reich eingedrungen war.

»Fliegt weg, Vögel«, sagte sie und wedelte mit den Armen. Sie lösten sich mit wildem Geflatter von der Erde.

Schließlich kehrte sie ins Haus zurück. Ihre Füße, ihr Gesicht und ihre Ohren waren gefühllos, als sie durch die Seitentür hineinschlüpfte und zu den Mägdekammern hinunterstieg, um Olive bei der Zubereitung des Abendessens zu helfen. Als sie am Wohnzimmer vorbeiging, hörte sie zwei Stimmen. Sie erkannte Sir George und seine Mutter. Sie wandte sich ab und wollte schon weitergehen, da hörte sie, wie ihr Name erwähnt wurde. Sie blieb stehen. Obwohl sie es verabscheute zu lauschen, war sie doch neugierig. Lady Ann sagte soeben: »... und der junge Mann wird sich doch gewiss um seine Schwester kümmern.«

»Gareth? Oh, das wird er sicher tun, sobald er eine Stellung hat.« Georges Stimme war schwer und selbstzufrieden. Schweigen herrschte, dann sagte er: »Bist du unzufrieden mit Dorcas?«

»Aber nein, sie macht sich sehr nützlich. Aber wir brauchen sie eigentlich nicht als Dienerin. Wir haben schon genügend Hilfe.«

»Da hast du wohl recht.«

Ihr stockte das Herz vor Schreck. Es war beinahe, als hätte sie gehört, dass sie eine schleichende, gefährliche Krankheit hatte. Plötzlich wurde ihr bewusst, dass sie sich in einem fremden Land befand, wo sie nirgends hingehen konnte und niemand sie beschützte. Gareth war hilflos – beinahe so hilflos wie sie. Sie kannte seine Armut, und als sie da im Flur stand und lauschte, schien sich eine kalte Hand um ihr Herz zu klammern.

»Ich werde mit dem Mädchen reden«, sagte Lady Wakefield. Sie war eine willensstarke Frau, aber leider ziemlich gefühlskalt. George war ihr sehr ähnlich, das hatte Dorcas gleich gewusst. Andrew dagegen war anders, und sie war schon vor langer Zeit zu dem Schluss gekommen, dass er sein warmherziges Wesen von seinem Vater geerbt haben musste.

Sie drehte sich um, schlich auf Zehenspitzen davon in ihr Zimmer, schloss die Tür und setzte sich aufs Bett. Sie starrte ihre Hände an und versuchte nachzudenken. Ihr Geist war wie gelähmt und sie kam zu keinem Schluss. Dann begann sie wie immer zu beten: »Oh Gott, zeige mir, was ich tun soll ... ich kann hier nicht bleiben – wohin soll ich gehen? Wovon soll ich leben?«

Draußen wurden die Schatten dunkler, als die Nacht herabsank. Dorcas saß da, bis es vollständig dunkel geworden war, aber sie merkte es nicht. Unten konnte sie die schwachen Geräusche von Menschen hören, die sich unterhielten, und wusste, dass die Mahlzeit serviert wurde. Aber sie brachte es nicht übers Herz hinunterzugehen. Schließlich stand sie auf und ging zum Fenster. Die Luft war eisig kalt und berührte ihr Gesicht mit einer kalten Hand, die ihr Schauder über den Rücken jagte. Voll Angst rief sie von Neuem aus: »Oh Gott, hilf mir. Du bist meine einzige Hoffnung.«

* * *

Während der nächsten zwei Tage ging Dorcas ihrer gewohnten Arbeit nach. Sie war stiller als gewöhnlich. Einmal fragte Olive, auf deren breitem Gesicht sich Mitgefühl malte: »Bist du krank, Mädchen? Du hast seit zwei Tagen kaum ein Wort gesprochen.«

»Nein, es geht mir gut, Olive.«

Wenn sie auch nicht körperlich krank war, so litt doch ihre Seele. Sie hatte in der Bibel gelesen: »Betet ohne Unterlass«, hatte jedoch nie verstanden, was damit gemeint war. Sie hatte sich gefragt: Wie kann man die ganze Zeit beten? Jetzt wusste sie, was gemeint war. Sie war so bekümmert, dass sie niemals abließ, um Führung zu beten und um ein Licht in der Finsternis, die sie zu verschlingen drohte, ob sie nun arbeitete, las oder einfach durch die Wälder schlenderte. Am Mittwochmorgen war sie eben damit fertig geworden, das Frühstücksgeschirr abzuräumen, als Mrs Beard, die Haushälterin, zu ihr kam: »Dorcas, du wirst im Arbeitszimmer verlangt.«

»Von Sir George?«

»Nein, es ist Mr Andrew. Er ist wieder zurück.«

Augenblicklich hellte sich Dorcas' Miene auf und sie band sich die Schürze ab. »Er ist eben erst zurückgekehrt«, rief Mrs Beard ihr nach und lächelte über die Hast, die das Mädchen an den Tag legte. »Wir werden ihn wieder aufpäppeln müssen!«

Dorcas eilte ins Arbeitszimmer. Dort fand sie Andrew vor, wie er neben dem Rosenholzschreibtisch in der Mitte des Raumes stand. »Mr Wakefield«, sagte sie. »Ich freue mich so, dass Ihr wieder da seid!«

Andrew trat auf das Mädchen zu und streckte die Hand aus. Sie ergriff sie und drückte sie sanft. »Ja, ich bin zurück, Dorcas. Du siehst sehr gut aus.«

»Nun – danke, Sir.« Dorcas dachte, dass Andrew selbst überhaupt nicht gut aussah. Er war mager, Anstrengung hatte seine vornehmen Züge gezeichnet. Sein langes dunkelblondes Haar verlangte nach einem Haarschnitt, und sie merkte, dass er nervös war.

Andrew war tatsächlich nervöser, als er je gewesen war. Er sprach eine Zeit lang mit ihr, während sie vor dem Feuer saßen, erzählte von seinen Erlebnissen in Georgia und sagte schließlich: »Möchtest du mit mir spazieren gehen, Dorcas?«

»Lasst mich nur meinen Mantel holen.«

Dorcas zog ihren dicken Mantel an, und als sie ihn an der Tür traf, hielt er ihr die Tür auf. Sie trat ins Freie und bemerkte, dass die Sonne, wenn auch nur schwach, durch die zerfetzten Wolken schien. »Die Sonne versucht zu scheinen, Mr Wakefield«, sagte sie.

»Sieh mal, Dorcas – kannst du mich nicht Andrew nennen? Ich bin noch nicht alt genug, um dein Großvater zu sein.«

»Nun, wenn du möchtest – Andrew.«

»So ist es schon besser. Komm, erzähl mir, was du gemacht hast. Ich habe Wundergeschichten von deinen Hühnern gehört.«

Dorcas gehorchte bereitwillig. Sie war stolz auf ihre Herde und zeigte ihm das Hühnerhaus, das sie gebaut hatte, den Auslauf und ihr Futter, das sie in besonderen Dosen aufbewahrte.

Andrew lauschte und stellte fest, dass Dorcas hübsch aussah. Ihre großen dunklen Augen waren von Erregung erfüllt, als sie von ihren geliebten Hühnern sprach, und er bemerkte von Neuem, was für faszinierende Züge sie hatte: ihr Mund, ihr entschlossenes Kinn und die reinste Haut, die er je an einer Frau gesehen hatte, glatt und makellos.

Sie ließen die Hühner hinter sich und spazierten über das Gut. Als sie den Bach erreichten, wo Andrew als Junge so oft gefischt hatte, war Andrew klar, dass er die Sache nun nicht mehr länger hinausschieben konnte. Er wandte sich Dorcas zu und sagte: »Ich möchte in einer sehr ernsten Angelegenheit mit dir sprechen.«

»Ja, Sir?«

»Ich – habe – viel über meine Zukunft nachgedacht.« In seiner Stimme lag ein Zögern und Dorcas fragte: »Hast du Ärger?«

»Nein, keinen Ärger, aber meine Pläne betreffen dich.«

Jähe Hoffnung keimte in Dorcas auf, sie sah sich als Andrew Wakefields Dienerin. Sie hatte immer gehofft, er würde eine Kirche bekommen und sie könnte seine Haushälterin sein. Nun sagte sie: »Bitte sag es mir.«

Er blickte in ihr Gesicht, und irgendwie schienen ihm die Worte, die er sich zurechtgelegt hatte, nicht passend. Aber Andrew Wakefield war ein starrsinniger Mann. Wenn er sich einmal zu etwas entschlossen hatte, änderte er seine Meinung nicht mehr. »Ich bin zum Pfarrer einer schönen Kirche in London bestimmt worden, Dorcas. Das ist eine großartige Gelegenheit für mich. Bischof Crawley hat immer eine Vorliebe für mich gehabt, wie du weißt, deshalb hat er mir diese Chance gegeben.« Er begann von der Erlöserkirche zu sprechen. Seine Augen wurden warm vor Erregung, als er schilderte, was für Möglichkeiten er sah.

»Ich freue mich für dich, Andrew! Niemand hat es mehr verdient«, sagte Dorcas erfreut.

Andrew schluckte schwer, dann sagte er: »Es wäre gut, wenn ein Geistlicher – kein alleinstehender Mann wäre.«

Dorcas' Blick drückte Überraschung aus und sie fragte: »Nun, Sir, und was weiter?« Ihr erster Gedanke war, dass er sich mit einer Frau aus Georgia verlobt hätte.

»Das – das wollte ich dir eben sagen.« Andrew presste einen Augenblick lang die Lippen zusammen und rief seine Gedanken zur Ordnung. Er hatte seinen Plan gefasst und war entschlossen, alles Nötige zu sagen, so einfach und geschäftsmäßig wie nur möglich. »Dorcas, du hast oft zu mir gesagt, du würdest niemals heiraten. Ich hatte meine Zweifel daran, aber du bist immer so entschlossen. Ich habe dasselbe gedacht. Ich habe gesehen, was Verliebtheit den Menschen antun kann.«

»Verliebtheit?«

»Ja, du weißt doch, was ich meine. Sich verlieben – küssen und all das.«

»Es überrascht mich, dich von solchen Dingen sprechen zu hören.«

»Ich habe gesehen, was die Narretei in einem Menschen anrichten kann!« Andrews Ton wurde sehr streng, beinahe hart, und seine Augen zogen sich zu schmalen Schlitzen zusammen. »Du hast nichts Romantisches an dir, Dorcas, und ich auch nicht.« Er holte tief Atem und sagte beinahe verzweifelt: »Was ich sagen will, Dorcas: Ich würde gerne heiraten. Ich brauche eine Gefährtin. Ich bin nicht im Geringsten gefühlsbetont oder romantisch. Ich will nichts damit zu tun haben – und ich nehme an, du empfindest wie ich.« Er wartete, ob Dorcas ihm Antwort gab, aber sie sah nur verdutzt aus. »Ich möchte, dass wir heiraten, Dorcas.«

Die Worte trafen Dorcas wie ein Schlag. Sie hatte alles erwartet, aber nicht das! Sie wandte sich von ihm ab und versuchte vergeblich, ihren Gesichtsausdruck zu beherrschen. Die Ehe war etwas, an das sie schon längst nicht mehr dachte, und nun bat Andrew sie, seine Frau zu werden!

Andrew sah ihre Verwirrung. Er streckte die Hände aus, drehte sie zu sich herum und sah, dass ihre Augen vor Schreck weit aufgerissen waren. »Ich weiß, das ist schwierig für dich. Ich wusste nicht, wie ich es dir sonst sagen sollte«, sagte er und zwang sich zu einem milden Ton. Er zögerte, dann sprach er weiter: »Dorcas, ich brauche eine Frau und du brauchst ein Zuhause. Du bist empfindlich, was deine Hand angeht, du hast deshalb auch die Ehe aus deinen Gedanken verbannt. Wir sind nicht romantisch, daher brauchen wir uns von dergleichen nicht stören zu lassen.« Er wartete, dass sie etwas sagte, aber sie schwieg. Schließlich meinte er: »Aber vielleicht findest du mich – widerwärtig.«

»Oh nein, Sir, auf keinen Fall«, schrie Dorcas auf. Sie legte, ohne nachzudenken, die Hand auf seine Brust und ließ sie dort liegen. »Es ist nur – ich habe niemals daran gedacht zu heiraten.«

»Ich weiß, aber ich finde, du solltest es tun. Du kannst Gott auf diese Weise dienen, Dorcas. Du und ich zusammen. Es wird ein – *vernünftiges* Arrangement sein. Wir können so viel Gutes tun.« Er hielt inne und hoffte auf eine Antwort. Als sie immer noch zögerte, bat er: »Wirst du darüber nachdenken?«

»Ja, ich werde darüber nachdenken – Andrew.«

Dorcas drehte sich um und stolperte beinahe blindlings auf das Haus zu. Ihre Gedanken jagten einander, sie konnte sie nicht zur Ruhe bringen. Als sie das Haus erreichte, wiederholte sie: »Ich werde darüber nachdenken, Andrew …«

14

WENN GOTT SCHWEIGT

Seit die Wesleys Oxford verlassen hatten, hatte der Klub der Heiligen weiter bestanden, aber Gareth Morgan stellte schon bald fest, dass sich die Dinge sehr verändert hatten. Nach seiner Rückkehr zur Universität hatte er sich mit einer Energie und Begeisterung in seine Studien gestürzt, die ihm bislang gefehlt hatte. Er stellte mit Erstaunen fest, dass sein neuer Umgang mit dem Herrn sich über jeden Bereich seiner Existenz erstreckte. Die niedrigen Arbeiten für die adeligen Studenten, zu denen er gezwungen gewesen war, waren ihm früher aufs Äußerste zuwider gewesen. Nun stellte er fest, dass er die Arbeiten mit einer Fröhlichkeit ausführte, die seine Kommilitonen erstaunte – vor allem die Adeligen.

Charles Varney, ein Adeliger, der Gareth das Leben zur Hölle gemacht hatte, fragte Gareth schließlich rundheraus, was ihn so sehr verändert hätte. Er saß zurückgelehnt in seinem Sessel und las eben in einem griechischen Neuen Testament, als Gareth seine frisch geputzten Stiefel zurückbrachte.

»Da haben Sie sie, Mr Varney«, sagte Gareth mit einem Lächeln auf den Lippen. »Wünscht Ihr sonst noch etwas?«

Varney ließ die Bibel sinken und starrte den jungen Serviteur an. Er fragte in quengeligem Ton: »Was ist bloß in Euch gefahren, Morgan? Früher hat es Euch keineswegs glücklich gemacht, meine Stiefel zu putzen.«

Gareth stellte die Stiefel sorgfältig ab, warf ihnen einen bewundernden Blick zu, dann drehte er sich um und antwortete: »Mr Varney, ich habe entdeckt, dass wir Gott in kleinen wie in großen Dingen dienen können.«

»Was soll denn *das* wieder heißen?«

»Nun, früher stellte ich mir vor, ein Mann müsste welterschütternde Dinge tun.« Gareth heftete seine dunkelblauen Augen auf den Älteren, als er hinzufügte: »Aber jetzt habe ich entdeckt, dass ich genauso gut zur Ehre Gottes Stiefel putzen kann wie ein Weltreich erobern.«

Varney starrte ihn verwirrt an und knurrte: »Ich nehme an, das gehört alles zu dieser Wiedergeburt, von der Ihr andauernd redet.« Er schüttelte den Kopf, dann sagte er in säuerlichem Ton: »Na, meinetwegen könnt Ihr ruhig ein Schwärmer sein, solange Ihr dabei meine Stiefel putzt. Habt Ihr gehört, was John Wesley zugestoßen ist?«

»Nein, Sir, das habe ich nicht.«

Ein befriedigter Ausdruck breitete sich über Varneys hagere Züge. »Nun, er findet heraus, was es einem einbringt, sich gegen das Establishment aufzulehnen.«

»Wie das, Mr Varney?«

»Als er aus den Kolonien zurückkehrte, wollten die Leute erfahren, wie es mit der Mission dort gegangen war, aber er weigerte sich, über seine Erfahrungen zu sprechen.« Varney grinste hämisch und streifte sein schütteres Haar mit einer nachlässigen Gebärde nach hinten. »Natürlich ist es herausgekommen, dass seine Arbeit dort ein Fiasko war. Das hätte ich ihm gleich sagen können.« Er sprach weiter über die Gerüchte, die John Wesley aus Georgia verfolgt hatten, und fügte hinzu: »Er hat sich mit einer Frau eingelassen. Ich vermute, jetzt wird John klar werden, dass er um nichts besser ist als wir anderen. Er hatte dauernd den Himmel im Sinn, deswegen hat er hier auf Erden nichts zustande gebracht. Auf jeden Fall schließen sich die Türen der Kirchen.«

Gareth wusste, dass jetzt nicht die richtige Zeit war, mit Varney zu streiten, obwohl er von Charles Wesley – der Oxford einen kurzen Besuch abgestattet hatte und ihm die Situation erklärte, wie er sie von John kannte – besser informiert worden war. Also verabschiedete er sich und ging mit fröhlichem Herzen seinen Pflichten nach.

Wenn Gareth jemals Zweifel gehabt hatte, dass er Gott nahestand, so waren sie nach seinem Bekehrungserlebnis verschwunden. Das Leben in Oxford, das ein Gefängnis für ihn gewesen war, war ihm zur Freude geworden. Er hatte sich in das Studium der Heiligen Schrift gestürzt und stellte mit Erstaunen fest, dass das Buch, das ihm einst so tot erschienen war, nun ein helles Licht ausstrahlte. Es war, als hörte er die Stimme Gottes im Geiste, als er über dem Neuen Testament brütete. Die Person Jesu Christi, die einst vage und verschwommen gewesen war, war nun in einem sehr realen Sinn sein ständiger Gefährte. »Ich weiß jetzt, was es bedeutet«, flüsterte er mehr als einmal bei seinen Andachten, »wenn der Apostel sagt, ›Christus in euch, in der Hoffnung auf Herrlichkeit‹.«

Früh am nächsten Morgen nach seiner Begegnung mit Varney verließ er Oxford, um sich wieder einmal auf den Weg nach London zu machen. Er hatte ein Treffen mit den Wesleys verabredet und freute sich bereits darauf. Er hatte auch Pläne gemacht, auf dem Rückweg Wakefield Manor einen Besuch abzustatten, denn er sehnte sich danach, Dorcas wiederzusehen. Ihre Briefe waren ihm ein Rätsel gewesen. Sie war für gewöhnlich eine so fröhliche junge Frau, aber er spürte, dass eine Schwere auf ihr lastete. Er wollte den Grund herausfinden und sie trösten.

Er kam am frühen Nachmittag in London an. Am nächsten Tag sollte er die Wesleys treffen. Eine Zeit lang schlenderte er durch die Straßen und sah bekümmert das Elend, das ihm allerorts begegnete. Der Londoner Nebel deprimierte ihn jedes Mal von Neuem. In seinem heimischen Wales hatte es nichts dergleichen gegeben, die Luft war rein und klar. Aber der Londoner Nebel, schwer und gelb, herrschte überall, sodass die Straßenlampen sogar während des Tages angezündet waren. Als er dahinging, spürte er einen Schmerz in den Lungen und wusste, dass der Nebel teilweise aus dem Rauch von Kohleöfen bestand. Er ließ den Blick über die Stadt schweifen und sah, dass die Luft buchstäblich schwarz von Tausenden Kohlenherden war. Auch auf den Boden musste er achten. Die Straßen waren voll Dung und die ganze Stadt roch wie ein Stall. Als ein Straßenkehrer in der Crawford Street die Straße vor ihm fegte, gab er ihm einen Penny.

Er passierte die Themse und starrte auf die trüben Gewässer hinab. Kein Fisch konnte in diesem Strom überleben. Er hatte einmal einen Ausflug gemacht und festgestellt, dass die Fabriken am Flussufer ständig giftigen Abfall ins Wasser kippten. Dreihunderttausend Tonnen Unrat, so hatte man ihm gesagt, wurden täglich in den Fluss geleert. Der Gestank bereitete ihm Übelkeit und er wandte sich ab. Entschlossen, nicht mehr an das unerfreuliche Thema zu denken, richtete er seine Gedanken auf Sarah. Er hatte den ganzen Tag dagegen angekämpft, an sie zu denken, aber jetzt, als er unter dem stumpfen Nachmittagshimmel dahinschritt, entschloss er sich, ihr einen Besuch abzustatten. Während seiner geistlichen Erneuerung war sie in seinen Gedanken weniger gegenwärtig gewesen als früher, aber sie war nicht völlig daraus verschwunden. Obwohl er wusste, dass es ein närrischer Traum war, an eine dauernde Beziehung mit einer Frau ihres Standes zu denken, erinnerte er sich lebhaft an ihre Gesichtszüge und den Klang ihrer Stimme.

»Ich werde sie besuchen! Das kann nicht schaden«, sagte er laut und schritt durch die Straßen, die Ohren erfüllt von dem ständigen Klappern von Rädern und Pferdehufen auf dem Pflaster. Er hörte die Rufe der Straßenverkäufer, die Püppchen, Zündhölzer, Messer, Rattengift, Eier und Porzellan verkauften. Einmal ging er an deutschen Musikanten vorbei, die mit ihrer lauten Musik alles andere übertönten, und danach mischte sich das Geschrei spielender Kinder in den allgemeinen Lärm. Viele von ihnen waren obdachlose Straßenkinder. Sie alle spielten auf der Straße, verkauften Waren, hielten den Gentlemen das Pferd und holten an regnerischen Tagen Kutschen für die Theaterbesucher. Für diese Kinder gab es keine Schule und sehr wenig Hoffnung. Ihr Schicksal rührte Gareths Herz, als er durch die geschäftigen Straßen schlenderte.

Er erreichte das Haus der Lancasters und klopfte an die Vordertür. Als ein Dienstmädchen öffnete, sagte er: »Mr Gareth Morgan möchte Miss Sarah Lancaster besuchen.«

Das Dienstmädchen betrachtete ihn mit einem raschen Blick von Kopf bis Fuß, ihre scharfen Augen stellten fest, wie einfach seine Kleider waren. Gareth war klar, dass das Mädchen ihn als »nicht vom Feinsten« einstufte, aber das kümmerte ihn nicht.

Schließlich sagte das Dienstmädchen: »Treten Sie ein, Sir, ich werde nachsehen, ob Miss Lancaster zu sprechen ist.«

»Vielen Dank.« Gareth trat ins Haus und zeigte, wie immer, lebhaftes Interesse für seine Umgebung. Als man ihn in einen großen Salon führte, nahm er die schweren vergoldeten Möbel wahr, die von Meisterhand geschnitzt waren und geschmackvoll mit seidenen Kissen drapiert, und die Lehnen der Stühle, die bestickte Schutzdecken trugen. Die hohe Decke war in Kassetten eingeteilt, was dem Raum einen klassischen Anstrich gab. Ein ausgestopftes Wiesel starrte unter einer Glasglocke hervor, seine hellen Glasaugen schienen an Gareth zu hängen. Er schritt hinüber, legte die Hand auf die Glasglocke und lächelte. »Du siehst aus wie meine Lehrerin daheim in Wales – nein, doch nicht, du siehst viel liebenswürdiger aus als diese Frau.«

Er trat an den Kamin und bewunderte die hohen schlanken Kerzenleuchter auf dem Kaminsims. Auf dem Tisch am Fenster stand ein Blumenarrangement, vor allem kupferfarbene Birkenblätter mit dunkelvioletten Knospen in einer emaillierten Vase.

»Oh, Mr Morgan!« Sarah betrat den Raum. Es schien ihm, dass sie ihn mit ihrer Gegenwart erfüllte. Sie trug ein purpurfarbenes Gewand mit einem schwarzen Saum, offenkundig die neueste Mode, und er bewunderte ihre schlanke Taille, ihr gefälteltes Mieder und den Blumenschmuck. Sie wirkte gleichzeitig üppig und zerbrechlich mit ihren blaugrauen Augen und der herrlichen Haut. Sie war außer Haus gewesen, denn sie trug einen dunkelvioletten Mantel und ein Häubchen, das schelmisch auf ihrem blonden Haar saß. Sie sah einfach wunderbar aus. Wieder einmal spürte Gareth ihre Vitalität.

»Ich komme ohne Einladung, aber ich wollte Euch sehen«, sagte er.

»Kommt mit nach draußen und seht Euch meinen Garten an«, antwortete Sarah. Als sie ihn anlächelte, sah er, dass ihr Mund breiter war als bei den meisten Frauen und ihre Lippen sehr rot waren – aber es schien eine natürliche Farbe zu sein, keine Schminke. Ihr Gesicht, stellte Gareth fest, war wie ein Spiegel, in dem das Bild ständig wechselte. Er sah ein Lachen in ihren Augen und Stolz, und ihre Gegenwart wühlte ihn auf.

»Es tut gut, Euch zu sehen«, sagte sie, während sie mit raschen Schritten das Haus verließ. »Was habt Ihr getrieben?« Er folgte ihr ins Freie, sie führte ihn in einen kleinen Garten. Als sie ein kleines Glashaus betraten, antwortete er schließlich: »Ich habe mich um mein Studium gekümmert.« Er sah sich um und bemerkte: »Ihr züchtet all diese Blumen im Winter? Ich habe nie etwas dergleichen gesehen.«

»Ich liebe Blumen«, sagte Sarah lächelnd. »Ich will Euch zeigen, was ich während des Winters am Leben erhalten habe.« Sie berührte ein paar winzige purpurne Blumen, wilde Veilchen, wie sie ihm sagte, und deutete dann auf einige andere. Er kannte die meisten Blumen nicht, auf die sie zeigte, aber sie boten einen herrlichen Anblick. Schließlich wandte sie sich um und sagte: »Nun erzählt mir aber, was Ihr alles getan habt.«

»Ich habe Euch geschrieben. Habt Ihr meinen Brief bekommen?«

»Ja, das habe ich.« Sie berührte nachdenklich mit einer Hand die Wange und neigte den Kopf zur Seite. »Ich habe vieles daran nicht verstanden. Vor allem, dass Ihr plötzlich so religiös geworden seid.«

»Darf ich Euch davon erzählen?«

»Oh, gewiss, aber lasst uns ins Haus zurückkehren. Ich wollte Euch nur meine Blumen zeigen.«

Als sie wieder im Salon saßen, begann er ihr zu erzählen, was sich in seinem Leben ereignet hatte. Sie lauschte ruhig, in ihren Augen flackerte Interesse und sie unterbrach ihn nicht.

Gareth erklärte, dass Christus ihn verwandelt hätte. Zum Schluss sagte er entschuldigend: »Das hört sich vielleicht wie eine Predigt an. Das habe ich nicht beabsichtigt, aber es war ein so wunderbares Erlebnis.«

Sarah nippte nachdenklich an dem Tee, den das Dienstmädchen

gebracht hatte, und betrachtete den jungen Mann, der ihr gegenübersaß. *Er weiß gar nicht, wie gut er aussieht. Ich nehme an, das ist gut so.* Sein lockiges Haar war lang und verlangte nach einem Haarschnitt, aber sie bewunderte von Neuem die dichten Wimpern und die Augen, die so dunkelblau waren, dass sie fast schwarz wirkten. Langsam sagte sie: »Ihr habt die ›Wiedergeburt‹ mehrmals erwähnt. Das verstehe ich nicht – und offen gesagt, Gareth, macht es mir Sorgen. Ihr scheint zu sagen, Ihr wart überhaupt kein Christ, bis dieses Was-auch-immer passierte.«

»Ich glaube nicht, dass ich einer war.«

»Aber Ihr seid Euer Leben lang zur Kirche gegangen – das sagtet Ihr mir doch.«

»Ja, das habe ich getan, aber zur Kirche zu gehen macht einen Mann noch nicht zum Christen – genauso wenig wie es ihn zu einer Kutsche macht, wenn er in den Stall geht, verstehen Sie?«

Sarah lächelte über die Wahl seiner Worte, dann schüttelte sie den Kopf. »Ich fürchte, Ihr habt Euch da auf eine mystische Sache eingelassen und ich bin nun einmal keine Mystikerin. Ich habe eine ganz gute Vorstellungskraft, aber ich muss gestehen, Ihre Worte beunruhigen mich.«

Gareth zögerte. Er wollte mit Sarah sprechen, aber er wusste aus seiner Erfahrung in Oxford, dass viele beleidigt waren, wenn sie das Evangelium hörten, wie er es jetzt verstand. Er sagte vorsichtig: »Ich möchte nicht selbstgerecht sein, und ich will gewiss über niemanden richten, aber es ist möglich, im Geiste mit Gott zu wandeln. Doch diese Möglichkeit erhalten wir nur, wenn wir wiedergeboren sind. Der Geist Gottes muss in uns wohnen. Nur der Heilige Geist kann uns die Schrift verständlich machen.«

Seine Worte beunruhigten Sarah, deshalb antwortete sie ziemlich scharf: »Gareth, ich bin ein angesehenes Mitglied der Kirche von England. Ich gehe zur Kommunion, ich versuche, freundlich zu anderen zu sein, ich habe niemanden umgebracht und ich hasse niemand.« Sie hielt abrupt inne, dann schüttelte sie den Kopf. »Und das genügt mir für mein religiöses Leben.«

Gareth erkannte sofort, dass Sarah – trotz ihrer Schönheit und guten Erziehung – im Geiste verstockt war. Er hatte oft bemerkt, dass manche sehr heftig reagierten, wenn er den Namen Jesus aussprach. Das war nicht der Fall, wenn er Buddha oder Mohammed erwähnte, aber es war eine Kraft in dem Namen Jesus, die die Leute beunruhigte. Er sah es jetzt auch an Sarah. Sie straffte den Rücken, zog die Augen zusammen, und ihre Lippen pressten sich aufeinander, als er davon zu sprechen versuchte, was Jesus für ihn bedeutete. Schließlich sagte er: »Ich wollte nicht predigen.«

Sarah entspannte sich. »Vielleicht wäre es besser, über solche Dinge nicht mehr zu reden.«

Gareth sagte ruhig: »Ich fürchte, ich werde immerzu über diese Dinge sprechen müssen, aber es gibt ein Thema, das Ihr vielleicht noch weniger hören wollt als Religion.«

»Ich kann mir nicht vorstellen, was das sein könnte.«

Gareth hatte lange darüber nachgedacht. Er wusste, mit seinen Worten versperrte er sich vermutlich den Weg zu dieser schönen Frau. Aber er war ein kühner junger Mann, so bekannte er leidenschaftlich: »Sarah, als ich Euch das erste Mal sah, habe ich mich in Euch verliebt.«

Sarah blinzelte schockiert, dann lachte sie. »Aber Gareth, das ist unmöglich! Man verliebt sich doch nicht einfach so.«

»Im Allgemeinen wahrscheinlich nicht«, gab Gareth zu. »Was mich natürlich als Erstes anzog, war Eure Schönheit. Ich habe nie eine schönere Frau gesehen. Aber das ist nicht der Grund, warum ich mich in Euch verliebt habe. Ich würde Euch immer noch lieben, auch wenn Eure Schönheit dahin wäre!«

»Das würdet Ihr tun?« Darüber hatte Sarah noch gar nicht nachgedacht. Sie fand, dass er Unsinn schwatzte und dass sie ihm Einhalt gebieten sollte, aber sie war fasziniert von dem jungen Waliser und sagte nur: »Ich glaube, Ihr liebt mich überhaupt nicht, Gareth.«

Gareth beugte sich vor, seine dunkelblauen Augen brannten. Es war diese Intensität in ihm, die Sarah anzog und ihm einen Platz abseits der anderen zuwies. Die meisten jungen Männer, die sie kannte, waren blasiert, aber in Gareth Morgan schien ein Feuer zu brennen, das von Zeit zu Zeit aus seinen Augen loderte und sich in den raschen Bewegungen seines Körpers verriet. Nun war diese Intensität deutlich zu spüren, als er erwiderte: »Ich glaube daran, dass Ehen im Himmel geschlossen werden.«

»Im Himmel geschlossen? Was soll das bedeuten?«

»Ich glaube, Gott bringt Menschen zusammen, wenn sie auf ihn hören.«

Sarah starrte ihn erstaunt an. »Ihr meint, Gott entscheidet darüber, wen man zum Mann oder zur Frau nimmt?«

»Ich glaube schon. Warum sollte er sich nicht dafür interessieren?«, verlangte Gareth zu wissen. »Wenn Gott überhaupt an uns interessiert ist, dann ist er an allem interessiert, was uns betrifft.« Er sprach weiterhin über die Ehe, bis ihm bewusst wurde, dass sie sehr still geworden war. »Ihr glaubt kein Wort davon, nicht wahr, Sarah?«

»Eigentlich nicht.« Sie wusste, es war an der Zeit, das Gespräch abzubrechen. »Es freut mich, dass Ihr mich besucht habt, aber ich muss Euch bitten, nicht wiederzukommen.«

Schwere breitete sich über Gareths Sinn. Er wusste, der alte Gareth wäre zornig aufgefahren. Nun sagte er einfach: »Es tut mir leid, das von Ihnen zu hören.« Er erhob sich und sie erhob sich mit ihm. Er schritt zur Tür, nahm seinen Hut und Mantel und zog sie an. Als er den Hut aufsetzte, sagte er leise: »Ich liebe Euch, Sarah Lancaster. Ihr glaubt es vielleicht nicht. Vielleicht werde ich Euch niemals wieder sehen. Vielleicht werde ich sogar eine andere heiraten. Aber eines sollt Ihr wissen: Ihr seid die Einzige, die ich je lieben werde.«

Einen Augenblick lang konnte Sarah nicht antworten, denn seine Worte waren so einfach, so schlicht und offensichtlich so aufrichtig. Dann wandte er sich ab und ging ohne ein weiteres Wort davon. Sie blieb an der Tür stehen, bis er die Straße hinunter verschwunden war.

»Er kann nicht recht haben!«, murmelte sie. »Es ist unmöglich! Gott schenkt uns nicht so viel Aufmerksamkeit.« Sie dachte wieder an das, was er gesagt hatte: *Ehen werden im Himmel geschlossen* und an seine letzten Worte: *Ich werde vielleicht eine andere heiraten, aber Ihr seid die Einzige, die ich je lieben werde.* Sosehr sie auch versuchte, diese Worte aus ihrem Gedächtnis zu löschen, es wollte ihr nicht gelingen. Sarah wusste, dass sie noch lange daran denken würde. Schließlich sagte sie laut: »Das ist unmöglich! Er ist ein attraktiver junger Mann – aber wir sind viel zu verschieden.«

* * *

»Oh, Dorcas – ich weiß nicht, was ich sagen soll!«

Die Neuigkeit, die Dorcas ihm mitgeteilt hatte, überraschte Gareth so sehr, dass er auf die Füße sprang. Er war nach Wakefield gekommen und hatte bemerkt, dass Dorcas sich recht seltsam benahm. Sie war immer ruhig gewesen – sogar als Kind –, deshalb fiel ihm augenblicklich ihre Unruhe auf. Sie hatte ihn ins Freie geführt, wo sie sich auf die niedrige Steinmauer setzten, die eine Wiese begrenzte. Der Wind war frisch, aber Frühling lag in der Luft und der Himmel war hellblau. Flauschige rosa Wölkchen zogen darüber hin. Ein lehmiger Geruch lag in der Luft, denn die fruchtbare Erde hatte begonnen, ihre Schatztruhen zu öffnen. Das milde Wetter war ihnen beiden willkommen, aber nachdem sie sich eine Weile unterhalten hatten, fragte Gareth seine Schwester: »Was ist los, Dorcas? Ich sehe doch, dass du dir Sorgen machst.«

Dorcas hatte tatsächlich Sorgen. Seit Andrew Wakefield ihr seinen erstaunlichen Heiratsantrag gemacht hatte, hatte sie schlecht geschlafen. Da sie niemand hatte, bei dem sie sich aussprechen konnte, hatte sie ihre Gedanken erst nach innen und dann nach oben gewandt. Während der langen schlaflosen Stunden in ihrem Zimmer, bei denen sie vor ihrem Bett kniete, hatte sie Gott gebeten, ihr seinen Willen kundzutun.

»Ich weiß, es ist ein Schock für dich, Gareth.« Ein seltsames Lächeln spielte um ihre Mundwinkel. »Da hast du es! Ich bin wohl wie ein altes Maultier – starrsinnig. Aber ach, Gareth, ich habe gebetet und Gott schweigt wie ein Grab. Ich weiß nicht, was ich tun soll!«

Gareth überwand seinen Schock. Er legte den Arm um Dorcas

und zog sie eng an sich. »Ich war nur ein wenig erschrocken«, sagte er wild. »Aber jetzt erzähl mir alles ganz genau.«

Dorcas war froh, seinen starken Arm um ihre Schultern zu spüren, und sie lehnte sich an ihn. Als sie ihm von Andrews Heiratsantrag erzählte, lauschte er aufmerksam. Schließlich fragte sie beinahe verzweifelt: »Warum sollte er mich heiraten wollen, Gareth? Warum?«

Gareth schüttelte sie beinahe zornig. »Warum nicht? Bist du eine Ratte mit grünen Zähnen? Du bist eine reizende Frau, voll Kraft und Energie. Jeder Mann könnte sich freuen, dich zu bekommen.«

»Sogar mit dem hier?«

Gareth warf einen Blick auf ihre verunstaltete Hand, dann ergriff er sie mit der freien Hand. »Das ist nichts«, protestierte er. »Er will die Frau, die in dir steckt.«

Dorcas konnte die Tränen nicht länger daran hindern, dass sie ihr in die Augen sprangen, so sehr freute sie sich über seine Anwesenheit und seinen Trost. Mit Diamanten in den Augen flüsterte sie: »Du bist mir ein solcher Trost! Ich bin immer mit meinen Schrammen zu dir gekommen, nicht wahr?« Sie zog ihre Hand zurück und wischte sich die Tränen aus den Augen, dann sagte sie: »Es ist nicht so, wie du denkst. Er will keine richtige Ehe.«

Gareth war betroffen. »Keine richtige Ehe? Was soll das bedeuten?«

»Er will nicht –« Dorcas zögerte. Sie war eine scheue junge Frau und wusste nicht, wie sie die Sache in Worte fassen sollte. »Er will keine Liebe«, flüsterte sie.

Gareth wurde daraus nicht klug und fragte rundheraus: »Also, was will er dann?«

»Er möchte jemand, der sich um das Haus kümmert. Ein Geistlicher, sagt er, braucht eine Frau, um gastfreundlich zu sein und sich um die Gemeinde zu kümmern.«

»Nun, da hätte er keine Bessere als dich finden können.« Er merkte jedoch, dass sein Zuspruch sie nicht beruhigte, und fragte sanft: »Was ist los, Dorcas? Sag es mir jetzt – heraus damit.«

»Er will keine *Romanze*«, sagte sie. »Das heißt, er will keine Liebe. Er hat kein Interesse an einer Frau in seinem Herzen … oder in seinem Bett.« Ihr Gesicht lief scharlachrot an und sie wandte sich ab.

Das alles war Gareth völlig unverständlich und er überdachte es einmal, dann noch einmal. »Schäme dich nicht, Schwester«, sagte er. »Erzähl mir, was du damit meinst.«

Mit einiger Mühe erklärte Dorcas ihm Wakefields Theorie. »Es wäre«, flüsterte sie, »mehr ein Geschäft als alles andere.«

Gareth schwieg. Zehn Fuß von ihnen entfernt ließ sich ein Schwarm Spatzen auf dem Boden nieder und begann sich um einen Krümel Brot zu zanken. Sie flatterten im Staub und piepsten laut. Dann flohen die Verlierer, während die Sieger sich an dem Brotbröckchen gütlich taten. Gareth beobachtete sie einen Augenblick lang, dann fragte er: »Was wirst du tun, Dorcas?«

»Ich weiß nicht – ich weiß es einfach nicht, Gareth! Ich habe nachgedacht und nachgedacht und gebetet, doch ich habe keine Antwort!« Sie wandte sich ihm zu und flehte verzweifelt: »Sag mir, was ich tun soll!«

»Das kann ich nicht!«

»Du musst. Ich muss wissen, ob es Gottes Wille ist oder nicht. Was tust du, wenn du betest und Gott kein Wort spricht?«

Das war ein Problem, auf das Gareth selbst auch schon gestoßen war, und er hatte keine einfache Antwort. Schließlich sagte er: »Wenn uns solche Dinge begegnen, haben wir manchmal Zeit zum Warten. In dem Fall würde ich sagen: Unternimm gar nichts.«

»Aber ich kann nicht warten! Andrew will eine Antwort.«

»Das sind schwere Zeiten, wenn du eine Entscheidung treffen musst. Was sagt dein eigenes Herz, Dorcas? Liegt dir etwas an dem Mann – wie einer Frau an ihrem Mann liegen soll?«

Dorcas senkte den Kopf und nickte schweigend. Ihr Herz war übervoll und sie konnte nur flüstern: »Ich glaube schon.«

Da stieg ein großer Kummer in Gareth auf, denn nun wusste er Bescheid. Heißer Zorn stieg in ihm auf, als er an Andrew Wakefield dachte. Er ließ sich davon übermannen und sagte: »Als er dir diesen schrecklichen Vorschlag gemacht hat, hast du ihm hoffentlich einen Tritt versetzt?«

»Oh nein«, protestierte Dorcas und starrte ihn an.

»Ich hätte hier sein sollen!« Dann sah er, dass seine Worte Dorcas verletzten, und meinte: »Vergiss es – ich bin bloß aufgeregt. Ich will, dass du alles hast, was andere Frauen auch haben. Das habe ich mir immer für dich gewünscht. Du hast immer gesagt, du würdest deiner Behinderung wegen nicht heiraten, aber das könnte jetzt von Gott sein.«

»Wie kann es von Gott sein, wenn er mich nicht liebt? Zumindest – zumindest –« Sie brachte den Satz nicht zu Ende. Sie war verwirrt. Dorcas war eine Frau, die mehr Liebe als andere brauchte. Die Strenge ihrer Kindheit und die Einsamkeit ihrer Mädchenjahre hatten sie gebrandmarkt. Sie brauchte jemand, der sie berührte, der ihr sagte, sie sähe hübsch aus. Sie sehnte sich nach der Fürsorge, nach der sich jede Frau sehnt, nach einem starken und liebenden Mann. Aber obwohl dieser Heiratsantrag etwas scheußlich Abnormales an sich hatte, konnte sie ihn nicht aus ihren Gedanken vertreiben.

Gareth fragte langsam: »Was meinst du, warum empfindet er so?«

»Es hat irgendetwas mit Mr Wesley zu tun. Soviel weiß ich.« Sie erzählte, was sie von Wesleys schlimmer Erfahrung mit der jungen Frau in Georgia wusste. Gareth hörte ihr zu.

»Ja, sein Bruder Charles hat mir das eine oder andere darüber erzählt. Ich finde, Mr Wesley hat sich aufgeführt wie ein Narr – aber das haben andere junge Männer auch schon getan.« Er blickte Dorcas an und forschte in ihrem Gesicht. Sie hatte Vitalität und Fantasie – und ein hitziges Temperament, obwohl das nur selten durchbrach. Sie hatte auch ihren Stolz; er hatte zuweilen gesehen, wie dieser Stolz in ihr tobte. Er sah sie zum ersten Mal in vielen Jahren nicht als Bruder, sondern als Mann. Als er ihre weiblichen Reize betrachtete, stellte er fest, dass sie sich in der ersten Reife befand, die auf die Mädchenjahre folgt. Nun verlangte es ihn nach Weisheit, nach einer Antwort, die ihr Frieden bringen würde, aber er fand keine. Schließlich sagte er bedächtig: »In Wales werden Ehen zwischen jungen Leuten von den Eltern arrangiert und anfangs gehen sie gar nicht gut.«

Dorcas hörte diese Bemerkung mit einiger Überraschung. »Das stimmt!«, murmelte sie. »Erinnerst du dich an Allen Richards? Er hasste Faith Bradshaw, als sie heirateten, aber später wurden sie ein liebendes Paar. Daran erinnere ich mich jetzt.«

»Ja, das stimmt, und es gibt auch noch andere«, sagte Gareth, schon weitaus überzeugter. »Vielleicht irrt sich Andrew Wakefield in seinen Ansichten über die Ehe – mit einer Frau, die ihm Liebe schenkt, wahre Liebe, könnte er sich ändern.«

Zum ersten Mal, seit Andrew ihr einen Heiratsantrag gemacht hatte, fühlte Dorcas eine schwache Hoffnung. Sie blickte Gareth an, und ihre Lippen öffneten sich leicht, als ihr der Gedanke durch den Kopf ging. Ihr Lachen und ihre Liebe zum Leben schienen nur darauf zu warten, dass sie entfesselt wurden. »Vielleicht ist es so«, sagte sie, und wie von einem Blitz erhellt sah sie die Zukunft vor sich. Gareth sah Stolz und einen starken Willen in ihren Augen. »Vielleicht ist es so«, flüsterte sie von Neuem.

Die beiden erhoben sich und gingen eine Weile spazieren. Als er sie zum Haus zurückbrachte, fragte er: »Was wirst du ihm sagen, wenn er eine Antwort fordert?«

Dorcas, die ihre Selbstsicherheit wiedergefunden hatte, machte eine jähe Bewegung mit den Schultern, die ihm verriet, dass sie ihre Entscheidung getroffen hatte. »Ich werde ihn heiraten, Gareth!«

* * *

Trotz aller Versuche, Ruhe zu bewahren, machte Andrew Wakefield einen inneren Aufruhr durch. Als er den Flur entlang zu Dorcas' Zimmer ging, fühlte er einen Augenblick der Panik und dachte voll Entsetzen: *Wenn ich nun im Irrtum bin? Ich kann es mir nicht leisten, einen Fehler zu machen.* Aber er zwang sich, sich ihrer Tür zu nähern. Als sie ihm öffnete, sah er, dass sie ruhiger war, als sie in letzter Zeit gewesen war. »Bist du bereit, zum Abendessen nach unten zu kommen, Dorcas?«

Dorcas hatte nun ihre Entscheidung getroffen, so fragte sie ihn: »Andrew, willst du mich immer noch heiraten?«

Ihre Unverblümtheit schockierte Andrew. Seit er ihr einen Heiratsantrag gemacht hatte, war sie unsicher und beinahe ängstlich gewesen. Nun jedoch fiel ihm ihre Fassung auf und – ohne dass er es wollte – ihre schlanke Schönheit und Weiblichkeit, ihre glatte Gestalt in dem schlichten Kleid. Durch die Ritzen seines Gefühlspanzers wurde er sich einer beinahe verführerischen Weiblichkeit bewusst und er fühlte sich plötzlich verwirrt. »Aber natürlich«, murmelte er und hoffte verzweifelt, sie würde nicht merken, welche Wirkung sie auf ihn hatte.

»Dann werde ich dich heiraten, Andrew.«

Er fühlte ihre Blicke auf sich ruhen und wusste, dass sie erwartungsvoll wartete. Als er ihrem Blick begegnete, sah er in ihren Augen einen Schatten und etwas Seltsames, das er sich nicht erklären konnte. Sie atmete rasch und plötzlich stieg ihr trotz ihrer Kühle die Farbe in die Wangen.

Andrew verbeugte sich knapp, indem er ihr sagte: »Deine Entscheidung ehrt mich, Dorcas«. Dennoch schien sie noch immer auf etwas zu warten. Er fühlte sich unbeholfener und unreifer als je zuvor in seinem Leben. »Wir werden ein gutes Leben haben, du und ich. Es gibt so vieles, das wir gemeinsam im Dienste Gottes tun können«, meinte er schließlich.

»Ich werde dir eine so gute Frau sein, wie ich nur kann, Andrew – in jeder Hinsicht.«

Wakefield schien es, dass er einen merkwürdigen Unterton in den abschließenden Worten ihrer Rede hörte. Deshalb stand er da und versuchte herauszufinden, was an ihr sich verändert hatte. Er war entschlossen, sein Leben in die Hand zu nehmen, und dies schien der beste Weg. Aber etwas an Dorcas Morgan beunruhigte ihn, obwohl er nicht herausfand, warum.

»Wir werden unsere Heiratsabsicht sofort publik machen. Viele werden überrascht sein, fürchte ich.«

»Es ist immer schockierend, wenn ein Mann in deiner Position eine Dienerin heiratet.«

»Du meinst meine Familie? Mach dir da keine Gedanken. Sie werden dich als meine Frau akzeptieren, da bin ich mir sicher.«

Dorcas gab keine Antwort, aber sie wusste, es würde nicht so einfach sein, wie Andrew hoffte. Sie war welterfahren genug, um zu wissen, dass es immer Spötter gab, wenn ein Mädchen über ihrem Stand heiratete. Aber wie auch immer, sie hatte sich vollkommen in den Willen Gottes gestürzt, wie sie ihn verstand. Beinahe schüchtern streckte sie die Hand aus und er ergriff sie überrascht. »Es ist mir eine Ehre, dass du mich bittest, deine Frau zu werden«, sagte sie mit weicher Stimme.

Andrew fühlte sich einen Augenblick lang verwirrt, dann verdrängte er ihr merkwürdiges Verhalten. »Komm, wir wollen hinuntergehen und der Familie die Neuigkeit mitteilen.«

* * *

Sir George Wakefield war überrascht, als er die Neuigkeit hörte: »Bist du dir sicher, Andrew? Du kannst eine viel bessere Partie machen, da bin ich mir sicher – ich meine, es gibt standesgemäßere Frauen.«

»Die Frau eines Pastors muss gewisse Qualitäten besitzen, George. Dazu gehört die Demut. Ich habe nie eine demütigere Frau erlebt als Dorcas.«

»Na, dann«, sagte George herzlich und schlug seinem Bruder auf den Rücken, »werde ich dir eine schöne Hochzeit ausrichten. Wir stecken sie in das schönste Kleid, das je eine Braut getragen hat.« George fühlte sich erleichtert, denn er hatte Dorcas immer gut leiden können. Nun knuffte er Andrew in die Rippen und erwiderte: »Lass uns gehen und Mutter die Nachricht überbringen.« Er schnitt eine kleine Grimasse und meinte weiter: »Sie wird wahrscheinlich weniger liebenswürdig reagieren, als du es gerne hättest, aber sie wird es überleben. Keine Angst.«

Lady Ann Wakefield war nicht glücklich mit Andrews Entscheidung, aber als sie sah, dass er fest entschlossen war, stimmte sie ihm zu und stürzte sich in die Vorbereitungen der Hochzeit für ihren jüngeren Sohn.

Dorcas verstand die Gefühle ihrer zukünftigen Schwiegermutter sehr gut, machte aber Andrew gegenüber keine Bemerkung. Sie wusste, sie würde sich ändern müssen. Es war ein gewaltiger Sprung für ein armes junges Mädchen aus Wales, nicht nur die Frau eines Predigers zu werden, sondern obendrein die eines Pfarrers an einer bedeutenden Kirche in London. Sie wusste, sie würde sich in Gesellschaftskreisen bewegen müssen, die sie bis jetzt, von den Wakefields abgesehen, nicht gekannt hatte. Sie dankte dem Herrn leidenschaftlich für die Zeit, die sie mit Hope verbracht hatte. Ihre Manieren, das wusste sie, waren bestens gewesen. Sie war den Umgang mit Adeligen – sogar mit dem Hochadel – gewöhnt gewesen, also konnte sie dem Kommenden ruhig ins Auge blicken.

Zwei Wochen, nachdem Dorcas Andrews Heiratsantrag angenommen hatte, nahm er sie mit in das Haus von Mr und Mrs Rawdon Sylvester. Er hatte ihr erklärt: »Mr Sylvester spielt eine bedeutende Rolle in der Erlöserkirche. Er hat überaus freigebig Zeit und Geld dafür aufgewandt. Der frühere Pfarrer bedeutete ihm sehr viel und er vermisst ihn. Aber ich werde ihn schon zu gewinnen wissen.« Alarmglocken hatten in Dorcas Gehirn geklingelt, als sie das hörte, aber sie hatte nichts erwidert.

Als sie im reich geschmückten und kostspieligen Heim der Sylvesters ankamen, achtete sie kaum auf die edlen Möbel oder die teure Ausstattung, sondern studierte den Gastgeber, der sie an der Tür empfing. »Oh, da ist ja der Pfarrer mit seiner zukünftigen Frau. Kommt herein, damit ich Euch mit meiner Frau bekannt mache.«

Rawdon Sylvester war achtundvierzig Jahre alt. Er war ein kleiner, muskulöser Mann mit einem roten Gesicht, blassblauen Augen und einem Backenbart. Er machte eine knappe Verbeugung vor Dorcas, danach begann er sofort, seinen Charme zu versprühen – jedenfalls hatte er diese Absicht. Aber Dorcas spürte augenblicklich, dass unter den glatten Manieren des Mannes die Arroganz lauerte, und sie entnahm dem Blick in seinen Augen, dass sie die Prüfung nicht bestanden hatte. Mrs Sylvester war eine mäßig attraktive Frau mit braunem Haar und braunen Augen. Sie trug ein kostbares stahlgraues Kleid und große Diamanten baumelten an ihren Ohrläppchen. »Meine liebe Miss Morgan«, sagte sie in blasiertem Ton, als sie Dorcas kennenlernte, »wir freuen uns, dass Ihr bei uns zu Gast seid. Das ist meine Tochter, Emmajean.«

Emmajean Sylvester war ein zierliches Mädchen mit blauen Augen und hellblondem Haar. Dorcas sah augenblicklich, dass sie scheu und nervös war; sie konnte ihre Begrüßungsworte nur murmeln.

Beim Dinner fand Dorcas eine ganze Menge heraus. Sie hatte noch keine halbe Stunde in dem Haus verbracht, da wusste sie schon, dass den Sylvesters die Wahl missfiel, die der Pfarrer getroffen hatte. Sie begriff auch sofort, was ihnen wirklich Freude gemacht hätte: nämlich die Heirat ihrer eigenen Tochter, Emmajean, mit dem neuen Geistlichen.

Die Mahlzeit ähnelte der Dame des Hauses: zu viel exotischer Aufputz. Es gab Suppe, Fisch, ein Kotelett, ein gebratenes Huhn und etwas Wild. Sie kostete von der köstlichen Suppe, dann von dem Steinbutt mit Hummer. Später gab es Meringen à la Creme, ein Maraschinogelee und Schokoladencreme.

Dorcas saß neben einer jungen Frau, die sich als Sally Bradwell vorstellte. Auf ihrer anderen Seite saß Sallys Ehemann George, ein fröhlicher und ziemlich übergewichtiger junger Mann.

Sally, die selbst erst kürzlich geheiratet hatte, konnte von nichts anderem reden. Als die beiden jungen Frauen eine Weile allein waren, meinte Sally sofort: »Ihr müsst ja ganz aus dem Häuschen sein vor Aufregung, Miss Morgan. Ich weiß genau, wie Euch zumute ist, ich bin selbst erst etwa einen Monat verheiratet.«

Um ehrlich zu sein, war Dorcas keineswegs aufgeregt, aber das Gehabe der jungen Frau machte ihr Mut. Sie saß da, lächelte und nickte ermutigend, während Sally ihren Ehemann über den grünen Klee lobte.

Sally fragte nach ihrer Familie. Als sie herausfand, dass Dorcas keine nennenswerte Familie hatte, nur einen Bruder, biss sie sich auf die Lippe. »Oh, das ist traurig! Ein Mädchen braucht Frauen um sich, wenn sie sich auf die Hochzeit vorbereitet.« Sie beugte sich vor und nickte vertraulich. Ihre leuchtend blauen Augen funkelten. »Es gibt gewisse Dinge, über die man Bescheid wissen muss, nicht wahr, Miss Morgan?«

»Nennt mich doch einfach Dorcas, bitte.« Sie hatte sofort verstanden, was die junge Frau meinte. Ein rosiger Schimmer überzog ihre Wangen. Sie wusste nicht, was sie antworten sollte. Sie hatte nur verschwommene Vorstellungen, was von einer Frau erwartet wurde – jedenfalls was die körperliche Seite anging –, und das machte ihr Kopfzerbrechen.

»Und Ihr nennt mich Sally. Ihr müsst mir erlauben, Euch zu helfen. Es ist ein sehr wichtiger Teil der Ehe. Ich bin sicher, Ihr wollt, dass Eure Ehe in jeder Hinsicht perfekt wird.«

Das Gespräch ging weiter, und als die Party vorbei war, sagte Sally: »Wir müssen einander besuchen. Ich werde Euch helfen, wo ich kann.«

Dorcas verließ die Party. Auf dem Heimweg blickte sie ihren zukünftigen Ehemann an und erkannte: *Wie kann ich Andrew wirklich lieben, wenn wir so verschieden denken?* Der beunruhigende Gedanke plagte sie während des ganzen Heimwegs nach Wakefield.

15

ANDREW WAKEFIELDS BRAUT

»Kannst du denn nicht einen Augenblick stillhalten, Dorcas?« Sally Bradwell war damit beschäftigt, Dorcas' Hochzeitskleid zurechtzuzupfen, hatte aber eine Pause gemacht, um sie ziemlich scharf anzufahren. »In ein paar Augenblicken müssen wir hinaus. Komm, lass dich ansehen.« Sie drehte Dorcas um, dann trat sie zurück und überprüfte ihre Freundin mit kritischen Augen. Die beiden waren enge Freundinnen geworden, seit sie einander zum ersten Mal begegnet waren. Sally hatte sich um die Hochzeitsvorbereitungen gekümmert, als wäre sie Dorcas' Mutter. Nun studierte sie das Kleid, das sie selbst aussuchen geholfen hatte.

Dorcas Gewand war in einem hochmodischen Stil geschnitten und aus gemusterter Seide. Die Grundfarbe war ein sattes Rosenrot, das Mieder und der Rock waren über und über bestickt mit exquisiten Blumen und Blüten in einem reichen Grün. Rüschen aus Chiffon und Spitze schmückten das Kleid und die kurzen, engen Ärmel endeten knapp über dem Ellbogen in einem Spitzenband und einem Volant. Es war ein zartes, wunderschönes Kleid, mit einem weiten Dekolleté, in dem über dem Busen ein Chiffontüchlein befestigt war.

»Du bist wunderschön, Dorcas – einfach wunderschön!«

Dorcas war bleich, aber Sallys Worte machten ihr Mut. »Ohne dich hätte ich es nicht geschafft, Sally«, sagte sie mit gedämpfter Stimme. Als sie aufblickte, waren ihre Augen groß, und ihr Mund wirkte angespannt. »Sally, ich habe Angst«, sagte sie schlicht.

Augenblicklich trat Sally Bradwell an sie heran, um ihr den Arm um die Schultern zu legen. Während sie sie fest an sich gedrückt hielt, flüsterte sie: »Mach dir keine Sorgen, alles wird gut gehen.« Dann zögerte sie, denn Dorcas hatte ihr ein wenig von Andrews seltsamen Ansichten über die Ehe erzählt. Sally, die unheilbar romantisch war, hatte sich davon abgestoßen gefühlt, aber sie hatte Dorcas sofort wieder aufgerichtet. »Dein Andrew wird dich lieben lernen, du wirst schon sehen. Ihr werdet sehr glücklich werden.«

Ein leises Pochen an der Tür ertönte. Sally forderte sie auf: »Komm, es ist an der Zeit«, und verließ das Zimmer. Dorcas folgte ihr und fand sich bald darauf im Mittelgang der Erlöserkirche wieder. Die Kirche war gedrängt voll. Sie spürte den Blick vieler Augen auf sich, als sie den Mittelgang entlangschritt. Sie schaffte es, ihre Nervosität zu bezwingen, indem sie sich auf den Bischof konzentrierte, der mit Andrew vorne in der Kirche stand.

»Er wird mein Ehemann«, sagte sie zu sich selbst und wiederholte die Worte wie eine Beschwörung. »Er wird mich lieben.« Sie betrachtete Andrew mit forschenden Blicken, als sie sich dem Altar näherte. Sein Bruder George hatte ihn zu den teuersten Schneidern geschickt, und der Rock, den er trug, war von einem tiefen, satten Blau. Er war eng und tailliert, mit Schößen, die bis zum Knie hinabreichten. Der Rock hatte keinen Kragen und war vorne ziemlich tief ausgeschnitten. Die Ärmel hatten riesige Stulpen, die ein Stück über dem Handgelenk endeten und mit goldenen Knöpfen beschlagen waren. Die Breeches wurden von einem Gürtel zusammengehalten; sie wurden nach unten zu enger und endeten knapp über dem Knie, um das hellgrüne Bänder gebunden waren. Als Dorcas den Blick senkte, bemerkte sie sogar seine Schuhe: vierkantige Kappen mit vierkantigen hohen Absätzen und silbernen Schnallen.

Sie hatte jedoch keine Zeit mehr, ihn noch länger zu betrachten, denn Bischof Alfred Crawley stand vor ihnen und begann zu sprechen. Seine Stimme widerhallte in dem hochgewölbten Raum und sie verstand nur einen Teil seiner Worte. Sie hörte ihre eigene Stimme antworten und das Versprechen geben, den Mann zu lieben, der neben ihr stand. Dann lauschte sie, während Andrew die altertümlichen Worte sprach. Dorcas klammerte sich an dieses Versprechen, dass er sie lieben und ehren wollte, solange sie lebten.

Sie hielt ihre verkrüppelte Hand unter einem eigens für diesen

Zweck zusammengestellten Blumenstrauß verborgen und war dankbar für die kleine List. Als Andrew ihre Linke ergriff, bemerkte sie, dass seine Hand ein wenig zitterte. Sie hob den Kopf und sah, dass seine Züge bleich und seine Lippen vor Anspannung fest zusammengepresst waren. *Du liebe Zeit*, dachte sie erschrocken, *er hat genauso viel Angst wie ich! Das hätte ich nicht erwartet.* Als er ihr den Ring an den Finger steckte mit den Worten: »Mit diesem Ring nehme ich dich zur Frau«, sah sie etwas in seinen Augen, aus dem sie nicht klug wurde. Später dachte sie: *Ich werde mich an all das erinnern können.*

Dann war alles vorbei. Sie nahm seinen Arm und sie schritten den Mittelgang des Kirchenschiffes entlang. Wieder fühlte sie den Blick zahlloser Augen. Sie wünschte, es gäbe keinen Hochzeitsempfang – wünschte, sie und Andrew könnten gehen und weit, weit fortgehen. Aber das sollte nicht sein.

Der Empfang war laut und lärmend. Einige der jüngeren Männer machten derbe Witze. Der Umstand, das Andrew Geistlicher war, schützte ihn nicht davor, und obwohl Dorcas den Sinn der Witze nicht verstand, sah sie, wie Andrew die Röte ins Gesicht stieg, und wunderte sich über seine peinliche Verlegenheit.

Der Bischof stand am Rande und unterhielt sich mit den Vorübergehenden. Rawdon Sylvester trat neben ihn. »Ein hübsches Paar, nicht wahr, Mr Sylvester?«

»Durchaus.« Mr Sylvesters Stimme klang scharf; er war offenkundig nicht erfreut. Er sagte: »Ich hoffe, sie wird eine passende Frau für einen Mann Gottes sein.«

»Zweifelt Ihr daran, Sir?«, fragte Crawley überrascht.

»Sie ist ein ungehobeltes Mädchen, das außer einem einfachen Häuschen in Wales nicht viel von der Welt kennengelernt hat – so sagte man mir jedenfalls.«

»Sie hat eine sehr schnelle Auffassungsgabe. Ich bin überzeugt, sie wird rasch lernen, mit den Pflichten zurechtzukommen, die ihr auferlegt werden.«

Die Antwort des Bischofs stellte Sylvester nicht zufrieden, aber er sagte nichts mehr. Er und seine Frau hatten unmittelbar vor der

Hochzeit einen erbitterten Streit wegen ihrer Tochter gehabt, deshalb war er nicht in der Stimmung, liebenswürdig zu sein. »Ich hoffe bloß, er hat sich all diese Wesleyanische Schwärmerei aus dem Kopf geschlagen«, grollte er.

»Oh, ich denke, da braucht Ihr keine Angst zu haben«, entgegnete ihm der Bischof. »Er hat eine Phase durchgemacht. Das tun die meisten jungen Männer. Ihr hättet hören sollen, was für Ideen ich gehabt habe, als ich in Reverend Wakefields Alter war.« Er lächelte und beobachtete das Paar. Zuerst hatte er auch nicht viel von Wakefields Brautwahl gehalten, hatte ihm sogar vorsichtig nahegebracht, dass er eine bessere Partie hätte machen können. Aber als er gesehen hatte, dass Wakefield fest entschlossen war, hatte er die Frau aufmerksam beobachtet. Er stellte fest, dass sie gottesfürchtig, schlicht und demütig war, und das stellte ihn zufrieden. »Sie fahren nach Bath und machen dort eine Woche Flitterwochen«, sagte er. »Dann beginnt ihr Eheleben.«

* * *

Die Fahrt nach Bath gab Dorcas Zeit, sich wieder zu sammeln. In London hatten sie keine Hochzeitsnacht verbracht. Die beiden waren in eine Kutsche gestiegen und hatten eine mühselige Reise gehabt. Als sie in Bath angekommen waren, waren sie müde von den Anstrengungen der Hochzeitsfeier und der Reise gewesen.

»Wir werden in einem Cottage wohnen, das einem Freund des Bischofs gehört. Es soll sehr hübsch sein«, hatte Andrew ihr mitgeteilt. Als sie ankamen, stellten sie fest, dass das Cottage tatsächlich hübsch war. Es lag in der Nähe der berühmten Thermalquellen, die im Frühling nicht so überlaufen waren wie im Winter.

Andrew wies den Kutscher an, ihr Gepäck hineinzubringen, und gab ihm ein gutes Trinkgeld, bevor er sie verließ. Als er sich Dorcas zuwandte, fühlte er ein seltsames Zögern. »Was hältst du von dem Haus?«, fragte er, um Zeit zu gewinnen.

»Komm, wir wollen es uns ansehen«, sagte Dorcas. Sie gingen

durch die Räume, besahen sich die exotische orientalische Tapete, für die der Besitzer eine Vorliebe hatte. Es gab drei Schlafzimmer, von denen eines viel größer als die anderen war. Dorcas warf einen beinahe furchtsamen Blick auf das riesige Bett, auf dem zumindest drei Federbetten lagen – so sah es jedenfalls aus.

»Das wird wohl unser Zimmer sein«, meinte Andrew. »Du möchtest vielleicht deine Sachen einräumen.«

»Ja, gewiss.«

Sie ließ sich Zeit damit, den kleinen Koffer auszupacken, den Sally Bradwell für sie gepackt hatte. Als sie das rosafarbene seidene Nachthemd hervorzog, das Sally ihr unbedingt hatte geben wollen, stieg die Farbe in ihre Wangen. Sie hatte noch nie ein so teures Kleidungsstück getragen und bezweifelte, ob es eine gute Idee gewesen war. Aber Sally war begeistert gewesen. »Du wirst großartig aussehen«, hatte sie gesagt, dann hatte sie sich vorgebeugt und Dorcas etwas ins Ohr geflüstert, das ihr Gesicht scharlachrot anlaufen ließ. Sally hatte sie ausgelacht: »Dir wird es vielleicht keinen Spaß machen, aber deinem Mann ganz gewiss!«

Dorcas schien es, als stürzte die Sonne im Westen hinab, so rasch brach die Nacht herein. Sie war froh, dass es keine Dienerschaft im Haus gab, denn so konnte sie sich damit beschäftigen, eine einfache Mahlzeit zu kochen. Damit hatte sie etwas zu tun – etwas, das sie gut machte.

Als die Mahlzeit aufgetischt wurde, setzte Andrew sich ans gegenüberliegende Ende des Tisches und blickte über den gedeckten Tisch mit dem fleckenlosen damastenen Tischtuch hinweg. An jedem Ende glänzten Kerzen und das Essen wurde auf silbernen Platten serviert. »Das hast du gut gemacht, Dorcas«, lobte sie Andrew. Er neigte den Kopf, sprach das Dankgebet und sie begannen zu essen.

»Du bist eine gute Köchin«, sagte er, »aber wenn wir erst einmal im Pfarrhaus sind, wirst du nicht mehr viel damit zu tun haben.«

»Oh, ich könnte dir deine Lieblingsspeisen kochen. Du musst mir nur sagen, welche das sind.«

»Ja, natürlich. Ganz wie du willst.«

Sie brachten es zustande, ein Gespräch in Gang zu halten, aber beide waren müde, deshalb fiel es ihnen schwer, Worte zu finden. Er bestand darauf, ihr beim Aufräumen nach der Mahlzeit zu helfen. Danach, als es nichts mehr zu tun gab, machten sie einen Spaziergang. Bath war wunderschön im April, aber Dorcas warf gerade nur einen Blick auf die Menschen, die auf den breiten Straßen promenierten. Sie dachte an *dieses riesige Bett in dem großen Schlafzimmer.*

Schließlich kehrten sie ins Haus zurück. Andrews Stimme klang beinahe erstickt, als sie unsicher in der Mitte der Halle stehen blieben. »Dorcas, wir wissen vielleicht beide nicht viel über die Ehe.«

»Nein, Andrew.«

»Ich werde dir gegenüber niemals niederträchtig sein«, sagte er, dann zögerte er. Als er fortfuhr, war seine Stimme leise und angestrengt. »Es gibt Dinge, die ich dir nicht geben kann. Du kennst meine Ansichten. Aber ich denke … ich hoffe, Gott hat – gewisse Dinge in der Ehe für recht und gut befunden –« Er hielt abrupt inne und wandte den Blick von ihr ab. Sie sah deutlich, dass er in einen inneren Kampf verwickelt war, der ihn zu überwältigen drohte, und wünschte, sie könnte ihm helfen. Aber sie wusste, dass sie es nicht konnte.

Zuletzt seufzte er: »Ich habe noch einiges zu arbeiten. Vielleicht möchtest du dich inzwischen zurückziehen.«

Dorcas blinzelte verdutzt, dann wurde ihr klar – und ein Stich durchfuhr sie –, dass ihr frisch angetrauter Gatte meinte, sie sollte sich auf ihre Hochzeitsnacht vorbereiten. Sie warf einen Blick auf sein Gesicht und sah einen Widerwillen darauf, der nicht eben ermutigend war. *Herr, war das wirklich deine Absicht?*, betete sie. Die Antwort bestand in einer seltsamen Ruhe, die über sie kam. Sie brachte es fertig, Andrews Blick ernsthaft zu erwidern. »Ja, das werde ich tun.« Sie wollte sich schon abwenden, hielt aber inne und blickte ihn noch einmal an. Er stand da und betrachtete sie mit ausdruckslosem Gesicht. Sie brachte ein schwaches Lächeln zustande, in der Hoffnung, ihm seinen inneren Kampf zu erleichtern. »Gott hat uns dafür geschaffen, Andrew. Mann und Frau sollen zusammen sein, jeder ein Teil des anderen, um ihm nachzufolgen, so gut wir können.« Er reagierte nicht, und sie legte einen sanften Ton in ihre Stimme, als spreche sie mit einem kleinen, verängstigten Tier. »Ich glaube, du denkst richtig. Gott hat die eheliche Vereinigung angeordnet und gesegnet. Wir sind in seiner Hand und seinem Willen.«

Der Ausdruck in seinen Augen sagte ihr, dass er ihr gerne glauben wollte, aber seine einzige Antwort war ein leichtes Nicken. Sie würde damit zufrieden sein müssen. Für den Augenblick.

Sie begab sich ins Schlafzimmer, schlüpfte aus ihrem Kleid, hängte es sorgfältig auf; dann stand sie in der Unterwäsche da und wünschte, sie wäre überall auf der Welt, nur nicht in diesem Zimmer. Trotz ihrer ermutigenden Worte zu Andrew fühlte sie nun, wie eine unbehagliche Anspannung sie ergriff. *Oh Herr, unser Gott*, betete sie, *hilf uns.*

Sie schauderte trotz der warmen Luft. Sie wusste, es war keine Frage der Temperatur. Sie ging zur Truhe, öffnete sie und nahm das seidene Nachthemd heraus. Sie kleidete sich aus, schlüpfte aus der Unterwäsche und legte das Nachthemd an. Sie blickte in den Spiegel und war von ihrem eigenen Anblick schockiert. Die Seide umspannte die Kurven ihrer jugendlichen Gestalt, das Nachthemd hatte etwas Sinnliches an sich, das sie beunruhigte. Sie hätte es beinahe wieder ausgezogen, um ihr baumwollenes Hemd anzulegen, aber da hörte sie von Neuem die Worte von Sally Bradwell: »Du musst ihn dazu bringen, dich zu lieben.«

Sie trat ans Bett und schlug die Decke zurück. Als sie hineinkletterte, senkte es sich unter ihrem Gewicht. Sie lag da, vor Anspannung steif wie ein Stück Holz, ihre Gedanken überschlugen sich. Sie hatte keine Vorstellung von den ehelichen Pflichten. Sie hatte das eine oder andere gehört, aber jetzt hatte sie Angst. »Lass ihn liebevoll sein«, flüsterte sie, »mehr verlange ich nicht.«

Nach langer Zeit – so schien es ihr – wurde die Tür geöffnet und Andrew trat ein. Dorcas schloss augenblicklich die Lider und lag still. Sie hörte seine Bewegungen im Zimmer und horchte, wie er die Kerzen ausblies.

Eine Zeit lang herrschte nur Schweigen. Dann fühlte sie, wie das Bett einsank, als er neben ihr ins Bett stieg. Sein Arm streifte den ihren und versetzte ihr einen Schock. Sie lag da und konnte keinen klaren Gedanken fassen – dann fühlte sie, wie er sich ihr zuwandte …

* * *

Beim Frühstück am nächsten Morgen waren beide schweigsam. Andrew sprach so fröhlich, wie er nur konnte: »Wir werden uns heute die Stadt ansehen. Einige der Häuser sind mehrere Hundert Jahre alt. Das könnte dich interessieren.«

»Ja, natürlich.«

Ihre Stimme hatte einen Unterton, der Andrew veranlasste, ihr einen scharfen Blick zuzuwerfen. Als er sie anblickte, trafen sich ihre Blicke – und das Gefühl, das er da sah, erregte ihn. Einen Augenblick lang empfand er eine merkwürdige Wärme, ein Gefühl der Nähe und Intimität – dann errötete er, als hätte er etwas Schändliches getan. *Halte deine Gedanken im Zaum!*, schalt er sich selbst, dann meinte er: »Vielleicht sollten wir eine Magd anstellen, um uns im Haus zu helfen.«

»Das wird nicht notwendig sein. Ich würde es lieber selbst tun.« Dorcas bemühte sich, mit angenehmer Stimme zu sprechen, aber als ihre Augen sich trafen, sah sie, dass er zurückzuckte. Sie erinnerte sich an die vergangene Nacht und war von Enttäuschung erfüllt. Es war keine Liebe darin gewesen – keine Zärtlichkeit. Er hatte sie benutzt, wie ein Mann ein Werkzeug benutzen mag – selbst bei ihrer beschränkten Erfahrung hatte sie gewusst, dass das nicht das war, was Liebe bedeutete. Nachdem er sich von ihr abgewandt hatte, hatte sie gewartet, bis seine Atemzüge ihr verrieten, dass er schlief, dann waren ihr die Tränen über die Wangen geflossen. Sie hatte stumm vor sich hin geweint, ohne zu schluchzen, und als sie ihn nun anblickte, fragte sie sich, was er wohl fühlte. Sie wusste, dass sie niemals über solche Dinge reden konnten, und ein Gefühl der Verzweiflung überkam sie. Was Sally Bradwell ihr geschildert hatte, war nicht das, was sie in ihrer eigenen Ehe gefunden hatte.

Als sie an diesem Nachmittag spazieren gingen, gab sie sich Mühe und war so liebenswürdig, wie sie nur konnte. Andrew war höflich, sie spürte, dass er ein gutes Herz hatte. Dennoch war da eine Leere in ihr, der sie nicht zu entkommen vermochte.

Die Woche verging rasch. Wenn sie gehofft hatte, ein wenig Wärme in ihrer Beziehung zu finden, so wurde sie enttäuscht. Andrew schien sich zurückzuhalten; von jenen kurzen Augenblicken in der Nacht abgesehen, in denen er sie berührt hatte, hatte er niemals einen Kuss oder eine Liebkosung für sie übrig. Er hatte etwas Formelles an sich, und Dorcas wusste, dass er gegen seine eigenen Instinkte ankämpfte. Sie dachte: *Es ist, als hätte er Angst vor Frauen … Angst, zuzulassen, dass er mich liebt.*

* * *

Nach einer Woche kehrten sie nach London zurück, und sie betrat die Welt, in der sie aller Voraussicht nach ihr restliches Leben verbringen sollte.

Das Pfarrhaus, das an der Mary Street lag, befand sich ganz in der Nähe der Kirche. Es war ein schmales Haus, das auf einem schmalen Grundstück stand. Da London so dicht bevölkert war, baute man die Häuser in die Höhe statt – wie auf dem Land – in die Breite. Alle Londoner Häuser waren auf mehr oder weniger schmale Grundstücke gezwängt und das Pfarrhaus machte keine Ausnahme. Sie war schon früher im Pfarrhaus gewesen, aber als sie ankamen, wollte Andrew unbedingt eine ausführliche Führung mit ihr veranstalten. Er begann mit der Küche, die sich im Kellergeschoss befand. Das war ein großer Raum mit einem gewaltigen Herd, den zwei große Kohleöfen flankierten. Sie war mit Eichentischen und soliden Stühlen eingerichtet, denn die Dienstboten pflegten dort ihre Mahlzeiten einzunehmen. Sie betrachtete den Boden, der safrangelb gestrichen war. Andrew sagte: »Im Winter wird hier – außer dem Bereich um den Herd – ein Flickenteppich aufgelegt.« Von der Küche ging ein kleinerer Raum ab, der alle möglichen Haushaltsutensilien enthielt: Mausefallen und Rattenfallen, Putzmittel, Besen, Eimer und Mopps; saubere und benützungsbereite Nachttöpfe, Kerzenformen und Kerzen und Löschhütchen und große Kommoden voll Leinen.

»Ich liebe die Küche! Ich werde eine Menge Zeit hier verbringen«, sagte sie.

Andrew lachte. »Du wirst dich mehr im Erdgeschoss aufhalten.« Er führte sie nach oben. Das Erdgeschoss bestand aus dem Esszimmer, dem Wohnzimmer und einem großen Arbeitszimmer. Das Esszimmer hatte eine hohe Decke, ein alter Mahagonitisch stand darin, der mit Bürste und Wachs geschrubbt worden war. »Du kannst dich darin spiegeln!«, bemerkte Andrew. »Das sind gute Stühle!«, sagte er stolz. Es waren rosshaargepolsterte Stühle mit Lederbezug und leinenen Schutzhüllen. Auf einer Seite zeigte er ihr die riesige Anrichte mit ihren tiefen Schubladen und Fächern. Sie war gestopft voll mit Extratellern und diente als Büfett für kalte Fleischspeisen oder Salate. Der Salon, der als Empfangszimmer diente, war sehr weitläufig. Die Möbel waren reich und zierlich und die Wände in fröhlichen hellgelben Farben tapeziert. Der Teppich war fest am Fußboden angenagelt, damit er keine Wellen schlug, wenn die Möbel hin und her gerückt wurden.

Andrew sagte: »Hier werden wir unsere Gäste unterhalten. Gefällt es dir, Dorcas?«

»Es ist ein wunderschönes Zimmer«, antwortete sie aufrichtig. Sie fuhr mit der Handfläche über das polierte Mahagoni eines Stuhls und blickte ihn mit einem Lächeln an. »Es ist ein wunderschönes Haus.«

»Komm und sieh dir mein Arbeitszimmer an«, sagte er eifrig. »Der frühere Pfarrer hat mir viele seiner Bücher hinterlassen.« Er führte sie in einen Raum, der etwa zwölf Fuß im Quadrat maß. Die Wände waren mit Bücherregalen bedeckt, in denen viele Löcher und Lücken klafften, aber er meinte: »Die werde ich bald gefüllt haben.« Er zeigte ihr den mächtigen Schreibtisch aus Rosenholz mit den beiden

Ladenkästen und wirkte beinahe jungenhaft, als er fragte: »Ist das nicht großartig?«

Sie bemerkte den Eifer in seinem Gesicht und freute sich, dass er zufrieden war. »Es ist wundervoll. Ich bin überzeugt, du wirst an diesem Tisch die schönsten Predigten von ganz England schreiben.«

»Da bin ich mir nicht so sicher.«

»Nun, ich schon.« Dorcas trat an ihn heran; impulsiv ergriff sie seinen Arm und drückte ihn. »Du wirst es noch erleben, dass mein Mann der beste Prediger in ganz England wird.«

Andrew freute sich über ihre Worte, aber irgendwie machte ihn ihre Berührung nervös. Hastig wandte er sich ab: »Komm, ich will dir noch den Rest des Hauses zeigen.«

Dorcas fühlte sich verletzt, als er sich ihrem Griff entzog. Der Stock enthielt drei Schlafzimmer und zwei kleinere Zimmer. »Eines davon«, bemerkte er beiläufig, »wurde früher einmal als Kinderzimmer benutzt.«

Das Zimmer, auf das er deutete, war nicht groß. Es stand noch eine Wiege darin und die Kommode und der Tisch waren kleiner als üblich. Dorcas sah sich um: »Es ist ein hübscher Ort für ein Kinderzimmer. Hier könnte man leicht Kinder aufziehen.«

Ihre Worte schienen Andrew auf die Nerven zu gehen und er sagte rasch: »Komm. Du musst noch die Dienerschaft kennenlernen. Ihre Zimmer sind im obersten Stock, aber sie halten sich unten auf.«

Als sie hinuntergingen, wurden sie von Mrs Lesley, der Haushälterin, begrüßt. Dorcas hatte sie bereits kennengelernt – und festgestellt, dass sie eine freudlose Frau war. Hochgewachsen und hager, knickste sie leicht, als Andrew bemerkte: »Denkt daran, ihr beide werdet viel Zeit miteinander verbringen.«

Mrs Lesley sagte augenblicklich mit angespannter Stimme: »Ich bin überzeugt, Mrs Wakefield wird andere Pflichten haben, als sich um den Haushalt zu kümmern.«

»Oh nein, ich möchte mit anpacken, wo ich kann«, sagte Dorcas.

Diese Bemerkung schien der Haushälterin nicht zu passen: »Die Frau des früheren Pfarrers überließ alles mir.« Das mochte sogar in ihren eigenen Ohren zu hart klingen, deshalb fügte sie rasch hinzu: »Ich möchte es Euch hier so angenehm wie nur möglich machen.«

Dorcas erkannte instinktiv, dass die Frau einen Groll hegte, obwohl sie es vor ihrem Mann geschickt verschleierte. »Natürlich, wir werden schon ein Übereinkommen finden, Mrs Lesley«, antwortete Dorcas ruhig, Sie war sich jedoch bewusst, dass sie eine Feindin hatte. Später sollte sie entdecken, dass Mrs Lesley der Frau des früheren Pfarrers eine fast zwanghafte Zuneigung entgegengebracht hatte und es unmöglich war, es der Frau recht zu machen.

Sie fand jedoch eine Freundin in Beth Buchanan, der Köchin, die etwas abseits von Mrs Lesley stand. Beth war eine klein gewachsene Frau, ziemlich untersetzt, mit rötlichem Haar, einem runden Gesicht und bemerkenswert grünen Augen. »Es tut gut, Euch hier zu haben. Ich werde alles tun, es Euch angenehm zu machen.«

Etwas an ihrem Akzent veranlasste Dorcas, sie näher in Augenschein zu nehmen. »Seid Ihr aus Wales, Beth?«, fragte sie.

»Ja, das bin ich.« Sie nannte ihre Heimatstadt und Dorcas rief augenblicklich aus: »Dort war ich schon! Das liegt gar nicht weit von meinem eigenen Dorf entfernt!«

»Na, so etwas!«, rief die Köchin aus. Ein Lächeln erhellte ihr unscheinbares Gesicht. »Nun, da können wir beide dem Reverend walisisches Essen vorsetzen.«

Dorcas hatte ein gutes Gefühl, was diese Frau anging. Sie sah das missbilligende Licht in Mrs Lesleys Augen und sagte zu sich selbst: *Warte nur, Mrs Lesley, wir werden schon sehen, wer in der Küche das Sagen hat.* Dann wandte sie sich der anderen Frau zu, die ihr als Lilly, das Hausmädchen, vorgestellt wurde. Lilly war ein mausähnliches Mädchen mit braunem Haar und braunen Augen und schien sehr schüchtern zu sein. »Ich hoffe, ich kann es Euch recht machen, Ma'am, und willkommen im Pfarrhaus«, begrüßte sie Dorcas mit leiser Stimme.

»Ich freue mich, Euch kennenzulernen, Lilly«, sagte Dorcas und dachte: *Ich bin froh, dass es hier im Haus jemanden gibt, der noch unsicherer ist als ich.* Dorcas merkte, dass Lilly Mrs Lesley ständig beobachtete.

Du lieber Himmel, sie hat Angst vor dem alten Drachen, erkannte Dorcas. Sie verlieh der Haushälterin an Ort und Stelle diesen Namen und nannte sie in Gedanken nie anders.

»Ich bin sicher, Ihr werdet alle Euer Bestes tun, Mrs Wakefield das Leben angenehm zu machen«, sagte Andrew. »Nun kommt, wir wollen uns auf unser erstes gemeinsames Essen heute Abend freuen.«

* * *

Sally Bradwell kam drei Tage nach der Rückkehr der Jungvermählten zu Besuch. Sie bebte geradezu vor Neugier, und sobald es ihr gelungen war, mit Dorcas unter vier Augen zu sprechen, versuchte sie, ihr Einzelheiten zu entlocken. Dorcas hielt sie eine Weile hin, indem sie über die Dienstboten sprach. »Ich nenne Mrs Lesley nur noch den alten Drachen, aber früher oder später wird es einen gewaltigen Krach geben.«

»Zeig ihr nur, wer die Herrin im Haus ist«, sagte Sally. Dann beugte sie sich vor und sagte: »Erzähl mir alles über deine Flitterwochen.«

Dorcas wusste, sie würde keinen Frieden geben, bis sie nicht wenigstens einige ihrer Gedanken und Erfahrungen mit ihr ausgetauscht hatte. Im Grunde sehnte sie sich auch danach, ihr Herz auszuschütten. Sie erzählte vor allem Einzelheiten über die Hochzeitsreise, aber bald kam sie auf das Thema der Hochzeitsnacht zu sprechen.

Sally spürte, dass sie auszuweichen versuchte. »Sag mir – war es schlimm?«

Dorcas war entschlossen gewesen, das für sich zu behalten, aber das Mitgefühl in Sallys Augen erweichte ihr Herz. »Es war sehr schlimm. Er ist kein roher oder grober Mann, aber er hat keine Zärtlichkeit an sich. Wenn er – wenn er mich berührt, ist es, als erfülle er eine Pflicht und sonst nichts.«

Sally Bradwell war noch jung, aber sie hatte eine gewisse angeborene weibliche Weisheit. »Du musst ihn dazu bringen, dass er dich liebt, wie ein Mann eine Frau liebt.«

»Aber wie?«, rief Dorcas verzweifelt aus. »Wie kann ich das bewerkstelligen?«

Sally sprudelte über vor Ideen. »Du musst dich für ihn attraktiv machen.« Sie begann einige der Tricks und Kniffe aufzuzählen, die sie bei ihrem eigenen Ehemann angewandt hatte, zum Beispiel Parfüm zu verwenden oder Dinge zu sagen, die ein Mann gerne hört. Sie beschloss ihre Rede mit den Worten: »Bring ihn dazu, dass er dich begehrt.«

»Das wird er nie tun. Er liebt mich nicht so, wie ein Mann eine Frau lieben sollte – und er wird mich nie lieben.«

Sally sah, dass Dorcas den Tränen nahe war. Sie zog sie in ihre Arme und wisperte: »Er wird dich lieben, dafür werden wir schon sorgen.« Aber sie fühlte sich betrübt, und sie verlieh Andrew Wakefield allerlei Titel, die sogar ihren liebenden Ehemann schockiert hätten. Als es für sie Zeit zum Aufbrechen wurde, umarmte sie Dorcas und küsste sie auf die Wange. »Das kommt schon in Ordnung, … du wirst sehen.«

Dorcas lächelte, aber nachdem Sally gegangen war, fühlte sie sich schlechter als je zuvor. Sie stand inmitten des Pfarrhauses, sah sich um und schüttelte verzweifelt den Kopf. In Wales war sie arm gewesen, bettelarm, aber dies hier war fast genauso schlimm. Sie hatte reichlich zu essen, schöne Kleider und ein hübsches Haus – aber sie wusste jetzt, dass sie das eine nicht hatte, wonach sie sich am meisten sehnte – einen Mann, der sie von ganzem Herzen liebte!

16

MEIN HERZ WURDE SELTSAM WARM

Ein bleicher, schwacher Streifen winterlichen Sonnenlichts fiel auf das Tagebuch auf John Wesleys Schreibtisch. Er hatte eine Zeit lang die Schrift angestarrt, nun las er von Neuem die Worte, die er mit seiner festen, gleichmäßigen Handschrift dort hingeschrieben hatte: *»Das Eine habe ich gelernt an den Enden der Erde – dass es mir am Ruhm vor Gott mangelt: dass mein ganzes Herz durch und durch verdorben und abscheulich ist, dass ich ein Kind des Zorns und ein Erbe der Hölle bin.«*

Wesley beugte sich vor, schloss die Augen und barg das Gesicht in den Händen. Seit seiner Ankunft in London war er in eine schreckliche Phase der Zweifel und Verzweiflung verfallen. Er reagierte empfindsam auf Erfolg. Der Unterschied zwischen ihm und George Whitefield hätte nicht drastischer sein können – und nicht schmerzlicher. Whitefield hatte sein Werk in London nur fünf Wochen früher abgeschlossen, aber die Früchte seiner Arbeit waren deutlich zu sehen – die gedrängt vollen Bibelkreise, die veröffentlichten Predigten, die erweckten Seelen und die Berichte über die Mengen an Kirchenbesuchern.

Dazu kam, dass Wesley das Gefühl hatte, er selbst habe bei seinen missionarischen Bemühungen versagt. Lange Zeit saß er über das Tagebuch gebeugt da, während die Uhr dahintickte, schließlich erhob er sich mit ungewohnter Müdigkeit, schloss das Tagebuch und zog Hut und Mantel an. Er verließ das Haus und begab sich zu der Wohnung eines Mannes namens Hutton, bei dem sein Bruder Charles wohnte. Der Reverend William Hutton öffnete ihm und bemerkte kopfschüttelnd: »Guten Tag, Mr Wesley.«

»Guten Tag, Sir, wie geht es meinem Bruder heute Morgen?«

»Nicht gut, nicht gut.« Huttons Augen waren voll Zweifel. »Ich glaube, er ist sehr krank, Mr Wesley, ja, sehr krank.«

Wesley folgte dem Geistlichen in ein Schlafzimmer im zweiten Stock und fand Charles im Bett vor. Sein Gesicht war bleich und seine Augen glanzlos. »Was soll das bedeuten, Charles?«, sagte John rasch. »Ich dachte, es würde dir heute besser gehen.«

»Ich fürchte nein, Jack. Mir ist, als hätte ich gar keine Kraft.«

Wesley setzte sich neben seinen Bruder. Die beiden versuchten, ein Gespräch zu führen. Sie waren beide Männer, die keine halben Sachen machten, und nun waren ihre Bemühungen zum Scheitern verurteilt. »Ich bin sehr bekümmert, Jack. Ich kann weder lesen noch meditieren, weder singen noch beten.« Charles Wesley hob den Arm vor die Augen, um sich gegen das Licht der Lampe zu schützen, und versank bald darauf in Bewusstlosigkeit.

John Wesley hatte den Eindruck, dass er selbst ein Gebet gebraucht hätte, aber stattdessen betete er für seinen Bruder. Als er zu Ende gebetet hatte, hörte er, wie eine Tür sich schloss, und er sah den Reverend Hutton in Gesellschaft eines weiteren Mannes dastehen.

»Dies ist Reverend Peter Bohler, der als Missionar nach South Carolina geht.«

»Freut mich, Euch kennenzulernen, Sir«, sagte John Wesley. Bohler, ein junger, kräftig gebauter Mann von sechsundzwanzig Jahren, mit blauen Augen und blondem Haar, lächelte und versuchte, mit Wesley zu sprechen, aber sein Englisch war grauenhaft. Als Wesley ihn fragte, ob er Latein könne, leuchteten Bohlers Augen auf, er nickte und begann in dieser Sprache fließend mit Wesley zu sprechen. Die beiden Männer unterhielten sich auf Lateinisch. Bohler sagte in dieser Sprache: »Ich bin sehr begierig darauf, Eure Eindrücke von der Missionsarbeit zu hören.«

John Wesley fühlte sich keineswegs geneigt, seine Erfahrungen mit diesem begeisterten jungen Mann zu teilen. »Ich fürchte, meine Erfahrungen könnten Euch nur wenig nutzen, Mr Bohler. Es war kein erfolgreiches Unterfangen.«

Peter Bohler war in Frankfurt geboren und an der Universität Jena ausgebildet worden. Er hatte sich den Böhmischen Brüdern angeschlossen und war von Graf Zinzendorf zum Geistlichen ordiniert worden. Er sagte: »Ich bin sicher, dass es sehr schwierig war, aber vielleicht könnte ich davon profitieren.«

Wesley zögerte, dann sagte er: »Setzt Euch. Ich muss eine Weile bei meinem Bruder bleiben.«

Die beiden Männer setzten sich. Nach einer Weile fragte Wesley, den die Aufrichtigkeit des jungen Mannes beeindruckt hatte: »Was betrachtet Ihr als das Ergebnis eines wahren Glaubens an Christus?«

Bohler antwortete: »Sieg über die Sünde und beständiger Friede aus einem Gefühl der Vergebung heraus.«

John Wesley starrte ihn an. Er warf einen Blick auf Charles, der wieder erwacht war, und sah, dass sein Bruder ebenso erstaunt wie er selbst war.

»Ich glaube, nicht viele Christen haben diese Gewissheit, Mr Bohler.«

»Dann sind sie entweder einem falschen Evangelium nachgelaufen und haben sich irrigerweise für bekehrt gehalten – oder sie haben die Gnade Gottes nicht in Anspruch genommen.« Bohler sprach voll Begeisterung und mit großer Selbstsicherheit über die Möglichkeit eines sieghaften Lebens über die Sünde und von dem vollständigen und allumfassenden Frieden, der über die Kinder Gottes kommt.

John Wesley war als Missionar gescheitert, aber er wusste, dass es ihm nicht viele Leute an Bibelkenntnissen gleichtun konnten. Er widersprach Bohler mit aller Macht. Er hatte den jungen Mann sehr gern, stellte aber fest, dass er an einen Mann geraten war, der die Bibel ebenso gut wie er selbst kannte. Schließlich senkte er den Kopf und gestand mit einigem Widerstreben ein: »Ich habe diesen Zustand nicht erreicht, Mr Bohler. Ich ächze unter einer schweren Last.« Er blickte auf, und seine Augen waren voll Schmerz, als er hinzufügte: »Aber je mehr ich mich abmühe, ein heiliges Leben zu führen, desto gegenwärtiger scheint die Sünde zu sein!«

Bohler antwortete rundheraus: »Glaubt und Ihr werdet gerettet werden. Glaubt aus ganzem Herzen an den Herrn Jesus und nichts soll Euch unmöglich sein. Dieser Glaube daran, mit dem Frieden Gottes zu leben, ist wie die Erlösung, die Ihr in Christus gefunden habt – ein freies Geschenk Gottes. Sucht und Ihr werdet finden!«

Bohler sprach noch eine Weile über die Möglichkeit, ein siegreiches Leben zu führen, und Wesley wusste, dass er wiederholte, was auch die Böhmischen Brüder in Georgia gesagt hatten: »Entblößt Euch all Eurer guten Werke und Eurer eigenen Gerechtigkeit«, sagte Bohler, »und tretet nackt vor ihn hin! Denn wer zu ihm kommt, den wird er nicht hinausstoßen.«

Wesley hatte Schwierigkeiten, diese Vorstellung von Gnade zu akzeptieren. Er hatte sein ganzes Leben darum gekämpft, sich selbst in Zucht zu halten, und irgendwie hatte er das Gefühl, es gäbe keinen anderen Weg.

Charles war ganz seiner Meinung und rief aus: »Wie, Jack, sollen wir denn gar nichts zu tun haben? Das kann ich nicht akzeptieren! Wir müssen für Gott arbeiten.«

Aber John Wesley war sehr beeindruckt von dem jungen Deutschen. Während der folgenden Tage verbrachte er viel Zeit mit Bohler und lud ihn ein, mit ihm und Charles nach Oxford zu fahren.

In Oxford wurden sie bereits von den Methodisten erwartet. Sie mussten auch feststellen, dass man sich über sie lustig machte. Bohler versicherte ihnen freilich, dass er nicht beleidigt sei: »Mein Bruder, es bleibt nichts davon an unseren Kleidern hängen!«

Während der Tage, die sie beisammen waren, nutzte Wesley jede Gelegenheit, mit Bohler zu debattieren. Schließlich sagte Bohler unverblümt: »Mein Bruder, deine Philosophie muss hinweggefegt werden!«

Sooft Bohler eine Bibelstelle hervorhob, die seine Vorstellung von der Gnade unterstützte, las Wesley sie anders. Am Sonntag, dem 5. März, lasen er und Bohler gemeinsam das griechische Neue Testament und Bohler erklärte die Stelle: »Glaube an den Herrn Jesus und du sollst gerettet werden.« Wesley wandte sich an Bohler und sagte: »Wie kann ich anderen predigen, wenn ich selbst keinen Glauben habe? Soll ich das Predigen sein lassen?«

»Auf keinen Fall«, sagte Bohler.

»Aber was kann ich predigen?«

»Predige den Glauben, *bis* du ihn selbst hast. Und dann predige den Glauben, *weil* du ihn hast.«

John Wesley sagte verzweifelt: »Ich verstehe das nicht. Nach allem, was du mir gesagt hast, glaubst du, dass die Bekehrung das Werk eines Augenblicks ist.«

»Ganz genau – sie kann sich in Sekundenbruchteilen ereignen.«

John Wesley hatte sich immer entschieden gegen die Möglichkeit einer Reue auf dem Sterbebett ausgesprochen. Wenn er sich Bohlers Ansichten anschloss, würde er diese Ansicht über Bord werfen müssen – zusammen mit all den anderen Doktrinen, an denen er eisern festhielt.

Von diesem Punkt an begann Wesley mit einem gründlichen Studium seines griechischen Neuen Testaments. Er war immer ein eifriger Bibelleser gewesen, aber nun brütete er Tag und Nacht, beinahe in jeder wachen Stunde, über seiner Bibel. Sein Herz wurde immer hungriger, und dennoch wusste er, dass es sein ganzes Leben verändern würde, wenn er Bohlers Lehren akzeptierte.

Bohler hatte an Zinzendorf geschrieben:

Der Ältere, John, ist ein Mann von gutem Charakter. Er weiß, dass er nicht an den Erlöser glaubt, und ist willens, sich belehren zu lassen. Sein Bruder ist im Augenblick tief bekümmert, weiß aber nicht, wie er es anfangen soll, den Erlöser persönlich kennenzulernen.

Die beiden Wesleys rangen mit ihren Zweifeln und Ängsten, aber nichts schien zu helfen. Schließlich wurde Wesley Ende März gebeten, mit einigen zum Tode Verurteilten zu sprechen. Er nahm Kinchin, einen Freund, mit und besuchte einen Häftling namens Clifford, der noch am selben Tag gehängt werden sollte. Als sie in der kalten, freudlosen Zelle saßen, malten sich Verzweiflung und Elend auf Cliffords magerem Gesicht.

Kinchin saß schweigend da, und John Wesley stellte fest, dass ihm die Worte in der Kehle stecken blieben, als er den Mann anblickte, über den sich bereits der Schatten des Todes senkte. Er suchte verzweifelt nach tröstenden Worten – fand aber keine. Was sollte er zu diesem Mann sagen, der in ein paar Stunden in ein seichtes Grab geworfen werden und vor dem Antlitz Gottes stehen würde?

Nach mehreren fruchtlosen Versuchen schien es John Wesley plötzlich, als hörte er in Gedanken die Worte Peter Bohlers: *Entblöße dich all deiner guten Werke und Selbstgerechtigkeit und tritt nackt vor ihn! Denn wer zu ihm kommt, den wird er nicht hinausstoßen.*

Beinahe ängstlich begann Wesley diese Worte zu sprechen und die Bibelverse zu lesen, die Bohler ihm in den letzten Wochen eingepaukt hatte. Schließlich holte er tief Atem und sagte: »Clifford, mein Freund, Ihr müsst auf die Gnade Jesu Christi vertrauen.«

Clifford, ein schwächlicher Mann Anfang dreißig, blickte ihn ungläubig an. »Ich habe einen Menschen getötet«, flüsterte er.

»Kommt dennoch zu Jesus. Er wird Euch alle Sünden vergeben.«

»Ich weiß nicht, wie ich das machen soll.«

Wesley warf Kinchin einen Blick zu und sagte: »Wir wollen beten. Mein Freund und ich werden für Euch beten – und Ihr ruft Gott im Namen Jesu an.«

»Was soll mir das nutzen?«

»Eure Sünden werden Euch vergeben werden.« Wesley hatte selbst nur wenig Glauben, aber er sagte verzweifelt: »Lasst uns niederknien und beten. Wir müssen auf Jesus vertrauen.«

Sie begannen zu beten. Wesley brach mit seiner anglikanischen Sitte, festgeschriebene Gebete zu sprechen, und betete spontan. Er wusste, sein Bruder Charles würde bestürzt sein, wenn er jemals davon hörte, aber Cliffords Verzweiflung hatte auf ihn abgefärbt. Als sie da knieten, wurde ihm plötzlich bewusst, dass Clifford weinte und Gott anrief. Das ermutigte ihn so, dass er ebenfalls leidenschaftlich zu beten begann.

Schließlich blickte Wesley auf. Als er sich von den Knien erhob, erhob sich Clifford mit ihm. Sein Gesicht war nass von Tränen, aber ein Licht der Hoffnung strahlte in seinen Augen, als er flüsterte: »Ich bin jetzt bereit zu sterben. Ich weiß, dass Christus meine Sünden von mir genommen hat; es gibt nun keine Verdammnis mehr für mich.«

Kinchin und Wesley waren fassungslos. Sie hatten niemals gesehen, wie ein Mensch sich in Augenblicken veränderte, und obwohl Wesley noch ein wenig skeptisch war, hatte Kinchin keine Zweifel mehr.

Als der Kerkermeister und der Profos kamen, um Clifford zum Galgen zu führen, fuhren Wesley und Kinchin mit ihm auf dem Henkerskarren. Wesley sprach kein Wort, aber er beobachtete sorgfältig das Gesicht des Gefangenen. Es zeigte kein Anzeichen von Furcht – nein, Freude malte sich darauf. Und als sie die Schlinge um Cliffords Nacken legten, sagte er mit lauter Stimme: »Christus Jesus hat mir meine Sünden vergeben. Ich habe vollkommenen Frieden im Herzen.«

Wesley wandte sich ab, als die Falltür nach unten klappte. Er hörte den dumpfen Laut, als der Körper des Verurteilten den Strick straffte.

Als sie das Gefängnis verließen, wusste John Wesley, dass er ein Wunder mit angesehen hatte. Er sagte zu Kinchin: »Dieser Mann trat als Gläubiger vor Gott – und es geschah in einem einzigen Augenblick!«

* * *

Am 1. Mai, dem Pfingstsonntag, litt Charles Wesley noch immer an seiner schlechten Gesundheit; er lag bereits seit vier Tagen in seinem Schlafzimmer zu Bett. Er vermerkte in seinem Tagebuch: *»Ich habe das Sakrament empfangen, aber nicht Christus. Ich suchte ihn die ganze Nacht unter Gebeten und Seufzern und mit unablässigem Verlangen, aber ich ernte nichts als Niedergeschlagenheit.«*

Am Sonntagmorgen griff er auf die Praxis zurück, die Bibel an einer beliebigen Stelle zu öffnen und den ersten Vers, auf den sein

Blick fiel, als Gottes Botschaft anzunehmen. Das war eine Praxis der Böhmischen Brüder, die sich nicht immer als erfolgreich erwiesen hatte. An diesem Morgen jedoch fühlte er sich von einem ungewöhnlichen Gefühl der Gegenwart Gottes berührt.

John Wesley war zu der Barockkirche St. Mary-le-Strand gegangen, um dem Pfarrer beim Austeilen des Abendmahls zu helfen. Als er aus der Kirche kam, umringten ihn drei Freunde.

»Was ist los?«, fragte er rasch. »Geht es Charles schlechter?«

»Nein, er hat Christus gefunden. Er hat Frieden mit Gott«, sagten sie, und voll Freude führten sie John Wesley zu Charles, der inzwischen aufgestanden war und sich angezogen hatte. Erregung glänzte in den Augen des jüngeren Bruders, als er sagte: »Jack, ich habe Christus gefunden. Ich habe mein Vertrauen ganz auf das Blut Christi gesetzt, das für *mich* vergossen wurde.«

»Gott segne dich, lieber Charles!«, rief Wesley aus. Er setzte sich hin und lauschte, während Charles ihm erzählte, was sich ereignet hatte. »Ich hatte immer gedacht, dass ich heilig sein muss, bevor ich gerettet werden könnte. Nun weiß ich, dass ich nichts anderes verdient habe als Zorn. Alle meine guten Werke, meine Gerechtigkeit, meine Gebete sind nichts. Ich muss stille sein. Ich habe nichts vorzubringen. Gott ist heilig; ich bin unheilig.«

»Erzähl es mir noch einmal«, bat John, denn er sah in seinem jüngeren Bruder dieselbe Heilsgewissheit, die er an Peter Bohler und den Böhmischen Brüdern gesehen hatte. Er sehnte sich danach und lauschte, als Charles erzählte, wie er schließlich alle seine guten Werke beiseitegelegt und sich ganz Christus anvertraut hatte.

Die Gruppe in dem kleinen Raum sang zusammen und pries Gott. Und es war eine siegreiche Nacht.

Aber John Wesley war nicht anders als zuvor, und als er Charles' Wohnung verließ, versank er von Neuem im Elend. Wieder begann er zu fasten und Gott zu suchen. Aber es schien ihm, als hätte Gott ihn verworfen.

* * *

Früh am Mittwochmorgen las John Wesley wie gewöhnlich in seinem griechischen Neuen Testament. Seine Augen waren gerötet vor Anstrengung und den ganzen Tag lang forschte er in der Heiligen Schrift. Am Nachmittag begleitete er einen Freund zur Vesper in der Sankt-Pauls-Kathedrale. Der Chor sang Purcells Hymne »Aus der Tiefe schreie ich, Herr, zu dir«. Jede Zeile der Hymne ermutigte ihn und schließlich sang der Chor: »Oh, Israel, vertrau auf den Herrn, denn beim Herrn ist Barmherzigkeit und überreichliche Erlösung. Und er wird Israel von allen seinen Sünden erlösen.«

Wesley schien es, als widerhallten die Worte in seinem Geist. Als er die Kirche verließ, fuhr er fort zu beten. Am Abend erklärte er sich bereit, seinen Gastgeber James Hutton zu einem Treffen der Böhmischen Brüder zu begleiten. Als sie durch die Elendsviertel von London gingen, kamen sie an Männern und Frauen vorbei, die betrunken vom billigen Gin auf der Straße lagen. Mehr als einmal mussten sie Huren verscheuchen. Wesley hielt die Augen offen nach Taschendieben und Räubern – jenen Ausgestoßenen, von denen John Wesley noch bis vor Kurzem überzeugt gewesen war, dass sie niemals in einem Augenblick gerettet werden konnten.

Das Treffen wurde in der Aldersgate Street abgehalten, nur wenige Meter von Charter House entfernt. Sie bogen in den Nettleton Court ein, und als der Gottesdienst begann, las ein Geistlicher Luthers *Vorwort zum Brief des Hl. Paulus an die Römer.* Wesley lauschte und die Dunkelheit um ihn schien dichter zu werden. Aber er begann die Gegenwart Gottes zu fühlen, wie er sie nie zuvor gefühlt hatte. Er begann zu beten. Später beschrieb er die Erfahrung in einem Text, der berühmt werden sollte:

Am Abend begab ich mich sehr unwillig zu einer Gesellschaft in der Aldersgate Street, wo man Luthers Vorwort zum Brief des Hl. Paulus an die Römer las. Gegen dreiviertel neun, als einer eben beschrieb, wie Gott durch den Glauben an Jesus Christus im Herzen wirkt, wurde mir seltsam warm ums Herz. Ich fühlte, dass ich auf Christus als meine Erlösung vertraute, Christus allein, und die Gewissheit wurde mir geschenkt, dass er meine Sün-

den hinweggenommen hatte und mich vor dem Gesetz der Sünde und des Todes gerettet hatte.

Als John Wesley dastand und den Worten des Geistlichen lauschte, geschah etwas in seinem Herzen. Er wusste, er hatte Jesus Christus gefunden – das Ziel seiner Suche. Sein Leben würde nie wieder dasselbe sein, denn nun *wusste* er, dass er unter dem Blut Jesu stand!

17

DIE TÜREN SCHLIEẞEN SICH

Einer der eher unerfreulichen Aspekte bei der Arbeit, Geistlicher an der Erlöserkirche zu sein, war der Umgang mit Mr Rawdon Sylvester. Mr Sylvester war überzeugt, dass er selbst – nicht der neue Pfarrer – am besten dazu geeignet war, Entscheidungen für die Gemeinde zu treffen. Er sagte oft mit schwerfälligem Humor zu Andrew: »Ihr jungen Geistlichen müsst lernen, euch auf uns alte Leute zu verlassen. Wir sind hier, um aufzupassen, dass ihr nicht irgendwelche noch nicht ausgereiften Ideen verbreitet.« Diese Bemerkungen waren für gewöhnlich von einem schlauen Seitenblick und einem Lachen begleitet.

Andrew hatte gelernt, die Arroganz seines obersten Diakons zu ertragen, aber eines Nachmittags, als er Mr Sylvester einen Besuch abgestattet hatte, hielt ihn Mrs Sylvester im Flur ihres massiven und reich verzierten Hauses auf. »Einen Augenblick, Reverend«, sagte sie. Und als sich Andrew etwas überrascht ihr zuwandte, fuhr sie fort: »Kann ich kurz mit Euch sprechen, Sir?«

»Aber ja, gewiss doch, Mrs Sylvester.« Andrew folgte ihr in den kleineren der beiden Salons, wobei er mit trockenem Humor bedachte, wie relativ doch die Bedeutung des Wortes »klein« ist. Als sie eintraten, warf er einen Blick auf die Gemälde von Hogart und Hamilton und auf die kunstvoll gefertigten Mahagonimöbel – eine Arbeit von Woster –, und er wünschte sich leidenschaftlich, sein oberster Diakon hätte weniger Geld und eine reinere Seele.

»Nun, Mr Wakefield« – Elisabeth Sylvester wandte sich mit säuerlichem Blick an Andrew. Sie war in ihrer Jugend außergewöhnlich schön gewesen und gab nun viel Geld dafür aus, diese Schönheit zu erhalten. Das Kleid, das sie trug, hatte nach Andrews Schätzung genug gekostet, um ein Dutzend Familien in den Elendsvierteln einen Monat lang zu ernähren. Er sah, dass ihre Lippen mit einer Grimasse der Missbilligung zusammengepresst waren, also wappnete er sich. »Es liegt mir fern, mich in das Privatleben meines Pfarrers einzumischen«, sagte Mrs Sylvester in grimmigem Ton, »aber es gibt da etwas, worüber Ihr Euch Gedanken machen solltet.«

»Und das wäre, Mrs Sylvester?« Es war nicht das erste Mal, dass die Frau Andrew beiseitegezogen hatte. Wie ihr Gatte auch, fühlte sie sich dazu berufen, sich um anderer Leute Angelegenheiten zu kümmern – vor allem um die Angelegenheiten des Pfarrers!

»Nachdem Ihr erst jung verheiratet seid, ist es Euch vielleicht nicht aufgefallen, dass Eure Frau ihre Aufmerksamkeit in die falsche Richtung lenkt.«

Andrew erstarrte. »In welcher Hinsicht, Mrs Sylvester?«

»Das war natürlich zu erwarten, schließlich ist sie eine junge Frau und kommt aus recht unglücklichen Umständen. Ich habe versucht, ihr meinen Rat anzubieten, aber wie die meisten jungen Frauen zieht sie es vor, ihre eigenen Wege zu gehen.«

Andrew starrte Mrs Sylvester an. Er wusste nur zu gut, dass Dorcas Schwierigkeiten hatte, sich ihrem neuen Leben anzupassen. Teilweise gab er sich selbst die Schuld daran, denn sie konnten nicht so miteinander sprechen, wie er es erhofft hatte. Mehr als einmal hatte er gewünscht, er könnte Dorcas zu einer – wie er es sah – weisen Haltung gegenüber den Damen der Gemeinde bewegen, aber bislang war es ihm nicht gelungen. »Was genau ist das Problem?«, fragte er ruhig.

»Nun, Ihr versteht doch sicherlich, dass die Frau des Pfarrers gewisse Verpflichtungen gegenüber den *etablierten* Gliedern der Gemeinde hat.«

Andrew verstand sofort, dass sie mit *etabliert* die reichen Frauen meinte. Er hatte mit Schrecken festgestellt, dass das Gemeindeleben rund um die Erlöserkirche dieselben sozialen Schichten aufwies wie das übrige England. An der Spitze der Pyramide herrschten Mr und Mrs Sylvester in unangefochtener Herrlichkeit. Unter ihnen befand sich eine sehr kleine Gruppe von vier oder fünf mächtigen und wohlhabenden Personen und darunter eine Gruppe respektabler, aber ziemlich bescheidener Leute. An der Basis der Pyramide befand sich das gewöhnliche Volk, das in den Angelegenheiten der Erlöserkirche nichts mitzureden hatte.

»Bitte erklärt Euch näher, Mrs Sylvester. Habt Ihr das Gefühl, dass meine Frau Euch vernachlässigt hat?«

»Nun, es liegt mir fern zu klagen, aber ich habe den Eindruck, dass Mrs Wakefield der Wohltätigkeit einfach zu viel Zeit widmet. Niemand sieht es lieber als ich, wenn den Armen geholfen wird, aber ich fürchte, Eure liebe Frau beschäftigt sich allzu sehr mit diesen Dingen.«

Einen Augenblick lang fühlte Andrew sich versucht herauszuplatzen: *Weib, wenn du den Armen mehr Aufmerksamkeit schenken würdest und deiner persönlichen Erscheinung etwas weniger, wäre Gott zufriedener mit dir!* Aber er biss sich auf die Lippen und erwiderte: »Mrs Wakefield macht sich Gedanken über die Armen, aber ich werde mit ihr sprechen.«

»Natürlich, mein lieber Mr Wakefield. *Gleichgewicht*, das ist notwendig.« Mrs Sylvester redete noch eine Zeit lang weiter, wobei sie im Grunde nichts anderes sagte, als dass sie erwartete, dass Dorcas Wakefield ihr und der übrigen Spitze der Pyramide mehr Aufmerksamkeit schenkte als den elternlosen Kindern, die in den Straßen Londons herumstreunten. Schließlich zwang sie sich zu einem spröden kleinen Lächeln und fügte hinzu: »Ich bin überzeugt, Ihr könnt Mrs Wakefield auf den richtigen Weg lenken. Wenn Ihr wünscht, dass ich mit ihr rede, bin ich gerne dazu bereit.«

»Ich glaube nicht, dass das notwendig sein wird, aber ich danke Euch für Eure Anteilnahme.«

Andrew verließ das Haus der Sylvesters zornig und unzufrieden mit seinem Besuch. *Ich werde mit Dorcas reden müssen*, dachte er grimmig. *Wir können es uns nicht leisten, die führenden Mitglieder der Kirche zu verärgern. Es ist schwierig genug, ihre Aufmerksamkeit auf geistliche Dinge zu lenken, ohne dass wir die Situation noch absichtlich verschlimmern.*

* * *

Mrs Irene Lesley war wütend. Sie richtete sich steif vor Dorcas Wakefield auf und sagte: »Ich bin überzeugt, Ihr meint es gut, Mrs Wakefield, aber es muss Euch klar sein, dass ich in diesen Dingen weitaus mehr Erfahrung habe als Ihr.«

Dorcas hatte sich für diesen Augenblick gewappnet. Gareth war früh am Tage zu Besuch gekommen, und sie hatte sich entschlossen, ihm das beste Schlafzimmer zu geben und sich selbst um das Abendessen zu kümmern. Seit sie ins Pfarrhaus eingezogen waren, hatte Mrs Lesley eifersüchtig auf ihrer Autorität bestanden. Der frühere Pfarrer und seine Frau, Mr und Mrs Milton, hatten ihr freie Hand in allen Haushaltsdingen gelassen. Sie hatte die Mahlzeiten geplant, den Besuchern nach Gutdünken ein Schlafzimmer zugewiesen und unangefochten über jeden Bereich des täglichen Lebens regiert.

Dorcas hatte Mrs Lesleys »Vorschläge« demütig hingenommen – aber sie hatte den Wunsch gehabt, Gareth das Beste zu geben. Sie hatte Mrs Lesley in den Salon gerufen und so sanft wie möglich gesagt: »Mrs Lesley, Ihr habt meinem Bruder den kleinen Raum am Ende des Korridors gegeben. Es wäre mir lieber, er würde im blauen Zimmer untergebracht.«

»Dieser Raum ist Würdenträgern vorbehalten, Mrs Wakefield. Das war schon immer so. Mrs Milton und ich hielten das für das Beste.«

Dorcas wurde steif. »Ich bin überzeugt, dass Ihr und Mrs Milton gute Gründe dafür hattet, aber Mrs Milton ist nicht mehr hier. Mein Bruder bekommt das blaue Zimmer.« Ihre Stimme hatte etwas Endgültiges an sich, und sie erwiderte den Blick der hochgewachsenen Frau, die vor ihr stand, wobei sie den heftigen Widerwillen in den schieferfarbenen Augen bemerkte. »Ich werde ebenfalls das Menü für das Dinner heute Abend aussuchen.«

»Mrs Wakefield, das wäre unpassend! Als Haushälterin fühle ich mich für alles, was hier im Hause vorgeht, verantwortlich – ich werde mit der Köchin sprechen. Offen gesagt, ich habe das bereits getan. Ich bin überzeugt, was ich ausgesucht habe, wird Ihnen schmecken.«

»Ich werde kaum erfahren, was Ihr ausgesucht habt, Mrs Lesley, denn wir werden es nicht essen. Ich habe entschieden, welche Mahlzeit auf den Tisch kommt, und brauche weder Ihren *Rat* noch Ihre *Dienste.*«

»Vielleicht ist Euch nicht klar, wie gefährlich diese Dinge für eine unerfahrene junge Frau sind. Vielleicht wäre es nicht so wichtig, solange es um Euren Bruder geht, aber es würde einen Präzedenzfall schaffen. Wenn wichtige Besucher kommen, ist es von entscheidender Wichtigkeit, dass sie mit einer gewissen Geschicklichkeit behandelt werden.«

Dorcas Wut loderte auf. »Mein Bruder *ist* ein wichtiger Besucher, Mrs Lesley.« Sie hatte das saure Gesicht der Frau ertragen, seit sie an die Erlöserkirche gekommen war, doch nun wallte ihr Zorn auf. Sie sagte deshalb mit deutlich vernehmbarer Stimme: »Von jetzt an werde *ich* die Entscheidungen treffen, was die Mahlzeiten, das Leinen, das Putzen angeht, und *ich* werde der Dienerschaft Vorhaltungen machen, wenn es notwendig ist. Falls Ihr das Gefühl habt, unter diesen Bedingungen hier nicht leben zu können, so steht es Euch frei, Euch anderswo um eine Stelle umzusehen, Mrs Lesley.«

»Ich werde mit Eurem Mann darüber sprechen!«

»Ihr könnt mit dem Erzbischof von Canterbury darüber sprechen, wenn es Euch beliebt.« Dorcas' Gesicht war bleich, aber die Härte, die sich unter ihrem milden Äußeren verbarg, war erwacht.

»Ihr fühlt Euch vielleicht glücklicher mit einer anderen Arbeitgeberin. Einer, die Ihr nach Lust und Laune herumkommandieren könnt.«

Mrs Irene Lesley wurde bleich. Sie presste die Lippen zu einer dünnen weißen Linie zusammen, dann sagte sie: »Der Bischof ist ein Freund von mir – ein persönlicher Freund.«

»Sehr schön«, antwortete Dorcas. Sie wusste, dass das eine Drohung war. Sie wusste, dass ihr die Sache noch Ärger einbringen würde, aber das war ihr gleichgültig. »Vielleicht kann der Bischof eine Haushälterin brauchen. Es tut mir leid, dass ich Euch nicht empfehlen kann. Ihr könnt gehen, sobald Ihr eure Sachen gepackt habt.«

An diesem Punkt wurde Mrs Lesley klar, dass die junge Frau, die so sanft und gefällig und nachgiebig gewesen war, eine verborgene Härte besaß. Mrs Lesley wusste, dass sie eine ausgezeichnete Stellung hatte, und der Gedanke, hinausgeworfen zu werden, war unerträglich. Sie schluckte schwer, presste die Hände zusammen, um ihr Zittern zu verbergen, und sagte mit bebender Stimme: »Mrs Wakefield, ich – ich möchte sagen, dass ich zu hastig war –« Vielleicht zum ersten Mal in ihrem Leben entschuldigte sich Mrs Lesley zerknirscht. Zuletzt sagte sie beinahe bittend: »Ich wäre dankbar, wenn Ihr mir noch eine Chance geben würdet.«

Dorcas wusste, dass diese Frau keine Freude ins Pfarrhaus bringen würde. Sie würde verbittert und voll Groll sein, aber im Augenblick hatte Dorcas den Sieg davongetragen. »Sehr gut, Mrs Lesley. Wir wollen nicht mehr davon reden. Von jetzt an werden wir uns morgens zusammensetzen und die Angelegenheiten des Pfarrhauses besprechen. Das wäre alles für den Augenblick.«

Als Mrs Lesley verschwunden war, stellte Dorcas fest, dass sie zitterte. Sie staunte über ihre eigene Kühnheit, dann lachte sie. Zum ersten Mal, seit sie in das Pfarrhaus gekommen war, empfand sie ein Gefühl von Freiheit. Ihr war nicht bewusst gewesen, wie die Tyrannei Mrs Irene Lesleys ihren Geist in Ketten gelegt hatte. Sie fuhr sich mit der Hand übers Haar, dann ging sie augenblicklich in die Küche, wo Beth Buchanan eifrig damit beschäftigt war, Mehl in einer großen Schüssel zu rühren. »Nun, Köchin«, sagte sie, »ich finde, wir sollten uns über das Abendessen unterhalten.«

Beth Buchanan blickte überrascht auf. »Mrs Lesley hat mir bereits die Speisenfolge gesagt.«

»Das könnt Ihr vergessen. Ich kenne meinen Bruder besser als jede andere, und ich werde ihm eine walisische Mahlzeit zubereiten, die eines Königs würdig wäre.«

»Aber Mrs Lesley –«

»Vergesst Mrs Lesley. Von jetzt an werden Sie und ich das Essen zusammenstellen, Beth.«

Beth sah ihre Herrin aus erschrocken aufgerissenen Augen an. »Zum Kuckuck! Was ist passiert?« Die Frau hatte eine gewisse Kühnheit an sich. Sie erhielt ihren Mann, der durch einen Unfall im Kohlebergwerk zum Invaliden geworden war, und ihre beiden Kinder. Sie hatte Mrs Lesley vom ersten Tag an verachtet. Als sie nun Dorcas Wakefields Gesicht betrachtete, sah sie etwas darin, das sie zu der Frage bewegte: »Habt Ihr Euch mit ihr geeinigt?«

»Wir haben uns darauf geeinigt, dass ich die Herrin im Pfarrhaus bin. Wenn Mrs Lesley Euch Ärger macht, Köchin, dann kommt Ihr zu mir.«

»Na, preist den Herrn!« Ein Lächeln erhellte Beths rundes Gesicht. »Na, dann wollen wir uns daranmachen, dieses Haus in ein glückliches Haus zu verwandeln.«

Als die beiden begannen, das Menü zusammenzustellen, wusste Dorcas, dass sie eine Freundin gefunden hatte. Und als sie die Küche verließ und die Treppe hinaufging, um an Gareths Tür zu klopfen, war sie zufrieden mit sich. Sie trat in Gareths Zimmer mit einem glücklichen Ausdruck auf dem Gesicht. »Ich habe dein Abendessen geplant, aber fürs Erste möchte ich hören, was du alles getan hast.«

Gareth kam auf sie zu, Frieden und Ruhe malten sich in seinen Zügen, und sie flüsterte: »Du bist glücklich, nicht wahr, Gareth?«

»Es ist mehr als Glück, Dorcas«, sagte Gareth. Seine schönen Augen betrachteten sie. Plötzlich sagte er: »Ich wünschte, du hättest ebenso viel Zufriedenheit wie ich.«

Dorcas senkte den Blick, denn ihr wurde klar, dass ihr Bruder sie gut kannte. Sie konnte ihr Unglück nicht vor ihm verbergen, aber sie weigerte sich, darüber zu sprechen. Sie nahm seinen Arm, zog ihn auf das Sofa und bat ihn: »Setz dich jetzt nieder und erzähl mir, was du getan hast. Ich möchte alles hören.«

»Nun, ich habe gelernt, Gott zu dienen«, sagte er, »und ich habe predigen gelernt.«

»Erzähl mir von Howell Harris.«

Sie saß still da und lauschte, während Gareth ihr von dem walisischen Evangelisten erzählte, der in Bristol eine Reihe von Veranstaltungen abgehalten hatte. Gareth hatte sie besucht. Als Gareth nun von den Menschenmengen sprach, die Harris auf offenem Felde gefolgt waren, brannten seine Augen vor Eifer. »Ich habe noch nie so etwas gesehen – nie! Sie kommen zu Tausenden und stehen manchmal sogar im Regen. Jedes Mal wenn Mr Harris predigt, wirkt der Geist Gottes auf mächtige Weise.«

»Ist das nicht seltsam, eine Versammlung im Freien abzuhalten?«

»Das ist tatsächlich seltsam! Aber ich nehme an, der Herr Jesus würde es billigen. Schließlich wurde auch die Bergpredigt nicht in einer Kirche gehalten, oder?«

»Nein, das stimmt. Erzähl mir noch mehr.«

Die beiden saßen mehr als eine Stunde zusammen. Dorcas sog jedes Wort ihres Bruders begierig in sich auf. Sie war geistlich hungrig, denn in der Erlöserkirche gab es wenig Leben. Alles wurde nach Vorschrift gemacht und die Rituale wurden gekonnt durchgeführt. Die Sänger waren gut geschult, sodass sie nie eine falsche Note sangen, aber es war kaum etwas von der geistlichen Erregung zu spüren, die Dorcas daheim in Wales empfunden hatte. Ihre Kirche dort war arm gewesen, und der Prediger war längst nicht so gebildet wie Andrew, aber er hatte eine feurige Liebe zu Gott im Herzen getragen, die er seiner Gemeinde mitteilen konnte. Sie sprach darüber mit Gareth. »Ich denke manchmal«, sagte sie melancholisch, »an die Tage in unserer kleinen Kirche daheim und den guten Reverend Griffith. Oh, wie gerne würde ich ihn wieder hören!«

»Ich auch. Wir werden es eines Tages tun. Wir müssen nach Wales fahren, du und ich, und ihm einen Besuch abstatten.«

Dorcas wusste, dass es kaum der Fall sein würde. Sie schob das Thema beiseite und erhob sich, wobei sie sagte: »Andrew wird begierig sein, alles über Mr Harris' Veranstaltungen zu hören. Du musst ihm davon erzählen.«

Beim Abendessen jedoch stellte Gareth fest, dass Andrew Wakefield keinen Wert darauf legte, von seinen neuesten Erfahrungen zu hören. Das Essen war köstlich – Roastbeef, Kartoffeln, Fisch und frisches Brot mit cremiger Butter. Er drückte Dorcas seinen Dank aus, aber als er von den Versammlungen im Freien sprach, runzelte Andrew die Stirn.

»Ich finde nicht«, meinte Andrew, »dass es schicklich ist, Versammlungen im Freien abzuhalten.«

»Aber diese Leute – jedenfalls die meisten von ihnen – gehen nie zur Kirche. Viele von ihnen sind Kohlearbeiter, die Ärmsten der Armen«, entgegnete ihm Gareth. »Ich weiß, wie es ist, Sir«, fügte er grimmig hinzu, »und der Geist Gottes wirkt mit Macht.«

Andrew hatte sich gefreut, Gareth wiederzusehen, aber nun machte er sich Sorgen. Er sah den jungen Mann scharf an und fragte: »Habt Ihr gehört, was mit John Wesley passiert ist?«

»Nein, nur dass er aus Georgia zurückgekehrt ist.«

»Er ist nach Deutschland gegangen, um sich den Böhmischen Brüdern anzuschließen.« Andrews Augen flackerten misstrauisch. »Ich habe ihn gewarnt, sich von diesen Leuten fernzuhalten. Man sollte meinen, er habe in Georgia genug von ihnen gesehen. Sie sind alle Schwärmer – alle.«

Andrew warf Dorcas einen Blick zu. Ihrem Gesichtsausdruck nach war sie nicht seiner Meinung, aber sie sagte nichts. »Ich habe einige der Anhänger des Grafen Zinzendorf kennengelernt und sie schienen mir aufrichtige, gottesfürchtige Menschen zu sein«, versuchte Gareth, sie zu verteidigen.

»Das sind sie, natürlich, aber sie sind irregeleitet«, sagte Andrew. »Ihr verstrickt Euch in die Mystik. Ihr wisst doch, dass sie Mr Wesley beigebracht haben, spirituelle Fragen durch das Los zu entscheiden, oder was sie ›das Orakel befragen‹ nennen.«

»Das Orakel befragen, Sir?«

»Oh ja. Das heißt einfach, dass sie – wenn sie ein Wort von Gott suchen – die Bibel zur Hand nehmen und aufspringen lassen.« Andrew schüttelte angewidert den Kopf. »Was für eine Art, seine Lebensentscheidungen dem Zufall zu überlassen! Und überdies«, fügte er rasch hinzu, »wollen die Kirchen John Wesley nicht mehr. Er hat irgendeine Erfahrung gemacht.«

»Ich habe davon gehört«, sagte Gareth und nickte. »Soweit ich es verstehe, predigt er die freie Gnade Gottes.«

»Ja, das hat er auch von den Böhmischen Brüdern gelernt – und von George Whitefield, nehme ich an. Es überrascht mich, dass Wesley sich in diese Dinge hat verstricken lassen.«

Gareth hatte eine Erwiderung parat, hatte aber das Gefühl, das wäre ungehörig. Stattdessen sagte er: »Ich habe Euch etwas zu sagen, Mr Wakefield.«

Andrew blickte seinen jungen Gast zweifelnd an. »Und was wäre das, Gareth?«

Gareth wählte seine Worte vorsichtig. »Ich habe mir einige Zeit Urlaub von Oxford genommen, Sir. Es kommen jetzt ohnehin Ferien.«

Eine Welle der Beunruhigung durchschauerte Andrew.

»Ich werde Mr Harris auf einer Predigtreise nach Wales begleiten.«

Andrew sagte augenblicklich: »Ich glaube nicht, dass das klug wäre, Gareth.« Er beugte sich vor und sah Dorcas an, die seinen Blick ruhig erwiderte. »Es gehört sich nicht, dass Ihr mit diesen Leuten Gemeinschaft habt. Sie werden noch ein Schwärmer werden wie George Whitefield!«

Gareth erwiderte, ohne zu blinzeln, Andrews Blick. »Ich wollte, ich wäre ein so guter Mensch, Sir.«

Ärger durchströmte Andrew und er begann eindringlich zu reden, versuchte Gareth zu bewegen, dass er nicht mitging. Er erreichte nichts damit und während der nächsten zwei Tage von Gareths Besuch herrschte böse Stimmung zwischen den beiden Männern. Als Gareth sich verabschiedete, sagte er schlicht: »Ihr habt so viel für mich getan, Mr Wakefield. Ich bin Euch von Herzen dankbar, aber ich muss tun, was Gott mir befiehlt, und er befiehlt mir jetzt, eine Weile zu Füßen dieses Gottesmannes zu sitzen. Ich bin sicher, Ihr werdet mir nicht böse sein.«

Andrew schüttelte den Kopf. »Ich mache mir Sorgen um Euch,

Gareth. Ihr habt ein großes Potenzial und Ihr geht einen Irrweg.« Nachdem Gareth gegangen war, herrschte angespannte Stimmung zwischen Dorcas und Andrew, denn sie hatte die Wahl ihres Bruders verteidigt.

Andrew sagte grimmig: »Er wird ein böses Ende nehmen, wenn er diesen Methodisten nachläuft!«

* * *

John Wesley stand tatsächlich in schlechtem Ruf, genau wie Andrew Wakefield zu Gareth gesagt hatte. Er war von einer Kirche zur anderen gezogen, hatte seine Botschaft von der Gnade gepredigt, und nach der Predigt hatte ihm der Pastor jedes Mal gesagt, dass man ihn nicht noch einmal einladen würde.

Wesley selbst jedoch hatte eine gewaltige Veränderung im Herzen erlebt. Es gab Zeiten, wo er an Depressionen litt, aber inmitten solcher Kämpfe bezeugte er einen neuen Sieg. Sein Bruder Charles begann jeder Menschenseele, die er erreichen konnte, von der Erlösung durch den Glauben zu predigen, und die beiden Männer stellten plötzlich fest, dass ihre Worte gehört wurden, wie es ihnen nie zuvor geschehen war. Charles war ein Mann reicher geistlicher Gefühle und brennenden Eifers. Er betete ohne Unterlass, betete allerorts und betete mit Kraft. Er ließ sich nicht von vorgegebenen Gebeten und schriftlichen Predigten beschränken, sondern sein Leben war randvoll mit geistlicher Aktivität, als er in einem fort voll Freude das Evangelium verkündete.

John Wesley ging mit seinem neu empfangenen Glauben langsamer zu Werke. Er war im Grunde seines Herzens ein Intellektueller, und als er sich selbst fragte, was ihm nun wirklich in Aldersgate widerfahren war, verbrachte er Tage und Wochen damit, seine Wandlung zu überprüfen. Er war zu den Böhmischen Brüdern in Herrnhut gefahren, dem Hauptquartier der Moravianer in Deutschland.

Er schätzte den Ernst dieser Leute sehr und schrieb in sein Tagebuch: *»Ich hätte gerne mein ganzes Leben dort verbracht.«*

Sein Besuch beeinflusste ihn stark. Er gewann die Überzeugung, dass eine zweite christliche Erfahrung möglich war – eine Erfahrung, die ihm einen größeren Sieg bringen würde, als er jetzt besaß. Mit vollkommener Aufrichtigkeit schrieb er seine innere Reise in seinem Tagebuch nieder, wobei er ganz unverblümt von den Fehlern sprach, die er immer noch hatte. Schließlich machte er eine unglaubliche Feststellung: *»Meine Freunde halten dafür, ich sei wahnsinnig, weil ich sage, ich war vor einem Jahr noch kein Christ. Ich bestätige, dass ich auch jetzt kein Christ bin. Ich weiß nicht, was ich hätte sein können, wäre ich der Gnade treu geblieben, die mir geschenkt wurde, als ich nichts erwartete und ein solches Gefühl der Vergebung der Sünden empfand, wie ich es nie zuvor gekannt hatte.«*

In Aldersgate hatte er seine Bekehrung erlebt, aber er war immer noch verwirrt. Er schritt in seinem geistlichen Leben voran, gleichmäßig und mit frischer Gewissheit, aber es sollte noch etwas nachkommen.

Whitefield kehrte im November zurück. Er traf sich mit der Gruppe von Gläubigen, die in einen großen Raum in der Fetter Lane gezogen waren und sich die »Fetter Lane Society« nannten. Diese sechsundfünfzig Männer und acht Frauen hatten sich in Gruppen zu je sieben geteilt, um einander im Gebet und auf jede notwendige Weise zu unterstützen. Es war Whitefields Rückkehr, die etwas Neues in John Wesleys Leben brachte. Whitefield war ein fröhlicher Mensch, der immer gerne lachte, während Wesley von Natur aus ernster war und es ihm immer noch ein wenig an der Freude des Jüngeren zu fehlen schien. Sie verbrachten viele Stunden zusammen, in denen sie beteten und sangen, und als das neue Jahr am 1. Januar 1739 begann, trafen sich die beiden Wesleys mit einer kleinen Gruppe, zu der auch Whitefield gehörte. Die Männer trafen häufig zusammen, sodass schließlich Whitefield den Wesleys vorschlug, dass sie alle Regeln durchbrechen und im Freien predigen sollten, um die Ausgestoßenen zu erreichen, die Huren, Zöllner und Diebe.

John Wesley sagte unter vier Augen zu Charles: »Das ist doch ein wahnwitziger Einfall! Im Freien predigen! Es wäre ungehörig für einen Geistlichen der etablierten Kirche.«

Nachdem jedoch Mr Whitefield nach Bristol zurückgekehrt war, dachte Wesley oft darüber nach, was der junge Evangelist gesagt hatte. Er erhielt einen Brief von Whitefield, in dem stand, dass er den »verrückten Schritt«, wie er es nannte, getan hatte und im Freien vor den Kohlebergleuten predigte, wenn sie die Schächte von Kingswood, Bristol, verließen. Whitefield berichtete, wie nervös er gewesen war, als er auf dem Hanham Mount stand, um zu predigen, dass das Evangelium jedoch seine Wirkung nicht verfehlt hatte.

»Ich sah, wie weiße Streifen, von Tränen gezeichnet, ihre schwarzen Wangen hinabrannen«, schrieb er in seinem Brief an Wesley.«Preist den Herrn, ich habe das Eis gebrochen. Eine herrliche Tür hat sich unter den Bergleuten geöffnet. Sie müssen kommen und begießen, was ich mit Gottes Hilfe gepflanzt habe.« Später, im März, schrieb er: »Ich bin noch ein Novize. Sie sind vertraut mit den großen Dingen Gottes. Kommen Sie, ich flehe Sie an. Kommen Sie rasch! Ich habe versprochen, die Leute nicht zu verlassen, bis Sie meine Stelle einnehmen.«

Wesley hatte nicht den Wunsch, London zu verlassen. Er hatte das Gefühl, dass er es gesundheitlich nicht ertragen würde, aber am 8. März legte er die Frage der Fetter Lane Society vor, ob er gehen und in Bristol im Freien predigen sollte.

Charles wollte nichts davon hören. Andere waren ebenso dagegen. Einige jedoch hatten das Gefühl, einen Wink Gottes zu erkennen, und schließlich verließ sich Wesley von Neuem auf das Los. In diesem Fall sagte das Los: »Geh und predige in Bristol.«

* * *

Sally Bradwell blickte ihre Freundin Dorcas Wakefield an und sah die Spuren der Anstrengung. Sally machte sich Sorgen um Dorcas. Sie beugte sich vor, legte Dorcas die Hand auf den Arm und fragte: »Und wie steht es mit dir und deinem Ehemann?«

Es war eine Frage, die Dorcas nicht beantworten wollte. Aber sie wusste, dass Sally sie liebte und sich danach sehnte, sie in ihrer Ehe glücklich zu sehen. Da sie eine aufrichtige junge Frau war, blickte Dorcas sie aus Augen voll Elend an und sagte: »Es ist um nichts besser geworden.«

Sally schüttelte den Kopf. »Es tut mir leid, das zu hören. Erzähl mir davon.« Sie lauschte, als Dorcas schlicht und schmerzlich davon sprach, wie fremd sie und Andrew einander waren. In ihrer Stimme lag keine Bitterkeit, aber eine gewaltige Traurigkeit. Schließlich sagte Sally: »Ich wünschte, ich hätte eine Antwort für dich, aber ich habe keine. Ich weiß nur, dass Andrew Wakefield ein *Mann ist*, und früher oder später finden Männer die Frauen, mit denen sie tagein, tagaus beisammen sind, begehrenswert.« Sie lächelte kurz. »Vor allem, wenn du sie liebevoll behandelst. Wenn wir lieben, wie Gott es uns gelehrt hat, empfangen wir schließlich auch Liebe. Da bin ich mir sicher. Ich habe gesehen, wie es zwischen mir und George passierte.«

»Aber du und George wart von Anfang an ineinander verliebt. Andrew glaubt nicht an diese Art Liebe.«

»Aber du tust es. Und eines Tages wird dein Glaube ihn bewegen. Es muss sein! So kannst du nicht durchs Leben gehen.«

Als Sally gegangen war, ging Dorcas nach oben in ihr Schlafzimmer und setzte sich an den Schreibtisch. Sie hatte angefangen, ein Tagebuch zu führen, das sie sorgfältig verborgen hielt. Als sie zu schreiben begann, gestattete sie sich, die Worte mit Tinte niederzuschreiben, die sie niemals laut ausgesprochen hätte: *»Was soll ich mit meinem Leben anfangen? Mein ganzes Leben wurde mir gesagt, ich müsste meinem Ehemann untertan sein. Der Mann jagt die Frau, die sich fangen lässt. Aber Andrew hat mir niemals die geringste Neigung gezeigt, seine Liebe für mich – wenn er überhaupt Liebe empfindet! – spürbar werden zu lassen.*

Wenn er nur wüsste, wie wenig es brauchte, um mir Freude zu machen! Wenn er nur einmal seine Hand auf meine legen und sagen würde: ›Dorcas, ich liebe dich.‹ Oh, wie wundervoll wäre das! Ich liebe Andrew. Gott ist mein Zeuge, ich liebe ihn! Und irgendwie weiß ich, dass ich ihm – hinter der Mauer, die er zwischen uns aufgerichtet hat – ebenfalls am Herzen liege.«

Sie schlug das Buch zu und verbarg es in ihrer Truhe neben dem Fenster. Dann stand sie da, blickte hinaus und entschloss sich, noch einmal einen Versuch zu machen und mit ihrem Gatten über ihre Beziehung zu sprechen.

Sie wartete bis zum Abend, als die beiden sich zum Schlafen bereit machten. Sie hatte sich ausgekleidet und trug einen Hausmantel, als er den Raum betrat und sie mit einer gewissen Überraschung betrachtete. »Nicht im Bett?«, staunte er. Er hatte bis tief in die Nacht gearbeitet und erwartet, sie würde bereits schlafen.

»Nein, ich wollte auf dich warten.«

Als er Dorcas ansah, die so klein wirkte in ihrem einfachen baumwollenen Kleid, das dunkelbraune Haar glatt und glänzend im Kerzenlicht, beunruhigte ihn plötzlich etwas, das er an ihr sah. Er begann sich auszukleiden und fühlte sich peinlich berührt, denn sie war noch niemals Zeugin seiner nächtlichen Vorbereitungen geworden. Immer war sie als Erste im Bett. Nun wusste er kaum, was er sagen sollte. Er hatte den Rock abgelegt und öffnete das Hemd, als er sich plötzlich ihr zuwandte. »Ist etwas nicht in Ordnung, Dorcas?«

»Nein«, sagte sie zögernd. Sie hob den Blick und sah, dass er ebenso angespannt war wie sie. Sie stieg ins Bett und versuchte einen Weg zu finden, wie sie die unbeholfene Entfremdung zwischen ihnen durchbrechen könnte.

Als er neben ihr lag, wisperte sie: »Andrew, liebst du mich nicht?«

Augenblicklich erstarrte er. »Dich lieben? Was meinst du?«

»Die Frage ist nicht so schwer zu verstehen.« Dorcas drehte sich um, um ihn anzublicken. Der Vollmond badete den Raum in seinem bleichen Licht. Sie sah, dass seine Augen weit aufgerissen waren und sie ihn wohl schockiert hatte. »Ist es denn falsch, wenn eine Ehefrau ihren Gatten das fragt?« Sie war zu weit gegangen, um sich jetzt noch zurückzuziehen. »Du berührst mich niemals außer … in diesem Bett. Und auch dann nur, wenn du das Gefühl hast, du musst.«

Andrew fühlte, wie Scham ihn überschwemmte, aber er wusste nicht, warum. Es stimmte, dass er ihr nie eine Liebkosung zuteilwerden ließ. Und es kam selten vor, dass er zu ihr kam. Obwohl sie in Gottes Augen verheiratet waren, empfand er nach jeder dieser körperlichen Begegnungen ein seltsames Gefühl der Schuld. Er hatte sich oft damit beschäftigt, hatte damit gekämpft, seine Gefühle und Reaktionen zu verstehen. Aber er hatte keine Antworten gefunden. So hatte er sich stattdessen immer weiter von Dorcas entfernt und gehofft, das Gefühl von Wärme und Sehnsucht, das er oft in ihrer Nähe empfand, würde verschwinden. Gewiss war Gott nicht angetan von solchen Gefühlen in einem Mann, der ihm angeblich sein ganzes Leben geweiht hatte.

Und dennoch … ehrte es Gott, wenn er die Gefühle seiner Frau so offenkundig verletzte?

»Ich nehme an, du weißt, dass du geschätzt wirst«, sagte er, in der Hoffnung, sie würde sich damit zufriedengeben.

»Geschätzt!« Dorcas wurde steif und ihre Stimme wurde eindringlicher. »Meinst du denn, eine Frau sei nichts anderes als eine Dienerin? Wenn wir zusammen sind, wirkst du wie ein Mann, der eine mühselige Arbeit erledigt! Du kommst zu mir, genauso wie du alles andere tust … wie du die Uhr aufziehst!«

»Dorcas!«

Sie wusste, dass sie zu weit gegangen war. Aber sie konnte die Worte nicht mehr zurückhalten. »Eine Frau braucht Liebe, Andrew. Sie muss berührt werden, sie muss – nette Dinge gesagt bekommen. Ganz einfach zärtliche Worte.«

»Närrisches Geschwätz!«

»Närrisch! Meinst du, es wäre närrisch, Liebe zu suchen?«

»Dorcas, sei still! Das, wovon du sprichst, ist keine Liebe. Es ist ein bloßes körperliches Vergnügen, fleischliches Erkennen. Nicht mehr.« Sie erstarrte und machte eine Bewegung, als wollte sie ausweichen, und er streckte die Hand aus, um sie zurückzuhalten.

Sie schüttelte seine Hand ab und wandte ihm brennende, schmerzerfüllte Augen zu. »Du liebst mich nicht im Geringsten, nicht wahr?«

Andrew warf die Decke zurück und stieg aus dem Bett. Er warf einen Hausmantel über und sagte: »Dorcas, ich habe dir von Anfang an gesagt, es würde keine Romanze zwischen uns geben.«

Die Art, wie er das Wort *Romanze* aussprach, war ihr zuwider. »Und den Schwur hast du gehalten, das muss man schon sagen, Andrew.« Dorcas setzte sich im Bett auf, Zorn in den Augen. »Aber du bist kein Mann. Ein Mann würde seine Frau lieben … wirklich lieben … wie Gott es befohlen hat. Wie Christus die Kirche liebt! Er würde sein Bestes tun, um sie zu ehren und zu erfreuen. Nicht so tun, als wäre sie gar nicht da!«

Plötzlich wusste Andrew Wakefield, dass er einen schrecklichen Fehler gemacht hatte. *Ich hätte sie niemals heiraten dürfen!*, sagte er im Stillen zu sich. Er zog seinen Hausmantel um sich zusammen und sagte laut: »Ich werde dich nicht weiter auf – auf diese Weise belästigen, Dorcas. Ich ziehe in ein anderes Zimmer. Du kannst den Dienern sagen, ich schnarche. Oder sag ihnen, was du willst –!« Er unterbrach sich. Zorn und Ärger schüttelten ihn. Er fühlte sich zerrissen zwischen der Sehnsucht nach Frieden und der Wärme von Dorcas' Lächeln und der Entschlossenheit, nicht den Eindrücken zum Opfer zu fallen, die so manchen Dienst zerstört hatten. Er machte eine frustrierte Handbewegung und stürmte aus dem Zimmer, unfähig, das Gespräch noch länger zu ertragen.

Dorcas saß steif aufgerichtet da und sah ihn gehen. Als die Tür zufiel, drehte sie sich um und vergrub das Gesicht in den Betttüchern. Tiefe Schluchzer schüttelten sie.

Schließlich sagte sie mit leiser Stimme: »Er liebt mich nicht – und er wird mich nie lieben!« Das schien das Ende all ihrer Hoffnungen und ihrer gelegentlichen Träume von einer wirklichen Ehe. Sie sank zurück, die Augen geschlossen, die Wangen tränenüberströmt. Sie wusste, sie würde niemals mehr als das haben, und sie sprach es laut aus: »Ich werde niemals geliebt werden – nie im Leben!«

18

ICH BEGING EINE UNTAT …

Bischof Alfred Crawley war kein Mann, der ein Hehl aus seiner schlechten Laune machte. Im Alter von zweiundsechzig Jahren war er viele Jahre lang Bischof gewesen – und Bischöfe haben nur wenige Bekannte, vor denen sie sich verstellen müssen. Vielleicht waren die einzigen menschlichen Wesen, vor denen er seine wahren Gefühle verbergen musste, der König selbst und der Erzbischof von Canterbury. Nun jedoch befand sich keiner dieser beiden in dem Zimmer, in dem er an seinem Schreibtisch saß, den Blick auf den jungen Mann gerichtet, der ihm seit beinahe einer Stunde zuhörte. Crawleys Stimme hob sich grollend: »Ich habe diese Methodisten satt! Sie bringen eine geistliche Pest über das ganze Land. Wenn es nach mir ginge, würde ich sie alle ins Gefängnis sperren, bis sie zur Vernunft gekommen wären!«

»Ich glaube kaum, dass dies die Antwort wäre, Mylord«, antwortete Andrew Wakefield ruhig. Er hatte wieder einmal geduldig der Zornesrede des Bischofs gelauscht. »Ich glaube nicht, dass die Bewegung lange anhalten wird«, sagte Andrew vorsichtig. »Emotionalität ist wie ein brennendes Stoppelfeld. Es flammt auf und sieht großartig aus, aber im nächsten Augenblick ist es schon niedergebrannt.«

Crawley starrte seinen jungen Freund an und nickte grimmig. »Und was bleibt uns, wenn das Feuer niedergebrannt ist? Ein geschwärztes Feld, das nichts mehr wert ist.« Er stand abrupt auf, ging zum Fenster und starrte gedankenverloren hinaus. Als er sich schließlich umdrehte und Andrew ansah, sagte er: »Ich habe eine Aufgabe für Euch.«

»Für mich, Sir?«

»Ja, eine ziemlich ungewöhnliche.«

»Ich bin bereit, Euch auf jede Weise zu dienen, Mylord.«

Crawley starrte Andrew an wie eine Eule, dann schüttelte er den Kopf. »Mylord – was für eine Bezeichnung für einen Mann – vor allem einen Mann Gottes!«

»Es ist der allgemein übliche Titel für Bischöfe in der Kirche von England«, bemerkte Andrew und wunderte sich über die Stimme und die irrationale Art des alten Mannes. »Wie sonst sollten wir Euch nennen?«

»Ihr könnt mich Alf nennen, nehme ich an.« Humor war bei Crawley etwas so Seltenes, dass Andrew nicht glauben konnte, was er gehört hatte. Als er den Unglauben in Wakefields Augen sah, ließ Crawley sich schwer in seinen Sessel fallen und schwieg. Er war im Grunde ein einsamer Mann, denn seine Frau war vor mehr als zehn Jahren gestorben. In seiner hohen Position hatte er nicht allzu viele enge Freunde und er hatte eine sehr enge Beziehung zu Andrew Wakefield. Vielleicht lag es auch daran, dass er einen Sohn verloren hatte, der in Andrews Alter gewesen wäre. Nun lehnte er sich in seinem Sessel zurück und betrachtete Andrew eingehend.

Die große Uhr, die auf dem Sims über dem Kamin stand, tickte in der Stille des Raumes. Die ledernen Rücken von Hunderten von Büchern, die die Wände füllten, leuchteten in stumpfem Glanz im Widerschein des Lichtes, das durch die Fenster des Arbeitszimmers fiel. Der Bischof ließ den Blick über die Bücher gleiten, dann wandte er sich um und sah Andrew an.

»All diese Bücher! Ich habe mein Leben mit Lesen zugebracht«, bemerkte er mit gedämpfter Stimme. Unzufriedenheit malte sich auf seinem Gesicht und beinahe ärgerlich fuhr er fort: »Bücher sind keine Menschen. *Menschen* sind unser Geschäft, Andrew.«

»Ja, Sir, gewiss. Aber Gelehrsamkeit ist notwendig.«

»Da bin ich mir nicht so sicher. Als Johannes der Täufer in der Wildnis predigte, hatte er genug Bildung, um die Heuchler als ›Schlangen‹ zu bezeichnen.«

Andrew lächelte plötzlich. »Ich glaube nicht, dass das heutzutage genügen würde.«

»Vielleicht nicht, aber es sind Menschen – lebende, atmende Menschen, mit denen wir es zu tun haben.« Der alte Mann beugte sich vor, flocht die Finger ineinander und drückte sie. Seine Augen wurden schmal, und er senkte die Stimme, als enthülle er ein Geheimnis. »Ich möchte, dass Ihr zu John Wesley geht, Andrew.«

»Ich, Sir?« Ein Ausdruck des Erstaunens flog über Andrews Gesicht. Die Augen weit aufgerissen, fragte er: »Aber warum sollte ich das tun?«

»Weil ich wissen muss, was in dem Mann vorgeht.«

»Aber Ihr kennt ihn gut, Mylord. Ihr kennt ihn seit Jahren.«

»Das dachte ich auch, aber da ist etwas in der Luft – etwas, was ich nicht festnageln kann. Ich verstehe das nicht – diese Evangelisation. Ich verstehe nicht, dass ein Mann wie John Wesley – ein Absolvent von Oxford – sein Leben wegwirft.«

»Habt Ihr das Gefühl, dass es so ernst ist? Schließlich ist Mr Wesley immer noch Mitglied der Kirche von England.«

»Ist er das wirklich? Seine Papiere sind in Ordnung, aber was ist mit seinem Herzen? Er lässt sich auf eine gefährliche Doktrin ein, Andrew. Und ich wünschte zu Gott, er hätte nichts mit diesen Stürmen zu tun, die die ganze Kirche erschüttern.«

Andrew saß da und hörte zu, während der Bischof weiter über die Bewegung der Methodisten sprach. Er merkte, dass der alte Mann zutiefst beunruhigt war, und Andrew fühlte dasselbe. Crawley war in einem England aufgewachsen, in dem alles stabil war. Die Kirche befand sich vielleicht auf einer niedrigen spirituellen Ebene, aber sie war unerschütterlich. Die Menschen wussten, wo sie innerhalb ihrer Strukturen hingehörten.

»Wer weiß, wo das noch enden wird, wenn nichts geschieht«, sagte Bischof Crawley. »Geht zu Wesley – Ihr kennt ihn gut. In Oxford wart Ihr mehr oder weniger sein Protegé. Nehmt Euch Urlaub, besucht ihre Treffen, seht, was Ihr herauskriegen könnt.«

Andrew zögerte und rutschte nervös in seinem Sessel herum. »Das klingt ganz so, als wäre ich ein –« Er suchte nach einem besseren Wort, fand keines und sagte: »Ein Spion, Mylord.«

»Nennt es, wie Ihr wollt. Wir müssen herausfinden, was in diesem Land vor sich geht. Werden Sie es tun?«

Andrew dachte scharf nach, dann nickte er langsam, »Ja, Mylord. Ich werde zu Mr Wesley gehen.« Dann blickte er Crawley geradewegs in die Augen. »Ich liebe den Mann und respektiere ihn zutiefst, Bischof Crawley, und ich wünsche mir, dass er seinen Weg finden möge. Unter diesen Voraussetzungen akzeptiere ich Euren Auftrag.«

Das Gesicht des Bischofs schien sich zu entspannen und er beugte sich vor. Ein freundliches Licht leuchtete in seinen verblassten Augen. »Das ist schon gut, mein Junge«, antwortete er. »Das ist schon gut.«

* * *

»Ich werde einige Tage weg sein, Dorcas«, sagte Andrew ruhig. Er war ins Wohnzimmer gekommen, in dem Dorcas saß und nähte. Als sie aufblickte, fügte er hinzu: »Ich werde in etwa einer Woche wieder zurück sein.«

Dorcas war überrascht, es war das erste Mal, seit sie geheiratet hatten, dass Andrew wegfuhr. »Wohin fährst du?«, fragte sie.

»Nach Bristol.«

»Hat es mit der Kirche zu tun?«

»Eigentlich nicht.« Andrew ging zum Schreibtisch und setzte sich, wandte sich aber Dorcas zu. »Der Bischof hat mich vor einigen Tagen zu einem Gespräch bestellt.«

Dorcas war augenblicklich alarmiert. »Hat es Klagen gegeben? Ist er unzufrieden?«

»Wahrscheinlich«, meinte Andrew gleichmütig, »aber diesmal ging es um etwas anderes.« Ihm war klar, dass ihn und Dorcas eine tiefe Kluft im Geiste trennte, obwohl sie nach außen hin eine harmonische Beziehung aufrechterhielten. Seit sie nachts ärgerlich geworden war und ihm gesagt hatte, dass sie unglücklich mit ihrer Ehe sei, schien eine Mauer sie zu trennen. Er hatte weiter in dem Gästezimmer geschlafen, ohne sich um die fragenden Blicke und Augen der

Dienerschaft zu kümmern. Die körperliche Seite ihrer Ehe hatte ein Ende genommen und die geistliche Seite war dabei ebenfalls in Trümmer gesunken. Andrew war nicht bewusst gewesen, dass eine Ehe etwas so Zerbrechliches ist. Es gab gewisse Dinge, die getan werden mussten, gewisse Regeln, die eingehalten werden mussten, damit die Ehegemeinschaft funktionierte.

Er blickte Dorcas an und empfand Unbehagen. Sie trug ein schlichtes hellgrünes Kleid und er dachte unwillkürlich: *Sie ist keine schöne Frau, aber sie ist attraktiv.* Das Satinkleid hob die Umrisse ihres Körpers hervor. Er spürte, wie ihm die Röte ins Gesicht stieg, als er sich an die intimen Augenblicke erinnerte, die sie einst erlebt hatten – und ein Stich des Bedauerns durchfuhr ihn, dass sie diese wenige Nähe auch noch verloren hatten. Rasch räusperte er sich: »Es wäre gut, wenn ich mit dir darüber spreche. In gewisser Hinsicht betrifft es dich auch.«

»Betrifft mich?«

»Der Bischof möchte, dass ich mit Mr Wesley spreche. Er macht sich Sorgen wegen der Methodistenbewegung. Da Gareth sich offenbar kopfüber hineingestürzt hat, sollten wir über die Sache reden.«

»Ich verstehe.« Dorcas war ein wenig überrascht, dass ihr Gatte gebeten worden war, mit John Wesley zu sprechen. »Warum hat der Bischof dich gebeten, mit Mr Wesley zu sprechen?«

»Weil ich ihn gut kenne und so lange mit ihm auf dem Missionsfeld war, meint er, ich hätte irgendwelchen Einfluss auf ihn. Da irrt er sich natürlich, aber er versucht zu verstehen, was hinter der ganzen Angelegenheit steckt.«

»Du hältst nichts davon, nicht wahr, Andrew?«

»Nein. Das hast du immer gewusst. Ich habe mich hineinziehen lassen, als ich in Oxford war, aber du siehst ja, was geschehen ist, nicht wahr? Die Männer, die im Klub der Heiligen waren, sind jetzt alle verdächtig. Die meisten von ihnen wurden aus den Kirchen vertrieben. Kaum eine Kirche in London würde John Wesley willkommen heißen. Wenn er seine fünf Sinne zusammengehalten hätte, hätte er unter allen Kanzeln Englands wählen können.«

»Vielleicht will er mehr als eine große Kirche.« Dorcas ließ ihre Näharbeit sinken und steckte die Nadel in ein Nadelkissen. Sie beugte sich vor und sagte ruhig: »Ich weiß nichts Näheres über Mr Wesley, aber Gareth hatte Frieden und Freude in seinem neuen Dienst für den Herrn Jesus gefunden.«

Andrew rückte unbehaglich hin und her, als er antwortete: »Könnte er dem Herrn nicht genauso gut in der Kirche dienen? Muss er sie erst verlassen?« Das war die Frage, die ihn am meisten beschäftigte. Auch er hatte die Böhmischen Brüder um ihr Vertrauen und ihre Heilsgewissheit beneidet, aber er hatte das Gefühl, dass ihr Fanatismus schwerer wog als diese Vorzüge.

»Ich finde, unsere persönliche Beziehung zu Jesus Christus muss vor allem anderen kommen«, antwortete Dorcas schlicht. »Erinnerst du dich nicht mehr, wie wundervoll es war, wenn wir mit deiner Tante beisammensaßen? Hope hatte eine so wundervolle Seele. Ich glaube, wenn sie länger gelebt und es ihr möglich gewesen wäre, wäre sie Methodistin geworden.«

Der Gedanke schockierte Andrew. Er fuhr sich mit der Hand durchs Haar und rutschte auf dem Stuhl herum, bevor er sagte: »Das weiß ich nicht. Aber ich weiß, dass jedem, der sich mit Wesley oder Whitefield oder einem anderen in ihrer Bewegung einlässt, Ärger bevorsteht. Und wenn dir Gareths Wohlergehen am Herzen liegt, dann solltest du dein Bestes tun, ihm das auszureden.«

»Das kann ich nicht tun, Andrew«, antwortete Dorcas einfach. »Er gehorcht dem, was Gott von ihm verlangt. Niemand kann mehr als das tun – und niemand sollte sich da einmischen.«

»Ich will nicht darüber streiten.« Andrew erhob sich. Traurigkeit erfüllte ihn. Selbst in dieser Sache schienen sie einander feindlich gegenüberzustehen. »Hast du genug Geld, um den Haushalt zu führen, bis ich wiederkomme?«

»Ja, alles wird in Ordnung sein.« Dorcas trat neben ihn. »Andrew«, sagte sie, »sei sanft, bitte.«

Ihre Bitte verstörte Andrew und er errötete ein wenig. »Es tut mir leid, wenn du den Eindruck hast, dass ich harsch bin, aber ich tue nur meine Pflicht.« Ein plötzlicher Impuls überkam ihn, die Arme nach ihr auszustrecken, sie eng an sich zu drücken, ihre Wärme zu spüren und Trost zu finden. Aber er wappnete sich gegen diesen Drang und er ging vorüber. »Ich reise frühmorgens ab«, sagte er ruhig.

Dorcas sah ihn gehen und Traurigkeit überkam sie. Sie setzte sich und versuchte mit dem, was Andrew von ihr verlangte, zurande zu kommen. Aber sie wusste, dass dies unmöglich war, denn sie hatte es bereits versucht. Sie war allen seinen Wünschen gehorsam und würde es auch weiterhin sein, aber da war etwas in ihr, das mehr von ihm verlangte, als er willens war zu geben – oder zu geben wusste.

* * *

Als Wesley in Marlborough von seinem Pferd stieg, fiel seine Uhr aus seiner Westentasche.

Andrew, der ebenfalls abgestiegen war, sah die Uhr auf dem Boden aufschlagen. Das Glas flog weg und er hob sie auf. »Sie ist nicht zerbrochen, Mr Wesley«, sagte er. »Ich glaube, ein guter Uhrmacher könnte es wieder befestigen.«

Wesley nahm das gläserne Rund entgegen und starrte es an. Er war vollkommen übermüdet, obwohl dies erst der zweite Tag der Reise war. Er hatte Andrew willkommen geheißen und ihn eingeladen, sich auf seinem Ritt nach Bristol zu ihm zu gesellen. Die beiden hatten die zwei Tage ganz freundschaftlich miteinander verbracht. Er hielt das Glas in der Hand und studierte es sorgfältig, ehe er sagte: »Ich glaube, das ist ein Zeichen, Andrew. Ich war bei schlechter Gesundheit und fragte mich, ob ich aushalten könnte, was mich in Bristol erwartet. Aber weil das Glas nicht zerbrochen und die Uhr nicht beschädigt ist, dann ist das vielleicht eine Zusicherung, dass die kommenden Ereignisse mich nicht zerbrechen werden.«

Andrew starrte Wesley sprachlos an. *Er glaubt das tatsächlich*, dachte er beinahe verzweifelt. *Da ist sie wieder, diese Sitte der Böhmischen Brü-*

der, auf Träume und Orakel zu trauen! Das beunruhigte ihn heftig, aber er schwieg.

Die beiden Männer verbrachten die Nacht in Marlborough. Nach dem Abendessen predigte Wesley den Leuten, die sich in der Herberge versammelt hatten. Es gab eine leichte Unruhe, als ein gut gekleideter Herr knurrte: »Predigten gehören in die Kirche, Sir – nicht in eine Schänke oder Herberge!«

Wesley hatte nur gesagt: »Das Evangelium ist für alle Zeiten und alle Orte.«

Später, als die beiden Männer zu Bett gehen wollten, meinte Andrew: »Ich finde, Ihr solltet über die Worte dieses Gentleman nachdenken, so ungehobelt er auch war.«

Wesley drehte sich um und zog die Augen zu schmalen Schlitzen zusammen. »Redet Ihr vom Predigen auf freiem Felde?«

»Ja, Sir, genau das. Ich bin nicht überzeugt, dass es eine gute Idee ist.«

Einen Augenblick lang zögerte Wesley. »Ich bete über die Sache. Ich muss Euch sagen, dass wir viermal das Orakel befragten und jedes Mal sprach der Bibelvers, der uns geschenkt wurde, vom Tode. Vielleicht will Gott damit sagen, dass diese Sache mein Tod sein wird, aber ich muss weitermachen.«

Am nächsten Tag setzten sie ihre Reise entlang der Bath Road fort und am Abend trabten die müden Pferde hügelabwärts nach Bristol. Es war die zweitgrößte Stadt in England, lebhaft und geschäftig. Sie begaben sich zu dem Haus von Mrs Grevil, George Whitefields Schwester.

Whitefield selbst war anwesend und begrüßte die zwei voll Freude. »Der Anblick meiner Freunde erquickt mich sehr. Gottes Vorsehung hat euch hierhergesandt.«

Der Abend verlief angenehm, denn Andrew freute sich, George Whitefield zu sehen. Whitefield sprach viel von seinem bevorstehenden Aufbruch auf das Missionsfeld und früh am nächsten Morgen predigte er einer beachtlich großen Menge im Freien auf dem Bowling Green.

Wesley stand etwas zur Seite, Andrew neben ihm. Die beiden erlebten, wie Whitefields großartige Stimme die Luft erfüllte und die Menschenmenge seine Botschaft mit sichtlicher Befriedigung aufnahm.

Am späteren Nachmittag predigte Whitefield wieder am Hanham Mount. Der Wind blies kräftig, aber die Stimme des jungen Geistlichen schien keine Grenzen zu kennen. Sie erhob sich wie eine gewaltige Orgel. Andrew flüsterte Wesley zu: »In dieser Menge müssen Tausende von Menschen sein und doch kann jeder von ihnen George ganz deutlich hören.«

Wesley wirkte amüsiert von der Szene. »Ich kann mich kaum an diese seltsame Sitte gewöhnen, auf den Feldern zu predigen.« Er zögerte, dann blickte er Wakefield in die Augen, als dieser meinte: »Ich hätte es beinahe als eine Sünde betrachtet, Seelen außerhalb der Kirche zu retten. Aber was meinen Sie jetzt, Mr Wesley?«

Wesleys Blick glitt über die dicht gedrängte Menge. Er schwieg lange Zeit. Schließlich sagte er mit gedämpfter Stimme: »Die Felder sind weiß zur Ernte. Das Evangelium muss den Armen gepredigt werden. Wenn sie nicht in die Kirche kommen, müssen wir dort hingehen, wo sie sind.«

Am folgenden Tag verließ Whitefield sie und ritt nach Wales. An diesem Nachmittag begleitete Andrew Wesley zu einem Feld am entfernteren Ende von St. Philips Plain, das man ihm für seine Predigt zur Verfügung gestellt hatte. Wesleys Name bedeutete den Leuten in Bristol wenig, aber die Menschen hungerten so sehr nach der Wahrheit, dass mehrere Tausend sich versammelten, um die Predigt zu hören. Viele von ihnen waren so sehr von der Erweckung erfasst worden, dass sie ihre Werkzeuge weglegten, alles liegen und stehen ließen und auf das Feld rannten.

Um vier Uhr sank die Sonne bereits und der Wind hatte sich gelegt. Andrew war nervös, als John Wesley in seinem Talar vortrat. Wesleys Gesicht verriet feste Entschlossenheit, als er die Stimme erhob und sagte: »Die Bibelstelle, die ihr heute hören sollt, stammt aus Lukas, viertes Kapitel, Verse 18 und 19.« Seine Stimme war nicht so mächtig wie die George Whitefields, dennoch war er deutlich zu hören, als er sagte: »Der Geist des Herrn ist auf mir, weil er mich gesalbt hat, zu verkündigen das Evangelium den Armen; er hat mich gesandt, zu predigen den Gefangenen, dass sie frei sein sollen, und den Blinden, dass sie sehen sollen, und den Zerschlagenen, dass sie frei und ledig sein sollen, zu verkünden das Gnadenjahr des Herrn.«

Während John Wesley predigte, betrachtete Andrew die Gesichter der grob gekleideten Versammlung. Das hier war so völlig verschieden von dem Lebenskreis der Geistlichen, die er kannte, aber er sah den Hunger in den Gesichtern der Zuhörer. Sein Blick heftete sich auf einen ärmlich gekleideten Mann, der ein kleines Mädchen, nicht mehr als zwei Jahre alt, im Arm hielt. Das Kind war mager, seine Wangen hohl. Der Mann streichelte ihr Haar, während er John Wesleys Worten lauschte. Sein Gesichtsausdruck sprach von Aufmerksamkeit und Eifer. Bald flossen Tränen über die Wangen des Zuhörers. Als das kleine Mädchen das sah, blickte sie auf, berührte das Gesicht des Mannes und flüsterte ihm etwas zu. Der Mann schüttelte den Kopf, küsste sie und wandte dann den Blick wieder dem Prediger zu.

Wohin soll das alles führen?, dachte Andrew verzweifelt. *Was soll ich dem Bischof sagen – dass wir die Kirchen verlassen sollen? Er wird nie verstehen, was hier vorgeht … ich verstehe es ja selbst nicht, aber Dorcas würde es verstehen.* Der Gedanke beunruhigte ihn, also schob er ihn beiseite, während John Wesley weiterhin zu der aufmerksam lauschenden Menge von Jesus Christus sprach.

* * *

Andrew blieb nur zwei Tage in Bristol. Während dieser Zeit predigte Wesley fünfmal auf offenem Feld. Er hatte Andrew zitiert, was er über seine Predigten im Freien in sein Tagebuch geschrieben hatte: *»Um vier Uhr nachmittags beging ich eine Untat und verkündete auf offener Straße die frohe Botschaft von der Erlösung. Ich sprach von einer kleinen Bodenerhebung in der Nähe der Stadt zu mehreren Tausend Menschen.«*

Bevor er sich verabschiedete, machte Andrew noch einen Versuch, mit Wesley zu sprechen. Er hatte bereits gepackt und die beiden Männer schritten aus dem Haus, auf Andrews Pferd zu. »Mr Wesley«, sagte Andrew und hielt inne, »das alles hat mich zutiefst beunruhigt. Ich bitte Euch, Euer Verhalten zu überdenken.«

»Ihr meint«, fragte Wesley abrupt, »das Predigen auf freiem Feld?«

»Das und all die anderen Dinge, die Missbilligung in der Kirche hervorrufen.«

»Es kann doch nicht auf Missbilligung stoßen, dass Männer und Frauen zu Christus kommen, oder, Andrew?«

»Ich fürchte, es sind die Methoden, die auf Missbilligung stoßen.«

Wesley betrachtete den jungen Mann. Andrew erwartete, dass er verteidigen würde, was er getan hatte, stattdessen sagte er ruhig: »Andrew, ich kenne Euch schon lange. Ich glaube, ich kenne Eure guten Eigenschaften.«

»Ja, Sir?«

»Habt Ihr den Herrn Jesus Christus als Euren persönlichen Heiland in Eurem Herzen aufgenommen?«

Ein kalter Schauder durchrann Wakefield. Er hatte das nicht erwartet und auf seine Überraschung folgte bald der Ärger. »Ich bin schockiert, dass Ihr eine solche Frage überhaupt stellen müsst, Mr Wesley.«

»Es ist eine Frage, die wir alle uns stellen sollten«, erwiderte Wesley ruhig. Er hatte solche Gespräche schon so oft geführt, dass ihm nichts daran neu war. »Nun«, sagte er schlicht, »ich will Euch nicht anpredigen, mein Junge, aber ich möchte, dass Ihr über diese Frage nachdenkt.«

Er streckte die Hand aus, und als Andrew sie ergriff, sagte er warmherzig: »Gott hat große Dinge mit Euch vor, aber Ihr müsst in Eurem Herzen ein Diener des Allmächtigen sein.«

Andrew murmelte ein Lebewohl, bestieg sein Pferd und ritt in schnellem Trab aus Bristol davon. Die Frage, die Wesley ihm gestellt hatte, wollte ihn nicht verlassen. Auf dem drei Tage dauernden Ritt nach London hallte es ihm immer wieder in den Ohren: *Habt Ihr den*

Herrn Jesus als Euren persönlichen Heiland in Eurem Herzen? Immer wieder verdrängte er sie – und immer wieder kehrte sie zurück. Schließlich zuckte er die Achseln und sagte: »Mr Wesley hat sich von den Doktrinen der Böhmischen Brüder in die Irre führen lassen.«

* * *

Zwei Tage nach Andrews Rückkehr bemerkte Dorcas, dass er schweigsamer als gewöhnlich war. Die beiden aßen ihre Mahlzeiten gemeinsam und sprachen in gewisser Weise auch miteinander, aber irgendetwas stimmte nicht mit ihrem Ehemann, da war sie ganz sicher.

Sie hatte niemand, mit dem sie sprechen, niemand, dem sie ihre Probleme vortragen konnte, jedenfalls nicht die ernsthaften Probleme. Es war Beth Buchanan, die sagte: »Stimmt etwas nicht mit dem Reverend Wakefield?«

Die beiden Frauen waren in der Küche und experimentierten damit, Lammfleisch auf eine neue Art zuzubereiten, und Dorcas blickte überrascht auf. »Warum sagt Ihr das?«

»Er ist so schweigsam. Nun gut, er war immer schon ein schweigsamer Mann, aber seit er aus Bristol zurückgekommen ist, habe ich ihn kaum ein Wort sagen gehört. Ich hoffe, es ist nichts Schlimmes.«

Einen Augenblick sehnte sich Dorcas danach, sich in die Arme der älteren Frau zu werfen. Beth Buchanan war nicht alt genug, ihre Mutter zu sein, aber sie hatte etwas Gutes, etwas Sanftes an sich, das Dorcas anzog, und sie war keineswegs dumm. Stattdessen sagte sie nur: »Ich nehme an, er macht sich über viele Dinge Gedanken, die ihn beunruhigen.«

Beth Buchanan hatte die Weisheit, die man oft bei walisischen Frauen findet. Sie war kein Schwätzerin, wusste aber nur zu gut, dass die Beziehung zwischen dem Reverend und seiner Frau nicht gut war. »Darf ich etwas sagen, Mrs Wakefield?«

»Aber gewiss doch, Beth.«

»Ich glaube, Euer Gatte ist ein sehr einsamer Mann. Er braucht eine Frau, die ihn tröstet – in jeder Hinsicht.«

Dorcas spürte, wie ihre Wangen heiß wurden. Sie wusste genau, was Beth Buchanan meinte. So wenig sie auch über Männer und Frauen wusste, das jedenfalls verstand sie, dass Gott die Frauen erschaffen hatte, um die Männer zu trösten – und sie war Andrew Wakefield kein Trost gewesen.

»Ich – ich danke Euch für Eure Anteilnahme«, sagte sie, »aber ich fürchte, mein Mann ist nicht leicht zu trösten.«

Weisheit war eines, aber Unverschämtheit war etwas anderes, und Beth Buchanan wusste genau, dass sie alles gesagt hatte, was die Schicklichkeit erlaubte. Aber später, als sie zu ihrem Gatten heimkehrte, schüttete sie ihm ihr Herz aus. »Sie sind genauso wenig Mann und Frau, wie sie Vögel sind und fliegen können.« Ihr Mann war ein hochgewachsener, muskulöser Mann gewesen, aber er war bei einem Einsturz verkrüppelt worden, und nun war sein linkes Bein fast unbrauchbar. Er kannte seine Frau und hörte ihr eine Weile zu, wie sie über den Hausherrn und die Hausfrau im Pfarrhaus redete.

»Was sagst du da, Beth?«, verlangte er schließlich zu wissen. Er streckte die Hand aus und zog sie auf seinen Schoß. Sie quiekte, aber er hielt sie umschlungen und küsste sie nachdrücklich. »Willst du sagen, Mrs Wakefield sei nicht zur Ehefrau geeignet?«

»Hör auf damit, Tom!«, sagte sie und klopfte ihm auf die Finger, aber in Wirklichkeit war sie erfreut über seine Aufmerksamkeit. Sie schlang die Arme um ihn und saß eine Weile so da, den Kopf auf seiner Schulter. Schließlich flüsterte sie: »Er hat ihr Bett verlassen, Tom, und das ist keine Ehe.«

»Meinst du, sie hat ihn herausgeworfen?«

»Das glaube ich nicht. Sie ist eine sanfte, liebevolle Frau. Zu empfindsam, was ihre schlechte Hand angeht, aber Frau genug für jeden Mann – wenn sie es nur wüsste.«

»Wird sie ihn zurücknehmen, was meinst du?«

»Ich weiß es nicht, Tom. Aber ich glaube, ein Mann braucht eine

Frau und eine Frau braucht einen Mann – nehmen wir nur *meinen* Mann …«

* * *

Als wäre es ein Gegenstück zu diesem Gespräch, hatte Dorcas an diesem Abend auch ein kurzes Gespräch mit ihrem Ehemann. Er hatte eben nach einem kurzen »Gute Nacht« sein Arbeitszimmer verlassen wollen, als Dorcas plötzlich aufstand und seinen Namen rief.

»Andrew.« Sie wartete, bis er sich zu ihr umgedreht hatte. Der Ausdruck auf seinem Gesicht sprach von Überraschung. Sie holte tief Atem, um sich zu wappnen, und trat auf ihn zu. »Ich habe dir etwas zu sagen. Du wirst es vielleicht nicht gerne hören, aber ich muss es sagen.«

»Was ist es?« Als sie vor ihm stehen blieb, sah er, dass ihre Lippen zitterten. »Ist etwas nicht in Ordnung?«

»Andrew, ich bin eine Frau und ich brauche mehr als ein Haus«, sagte sie mit einer Handbewegung, die die schönen Möbel umfasste. »Ich könnte in einer Hütte wohnen und auf einem Rost kochen, aber ich kann nicht –« Sie zögerte, dann fuhr sie fort und sah sehr verletzlich dabei aus: »Ich könnte überall leben und ohne alles auskommen, aber ich kann nicht ohne Liebe leben.« Sie umschlang ihn mit beiden Armen und zog seinen Kopf herab. Ihre Lippen waren weich unter den seinen, und er schauderte, als sie sich an ihn presste. Sie hielt ihn fest umschlungen, und er spürte, wie ihr innerer Hunger sich regte. Einen Augenblick verlor er sich in dem Wunder ihres süßen, weiblichen Körpers, der sich vollkommen in seine Arme schmiegte, und der Zärtlichkeit, die sie ihm anbot.

Dann wich sie zurück und blickte auf. »Wirst du mich jemals lieben können?«, fragte sie schlicht. Tränen glitzerten in ihren Augen und sie wartete mit halb geöffneten Lippen.

Andrew Wakefield kämpfte gegen den Instinkt an, der ihn hieß, sie in die Arme zu schließen. Er war so verwirrt, dass er in diesem

Augenblick einen schrecklichen Fehler machte. Der Gedanke schlich sich ein: *Eine Frau hat dich im Stich gelassen. Warum sollte diese hier anders sein?*

Immer noch stand er da; Wellen der Sehnsucht überfluteten ihn, Sehnsucht nicht nur nach der schlanken Gestalt seiner Frau, sondern auch eine schmerzhafte Sehnsucht nach jemand, mit dem er sein Leben teilen konnte. Aber er brachte es nicht über sich, das zu sagen. »Das ist unpassend – das hatte ich nicht im Sinn, als ich dich geheiratet habe. Bitte sprich nicht mehr darüber, Dorcas – nie wieder.«

Sie stand reglos da, mit blassem Gesicht, und sah aus, als hätte er sie geschlagen. Die Tür schloss sich hinter ihm und sie schlang die Arme um den eigenen Leib. Sie war völlig verstört. Sie wollte weglaufen, vor diesem Ort und diesem Mann fliehen, aber es gab keinen Ort, wo sie hingehen konnte. Der Schmerz, der in ihr tobte, war beinahe körperlich fühlbar. Das Leben erstreckte sich vor ihr als eine endlose Prozession von Tagen, die alle bedeutungslos waren. Ihr Leben war zu einer Scharade geworden – einem Spiel, in dem sie eine Rolle übernommen hatte, aber niemals bekommen würde, was sie am meisten ersehnte.

Sie hatte ihn offen gefragt und eine Antwort bekommen. Wieder einmal hatte Andrew ihr gesagt, dass Liebe das Einzige war, was er ihr nicht geben konnte. Eine verzweifelte Hoffnungslosigkeit überfiel sie, denn wenn ein Mann seine Liebe zurückhält, was soll eine Frau dann tun? Sie ging mit beinahe mechanischen Bewegungen durch das Haus und in ihr Schlafzimmer. Ihre Gedanken jagten wirr durcheinander und ein dumpfer Schmerz nagte an ihr. Ein wilder Gedanke kam ihr: *Ich werde meine Sachen packen und gehen – ich will ihn nie wiedersehen. Er braucht mich nicht!*

Dann warf sie sich auf das Bett und weinte. Ihre Schreie und Schluchzer zerrissen die Stille ihres Zimmers. Schließlich sagte sie mit gedämpfter Stimme: »Ich kann es nicht ertragen, so zu leben – aber ich sehe keinen Ausweg.«

IV

Ein neues Lied
1739–1741

19

SARAH HÖRT EINE PREDIGT

Als Andrew sich an dem Tisch im Speisezimmer umsah, traf sein Blick auf seine Schwägerin, Lady Caroline Wakefield. Er hatte nur mit Widerwillen an dem Dinner teilgenommen, denn im tiefsten Herzen wusste er, dass er nicht vergessen hatte, wie Caroline ihn behandelt hatte.

Als er nun beobachtete, wie sie lachte und mit Major Crenshaw plauderte, der ihr gegenübersaß, versuchte er, solche Gedanken beiseitezuschieben. *Was vergangen ist, ist vergangen*, dachte er grimmig. *Ein Mann muss lernen, gewisse Dinge zu ignorieren, und mit seinem Leben weitermachen.* Das war ein Rat, der leicht zu geben, aber schwer zu beherzigen war. Andrew senkte den Blick auf den Tisch; ein düsterer Ausdruck malte sich auf seinen Zügen.

Aber die übrigen Gäste schienen zufrieden zu sein. George und Caroline saßen am Kopfende des Tisches und hatten ihre Freude aneinander. Caroline schien sich offenbar mühelos der Familie Wakefield angepasst zu haben. George hatte zu seinem Kummer entdeckt, dass sie einen ziemlich kostspieligen Geschmack hatte. Vor dem Abendessen hatte er Andrew zugeflüstert: »Sei bloß froh, dass du Caroline nicht geheiratet hast. Du hättest dir ihren Lebensstil niemals leisten können.« George schien sich überhaupt keine Vorstellung davon zu machen, welchen Schmerz der Verlust Carolines Andrew zugefügt hatte. Er hatte nämlich nie eine Bemerkung darüber gemacht, wie eng sein Bruder der Frau verbunden gewesen war, die dann seine Braut wurde.

Unter den anderen Gästen befanden sich Sarah Lancaster und ihre Eltern, Sir Talbot und Lady Jane. Die beiden waren wie immer kostbar gekleidet, aber das Gerücht ging um, dass Sir Talbot sich in finanziellen Schwierigkeiten befinde. Diese Gerüchte verbreiteten sich rasch und waren schon jedem Adeligen angehängt worden, vom Prinzen von Wales bis hinunter zu dem letzten Ritter, der je einen Ritterschlag gespürt hatte. In vielen Fällen entsprachen diese Gerüchte auch der Wahrheit, da die Adeligen zwar oft viel Land hatten, es aber weder verkaufen noch beleihen konnten, um Bargeld dafür zu bekommen.

Andrew warf einen Blick auf Major Crenshaw und dann wieder auf Sarah, die an seiner Seite saß. *Sie hoffen, sie mit Crenshaw zu verheiraten*, dachte er. Crenshaw war der älteste Sohn einer wohlhabenden walisischen Familie. Sein Vater war hochbetagt. Bald würde der Major seinen Abschied von der Armee nehmen und seinen Platz einnehmen – und das war mit viel Geld verbunden.

Die einzige Person, die an der Tafel fehl am Platze wirkte, war Bischof Alfred Crawley. Andrew konnte nicht verstehen, warum man ihn eingeladen hatte. Vielleicht, damit sie beide jemand hatten, mit dem sie reden konnten, denn Andrew und der Bischof waren die einzigen bei Tisch, die keinen Adelstitel hatten. Er sah, dass der Bischof sich offenkundig gut unterhielt. Trotz seiner hageren Gestalt war er ein herzhafter Esser und hatte sich mit Vergnügen durch die sieben Gänge der Mahlzeit, die man aufgetischt hatte, hindurchgearbeitet.

Crawley hob den Blick, als Major Crenshaw mit lauter Stimme fragte: »Was ist da eigentlich los in der Kirche, Mylord?« Er nahm einen langen Schluck Ale aus dem silbernen Pokal, stellte ihn auf den Tisch und verlangte zu wissen: »Ich meine, alles, was sich da um John Wesley und seine Leute abspielt.«

»Ich nehme an, so etwas passiert in jedem System«, sagte Crawley milde. Er beäugte den Major, der eine scharlachrote Tunika trug, in die er hineinpasste wie die Hand in den Handschuh. »Es wird immer Leute geben, die sich unter einer Autorität nicht wohlfühlen. Ich denke, das seht Ihr wohl auch in Eurem Beruf.«

»Nun, Sir«, rief Crenshaw aus, »bei der Armee wissen wir, wie man mit solchen Leuten umgeht! Man legt sie über ein Fass und prügelt sie, bis sie zur Vernunft kommen – wenn sie weiterhin auf ihrer Narretei beharren, erschießt man sie!«

Sarah Lancaster drehte sich um und starrte ihn an. »Das ist wohl kaum die Antwort, Major. Wir können die Leute doch nicht erschießen lassen, weil sie unsere kirchliche Doktrin ablehnen.«

Crenshaw lächelte: »Sehr schön, dass Ihr so denkt, Sarah, aber ohne Disziplin kann man eine Armee nicht führen.« Seine hellblauen Augen hefteten sich auf den Bischof und er verlangte zu wissen: »Ich nehme an, Ihr empfindet genauso, Sir?«

Bischof Crawley nahm ein Stück Kuchen, das auf einem Silbertablett neben ihm stand. Während er aß, nickte er. »Natürlich bin ich beunruhigt darüber, dass einige unserer Geistlichen Schwärmer geworden sind, aber die Zuchtmittel sollten doch weniger streng sein als die Todesstrafe.«

Sir George Wakefield meldete sich zu Wort. »Ich habe gehört, man lässt diesen Burschen Wesley nicht mehr in den Kirchen predigen. Geschieht das auf Eure Anordnung hin, Herr Bischof?«

»Jeder Pfarrer muss diese Entscheidung selbst treffen. Mr Wesley ist immer noch ein Mitglied der Kirche von England, ebenso wie sein Bruder Charles. Ich hoffe, sie werden zur Herde zurückkehren.«

»Was ist mit Mr Whitefield? Ihr habt wohl gehört, welche großen Menschenmengen seine Predigten anziehen.«

»Er ist ein redegewandter und fähiger Mann. Ich habe Hoffnung für Mr Whitefield, mehr als für Mr Wesley.«

»Warum das, Sir?«, fragte Dorcas. Sie saß neben ihrem Ehemann und hatte bislang nur wenig gesagt, aber bei der Erwähnung Whitefields erwachte ihr Interesse.

Der Bischof erklärte: »Mr Whitefield hat mir erklärt, er sei fest entschlossen, Mitglied der Kirche von England zu bleiben. Mr Wesley sagt dasselbe, aber seine Gesellschaften schießen nur so aus dem Boden.« Bischof Crawley schüttelte den Kopf; ein düsterer Ausdruck malte sich auf seinem langen, mageren Gesicht. »Sie entstehen in ganz England – kleine Gruppen von Menschen. Sie sind gefährlich nahe daran, gegen das Gesetz zu verstoßen, denn sie sind Nonkonformisten und haben keine Genehmigung der Kirche von England.«

»Sie meinen, sie werden sich vereinigen und ihre eigene Kirche unter Mr Wesleys Führung bilden?«, bemerkte Sir Talbot in missbilligendem Ton. »Die anglikanische Kirche ist gut genug für unsere Leute!«

»Das freut mich, dass Ihr so denkt, Sir Talbot«, antwortete Bischof Crawley augenblicklich. Sein Blick ruhte auf Andrew, und er sprach zu ihm, als er sagte: »Ihr habt viel Erfahrungen mit Mr Wesley gemacht. Wie seht Ihr die Sache, Andrew?«

Andrew rückte unbehaglich hin und her. »Ich finde, Mr Wesley ist ein ehrbarer Mann und ein guter Mensch. Aber ich finde, er sollte seine Aktivitäten auf die Kirche von England beschränken.«

»Gut gesagt!«, rief Sir Talbot aus. »Ich höre, einige dieser Fanatiker fallen zu Boden und bellen wie Hunde. Alles Mögliche spielt sich bei ihren Treffen ab. Habt Ihr davon gehört, Herr Bischof?«

»Das ist allgemein bekannt«, sagte Bischof Crawley achselzuckend, »und meinen Berichten zufolge kommt es bei Mr Wesley häufiger vor als bei Mr Whitefield. Diese ungezügelten Gefühlsausbrüche müssen ein Ende haben.«

Das Gespräch am Tisch dauerte noch eine Weile an, dann brachte Bischof Crawley ein anderes Thema zur Sprache. »Ich hörte«, sagte der Bischof, »dass Mr Whitefield und Mr Wesley nicht gut miteinander auskommen.«

»Das wusste ich nicht, Herr Bischof«, sagte Andrew mit beträchtlicher Überraschung. »Worin liegt das Problem?«

»Es ist eine Frage der Doktrin. Whitefield ist natürlich Calvinist. Er glaubt fest an die Doktrin der Prädestination.«

»Und was ist das, wenn ich fragen darf?«, erkundigte sich Lady Jane neugierig. »Ich verstehe es nicht.«

Der Bischof erklärte: »Das reicht weit zurück in die Geschichte Englands seit der Reformation. Die Calvinisten legen großes Gewicht auf die Worte des Apostels Paulus, nämlich dass Gott bestimmt, was uns geschieht. Die Doktrin der Erwählung steht damit in Zusammenhang, nach der Gott gewisse Menschen zum Heil bestimmt.«

»Und was glaubt Mr Wesley?«, fragte Sarah interessiert.

»Er geht in die andere Richtung. Er glaubt, dass jeder, der aus freiem Willen, wie er es nennt, kommt, gerettet wird.«

»Und die beiden haben sich deshalb gestritten?«, fragte Andrew. »Wie kam das?«

»Soweit ich es verstanden habe, hat Whitefield Wesley gebeten, vor seinen Leuten in Bristol nicht über den freien Willen zu predigen. Wesley setzte sich über diese Bitte hinweg und predigte nicht nur über den freien Willen, sondern veröffentlichte auch eine Predigt darüber. Soweit ich verstanden habe, hat das zu einer Spaltung unter den Anhängern geführt – einige halten es mit Mr Whitefield, andere mit Mr Wesley. Vielleicht wird diese Spaltung zu einem Zerwürfnis führen und die ganze Bewegung wird im Sand verlaufen«, schloss der Bischof. »Jedenfalls hoffe ich das von Herzen.«

Das Gespräch wandte sich anderen Dingen zu und nach dem Dinner zog Sarah Dorcas beiseite. »Haben Sie in letzter Zeit von Eurem Bruder gehört, Mrs Wakefield?«

Dorcas war nicht überrascht, denn sie wusste, dass Gareth häufig an Sarah geschrieben hatte. Nun betrachtete sie die attraktive junge Frau und dachte: *Wie schön sie ist. Sie ist ziemlich verwöhnt, aber ich glaube, sie hat ein gutes Herz.*

«Oh ja. Er predigt in einem fort. Er war eine Zeit lang in Wales, aber ich erwarte ihn in Kürze zu Hause.«

Sarah schürzte nachdenklich die Lippen, dann fragte sie: »Ich nehme an, er wird es so machen wie Ihr Mann und sich eine Kirche in London nehmen?«

»Da bin ich mir gar nicht so sicher. Ihr habt natürlich das Gerede über Mr Whitefield und Mr Wesley gehört?«

»Ja, es ist sehr interessant, aber Gareth geht doch wohl nicht in diese Richtung?«

»Ich glaube schon, Miss Lancaster. Er hat viel Zeit sowohl mit

Mr Wesley als auch mit Mr Whitefield verbracht und nun predigt er im Freien vor großen Menschenmengen. Er schreibt mir, dass viele durch seine Predigt den Herrn Jesus kennenlernen.«

Sarah schien sich unbehaglich zu fühlen. »Es tut mir leid, das zu hören. Der Bischof ist so offensichtlich gegen solche Dinge eingestellt. Gareth wird keine große Zukunft haben, nicht wahr, wenn er nicht in der Kirche von England bleibt?«

»Ich glaube nicht, dass Gareth daran interessiert ist.«

Sarah hob die Augenbrauen. »Aber ein Mann muss sich dafür interessieren, womit er sein Brot verdient.«

»Normalerweise stimmt das«, gestand Dorcas ein. »Aber Gareth war immer schon eigensinnig. Wenn er sich für etwas entscheidet, macht er keine halben Sachen.«

»Das habe ich bemerkt.« Sarah lächelte schüchtern. »Er hat mich mit Briefen bombardiert. Ich wusste nicht, dass er so redegewandt ist. Ich nehme an, das ist sein walisisches Blut.«

Dorcas sagte sanft: »Ich weiß, Ihr werdet das vielleicht nicht gerne hören, aber es ist die schlichte Wahrheit. Er ist sehr verliebt in Euch, Miss Lancaster.«

Sarah bewegte nervös die Schultern. »Nun, das sollte er nicht tun. Ihr müsst ihm sagen – ich habe es auch schon versucht –, dass ich nicht die Richtige für ihn bin, nicht im Geringsten. Ich bin viel zu flatterhaft, um mich lange in der Gesellschaft eines Predigers aufzuhalten.« Sie seufzte und sagte: »Es ist doch eine Schande!«

»Warum das?«, forschte Dorcas.

»Er sieht so gut aus. Er ist der attraktivste Mann, den ich je gesehen habe. Es ist doch eine Schande«, fügte Sarah verdrießlich hinzu, »so viel gutes Aussehen an einen Mann zu verschwenden und überhaupt an einen Geistlichen. Ich nehme an, die jungen Frauen laufen ihm in Scharen nach und versuchen, seine Aufmerksamkeit zu erregen.«

»Er schreibt nichts davon«, sagte Dorcas leise. Sie fühlte einen Stich im Herzen, wenn sie an Gareth dachte, denn diese junge Frau war durch und durch ein Kind der Welt. Soweit Dorcas das beurteilen konnte, hatte sie keinen Funken Glauben in sich, daher entschloss sie sich, ihm den Rat zu geben, er möge seine Aufmerksamkeit auf ein anderes Ziel lenken.

Kurz nach zehn Uhr löste sich die Gesellschaft auf. Sarah wurde in eine Kutsche mit Major Crenshaw gesetzt. Sobald sie unterwegs waren, schlang er plötzlich die Arme um sie und küsste sie. Er hatte sie schon früher geküsst und sie hatte es ihm gestattet. Er war ein ungeheuer kraftvoller Mann und seine Umarmung drohte sie zu zerquetschen. Seine Lippen suchten fordernd die ihren und seine Umarmung hatte etwas Besitzergreifendes, das sie in Furcht versetzte.

Als sie sich zurückzog, sagte Crenshaw: »Sarah, du spielst Spielchen mit mir. Wann wirst du mich heiraten?«

»Ich bin nicht sicher, ob ich dich liebe, Ian.«

»Nun, ich bin sicher genug für uns beide. Ich werde dir lieb werden. Vielleicht liebst du mich jetzt nicht so sehr, wie du solltest, aber wenn wir erst verheiratet sind, werde ich dich lehren, mich besser zu lieben.« Er küsste sie von Neuem, und während der Wagen dahinrollte, dachte Sarah plötzlich an den Kuss, den Gareth Morgan ihr gegeben hatte. Er war sanft und zärtlich gewesen ... ganz anders als der Kuss des Majors. Diese Erkenntnis stürzte sie in tiefe Beunruhigung.

* * *

Das Festmahl hatte Dorcas ermüdet und beunruhigt. Nachdem sie und Andrew nach Hause zurückgekehrt waren, begab sie sich nach ihrem üblichen kurzen »Gute Nacht« auf ihr Zimmer. Sie bereitete sich auf das Schlafengehen vor, zog ein leichtes Baumwollhemd an, das zu dem warmen Aprilwetter passte, und saß dann noch eine Zeit lang an ihrem Schreibtisch, wo sie an Gareth schrieb. Sie formulierte ihre Gedanken über Sarah Lancaster so taktvoll, wie sie nur konnte:

Sarah Lancaster war bei dem Dinner anwesend, das George heute Abend gab. Ich hatte Gelegenheit, nach der Mahlzeit mit Miss Lancaster zu sprechen. Ich finde, sie ist eine höchst attraktive junge Frau – jedermann denkt das. Es scheint mir jedoch, Gareth, dass sie sehr an den Dingen dieser Welt hängt. Sie war ihr ganzes Leben lang an großen Wohlstand gewöhnt, und ihre Eltern versuchen, sie offensichtlich zu einer Heirat mit Major Crenshaw zu drängen. Wie du weißt, wird er nach dem Tod seines Vaters ein ungeheuer großes Gut erben – und bis dahin wird es nicht mehr lange dauern, habe ich gehört. Versuche, sie aus deinen Gedanken zu verbannen, Gareth. Sie passt nicht zu dir. Ich weiß, du denkst, du liebst sie, und vielleicht stimmt es sogar, aber es wäre eine Tragödie, würdest du sie heiraten.

Sie war unzufrieden mit dem Brief, legte ihn beiseite und begann zu lesen. Im Lauf der nächsten Stunde wurde es im Hause still und schließlich ging sie zu Bett. Aber der Schlaf wollte sich nicht einstellen, ihre Lider wollten einfach nicht geschlossen bleiben, so ging sie in Gedanken immer wieder durch, was sie beim Abendessen gehört hatte. Irgendwie wusste sie in ihrem Herzen, dass John Wesley und George Whitefield recht hatten und Bischof Crawley und ihr Mann unrecht.

Der Gedanke an Andrew erinnerte sie daran, was für ein seltsames Leben sie führte. Das einzige Problem im Pfarrhaus war Mrs Lesley gewesen, und seit sie der Frau energisch gegenübergetreten war, hatte sie aufgehört, Ärger zu machen. Sie wusste, dass Mrs Lesley sie verachtete, aber nach außen hin war sie freundlich. Mehr konnte Dorcas nicht verlangen. Sie hatte sich eng mit Beth Buchanan, der Köchin, zusammengetan, eine Freundschaft, die wohl noch enger gewesen wäre, wären sie nicht aus verschiedenen sozialen Schichten gekommen.

Aber Andrew – ihr Herz glühte in düsterer Glut bei dem Gedanken daran, welch ein Fiasko ihre Ehe war. *Wir sind wie zwei Fremde. Wir wohnen unter demselben Dach, essen am selben Tisch, aber wir sind einander jetzt fremder als an dem Tag, an dem er das Häuschen in Wales betrat.* Sie erinnerte sich traurig an die schönen Zeiten, die sie und Andrew mit Hope verbracht hatten. »Damals waren wir einander nahe«, flüsterte sie. »Warum können wir einander jetzt nicht nahe sein?« Sie wusste, Andrew hatte schreckliche Narben davongetragen, nachdem Caroline Barksdale ihn abgewiesen und George an seiner Stelle geheiratet hatte. Mehrmals hatte sie ihm anzudeuten versucht, dass solche Bitterkeit nur zu geistlichen Problemen führen konnte, aber Andrew schien blind dafür. Wieder erinnerte sie sich an Sally Bradwells Rat, ihren Mann zu verführen, und der verzweifelte Gedanke kam ihr: *Vielleicht sollte ich das tun …* Aber sie wusste, dass sie es nicht tun würde. *Er muss mich um meiner selbst willen lieben.*

Zuletzt gab sie den Versuch, doch noch Schlaf zu finden, auf. Sie stieg aus dem Bett und versuchte zu lesen, konnte sich aber nicht konzentrieren. Sie hoffte, ein Glas warme Milch würde helfen. Sie ging zur Kommode, holte einen der Hausmäntel heraus, die Sally Bradwell für ihre Hochzeitsreise ausgesucht hatte, zog ihn über ihr Nachthemd an, schlüpfte in ihre Pantoffeln und verließ das Zimmer.

Das Haus war still. Kein Geräusch störte die Stille, als sie die Küche betrat. Das Mondlicht strömte durch das Fenster herein, sodass sie keine Kerze anzünden musste. Sie trat an den Vorratsschrank und holte den großen Krug heraus, der die frische Milch enthielt. Sie schenkte sich ein Glas ein.

Nachdem sie die Milch getrunken hatte, ging sie zur Tür und trat nach draußen. Der kühle Nachtwind raschelte in den Blättern der Bäume, die im Hinterhof des Pfarrhauses wuchsen, und in der Luft lag eine Süße, die sie daran erinnerte, dass es bald Frühling sein würde.

Sie stand eine Weile ganz still da und dachte nach, dann ging sie den gekachelten Pfad entlang, der einen kleinen Garten umschloss. Einmal bückte sie sich und pflückte eine zarte blaue Blume. Sie sog ihren Duft ein. Dann ging sie weiter.

Sie näherte sich dem Haus und wollte eben eintreten, als sie aus der Dunkelheit heraus eine Stimme hörte und eine Hand auf ihrem Arm fühlte. »Wer sind Sie? Was wollen Sie hier?«

Furcht durchschauerte Dorcas und sie schrie auf: »Nicht –«

Als sie aufblickte, erkannte sie mit einem Seufzer der Erleichterung im Mondlicht das Gesicht des Mannes, der sie festhielt. »Ich – ich dachte, du wärst ein Einbrecher!«

Andrew hielt Dorcas' Arm fest. Das Mondlicht beleuchtete sein

Gesicht und er lachte kurz auf. »Ich dachte dasselbe von dir. Was machst du hier, mitten in der Nacht?«

»Ich konnte nicht schlafen«, sagte sie. »Ich kam herunter, um mir ein Glas Milch zu holen. Es war warm in meinem Zimmer. Was tust du hier?«

»Dasselbe wie du. Ich nehme an, was ich heute beim Abendessen gehört habe, hat mich beunruhigt.« Er merkte, dass er ihren Arm hielt, und ließ abrupt die Hand fallen. »Tut mir leid, wenn ich dich erschreckt habe.«

»Ein wenig schon«, sagte sie. »Aber es ist schon in Ordnung.« Sie erschrak, aber ihr Sinn für Humor kam ihr zu Hilfe. »Wir sind doch ein feines Paar, nicht wahr – da fangen wir einander! Wenn es wirklich ein Einbrecher gewesen wäre, wäre ich gerannt wie ein Hase.«

»Ich vermutlich auch«, sagte Andrew und erwiderte ihr Lächeln. Er fühlte eine seltsame Leichtigkeit im Herzen über ihr gemeinsames Gefühl. Den Garten begann die sommerliche Luft mit dem Duft von Rosen zu erfüllen. »Ich denke, ich werde mich ein wenig hinsetzen. Das ist besser, als wachzuliegen und die Decke anzustarren.« Er zögerte, dann sagte er: »Willst du dich zu mir setzen, Dorcas?«

»Wie – oh, ja. Gerne.«

Die Bank war so klein, dass Dorcas seinen Arm an dem ihren fühlte, als sie sich niedersetzte. Sie fragte: »Was hast du von den Worten des Bischofs gehalten?«

»Ich denke, Mr Wesley und Mr Whitefield werden Ärger bekommen.« Er drehte sich zu ihr. »Und Gareth ebenfalls. Ich weiß, wir waren nicht immer einer Meinung, Dorcas, aber ich habe niemals vergessen, was ich Tante Hope versprach. Dass ich mich um dich und Gareth kümmern würde, so gut ich kann.« Er blickte auf seine Hände nieder und schüttelte traurig den Kopf. »Ich fürchte, ich habe meine Sache nicht gut gemacht.«

»Nein, das ist nicht wahr.« Dorcas legte ihre heile Hand auf Andrews Hand, drückte sie und sagte eindringlich: »Du hast für Gareth … und für mich alles getan, was in deiner Macht steht.«

Andrew wandte sich ihr zu. Die Stille der Luft hatte sich irgendwie auch in seinem Herzen ausgebreitet. Als er Dorcas anblickte und die sanften Konturen ihres Gesichts vom Silberlicht des vollen Mondes erhellt sah, begriff er, dass Dorcas auf ihre eigene Weise wunderschön war, obwohl sie manchmal einen starrsinnigen Charakter hatte. In diesem Augenblick schien sie beinahe zu glühen vor Sanftmut und Tiefe und einem weiblichen Feuer, das er nie zuvor bemerkt hatte. Ihre Züge waren entspannt; der Vorhang der Zurückhaltung, der sich üblicherweise über sie breitete, war verschwunden. Er fand ihre Gelassenheit sehr anziehend, denn er selbst hatte nur wenig davon. Ein Feuer lohte in ihr, erkannte Andrew, das die reichen Qualitäten einer Seele zum Vorschein brachte, die sich sonst hinter kühler Zurückhaltung versteckte. Plötzlich überkam ihn das unerträgliche Verlangen, von ihr zu hören, dass sie nicht vollends unglücklich war. »Geht es dir schlecht, Dorcas?«, flüsterte er plötzlich und dachte daran, wie einsam sie sein musste.

»Nein, überhaupt nicht. Ich wünschte nur –« Sie brach abrupt ab und hob ihm ihr Gesicht entgegen.

»Du wünschst was?«

»Ich wünschte, wir stünden einander näher, Andrew.« Ihre Stimme war milde und sanft. Andrew erkannte, als geschehe es zum ersten Mal, die Güte und Standfestigkeit dieser jungen Frau, der er Unrecht getan hatte. Er sagte leise: »Du bist sehr einsam, aber ich bin es auch. Ein Mann braucht jemand, mit dem er reden kann.« Er wollte noch mehr sagen – hätte auch mehr gesagt –, aber die verfluchte Verlegenheit, die ihn plagte, überkam ihn von Neuem. Er hatte diese Schwäche nie einem Menschen gebeichtet, er hatte gedacht, er sei stark genug, allein zu stehen. Als er nun in das Gesicht seiner Frau blickte, verletzlich und vom Mondlicht beschienen, dachte er: *Ich wünschte, ich könnte ihr sagen, was in meinem Herzen vorgeht – wie unglücklich und elend ich bin.*

Warum tust du es nicht?, fügte eine leise Stimme in seinem Herzen hinzu. Mit wild klopfendem Herzen öffnete er den Mund, um es wenigstens zu versuchen, als eine Stimme die Stille zerriss: »Wer ist das? Wer ist da draußen?«

Andrew und Dorcas schreckten beide hoch und drehten sich um. Ein Mann trat hinter der Ecke des Hauses hervor. In der hoch erhobenen Hand hielt er eine Laterne.

»Silas«, sagte Andrew rasch, »es sind nur Mrs Wakefield und ich.«

Silas Wagner, der Kutscher und Hausknecht, blinzelte wie ein Käuzchen das Paar an. »Oh, das tut mir leid, Sir«, murmelte er. »Ich hörte Stimmen und dachte – nun, tut mir leid, Sir.«

»Schon recht, Silas. Ich weiß es zu schätzen, dass Ihr aufpasst.«

»Nun, dann gute Nacht, Sir, Euch und Mrs Wakefield.« Der Hausknecht verschwand, aber der Zauber des Augenblicks war gebrochen und Andrew richtete sich auf. »Ich sollte lieber noch ein wenig schlafen. Ich habe morgen einen arbeitsreichen Tag.«

Dorcas wollte etwas sagen, das ihn zurückholte, das die überraschende Nähe zwischen ihnen wiederherstellte. Sie hatte eine Seite von Andrew gesehen, die er ihr seit ihrer Hochzeit nicht mehr gezeigt hatte. Er hatte etwas Verletzliches an sich. Sie hätte gerne die Hände nach ihm ausgestreckt und ihm gesagt, wie sehr sie mit ihm fühlte, aber er verließ sie, als fliehe er vor ihr. Sie stand noch eine Weile im Garten, dann ging sie zu Bett. Doch die ganze Zeit fragte sie sich, ob sie eine gute Gelegenheit, ihre Ehe in Ordnung zu bringen, verpasst hatte.

* * *

Rebecca Holden, eine attraktive junge Frau von neunzehn Jahren, war Sarah Lancasters engste Freundin und verbrachte häufig das Wochenende bei ihr. Der Mai war gekommen, und als die beiden die Straßen von London entlangspazierten und die Schaufenster betrachteten, sagte Rebecca: »Lass uns eine Tasse Tee trinken. Hinter der nächsten Ecke gibt es ein hübsches Restaurant.«

»In Ordnung, Rebecca. Einkaufen ist ganz schön ermüdend, findest du nicht?«

Sie folgte Rebecca in das Restaurant, wo sie einen duftenden, heißen Tee tranken.

Sarah neigte den Kopf zur Seite, als Rebecca sagte: »Du hast mir so viel über diesen jungen Geistlichen erzählt – den hübschen.«

»Oh, Gareth Morgan?«

»Ja. Ich bin neugierig. Schreibt er dir noch immer?«

»Ja, das tut er«, sagte Sarah und lächelte nachdenklich. »Wenn er sich so hingebungsvoll um seine ›Schäfchen‹ kümmert, wie er mir schreibt, dann ist er ein Wunder.« Sie trank in kleinen Schlucken ihren Tee, dann fragte sie neugierig: »Warum fragst du nach einem Geistlichen?«

»Ich habe so viel von dieser Erweckung gehört und morgen gibt es eine Predigt im Freien. Ich habe niemals eine Predigt im Freien gehört, aber ich habe eine Menge über Mr Wesley gehört. Vielleicht predigt er. Lass uns hingehen, Sarah.«

»Du lieber Himmel, Rebbeca, du hast im Leben noch keinen Fuß in eine Kirche gesetzt, wenn man dich nicht dazu gezwungen hat.«

Rebbeca lachte. »Ich weiß, aber das ist etwas anderes. Ich hörte, es gäbe da allerhand Interessantes zu sehen – Leute, die zu Boden stürzen und kreischen. Es wird sicher interessant werden.«

Sarah amüsierte sich über ihre Freundin. Sie wusste, Rebecca Holden legte keinen Wert auf Religion, in welcher Form auch immer; die junge Frau war ständig auf der Suche nach aufregenden Erlebnissen. Zuerst weigerte sie sich, aber schließlich stimmte sie zu und sagte: »Ich fürchte, ich bin genauso schlecht wie du, Rebecca. Ich habe schon eine Menge von diesen Veranstaltungen gehört. Bischof Crawley regt sich mächtig auf, wenn man sie nur erwähnt. In Ordnung, wir gehen.«

Am nächsten Tag verließen die beiden London in der Kutsche der Lancasters. Sarah hatte ihren Vater zwar nicht angelogen, sich aber doch recht unbestimmt geäußert, was ihr Ziel an diesem Tage anging. Als ihnen nun Thomas, der Kutscher, in die Kutsche half, hielt sie inne und schenkte ihm ein verschwörerisches Lächeln. »Ihr könnt doch ein Geheimnis bei Euch behalten, Thomas?«

»Gewiss kann ich das, Ma'am.«

»Gut, denn Ihr dürft niemand sagen, was wir heute Nachmittag unternehmen.«

Thomas sah sie unbehaglich an. »Ihr wollt doch nicht etwa zu einem Stierkampf gehen, Miss Lancaster?«

»Oh, nein. Etwas viel Kultivierteres. Wir fahren nach Moorfield, um die Methodistenprediger zu hören.«

Thomas bemerkte überrascht: »Ich hätte nicht gedacht, dass Euch das interessiert, Miss Sarah. Aber es kann wohl nichts schaden. Ich hörte, bei einigen dieser Versammlungen ist allerhand los. Ich würde selbst gerne zuhören.«

»Gut – Ihr wisst ja, wie Ihr hinkommt.« Sarah stieg in die Kutsche und beugte sich zum Fenster hinaus, um zu sagen: »Hört, Thomas, falls ich Schreikrämpfe bekomme, packt Ihr mich einfach und tragt mich zurück zur Kutsche.« Sie lachte fröhlich, als er ihr zuzwinkerte und antwortete: »Zu Befehl, Ma'am, das mache ich.«

Während des ganzen Weges nach Moorfield plauderten die beiden Mädchen aufgeregt über ihren Ausflug. Als die Kutsche anhielt, sprang Thomas vom Kutschbock und öffnete die Tür. »Ich fürchte, Ihr werdet stehen müssen, Ladys. Es gibt keine Sitzplätze.«

»Schon gut, Thomas. Ihr bleibt hier und passt auf das Pferd auf. Wir kommen nach dem Gottesdienst zurück.«

Als die beiden davongingen, folgten ihnen zahlreiche Augen. Sarah trug ein exquisites Kleid in sattem Burgunderrot, und Rebeccas Kleid war ebenso farbenfroh – ein helles Rosenrot. Sie stachen aus der düster gekleideten Menge hervor wie helle Schmetterlinge. Sie sahen, dass die meisten der Versammelten Männer waren, obwohl auch einige Frauen da waren – manche sogar mit Kindern.

»Lass uns näher herantreten«, drängte Rebecca. »Schau, ich glaube, da drüben stehen die Prediger.« Sie deutete auf eine Bodenerhebung.

»Ja, das glaube ich auch, aber wir wollen keine Aufmerksamkeit erregen.«

Rebecca sah sich um und lachte. »Ich fürchte, das tun wir bereits.

Es sind nicht viele Leute aus unserer Gesellschaftsschicht da. Komm schon, Sarah, ich möchte so nahe wie möglich heran.«

Sarah ließ sich durch die Menge ziehen, denn Rebecca war fest entschlossen. Sie zwängten sich durch und standen schließlich am Rand eines offenen Platzes. Sobald sie stehen blieben, keuchte Sarah: »Oh, nein!«

Rebecca drehte sich rasch um. »Was ist los, Sarah?«

»Er ist hier. Da. Der Schwarzhaarige.«

Rebecca fuhr herum und sah einen hochgewachsenen, gut gebauten jungen Mann mit pechschwarzem Haar. Sie flüsterte: »Ist er das? Gareth Morgan?«

»Ja, ich – ich dachte nicht, dass er hier sein könnte; ich meinte, er sei in Wales. Wenn er mich nun sieht?«

Aber Rebecca kümmerte sich nicht darum; sie begutachtete den jungen Geistlichen, der einen adretten grauen Anzug trug. »Du meine Güte, ist der hübsch! Kein Wunder, dass du dauernd an ihn denkst!«

»Sch, Rebecca!«, sagte Sarah nervös, denn die Freundin hatte mit lauter Stimme gesprochen und einige der Umstehenden lächelten. »Lass uns hier verschwinden!«

»Nein!«, entgegnete Rebecca und packte mit festem Griff Sarahs Arm. »Ich will das hier um keinen Preis verpassen – schau nur, sie fangen gleich an.«

Der Gottesdienst begann ganz einfach damit, dass jemand zu singen anfing. Bald war die Luft von Tausenden Stimmen erfüllt. Sarah kannte das Lied nicht, aber die Leidenschaft des Gesanges beeindruckte sie. Sie hatte niemals etwas dergleichen in einer Kirche gehört. Der Klang schwoll an und ebbte, erfüllte Erde und Himmel und sie fühlte sich bewegt.

Nach mehreren Liedern trat Gareth Morgan vor und begann zu sprechen. »Wir wollen beten, bevor das Evangelium gepredigt wird«, sagte er schlicht.

Sarah neigte den Kopf, merkte aber, dass Rebecca sich nach allen Seiten umsah, als sitze sie im Theater. Sarah fühlte sich peinlich berührt und ärgerte sich über sich selbst, dass sie gekommen war. Anfangs war alles nur ein Spiel für sie gewesen, aber nun wünschte sie, sie hätte Rebeccas Drängen widerstanden.

Nach dem Gebet begann Gareth zu predigen. Seine kräftige, klare Stimme trug weit, und er hatte ein Selbstbewusstsein an sich, das man von einem älteren, erfahreneren Mann erwartet hätte. Seine dunklen Augen blitzten und von Zeit zu Zeit hob er mit einer leidenschaftlichen Geste die Hände. Die Predigt selbst war einfach – so einfach, dass Sarah sie mühelos verstand. Er predigte über die Auferstehung Jesu Christi.

Das war ein Thema, über das sie an jedem Ostern ihres Lebens eine Predigt gehört hatte. Aber die Stimme des Predigers hatte einen triumphierenden Ton, und rundum hörte sie Seufzer und zustimmende Ausrufe, obwohl Schweigen über der gesamten Versammlung lag.

»Ich bin schon neugierig, wann jemand umfällt«, kommentierte Rebecca.

»Sei still, Rebecca!«, sagte Sarah heftig und kniff das Mädchen.

Rebecca warf ihr einen beleidigten Blick zu, dann wandte sie sich wieder um. »Er ist auf jeden Fall dynamisch, meinst du nicht? Er wäre sicher ein guter Schauspieler.«

Sarah sah sich um, entdeckte aber keine Anzeichen, dass irgendjemand zu Boden fiel – was sie mehr oder weniger befürchtet hatte. Dann war die Predigt vorbei. Nach dem Gebet sah sie, dass Gareth geradewegs auf sie zukam.

»Sieh an, Miss Lancaster«, sagte Gareth mit einem Lächeln auf den Lippen, »ich freue mich sehr, Euch zu sehen – und das ist Eure Freundin?«

»Ja, das ist Miss Holden.«

»Ich freue mich, Euch zu sehen, Miss Holden.« Gareth lächelte die junge Frau von Neuem an und fragte: »Ist das Euer erster Besuch bei einem unserer Treffen?«

»Ja, das ist es«, sagte Rebecca, »und es war wundervoll.« Sie konnte sich ebenso wenig das Flirten verkneifen, wie sie das Atmen einstellen konnte. Eine Weile stand sie da und schmeichelte dem jungen Geistlichen.

Schließlich sagte Sarah kurz angebunden: »Wir müssen jetzt gehen.« Sie wandte sich an Gareth: »Ich habe Euch vermisst. Ich dachte, Ihr wärt in Wales.«

»Ich kam erst vorgestern zurück. Ich werde jetzt eine Zeit lang in London predigen. Vielleicht darf ich Euch besuchen?«

»Wie? Ja, das wäre ... sehr nett.« Sarah ging fort und zerrte Rebecca geradezu hinter sich her. Sobald sie die Kalesche bestiegen hatten, begann Rebecca sie unbarmherzig zu necken. »Du hast den schönen Mann versteckt, aber das ist schon recht.«

Sarah blickte sie an. »Was meinst du?«

»Nun, das ist der einzige Mann in London, den du sicher nicht bekommst, Sarah.«

Aus irgendeinem Grund irritierte das Sarah. »Was meinst du damit – ich würde ihn nie bekommen? Er schreibt mir in einem fort. Er hat alles getan, bloß einen Heiratsantrag hat er mir noch keinen gemacht.«

»Ich glaube es nicht. Er nimmt die Religion viel zu ernst. Er fängt nichts an mit einem flatterhaften Ding wie dir oder mir.«

Rebecca redete noch eine Weile in diesem Stil weiter, bis sich schließlich Sarah zu ärgern begann. »Ich kann ihn sehen, sooft ich will! Er würde sofort kommen, wenn ich ihn darum bitte!«

»Das beweis mir erst einmal!«

»Und ob ich das werde!«, sagte Sarah mit fester Stimme. »Ich werde eine von seinen – wie nennt man sie noch? – *Suchenden* sein. Ich werde ihn bitten, zu kommen und mich in Religion zu unterrichten.«

Rebecca kicherte. »Darf ich auch zu den Vorlesungen kommen? Ich bin überzeugt, ich brauche genauso viel Nachhilfe wie du.«

Die beiden jungen Frauen fanden die Idee höchst amüsant. Sarah mochte Gareth gern, und es war immer interessant, wenn ein gut aussehender junger Mann auf Wunsch herbeigelaufen kam.

»Ich werde ihm schreiben, dass zwei junge Damen Nachhilfeunterricht in den Doktrinen der Bibel brauchen.«

»Sei vorsichtig«, warnte sie Rebecca lachend. »Er macht noch eine Pfarrersfrau aus dir.«

Sarah Lancaster lehnte sich in den Sitz der Kutsche zurück und lachte ebenfalls. Die Idee war auch zu lächerlich! »Nein, das wird er sicher nicht tun, aber er wird Ian eifersüchtig machen.« Sarah freute sich bereits auf Gareths Besuch. Ihre Eltern würden sich darüber ärgern, das wusste sie, und ein Schatten zog über ihr Gemüt. *Ich habe ja nichts Böses mit ihm vor*, dachte sie. *Außerdem wird es ihm guttun, eine Weile mit mir und Rebecca beisammen zu sein …*

20

DIE GANZE WELT IST MEINE GEMEINDE!

Zwei Männer waren es, die die Erweckung begründeten, die in der Mitte des 18. Jahrhunderts durch England fegte: George Whitefield, ein begeisterter 23-Jähriger, und John Wesley, ein kühl kalkulierender 36-Jähriger. Whitefields Emotionen und Wesleys Logik bildeten das Fundament der Bewegung. Seit jenem ersten Tag im April 1739 – den Wesley als einen der wichtigsten Tage seines Lebens markierte – wirkte Gott mit Macht in England. Whitefield war der Pionier gewesen, aber sein Mantel war auf Wesleys Schultern gefallen, und er brachte das Evangelium zu jenen, die größtenteils ignoriert worden waren.

Das Predigen auf freiem Felde rief Stürme des Protests hervor, denn diese Art zu predigen bedeutete unweigerlich, dass in die Pfarrei eines anderen eingedrungen wurde, gehörte doch jeder Hektar Land in England zu einer Pfarrei. Als Doktorand des Oxford College hatte Wesley eine generelle Lizenz zum Predigen, aber dazu gehörte die Erlaubnis des zuständigen Geistlichen, doch Wesley ignorierte diese Vorschrift völlig.

Er sagte zu einem Freund, der Bedenken gegen sein Vorgehen hatte:

»In der Bibel gebietet mir Gott, alles in meiner Macht Stehende zu tun, um die Unwissenden zu belehren, die Bösen zu bessern und die Tugendhaften zu stärken. Die Menschen verbieten mir, das in der Pfarrei eines anderen zu tun; das heißt nichts anderes, als dass ich es gar nicht tun darf, das heißt, dass ich keine eigene Pfarrei habe und wahrscheinlich nie eine haben werde. Auf wen soll ich hören, auf Gott oder die Menschen? Erlaube mir nun, dir meine *Prinzipien in dieser Sache mitzuteilen.* Ich betrachte die ganze Welt als meine Gemeinde.«

Von dem Augenblick an, als John Wesley seine erste Predigt auf offenem Feld hielt, blickte er nie wieder zurück. Nach seinem Tode rechnete man aus, dass er mehr als eine Viertelmillion Meilen zu Pferd zurückgelegt haben musste und mehr als vierzigtausend Predigen hielt – im Schnitt fünfzehn pro Woche. Er gönnte sich keinen Feiertag, er war nämlich der Auffassung: »Es steht mir nicht an, mich um meine eigene Bequemlichkeit zu kümmern, sondern das Reich Gottes voranzutreiben.« Selbst George Whitefield ahnte nicht im Entferntesten, was Gott an diesem Aprilmorgen des Jahres 1739 in Bewegung gesetzt hatte. In Anbetracht dessen, dass John Wesley immer ein Mann mit strikt methodischen Gewohnheiten gewesen war, wunderte es niemand, dass er diese Gewohnheit nach Whitefields Abreise nach Amerika in sein Leben übernahm. Rasch formte sich ein wöchentlicher Plan, den man in seinem Tagebuch nachlesen kann: *»Meine gewöhnliche Beschäftigung in der Öffentlichkeit stellte sich wie folgt dar: Jeden Morgen lese ich Gebete und predige in Newgate. Jeden Abend lege ich einen Bibeltext vor einer oder mehreren Gesellschaften aus. Am Montagnachmittag predige ich in der Nähe von Bristol, am Dienstag abwechselnd in Bath und Two Mile Hill, am Mittwoch in Baptist Mills, jeden zweiten Donnerstag in der Nähe von Pinnsford; jeden zweiten Freitag in einem anderen Teil von Kingswood, am Samstagnachmittag und Sonntagmorgen in Bowling Green, am Sonntag gegen elf Uhr in der Nähe von Hanham Mount, um zwei Uhr in Clifton und um fünf Uhr in Rose-Green.«*

Die Botschaften, die er predigte, waren schlicht und einfach: Im Grunde besagten sie, dass der einzige Weg in den Himmel darin besteht, Buße zu tun und an das Evangelium zu glauben. Er legte großes Gewicht auf die biblischen Wahrheiten, die ihm so lieb waren, und die Kraft des Heiligen Geistes unterstützte ihn.

Bald zeigten sich die Früchte von Wesleys Arbeit; Männer und Frauen bekehrten sich zu Hunderten. Wesley betrachtete sie als Schafe, die keinen Hirten hatten oder einen sehr unfähigen Hirten, denn seiner Meinung nach kümmerte sich die Kirche von England nur wenig um diese armen Lämmer. Das Ergebnis war, dass er anfing, die Leute zu organisieren. Bevor Whitefield Bristol verließ, schlug er vor, dass Wesley Verhaltensmaßregeln für »Kreise« niederschreiben sollte, und bald wurde der erste kleine Kreis – er bestand aus drei Frauen – gegründet. Der Zweck bestand darin, sich wöchentlich zu treffen, um einander die Sünden zu bekennen und füreinander zu beten. Bald kamen auch andere, darunter vier junge Männer, obwohl die Gruppen sich getrennt trafen. Als sich noch andere zu ihnen gesellten, wurden sie in drei Kreise aufgeteilt. Wesley war überzeugt, dass Gemeinschaft für das Wachstum im christlichen Leben von entscheidender Bedeutung war, und organisierte seine Bekehrten in einem Netzwerk kleiner Zellen. Es wurden auch andere Organisationen und Treffen gegründet. Eine davon war die »Society«, die sich aus dem Bedürfnis heraus formiert hatte, dass Mr Wesley über geistliche Dinge zu ihnen sprach. Diese Gesellschaft wurde in London gegründet, in Bristol formierte sich das »Class Meeting«. Die Mitglieder kamen zusammen, um zu beten und einander zu helfen; bald gab es Klassentreffen in ganz England. Ein Geschichtsschreiber notierte später: »Hätte es die Klassentreffen nicht gegeben, so wäre der Methodismus auf Sand gebaut gewesen.«

Mit der Zeit wurde es notwendig, Unterkünfte zu finden. Nachdem er sich hatte beraten lassen, kaufte Wesley ein Grundstück in Bristol, das »das neue Zimmer« genannt wurde. Er hatte nicht die Absicht, der Kirche von England Konkurrenz zu machen. Offenbar blieb ihm verborgen, dass er einen Scheideweg erreicht hatte, was seine Beziehungen zu dieser Organisation anging. Er beschritt einen Weg, der zu einer völlig neuen Struktur führen würde. Er war sehr mit anderen Dingen beschäftigt, darunter der Gründung einer Schule für arme Kinder – und lieferte damit den ersten Anstoß zur Volksbildung in England.

John Wesley stürzte sich in die Arbeit, das Evangelium auf freiem Feld zu predigen und die Ernte auf den Feldern einzubringen. Ganz England staunte über das Wachstum dieser neuen Bewegung, die man Methodismus nannte.

* * *

Dr. Josef Butler war Bischof von Bristol und ein gefeierter Philosoph. Er war elf Jahre älter als Wesley, relativ jung für einen Bischof. Wie jeder Bischof in der anglikanischen Kirche, machte Butler sich seine Gedanken über John Wesleys Aktivitäten und schickte nach ihm, damit er Rechenschaft ablegte. Sie gerieten augenblicklich in eine Diskussion über die Rechtfertigung durch den Glauben. Der Bischof hielt Wesley vor, er mache aus Gott einen Tyrannen. »Wenn einige Menschen gerechtfertigt werden, ohne dass sie sich vorher als gut erwiesen hätten, warum dann nicht alle?«, fragte der Bischof.

»Weil sie dem Heiligen Geist widerstehen, Mylord. Ihr wollt nicht zu ihm kommen. Ihr könnt nicht gerettet werden, weil sie keinen Glauben haben.«

»Sir, was meint Ihr mit Glauben?«, fragte der Bischof.

»Mit dem rechtfertigenden Glauben meine ich die Überzeugung, die der Heilige Geist im Menschen wirkt, dass Christus ihn geliebt hat und sich für ihn hingegeben hat.«

Wesley zitierte einen Bibelvers nach dem anderen. Schließlich bemerkte der Bischof hitzig: »Mr Wesley, ich will nicht um den heißen Brei herumreden. Einst dachte ich, Ihr und Mr Whitefield seien wohlmeinende Männer. Jetzt denke ich das nicht mehr. Ich habe inzwischen nämlich mehr über Euch gehört. Mr Whitefield maßt sich an, außergewöhnliche Offenbarungen und Gaben des Heiligen Geistes zu haben. Das ist eine abscheuliche Sache, Sir. Eine ganz abscheuliche Sache!«

»Mylord, für das, was Mr Whitefield sagt, ist Mr Whitefield verantwortlich, nicht ich. Was mich angeht, so behaupte ich nicht, außergewöhnliche Offenbarungen und Gaben des Heiligen Geistes zu besitzen.«

»Ja, aber ich habe gehört, dass Leute in Ihren – Gesellschaften – in Krämpfe verfallen und dass Ihr über ihnen betet.«

»Das tue ich, Mylord, wenn sie durch starke Schreie und Tränen bezeugen, dass ihre Seelen bittere Qual leiden. Ich bete oft zu Gott, er möge sie davon befreien. Und oft werden unsere Gebete im Augenblick erhört.«

»Sehr außergewöhnlich. Nun, ich geben Ihnen meinen Rat. Ihr habt hier nichts verloren. Sie haben keine Erlaubnis, in dieser Diözese zu predigen.«

»Mylord, mein Geschäft auf Erden ist es, Gutes zu tun, wo ich kann. Im Augenblick bin ich der Meinung, dass ich hier Gutes tun soll. Deshalb bleibe ich hier.«

Wesley verließ das Arbeitszimmer des Bischofs und eilte zurück nach London, weil er gehört hatte, dass die Fetter Lane Society von Spaltung bedroht sei. Einige hingen einer französischen Prophetin an, andere neigten dazu, Gewohnheiten der Böhmischen Brüder anzunehmen, die schlecht in die Kirche von England passten. Wesley versuchte, Öl auf die Wogen zu gießen, aber der Zwist ging bereits zu tief. Die meisten waren Whitefields Bekehrte, und Wesley spürte, dass sie dem Mann treu bleiben wollten.

Am nächsten Sonntag predigte Wesley auf den Feldern bei London, in der Nähe von Moorfields. In der Menschenmenge befand sich Grace Murray, eine unglückliche Frau, die Mann und Kind bei einem Unglück auf dem Meer verloren hatte. Weil einer der Nachbarn ihr erzählt hatte, dass sie Trost finden mochte, wenn sie John Wesley predigen hörte, hatte sie sich auf den Weg nach Moorfield gemacht. Als Mr Wesley aufstand, richtete sie den Blick auf ihn und hatte plötzlich das unaussprechliche Gefühl, dass Gott ihn gesandt hatte. Er predigte: »Es sei denn, ein Mensch würde von Neuem geboren, so kann er nicht in das Reich Gottes kommen.« Sie wurde auf der Stelle bekehrt.

Sie sprach nicht mit Wesley. Keiner von beiden konnte voraussehen, dass die Zukunft sie mit den feierlichsten Banden, die die Erde kennt, verbinden würde.

Die evangelikale Erweckung breitete sich rasch über ganz England aus; Wesley unternahm zwei Predigtreisen durch Wales, wo unter Howell Harris eine große Erweckung stattfand.

Während dieser Zeit wurden zahllose Pamphlete geschrieben, die den Methodismus entweder verteidigten oder verdammten, bald kam es sogar zu Gewalttaten. In London wurde Wesley zweimal von lärmenden Rüpeln umringt, als er aus der Kutsche stieg, um sein Haus zu betreten. Er blickte ihnen ruhig in die Augen und predigte ihnen das Evangelium, bis sie still wurden und ihm zuhörten. Am 1. April sammelte sich in Bristol der Pöbel, um den Gottesdienst im »neuen Zimmer« zu stören. Die Straßen, der Hof und die Hintergassen waren gedrängt voll mit Menschen, die laute Flüche brüllten. Der Bürgermeister erteilte die Anordnung, sie sollten sich zerstreuen, aber sie ignorierten ihn. Schließlich sandte der Bürgermeister Polizisten, die die Rädelsführer in Gewahrsam nahmen.

Kurz nach diesem Ausbruch von Gewalttätigkeit drohten interne Zwistigkeiten zu zerstören, was der Gewalt von außen standgehalten hatte. Ein Böhmischer Bruder namens Philipp Molter war nach London gekommen. Er hatte die Fetter Lane Society besucht und dort den Samen der Irrlehre gesät. Molter hatte die Menschen überzeugt, dass ein Glaube, der nicht stark war, gar kein Glaube war. Er lehrte auch, dass diejenigen, die nicht genug Glauben hatten, nicht die Sakramente empfangen oder zur Kirche gehen durften, sondern »stille sein« mussten. Im Grunde hieß das, dass die Leute überhaupt nichts tun, sondern einfach warten sollten. Wesley tat sein Bestes, wieder Ordnung in die Gruppe zu bringen. Am 20. Juli 1740 ging er wieder in die Fetter Lane, und nachdem er die Leute gebeten und gewarnt hatte, sah er, dass sie verstockt waren. Er sagte: »Ich bin der Meinung, dass diese Lehren in krassem Widerspruch zum Wort Gottes stehen. Wer derselben Meinung ist, möge mir folgen.« Er verließ ohne ein weiteres Wort den Raum. Nur achtzehn Menschen folgten ihm. Am nächsten Mittwoch traf sich die kleine Gruppe an einem anderen Ort. Fetter Lane wandte sich den Böhmischen Brüdern zu und sollte später in aller Form als die Vereinigten Brüder konstituiert werden.

Dazu kam, dass während des Jahres 1740 Briefe zwischen Whitefield und Wesley über den Atlantik hin und her gingen, in denen sie weiterhin über die Prädestination diskutierten. Die Entfernung zwischen den beiden Männern machte die Sache noch schlimmer, denn beide schenkten den Gerüchten, die überall umherschwirrten, ihr Ohr. Whitefield war mit aller Kraft daran, in Neuengland zu predigen, und sollte mehr als jeder andere dazu beitragen, dass es zu der großen Erweckung kam.

Wesley war in England und tat, was in seiner Macht stand, um das Evangelium zu verbreiten. Die Differenzen, die die beiden Männer entzweiten, hätten nie zu einer Spaltung führen dürfen, aber die traurige Wahrheit ist, dass sie es taten.

England wurde vom Geist Gottes erschüttert, wenn John Wesley das Evangelium predigte. Auch Amerika erbebte, als George Whitefield bei Tag und bei Nacht unablässig unterwegs war und die Reichtümer Christi verkündete. Diese beiden Männer und die beiden Nationen erhielten von Gott das Privileg zu zeigen, wie mächtig und kraftvoll das Evangelium von Jesus Christus ist, wenn es in einfachen Worten gepredigt wird. In diesen Anfangsjahren wurden Samen gesät, die in den kommenden Jahrhunderten in beiden Nationen Frucht tragen sollten.

21

ICH BRAUCHE DICH, DORCAS!

Alte Soldaten, die die Feuertaufe der Schlacht durchgemacht haben, sind alle der Meinung, dass eine bestimmte Art von Verwundung sehr weit verbreitet sei. Während der Schlacht, wenn die Kugeln fliegen und Schrapnelle die Luft zerreißen, erzielen manche eine sofortige Wirkung. Männer werden von einer Kugel auf der Stelle getötet. Sie fallen zu Boden und nehmen die seltsame Beredsamkeit der Toten an; sie erzählen ihr Geheimnis denjenigen, die kommen, um die trübe Ernte einzubringen.

Eine andere Art von Verwundung ist so leicht, dass sie nicht einmal bemerkt wird – ein leichter Kratzer an der Wange, eine Quetschung an der Flanke, eine Fingerspitze, die von einem fliegenden Stahlstückchen abgerissen wird. In der Hitze des Gefechts werden diese Wunden ignoriert und nicht einmal versorgt.

Eine dritte Art der Verwundung ist jedoch ziemlich ungewöhnlich. Das ist der Fall, wenn ein Soldat am Körper von einer Kugel oder einem Stahlsplitter getroffen und ernsthaft verletzt wird. In der Hitze der Schlacht stürmt er jedoch weiter vor, schreit, feuert seine Waffe ab, greift mit dem Bajonett an, als wäre nichts geschehen. Aber etwas ist geschehen, und früher oder später wird die schreckliche Wunde zu bluten beginnen, vielleicht innerlich. Seine Kameraden merken vielleicht gar nicht, dass ihr Freund verwundet ist. Er macht weiter, kämpft vielleicht noch brutaler, drängt andere, sich ins Getümmel zu stürzen – aber die ganze Zeit hindurch sickert sein kostbares Blut aus der heimlichen Wunde. Natürlich steht fest, wie es ausgeht. So glühend sein Kampfgeist auch sein mag, er kann die Wunde nicht überwinden, die ihn ins Mark getroffen hat. Oft bleiben solche Männer dann mitten im Kampf stehen und sehen sich überrascht an, dann blicken sie ihren Körper an und entdecken jetzt erst, was ihnen widerfahren ist. Dann verlieren sie plötzlich alle Kraft und fallen zu Boden, völlig zerstört von der Kugel, die sie anfangs nicht einmal bemerkt hatten.

Etwas Ähnliches wie diese Wunde war auch Andrew Wakefield widerfahren. Monatelang hatte er sein Amt als Pfarrer der Erlöserkirche ausgeübt. Diejenigen, die seine Predigten hörten, waren von seinem Ernst und Eifer beeindruckt. Er war in der ganzen Stadt ein vertrauter Anblick geworden, wenn er die Kranken besuchte und Wohltätigkeit an den Armen übte. Seine Energie schien grenzenlos zu sein. Bischof Alfred Crawley hatte stolz gesagt: »Wir brauchen mehr junge Männer, die sich so eifrig der Arbeit widmen wie Andrew Wakefield.«

Doch obwohl Andrew durch schiere Anstrengung Erfolge erzielt hatte, gab es Zeiten, wo er innerlich zusammenbrach. Nachts lag er in der Stille seines Zimmers, müde bis ins Mark und manchmal angewidert von den armseligen Problemen, mit denen die Leute zu ihm kamen und seine Aufmerksamkeit verlangten. Er fühlte sich völlig ausgelaugt wie ein Mann in einer Tretmühle. Er hatte eine solche Einrichtung in einem Gefängnis gesehen, wo die Verbrecher frühmorgens angekettet und gezwungen wurden, auf die großen Paddel zu treten. Stunde um Stunde verging, bis ihre müden Beine zitterten, aber sie konnten nicht aufhören oder sie wären von dem Mühlrad in die Tiefe gezogen worden.

Es gab kein Heilmittel gegen Depressionen – ja, man wusste gar nicht, dass es so etwas im Leben des Pfarrers einer großen Londoner Kirche geben konnte. Aber jeder Augenblick schien Andrew mit seinen beständigen Anforderungen zu verzehren. Nachts wachte er zitternd auf, voller Angst vor dem Morgen, wenn er aufstehen und die Runde von Neuem beginnen musste. Das war es nicht, was er sich vorgestellt hatte, als er sein Leben Gott übergeben hatte!

Die Dinge, auf die er vertraut hatte, dass sie ihm Kraft geben würden, das Gebet und die Bibel, waren nun trockene, geschmacklose Pflichten. Er hatte die Geschichte von heiligen Männern gehört, die

die ganze Nacht mit großer Freude beteten – aber das war ihm nicht vergönnt.

Andrew wurde zusehends in sich gekehrter und immer mutloser. Beinahe empfand er Angst vor dem Leben, das er jetzt führte. Seine Beziehung zu seiner Frau machte ihm beständige Sorgen. Sein Plan hatte kläglich und völlig versagt. Er konnte die körperliche und seelische Sehnsucht, die er nach seiner Frau empfand, nicht unterdrücken – aber er wollte ihr nicht nachgeben. Und so blieb er in einem Schwebezustand, weder gab er, noch empfing er – und er sah alles, was ihm lieb gewesen war, zugrunde gehen. Sein Eheleben war eine tägliche Katastrophe. Er konnte sich kaum noch überwinden, Dorcas unter die Augen zu treten. Auch sie schien es müde zu sein, der Außenwelt etwas vorzuspielen.

Gibt es wohl sonst noch eine Ehe unter dem Himmel, die so bitter und geschmacklos ist wie die, auf die ich mich hier eingelassen habe?, dachte er eines Nachts, als er wach lag. Er hatte den Schlaf gesucht und nicht gefunden: Nun ging er sein ganzes Leben in Gedanken durch und fragte sich: *Was habe ich falsch gemacht?* Er dachte an seine Tante Hope, an die Hoffnung und Freude und den Glauben, die sie besessen hatte, und er wünschte verzweifelt, sie wäre noch am Leben, damit er sein kummervolles Herz vor ihr ausschütten konnte. Er dachte an Dorcas und ihre Gelassenheit, und ihm wurde bewusst, dass er ihr gegenüber jämmerlich versagt hatte.

Als die Dämmerung anbrach, zeigte sie sich schwach und grau im Osten. Er stand auf und kleidete sich mit langsamen Bewegungen an, dann kniete er neben dem Bett nieder und versuchte zu beten. Er sprach die vorgeschriebenen Worte, deren Ritual ihm beinahe verhasst geworden war, dann schloss er verbittert: »Gott, vergib mir mein kaltes Herz – aber es ist das einzige Herz, das ich habe.« Beinahe hätte er Gott die Schuld gegeben. Der unausgesprochene Vorwurf hieß: *Gott, ich habe dir alles gegeben, was ich habe – sogar mein Leben – aber wo bist du? Warum kenne ich nicht Frieden und Freude, wie George Whitefield, John Wesley und meine Tante Hope sie so offen zur Schau trugen? Wo ist die Freude in diesem Leben, Gott?*

Er ging früh aus dem Haus und verbrachte den Tag unter seinen Pfarrkindern. Er hatte gelernt, sein Herz vor anderen Menschen zu verbergen. Nach außen hin trug er oft ein Lächeln zur Schau, aber sein Herz war bitter und von grimmiger Verzweiflung erfüllt.

* * *

Andrew mochte sein Herz vor seinen Pfarrkindern verbergen, aber bei Dorcas hatte er keinen Erfolg damit. Ihr war nur zu sehr bewusst, dass er innerlich litt, aber sie wusste nicht, was sie dagegen hätte tun können. Ihr selbst hatte Gott Frieden geschenkt. Obwohl sie alles andere als glücklich war, hatte sie den Glauben daran, dass sich eines Tages, irgendwie, die Dinge ändern würden.

Sie vergrub sich in ihre Arbeit mit den Armen und verbrachte viel Zeit mit Beth Buchanan, mit der sie neue Rezepte in der Küche ausprobierte.

Sie hatte den Kutscher dazu bewogen, ein kleines Hühnerhaus zu bauen, und hatte großes Vergnügen daran, die Hühner zu mästen. An einem hellen, sonnenstrahlenden Morgen trat sie nach draußen, um ihre kleine Herde zu betrachten. Sie hatte drei Hühner mit Rosinen, Weißbrotkrumen und Milch gemästet, denn sie war überzeugt, dass das dem Geflügel einen köstlichen Geschmack verleihen würde. Sie betrachtete die drei prüfend, traf ihre Wahl und gab Anweisungen, wie die Henne zubereitet werden sollte. Den ganzen Tag arbeiteten sie und Beth an einer Mahlzeit, von der sie hoffte, dass sie Andrews Gefallen finden würde. Die beiden Frauen hatten ein Rezept in einem alten Buch gefunden, und unter viel Gelächter stopften sie die Henne mit Brotkrumen, Hackfleisch, Kräutern und Gewürzen und einer Kastanienfüllung, die aus gehacktem Speck und der Leber des Vogels gemacht war.

Beth lachte laut über ihr Gebräu. »Ich habe im Leben keinen solchen Vogel gesehen! Hoffentlich schmeckt er Mr Wakefield.«

»Wir sollten lieber noch etwas vorbereiten, falls er ihm doch nicht schmeckt. Wie wäre es mit Fisch?«, fragte Dorcas.

Die beiden machten sich aufs Neue ans Experimentieren, diesmal mit einer Fischpastete, die sie aus Stör zubereiteten. Nachdem sie sie mit einer schützenden Schicht aus Brotkrumen bedeckt und mit Butterflocken betupft hatten, wurde sie in einer offenen Form gebacken. Dorcas verbrachte den größten Teil des Nachmittags damit, Lebkuchen zu backen. Sie bereitete sie sorgfältig zu und würzte sie mit Zimt, Anissamen und Ingwer. Sie machte den Teig mit Lakritzen und ein wenig rotem Wein dunkel, dann rührte sie die Mischung zusammen und rollte sie dünn aus. Sie backte sie sorgfältig und stellte sie schließlich zum Trocknen in den ungeheizten Ofen.

»Nun, gnädige Frau«, sagte Beth, während sie das Essen betrachtete, an dem sie den größten Teil des Tages gearbeitet hatten, »wenn *das* Mr Wakefield nicht schmeckt, dann besteht keine Hoffnung mehr für ihn.«

»Oh, ich glaube schon, dass es ihm schmecken wird«, sagte Dorcas lächelnd. »Ihr seid eine wundervolle Köchin, Beth. Ich habe so viel von Euch gelernt.«

Beth Buchanan errötete über das Lob; dann, als die junge Frau die Küche verließ, schüttelte sie den Kopf. »Wenn der Prediger dieses Essen nicht mag, dann stülpe ich es über seinen dummen Kopf!«, murmelte sie vor sich hin.

Andrew kam zum Essen herunter, war jedoch so deprimiert, dass er den erwartungsvollen Ausdruck auf Dorcas' Gesicht nicht wahrnahm. Ein Gericht nach dem anderen wurde ihm vorgesetzt, doch er kostete kaum. Seine Gedanken schweiften ab, und er war wie leblos, sodass die beiden die Mahlzeit schweigend einnahmen.

Dorcas war schrecklich enttäuscht. *Es ist ihm gleichgültig, was er isst*, sagte sie zu sich selbst. *Ich könnte ihm genauso gut Stroh vorsetzen.*

Die Mahlzeit war beinahe zu Ende. Andrew hatte praktisch nichts gegessen. Lilly Jarvis, das mausgraue junge Dienstmädchen, kam mit einer Kanne frisch aufgebrühtem Tee herein. Sie schenkte Andrews Porzellantasse voll, und dann, mit einer unbeholfenen Bewegung, stieß sie die Tasse um.

»Oh nein – das tut mir aber leid, Sir!«

Die heiße Flüssigkeit verbrühte Andrews Hand. Er sprang auf die Füße, außer sich vor Wut. »Du tollpatschiges Ding«, schrie er, »kannst du denn nichts richtig machen?«

Er warf seine Serviette auf den Tisch und stürzte zur Tür hinaus, das Gesicht bleich vor Zorn.

Dorcas stand augenblicklich auf und trat auf das Mädchen zu. »Schon gut«, sagte sie, »Mr Wakefield ist nur etwas aufgebracht. Gräm dich deshalb nicht, Lilly.«

»Ich habe es nicht absichtlich getan«, sagte sie und weinte. »Er hätte nicht so gemein sein müssen.«

Dorcas kümmerte sich eine Weile um das Mädchen, dann sank sie ermattet in ihren Sessel zurück.

Als Lilly in die Küche zurückkehrte, fragte Beth Buchanan sie, warum sie weinte.

»Es ist wegen Mr Wakefield! Ich habe seinen Tee verschüttet, aber er hat mich ganz fürchterlich angebrüllt!«

»Mach dir nichts draus, Lilly«, sagte Beth mit zusammengebissenen Zähnen. Sie fuhr fort, die Küche aufzuräumen, und murmelte vor sich hin: »Am liebsten würde ich ihn in den Backofen schubsen und rösten!« Kälter als das Wasser des Flusses stand der Zorn in ihren Augen und später, als sie mit Dorcas zu reden versuchte, musste sie ihre ganze Kraft zusammennehmen, diesen Ärger nicht sichtbar werden zu lassen.

Dorcas hätte sich gerne von der Köchin bedauern lassen, aber sie wusste, dass sie das nicht tun durfte. Also sagte sie nur ein paar lobende Worte über die Mahlzeit.

Andrew blieb an diesem Abend in seinem Zimmer, auch Dorcas ging voll Verzweiflung zu Bett. Sie legte ein schlichtes weißes Baumwollnachthemd an und brachte ihr Haar in Ordnung.

Lange Zeit lag sie wach und dachte darüber nach, wie elend ihr Leben war. *Ich war glücklicher daheim in Wales, als wir noch hungrig waren, Gareth und ich*, dachte sie plötzlich. Dann schüttelte sie beinahe wütend den Kopf. *Es tut mir leid, Gott. Ich wollte nicht klagen. Ich danke dir für alle die guten Dinge, die mir zuteilgeworden sind.*

* * *

Zuerst war das Geräusch nur schwach, sodass es kaum ihren Schlaf störte, aber dann wurde es lauter. Dorcas schreckte jäh aus dem Schlaf hoch. Ein Schauder der Furcht durchrieselte sie. Das Haus war für gewöhnlich still. Es war kurz nach Mitternacht, die Zeit der ersten Morgenstunden.

»Was ist los?«, flüsterte sie. »Es klingt, als weinte jemand.«

Sie konnte sich nicht vorstellen, wer das sein sollte. Als das Geräusch wieder hörbar wurde, stieg sie aus dem Bett. Sie warf den Hausmantel über, den sie sonst so gut wie nie trug, und eilte zur Tür. Als sie sie öffnete, zögerte sie einen Augenblick lang. Konnte es sein, dass jemand im Haus war, ein Einbrecher vielleicht?

Einen Moment lang war es ganz still – dann war es von Neuem zu hören. Diesmal konnte es keinen Irrtum geben – jemand rief laut!

Sie schlüpfte auf den Flur hinaus, folgte dem Geräusch und fand sich vor Andrews Zimmertür wieder. Dann hörte sie das Geräusch ganz deutlich: Andrew stieß seltsame Schreie aus. Vorsichtig öffnete Dorcas die Tür und wisperte: »Andrew?« Einen Augenblick war kein Laut zu hören, dann hörte sie seine Stimme unverständliche Worte murmeln. Sie trat ein, hob die Kerze hoch und sah, dass Andrew wild um sich schlagend im Bett lag. Sie hörte die Worte: »Ich halte es nicht aus – zu Hilfe! Wo bist du, Dorcas?«

Dorcas stellte die Kerze, die sie mitgebracht hatte, auf den Tisch neben dem Fenster, von dort warf sie ihren gelben Glanz über den Raum. Sie zögerte einen Moment, aber er wurde unruhiger. Er wälzte sich im Bett herum und seine Stimme stieg zu einem Crescendo an.

Dorcas fasste augenblicklich einen Entschluss. Sie trat an ihn heran, streckte die Hand aus und packte seine Schulter. »Andrew – Andrew, wach auf! Du hast einen Albtraum!«

Er griff nach ihr und stieß einen wilden Schrei aus. Sie sagte von Neuem: »Andrew – Andrew, wach auf!« Plötzlich schlug er die Augen auf. Er sah verstört aus, sein Gesicht war verzerrt vor Furcht.

»Was – was ist los?«

»Andrew, du hast einen Albtraum. Bist du in Ordnung?«

Er setzte sich auf und sah sich mit wilden Blicken um. »Ich – ich weiß nicht.«

Sein Gesicht hatte etwas so Verletzliches an sich, dass Dorcas sich von innigem Mitleid bewegt fühlte. Sie setzte sich auf den Bettrand und streifte ihm das Haar aus der Stirn. »Es ist alles in Ordnung, mein Lieber. Du hattest nur einen bösen Traum. Reg dich nicht auf.«

Die Sanftmut in ihren Worten und das nackte Entsetzen seines schrecklichen Albtraums hatten ihre Wirkung auf Andrew. Zu seinem Schrecken begannen ihm die Tränen über das Gesicht zu fließen. Er versuchte, sie zurückzuhalten, aber es gelang ihm nicht. All die Zweifel, die Bitterkeit und Enttäuschung der letzten Monate erschienen ihm plötzlich unerträglich. Er starrte ihr ins Gesicht und brachte nur das eine Wort hervor: »Dorcas!«

Sie schlang die Arme um ihn. Er schmiegte sich an sie und brach dann zusammen. Schluchzer begannen seinen Körper zu schütteln, während sie ihn zärtlich umschlungen hielt und ihm liebe Worte ins Ohr flüsterte. Sie wusste, dass etwas in seinem Inneren zerbrochen war.

Was Andrew anging, so hatte er dergleichen nie zuvor durchlitten; er war immer imstande gewesen, sich zu beherrschen. Aber nun waren die Dämme gebrochen und er weinte unbeherrscht. Er hielt Dorcas wild umschlungen und drohte ihr inmitten seiner Furcht und Erleichterung die Rippen zu brechen.

Schließlich ließ das Schluchzen nach, aber er hielt sie immer noch fest umklammert. Als er sich beruhigte und der wilde Gefühlssturm nachließ, wurde ihm ihre Weichheit und Wärme bewusst. Die Süße des Parfüms, das sie verwendete, war berauschend, und ihr Haar hing wie ein seidener Mantel über ihren Rücken herab. Er lehnte sich zurück und senkte die Augen in ihre. Ihm war nur allzu bewusst, dass er sich Wochen und Monate von ihr ferngehalten hatte – aber in ihrem Blick lag keine Verurteilung. Stattdessen lag eine zärtliche Bereitwilligkeit darin, als er sie anstarrte.

Schweigen erfüllte den Raum, als sie über den Mann nachdachte, den sie geheiratet hatte. Mitleid und Mitgefühl erfüllten sie – und die Liebe, die sie seit langer Zeit für ihn empfand.

»Dorcas –«, er flüsterte ihren Namen, dann unterbrach er sich.

»Ja, was ist, Andrew?«

Die Worte kamen langsam und stockend hervor. »Ich – ich *brauche* dich, Dorcas.«

Bei diesen Worten erfüllte sie eine große Freude und sie flüsterte: »Ich bin hier für dich, mein Liebster.«

Andrews Arme umschlangen sie fester; sie fühlte, wie seine Lippen die ihren suchten. Als er sie noch fester an sich zog, überließ sie sich ganz der Freude – nun wusste sie, dass sie endlich eine Frau war, die von dem Mann, den sie liebte, begehrt wurde!

⋆ ⋆ ⋆

Der Sonnenschein drang durchs Fenster und fiel auf das Gesicht der schlafenden Frau. Sie lag still da, ihr Haar breitete sich unter ihr aus wie ein Fächer. Friede und Entspannung malten sich auf ihren Zügen. Das Sonnenlicht wurde stärker, und sie reckte und streckte sich, die Hände über dem Kopf, bis sie die Eiche des Betthauptes berührten.

Dann japste sie plötzlich nach Luft und riss die Augen auf. Sie setzte sich auf und sah sich im Zimmer um. Ihr Blick glitt über das leere, zerknitterte Bett. Sie dachte an seine Umarmungen und Küsse und ihre Wangen wurden warm. Eine Zeit lang saß sie da und versuchte, alles auf die Reihe zu bringen, dann stand sie auf und öffnete die Tür.

Niemand war auf dem Flur, also eilte sie rasch in ihr eigenes Zimmer und zog sich an. Ihre Hände zitterten, als sie daran dachte, wie rückhaltlos sie sich Andrew hingegeben hatte. Sie hatte ihn mehr begehrt, als es ihr für eine Frau schicklich schien, und er hatte darauf reagiert.

»Er liebt mich doch«, flüsterte sie. »Er muss mich einfach lieben.

Er hätte nicht so zärtlich und fürsorglich sein können, wenn er mich nicht geliebt hätte.«

Nachdem sie sich angekleidet hatte, ging sie nach unten und fragte beiläufig: »Ist Mr Wakefield beim Frühstück?«

»Oh, nein. Er ist schon fort«, sagte Mrs Lesley mit einiger Überraschung. »Er hat sehr früh gefrühstückt und ging dann weg.«

»Danke, Mrs Lesley.«

Den ganzen Tag lang fragte sich Dorcas, warum Andrew sie so wortlos verlassen hatte. *Er hat doch keinen Grund, verlegen zu sein*, dachte sie. *Jetzt sind wir wenigstens wirklich Mann und Frau.*

Als Andrew jedoch an diesem Nachmittag heimkehrte, lag ein seltsam angespannter Ausdruck auf seinem Gesicht. Ihr Lächeln erstarb, als ihre Blicke sich trafen.

»Hallo, Dorcas«, grüßte er sie, und der altvertraute, angespannte Ton schwang in seiner Stimme mit.

Sie waren allein und Dorcas fühlte eine plötzliche Anspannung. »Andrew, was letzte Nacht angeht –«

Er hob augenblicklich die Hand. »Ich – ich habe dich ausgenutzt, Dorcas. Es wird nicht wieder geschehen.«

Die Welt schien um Dorcas zusammenzustürzen. Die Freude, die sie empfunden hatte, verebbte, und sie blieb leer zurück. Sie konnte nicht in sein Herz blicken, aber sie sah, dass er sich irgendwie schämte. Sie griff zornig nach seinem Arm. »Schämst du dich, ein Mann zu sein? Ich bin deine *Ehefrau* – es ist recht und richtig, dass du mich liebst – und dass ich dich liebe.«

Aber Andrew war wie in einem emotionellen Kerker gefangen. Er senkte den Blick, unfähig, Dorcas in die Augen zu schauen. Er hatte ihre Liebe ganz und vollständig erlebt, aber sein Sinn war immer noch irgendwie blockiert, und er brachte nichts weiter über die Lippen als ein Flüstern: »Es – es tut mir leid.« Dann wandte er sich ab und stolperte blindlings davon.

Dorcas sah ihn gehen und ihr Herz schrie auf. Sie war so sicher gewesen, dass sie einander nun lieben konnten. Ihre Berührung hatte ihn erweckt, sie wusste, dass sie ihn erregt hatte, wie eine Frau einen Mann erregen kann!

Aber sie wusste auch, dass etwas in Andrews Herz und Sinn verdreht und verkrüppelt war. Dorcas hatte die schwarze Todesqual in seinen Augen gesehen und wusste, dass er ein von Gespenstern verfolgter Mann war. Sie trat langsam beiseite. Verzweiflung drohte sie zu erdrücken. »Gott – hilf ihm! Hilf ihm, ein Mann zu werden«, betete sie. Ihre Stimme war dünn und erschöpft vor Schmerz.

22

EIN UNGEWÖHNLICHES NEUES JAHR FÜR ANDREW

»Da – das wird Euch warm halten, Mrs Wakefield.«

Silas hatte zwei schwere Holzscheite in den Kamin geworfen und betrachtete zufrieden, wie die Funken wie wild davonstoben und in der höhlenartigen Höhe des Kamins verschwanden. Er drehte sich um und nickte. »Ich habe noch etwas trockenes Holz für Euch zurechtgelegt, Ma'am. Das sollte jetzt eine Weile vorhalten.«

»Danke Euch, Silas«, sagte Dorcas lächelnd. Sie sah dem hochgewachsenen Kutscher nach, wie er verschwand, dann wandte sie sich wieder dem Feuer zu. Die Scheite fingen rasch Feuer und ihr Knistern machte ein angenehmes Geräusch in der Stille ihres Zimmers. Sie beobachtete, wie die gelben Flammen gierig an dem frischen Brennstoff leckten – beinahe wie ein hungriges Tier, das eine frische Mahlzeit verschlingt. Die bernsteinfarbenen Kohlen sandten Hitzewellen aus, ihr Gesicht wurde so warm, dass sie ihren Stuhl ein Stückchen zurückschob und die Wolldecke wegnahm, die sie über ihren Schoß gebreitet hatte. Das Zimmer war so groß, dass der Kamin es nur zur Hälfte erwärmte; sie konnte es sich also aussuchen, ob sie es zu warm oder zu kalt haben wollte.

Dorcas erhob sich von ihrem Stuhl und ging hinüber zum Fenster, das aus gläsernen Dreiecken bestand und in Blei gefasst war. Wie sie nun dastand, spiegelten sich die roten und gelben Flammen in jedem Dreieck. Sie blickte nach draußen und forschte lustlos im grauen Dezemberhimmel. Das Firmament war schiefergrau, ohne eine einzige Wolke. Der Rauch Tausender Kamine stieg auf, vermischte sich mit dem Nebel und breitete sich wie ein Baldachin über London. Der Anblick war deprimierend.

Dorcas sehnte sich nach der grünen Frische des Frühlings – nach Bäumen und weißen Blüten und warmem Sommerregen. Sie dachte an die herrlichen Frühlinge in ihrem heimatlichen Wales, und einen Augenblick lang überkam sie eine große Sehnsucht, wieder in ihrem Heimatland zu sein.

Bald jedoch wurde ihr kalt, denn der Winterwind pfiff durch jede Ritze des Hauses. Sie hörte das Pfeifen, das sich über den Dachfirst bewegte, fast wie ein wildes Tier, das einen Eingang sucht. Sie sehnte sich nach der freien Natur, denn sie war mehr als zwei Wochen wegen des feuchten, üblen Wetters im Hause eingesperrt gewesen. Erst hatte der Regen den Boden aufgeweicht, danach war der Frost mit bitter eisigen Temperaturen gekommen, die des Nachts unter null sanken und tagsüber kaum höher stiegen.

Dorcas beobachtete die Straßen, die beinahe menschenleer waren; normalerweise wären sie gedrängt voll mit Menschen gewesen. Eine einzige Kutsche rollte die Straße entlang; zwei jämmerlich aussehende Pferde zogen sie. Die armen Tiere schienen halb erfroren zu sein und der Kutscher war von Kopf bis Fuß eingewickelt. Anscheinend trug er jedes Kleidungsstück, das er besaß. Eine Wollmütze war über seine Ohren heruntergezogen und ein Schal um die untere Hälfte seines Gesichts gewickelt, sodass nur die Augen hervorsahen. Dorcas sah ihm nach, wie er mit den Zügeln auf den Rücken der Pferde klatschte, und sie nahm an, dass er sie mit Zurufen antrieb, aber kein Geräusch drang von der Straße herauf.

Schließlich hatte sie es satt, auf die Straße hinauszusehen, sie warf die Decke beiseite und ging nach unten. Als sie die Treppe hinunterging, wurde die Vordertür geschlossen, und sie sah, dass Andrew eingetreten war. Als er Hut und Mantel ablegte und sie an die Garderobe hängte, drehte er sich plötzlich um und sein Blick traf den ihren.

Er benimmt sich beinahe, als schämte er sich, mich zu sehen, dachte Dorcas. Das ging jetzt schon seit Monaten so. Ihre Beziehung hatte sich noch weiter verschlechtert, etwas, was sie für unmöglich gehalten hatte. Andrew verließ früh das Haus, oft blieb er weg, bis die Schlafenszeit vorüber war. Sie hatte gehört, wie er zu den Bediensteten gesagt hatte, er hätte so viel zu tun – aber sie wusste, dass er im Grunde nichts anderes wollte, als dem Haus zu entfliehen.

Sie zwang sich, keine Miene zu verziehen, als sie sagte: »Du kommst früh nach Hause, Andrew.«

»Ja, das stimmt«, antwortete er mit einem leichten Kopfnicken. »Das Wetter ist so schlecht, dass ich lieber heimkommen wollte, bevor es noch schlimmer wird.«

»Möchtest du heißen Tee – ich glaube, die Köchin hat Teekuchen gebacken, den du vielleicht magst.«

Andrew zögerte einen Moment, er schien nahe daran abzulehnen, aber er sagte leise: »Das wäre sehr nett.«

»Geh in den Salon. Ich bringe ihn hin.«

»Ist gut.«

Das Feuer loderte im Kamin, Andrew hielt die Hände darüber und wartete, dass die Wärme seine gefühllosen Finger auftaute. Er bewegte sie hin und her und versuchte, den Gedanken an seine Kirchenpflichten, die ihn seit dem frühen Morgen beschäftigt hatten, beiseitezuschieben. Er hatte in den letzten Monaten Gewicht verloren. Seine Wangen waren so eingefallen, dass er älter wirkte. Er beugte sich vor und stützte seinen Arm auf den Kamin, dann lehnte er die Stirn dagegen. Die Hitzewellen strömten nach oben und er schloss die Augen und sog die Wärme in sich auf. Er war so müde, dass er in solchen Augenblicken, wenn er sich entspannte, beinahe im Stehen einschlief. Er schreckte zusammen, als er Dorcas sagen hörte: »Hier, komm und genieße deinen Tee.«

Andrew hob den Kopf und ging zu ihr hinüber. Ein kunstvoll geschnitzter Tisch stand einem weiteren Polsterstuhl gegenüber. Er setzte sich und sah zu, wie sie den Tee einschenkte. Sie tat Zucker und Sahne hinein, wie er es gerne hatte, dann nahm sie eine schneeweiße Serviette von dem Silbertablett. »Diese Pasteten sind sehr gut. Beth backt sie immer köstlich.«

»Ja, das stimmt.« Andrew nahm einen der Kuchen und biss hinein. »Sehr gut«, sagte er leise. Er kostete den Tee, dann lehnte er sich in den Sessel zurück. »Hast du viel zu tun gehabt heute?«

»Nein, ich habe nur ein wenig genäht.« Dorcas forschte in seinem Gesicht: »Du siehst müde aus. Du arbeitest zu hart.«

»Es gibt viel zu tun.« Er begann ihr einige Einzelheiten seines Tagewerks zu erzählen. Sie lauschte immer wieder mit Interesse, obwohl er selbst die Details der Kirchenverwaltung längst satthatte. Als er vor eineinhalb Jahren zum ersten Mal hierhergekommen war, hatte ihn jede Kleinigkeit begeistert. Nun war ihm alles lästig geworden. Er deutete ungeduldig mit der Hand und zog die Stirne kraus. »Es war nichts Interessantes; es verlangt nur so viele Stunden Arbeit, eine Kirche am Laufen zu halten.«

»Ich wünschte, ich könnte dir mehr helfen.«

Andrew blickte überrascht auf. »Nun, das ist nicht dein Job, Dorcas. Deine Aufgabe ist es, das Pfarrhaus in Ordnung zu halten, und das machst du sehr gut.«

Bei dem Lob errötete sie ein wenig, denn er machte ihr selten Komplimente. Nun senkte sie einen Augenblick lang den Kopf.

Er blickte sie eindringlich an und fragte: »Geht es dir besser?«

»Es geht mir sehr gut.«

Andrew zog die Augen zu schmalen Schlitzen zusammen. »Es geht dir schon seit einigen Wochen nicht gut. Wir sollten Dr. Brown rufen.«

»Das ist nicht nötig. Mir geht es gut, nur eine kleine Erkältung, vielleicht die Grippe.« Es stimmte, dass sie krank gewesen war. Aber sie war immer eine so gesunde junge Frau gewesen, dass sie irgendwie das Gefühl hatte, Krankheit sei eine Schwäche, der starke Menschen nicht nachzugeben brauchten. »Es kommt wahrscheinlich von der Jahreszeit. Ich werde schon damit fertig.«

»Wie du meinst, aber es könnte nicht schaden, wenn Dr. Brown kurz vorbeischaut.« Er betrachtete sie ein wenig genauer und sah die Anspannung in ihrem Gesicht. Er hätte sie gerne näher befragt, sagte aber stattdessen: »Du machst dir doch keine Sorgen um Gareth?«

»Nein, es scheint ihm sehr gut zu gehen.« Gareth war nach Wales gefahren, um sich dort mit verschiedenen örtlichen Führern zu treffen. Sie hatte sich gefreut, als sie zweimal Briefe von ihm erhielt, in denen er seine Arbeit mit Begeisterung beschrieb. »Wenn du einverstanden bist, kommt er Weihnachten zu Besuch.«

»Gewiss – gewiss.«

Dorcas blickte die zierliche Porzellantasse in ihrer Hand an. Sie war mit winzigen kobaltblauen Vöglein verziert, die an den Rändern entlangflatterten. Sie betrachtete sie sorgfältig und dachte, wie hübsch und zierlich sie war. »Daheim in Wales«, sagte sie, die Tasse immer noch in der Hand, »hätten wir uns für sehr reiche Leute gehalten, hätten wir eine solche Tasse gehabt. Wir hatten zwei Tassen, die nicht zusammenpassten«, sagte sie. Ihre Stimme war leise und gedämpft. Ein warmes Licht leuchtete in ihren Augen, als sie von diesen Tagen sprach. »Meine war isabellfarben. Ihr fehlte am Rand ein Stückchen, daher musste ich sie in der linken Hand halten, um mich nicht zu schneiden. Gareths Tasse war dunkelblau und hatte keinen Sprung. Aber sie war ein unhandliches Ding; ich nehme an, jemand, der nicht sehr geschickt in solchen Dingen war, hat sie gemacht.«

»Denkst du oft an diese Tage, Dorcas?«

»Manchmal – aber es war eine harte Zeit, und wir neigen dazu, die Schwierigkeiten zu vergessen, um uns nur an die guten Dinge zu erinnern.«

»Ich glaube, das stimmt«, antwortete er leise. Er lehnte sich in seinem Sessel zurück. Die Erschöpfung sog alle Kraft aus seinem Körper. »Ich kann mich an so viel Gutes erinnern, aber auf der anderen Seite erinnere ich mich auch an die Schwierigkeiten.« Er blickte sie an und meinte: »Ich nehme an, das ist einer der Unterschiede zwischen dir und mir. Du erinnerst dich an die guten Dinge – und ich an die schlimmen Dinge.«

Dorcas blickte rasch auf. Sie hatten in den letzten Monaten kaum ein solches Gespräch geführt. Eine schwache Hoffnung stieg in ihr auf, dass sich die Dinge irgendwie ändern würden. Er sank in seinem Sessel zusammen, die Tasse in einer Hand, und starrte quer durchs Zimmer in die flackernden Flammen, die ihre Schatten auf sein Gesicht warfen. Sie dachte: *Er ist ein gut aussehender Mann, aber das ist es nicht, was mich anzieht. In seinem Gesicht ist etwas Gutes, etwas Ansprechendes.* Sie forschte in seinen angenehmen Zügen, bewunderte die breite Stirn, die kleinen Ohren, den festen Mund und die kurze englische Nase. Er hatte ein stark ausgeprägtes Kinn, das seinem Gesicht etwas Starrköpfiges gab. Die Hände, die die Teetasse hielten, waren lang und stark. In diesem Augenblick sah er auf und fing ihren prüfenden Blick auf. Sie errötete. »Ich – ich freue mich schon auf unser zweites Weihnachten, Andrew.«

»Ich erinnere mich an letzte Weihnachten.« »Wir waren noch nicht lange hier, erst sechs Monate. Das war eine schöne Zeit, nicht wahr?«

»Ja, das stimmt.«

Die beiden saßen noch eine Weile da, Schweigen breitete sich zwischen ihnen aus. Dorcas sehnte sich verzweifelt danach, das Gespräch fortzusetzen, aber wie immer erschien die Mauer zwischen ihnen zu hoch. Schließlich stand Andrew müde auf. »Ich mache mich fürs Abendessen fertig. Nachher will ich noch im Studierzimmer arbeiten.« Er verließ das Zimmer und stieg die Treppen hinauf, wobei ihm auffiel, wie steil sie waren. Als er den Raum betrat und die Tür hinter sich schloss, wurde ihm bewusst, wie nackt und kahl er war, ohne den geringsten Stempel seiner Persönlichkeit. Es gab keine Bilder, keine Nippsachen, nur die nackte Möblierung: ein Bett, eine Kommode, ein Waschtisch, ein Schrank, nicht mehr. Irgendwie fühlte er sich von Widerwillen gegen sich selbst erfüllt, dass er in einem solchen Raum leben und keine Spur darin hinterlassen konnte.

Ein Mann sollte in dem Zimmer, in dem er lebt, eine Spur hinterlassen, dachte er. *Dies hier sieht aus wie ein Museum, nicht wie ein Raum, in dem jemand lebt.*

Plötzlich blitzte die Erinnerung an sein letztes Zusammensein mit Dorcas in ihm auf und bei dem Gedanken daran blieb er wie erstarrt stehen. *Ich habe einer Schwäche nachgegeben*, dachte er, immer noch voll Scham über sein Verhalten. Aber wider Willen überschwemmte ihn die Erinnerung an ihr Gesicht und daran, wie sie ihn in dieser Nacht erregt hatte, und er sehnte sich nach einem anderen Leben.

»Ich bin nun einmal, wie ich bin!«, sagte er laut. Seine Stimme zerriss das Schweigen in dem Zimmer, und er begann mit beinahe wütenden Bewegungen, seine Kleider zu wechseln. Ihm graute vor der Qual des Abendessens und der Anstrengung, Konversation zu machen. Er wusste, dass er ein abnormales Leben führte, und sehnte sich verzweifelt danach, etwas daran zu ändern, aber er hatte weder die Kraft noch das Wissen, etwas daran zu ändern.

»Vielleicht wird es zu Weihnachten besser«, flüsterte er. Aber er wusste in seinem Herzen, dass es nicht so kommen würde.

* * *

Eine Woche vor Weihnachten begann der Schnee zu fallen. Dorcas stand draußen im Garten, in dem nun die schemenhaften braunen Gespenster der Sommerblumen standen. Es überraschte sie, als ein winziges, brennendes Gefühl ihre Lippe stach und sie zusammenzucken ließ. Als sie aufblickte, sah sie glitzernde Tupfen herabsinken. Sie berührten ihr Gesicht wie feurige Finger. Sie schloss die Augen und ließ es zu, dass sie ein Weilchen auf sie herabfielen, dann öffnete sie die Augen und durchforschte den Himmel. »Da oben ist Schnee«, sagte sie, und tatsächlich, wenige Minuten später formten die Diamantspitzen sich zu winzigen Flöckchen. Sie sanken leise herab, wie weiße Daunen, und sie zog den Mantel enger um sich. Sie beobachtete den Boden, der sich auf wunderbare Weise verwandelte. Was dunkel und braun und trostlos gewesen war, war nun mit blassen Linien gestreift, die immer breiter wurden, als der Schnee weiterhin fiel. Dann, als die Flocken größer wurden, legte sich leise und schweigend ein weißer Teppich über die tote Erde und verlieh ihr ein makelloses Aussehen. Anfangs passte sich der Teppich jedem Maulwurfshügel, jedem trockenen Stängel an, sodass die Erde wie ein Leichnam unter einem weißen Tuch aussah, voll Klumpen und Beulen.

Immer noch stand sie da. Der stille Schneefall hatte etwas an sich, das alle Geräusche zum Verstummen brachte. Als die Flocken größer wurden, rundeten sie die Dachfirste des Hauses und milderten ihre scharfen Linien. Die Bäume nahmen runde Formen an, ihre nackten Zweige hüllten sich in Mäntel aus Hermelin.

Sie stand da, fasziniert von dem fallenden Schnee, der den Hof bedeckte, die Landschaft, die Häuser, die Bäume, das Gras. Ihr Gesicht war so gefühllos wie ihre Finger, aber sie stand da und sah zu, bis sie einen Schrei und das wütende Kläffen eines Hundes hörte. Sie fuhr erschrocken aus ihren Träumen hoch und eilte dem Hinterhof zu, aus dem der Lärm hervordrang.

Als sie um die Ecke bog, sah sie Silas und Blackie, den Hund, am Fuß eines Apfelbaumes. Blackie bellte und sprang an dem Stamm hoch, während Silas schrie: »Runter mit dir!«

Dorcas blickte auf und sah in der Astgabel eine zischende, spuckende weiße Katze mit riesenhaften grünen Augen.

»Tut das nicht, Silas!«, sagte Dorcas rasch. »Weg mit dir, Blackie!«, befahl sie. Als der Hund nicht gehorchte, trat sie einen Schritt vor und schob ihn mit dem Schuh beiseite. »Weg da, habe ich gesagt!«

Silas starrte sie verdutzt an. »Ma'am, wir können hier keine Katze brauchen. Wenn mich nicht alles täuscht, ist die hier obendrein trächtig.«

Dorcas starrte einen Moment zu der Katze hinauf, dann sagte sie: »Holt die Leiter, Silas. Und schafft den Hund weg!«

»Aber Ma'am –«

»Ihr sollt die Leiter holen, habe ich gesagt!«

»Ja, Ma'am.« Offenkundig irritiert rief Silas den Hund und stapfte entrüstet davon. Blackie folgte ihm gehorsam. Silas kam allein zurück, eine kurze Leiter über der Schulter. Auf Dorcas' Befehl hin lehnte er sie an den Baumstamm. »Seid lieber vorsichtig mit dem Vieh«, sagte er. »Sie wird Euch noch kratzen. Sie ist eine streunende Katze.«

Aber Dorcas kümmerte sich nicht um ihn und stieg vorsichtig einige Leitersprossen empor. Die grünen Augen der Katze hefteten sich mit einem seltsamen Ausdruck auf sie. »Komm schon, mach keinen Ärger.« Sie streckte die Hände aus, dann hielt sie inne und wartete. Sie beeilte sich nicht, denn sie wusste, dass die Katze sich fürchtete. Mit sanfter und gedämpfter Stimme lockte sie: »Komm schon, sei ein braves Mädchen. Möchtest du ein schönes Tässchen Milch und ein Plätzchen am Feuer? Aber sicher möchtest du das.«

Das Tier kauerte argwöhnisch spähend da und blinzelte, als Dorcas mit der Hand über den weichpelzigen Kopf strich. Das Tier schien sich zu entspannen. Dorcas streckte langsam die Arme aus und fasste die Katze unter den Vorderpfoten. Vorsichtig hob sie die Katze hoch und setzte sie auf ihre Schulter. Sie hielt sie mit ihrer schlechten Hand fest, während sie die Leiter hinunterstieg.

»Ich sage Euch, Ma'am, sie kriegt Junge. Wir brauchen keinen Wurf Katzen! Ich muss sie zum Bach tragen und ertränken«, protestierte Silas.

»Ich möchte, dass Ihr eine Schachtel für mich macht, Silas, und sie in mein Zimmer bringen. Das wird das Körbchen für meine neue Freundin.« Sie hielt seinem Blick einen Moment lang stand und erwartete, er würde widersprechen, aber ihr Blick war so unerbittlich, dass er sich abwandte, wobei er etwas über unnütze Katzen brummelte, bevor er hinter der Ecke des Hauses verschwand.

Dorcas ging zur Hintertür und streichelte die Katze, die vor Kälte zitterte. Ihr Rücken war nass vom Schnee. Dorcas fühlte ihren vollen Bauch und lächelte. »Du wirst also Mutter, mein Mädchen? Na, damit werden wir schon zurechtkommen.«

Sie trat in die Küche und traf Beth dabei an, wie sie eben ein Huhn tranchierte. »Was ist denn das?«, fragte Beth abrupt und starrte die junge Frau und die Katze an.

»Das ist Lady Mary«, verkündete Dorcas mit leuchtenden Augen. »Ist sie nicht eine Schönheit?«

Beth kam herbei und streichelte sanft den Kopf der Katze. »Ja, das ist sie. Lady Mary! Was für ein Name für eine Katze!«

»Ich behalte sie bei mir im Zimmer, bis sie geworfen hat«, kündigte Dorcas an. »Silas macht eine Kiste für sie. Sucht mir eine alte Decke heraus, Beth, damit ich ihr ein Bettchen machen kann?«

Sie verbrachte den Rest des Tages damit, es Lady Mary bequem zu machen. Sie war sehr zufrieden mit sich selbst, nachdem sie ein Bett aus einer warmem Wolldecke gemacht und dafür gesorgt hatte, dass Lady Mary gefüttert wurde. »Du wirst mir Gesellschaft leisten«, sagte sie und sah zu, wie die Katze herumstrich und jeden Zollbreit ihres neuen Reviers begutachtete. Schließlich kehrte die Katze zurück zu Dorcas, die vor dem Feuer saß. Plötzlich sprang sie hoch, drehte sich dreimal um sich selbst und machte es sich dann auf Dorcas' Schoß bequem. Dorcas streichelte den seidigen Pelz, ein zufriedenes Lächeln auf dem Gesicht. »Wir werden eine gute Zeit zusammen haben, du und ich«, flüsterte sie und blieb dann träumend am Feuer sitzen.

* * *

Das Haus war schön geschmückt worden. Dorcas hatte die Bediensteten bei der Arbeit beaufsichtigt – sie selbst fühlte sich nicht wohl genug, um die Arbeit zu tun. Stechpalmen und Efeu waren von einem Händler gekauft worden, der seine Waren auf der Straße anpries. Grüne Zweige schmückten beinahe jeden Raum. Die Fensterbänke waren mit Lorbeerblättern verziert, Girlanden aus gefärbten Tuchstücken spannten sich in der Halle. Einige der Fenster waren scharlachrot, ocker und leuchtend grün bemalt worden, sodass untertags buntes Licht in die Räume fiel und abends buntes Licht herausleuchtete. Orangen und Zitronen waren zu Bündeln zusammengebunden, und Mrs Lesley, die sich freudig in die Festlichkeiten stürzte, grub ein paar Längen scharlachrotes Tuch aus.

Gareth kam zwei Tage vor Weihnachten an. Er und Dorcas verbrachten eine schöne Zeit zusammen. Er sah beinahe auf den ersten Blick, dass sie krank war. Er fragte bei der ersten Gelegenheit: »Was ist los? Du siehst nicht gut aus.«

»Mir geht es gut«, sagte sie lächelnd, »nur eine Erkältung, vielleicht eine Bronchitis.«

»Hast du es mit Lakritzen versucht? Das haben wir doch zu Hause immer getan.«

»Nein, aber ich werde es tun. Komm, lass uns nicht von meinen Beschwerden reden. Erzähl mir von zu Hause.«

Als die beiden vor dem Feuer in ihrem Zimmer saßen, machte Dorcas es sich mit Lady Mary auf dem Schoß bequem und hörte zu, wie Gareth von früheren Nachbarn erzählte. Er berichtete ihr vom Dorfklatsch, der teilweise harmlos und lustig, teilweise tragisch war.

»Was ist mit Rhys Ellis? Hat er eine Frau gefunden?«

Gareth lachte abrupt. »Das hat er tatsächlich. Erinnerst du dich an Marge Fenway?«

»Die dicke Witwe, die in der Nähe von Kelloway wohnte?«

»Genau die. Sie hatte ein bisschen Land und Ellis heiratete sie. Ich habe ihn nur aus Neugier besucht.«

»Ich glaube nicht, dass er sich sehr gefreut hat, dich zu sehen.«

»Doch, das hat er, er suchte nämlich dringend jemand, bei dem er sich ausweinen konnte, und er hatte allen Anlass zum Weinen.« Gareth lehnte sich zurück.

Sein Gesicht war warm vom Feuer und seine Augen blickten fröhlich. »Die Frau ist ein Drachen! Ich hätte mir nie gedacht, dass mir Rhys Ellis eines Tages noch leidtun würde, aber diesmal ist er in die Falle getappt.«

»Du hast aber ein sehr weiches Herz, wenn er dir leidtut.« Mit einem Schauder der Furcht dachte Dorcas daran, wie nahe sie daran gewesen war, zu einer Ehe mit diesem Mann gezwungen zu werden.

»Sag das nicht – diesmal hat er seinen Meister gefunden. Die Frau macht ihm das Leben zur Hölle.«

Dorcas saß da und streichelte Lady Marys weichen Pelz. Gelegentlich blickte die Katze auf und schnurrte, dann hielt ihr Dorcas den Finger hin, und Lady Marys raue rote Zunge liebkoste ihn.

»Erzähl mir von deinem Predigtdienst.«

»Nun, Gott, hat seinen Segen gegeben«, sagte Gareth. »Die Leute hungern nach Gott, und die Kirchen tun nichts, um ihre Bedürfnisse zu stillen. Ich will kein Feind der Kirche werden, denn teilweise tun sie Gottes Werk, aber sie haben ihr anfängliches Feuer verloren.«

»Das fürchte ich bei Andrew«, sagte Dorcas leise.

Gareth blickte rasch auf und sah in ihr von großem Kummer gezeichnetes Gesicht. Es war mehr als nur die Krankheit, die sie heimgesucht hatte; in ihren Augen lag Traurigkeit. Er griff nach ihr und legte die Hand auf die ihre, die auf Lady Marys Rücken lag. »Das tut mir leid. Er hat so viel Potenzial. Andrew Wakefield ist ein so guter Mensch. Es gibt nicht viele Leute, die für uns getan hätten, was dieser Mann getan hat.« Er zögerte, dann fuhr er fort: »Geht es dir jetzt besser, Schwester?«

Sie wusste sofort, dass er sie nach ihrer Beziehung zu Andrew fragte – ihre eheliche Beziehung. »Nein«, sagte sie leise. »Ich glaube immer noch, dass Gott etwas tun wird.« Dann fragte sie, um ihn von ihren Kümmernissen abzulenken: »Wirst du Sarah Lancaster besuchen?«

»Oh ja, gewiss.«

Etwas in Gareths Stimme fesselte Dorcas' Aufmerksamkeit. »Ich bete viel darüber.« Sie war bekümmert und das spiegelte sich in ihren Augen. »Vielleicht machst du einen Fehler. Vielleicht ist sie nicht die richtige Frau für dich.« Nach einem Augenblick des Schweigens antwortete Gareth, und seine Stimme war angespannt: »Daran habe ich auch gedacht, Dorcas, aber ich liebe sie, und mehr ist dazu nicht zu sagen.«

Dorcas beugte sich vor und berührte seine Wange. »Ich werde weiter für dich beten. Bei Gott ist kein Ding unmöglich.«

* * *

Die Lancasters waren nicht besonders erfreut über Gareths Besuch. Sie sagten zwar nichts, aber sie verhielten sich distanziert. Als Gareth und Sarah allein im Salon waren, sagte er: »Deine Eltern haben keine Freude an mir. Ich nehme an, ich hätte sie auch nicht, wenn ich an ihrer Stelle wäre.«

Sarah dagegen war sehr froh, Gareth zu sehen, obwohl sie ein wenig schockiert gewesen war, als er so plötzlich vor ihrer Tür stand. Jähe Freude hatte sie durchströmt und sie hatte ihm impulsiv die Hände entgegengestreckt. Er hatte sie ergriffen und geküsst und sie hatte aufgeregt gelacht und ihn ins Haus gezogen. Sobald sie die Tür geschlossen hatte, wandte sie sich ihm zu und hob ihm das Gesicht entgegen: »Ich hatte vergessen, wie groß du bist«, meinte sie.

»Ein gutes Gefühl, größer als eine Frau zu sein. Ich fühle mich dann immer so überlegen«, erwiderte er grinsend.

Sarah hatte ihn angelacht, dann die Hand ausgestreckt, um seine Wange zu berühren. »Es tut gut, dich wiederzusehen, Gareth.«

Gareth hatte sich vorgebeugt und sie mit einem Kuss auf die Wange überrascht. »Fröhliche Weihnachten«, hatte er lächelnd gesagt.

Als sie nun nach dem Abendessen im Salon saßen, um sich einige Bücher anzusehen, die Sarah in der Bibliothek ihres Onkels gefunden und für ihn aufbewahrt hatte, fühlte sie sich von Neuem überrascht, wie intensiv ihre Gefühle für diesen jungen Mann waren. »Ich weiß nicht, ob du sie brauchen kannst oder nicht.«

Gareth, der die Bücher mit Freuden betrachtet hatte, blickte auf; ein Lächeln erhellte seine Gesichtszüge. »Aber natürlich kann ich sie brauchen. Sie sind alle sehr gut, obendrein noch teuer gebunden.« Er schüttelte bedauernd den Kopf. »Ich fürchte, ich habe keine besonders große Bibliothek.«

Seine Worte versetzten sie in Verlegenheit und sie errötete ein wenig. »Ich freue mich, dass sie zu gebrauchen sind«, murmelte sie. Dann breitete sich Schweigen zwischen ihnen aus. Sarah fühlte sich von Gareths Männlichkeit beeindruckt. Kraft strahlte von ihm aus; ihre Augen ruhten einen Moment lang auf seinem starken Nacken und seiner breiten Brust und den Schultern, die sich deutlich unter dem weißen Hemd abzeichneten. Sarah war nicht leicht einzuschüchtern, deshalb wusste sie nicht recht, warum ihr jetzt die Worte im Hals stecken blieben, als wäre sie ein Schulmädchen in Gegenwart eines älteren, welterfahrenen Mannes. Sie hob den Blick, sah in seine dunkelblauen Augen und fühlte sich noch verwirrter. Sein Gesicht strahlte Kraft und Selbstvertrauen aus, und seine Augen waren von dem dunkelsten Blau, das sie jemals gesehen hatte. Sein dunkles Haar passte bestens zu seinen dunklen, ausdrucksvollen Augenbrauen. Sie senkte den Blick auf seine Hände und bemerkte, dass sie von harter Arbeit gezeichnet waren – das Ergebnis seiner Jahre in den Kohlebergwerken.

Sie wirken so stark, dachte sie. Der absurde Impuls erfüllte sie, sie zu ergreifen. Aber sie fand nicht die Zeit dazu, denn Gareth griff nach ihr und zog sie eng an sich.

»Sarah«, seine raue Stimme klang dunkel und aufgewühlt, »ich kann dir nur noch einmal sagen, wie sehr ich dich liebe.« Dann, beinahe wider Willen, küsste er sie. Der Duft frischer Blumen mischte sich in den Duft der Frau und erregte ihn, wie keine Frau ihn je zuvor erregt hatte.

Sarah war womöglich noch erregter als Gareth. In Wahrheit hatte diese junge Frau eine innere Tiefe, die nur noch niemals ausgelotet worden war, weil ihr Leben sich in so engen Grenzen abgespielt hatte. Sarah, die im Wohlstand und einer hohen gesellschaftlichen Stellung groß geworden war, betrachtete gute Manieren und *den Hof machen* als Teile eines ausgetüftelten Rituals, beinahe wie der Balzgesang exotischer Vögel. Sie erwartete, dass ein Mann das Spiel mitspielte und sie entsprechend reagierte. Aber als Gareths Lippen sich nun auf die ihren pressten und seine Hände ihren Rücken liebkosten, fühlte sie sich aus ihrer ruhigen Behaglichkeit aufgerüttelt. Ein Schock durchfuhr sie, als sie merkte, wie sie nach ihm griff und ihn näher an sich zog, voll Sehnsucht und Verlangen nach seiner Berührung und ebenso leidenschaftlich wie er.

Schließlich rang sie nach Atem und riss gewaltsam den Kopf zurück. Sie stemmte ihre Hände auf seine Brust, indem sie flüsterte: »Du – du darfst das nicht tun, Gareth! Meine Eltern würden sich schrecklich aufregen, wenn sie es wüssten!« Sie wandte sich ihm zu, und ihre Hände zitterten krampfhaft, als sie sagte: »Du darfst das nie wieder tun. Nie wieder!«

»Warum nicht?« Gareth drehte sie gewaltsam zu sich herum. Wie sie es geahnt hatte, waren seine Hände stark, und sie fühlte sich hilflos wie ein Kind. »Wovor hast du Angst, Sarah? Davor, eine Frau zu sein? Davor, lebendig zu sein? Ist das alles« – er deutete angewidert auf den üppig eingerichteten Raum – »wichtiger als das, was ein Mann und eine Frau füreinander empfinden?«

»Ich – ich fühle nichts für dich.«

»Sarah, lüge nicht. Du würdest einen Mann doch nicht so küssen, wie du mich eben geküsst hast, wenn du nichts für ihn übrighättest.«

Sarah wusste, dass ihr die Situation rasch außer Kontrolle geriet. Sie riss sich von ihm los. »Ich muss dich bitten zu gehen, Gareth.« Ihre Augen waren riesengroß, sie zitterte, als sie sagte: »Du weißt doch, dass es hoffnungslos ist – wir würden niemals zueinander passen.«

»Passen? Was soll das heißen? Ist alles nur eine Frage von Pfunden und Guineas?«

Seine Worte ärgerten sie, denn tief im Herzen wusste sie, dass er recht hatte. Von jähem Zorn erfüllt, hob sie das Kinn. Sie bemühte sich, die Energie, die sie unter der Oberfläche erfüllte, verborgen zu halten, aber Gareth sah ein Aufleuchten von Willen und Stolz in ihrem Gesicht.

»Ich würde niemals eine gute Pfarrfrau abgeben … es ist keine Frage des Geldes«, fügte sie rasch hinzu, bevor er noch protestieren konnte. »Ich bin keine gottgefällige Frau … nicht in der Weise, wie du es gerne hättest.«

»Du könntest es sein, Sarah.«

»Möchtest du eine religiöse Marionette aus mir machen, damit ich dir gefalle?«

»Nein, natürlich nicht, aber –«

Ihre Lippen wurden weicher und ihre Augen widerspiegelten einen tiefen Wunsch, aber als sie sprach, war ihre Stimme ruhig. Ein Tonfall äußerster und absoluter Endgültigkeit lag in ihrer Stimme: »Lebe wohl, Gareth. Ich wünsche dir alles Gute, aber ich möchte dich nie wiedersehen.«

Gareth wusste, dass er verloren hatte. Er stand einen Augenblick lang schweigend da und forschte sorgfältig in ihrem Gesicht. Er sah keine Ritze in ihrem Panzer, sodass er schließlich leise sagte: »Ich sehe, du hast deine Entscheidung getroffen.« Einen Moment lang zögerte er, wollte noch mehr sagen, aber die harten Linien in ihrem Gesicht verboten es ihm. »Ich werde dich immer lieben«, sagte er rasch und verließ den Raum.

Sobald sie die Tür ins Schloss fallen hörte, tastete Sarah sich zu einem Sessel und sank hinein. Tränen liefen ihr über die Wangen, sie fühlte, dass etwas in ihrem Leben abgeschlossen war und sie ärmer zurückließ. »Es ist unmöglich«, sagte sie. Dennoch fühlte sie eine innere Leere, als sie sich erhob und den Raum mit schweren Schritten verließ.

* * *

Der erste Tag des Jahres 1741 verging für Dorcas nur langsam. Sie blieb am Morgen in ihrem Zimmer und ging nicht zum Frühstück hinunter. Spät am Nachmittag kam sie herunter, sprach aber nur wenig mit den Bediensteten. Das Dinner war eine schweigsame, düstere Mahlzeit. Andrew versuchte Konversation zu machen, aber Dorcas gab ihm nur einsilbig Antwort.

Nach der Mahlzeit erhob sich Dorcas und entschuldigte sich. »Ich glaube, ich gehe früh zu Bett. Gute Nacht.«

»Nur einen Augenblick, Dorcas.«

Andrew stand auf, trat an ihre Seite und forschte in ihrem Gesicht. »Komm in den Salon«, sagte er leise. »Ich muss mit dir sprechen.«

Dorcas hob neugierig den Blick und sah ihn an. »Schon recht, wenn du willst.« Die beiden gingen den Flur entlang. Sobald sie den Salon betraten, fragte sie: »Worum geht es?«

»Setz dich bitte einen Augenblick hin.« Andrew schien sich unbehaglich zu fühlen, und Dorcas fragte sich, ob er schlechte Nachrichten für sie hatte.

»Ist gut.« Sie setzte sich auf das Sofa und blickte ihn weiterhin an.

Er kam herbei und ließ sich unbeholfen neben ihr nieder. »Dorcas, irgendetwas ist nicht in Ordnung. Ich muss darauf bestehen, dass wir Dr. Brown rufen. Du bist jetzt seit Wochen krank.«

Dorcas zögerte. Sie hatte schon eine ganze Weile auf diesen Augenblick gewartet und dennoch – jetzt, wo sie sprechen musste, versagten ihr die Worte. Die Einsamkeit ist keine Krankheit, aber für sie war sie beinahe ebenso schlimm gewesen. Während des Winters war sie beinahe eine Gefangene im Pfarrhaus gewesen. Sie sehnte sich danach, Gareth wiederzusehen, und mehr als alles andere vermisste sie Hope Wingate. Sie hatte Tausende Male gedacht, *Wenn nur Hope hier wäre, dann könnte ich mit ihr reden.* Jetzt aber wusste sie, dass die Zeit gekommen war. »Ich brauche Dr. Brown nicht«, sagte sie, »aber ich werde mit ihm sprechen.«

Erleichterung malte sich auf Andrews magerem Gesicht. Er schluckte und nickte beinahe eifrig. »Gut«, sagte er. »Ich habe mir Sorgen um dich gemacht, Dorcas. Heutzutage gehen so viele Krankheiten um, dass ich beunruhigt war.«

»Ich bin nicht krank – nicht, was du meinst, Andrew.«

Ihre Worte stellten ihn vor ein Rätsel. »Was meinst du?«

»Ich meine, dass … ich meine, ich bekomme ein Baby.«

Andrew dachte zuerst, er hätte sie missverstanden. Seine Augen hingen an ihren Lippen, er wartete darauf, dass sie weitersprach, aber sie blieb still. Ihre Worte trafen ihn so heftig, dass er aussah wie ein Mann, der eben einen brutalen Schlag in den Magen bekommen hat. Er öffnete den Mund und wollte sprechen, er brachte jedoch keinen Ton hervor, er stand nur da und starrte Dorcas an.

»Ich – ich nehme an, du bist dir sicher.« Seine Stimme klang angespannt, und er stellte plötzlich fest, dass er seine Hände nicht mehr beherrschen konnte. Er verschränkte sie fest ineinander und blickte sie an, als gehörten sie plötzlich nicht mehr zu seinem Körper. In der Stille, die über dem Raum hing, tickte die Uhr auf dem Kaminsims deutlich hörbar. Ihr gleichmäßiges Ticken widerhallte in seinem Kopf. Das Feuer knackte und prasselte und er hörte draußen das Rumpeln einer schweren Droschke auf der frostbedeckten Straße.

Schließlich blickte er auf und sagte: »Ich bin recht einfältig in solchen Dingen, Dorcas. Irgendwie habe ich nie gedacht, dass … so etwas passieren könnte.«

Dorcas blieb vollkommen still. Von dem Augenblick an, in dem sie festgestellt hatte, dass sie schwanger war, hatte sie diesen Moment gefürchtet. Sie hatte eine Schwangerschaft immer mit Freude assoziiert. Aber sie wusste, dass Andrew keine Freude haben würde, und als sie ihm ins Gesicht blickte, antwortete sie schlicht: »Bevor ich nicht sicher war, wollte ich es dir nicht sagen. Das ist schon eine Weile her. Ich wusste, es würde eine unwillkommene Nachricht für dich sein.«

Andrew sammelte sich. Er atmete tief durch und fuhr sich hilflos mit den Händen über das Haar. »Ich habe so etwas nie in Betracht gezogen«, sagte er. Seine Stimme war beinahe ein Flüstern. »Geht es dir gut? Du warst so lange krank.«

»Ich werde morgen zu Dr. Brown gehen. Ich weiß nicht viel über Babys. Und um ehrlich zu sein, ich habe mich nicht besonders gut gefühlt.«

Todesangst überkam Andrew. Er hatte immer versucht, ein freundlicher Mensch zu sein, ängstlich bemüht, keinen Anstoß zu erregen. Und nun sah er in blendender Klarheit die Monate seiner Ehe vor sich und die Einsamkeit, die er auf Dorcas Gesicht gesehen hatte. Wie sie dasaß und ihn betrachtete, wirkte sie so klein und verletzbar, dass Andrew sich verflucht hätte, hätte das Fluchen in seinem Wesen gelegen.

Er wollte sprechen, aber kein angenehmes Wort kam über seine Lippen. Schließlich sagte er lahm: »Wir müssen uns darum kümmern, dass für dich gesorgt wird. Ich werde morgen Dr. Brown rufen lassen, er soll ins Haus kommen.«

»Danke.«

Dorcas' wenige Worte waren bar jeder Gefühlsäußerung, aber als Andrew ihr in die Augen blickte, sah er unleugbaren Gram darin. Ihm war nur zu bewusst, dass er Kummer in das Leben dieser Frau gebracht hatte, und er sagte rasch und mit so viel Eifer, wie er nur aufbieten konnte: »Das wird eine große Änderung für dich bedeuten.«

Dorcas bemerkte, dass er nicht *für uns* sagte, und der drückende Zweifel in ihrem Herzen wurde noch dunkler. »Ein Kind bedeutet immer Veränderung«, antwortete sie und stand auf. »Gute Nacht, Andrew.«

»Gute Nacht.« Andrew stand ebenfalls auf. Er hätte ihr gerne die Treppe hinaufgeholfen, wusste aber, dass ihr das seltsam erschienen wäre. Als sie verschwand, rief er ihr nach: »Ich werde Dr. Brown morgen rufen lassen. Es kommt schon in Ordnung – du wirst sehen.«

Andrew kehrte zurück in den Salon und setzte sich nieder. Er starrte blindlings in die gelben und roten Flammen. Aber er nahm weder das Feuer wahr noch das Zimmer, noch sonst etwas. Alles, was er dachte, war: *Oh, mein Gott, wie habe ich mein Leben ruiniert! Und was Dorcas angeht – wie einsam muss sie sich fühlen!*

Andrew begann Hass gegen sich selbst zu empfinden. Während er das Gesicht in den Händen verbarg, rang er mit den Schuldgefühlen, die so scharf und durchdringend waren wie nur je ein von Menschenhand geschmiedetes Schwert.

23

EIN HARTER SCHLAG FÜR GARETH MORGAN

Nichts in Andrews Leben hatte ihm je einen schlimmeren Schock versetzt als Dorcas' Ankündigung, dass sie ein Baby erwartete. Er hatte den Salon in einem Zustand dumpfer Betäubung verlassen und war augenblicklich in sein Arbeitszimmer geeilt, wo er eine Zeit lang blindlings die Wand anstarrte. Einmal kam Mrs Lesley, um ihn wegen einer Haushaltsangelegenheit zu fragen, und er hatte ihr automatisch Antwort gegeben, ohne dass er den lähmenden emotionalen Schock abgeschüttelt hätte.

Schließlich murmelte er: »Ich weiß nicht, was ich tun soll.«

Er verließ das Haus am nächsten Morgen und begab sich zu Dr. Browns Praxis, wo er eine Nachricht hinterließ. Danach schlenderte er die Straßen entlang, voll Widerwillen dagegen, zur Kirche zu gehen, und zuletzt zog es ihn zurück zum Haus. Er versuchte zwei Stunden lang zu arbeiten, aber seine Gedanken jagten hin und her, wie ein Blatt von einem sprunghaften Novemberwind umgetrieben wird. Schließlich kam Mrs Lesley und meldete: »Dr. Brown ist hier, Mr Wakefield.«

»Danke.« Andrew beeilte sich, Dr. Brown zu begrüßen. »Es freut mich, dass Ihr so schnell kommen konntet.«

Etwas in Andrews Gesicht fesselte die Aufmerksamkeit des Arztes. Dr. Barnabas Brown war jung für einen Arzt, nicht einmal dreißig Jahre alt. Er war ein kleiner Mann mit scharfen Zügen und wachen braunen Augen. »Was macht Ihnen Probleme, Reverend?«, fragte er.

»Es geht um meine Frau. Sie – sie kränkelt seit einiger Zeit.«

Andrew stolperte, er fand es schwer, die passenden Worte zu finden. »Sie hat mir eben gesagt, dass sie ein Kind erwartet.«

»Verstehe. Nun, das ist ja ganz natürlich. Ich nehme an, die Schwangerschaft ist noch nicht weit fortgeschritten?«

Andrew versuchte verzweifelt, sich zu erinnern, wie viele Monate vergangen waren, seit das Kind gezeugt worden war. Er wusste, dass er vor dem Arzt wie ein Narr dastand, und schließlich sagte er lahm: »Sie wird Euch wohl alle Einzelheiten erzählen.«

»Gut, dann sehe ich sie mir jetzt an.«

Andrew führte ihn die Treppe hinauf, pochte an die Tür und als Dorcas antwortete, öffnete er und sagte: »Dorcas, der Doktor ist da.«

Andrew warf Dorcas einen Blick zu und sah, dass sie ihn eindringlich betrachtete. In ihrem Blick lag kein Vorwurf, aber er brachte es nicht fertig, ihr in die Augen zu sehen. Er wandte sich ab und schloss die Tür hinter sich. Er schritt die Treppe hinunter, ging dann jedoch nicht in sein Arbeitszimmer, sondern ging im Empfangszimmer auf und ab, bis er – nach relativ kurzer Zeit – den Doktor die Treppe hinabkommen hörte. Rasch trat er in den Korridor, und als Dr. Brown das Erdgeschoss erreichte, fragte er besorgt: »Wie geht es ihr?«

Dr. Brown gab nicht sofort Antwort. Er schien ganz in Gedanken zu sein. Er blickte endlich auf, Zweifel stand in seinen scharfen braunen Augen geschrieben. »Ich wünschte, ich wäre schon früher gerufen worden«, sagte er. »Es ist ungewöhnlich, so lange zu warten. Sie ist im sechsten Monat schwanger. Ich bin nicht ganz glücklich mit ihrem Zustand.«

Andrews Züge fielen ein und er biss sich auf die Lippe. »Was ist nicht in Ordnung?«

»Ich bin mir nicht ganz sicher.« Dr. Brown sprach langsam. Er war ein sorgfältiger, methodischer Mensch und sein Gesichtsausdruck sprach von Sorge. »Sie hat nicht richtig gegessen. Sie ist stark untergewichtig. Sie sagt, sie war schon eine Weile krank und konnte nichts essen. Ich werde mit der Köchin über eine bessere Diät für sie sprechen.«

»Ja, Doktor, wie Ihr meint«, sagte Andrew. »Wird es ihr besser gehen, wenn sie ein wenig zunimmt?«

Wiederum erfüllte das Zögern des Arztes Andrew mit nervöser Anspannung. »Ich denke schon, aber sie ist eine kleine Frau und ihr Fall hat etwas Ungewöhnliches an sich. Ich bin mir nicht ganz sicher, was es ist.«

»Aber sie wird doch wieder in Ordnung kommen?«

Dr. Brown kannte die Gefahren der Schwangerschaft nur zu gut. Er wollte den Pfarrer auf das Schlimmste vorbereiten. »Das wollen wir hoffen, Reverend, und dafür wollen wir beten, aber ich werde ziemlich oft bei ihr vorbeischauen.«

»Kommt, sooft Ihr wollt. Geld spielt keine Rolle.«

»Gut, dann spreche ich jetzt mit der Köchin.«

Andrew ließ den Arzt mit Beth Buchanan allein. Als er ihr den Grund für den Besuch des Arztes genannt hatte, war etwas in Beths Augen aufgeleuchtet, etwas, was er sich nicht zu erklären vermochte. Er wusste, dass er nicht gerade ihr Liebling war und dass sie sehr an Dorcas hing. »Tut Euer Bestes für Mrs Wakefield«, sagte Andrew. »Falls Ihr irgendetwas braucht, lasst es mich wissen.« Dann verließ er den Raum und wartete, bis der Doktor fertig war. Nachdem Dr. Brown gegangen war, schloss er die Tür hinter ihm und blickte mit angespanntem Gesichtsausdruck die Stufen an. Seine Lippen wurden schmal; er wusste, dass er auf der Stelle zu Dorcas gehen musste.

Als er den Raum betrat, saß sie in einem Sessel und blickte zum Fenster hinaus. Sie begrüßte ihn mit den Worten: »Ich nehme an, der Doktor hat dir dasselbe wie mir gesagt.«

Andrew setzte sich ihr gegenüber hin. »Er sagte, dass du sehr zart wärst, dass du besondere Fürsorge brauchst.«

»Ich will niemandem lästig fallen.«

»Wie kannst du das sagen?« Andrew suchte verzweifelt nach einem Weg, die Frau zu beschwichtigen, die dasaß und ihn so ruhig anblickte. In ihren Augen stand keine Furcht, aber ihn hatten die Worte des Arztes zutiefst erschreckt. »Du musst sehr vorsichtig sein.

Der Doktor hat der Köchin Anweisungen für deine Diät gegeben. Er wird auch oft nach dir sehen.«

Dorcas lauschte, ihre Augen hingen unablässig an Andrews Gesicht. »Das wird dir Schwierigkeiten machen«, sagte sie.

»Sprich nicht davon!«, sagte Andrew rasch. Er versuchte verzweifelt, den Schleier zu durchdringen, der über ihren Augen lag, und unbeholfen streckte er die Hand aus und legte sie auf die ihre. Sie hielt die verkrüppelte Hand immer mit der gesunden bedeckt. Überraschung leuchtete in ihren Augen auf, als seine Hand die ihre berührte. »Wir müssen – wir müssen gut auf dich achtgeben«, sagte er beinahe mühselig. »Ich wäre sehr bekümmert, wenn etwas geschähe.«

Seit Monaten hatte Dorcas nichts von Andrew gehört, was einem Ausdruck der Fürsorge so nahegekommen wäre. Seine Hand lag zögerlich auf der ihren, aber immerhin hatte er sie aus eigenem Antrieb berührt. »Es tut gut, das zu hören«, sagte sie. Als er seine Hand nicht wegzog, merkte sie, dass er verzweifelt nach Worten suchte, um ihr etwas zu sagen. Für einen so wortgewandten Mann hatte er große Schwierigkeiten damit. Schließlich zog er die Hand zurück und sagte: »Ich werde der Köchin sagen, sie soll uns diesen India-Tee machen, den du so gerne magst. Und ich glaube, sie hat ein paar frisch gebackene Kuchen. Ich bringe sie herauf, wenn es dir recht ist.«

Wiederum berührte seine Zärtlichkeit Dorcas' Herz. Tränen stiegen ihr in die Augen, und sie blinzelte, um sie zurückzuhalten. »Das würde mir sehr gut gefallen.«

Als er den Raum verließ, starrte sie die Tür an und dachte daran, was der Arzt gesagt hatte. Seine Worte waren nicht ermutigend gewesen. Sie wusste auch selbst, dass es ihr nicht gut ging. Aber Andrews kurzer Besuch hatte sie ermutigt, und sie senkte den Kopf, um Gott für seine neue Fürsorge zu danken.

* * *

»Ich freue mich so sehr, Euch zu sehen, mein lieber Andrew!« John Wesley hatte sich in der »Stiftung«, wie sein neues Zentrum in London genannt wurde, aufgehalten. »Kommt herein und setzt Euch. Lasst mich hören, was Ihr getan habt.«

Zwei Wochen waren vergangen, seit Dr. Brown seinen ersten Besuch gemacht hatte. Während dieser Zeit war Andrew öfter zu Hause gewesen als in allen vorhergehenden Wochen. Er hatte seine Pflichten in der Kirche in aller Eile erledigt, um wieder nach Hause zurückzuhasten. Während dieser Zeit hatte er die Dienerschaft mit seiner offenkundigen Besorgnis, was den Zustand seiner Frau betraf, überrascht.

Beth Buchanan hatte zu ihrem Mann gesagt: »Es tut gut zu sehen, dass der Mann endlich begriffen hat, mit was für einem Juwel er verheiratet ist. Aber dem armen Mädchen geht es nicht gut. Ich fürchte, sie ist nicht sehr kräftig. Wir wollen beten, dass der liebe Gott sie beschützt und ihr ein hübsches, gesundes Kind schenkt.«

Nun setzte sich Andrew in John Wesleys Zimmer hin und sagte: »Meine Frau ist guter Hoffnung, deshalb war ich oft zu Hause.«

Wesley lächelte. »Ich gratuliere, mein Lieber! Mögen Mutter und Kind in dieser Zeit in den Händen des Herrn geborgen sein.«

»Danke, Sir, ich weiß Eure Gebete zu schätzen. Ich wollte schon längst einmal vorbeischauen. Ich höre viel über Eure Arbeit, aber ich würde es lieber von Euch selbst hören. Wie Ihr die Erweckungsbewegung sehen.«

Wesley begann sofort von seinen Privatangelegenheiten zu sprechen. Er sagte in ziemlich traurigem Ton: »Mr Whitefield und ich sind noch nicht versöhnt. Er ist offenkundig überzeugt von der Theorie der Prädestination, aber ich habe Hoffnung, dass wir bald versöhnt sein werden.«

»Ich habe gelesen, dass er ein großes Werk in den Kolonien tut.«

»Ja, das stimmt. Gott gibt ihm mächtigen Segen. Ich freue mich darüber, denn trotz unserer Meinungsverschiedenheiten ist er ein wackerer Mann.«

»Es ist ein Unglück«, sagte Andrew und schüttelte traurig den Kopf, »dass diese Meinungsverschiedenheiten in aller Öffentlichkeit diskutiert werden. Die Zeitungen haben natürlich den Brief abgedruckt, den Mr Whitefield Euch geschrieben hat, den Brief, in dem er Euch wegen Eurer Haltung Vorwürfe machte.«

»Ja, das ist eine unglückliche Angelegenheit«, stimmte Wesley zu, »aber ich werde es überleben. Ich habe traurige Nachrichten, was die Fetter Lane Society betrifft. Ich musste meine Beziehung zu ihnen abbrechen. Ich erwarte, dass sie sich den Überzeugungen der Böhmischen Brüder anschließen werden.«

»Mr Wesley«, sagte Andrew, »könnte ich über eine private Angelegenheit mit Euch sprechen? Ein persönliches Problem hat sich in meinem Leben eingenistet. Ich kann mit niemand anderem darüber sprechen.«

Wesley war überrascht. »Worum geht es, Andrew?«

»Es gibt Leute, die behaupten, Ihr glaubt an etwas, das sie ›christliche Vollkommenheit‹ nennen. Der Begriff verwirrt mich. Ich persönlich scheine sehr weit von einem solchen Zustand entfernt zu sein«, sagte Andrew und schnitt ein Gesicht. Er blickte Wesley gerade in die Augen und sagte: »Da Ihr andere dazu drängt, kennt Ihr diesen Zustand für Euch selbst, Sir?«

Wesley sagte rasch: »Durch die Gnade Gottes bin ich, was ich bin.« Er sprach weiter und berichtete, wie sein ganzes Leben von der Sehnsucht und der Suche nach Heiligkeit geprägt worden war. »Aber«, erklärte er, »ich stellte fest, dass ich unheilig war und durch meine eigenen Werke nicht heilig werden konnte. Andrew, lasst Euch nicht von Worten in die Irre führen. Wenn ich *Vollkommenheit* sage, so meine ich damit nicht, dass ich menschliche Vollkommenheit erreicht hätte oder die der Engel oder die Gottes selbst. Christliche Vollkommenheit bezieht sich auf das Werk Gottes im Herzen. Es bedeutet, Gott von ganzem Herzen, ganzer Seele und ganzer Kraft zu lieben. Es bedeutet, dass Eure Beweggründe rein sind. Eure Gedanken, Worte und Werke werden von reiner Liebe getrieben. Euer Herz ist vollkommen vor Gott und Euer Leben ist voll der

Freude.« Obwohl Wesley noch eine ganze Weile weitersprach, gab er niemals eine wirkliche Antwort auf Andrews Frage.

Schließlich sagte Andrew: »Ich bin nicht von der Freude am Herrn erfüllt, wie ich es gerne wäre. Manchmal frage ich mich sogar, ob ich überhaupt gläubig bin.«

John Wesley hatte sich während der Tage vor Aldersgate ziemlich ähnlich gefühlt, so begann er Andrew warmherzig zu ermutigen. »Wie lernt ein Mensch Jesus Christus kennen? Durch den Glauben. Und wie sollen wir leben, sobald wir einmal bekehrt sind? Ebenso durch den Glauben. Der Bibelvers geht mir oft durch den Sinn: Römer 5, Vers 10 – ›Denn wenn wir mit Gott versöhnt worden sind durch den Tod seines Sohnes, als wir noch Feinde waren, um wie viel mehr werden wir selig werden durch sein Leben, nachdem wir nun versöhnt sind‹.« Wesleys Augen leuchteten auf, als er den Vers zitierte. »Seht, mein Junge? Wie werden wir versöhnt?«

»Durch den Tod Jesu.«

»Ganz genau. Und wie werden wir gerettet? Durch sein Leben?«

Andrew runzelte die Stirn. »Könnt Ihr das ein wenig genauer erklären, Mr Wesley?«, bat er.

»Am Kreuz bezahlte Jesus den Preis für unsere Sünden. Wenn wir im Glauben zu ihm kommen«, erklärte Wesley, und seine Stimme klang warm, »werden wir mit Gott versöhnt. Unsere Sünden sind vergeben. Aber«, sagte er und breitete weit die Hände aus, »das ist noch nicht das Ende unseres Lebens. Wir müssen noch vierzig oder vielleicht sechzig Jahre weitermachen. Wie sollen wir also leben? Die Bibel sagt: durch sein Leben, das Leben Jesu. Wir erhalten das Leben von ihm. Tag für Tag werden wir davor gerettet, was wir sind, durch die Auferstehung Christi. Weil er lebt, lebe ich auch. Das hat Paulus wohl gemeint, als er sagte, Christus sei unser Leben.«

»Ich finde mich unfähig, gewisse Bibelstellen zu verstehen«, bekannte Andrew. »Ich habe eine ganze Weile damit gekämpft; ich weiß, Ihr habt auch gekämpft. Aber nun sprecht Ihr in Euren Predigten von der Wiedergeburt und der neuen Freude, die Ihr erlebt.«

»Ja, gewiss!« Wesley beugte sich vor und begann ernsthaft zu sprechen. Eine Zeit lang prägte er Andrew die Notwendigkeit ein, auf Christus allein zu vertrauen. »Seht«, sagte er, »es ist gefährlich, wenn wir ›Christus *und*‹ vertrauen. Das bedeutet, wenn wir auf Christus *und* unsere Taufe vertrauen, dann vertrauen wir Christus nicht wirklich. Wenn wir auf Christus *und* unsere wohltätigen Werke vertrauen, dann bauen wir – zumindest teilweise – darauf, dass unsere guten Werke uns erretten werden. Nur Jesus bringt Erlösung; der ganze Brief an die Galater handelt von nichts anderem. Aber es fällt uns schwer, mein Junge, unseren Stolz abzulegen. Wir wollen nicht daran denken, dass wir Gott nichts anzubieten haben.«

Genau das hatte Andrew gefühlt, und eine warme Röte stieg in sein Gesicht, als Wesley diesen wunden Punkt in seiner Theologie berührte. Er saß über eine Stunde lang da und lauschte, während John Wesley davon sprach, dass wir nichts brauchen außer Jesus Christus. »Er ist alles, was Ihr braucht, alles, was irgendjemand braucht. Ich beschwöre Euch, werft alles weg, worauf Ihr sonst noch vertraut habt. Nur das Blut Jesu ist Gott wohlgefällig.«

Als Andrew Wesleys Studierzimmer verließ, war er wie betäubt davon, was er gehört hatte. Er ging sein Leben in Gedanken durch. Dabei wurde ihm klar, dass er genau in diese Falle getappt war: Wenigstens teilweise hatte er auf seine eigenen Werke vertraut, um Gott zu gefallen. Als er unter dem grauen Januarhimmel dahinging, betete er: »Herr, zeige mir den Weg. Ich kann nicht so weitermachen.«

* * *

Andrew Wakefield war nicht der einzige Einwohner Londons, der mit einem geistlichen Problem kämpfte. Sarah Lancaster war von ihrer Begegnung mit Gareth schrecklich erschüttert worden. Sie hatte versucht, das Gefühl abzuschütteln, das sie überschwemmte, indem sie einen Einkaufsbummel machte und sich während der Weihnachtszeit ins Vergnügen gestürzt hatte wie nie zuvor. Sie hatte sich laut und beinahe hektisch benommen, um die Gefühle loszuwerden, die in ihr nach Beachtung schrien.

Aber alles hatte nichts genützt. Schließlich hatte sie in ihrer Verzweiflung begonnen, die Bibel zu lesen. Sie hatte nie Freude an dem Buch gehabt, doch als sie nun darin las, fand sie in so vielen Versen eine Anklage. Als Jesus geboten hatte, alles aufzugeben und ihm nachzufolgen, wurde ihr klar, dass sie nichts aufgegeben hatte. Wo immer sie sich hinwandte, die ganze Bibel schien zu sagen, dass jedes menschliche Wesen eine Wahl treffen musste – für Jesus und gegen die Welt. Die Welt war ein großer Teil ihres Lebens gewesen, so natürlich wie Wasser für den Fisch. Nun begannen jedoch andere Stimmen zu widerhallen. Allmählich begriff sie, wie seicht und oberflächlich viele ihrer Aktivitäten und Träume gewesen waren.

Sie hatte begonnen, die Treffen zu besuchen, die in London bald eine alltägliche Einrichtung wurden. Mr Wesley sprach oft, und er hatte mehrere Assistenten, die desgleichen taten. Sarah wusste, dass Gareth einer von ihnen war. Sie hatte aber nicht den Wunsch, ihm noch einmal gegenüberzutreten. Von all dem erzählte sie ihren Eltern nichts. Sie bedrängten sie immer noch, Major Ian Crenshaw zu heiraten, doch sie fühlte sich weniger denn je dazu geneigt. Crenshaw hatte das Land verlassen, weil in Frankreich irgendeine militärische Aufgabe nach ihm verlangte, und sie war froh darüber.

Das Schlimmste war vielleicht für Sarah, dass sie niemand hatte, mit dem sie darüber sprechen konnte. Sie wusste nur zu gut, dass ihre Eltern entsetzt gewesen wären, hätten sie gewusst, dass sie die methodistischen Treffen besuchte. Keiner ihrer Freunde war ein eifriger Christ, die meisten zeigten, wie Rebecca, offene Verachtung für die religiöse Erweckung. Sarahs Gesicht brannte oft vor Scham, wenn sie daran dachte, wie sie ein Spiel daraus gemacht hatte, Gareths Aufmerksamkeit zu fesseln. Schließlich, als sie fast schon verzweifeln wollte, besuchte sie Dorcas Wakefield. Sie war von der Bescheidenheit der jungen Frau berührt gewesen. Dorcas hatte eine geistliche Tiefe an sich, die Sarah bei ihren Freunden und ihrer Familie nicht finden konnte.

Nachdem sie Sarah schon eine ganze Weile nicht gesehen hatte, war Dorcas überrascht gewesen, als sie zu Besuch kam. Sie dachte augenblicklich an Gareth, sagte aber nichts davon. Sie hieß Sarah mit einem warmen Lächeln willkommen: »Kommt doch ins Empfangszimmer. Dort gibt es ein behagliches Feuer und wir können Tee trinken.« Dorcas streichelte Lady Mary und sagte: »Lady Mary hat schon vor einiger Zeit geboren. Ich hoffe, es wird mir genauso leichtfallen wie ihr.«

»Ihr müsst mich ganz abscheulich finden, dass ich so ohne Ankündigung hereinplatze«, sagte Sarah, nachdem sie sich gesetzt hatten und der Tee serviert worden war. Sie war sehr nervös und hatte keine blasse Ahnung, wie sie das Gespräch auf das Thema bringen konnte, da es in ihren Kreisen nicht üblich war, dass man über Religion sprach. Sie fand jedoch etwas in Dorcas' Gesicht – eine Sanftmut und Freundlichkeit –, die ihr Mut einflößten, deshalb fasste sie Mut und fragte: »Wie geht es Eurem Bruder, Mrs Wakefield?«

»Gareth geht es sehr gut. Habt Ihr ihn denn nicht getroffen?«

»N-nein.« Sie stolperte über ihr Leugnen. Sie konnte Dorcas' Blick nicht ertragen und begann augenblicklich über Dorcas' Schwangerschaft zu sprechen. Die beiden Frauen sprachen eine Zeit lang über Kinder, Babys und Familien, dann war es Dorcas, die sagte: »Ihr wirkt so bekümmert, Miss Lancaster.«

»Bitte nennt mich doch Sarah.«

»Natürlich, Sarah. Und du musst Dorcas zu mir sagen. Was bekümmert dich, meine Liebe?«

Sarah zupfte einen Moment lang an ihrem Rock, dann blickte sie auf. »Ich bin so unglücklich. Hat Gareth dir irgendetwas erzählt über – über uns?«

Augenblicklich verstand Dorcas, welche Unruhe in der Seele der jungen Frau herrschte. »Er erzählte mir«, sagte sie sanft, »dass er dich sehr gern hat. Um genau zu sein, ich glaube, er liebt dich von ganzem Herzen.«

Als die Worte ausgesprochen wurden, schienen sie Sarah zu treffen wie ein Schlag ins Gesicht. Sie ließ den Kopf hängen und klammerte die Finger fest ineinander. Schweigen breitete sich über den Raum.

Dorcas störte es nicht. Sie wusste, dass es leicht war, zu viel zu reden. Diese junge Frau war gekommen, um ihr ihr Herz auszuschütten, also wartete sie, bis Sarah flüsterte: »Ich weiß, er sagt, dass er mich liebt, aber – es ist so *unmöglich!* Ich bin ziemlich verwöhnt. Ich habe mein Leben lang meinen Kopf durchgesetzt. Wie könnte ich je das Leben führen, das ein Geistlicher verlangt?«

»Wenn es Gottes Wille ist, wird er dich zurüsten, dieses Leben zu führen.« Sie sah sich im Pfarrhaus um und sagte: »Ich wohnte mit Gareth in einer armseligen Hütte, als Andrew kam, und nun habe ich mehr weltliche Güter, als ich je besessen habe. Aber all dies, das Haus, die Diener, das alles kann eine Familie nicht aufwiegen. Das hat nichts mit Liebe und Fürsorge füreinander zu tun.«

»Bist du glücklich, Dorcas?«

»Vor einigen Wochen hätte ich noch Nein gesagt, kein Zweifel. Aber«, fuhr Dorcas fort und lächelte, Frieden und Harmonie in den Augen, »nun habe ich das Gefühl, dass Gott etwas Wunderbares tut. Das ist zum einen das Kind, das ich unter dem Herzen trage. Die Frucht des Leibes ist der Lohn des Herrn und ich freue mich daran.«

Dorcas betrachtete Sarah, dann fragte sie beinahe unverschämt: »Und du, Sarah, was empfindest du für meinen Bruder?«

Es war eine Frage, auf die Sarah nicht einmal in ihrem eigenen Herzen die Antwort wusste. »Ich weiß nicht, Dorcas – ich weiß es einfach nicht. Es scheint mir alles so unmöglich … und außerdem wollte ich gar nicht so sehr über Gareth reden wie … nun … nun, ich hatte in letzter Zeit massive Zweifel, was mein eigenes Leben angeht.«

Augenblicklich verstand Dorcas, dass das Mädchen geistliche Fragen auf dem Herzen hatte. »Ich bin so froh, dass du zu mir gekommen bist«, sagte sie warmherzig. »Lass mich nur meine Bibel holen. Ich werde dir zeigen, wie ich den Herrn gefunden habe. Vielleicht wird dir das eine Hilfe sein.«

Mehr als eine Stunde lang las Dorcas einen Bibelvers nach dem anderen vor. Sie legte mit leiser Stimme Zeugnis ab und Sarah sog alles gierig in sich auf. Als Sarah aufstand, um sich zu verabschieden, sagte sie: »Das hat mir so viel geholfen, Dorcas. Darf ich wiederkommen?«

»Gewiss! Gott streckt die Hände nach dir aus. Er zieht dich an sich. Du wirst den Herrn Jesus finden, das weiß ich.«

* * *

Sarah hatte sich von ihrem Gespräch mit Dorcas so ermutigt gefühlt, dass sie regelmäßig zu Besuch kam. Ihre Familie war darüber beunruhigt, aber sie sagten nichts. Sie wussten, dass sie ein eigensinniges Mädchen war, und der sicherste Weg, sie zu einer Heirat zu treiben, war ein Verbot.

Rebecca Holden stand ebenfalls vor einem Rätsel, aber sie war weitaus unverblümter: »Sarah, warum läufst du so oft ins Pfarrhaus? Du warst bislang nie so religiös.«

Rebecca hatte einen weltlichen Geist, der beinahe schon verhärtet war. Eine Weile lang versuchte Sarah, den Fragen aus dem Weg zu gehen, schließlich aber sagte sie: »Ich habe Mrs Wakefield besucht, die Frau des Pfarrers. Sie ist eine so reizende junge Frau und sie macht eine schwere Zeit durch. Es ist ihr erstes Kind und es geht ihr nicht gut.«

»Nun, in dem Fall komme ich mit und überbringe ihr mein Beileid.«

Sarah wünschte, Rebecca würde es nicht tun, aber Rebecca kam tatsächlich mit. Als sie dort waren, empfing Dorcas sie ebenso liebenswürdig, wie sie Sarah empfangen hatte. Rebecca saß da und lauschte, während Dorcas von den Dingen Gottes sprach. Obwohl Dorcas' Gesicht bleich war, strahlte sie ein ruhiges Selbstbewusstsein aus.

Die beiden Frauen verlängerten ihren Besuch. Sarah ging in die Küche, um mit der Köchin über eine besondere Mahlzeit für Dorcas zu sprechen, während Rebecca im Arbeitszimmer blieb. Sie war noch dort, als sie hörte, wie eine Tür ins Schloss fiel. Als sie aufblickte, sah sie einen Mann vorbeigehen. »Oh, das ist ja Mr Morgan.« Einen Augenblick lang wollte Gareth der Name der jungen Frau nicht einfallen, schließlich hatte er sie nur einmal gesehen. Dann fiel es ihm ein. »Miss Holden, nicht wahr?«

»Das freut mich, dass Ihr Euch an mich erinnert, Sir«, sagte Rebecca. »Ihr erinnert Euch doch sicher an meine Freundin, Sarah Lancaster.«

»Wie – aber ja, natürlich.«

»Sie ist unten in der Küche, wird aber jeden Augenblick zurück sein.« Rebecca sah, wie ein seltsamer Ausdruck in Gareths Augen trat und sagte: »Ich wollte mich nur entschuldigen für den Streich, den wir Euch gespielt haben.« Rebecca nahm an, dass Sarah Gareth von ihrem närrischen Spielchen, einen Prediger zu verführen, erzählt hatte.

»Ich weiß nicht recht, was Ihr meint.«

»Oh, Sarah wollte dieses Spielchen machen.« Rebecca hatte ganz vergessen, dass es ihre eigene Idee gewesen war, und plapperte weiter: »Wir dachten, es wäre spaßig zu sehen, ob wir einen jungen Geistlichen verführen könnten, jedenfalls fand Sarah das.« Rebeccas Augenbrauen wanderten in die Höhe. Sie fuhr fort: »Ich bin überzeugt, die meisten Männer würden sich von einer so schönen Frau verführen lassen.«

Als Rebecca weiterredete, begriff Gareth erst, was sie da sagte, und Zorn überkam ihn. *Also hat sie bloß ihr Spielchen mit mir getrieben – sonst war nichts dahinter!* Er wollte seinen Ohren nicht trauen. Er hörte Schritte, und als er sich umwandte, sah er, wie Sarah den Raum betrat.

»Komm herein, Sarah. Ich habe Reverend Morgan eben erzählt, wie garstig wir waren, dass wir ihn so an der Nase herumführen wollten.«

Sarah war nie glücklich gewesen mit dem »Spielchen«, wie Rebecca es nannte. Als ihre Blicke sich mit denen Gareths trafen, sah sie den Schmerz in seinen Augen. »Gareth –«, begann sie, konnte aber nicht weitersprechen.

Gareth war zutiefst verletzt. Seine Liebe zu diesem Mädchen war größer als alles andere in seinem Leben gewesen, ausgenommen seine Liebe zu Gott. Er war völlig verstört, als er herausfand, dass es für sie bloß ein alberner Zeitvertreib gewesen war.

»Ich kam, um meine Schwester zu besuchen«, sagte er leise. »Es ist sehr freundlich von Euch beiden, dass Ihr sie besucht habt.« Er drehte sich auf dem Absatz um und schritt aus dem Raum, den Rücken gerade, den Kopf hoch erhoben.

»Rebecca, was hast du ihm gesagt?«, fragte Sarah angespannt.

»Nur, dass du ihn ein bisschen an der Nase herumgeführt hast.«

»Das hättest du nicht tun sollen.« Sarah hatte plötzlich das Gefühl, dass sie das Haus verlassen musste. »Lass uns gehen. Ich kann hier nicht länger bleiben.« Sie ignorierte Rebeccas Proteste, und als sie hinausgingen, erinnerte sie sich mit bitterer Klarheit an den Blick in Gareth Morgans Augen.

Er ist zutiefst verletzt, dachte sie. *Ich mache ihm keinen Vorwurf daraus. Warum habe ich je auf Rebecca gehört? Aber ich kann nicht ihr die Schuld geben, denn ich habe zugestimmt.*

Sie schüttelte Rebecca ab, sobald sich eine Gelegenheit bot, aber was sie nicht abschütteln konnte, war die Demütigung bei der Erkenntnis, wie schäbig sie einen Mann behandelt hatte, den sie wirklich liebte.

24

EINE UNTERBROCHENE PREDIGT

Die etablierte Kirche war niemals ein Problem gewesen für die Verbrecher und Taugenichtse, von denen einige Londoner Bezirke wimmelten. Die Methodisten wurden jedoch bald zu einem Stachel in ihrem Fleisch, denn so viele Prostituierte und vielversprechende junge Taschendiebe wurden bekehrt, dass sie ihren Gelderwerb gefährdet sahen. Einige der Zuhälter, die feststellen mussten, dass ihre Kunden ihnen davonliefen und zu Gebetstreffen gingen, hetzten den Pöbel auf. Dasselbe taten die Diebe, Taschendiebe und Schläger, die ihre Felder weiß zur Ernte gesehen hatten. Einige dieser Unruhestifter hatten schon einmal versucht, das Dach von Wesleys Stiftung einzureißen. Als Wesley in Wiltshire von einem Tisch herab predigte, hatte das Gesindel einen Stier herbeigebracht, der wild durch die Menge trampelte. Wesley hatte seine Predigt unterbrochen und die Situation gut in den Griff bekommen. Das arme Tier war zu Stierkämpfen missbraucht worden und war nicht schwierig einzufangen.

Später in derselben Woche bekam Gareth seinen Teil der Verfolgung ab. Ein Pöbelhaufen griff die Versammlung an und warf Steine. Einer davon traf ihn mitten in den Rücken. Es verschlug ihm den Atem, und er trug eine große Schramme auf dem Rücken davon, erlitt aber weiterhin keinen Schaden.

Wesley bat die Behörden um Schutz. In London war das verhältnismäßig leicht zu erreichen, aber der Londoner Pöbel folgte ihnen und stiftete überall in der Provinz Unruhe. Sarah bekam ein mildes Beispiel zu sehen, als einer der Methodistenprediger in der Stadt von einigen niedergebrüllt wurde. Der Geistliche wurde von der Menge herumgestoßen, blieb aber ansonsten unverletzt.

Am nächsten Tag kam Sarah zu Dorcas zu Besuch und zeigte sich beunruhigt über ihren körperlichen Zustand. Dorcas lag im Bett, wo sie von der Magd Bertha gepflegt wurde. Als Dorcas sie nach ihrem geistlichen Zustand fragte, sagte Sarah: »Oh, Dorcas, du darfst dir keine Sorgen um mich machen. Ich bin es, die sich Sorgen um dich macht.« Sie ließ den Blick über den geschwollenen Leib und das bleiche Gesicht gleiten und sagte: »Fühlst du dich so schlimm, wie du aussiehst? Du liebe Zeit – wie schrecklich. Das hätte ich nicht sagen dürfen.«

Dorcas brachte ein kleines Lachen zustande. »Ich glaube, ich sehe weitaus schlimmer aus, als ich mich fühle. Mach dir keine Gedanken.«

»Aber ich muss mir Gedanken machen. Was sagt der Doktor?«

Dorcas zögerte. »Er ist ziemlich pessimistisch.«

Sarah blickte in das Gesicht der jungen Frau, das sich von dem weißen Kissen abhob. Dorcas' Haar war wie ein Fächer um ihren Kopf gebreitet und ihre Züge waren beinahe hager. Trotz aller Bemühungen hatte sie nicht genügend zugenommen. Es lag ein grauer Hauch auf ihren Wangen, der Sarah Angst machte. *Ich muss mit dem Pfarrer sprechen, bevor ich hier gehe*, dachte sie. Laut sagte sie: »Ich habe den Methodisten predigen zugehört.« Sie erzählte Dorcas, die nach Neuigkeiten hungerte, alles über ihre Suche, und schloss mit den Worten: »Ich habe Angst um die Prediger.«

»Gareth hat solche Dinge nie erwähnt«, murmelte Dorcas. »Aber das würde er wohl auch nicht tun.«

»Wo ist er jetzt, weißt du das?«

»Ich habe vor zwei Tagen einen Brief von ihm bekommen. Ich glaube, er wird morgen in Mileton predigen.« Ein Krampf zuckte über ihr Gesicht. Sie wandte sich ab, bis der Schmerz vorüber war. Als sie sich wieder umdrehte, lächelte sie. »Nun, hast du den Herrn Jesus schon gefunden?«

Sarah schüttelte betrübt den Kopf. »Ich weiß nicht, was ich tun soll, Dorcas. Ich habe dir zugehört und alles, was du sagst, ist richtig. Bei dir hat es funktioniert, aber mir ist es vielleicht nicht bestimmt, gerettet zu werden.«

»Du hast doch nicht auf die Calvinisten gehört, oder?«

»Was ist das?«

»Sie glauben, dass Gott nur bestimmte Leute auserwählt hat, um gerettet zu werden.«

»Was ist mit dem Rest?«

»Die sterben und kommen in die Hölle.«

»Aber das ist nicht fair!«

»Das sagt Mr Wesley auch. Deshalb spricht er so oft von *freier Gnade*. Er sagt, ›wer da will, der komme‹, und ich bin seiner Meinung.« Dorcas streckte die Hand aus, die Sarah ergriff und drückte. »Du darfst zu Jesus kommen. Das Einzige, was dir im Wege steht, ist dein eigener Wille ...«

Sarah schwieg.

»Ich weiß, es ist hart«, fuhr Dorcas kopfschüttelnd fort. »Ich hatte nichts aufzugeben – nichts von den Gütern dieser Welt, aber du hast Wohlstand, eine hohe Stellung und alles, was die Welt liebt. Aber darf ich dich fragen, Sarah, wenn du heute Nacht sterben solltest, wie viele von diesen Dingen könntest du mit vor Gottes Angesicht nehmen?«

Sarah senkte den Blick, konnte aber nicht antworten. Ein Kloß steckte in ihrer Kehle, denn sie focht einen inneren Kampf aus. »Ich werde Gott leidenschaftlicher suchen«, sagte sie schließlich, »ich werde inniger beten.«

Dorcas wirkte müde, also erhob sich Sarah und küsste sie auf die Wange. »Ich komme wieder. Morgen höre ich mir Gareths Predigt an.«

»Sag ihm alles Liebe von mir.«

»Nun, ich werde mich nicht vor ihm blicken lassen, das wäre mir zu peinlich. Aber ich komme, um dir alles zu erzählen.«

* * *

Am nächsten Nachmittag hätte Sarah sich beinahe entschlossen, zu Hause zu bleiben. Sie fühlte sich erbärmlich. Seit ihrem Gespräch mit Dorcas war sie in eine tiefe Depression versunken. Der Gedanke, zu sterben und vor Gottes Angesicht zu stehen, erschreckte sie. Aber schließlich schlüpfte sie in Hut und Mantel und befahl dem Kutscher wie gewöhnlich, sie nach Mileton zu fahren, ein kleines Dorf außerhalb Londons. Da es nicht weit vom Pfarrhaus entfernt war, beschloss sie, Dorcas auf dem Rückweg Bericht zu erstatten.

Als der Kutscher vorfuhr, wandte er sich ihr zu und gab ihr den Rat: »Sieht nach einem üblen Haufen aus, Miss. Ihr solltet lieber im Wagen bleiben.«

Sarah antwortete: »Könnt Ihr zu der kleinen Anhöhe dort drüben hinfahren? Ich glaube, dort hören wir gut.«

»Ja, Ma'am, das könnte schon möglich sein.«

Sarah blieb in der Kutsche sitzen. Inmitten der Anhöhe befand sich eine natürliche Mulde, in deren Mitte die Prediger Aufstellung genommen hatten. Sarah sah Gareth in Begleitung von zwei anderen Geistlichen. In einem erkannte sie keinen geringeren als John Wesley. Während sie dasaß und lauschte, wurde die Menschenmenge noch größer. Aber sie bemerkte, dass über dieser Gruppe eine andere Atmosphäre lag. Viele der Männer sahen aus, als kämen sie aus den schlimmsten Gegenden Londons. Sie gingen hin und her und tuschelten miteinander; offenbar warteten sie auf ein Zeichen.

Unten in der Mulde hatte Gareth die Menge aufmerksam betrachtet. »Ich fürchte, wir bekommen Ärger, Mr Wesley«, sagte er. »Das sind üble Burschen.«

»Wir müssen das Evangelium predigen. Gott wird seine Hand über uns halten, Gareth.«

John Wesley begann bald darauf zu predigen. Doch kaum hatte er angefangen, brachen die Zwischenrufe los. »Halts Maul! Gleich bist du still oder es setzt etwas!«

John Wesley kümmerte sich nicht um die Zwischenrufe, sondern erhob die Stimme. Sein durchdringender Tenor erhob sich über die Drohungen und zehn Minuten predigte er ohne Unterlass.

Dann trat einer der Rädelsführer, ein ungeschlachter Mann mit dem zerschlagenen Gesicht eines Boxers, aus der Menge hervor. Sein

Gesicht war verzerrt vor Zorn, als er sich vor dem Prediger aufbaute und brüllte: »Maul halten, Prediger, oder ich schlag dir die Zähne ein!«

Wesley blickte den Mann einfach an: »Ich muss das Evangelium predigen«, und begann von Neuem dort, wo er unterbrochen worden war. Ein wüstes Brüllen kam von den Schlägern in der Menge. Plötzlich stürmten sie los wie Bullen. Viele wurden zu Boden geworfen, als die Rüpel links und rechts um sich schlugen.

Gareth trat vor, stellte sich zwischen Wesley und den Mann, der über ihm aufragte, und sagte leise: »Es wäre besser, wenn Ihr es zuließt, dass die Versammlung ungestört weitergeht.«

Augenblicklich schlug der Riese Gareth auf die Wange. Der Schlag warf ihn zurück gegen Wesley. Blut sickerte aus seiner zerbissenen Lippe. Aber er schlug nicht zurück, denn Wesley hatte ihn gelehrt, das nicht zu tun. Wieder schlug der Rädelsführer zu; diesmal traf er Gareths Arm so hart, dass er gefühllos wurde. Dann kamen die anderen herbei, sodass nicht nur Gareth, sondern auch Wesley gepackt und überwältigt wurde.

Die schäumende Menge zerrte Wesley, Gareth und den dritten Geistlichen, einen älteren Mann namens Edward Fitch, mit groben Fäusten in den Kreis. Mehrere Männer hatten Knüppel bei sich und schlugen auf die Versammelten ein. Gareth sah, wie ein Mann den Arm hob, und hörte den Knochen brechen, als ein Schlag ihn traf.

Gareth schrie: »Mr Wesley, ist alles in Ordnung bei Euch?«

Wesley sagte: »Ja!« Dann wandte er sich an den Rädelsführer. »Wollt Ihr mir zuhören?«

»Nein! Nein!«, brüllte der Pöbel. »Schlagt ihm den Schädel ein! Bringt ihn um!«

»Was habe ich euch getan? Wem von euch habe ich ein Unrecht getan?«

Wesley begann vernünftig mit ihnen zu sprechen, aber die Menge schrie nach Blut.

Oben auf der Höhe betrachtete Sarah in hellem Entsetzen die Szene. Sie presste die Faust an die Lippen, um nicht aufzuschreien. Sie sah, wie die drei Männer von groben Fäusten herumgestoßen wurden. Wesley und der ältere Mann wurden häufig von Stößen und Püffen getroffen, die sie nicht abzuwehren versuchten.

Und dann sah sie, wie einer aus der Menge einen großen Stein aufhob. Noch während sie zusah, schlich er hinter Gareth heran, der von zwei Männern aus dem Pöbelhaufen festgehalten wurde und sich nicht wehren konnte. Sarah schrie auf, als der Mann den Stein hob und Gareth damit niederschlug. Er fiel zu Boden, offensichtlich bewusstlos.

»Rasch, treibt die Pferde dort hinunter, Thomas!«

»Aber das können wir nicht tun.«

»Macht, was ich Euch sage!«

Thomas starrte Sarah an, dann griff er zur Peitsche. »Ja, Ma'am, aber da bekommen wir Ärger.«

Sarah wiederholte ihren Befehl. »Wir müssen ihm helfen. Macht schon!«

Thomas trieb gehorsam die Pferde mit der Peitsche an. Die erschrockenen Tiere machten einen Satz nach vorn. Er trieb sie in einem Halbkreis herum, einer alten Karrenspur folgend. Leute rannten nach allen Seiten aus der Menschenmenge davon.

Sarah hielt sich mit beiden Händen fest. Ihr Gesicht war bleich. Thomas fuhr direkt auf die Geistlichen zu, die sich loszuwinden versuchten, und einer der in Lumpen gekleideten Rowdys schrie gellend auf, als die Hufe der Pferde ihn niedertrampelten. Andere sahen, wie das Gespann auf sie zuraste, und ließen ihre Absicht fahren. Sie stürzten sich zur Seite, um den Pferden zu entkommen.

Sarah wartete, bis die Kutsche neben dem Gestürzten hielt, dann sprang sie hinaus. Gareth lag mit dem Gesicht nach unten auf dem Boden. Sie ließ sich auf die Knie nieder und drehte ihn um. Seine Lippe blutete und eine große Beule begann sich auf seinem Hinterkopf zu bilden.

Plötzlich packte eine Hand zu, und sie fühlte, wie sie in die Höhe gezogen wurde. Der ungeschlachte Rädelsführer glotzte sie aus bösen Augen an. »Was wollt Ihr hier? Das ist kein Ort für eine Frau.«

Sarah starrte ihn furchtlos an. »Ihr wisst wohl, dass ich Euch verhaften lasse. Wie heißt Ihr?«

»Was soll das?«, knurrte er und griff fester zu.

»Lass meinen Arm los, du Wicht!«, sagte sie mit klarer Stimme. Sie wandte sich an Mr Wesley und Mr Fitch und sagte: »Wie heißt dieser Mann? Mein Vater wird dafür sorgen, dass er sofort ins Gefängnis kommt.« Sie drehte sich wieder zu dem Mann um und sagte: »Lasst meinen Arm los, wenn Ihr nicht noch länger im Gefängnis bleiben wollt. Mein Vater ist Sir Talbot Lancaster, und wir wollen doch sehen, ob Ihr Euch mit ihm ebenso gern anlegt wie mit hilflosen Männern!«

Ein Murmeln ging durch die Menge. Einige der Unruhestifter verzogen sich auf der Stelle.

Der klobige Rädelsführer lief scharlachrot an vor Wut, aber als Sarahs Augen furchtlos in die seinen blickten, wusste er, dass er seine Meisterin gefunden hatte. »Kommt schon!«, schrie er. »Wir haben ihnen genug Angst gemacht!«

Der Mann war kaum gegangen, als Sarah schon wieder neben Gareth kniete. Er atmete gleichmäßig. Als Wesley und Fitch herbeitraten, blickte sie auf und sagte: »Ist mit Euch alles in Ordnung, Gentlemen?«

»Ja, das verdanken wir Euch«, sagte Wesley. »Wie geht es unserem lieben Bruder?«

»Er ist bewusstlos«, sagte Sarah. »Helft mir, ihn in die Kutsche zu tragen. Er wohnt nicht weit von hier. Ich werde ihn nach Hause bringen.«

Viele hilfreiche Hände boten sich an und bald saß Sarah wieder in der Kutsche, Gareths Kopf im Schoß. »Fahrt heim. Fahrt vorsichtig, aber macht rasch, Thomas!«

»Ja, Ma'am, wird gemacht.«

* * *

Gareth erwachte mit dröhnendem Kopf. Grelle Blitze des Schmerzes zwangen ihn, die Augen zu schließen und die Zähne zusammenzubeißen. Einen Moment lang konnte er nicht einmal denken, so sehr schmerzte sein Kopf. Instinktiv streckte er die Hand aus, um ihn zu berühren, dabei stieß er auf eine Bandage und eine Hand. Er riss die Augen auf. Allmählich formte sich ein Gesicht vor seinen Augen. Langsam wurde es klarer und er wisperte: »Wo bin ich?«

Das Gesicht war verschwommen gewesen. Er blinzelte, bis sein Blick schließlich wieder klar wurde, und er flüsterte: »Sarah!« Dann fiel ihm plötzlich alles wieder ein. »Wie hast du mich hierhergebracht? Ich erinnere mich an nichts –«

»Einer von diesen Schurken hat dich mit einem Stein von hinten niedergeschlagen«, sagte Sarah. »Wie fühlst du dich?«

Gareth blickte an sich hinunter und sah, dass er im Bett lag und dass sie allein im Zimmer waren. Sarah saß neben ihm. Sie legte eine Hand auf sein Gesicht. »Tut dein Kopf sehr weh?«

Gareth widerstrebte und sagte: »Lass mich aufsitzen.«

»Das solltest du nicht tun.«

»Ich bin schon in Ordnung – hilf mir nur auf.« Er kämpfte sich in eine sitzende Haltung hoch, einen Moment lang verschwamm der Raum vor seinen Augen. Dann sagte er: »So ist es besser.« Er blinzelte, als der Schmerz ihn durchflutete, und griff sich vorsichtig an den Kopf. »Was für eine Beule! Sie fühlt sich an wie ein Kürbis.«

»Du hattest auch eine Schramme, aber ich habe sie verarztet. Ich bin keine besonders gute Krankenschwester«, sagte sie.

»Was ist geschehen? Wie bin ich hierhergekommen?«

Sarah zögerte. »Ich fuhr auf die Felder hinaus, um dich predigen zu hören. Als du niederfielst, befahl ich Thomas, mit der Kutsche hinzufahren. Wir hoben dich hinein und brachten dich hierher.«

Gareth starrte sie an. »So leicht war das sicher nicht, nicht mit diesem Pöbelhaufen dort. Was war überhaupt mit diesem Monstrum, das alle anstänkerte?«

Sarah lächelte, ein koboldhaftes Licht glomm in ihren Augen. »Ich habe ihm gedroht, ihn ins Gefängnis stecken zu lassen. Da war der

Name meines Vaters ganz nützlich. Er rannte wie ein Hase, sobald er ihn hörte.«

Gareth, der sich ein wenig besser fühlte, schwang die Beine über den Bettrand. Eine Weile blieb er dort sitzen und dachte darüber nach, was geschehen war. Dann sagte er leise: »Ich weiß, dass du dein Leben riskiert hast.«

»Nein, so gefährlich war es nicht.«

Einen Augenblick herrschte Schweigen zwischen ihnen. Schließlich sagte Gareth: »Warum bist du gekommen?«

»Oh, Gareth, ich weiß, was für schreckliche Dinge dir Rebecca gesagt hat – wie ich dich zum Spaß an der Nase herumgeführt hätte. Das stimmte anfangs auch ... aber es dauerte nicht lange, bis ich mich dafür hasste. Und jetzt ist es kein Spiel mehr. Wirst du mir jemals vergeben?«

»Natürlich, aber das war es nicht, was ich gefragt habe. Warum bist du zu der Predigt hinausgefahren?«

»Gareth, ich habe mit Dorcas gesprochen. Ich fühle mich so elend. Ich weiß nicht, wie ich Gott finden soll.«

Plötzlich verkrampfte sich ihr Gesicht und sie schrie auf: »Ich weiß nicht, was ich tun soll. Dorcas fragte mich, was ich tun würde, wenn ich stürbe und vor das Angesicht Gottes träte. Ich weiß, ich bin nicht bereit.«

Gareth vergaß den Schmerz in seinem Kopf, als er mit sanfter Stimme antwortete: »Gott hat dich gerufen, Sarah. Darf ich dir den Herrn Jesus vorstellen? Er hat nach dir Ausschau gehalten, hat sich nach dir gesehnt. Nun ist es an der Zeit, dass du ihn findest.«

Tränen liefen Sarah übers Gesicht. »Wird er mich annehmen?«

»Er ist für dich gestorben, Sarah. Lass mich dir erzählen, wie sehr er dich liebt und wie sehr er sich wünscht, dir Frieden zu geben ...«

* * *

Dorcas riss die Augen auf, als sie Gareth mit Sarah an der Seite in ihr Zimmer treten sah. Sie sah die Tränenspuren auf Sarahs Wangen und den triumphierenden Blick in Gareths Augen und sie schrie auf: »Gareth – Sarah –!«

»Ich möchte, dass du meine neue Schwester im Herrn kennenlernst. Sarah hat soeben den Herrn Jesus als ihren Erlöser angenommen.«

Sarah rannte hin und warf sich in Dorcas' Arme. Sie begann von Neuem zu schluchzen, aber als sie sich zurücklehnte, strahlten ihre Augen in sieghaftem Licht. »Oh, Dorcas, es ist wahr. Ich bin jetzt eine Christin. Ich glaube an Jesus, dass er mich von allen meinen Sünden errettet hat.«

Gareth beobachtete die beiden Frauen, als sie ihrer Freude Ausdruck gaben. Eine tiefe Freude leuchtete in seinem eigenen Herzen, weil er irgendwie wusste, das die Arbeit dieses Tages noch nicht getan war.

Offenbar musste ich mich erst auf den Schädel schlagen lassen, aber das ist es wert, dachte er und lächelte, als Sarah sich ihm zuwandte. Sie hatte einen erwartungsvollen Ausdruck in den Augen, und als er zu ihr hinging, nahm sie schüchtern seine Hand, dann blickte sie ihm in die Augen und erwiderte sein Lächeln. Beide schwiegen, aber sie wussten beide, dass es keine Mauer mehr zwischen ihnen gab.

25

ZWEI SIND BESSER ALS EINER

George Whitefield landete Anfang März in Cornwall und traf vier Tage später in London ein. Er hatte erstaunliche Erfolge in Amerika gehabt. Das Feuer der großen Erweckung war die Ostküste entlanggejagt, wie man es nie zuvor gesehen hatte. Sogar Benjamin Franklin, der praktisch keine Religion hatte, wurde ein enger persönlicher Freund von George Whitefield und unterstützte ihn trotz seines Mangels an Überzeugung.

Whitefield sehnte sich danach, den Bruch mit John Wesley zu kitten. Er hatte das Gefühl, dass er sich schuldig gemacht hatte, als er in einem offenen Brief Wesleys Gebrauch des Loses – den er für unklug hielt – anprangerte. Er wurde auch ständig mit dem Klatsch und Tratsch derer überschwemmt, die den Eindruck hatten, John Wesley habe Whitefields Dienst usurpiert.

Die beiden Männer trafen sich in der »Stiftung« und sprachen ganz offen miteinander. Wesley, der Whitefields offene Worte schätzte, bemerkte später: »Moralische Integrität war ein unverzichtbarer Teil seines Charakters.«

George Whitefield sprach in respektvollem Ton von ihren Meinungsverschiedenheiten auf dem Gebiet der Doktrin. Beide Männer waren betrübt. Whitefield zeigte es offener, denn er hatte, wie Wesley sagte, »ein Herz, das der großzügigsten und zärtlichsten Freundschaft fähig war. Ich habe oft gedacht, dass das vor allem sein hervorstechendster Charakterzug war. Wie wenige Menschen haben wir gekannt, die ein so freundliches Naturell, so große und überströmende Zuneigung zeigten!«

Die beiden Männer machten immerhin einen Anfang.

Whitefield sagte später: »Wichtigtuer auf beiden Seiten gossen Öl ins Feuer. Wir hören zu viel auf die Klatschmäuler.«

Die Entfremdung, so schien es Wesley, brachte die ganze evangelikale Erweckung in Gefahr. Er wurde zu einer Predigtreise nach Wales berufen, wo er unablässig versuchte, Gottes Willen in Bezug auf George Whitefield zu erfahren. Während dieser Zeit kam Howell Harris, der Pionier der Erweckung in Wales, zu Wesley, um mit ihm zu sprechen, und Gott segnete ihn mit heilenden Worten.

Harris schrieb an Whitefield, danach trafen sich die beiden Männer in einem kleinen Dachstübchen im »neuen Zimmer«. Dort heilten sie ihren langen Zwist und die Zuneigung zwischen ihnen kehrte zurück. Die theologischen Spaltungen, die zwei Jahrhunderte zuvor die Reformation geschwächt hatten, hatten ihre Gedanken getrennt, aber nicht ihre Herzen, und jeder meinte, im Recht zu sein. Wesley war ungemein erleichtert, er schrieb in sein Tagebuch: *»Ich verbrachte eine angenehme Stunde mit Mr Whitefield. Ich glaube, er ist aufrichtig, wenn er sagt, dass er allen die Hände reichen möchte, die Jesus lieben.«*

Wenig später schrieb Whitefield an Wesley und sprach über ihre Versöhnung.

> *Ich sage, das Alte vergeht, und es wird ein Neues. Möge der König in alle Ewigkeit leben und alle Zwistigkeiten sterben. Gott sei gepriesen, dass er Euch ein solches Herz gegeben hat. Ich unterzeichne, Reverend und herzlich lieber Sir, als Euer von großer Zuneigung erfüllter, wenn auch jüngerer Bruder im Evangelium unseres herrlichen Immanuel.*

* * *

Sarah hatte Dorcas Wakefield lieben gelernt wie eine Schwester. Seit sie Christin geworden war, war sie praktisch ins Pfarrhaus eingezogen; sie kam jeden Tag, um Dorcas zu pflegen. Es gab nicht viel Arbeit zu tun, denn alle Bediensteten taten ihr Bestes für ihre Herrin, aber sie war Dorcas ein Trost. Dorcas hatte gelernt, sich auf Sarah zu stützen, und freute sich immer, sie zu sehen.

Dr. Brown kam eines Tages Mitte April und blieb länger als gewöhnlich. Andrew schritt unten nervös auf und ab, während Sarah angespannt in einem Sessel saß und von Zeit zu Zeit den Blick auf Dorcas' Zimmer richtete.

Andrew hörte auf, auf und ab zu laufen, und folgte ihrem Blick. Als ihre Augen sich trafen, bemerkte er abrupt: »Ich fürchte um Dorcas.«

»Wir müssen Gott vertrauen, Reverend. Aber das wisst Ihr natürlich.«

Andrew starrte sie beinahe verständnislos an. »Ich dachte, ich wüsste es, aber es scheint, als wüsste ich sehr wenig von Gott.«

Sarah war – wie allen anderen – aufgefallen, mit welcher fast verzweifelten Fürsorge Andrew sich um Dorcas bemühte. Er geisterte im Haus herum, unfähig zu arbeiten, und dennoch konnte er Dorcas nicht besuchen, ohne zutiefst verstört zu sein. In der Folge wurde er nervös und immer verschlossener. Sarah hatte gesehen, wie er stundenlang in seinem Arbeitszimmer saß und die Fenster anstarrte; seine Augen waren leer und seine Hände fest ineinander verschränkt.

Dr. Brown betrat den Raum. »Kann ich mit Euch allein sprechen, Mr Wakefield?«

»Vor Miss Lancaster könnt Ihr offen sprechen«, sagte Andrew. »Was ist?« Er hatte Angst, die Frage zu stellen, denn der Doktor hatte mit finsterem Ausdruck die Brauen zusammengezogen.

»Wie ich Ihnen von Anfang an sagte: Ihre Frau hat Schwierigkeiten. Ich kann immer noch nichts Genaues sagen, aber sie ist unterernährt und dazu noch sehr schwach. Auch die Position des Kindes scheint mir nicht ganz richtig zu sein, obwohl ich auch da nichts Gewisses weiß.«

»Was sagt Ihr da, Doktor?«, verlangte Andrew zu wissen. »Könnt Ihr nicht besser helfen? Eine zweite Meinung einholen?«

»Natürlich. Ich habe schon daran gedacht. Ich werde mich an meinen Kollegen, Dr. Callendar, wenden. Er ist sehr gut in solchen Angelegenheiten.«

»Ruft ihn sofort!«, sagte Andrew.

»Vielleicht würdet Ihr gerne mit ihr sprechen. Ich glaube, sie braucht Euren Trost.«

Andrew hielt inne, starrte den Arzt an, dann fuhr er sich mit der Zunge über die Lippen und versuchte zu sprechen. Zuerst misslang es ihm, dann fragte er: »Doktor – wird sie es überleben?«

Dr. Brown war ein ehrlicher Mensch. Er dachte ungebührlich lange über die Frage nach, schließlich blickte er Andrew Wakefield offen in die Augen. »Ich kann Euch keine falschen Hoffnungen machen. Wenn nicht ein Wunder geschieht, wird sie die Geburt des Kindes kaum überleben.«

»Oh, nein!«, schrie Sarah unwillkürlich auf. Sie wurde blass und sank in den Stuhl zurück. Ihre Hände zitterten, und sie schüttelte den Kopf, als weigerte sie sich, die Worte des Doktors zu hören.

Die Worte des Arztes trafen Andrew Wakefield härter als eine Gewehrkugel. Er hatte schon seit einiger Zeit gewusst, dass es Dorcas nicht gut ging, aber er hoffte und betete um eine Besserung. Nun hingen Dr. Browns Worte nackt in der Luft, kalt und drohend. Sie ließen sich weder ignorieren noch beiseiteschieben. »Holt Dr. Callendar – wir müssen etwas tun.«

»Er wird am späteren Nachmittag kommen.«

Dr. Brown ging und Sarah erhob sich aus ihrem Sessel. »Wir dürfen die Hoffnung nicht verlieren, Reverend«, sagte sie. »Ich kann nicht glauben, dass Gott sie sterben lässt.«

Andrew starrte sie aus glasigen Augen an; sein Gesicht verriet, dass er sie nicht wiedererkannte. Als er sich abwandte, meinte Sarah, er wolle nach oben gehen, stattdessen trat er in den Flur und schritt hinaus, ohne Hut und Mantel anzuziehen.

Sarah war erstaunt. *Er hat den Verstand verloren*, dachte sie. Sie rannte zum Fenster und sah den Pfarrer in Hemdsärmeln die Straße entlanggehen. Obwohl es ein milder Apriltag war, taten die Pastoren großer Kirchen so etwas einfach nicht.

Sarah wusste, dass sie etwas tun musste. Rasch rannte sie durch die Tür, wobei sie ihren Rock raffte, und holte ihn eine Quergasse weiter ein. »Reverend Wakefield!«, sagte sie und ergriff seinen Arm. Sie zwang ihn, sich umzudrehen, und erstarrte, als sie sein verkrampftes Gesicht sah. »Reverend Wakefield, Ihr müsst ins Haus kommen!«

»Was?«

»Ich sagte, Ihr müsst ins Haus kommen.« Sie zögerte, dann sagte sie leise: »Bitte kommt mit. Ich weiß, Ihr seid verzweifelt, aber wir können darüber reden.«

Andrew ließ es fügsam geschehen, dass sie ihn zum Haus zurückführte. Sobald sie drinnen waren, sagte sie: »Kommt, wir wollen uns ins Wohnzimmer setzen und reden.«

Mehr als eine Stunde lang sprach Sarah mit Andrew. Zuweilen schien er sie zu hören und reagierte mit einem leichten Kopfnicken, aber er wirkte verwirrt. Er starrte über ihre Schulter hinweg die Wand an. Sarah war verzweifelt: »Ich glaube, Ihr solltet Euch besser niederlegen, Reverend Wakefield. Ich kümmere mich um Dorcas.«

»Ja – ja, das werde ich tun.«

Sarah sah ihm nach, als er wie ein alter Mann die Treppen hinaufging. Sie hörte, wie er seine Tür schloss, dann eilte sie zu Dorcas. Dorcas schlief und Sarah saß eine Zeit lang an ihrem Bett. Es schien ihr, dass sie einmal hörte, wie unten im Flur eine Tür geschlossen wurde, aber sie konnte nicht weggehen.

Schließlich erwachte Dorcas und bat um Wasser.

Rasch füllte Sarah ein Glas aus dem Krug am Waschtisch. Sie half Dorcas, sich aufzusetzen, und sah, dass ihre Lippen dürr und trocken waren und ihr Gesicht einen ungesund graublassen Ton angenommen hatte. Die kranke Frau trank in kleinen Schlucken das Wasser, bis ein jäher Schmerzkrampf sie packte, sodass das Glas wegflog und das Wasser verschüttet wurde.

»Ist alles in Ordnung?«, fragte Sarah ängstlich.

»Ja. Ich glaube schon. Mir ist nur so übel.«

Sarah blieb bei Dorcas, bis sie wieder in den Schlaf sank. Sie machte sich schreckliche Sorgen. Sie hatte sie nie so bleich gesehen – nie so offenkundig elend.

Als sie später die Treppe hinabging, sagte sie zu Mrs Lesley: »Wir müssen den Doktor zurückholen. Mrs Wakefield geht es schlechter.«

»Mr Wakefield ist bereits gegangen. Wollte er nicht den Doktor holen?«

»Er ist fort?«

»Aber ja, Ma'am. Er sah furchtbar bekümmert aus, also dachte ich, er ginge wohl den Doktor holen.«

»Ich glaube nicht. Ich muss wohl selbst gehen. Bleiben Sie inzwischen bei Mrs Wakefield, Mrs Lesley?«

»Ja, natürlich, Ma'am.« Mrs Lesley starrte der jüngeren Frau nach, dann drehte sie sich um und begab sich in die Küche, wo sie Beth Buchanan beim Kartoffelschälen antraf.

Beth blickte besorgt auf, als die Ältere den Raum betrat. »Und wie geht es ihr, Mrs Lesley?«

»Schlecht.« Das einzelne Wort klang kurz und unbeugsam. Befriedigung glitzerte in den kalten Augen der Haushälterin, als sie sagte: »Ich bezweifle, dass sie es überleben wird.«

Beth wusste, dass Mrs Lesley ihrer Herrin niemals verziehen hatte, dass sie den Haushalt selbst in die Hände genommen hatte, aber sie war schockiert über die Grausamkeit, die sie im Gesicht der Frau sah. Sie sagte mit schmalen Lippen: »Ihr solltet lieber ein bisschen freundlicher an die gnädige Frau denken. Sie hätte Euch vor die Tür setzen können.«

Mrs Lesley starrte die Köchin an, ihre schmalen Lippen bildeten eine gerade Linie. Einen Augenblick sah es aus, als wollte sie Beth schlagen – dann huschte ein schlauer Ausdruck über ihr hageres Gesicht. Sie wandte sich wortlos ab und verließ die Küche.

Kaum hatte sie jedoch den Raum verlassen, als sie mit wilder Wut zischte: »Lasst sie sterben!«

* * *

Andrew eilte die Straße hinunter. Er konnte keinen klaren Gedanken fassen, immerzu musste er an Dr. Browns Worte denken: *Sie würde vielleicht nicht überleben!* Plötzlich war ihm der Gedanke unerträglich. Ihm wurde bewusst, dass er nicht klar denken konnte, und er versuchte sich zusammenzunehmen. *Sie kommt wieder in Ordnung – sie muss einfach!*

Aber je länger er dahinschritt, desto zerrütteter wurde sein Denken. Schließlich ging er zur Kirche und betrat ein kleines Arbeitszimmer im zweiten Stock, das er nie benützte. Er wollte niemanden sehen, also trat er durch die Hintertür ein und schaffte es, seinen Weg zu finden, ohne dass jemand ihn sah.

Drinnen setzte er sich auf einen Stuhl an der Wand und starrte durchs Zimmer. Er begann zu beten. Seine Gebete folgten keiner vorgegebenen Form, sondern waren qualvolle Aufschreie. Bald fand er sich auf den Knien und schrie um Gottes Barmherzigkeit.

Andrew Wakefield wusste nicht, wie lange das so ging. Er wusste nur, dass er an einem bestimmten Punkt aufhörte, für seine Frau zu beten. Eine plötzliche Erkenntnis überkam ihn, dass er in der Gegenwart Gottes war. Er begann zu zittern. »Oh, Gott«, rief er aus, »zeige mir, was ich tun soll!«

Von diesem Augenblick an sprach Gott zu Andrew Wakefields Herzen. Es war wie bei Jakob, der mit dem Engel gerungen hatte. Andrew wurde im Geiste zu seinen frühen Tagen zurückgeführt. Er sah klar und deutlich, dass er sein Leben lang nicht mehr als ein Pharisäer gewesen war. Er hatte den Buchstaben des Gesetzes gehalten, aber er hatte den Gott nicht gesucht, der das Gesetz geschrieben hatte.

Fragmente alter Predigten, die er gehört hatte, kamen ihm in den Sinn, so klar, als würden sie vor seinen Ohren gesprochen. Alle hatten mit dem Blut Jesu zu tun. Er war erschüttert, als er an andere Predigten dachte, die mit der Verdammnis der Sünder zu tun hatten – der ewigen Strafe für die, die Christus zurückweisen.

Er lag auf dem Angesicht und wusste nicht, wie lange. Er erinnerte sich daran, wie seine Tante Hope aus der Bibel vorgelesen hatte. Ihre Stimme widerhallte in seinem Herzen: *Ohne Blutvergießen gibt es keinen Nachlass der Sünden.* Sie hatte ihm diese Bibelstelle oft vorgelesen.

Sie hatte ihm damals wenig bedeutet, aber nun wusste er, dass sie alles bedeutete.

Sehet das Lamm Gottes, das hinwegnimmt die Sünden der Welt, war eine weitere Bibelstelle, die seine Tante geliebt hatte. Und er erinnerte sich unter Tränen, wie sie von der Zeit sprach, als sie Jesus im Geiste erfahren hatte und wusste, dass ihre eigenen Sünden hinweggenommen waren.

Im Halbdunkel dieses Raumes verlor Andrew Wakefield jede Hoffnung. Er betrachtete sich nicht als einen Absolventen der Universität Oxford oder den Pastor einer großen Kirche, sondern als einen Mann, der nie Glauben an den Herrn Jesus Christus gehabt hatte. Er fühlte sich allein – einsamer, als er je gedacht hätte. Das war der Punkt, wohin niemand mehr mit ihm gehen konnte, weil er wusste, dass jeder Mann und jede Frau allein zu Gott kommen muss. Er ließ Familie, Freunde und Bekannte hinter sich, weil er wusste, er musste vor Gott treten und seine Entscheidung treffen. Und genau das tat Andrew an diesem Apriltag. Irgendwann rief er zu Gott mit dem einfachsten Gebet, das er kannte: »Gott, hab Erbarmen und errette mich durch das Blut Jesu Christi.«

Nichts schien sich zu ändern, aber Andrew betete dieses einfache Gebet weiter. Schließlich brach er erschöpft auf dem Boden zusammen und schluchzte. Als er das tat, erhielt er den Frieden, nachdem er sich sein ganzes Leben lang gesehnt hatte – und die Freude wahrer Erlösung!

* * *

Die Straßen waren dunkel, als Andrew raschen Schrittes auf sein Haus zueilte. Die Lichter brannten und er trat augenblicklich ein. Sarah und Gareth kamen ihm entgegen.

»Wie geht es ihr?«, fragte Andrew sofort.

»Dr. Brown wurde zu einem Notfall gerufen, aber Dr. Callendar kam«, sagte Gareth zögernd. »Er sagt, es liegt alles in Gottes Hand.«

Andrew blickte die beiden jungen Leute an. Sie merkten sofort, dass etwas an ihm anders war. Sarah sagte: »Ihr seht viel besser aus, Sir.«

»Ja«, antwortete Andrew leise. Er stand vor ihnen, einen Frieden in den Augen, der vom Ende des Kampfes sprach. »Es geht mir viel besser als je zuvor in meinem Leben.« Er lächelte sie an und sagte: »Ich muss zu Dorcas –«

Er hielt abrupt inne, als ein behäbiger Mann in dunkelbraunem Anzug am oberen Ende der Treppe erschien.

»Dr. Callendar?«

»Ja, ich bin Callendar.« Der Arzt war klein und rundlich – er war einer jener Männer, die korpulent wirken, in Wirklichkeit aber muskulös und hart sind. Er hatte dichtes, grobes braunes Haar und ruhige, tief liegende braune Augen. »Ich freue mich, dass Ihr wieder da seid, Reverend.«

Als er die Anspannung im Gesicht des Arztes sah, trat Andrew zurück. Unruhe erfüllte ihn. »Wie geht es ihr?«

»Sie macht eine schwere Zeit durch, Sir.« Einen Augenblick forschte der Doktor in Andrews Gesicht, als zögerte er, seine Meinung zu sagen. Als er schließlich sprach, war seine Stimme schwer. »Eure Gebete tun vielleicht mehr für sie, als ich tun kann.«

Andrew verstand augenblicklich. Ohne ein weiteres Wort sprang er die Treppe hinauf, wobei er zwei Stufen auf einmal nahm, öffnete die Tür und sah Mrs Lesley, die an der Wand stand. Ihr Gesicht war kalt und hart. Sie nickte ihm zu, als er eintrat, dann verließ sie den Raum, als könnte sie es nicht mehr erwarten.

Andrew trat auf Dorcas zu, deren Gesicht vom Schmerz gezeichnet war. Als sie ihn sah, versuchte sie zu lächeln.

»Dorcas!«, rief er aus. Er ging zu ihr, nahm sie in die Arme und hielt sie sanft umschlungen. Er fühlte den Herzschlag des Lebens in ihr und hielt sie, als wäre sie zerbrechlich und überaus kostbar. Er vergrub sein Gesicht in ihrem üppigen Haar und streichelte es mit einer Hand.

»Andrew – was ist geschehen?«, flüsterte Dorcas. Als Andrew sich zurücklehnte, sah sie etwas in seinem Gesicht, das sie den Atem anhalten ließ. Sie konnte nicht sprechen, sondern wartete, dass er etwas sagte.

Andrew hatte nicht vorgehabt, eine Rede zu halten. Aber sein Herz war voller als je zuvor und er konnte die Worte nicht zurückhalten: »Dorcas, ich habe Frieden mit Gott gefunden …« Er sprach rasch, mit großem Nachdruck, wobei er sie die ganze Zeit umschlungen hielt und nicht loslassen wollte. Er sah, wie ihr Gesicht aufleuchtete, als wäre eine Kerze in ihr angezündet worden, und war froh.

»Ich wollte dir auch sagen, dass meine Liebe zu Gott mir eine neue Liebe für dich gegeben hat.« Er fühlte, wie sie zitterte, und sah Tränen in ihre Augen treten. »Die Ehe ist mehr als eine Übereinkunft zwischen zwei Menschen. Ich habe so lange gekämpft –« Seine Stimme brach, aber er redete weiter. »Ich habe gegen meine Gefühle für dich angekämpft, gegen die Sehnsucht, dir nahe zu sein, die Sehnsucht, dich körperlich und seelisch an mich herankommen zu lassen. Ich – ich schämte mich –«

Er blickte einen Augenblick lang beiseite. Sie hob eine Hand und legte sie an seine Wange. Er drückte einen sanften Kuss auf ihre Handfläche, dann nahm er ihre Hand in die seine und blickte ihr in die tränenfeuchten Augen. »Ich dachte, es sei Schwäche, dich zu begehren, dich lieben zu wollen. Aber Gott hat mir gezeigt, dass es alles Teil seines Planes ist. Er schuf uns, um ein Fleisch zu werden, Dorcas. Und das möchte ich. Ich möchte, dass wir in jeder Hinsicht eins werden.« Das glückliche Licht in ihren Augen berührte ihn zutiefst, und er schluckte schwer, als Staunen und Überraschung ihn zu überwältigen drohten.

Sie liebt mich immer noch, Gott! Das Gebet war wie ein Lied in seinem Herzen. *Ich danke dir! Oh, ich danke dir!*

Er beugte sich vor und berührte sanft ihre immer noch bleiche Wange. »Du bist so schön, Dorcas«, sagte er mit weicher Stimme. »In meinen Augen bist du die schönste Frau auf Erden – und die kostbarste für mich. Ein Kind zu haben, das ist … wenn zwei eins werden. Ich möchte, dass wir in jeder Hinsicht eins sind.«

Die Worte klangen beinahe ungehobelt und linkisch, aber sie genügten Dorcas. »Oh, Andrew«, sagte sie, schlang die Arme um ihn und zog ihn an sich. Sie fühlte seine Lippen auf den ihren und schmeckte das Salz nicht nur ihrer Tränen, sondern auch der seinen.

Er hielt sie einen Augenblick lang, dann zog er den Kopf zurück. »Du musst gesund werden. Du bist mein Leben, Dorcas.«

Dorcas Wakefield lächelte süß, sie streckte eine Hand aus und berührte mit sanfter Geste Andrews Gesicht und sagte: »Nun habe ich wirklich einen Ehemann.«

* * *

Die Stille im Pfarrhaus war beinahe fühlbar. Die drei, die reglos im Salon beisammensaßen, hatten in den letzten Stunden kaum ein Wort gesprochen. Andrew war in aller Eile um den Arzt gerannt, als es offenbar wurde, dass Dorcas' Niederkunft bevorstand.

Von Zeit zu Zeit blickte einer der drei nach oben. Sie alle horchten, ob irgendein Geräusch ihnen Aufschluss über die Vorgänge geben würde.

Die Uhr tickte langsam und behäbig. Die Geräusche, die sie machte, waren langsam und schwer, wie die Zeit selbst, die sie da im Salon verbrachten. Jeder der drei schien sich in seinem eigenen Universum zu befinden. Sie nahmen einander kaum wahr, denn sie beteten verzweifelt. Dr. Callendar hatte überaus besorgt ausgesehen, als er die Treppe hinaufgelaufen war. Er befahl Mrs Lesley, im Zimmer zu bleiben, um seine Anordnungen entgegenzunehmen, und einmal ging die streng blickende Haushälterin an den dreien vorbei und starrte Andrew mit einem merkwürdigen Gesichtsausdruck an.

Einmal kam der Doktor die Treppe herunter und wirkte noch besorgter. Aber er hatte nur gemeint: »Ihr müsst beten. Das ist alles, was ich Euch sagen kann.«

Immer weiter wanderten die Zeiger der Uhr und immer noch geschah nichts. Nach außen hin wirkte Andrew wie ein steinernes Standbild, aber sein Herz und Sinn beteten für Dorcas. Seit er ihr gesagt hatte, dass er sie liebte, war sie aufgeblüht, so krank sie war. Nun konnte er nichts weiter tun als beten und genau das tat er.

Schließlich wurde ein Geräusch laut – eine Tür wurde zugeschlagen. Alle drei – Gareth, Sarah und Andrew – sprangen zugleich auf die Füße. Alle warteten in einer Mischung aus Furcht und Hoffnung auf den Arzt.

»Ihr könnt jetzt heraufkommen.«

Dr. Callendar war ins Zimmer getreten, die Ärmel aufgerollt, das Hemd nass von Schweiß. Sein Haar war zerrauft. Erschöpfung spiegelte sich in seinen Augen, aber ein winziges Lächeln lag auf seinen Lippen, bei dem es dem Trio warm ums Herz wurde.

»Wie geht es Dorcas?«

»Es geht ihr ganz erstaunlich gut. Das muss Gottes Hand getan haben.«

Die drei riefen augenblicklich voll Dankbarkeit aus: »Danke, Jesus! Preist den Herrn und halleluja!«

Dr. Callendar lächelte, als sie einander umarmten. Dann sagte er: »Ihr solltet nach oben gehen. Mrs Wakefield hat eine Überraschung für Euch, Sir.«

»Dürfen wir mitgehen?«, flüsterte Sarah.

»Ja, ein kleines Weilchen«, sagte Dr. Callendar.

Andrew ging als Erster nach oben, aber Gareth und Sarah folgten ihm auf den Fersen. Als er die Tür erreichte, öffnete er sie und trat ein.

»Was ist es?«, fragte Sarah. Sie schob sich durch die Tür und blieb neben Andrew stehen, während Gareth dasselbe auf der anderen Seite tat.

Dorcas blickte auf. Ihr Gesicht war mager, aber Sieg leuchtete in ihren schönen Augen, als sie sagte: »Gott hat uns einen doppelten Segen geschenkt, mein Gatte.«

Andrew starrte die beiden Bündel an, die sie im Arm hielt, eines auf jeder Seite. »Zwillinge!«, stieß er keuchend hervor, dann eilte er quer durch den Raum und küsste Dorcas auf die Stirn. »Geht es dir gut?«, fragte er leise.

»Ja, mir geht es gut. Wie gefallen dir deine beiden Söhne?«

Andrew zog das Laken von den Gesichtern der beiden Babys. »Zwillinge!«, wiederholte er voll Ehrfurcht.

Sarah kam herbei. »Oh, das sind ja Schätze. Lasst mich einen halten.« Sie nahm eines der Babys und Dorcas sagte: »Du solltest das andere halten, mein Gatte.«

Andrew ergriff das kleine Bündel Mensch und hielt es beinahe furchtsam. Als er das winzige, runzlige rote Gesichtchen anblickte, öffnete das Kind den Mund und stieß einen unerwartet lauten Schrei aus. Gareth blickte ihn an. »Er wird sicher Evangelist, Mr Wakefield«, sagte er grinsend.

Sarah berührte die weiche Wange des Babys, das sie im Arm hielt. »Er ist ja so hübsch!«, rief sie mit schmelzender Stimme aus.

Dr. Callendar wandte sich ihnen zu, seinen Mantel in den Händen. »Mein Schiff legt in zwei Stunden ab. Ich muss sofort weg.« Er nahm die Hand, die Andrew ihm entgegenstreckte, und fügte hinzu: »Ich bin sicher, Dr. Brown wird sobald wie möglich vorbeikommen. Ihr habt da ein paar hübsche Söhne, Reverend.« Er blickte die beiden winzigen Babys an und lächelte sanft. »Ich bin schon neugierig, was diese beiden der Welt bringen werden.« Dann, als sei ihm diese philosophische Äußerung peinlich, sagte er: »Ihr könnt sie leicht auseinanderhalten, wenn Ihr ihnen die Hemdchen auszieht.«

Andrew blickte überrascht den Arzt an. »Was meint Ihr?«

»Einer von ihnen hat ein Muttermal.« Callendar ergriff eines der Babys, zog die Decke weg, dann nickte er und zeigte ihnen das Baby. »Sieht wie ein vierblättriges Kleeblatt aus, nicht wahr? Das Bürschchen sollte Glück im Leben haben.«

Andrew blickte das Muttermal an, das sich genau über dem linken Schulterblatt des Babys befand, dann lächelte er Dorcas voll Staunen an. Sie blickte zu ihm auf, sichtlich erschöpft, aber freudig.

»Ich habe ihnen einen Namen gegeben«, sagte sie und sah zu, wie Andrew das Baby vom Doktor entgegennahm. »Ich hoffe, dir gefällt die Wahl, die ich getroffen habe.«

»Mir ist alles recht.«

»Das ist Paul, den du in den Armen hältst, der mit dem Muttermal.« Sie deutete auf das Kind in Sarahs Armen und sagte: »Und das ist David.«

Als Dr. Callendar das Zimmer verließ, stand Andrew mit seinem Kind in den Armen da. Er starrte das winzige rote Gesichtchen an. »David und Paul«, sagte Andrew sanft. »Was für hübsche Namen.« Er setzte sich aufs Bett und nahm Dorcas' beide Hände in die seinen. »Ich liebe dich sehr«, sagte er schlicht. »Ich habe dir das bisher nicht oft gesagt, also muss ich es in Zukunft wohl sehr oft sagen. In Ordnung?«

Dorcas lächelte ihn an. »Ja, das wäre in Ordnung.«

Gareth und Sarah hatten gleichzeitig denselben Gedanken. Sarah legte das Kind neben Dorcas hin und sagte: »Ich komme bald wieder und kümmere mich um dich. Ich werde nicht weit weg sein.«

Nachdem die beiden das Zimmer verlassen hatten, setzte Andrew sich neben Dorcas. Jeder von ihnen hielt eines der Babys, und obwohl Dorcas erschöpft war, war sie so glücklich, dass sie beinahe platzte vor Freude, als sie Andrew von der Zukunft sprechen hörte.

Mrs Lesley betrat das Zimmer, aber nach einem einzigen Blick auf die beiden frischgebackenen Eltern wandte sie sich wieder zum Gehen.

»Dorcas, welcher ist der Ältere?«, fragte Andrew.

Auf seine Frage hin drehte Mrs Lesley sich langsam um, als sei sie selbst neugierig auf die Antwort auf die Frage. Dorcas blickte die beiden Babys an, dann ihren Ehemann, und krauste leicht die Stirn.

Andrew warf einen Blick auf die Haushälterin, die ihn mit demselben ausdruckslosen Gesicht wie immer betrachtete. »Mrs Lesley, wir vergaßen Dr. Callendar zu fragen, welcher der beiden Jungen als Erster geboren wurde. Ihr wart hier. Ihr könnt es uns gewiss sagen.«

Einen Augenblick lang verhielt die Frau sich vollkommen still, ihr Blick hing am Gesicht ihres Herrn. Dann sprach sie mit ruhiger Stimme: »Der eine ohne Muttermal. Der wurde als Erster geboren.«

Dorcas lächelte und drückte David enger an sich. »Dann bist du also der ältere Bruder, David.« Ein zärtliches Lächeln spielte um ihre

Lippen, als sie Andrew anblickte. »Und du hast den Jüngeren der beiden.« Ihr Lächeln wurde breiter. »Das Baby der Babys.«

Andrew Wakefield forschte im Gesicht seines Sohnes, fuhr die glatte Wange mit zärtlicher Berührung nach. Einen Augenblick später schüttelte er den Kopf. »Er ist nur ein paar Minuten jünger. Ich bezweifle, dass das viel zu bedeuten hat. Es sei denn …«

»Es sei denn …?«, fragte Dorcas.

Sein Blick traf den ihren. »Wenn das Georges Söhne wären, hätten die paar Minuten sehr viel zu bedeuten. Der Älteste würde den Titel und das Gut erben.«

»Nun«, sagte Dorcas dankbar, »um solche Dinge brauchen wir uns nicht zu kümmern. Unsere Jungen werden niemals mit ›Sir‹ angeredet werden, aber sie werden ein gutes Erbe haben, mein Gatte. Sie haben einen Vater, der Gott liebt!«

»Und eine Mutter, die den Schöpfer noch mehr liebt!«

* * *

Gareth und Sarah, die lauschend vor der Tür standen, blickten einander mit zärtlichem Lächeln an.

»Ist das nicht süß?«, wisperte Sarah lächelnd.

»Ja, das ist es.«

»Zwillinge!«, rief Sarah aus. »Ist das nicht wunderbar?«

Gareth nahm sie plötzlich in die Arme. »Davon verstehe ich nichts.«

Sarah wich ein wenig zurück, ein vorwurfsvolles Lächeln auf dem Gesicht. »Du solltest mich nicht so halten, das weißt du doch.«

»Ich versuche dir etwas zu sagen. Zwillinge« – er neigte den Kopf zur Seite – »sind nicht schlecht. Aber ich glaube, wir bringen etwas Besseres zustande.«

Sarah blinzelte überrascht. »Was meinst du?«

»Ich erwarte, dass du Drillinge bekommst. Wir könnten sie Abraham, Isaak und Jakob nennen.«

Sarah lachte und versuchte sanft, sich loszumachen; Gareth hielt sie fest, und sie protestierte leichtherzig: »Das sind große Worte für einen armen Methodistenprediger.«

Aber Gareth wusste, dass der Sieg sein war. Er zog sie an sich und küsste sie innig. Dann bemerkte er: »Wer eine Frau findet, der findet etwas Gutes und steht in der Gunst des Herrn.«

Sarah Lancaster, die gerne das letzte Wort hatte, streckte die Hände aus und zog seinen Kopf herab. Sie küsste ihn ebenso leidenschaflich, dann sagte sie mit glänzenden Augen: »Und wer einen Ehemann findet, findet auch etwas Gutes. Das ist eine freie Übersetzung der Bibel.«

Sie standen da und hielten einander umschlungen. Als zwei kleine Stimmen im Chor hinter der Tür zu protestieren begannen, lächelten sie, gingen hinein und schlossen die Tür hinter sich.

Mehr über Wakefield in Band 6
»Der Kampf ums Glück«

1

DER SCHLECHTE SAMEN

Mai 1753

»Oh, sieh nur, dahinten im Feld! Die Äpfel sind reif!«

Dieser Ausruf kam von einem dreizehnjährigen Mädchen mit karottenrotem Haar und dem ungewöhnlichen Namen Priscilla Bean. Ihre strahlenden blauen Augen funkelten, als sie sich den beiden Jungen an ihrer Seite zuwandte. »Oh, ich würde zu gern einen dieser saftigen Äpfel essen!«

Sofort wanderte der Blick der beiden Jungen zu dem Obstgarten, der unmittelbar hinter der alten Steinmauer lag. Ihre gleichzeitige Bewegung wirkte beinahe lustig, denn sie waren eineiige Zwillinge – David und Paul Wakefield.

David und Paul sahen wirklich genau gleich aus. Sie waren dünn und ihr dunkelblondes Haar war exakt gleich lang geschnitten, bis kurz über den steifen, weißen Kragen. Ihre graublauen Augen blickten offen und ihre feinen Gesichtszüge mit der breiten Stirn und der kurzen englischen Nase ließen bereits im Alter von zwölf Jahren erkennen, dass sie später einmal sehr gut aussehen würden. Der entschlossene Mund mit der vollen Unterlippe und den außergewöhnlich schönen Zähnen und das ausgeprägte Kinn ließen Züge von Eigensinn erkennen. Die Jungen trugen sogar die gleichen Kleider: braune Kniehosen, weiße Strümpfe, langärmlige weiße Hemden und abgestoßene Lederschuhe mit Messingschnallen. Beide hatten ihre Bücher unter den Arm geklemmt.

David Wakefield, der rechts neben Priscilla stand, ließ seinen Blick ruhig und überlegt über den Obstgarten schweifen – so wie er fast alles mit reiflicher Überlegung tat. Es sah beinahe so aus, als würde er über eine philosophische Frage nachdenken. Dann wandte er sich dem Mädchen zu und schüttelte den Kopf. »Egal, wie saftig diese Äpfel sind, Priscilla. Wir werden keinen davon bekommen. Du weißt doch, was für ein schrecklicher Mann Saul Beddows ist. Denk an das, was er im vergangenen Jahr mit Martin Drake gemacht hat, als er ihn beim Apfelklauen erwischt hat.«

Priscilla runzelte die Stirn. »Armer Martin! Er hatte den ganzen Rücken voller Striemen.«

Paul Wakefield grinste und seine Augen verschwanden bei dem für die Zwillinge so typischen Grinsen fast in den Augenhöhlen. »Martin war einfach nur dumm!«, verkündete er mit Nachdruck. »Es geschah ihm recht, dass er geschnappt wurde!« Und schnaubend fragte er: »Woher weißt du überhaupt, dass er Striemen auf dem Rücken hatte, Priscilla? Hast du sie gesehen?«

Priscilla wusste genau, welcher der Zwillinge gesprochen hatte, denn David hätte niemals eine so ungezogene Äußerung gemacht. »Du bist einfach schrecklich, Paul Wakefield! So eine Frage gehört sich nicht!«

Paul jedoch achtete überhaupt nicht auf sie. Er ließ seine mit einem verschlissenen Lederriemen zusammengebundenen Bücher baumeln und richtete seine graublauen Augen abschätzend auf den Apfelbaum.

»So schwierig dürfte das gar nicht sein. Die reifen Äpfel hängen zwar ganz oben, aber der alte Beddows schläft vermutlich. Ich kann ihn jedenfalls nirgends entdecken.«

David, der seinen Zwillingsbruder beinahe so gut kannte wie sich selbst, erwiderte schnell: »Er könnte dich vom Fenster aus sehen … und wenn du geschnappt wirst, weißt du ja, dass dich Schläge erwarten, Paul. Komm, lass uns gehen.«

Ein bösartiges Grinsen umspielte Pauls Lippen. Er legte den Kopf zur Seite und fragte: »Willst du wirklich einen von diesen Äpfeln, Priscilla?«

»Oh, lieber nicht! Es ist zu gefährlich!«

Paul zögerte nicht lange. »Komm, David. Wir können uns ein

paar Äpfel holen und wieder verschwunden sein, bevor Beddows uns überhaupt bemerkt.«

»Nein, Paul – das gibt Ärger. Mutter und Vater würde das überhaupt nicht gefallen.«

Doch seine Worte trafen auf taube Ohren. »Hier, Priscilla«, sagte Paul, »halte meine Bücher. Ihr beide bleibt hier, während ich uns ein paar von den Äpfeln hole.« Er reichte Priscilla seine Bücher und näherte sich der Steinmauer. Vorsichtig blickte er zur Hütte hinüber, die am hinteren Ende des Obstgartens stand. Eine dünne Rauchwolke stieg aus dem Kamin auf, aber draußen war niemand zu sehen. Paul legte seine Hände auf die Mauer und sprang hinüber. Er rannte zu dem hohen Apfelbaum, einem schon sehr alten Baum, und griff nach dem untersten Ast. Schnell stieg er weiter. Die unteren Äpfel ignorierte er und schon bald war er bis ganz nach oben geklettert. Er pflückte einen von den saftigen roten Äpfeln, steckte ihn in sein Hemd und streckte seine Hand nach dem zweiten aus. Gerade hatte er nach dem dritten Apfel gegriffen, als er einen schrillen Schrei hörte. Er sah zum Haus hinüber und entdeckte Saul Beddows, der von seiner Veranda sprang und wütend mit seinem knorrigen Spazierstock fuchtelte.

»Lauf!«, rief Priscilla und packte David an der Hand. »Komm schon!«

»Wir bleiben besser hier bei Paul.«

»Wir müssen weg!«, drängte sie. »Ich darf auf keinen Fall erwischt werden. Mein Pa würde mich auspeitschen, wenn er herausfände, dass ich Äpfel klaue!«

Paul schnappte sich noch den dritten Apfel, stopfte ihn in sein Hemd und kletterte mit der Geschwindigkeit eines Affen vom Baum herunter. Unten angekommen, rannte er, so schnell er konnte, zu der Mauer, dicht gefolgt von Saul Beddows. Mit Leichtigkeit sprang er darüber und lief in den Wald auf der anderen Seite des Weges. Hinter sich hörte er Saul Beddows wütend schimpfen, aber Paul lachte nur, während er immer tiefer im Wald verschwand. Der alte Mann würde ihn nun nicht mehr einholen können. Er kämpfte sich durch den

Wald, bog auf einen mit Dornen überwucherten Weg ab und erreichte schließlich eine Viertelmeile von Beddows' Haus entfernt die Straße wieder. Dort wartete er einen Augenblick und kurz darauf kamen David und Priscilla die Straße entlanggerannt.

»Hier, bitte, Priscilla«, sagte Paul und holte einen Apfel aus seinem Hemd. »Einen für dich, David – und einen für mich.«

Nur widerwillig nahmen Priscilla und David die Äpfel entgegen. David schüttelte den Kopf. »Ich fürchte, wir werden deswegen Ärger bekommen.«

»Du machst dir zu viele Gedanken«, sagte Paul achselzuckend. Dann biss er herzhaft in den Apfel. »Hmmm! Die sind gut! Los, komm schon, Priscilla, beiß rein.« Lachend fuhr er fort: »Adam und Eva haben ja auch wegen einer Frucht von einem Baum Ärger gekriegt, aber wir machen uns darum keine Gedanken, nicht?«

Priscilla biss in ihren Apfel, doch David starrte seinen nur an, schüttelte langsam den Kopf und gab ihn Paul zurück. »Ich wünschte, du hättest es nicht getan«, sagte er. »Es wird ganz bestimmt Ärger geben.«

Das Haus, in dem der Prediger Andrew Wakefield mit seiner Frau Dorcas und den Zwillingen David und Paul wohnte, sah aus wie die meisten bescheidenen Häuser im ländlichen Cornwall des Jahres 1753. Es war aus den Steinen gebaut, die man in dieser Gegend fand, und sein spitzes Dach war mit Stroh gedeckt. Zwei kleine Fenster in der Mitte ließen etwas Licht hinein, genau wie das einzige Fenster im ersten Stock. An einer Seite befand sich ein massiver Steinkamin, der beinahe zu groß für das bescheidene Häuschen wirkte. Die Südseite war von Weinranken überwuchert und eine riesige Eibe gab ausreichend Schatten; sie wurde von den Jungen als Kletterbaum benutzt.

Das Innere des Häuschens war bescheiden eingerichtet: In dem großen Raum links wurde gekocht und gegessen, rechts daneben befand sich ein Wohnzimmer und ein kleines Arbeitszimmer. Im hinteren Teil waren noch zwei Schlafzimmer untergebracht und eine schmale Treppe führte zu dem oberen Schlafzimmer. Die Küche, in der zwei Frauen und zwei Kinder saßen, hatte eine niedrige Decke und wurde von einer großen, mit Steinen eingesäumten Feuerstelle beherrscht. Jeder Zentimeter war mit Kupferkesseln, Töpfen und Gerätschaften aller Art vollgestopft. Neben der Feuerstelle stand ein von Messingringen zusammengehaltenes Butterfass, dem man den häufigen Gebrauch ansah. An der Decke hingen getrocknete Apfelstreifen, Pfefferschoten und Kürbisstreifen. Die Wände waren weiß getüncht und neben dem großen Fenster auf der Südseite standen auf einem Regal Eisen- und Kupfergeräte.

Eine der Frauen erhob sich von ihrem Stuhl und ging zu dem schwarzen Topf, der über dem Feuer hing. »Ich glaube, das Stew ist schon fast fertig.« Dorcas Wakefield rührte mit ihrer linken Hand in der Suppe. Ein Unfall in ihrer Kindheit hatte dazu geführt, dass sich die Finger ihrer rechten Hand nach innen krümmten und bis auf den Daumen bewegungslos blieben. Sie war achtunddreißig Jahre alt, und man konnte bei ihr noch die Spuren der schönen Frau erkennen, die sie mit achtzehn gewesen war. Ihre Figur war etwas fülliger, aber ihre Gesichtszüge waren ansprechend: große dunkelblaue Augen und dunkles, fast schwarzes Haar, von nur wenigen grauen Strähnen durchzogen. Dorcas rührte noch einmal in der Suppe, legte den Deckel wieder auf den Topf und kehrte zu ihrem Stuhl zurück. Mit einem Blick auf die beiden Kleinen im hinteren Teil des Zimmers meinte sie: »Ich kann kaum glauben, dass unsere Kinder so schnell groß werden, Sarah.«

Sarah Morgan blickte ihre geliebte Freundin an, die ihre Schwägerin geworden war. Sarah war eine Lancaster, die Tochter von Sir Talbot Lancaster. Als sie ihr bequemes Leben aufgegeben hatte, um Dorcas' Bruder Gareth Morgan, einen armen Methodistenprediger, zu heiraten, waren sowohl Sir Talbot als auch seine Frau Jane entsetzt gewesen. Es hatte mehrere Jahre gebraucht, bis sie sich mit Sarahs Entscheidung abgefunden hatten. Mit ihrem blonden Haar und den blaugrauen Augen war Sarah noch immer eine Schönheit. Wenn sie auch genauso alt war wie Dorcas, wirkte sie sehr viel jünger als die

Freundin. »Ja, sie werden groß«, stimmte sie zu und warf einen Blick auf die Kinder. »Ich bin froh, dass sie sich so gut verstehen. Die meisten Jungen machen sich wenig aus ihren kleinen Schwestern, aber Ivor hat sich seit Bethanys Geburt um sie gekümmert. Und sie betet ihn an.«

»Sie sehen Gareth sehr ähnlich, meinst du nicht?«

Es stimmte, sowohl Ivor, acht Jahre, als auch Bethany, drei Jahre, hatten viel von Gareth, ihrem walisischen Vater geerbt. Beide hatten seine pechschwarzen Haare, wenn auch Bethanys lang und Ivors kurz geschnitten waren. Auch hatten sie seine dunkelblauen Augen geerbt, sein fein geschnittenes Gesicht und seine ausgeprägten Wangenknochen sowie seine schlanke Figur. Sarah meinte lächelnd: »Ich nehme an, dunkles Haar und dunkle Augen siegen über blondes Haar und hellblaue Augen, wie ich sie habe. Aber das ist schon in Ordnung. Ich fand ihren Vater sowieso immer hübscher als mich.«

Dorcas Wakefield lachte. »Sag ihm das nur nicht.«

»Dazu ist es zu spät. Das habe ich bereits«, erwiderte Sarah. Obwohl Gareth die Gemeinde in dem kleinen, etwas weiter entfernten Städtchen Deerfield betreute, war die Entfernung doch nicht so groß, dass die beiden Familien sich nicht häufig besuchen konnten. An diesem Tag waren die Morgans bei den Wakefields zu Besuch, denn kein anderer als John Wesley, der große Erweckungsprediger der Methodisten, übernachtete im Haus der Wakefields.

Wenige Meter von den plaudernden Frauen entfernt saßen die drei Prediger in Reverend Andrew Wakefields kleinem Arbeitszimmer. Dieser Raum war so mit Büchern vollgestopft, dass die drei Männer kaum noch Platz fanden. Der kleinste der drei Männer ließ seinen Blick über die überfüllten Bücherregale an den Wänden, über die auf dem Tisch und selbst auf dem Boden aufgestapelten Bücher gleiten. »Du warst schon immer eine Leseratte, Andrew.«

Der Sprecher, John Wesley, war fünfzig Jahre alt, neun Jahre älter als Andrew. Mit seinen ein Meter achtundsechzig war John schlank und sein langes kastanienbraunes Haar fiel ihm bis auf die Schultern. Sein offenes Gesicht mit den vollen Lippen und seiner langen dünnen

Nase war häufig Gegenstand von spöttischen Bemerkungen seiner Gegner. Aber dieser Lehrer aus Oxford hatte zusammen mit seinem Bruder Charles England aufgewühlt. Ihre Lehre erschütterte die Grundfesten der anglikanischen Kirche. Die Wesleys hielten jedoch an der etablierten Kirche fest und hofften, dass die Tausende, die sich bei ihnen bekehrt hatten und ihre Gottesdienste besuchten, irgendwie ihren Platz in dieser Kirche fanden. Jedoch gab es so gravierende Unterschiede zwischen Wesley und der etablierten Kirche, dass John manchmal beinahe verzweifelte, wenn er eine solche Versöhnung sah. Er lehnte sich nun zurück und sagte: »Ich musste gerade an die Zeit denken, als du, Charles und ich nach Savannah gingen.«

»Ich denke auch viel an diese Zeit in Amerika, Mr Wesley.« Andrew Wakefield war durchschnittlich groß und noch immer so schlank wie vor zwanzig Jahren. Sein dunkelblondes Haar war kurz geschnitten und umrahmte seine intelligenten blauen Augen, seine gleichmäßigen Gesichtszüge, die breite Stirn und seinen sehr ausdrucksvollen Mund. Er lächelte Wesley an und seine graublauen Augen funkelten amüsiert. »Ich glaube, wir haben jeden Fehler gemacht, den ein Missionar nur machen kann.«

Wesley runzelte die Stirn, denn er wurde nicht gern an seine Fehler erinnert, aber sein ihm angeborener Sinn für Humor siegte und er lachte. »Du hast recht, Andrew! Wir haben es gut gemeint, aber ich weiß noch, wie ich in mein Tagebuch schrieb: *›Ich bin nach Amerika gegangen, um die Heiden zu bekehren – aber wer wird* mich *bekehren?‹*«

Wesley gegenüber saß ein dritter Mann, Gareth Morgan. Mit seinen knapp zwei Metern Größe und dem vom Arbeiten in den Kohlebergwerken kräftigen Körperbau war er ein Hüne von einem Mann. Seine schwarzen, lockigen Haare, die dichten Augenwimpern und das ausdrucksvolle Gesicht ließen ihn sehr gut aussehen. Er ergriff das Wort: »Würdet Ihr gern wieder nach Amerika gehen, Mr Wesley?«

»Das würde ich allerdings! Aber das ist wohl nicht nötig«, bemerkte Wesley nachdenklich. »George Whitefield hat Amerika zu seinem Missionsfeld erklärt.«

»Ich habe gehört, dass dort Großes geschieht«, meinte Andrew.

»Er ist der beste Prediger, den ich je gehört habe«, erwiderte Wesley. Er hielt inne und fügte dann hinzu: »Und er hat auch ein sehr sanftes Wesen.«

Gareth und Andrew sahen sich an, denn sie wussten sehr wohl, dass Wesley und Whitefield sehr heftige Auseinandersetzungen in Bezug auf ihre Auslegung der christlichen Lehre geführt hatten. Sie sagten nichts, aber Wesley fing ihren Blick auf und sprach weiter. »Sicher, George und ich hatten über bestimmte Punkte unsere Differenzen … aber trotzdem bewundere ich seinen Charakter und seine evangelistischen Fähigkeiten.«

»Ich glaube, in Bezug auf George habt Ihr recht. Ich erinnere mich, wie er mich unterstützt hat, als ich in Oxford war«, bemerkte Andrew.

Gareth fügte hinzu: »Wenn er nicht gewesen wäre, hätte ich sicher aufgegeben und wäre nach Wales zurückgekehrt.«

Die drei Männer unterhielten sich noch eine Weile, bis Wesley schließlich zu Andrew sagte: »Wie hast du es geschafft, in der anglikanischen Kirche zu bleiben, Andrew? Das konnte ich nie verstehen. Ich darf in keiner Kirche in London predigen.«

Andrew schüttelte den Kopf. »Ich glaube, sie kennen mich nicht besonders gut. Dies ist eine so kleine Gemeinde in einem kleinen Pfarrbezirk. Soweit ich weiß, verkündige ich dasselbe Evangelium wie Ihr, aber sobald Euer Name genannt wird, gerät alles in Aufruhr.« Er lachte über seine eigenen Worte. »Dieses Leben gefällt mir. Ich war nie dazu bestimmt, eine große Rolle im Drama dieser Welt zu übernehmen.«

»Du bist des Herrn Diener hier in Cornwall, und ich bin Gott dankbar, dass du noch immer der Kirche von England angehörst.« Wesleys Worte verklangen, während er wehmütig aus dem Fenster sah. »Ich möchte keine Teilung«, fuhr er fort. »Ich habe nicht die Absicht, irgendjemanden der Kirche von England zu entfremden.«

Gareth wartete, bis Wesley fertig gesprochen hatte. »Ich glaube, dies ist Euch von Gott in den Weg gestellt worden, Sir«, meinte Gareth. »Ich habe es zwar nie miterlebt, aber ich habe oft gehört, dass Ihr, wenn man Euch nicht erlaubte, in Eurer kleinen Kirche in Epworth zu predigen, nach draußen gegangen seid und vom Grabstein Eures Vaters aus gepredigt habt.«

Wesley lachte. »Ja, das habe ich tatsächlich getan. Vielleicht steckt doch ein klein wenig Arroganz in mir. Ich bin ziemlich anfällig für solche Dinge.«

»Sagt so etwas nicht«, meinte Andrew schnell. Er liebte John und Charles Wesley von ganzem Herzen, und häufig war er versucht gewesen, aus der etablierten Kirche auszutreten und sich Wesley anzuschließen, wie Gareth es getan hatte. Aber irgendwie hatte Gott ihm gezeigt, dass sein Platz in der Gemeinde in Cornwall war. Er sprach seine Gedanken aus. »Ich denke, dass auch ich eines Tages aus der Kirche von England austreten werde, aber bis dahin werde ich hierbleiben. Die Leute haben alles, was ich weiß, schon hundertmal gehört.«

»Sie brauchen nichts anderes zu hören als Jesus«, sagte Wesley auf einmal. »Wenn du ihnen von ihm erzählst, Andrew, wie du es sicher tust, dann hören sie, was sie hören müssen.«

Gareth blickte auf, als seine Frau die Tür öffnete. »Was ist, Sarah?«

»Das Essen ist fertig.«

Die drei Männer erhoben sich sofort und Wesley verließ das Arbeitszimmer als Erster. Als sie das Esszimmer betraten, fragte Andrew: »Wo sind die Jungen?«

»Sie sind von ihrem Tutor noch nicht nach Hause gekommen«, erwiderte Dorcas. »Wir werden ohne sie anfangen. Ich bin sicher, sie werden bald kommen. Mr Wesley, wenn Ihr Euch vielleicht hierher setzt ...« Mit den fünf Erwachsenen um den Tisch wirkte das Zimmer noch kleiner.

Dorcas hatte eine ausgezeichnete Mahlzeit zubereitet. Auf dem Tisch standen Schüsseln mit den köstlichsten Speisen: ein gebackener Fisch, ein schmackhaftes Stew, eine Platte mit einem knusprig gebratenen Hühnchen, Schüsseln mit Brotpudding, gewürzt mit

Korinthen und Muskatnuss, und eine große Schüssel geschnittener Äpfel mit Kürbisstreifen.

»Ihr seid vielleicht der Ansicht, dass Cornwall ein hartes Pflaster ist«, bemerkte Wesley. »Ich frage mich –«

Die Tür flog auf und die Zwillinge stürmten herein.

»Ihr seid spät!«, sagte Dorcas streng.

»Mr Cummings hat uns länger als gewöhnlich beim Schreiben festgehalten, Mutter«, erklärte Paul höflich.

»David!« Bethany, die neben ihrem Bruder Ivor in einer Ecke des Zimmers auf einem Hocker saß, sprang nun auf und rannte durchs Zimmer zu David. Die Erwachsenen konnten David und Paul häufig nicht auseinanderhalten, doch Bethany Morgan hatte mit ihren drei Jahren diese Probleme nicht. Instinktiv schien sie David zu erkennen, weil er mehr Zeit mit ihr verbrachte als sein Zwillingsbruder und mehr auf sie einging. Bethany klammerte sich an ihn und bettelte: »Liest du mir was vor?«

»Nachher, Bethany«, erwiderte David liebevoll. Er bückte sich und gab ihr einen Kuss.

»Nun kommt, wir haben euch noch ein wenig Fisch und vielleicht einen Hühnchenschenkel übrig gelassen. Wollt ihr Mr Wesley nicht begrüßen?«

Gehorsam begrüßten beide Jungen den Besucher. »Ihr gleicht einander wie ein Ei dem anderen«, meinte Wesley erstaunt. »Wie kann man euch nur auseinanderhalten?«

»Ich bin der Böse, Mr Wesley«, sagte Paul mit einem schelmischen Grinsen. »David ist der Gute.«

Wesley lachte leise und meinte: »Dann brauchst du also nur lieb zu sein und deine Eltern werden glauben, du bist der Gute?«

»Ja, Sir, genau das tue ich.« Paul warf David einen Blick zu. »Aber David ist niemals ungezogen, darum kann er auch niemanden täuschen.«

»Das reicht jetzt!«, sagte Dorcas streng. »Ich werde euch einen Teller fertig machen. Ihr könnt euch zu Ivor und Bethany setzen.«

Sobald die Jungen ihren Teller hatten, suchten sie sich einen Platz und begannen hungrig zu essen, während die Erwachsenen ihre Unterhaltung fortsetzten. Bethany zog ihren Hocker so dicht wie möglich an David heran und stellte ihm eine Frage nach der anderen, wobei sie ihn immer am Ärmel zupfte, um seine Aufmerksamkeit zu bekommen.

Die Erwachsenen blieben noch eine Weile am Tisch sitzen und tranken ihren Tee, während die Zwillinge ihre Mahlzeit beendeten. Plötzlich wurde heftig an die Tür geklopft. Dorcas fuhr nervös zusammen. »Wer schlägt denn da die Tür kaputt?«

»Ich werde nachsehen«, erbot sich Andrew. Er erhob sich, ging zur Tür und öffnete sie. »Ach, Mr Beddows –«

»Mr Wakefield, ich bin wegen Eurer Jungen gekommen!« Saul Beddows trat ein. Er war ein großer, stämmiger Mann von Mitte sechzig, dessen Hände von der Arthritis leicht gekrümmt waren, doch ansonsten war er noch gesund und kräftig. »Es geht um den Diebstahl, den sie begangen haben!«

Andrew starrte den alten Mann an. »Ich verstehe Euch nicht, Sir«, erwiderte er ruhig.

»Ihr werdet sehr schnell verstehen, wenn ich Euch sage, dass einer Eurer Jungen einige meiner Äpfel gestohlen hat.«

»Ich wäre sehr traurig, wenn ich annehmen müsste, dass meine Jungen so etwas tun würden.«

»Ihr könnt ruhig traurig sein, Pastor, denn ich habe ihn mit eigenen Augen gesehen. Ich hätte ihn beinahe geschnappt.«

Andrew betrachtete das Gesicht des Mannes. Er wusste, dass Beddows sehr leicht erregbar war, aber er war auch ein gutes, gottesfürchtiges Mitglied der Kirche. Ein wenig schwierig im Umgang vielleicht, doch sehr treu. »Ihr seid sicher, dass es einer meiner Jungen war?«

»Ganz sicher!«

Andrew drehte sich um und rief die beiden Jungen. Als sie neben ihm standen, fragte er leise: »Paul, hast du Mr Beddows' Äpfel gestohlen?« Es war bezeichnend, dass er Paul fragte, denn nicht in seinen wildesten Träumen konnte er sich vorstellen, dass David so etwas getan hätte.

Paul riss die Augen auf. »Nein, Vater! Ich habe seine Äpfel nicht gestohlen!«

Andrew blinzelte und warf schnell einen Blick auf Dorcas, die nervös mit ihren Händen spielte. Dann wandte er sich an David und stellte ihm dieselbe Frage. »David, hast du Mr Beddows' Äpfel gestohlen?«

David leckte sich die Lippen. Er hatte befürchtet, dass so etwas passieren würde, und nun waren seine schlimmsten Befürchtungen eingetroffen! Er verfügte über eine sehr lebhafte Fantasie und konnte bereits den Stock auf seinem Rücken spüren. Er wollte seinen Bruder nicht verraten, doch als er murmelte: »Nein, Sir ...«, wirkte er sehr schuldbewusst.

»Er war es!«, brummte Mr Beddows. »Seht ihn Euch nur an. Schuldbewusst durch und durch.«

Dorcas stellte sich neben ihre Jungen, die bald so groß sein würden wie sie. Als sie die beiden ansah, wusste sie auf einmal, wie sich der Zwischenfall abgespielt hatte, ohne dass sie dabei gewesen war. »David hat Eure Äpfel nicht gestohlen, Mr Beddows.«

»Aber seht ihn Euch doch nur an! Er hat es getan und muss den Stock zu spüren bekommen.« Beddows ließ seinen Stock durch die Luft sausen. »Ich weiß, Ihr werdet niemals zulassen, dass ich Eure Söhne züchtige, Reverend, aber Ihr würdet sehr in meinem Ansehen sinken, wenn Ihr es nicht selbst tun würdet.«

Andrew fühlte sich schrecklich elend. Er nahm Beddows den Stock aus der Hand und blickte David an, der schuldbewusster denn je dreinblickte. »Es tut mir leid, dies tun zu müssen, David, aber –«

»Ich habe seine blöden Äpfel genommen«, sagte Paul. Er schob das Kinn vor und starrte den alten Mann an. »Ich habe drei Stück genommen. Was ist schon dabei?«

Das Verhalten des Jungen war so herausfordernd, dass die Erwachsenen im Raum entsetzt waren. Paul wusste, dass er gestraft werden würde, doch er hielt den Kopf hoch und zeigte keinerlei Furcht.

»Ich verstehe«, erwiderte Andrew langsam. »Komm mit … aber erst entschuldigst du dich bei Mr Beddows.«

»Ich habe Eure Äpfel genommen, und es tut mir leid, dass Ihr mich erwischt habt«, sagte Paul ohne Reue.

»Paul!« Dorcas war entsetzt. »So solltest du nicht mit Mr Beddows sprechen.«

Aber Paul Wakefield presste die Lippen fest aufeinander und folgte seinem Vater nach draußen. Bald war zu hören, wie der Stock auf den Rücken des Jungen niedersauste. »So etwas habe ich noch nicht erlebt«, sagte John Wesley erstaunt. »Ich fürchte, Euer Sohn ist ziemlich eigenwillig, Schwester.«

»Er hat in der Tat einen sehr ausgeprägten Willen.«

»Er muss gebrochen werden«, erwiderte Wesley sanft. »Auch ich hatte einen sehr ausgeprägten Willen und Gott musste hart mit mir ins Gericht gehen. Ich werde für Paul beten.«

»Vielen Dank, Sir«, erwiderte Dorcas leise.

Als die beiden Jungen später in ihrem Zimmer saßen, sagte David: »Ich habe es dir ja gesagt; du hättest es nicht tun sollen, Paul.«

Paul, der noch immer die Schläge seines Vaters spürte, verzog das Gesicht. »Es hat Spaß gemacht! Ich werde irgendwann abends hingehen und einen ganzen Sack voll holen!«

Die Stockschläge hatten bei Paul keinen Eindruck gemacht. Am folgenden Tag, bevor sein Vater mit Reverend Wesley zu einem etwas weiter entfernten Dorf ging, um dort zu predigen, erhielt er eine weitere Ermahnung. Andrew legte die Hand auf Pauls Schulter und sagte: »Es tut mir leid, dass ich dich schlagen musste, Paul. Das hat mir bestimmt keine Freude gemacht.«

Paul sah seinen Vater an und erwiderte: »Mach dir nur keine Gedanken, Vater. Es war nicht deine Schuld, sondern meine.«

Andrew betrachtete seinen Sohn und meinte nachdenklich: »Ich weiß, es waren nur drei Äpfel, und das erscheint dir eine Lappalie zu sein – nur ein Jungenstreich. Ich habe auch solche Streiche gemacht, als ich in deinem Alter war.«

»Tatsächlich, Vater?«, fragte Paul lächelnd und interessiert. »Welche?«

Andrew lachte. »Ich werde dir ein anderes Mal davon erzählen. Alle Jungen machen so etwas.«

»David nicht«, sagte Paul und legte den Kopf zur Seite. »Ich glaube nicht, dass er in seinem Leben jemals geschlagen wurde, dafür habe ich für uns beide Schläge eingesteckt.«

»Vergleiche dich nicht immer mit deinem Bruder. Gott hat euch beide erschaffen«, sagte Andrew sanft. Es hatte ihm wehgetan, Paul mit dem Stock schlagen zu müssen, und ihm war daran gelegen, seinem Sohn dies klarzumachen. »Wir haben viele Gespräche geführt, Paul, und ich weiß, dass du der Meinung bist, ich würde viel von dir verlangen, aber ich mache mir Sorgen um dich. Es waren nur drei Äpfel, aber es war sehr eigensinnig, dich zu weigern, dich bei Mr Beddows zu entschuldigen. Und das hat mir zu schaffen gemacht. Du scheinst kein Gefühl für Recht und Unrecht zu haben.«

»Na ja, wie du schon sagtest, Vater, es waren nur drei Äpfel. Er hat Tausende.«

»Aber es waren *seine* Äpfel«, betonte Andrew. Und als er bemerkte, wie Paul wieder störrisch wurde, fuhr er schnell fort: »Wir wollen die Sache jetzt auf sich beruhen lassen. Ich werde heute Abend erst sehr spät wiederkommen und Mr Wesley setzt seine Reise fort.«

»Halte ihnen eine gute Predigt, Vater.«

Andrew musste unwillkürlich lächeln. Sein rebellischer Sohn konnte unglaublich charmant sein, wenn er es darauf anlegte. »Vielen Dank, mein Sohn«, erwiderte er. »Ich werde mich bemühen.« Er wollte den Jungen umarmen, aber Paul mochte so etwas nicht besonders. Da Wesley wartete, nahm Andrew seinen Hut und seinen Mantel, und nachdem er sich von seiner Frau und David verabschiedet hatte, ging er. Wesley und er nahmen die Pferde, da es zu dem Dorf, in dem sie erwartet wurden, zu weit zu laufen war. Andrew winkte seiner Familie noch einmal zu, als sie losritten. Wesley sagte: »Ich bewundere deine Familie, Andrew. Du hast eine prächtige Frau. Eine sanfte Frau. Und dein Junge erinnert mich an George Whitefield. Ein so sanfter Geist! Der andere«, fügte er nachdenklich hinzu, »ist anders.«

»Ich wäre Euch dankbar, Mr Wesley, wenn Ihr für Paul beten würdet.«

»Ganz bestimmt. Du kannst dich darauf verlassen.«

Als die beiden Männer das Dorf erreichten, in dem die Versammlung abgehalten werden sollte, wurden sie bei dem Leiter der dortigen Gruppe, einem großen, stämmigen Mann namens Johnson, begrüßt. Sobald die beiden Prediger abgestiegen waren, nahm er ihre Pferde und sagte besorgt: »Mr Wesley, ich denke, es wäre besser, wir würden die Versammlung verschieben.«

»Was ist los, Mr Johnson?«

»Nun, Sir, hier in der Umgebung gibt es eine Menge Raufbolde. Sie haben darüber gesprochen, wie sie … nun, sie sagen, sie würden Euch und Reverend Wakefield etwas antun, wenn Ihr die Versammlung abhaltet.«

»Lasst Euch niemals von Euren Ängsten bestimmen, Bruder«, erwiderte Wesley fröhlich. Schon oft hatte er vor aufgebrachten Menschenmengen gestanden. Das gehörte zum Methodismus dazu. Die Prediger, die Wesley aussandte, wurden häufig mit verfaultem Gemüse oder toten Katzen beworfen. Manchmal wurden sie geschlagen und nicht selten in einen Fluss oder Bach geworfen. Wesley zeigte keinerlei Besorgnis, genauso wenig wie Andrew Wakefield. Die beiden Männer machten sich auf den Weg zu dem Feld, auf dem die Versammlung abgehalten werden sollte, und fingen sofort an. Wie gewöhnlich ließ Wesley einige Lieder singen, bevor er mit seiner Predigt begann. Schon bald war die Luft erfüllt mit Liedern, von denen einige kein anderer als sein Bruder Charles geschrieben hatte.

Nach dem Singen stellte sich Wesley in seinen anglikanischen Kleidern auf eine kleine Erhöhung und begann zu den etwa hundert Menschen zu sprechen. Er hatte sich zu einem hervorragenden Freiluftprediger entwickelt. In dieser Beziehung hatte er viel von George Whitefield gelernt. Wenn er auch nicht Whitefields kräftige Stimme noch die Ausstrahlung des jüngeren Evangelisten besaß, so war er doch beeindruckend. Wesley war etwa in der Hälfte seiner Predigt angekommen, als Andrew plötzlich eine Bewegung wahrnahm. Von links sah er eine Gruppe von fünfzehn bis zwanzig Personen herankommen. Die Männer waren alle ärmlich gekleidet und wirkten recht grob. Einige von ihnen trugen Knüppel.

»Halt den Mund, Wesley!«, rief einer von ihnen, ein großer, stämmiger Mann, der der Anführer zu sein schien.

»Wir sind hier, um das Evangelium von Jesus zu verkündigen. Wir wollen niemandem etwas Böses tun«, erwiderte Wesley ruhig.

»Aber ich möchte dir Böses tun, Prediger! Verschwinde hier. Ich würde dir raten zu tun, was ich gesagt habe.«

Wesley versuchte, vernünftig mit den Männern zu reden, aber es war sinnlos. Sie waren betrunken, wie Andrew feststellte, und nachdem sie ruhelos Wesleys Worten zugehört hatten, rief der Anführer: »Gebt ihnen einen kleinen Vorgeschmack von dem, was sie erwartet!« Damit marschierte er direkt auf Wesley los.

Eine unschöne Szene folgte. Mehrere der Zuhörer wurden von den Knüppeln getroffen, einer erlitt einen Knochenbruch und auch Wesley musste einiges einstecken. Andrew machte keinen Versuch, sich zu verteidigen, und als vier starke Männer ihn umstellten, sagte er ruhig: »Es wird euch nichts nützen, gegen das Evangelium anzugehen. Warum stellt ihr euch gegen Jesus Christus, der euch liebt?«

»Genug davon! Ich glaube, er sollte getauft werden«, schrie einer der offensichtlich betrunkenen Männer. »Packt ihn und werft ihn in den Fluss!«

Andrew wurde ergriffen und zu dem breiten Fluss gezerrt, der in der Nähe des Dorfes vorbeifloss. Jeder seiner Gegner packte eines seiner Glieder und dann warfen sie ihn hoch durch die Luft ins Wasser. Mit dem Kopf zuerst landete er im Fluss. Ein schrecklicher Schmerz durchzuckte ihn. Danach verlor er das Bewusstsein.

Nachdem es Wesley gelungen war, den Mob zu beruhigen, und sich die meisten der aufgebrachten Männer zurückgezogen hatten, rief Johnson: »Sie haben Reverend Wakefield in den Fluss geworfen!«

Sofort eilte Wesley mit einer Gruppe hinunter zum Ufer. »Er ertrinkt! Jemand muss ihn sofort herausholen!«, rief Wesley. Ohne lange zu überlegen, sprang Johnson ins Wasser. Andrew Wakefield trieb mit dem Gesicht nach unten auf dem Wasser und rührte sich nicht, als Johnson ihn packte.

»Er bewegt sich nicht!«, rief Johnson, als er den Prediger umdrehte, damit er wieder Luft holen konnte. Nachdem er Andrew ans Ufer gezogen hatte, streckten sich ihm Hände entgegen, um ihm zu helfen, den bewusstlosen Mann ans Ufer zu ziehen. »Ist er ertrunken?«, fragte Johnson ängstlich.

»Nein, er atmet, aber er ist bewusstlos«, antwortete Wesley. Alle sammelten sich um den Verletzten und einige begannen zu beten. Schließlich seufzte Wesley erleichtert auf. »Seine Augenlider bewegen sich. Ich denke, es wird alles wieder gut werden.« Er wartete noch einige Minuten, dann hob er Andrews Kopf hoch. »Bist du in Ordnung, Andrew?«

Andrew erwachte aus seiner Bewusstlosigkeit. Er hustete, um seine Lungen freizubekommen, und blinzelte. Als er die Hand hob, um sich das Wasser aus dem Gesicht zu wischen, kam seine Erinnerung zurück. »Sie haben mich in den Fluss geworfen«, flüsterte er. »Bin ich mit dem Kopf aufgeschlagen? Er tut ziemlich weh.«

»Du wirst wieder in Ordnung kommen«, sagte Wesley freundlich. »Komm jetzt, wir wollen dir aufhelfen.«

Doch als sie versuchten, Andrew Wakefield auf die Beine zu helfen, rief er erstaunt: »Meine Beine! Ich kann sie nicht fühlen!«

»Was ist?«, fragte Wesley.

»Ich kann meine Beine nicht fühlen!« Andrew sah an sich hinunter. »Ich weiß, dass sie da sind, aber ich habe kein Gefühl in ihnen.« Seine Beine gaben unter ihm nach. Er hatte keinerlei Kontrolle über sie.

»Setzt ihn hierher«, sagte Wesley alarmiert. Sie setzten Andrew ab und Wesley kniff ihn ins Bein. »Kannst du das spüren, Andrew?«

»Nein. Nichts.« Und als Wesley ihn in den Oberschenkel kniff, starrte Andrew ihn an. Er sah, dass der Prediger ihn ins Bein kniff, und er schlug sich mit der Faust. »Bis hinauf zur Taille«, sagte er. »Es ist, als wäre alles taub.«

Wesley atmete tief durch. »Er braucht einen Arzt.«

Doktor Crowell, ein junger Mann von dreißig Jahren, saß an Andrew Wakefields Bett. Dorcas stand neben ihm und die Zwillinge am Fußende. John Wesley war gegangen, nachdem der Arzt ihn versorgt hatte, doch er hatte versprochen, am folgenden Tag zurückzukehren.

Dorcas suchte in Doktor Crowells Gesicht nach einem Zeichen der Hoffnung. Als sie keines entdecken konnte, sank ihr Mut. Seit drei Tagen hatte Andrew den unteren Teil seines Körpers nicht mehr bewegt. Doktor Crowell hatte gesagt, der Schock würde vielleicht nachlassen.

Auch Andrew Wakefield betrachtete aufmerksam das Gesicht des Arztes. »Keine gute Nachricht, Doktor, nicht wahr?«

»Ich wünschte, ich könnte Euch eine gute Nachricht bringen«, erwiderte Crowell langsam. Diese Seite seines Berufes hasste er. Es fiel ihm jedes Mal schwer, eine schlimme Diagnose zu stellen. »Ich fürchte, dieser Sturz hat Eure Wirbelsäule verletzt, und vermutlich wird sich Euer Zustand nur im Laufe der Zeit bessern.«

Andrew Wakefield war ein sehr intelligenter Mann. Er hörte Doktor Crowells Worte, doch er beobachtete auch aufmerksam das Gesicht des Mannes. »Ihr meint vermutlich, dass ich niemals wieder werde laufen können. Dass ich meine Beine nie wieder werde gebrauchen können.«

Crowell zögerte. »Das liegt in Gottes Hand«, sagte er schließlich und erhob sich. »Ich werde morgen wieder vorbeischauen, Reverend.«

Als der Arzt gegangen war, blickte Andrew Dorcas an. Mit ihrer gesunden Hand ergriff sie seine Hand. Tränen schimmerten in ihren Augen und plötzlich konnte sie sie nicht mehr zurückhalten. »Oh, Andrew!«, sagte sie mit leiser Stimme. Dann fiel sie neben seinem Bett auf die Knie und barg ihr Gesicht an seiner Brust.

»Weine nicht, Dorcas. Alles liegt in Gottes Hand. Alles dient zu unserem Besten«, tröstete sie Andrew. Er sah die Jungen an und sagte: »Komm her, Paul, und du auch, David.« Die Jungen traten blass an seine Seite. »Es tut mir leid, dass ihr so etwas erdulden müsst, denn wenn ein Mann eine Familie hat, dann leiden alle mit, wenn ihm etwas zustößt.«

»Du wirst wieder gesund werden, Vater«, erwiderte David tapfer. Paul schwieg. Er suchte im Gesicht seines Vaters nach einer Antwort, konnte jedoch keine finden.

Andrew Wakefield wusste, dass Gott Wunder tun konnte. »Wir werden darauf vertrauen, dass Gott mir wieder Gefühl in den Beinen schenkt. Und wir werden geduldig sein. Gottes Wille soll geschehen.«

Stille erfüllte den Raum. David konnte die Tränen nun nicht mehr zurückhalten. Er wischte sie mit seinem Ärmel ab und nahm das ermutigende Lächeln seines Vaters an. Aber Paul Wakefield weinte nicht. Seine Lippen pressten sich zornig aufeinander und er dachte: *Warum muss Gott meinem Vater das antun? Das ist nicht gerecht!* Er sprach seine Gedanken jedoch nicht aus, aber die Rebellion stand ihm ins Gesicht geschrieben. Als Dorcas den Blick hob, erkannte sie es. Sie schüttelte leicht den Kopf, aber Paul wandte das Gesicht ab, damit sein Vater die Verbitterung in seinen Augen nicht erkennen konnte.

Carolyn Miller

Die zweifelhafte Miss DeLancey

Voller Verzweiflung verbringt Clara DeLancey ihre schlaflosen Nächte auf den gefährlichen Klippen. In ihrem dunkelsten Moment rettet ein Unbekannter sie vor dem sicheren Tod. Als sie sich später wiedersehen, setzt Clara alles daran, unerkannt zu bleiben. Noch kann sie nicht glauben, dass Freundschaft und Barmherzigkeit über die Vergangenheit siegen könnten.

Gebunden, 13,5 x 21,5 cm, 368 S.
Nr. 395.984, ISBN: 978-3-7751-5984-5
Auch als E-Book e